# La carta Rossetti

CHRISTI PHILLIPS

# La carta Rossetti

Traducción de
Ana Alcaina

*Círculo de Lectores*

*Para Brian*

*La ciudad entera está dedicada a Venus.*
Alfonso de la Cueva, marqués de Bedmar y embajador
español en Venecia entre 1608 y 1618

*Dos mujeres solas en una ciudad desconocida:*
*a eso lo llamo yo una aventura.*
E. M. Forster, UNA HABITACIÓN CON VISTAS

## Lista de personajes «históricos» (por orden de aparición)

ALESSANDRA ROSSETTI, joven cortesana
NICO, sirviente de Alessandra
BARTOLOMEO CATTONA, banquero veneciano
LA CELESTIA, Faustina Emiliana Zolta, célebre cortesana de Venecia
TADDEO DA PONTE, joven espía al servicio de Batù Vratsa
ARTURO SÁNCHEZ, mercenario español al servicio del embajador de España
JACQUES PIERRE, mercenario francés
NICOLAS RENAULT, mercenario francés
ALFONSO DE LA CUEVA, marqués de Bedmar y embajador español en Venecia
BIANCA, ama de llaves de Alessandra
MOUKIB, gondolero de La Celestia
GABRIELE, amante de La Celestia
DARIO CONTARINI, senador veneciano
PAOLO CALIERI, gondolero del marqués de Bedmar
IPPOLITO MORO, sacristán y espía de Sant'Alvise
BATÙ VRATSA, asesino y veterano espía veneciano
GIROLAMO SILVIA, senador veneciano
LUIS SALAZAR, espía español
ANTONIO PÉREZ, vizconde de Utrillo-Navarra y asesino al servicio del duque de Osuna
PIERO DE PIERI, almirante veneciano
GIOVANNI BEMBO, dogo de Venecia
GIOVANNA Y LORENZO DONATELLA, primos de Alessandra

# El Ahorcado

*3 de marzo de 1618*

Bajo la luz de la luna, la palidez de sus manos les confería un aspecto sobrenatural. Por un momento, Alessandra se olvidó del abrupto viento que arrancaba gélidas capas de rocío de la superficie de la laguna y se miró aquellas manos como si pertenecieran a otra persona: el relieve prominente de los nudillos y las pálidas venas apenas visibles a través de la piel lechosa. A medida que se iban acercando al Ponte San Biagio, se dio cuenta de lo nerviosa que estaba, de la fuerza con que se agarraba a los bordes de la góndola. «Cálmate –se dijo, y aflojó las manos–. Tienes que tranquilizarte.» Se recostó sobre los cojines de los asientos y adoptó una postura cómoda, de un sosiego aparente que no sentía en absoluto, y la áspera tela del vestido se le frunció de forma muy molesta a la espalda. Decidió hacer caso omiso de aquel contratiempo. «Si Nico se da cuenta de que estás inquieta, insistirá en que te vuelvas a casa.»

Su sirviente la condujo aguas adentro del Rio dell'Arsenale, dejando atrás la laguna por cuya orilla habían avanzado desde que salieran de su casa en el extremo suroriental de la ciudad. El canal estaba desierto y en silencio, desprovisto de cualquier movimiento y de luz, salvo por el sigiloso avance de la góndola y el resplandor ocasional de alguna antorcha que, trémula, titilaba en las aguas negras. Las casas situadas a uno y otro lado de la orilla tenían los postigos echados y estaban a oscuras, y así permanecerían hasta el amanecer, mientras los habitantes proseguían con las celebraciones en otros lugares: en la plaza de San Marcos, en las plazas públicas más pequeñas, en los palacios que flanqueaban el Gran Canal... Sólo quedaban tres días para que terminase el carnaval. Tras varias semanas de celebración, los festejos habían dado paso a un auténtico frenesí, como en el cuento de la princesa embrujada que bailaba sin cesar durante noches y días enteros, sin descanso. Cuando amaneciese el miércoles de ceniza, una mañana frágil y amortajada en una capa plateada de niebla, toda Venecia caería sumida en un profundo sueño, como si estuviera bajo los efectos de algún sortilegio.

Viraron hacia el Rio di San Martino y luego se adentraron en una estrecha vía fluvial que serpenteaba en dirección oeste hacia la Piazzetta dei Leoncini. Tras la estela de la góndola, el embate de unas leves olas golpeteaba los cimientos de piedra cubiertos de gruesas capas de musgo brillante. Sólo con estirar un poco el brazo, Alessandra habría podido tocar con las yemas de los dedos la piedra mojada, de tan cerca como estaban los edificios, e inhaló el olor familiar a gruta húmeda casi con veneración. Cada vez que se desplazaba de noche por los canales de Venecia la embargaba un entusiasmo creciente, pero esa noche su agitación estaba impregnada de temor. Alessandra intentó no pensar en lo que la aguardaba al final de aquel trayecto, un momento que se aproximaba cada vez más.

Ya oía algunos acordes de música. Luego escuchó un grito impreciso –¿de miedo, de pasión, de risa?– que retumbó en las paredes de piedra y luego enmudeció abruptamente, cediendo el protagonismo una vez más al sonido rítmico y quejumbroso del remo al entrar en contacto con el agua. No tardó en aparecer un primer heraldo de las celebraciones que, en aquel preciso momento, tenían lugar en el centro de la ciudad: una pequeña góndola con un farol rojo en la proa que se deslizaba despacio en su dirección. En su interior iban sentados dos hombres vestidos de terciopelo, con el rostro cubierto con máscaras de dioses paganos, y dos elegantes cortesanas con penachos de plumas en el tocado que recordaban a sendos pájaros exóticos, con unos labios carmesíes y el cuello cubierto de joyas que relucían bajo la luz rojiza. Cuando la góndola pasó junto a ellos, aquellas dos criaturas fantásticas se volvieron para mirarla con lánguida curiosidad. Acto seguido, una de las extrañas mujeres híbridas se humedeció con la lengua la boca pintada de carmín y extendió la mano a modo de silenciosa invitación.

Alessandra se sintió como una mera espectadora de una función teatral que desfilaba por delante de sus ojos. A continuación, ella y Nico fueron engullidos por la sombra de un puente que luego los devolvió a la luz, y de pronto se vieron rodeados por una explosión de música, risa y luces, un estallido de color y ropas extrañas a medida que las multitudes que abarrotaban la calle Canonica avanzaban a empujones hacia la plaza. Nico detuvo la góndola e intercambió una elocuente mirada con Alessandra antes de que ésta se bajase a la *fondamenta* y se alejase corriendo.

La plaza de San Marcos estaba inundada por la luz de las antorchas, rebosante de vida con la música y la jarana, aunque ella no podía sumarse a la algarabía y el entusiasmo generales: las siniestras fauces que la aguardaban en el oscuro patio del palacio Ducal le infundían un miedo atroz. La *bocca di leone* era un receptáculo especial creado por el gobierno de Venecia para que los ciudadanos de la República depositaran en él cartas de denuncia. Al interior de aquella placa de bronce iban a parar acusaciones de robo, asesinato o evasión de impuestos, este último un delito particularmente execrable según el Gran Consejo, la asamblea de dos mil nobles que gobernaba la República. Alessandra nunca había imaginado, hasta hacía poco, que llegaría a hacer uso de aquel recurso. Tras el orificio amplio y grotesco de la *bocca di leone* acechaba todo el terror que escondían las entrañas del palacio, la prisión y la propia República: sin duda, dar rienda suelta a ese terror era un acto pavoroso que no se podía llevar a cabo con indiferencia.

Mientras se abría paso entre la multitud, Alessandra era muy consciente de la carta que llevaba metida en la pequeña bolsa atada a su cintura. Llevaba tanto su sello personal como su firma. El Gran Consejo no daba credibilidad a las cartas anónimas, como medida para disuadir a los habitantes de Venecia de usar la *bocca di leone* para atacar injustamente a sus enemigos. El marqués y sus compañeros de conspiración no tardarían en descubrir quién había revelado su plan, y la vida de ella correría un gran peligro. Pero ¿qué otra cosa podía hacer? No tenía más alternativa que llegar hasta el final y hacer lo que se había propuesto esa noche. La República estaba en peligro, y su deber como ciudadana era introducir la carta en la boca del león y poner en movimiento el engranaje de la justicia. Si fracasaba, se malograrían aun más vidas que la suya propia.

Alessandra se armó de valor y se dirigió a la Porta della Carta, el oscuro arco de entrada que conducía al patio del palacio, cuando de repente se detuvo con brusquedad, sobresaltada por algo que había visto por el rabillo del ojo.

Entre las dos inmensas columnas de mármol al pie de la *piazzetta*, el cadáver de un hombre ahorcado colgaba lánguidamente con su silueta recortada sobre un fondo de cielo despojado de estrellas. Tenía los brazos y las piernas rotos, el rostro ensangrentado y la carne magullada apenas cubierta por unos andrajos sucios y desgarrados. Aunque su cuerpo pendía de una horca justo encima de las mesas de juego que abarrotaban el espacio entre las dos columnas, ni uno solo de los numerosos participantes en la fiesta que, disfrazados, pasaban por debajo reparó en él.

Empujado por una ráfaga de viento, el ahorcado giró despacio sobre la soga que le había roto el cuello. La luz de una hoguera encendida en el suelo insuflaba movimiento a sus ojos vacíos e inertes, y unas sombras titilantes danzaron alrededor de su boca y convirtieron su mueca de muerte en una sonrisa. Alessandra se quedó paralizada, pues parecía que el ahorcado siguiera aún con vida. Se imaginó que se dirigía a ella, pronunciando su advertencia con un susurro áspero: «Si no entregáis esa carta, podríais ser vos quien acabe suspendida de esta soga... aunque ésta es la suerte que le espera a aquel que amáis si lo hacéis».

«Decida lo que decida, cualquiera de las dos opciones es igual de terrible –se dijo Alessandra–. Pero en cuanto a aquel a quien amo...» Volvió a mirar al ahorcado, y esta vez le resultó evidente que estaba definitivamente muerto. Sólo era un cuerpo colgado del extremo de una soga, ni más ni menos; no era un hecho frecuente, pero tampoco insólito. Ya había visto ahorcados antes en aquel preciso lugar, y sabía muy bien que no hablaban. Sacudió la cabeza para librarse de aquella aparición y se dio media vuelta. Cuanto antes siguiese adelante con su tarea y la terminase, mejor.

En cuanto a aquel que amaba... bueno, él no la amaba a ella, ¿acaso no era cierto? Aun así, aflojó el paso al encaminarse hacia la Porta della Carta. «Una decisión abominable», se dijo, y se deslizó a través del arco de entrada para adentrarse en el patio silencioso y oscuro.

# I

–... Hacia el año 1618, Venecia había dejado atrás la época de máximo esplendor de su imperio –explicó Claire Donovan mientras colocaba una ficha de cartulina debajo de la pila que sostenía en la mano, resistiendo la tentación de abanicarse con ella.

En la sala de conferencias de la Sociedad de Historia de Harriot hacía un calor sofocante. Desde su sitio en la tribuna reservada al orador, Claire vio que su público también padecía las consecuencias de aquella atípica ola de calor: los folletos con los programas hacían las veces de abanico y los pañuelos secaban el sudor de frentes y cuellos.

–A pesar de que la República seguía siendo una de las principales potencias de la época, estaba rodeada de enemigos: el Imperio otomano, Francia y, sobre todo, España, el país más rico y poderoso de Occidente y la potencia dominante en Italia. Éste no era el país unido que conocemos en la actualidad, sino un grupo dispar de distintos dominios territoriales, muchos de ellos bajo control español y gobernados por un virrey o gobernador español. La República de Venecia estaba completamente sola para defender su independencia; junto con su belleza espectacular y su fabulosa riqueza, esa vulnerabilidad sólo sirvió para atraer aún más a quienes estaban decididos a conquistarla.

»El duque de Osuna puso sus miras en Venecia poco después de asumir el virreinato de Milán en 1616 –prosiguió–, pero sabía que no podía hacerse con el control de la República él solo, de modo que reclutó la ayuda del embajador español, el marqués de Bedmar...

Hizo una pausa, molesta, cuando una gota de sudor le resbaló por el cuello y el esternón. Dios, qué calor hacía allí. Tampoco había sido una gran idea, que digamos, vestirse para su primera charla en público con un traje chaqueta y una blusa en lugar de ponerse su camiseta y sus pantalones caquis habituales; ni tampoco haberse soltado su larga melena de color castaño claro, en lugar de recogérsela en una trenza y estar así mucho más fresca. Echó un vistazo a sus notas sobre la conjuración española de 1618, tratando de recobrar la compostura y el hilo de su discurso.

–El marqués de Bedmar –volvió a empezar, pero se interrumpió al oír un suave resoplido jadeante procedente del público.

Lo siguió el crujido de unas sillas plegables metálicas, el susurro del movimiento de cuerpos y algunos accesos de tos seca y sofocada. No es que estuvieran exactamente cautivados por su charla, se percató Claire, sintiendo una súbita oleada de vergüenza. Un minuto antes estaba enfrascada por completo en sus apuntes, en las palabras que tenía en la cabeza, en las escenas que su cerebro había imaginado: la Venecia del siglo XVII, Alessandra Rossetti realizando su fatídico trayecto hasta la *bocca di leone*. Y sin embargo, en ese momento, sólo era alguien de pie frente a un grupito de personas a las que apenas conocía, alguien que tenía demasiado calor y no estaba del todo segura de lo que estaba haciendo.

Aquello no auguraba nada bueno para su éxito en el futuro. Si no era capaz de ofrecer una charla interesante a los miembros de la Sociedad de Historia de Harriot, ¿cómo iba a ser capaz de defender su tesis doctoral ante su director de tesis, Claudius Hilliard, célebre por sus comentarios mordaces, y ante el resto de la comisión de Harvard, que estaría allí observándola y juzgándola con sus miradas severas y sentenciosas?

Tomó un sorbo de agua del vaso de plástico que había en la tribuna y levantó la vista de sus fichas. Elroy Dugan estaba profundamente dormido, pero los demás miembros del público parecían seguir interesados en su discurso. Todas eran mujeres, todas superaban con creces los setenta años de edad y todas la miraban con gesto expectante y alentador. Puede que la charla no estuviese yendo tan mal como ella creía.

Claire les dedicó una sonrisa y se secó el sudor de la frente.

–El marqués de Bedmar, embajador español de Venecia... –dijo, y su voz se fue apagando.

Qué raro. Hablaba arrastrando las palabras, y era como si de repente llevase tapones de algodón en los oídos. Le temblaban las piernas y la cabeza le daba vueltas. Se agarró a los bordes de la tribuna para no perder el equilibrio.

En la primera fila, la señora Branford Biddle, la directora de la Sociedad de Historia, inclinó el cuerpo hacia delante con cara de preocupación.

–Venecia... –volvió a empezar Claire, y se preguntó por qué la señora Biddle parecía a punto de abalanzarse sobre ella.

–Señorita Donovan. –Una mujer le estaba hablando. ¿Por qué no podía responderle?–. Señorita Donovan, por favor, saque la lengua.

Le pareció una petición un poco extraña pero completamente razonable, de modo que hizo lo que le decía.

Claire no sólo oyó sino que también percibió unos pasos que se dirigían hacia ella. Comprendió entonces que estaba tendida en el suelo, en una posición bastante incómoda. ¿Qué hacía ella en el suelo? ¿Y por qué estaba sacando la lengua?

–¿Por qué está sacando la lengua? –le preguntó la señora Biddle.

Aun en el estado de confusión mental de Claire, la voz de la señora Biddle era inconfundible: hablaba con la aspereza propia de una mujer acostumbrada a que las cosas se hicieran siempre a su manera.

–Es para que no se atragante y se asfixie –respondió la primera mujer–. A veces pasa cuando la gente se desmaya.

«¿Me he desmayado?» Claire abrió los ojos. La secretaria de la Sociedad de Historia, Adela Crenshaw, estaba arrodillada a su lado y le daba unas suaves palmaditas en la mano izquierda. Los otros miembros de la sociedad estaban detrás de Adela, formando un corro de caras preocupadas.

–¿De veras? –exclamó la señora Biddle, completamente escéptica.

–Lo aprendí en un curso de reanimación cardiopulmonar en internet. –Adela se volvió hacia Claire y vio que estaba consciente–. Bueno, parece que ya ha vuelto en sí.

–¿Me he desmayado? –preguntó Claire.

Adela le dedicó una sonrisa cálida, sin embargo fue la señora Biddle, que seguía de pie junto a ellas, quien contestó.

–Sí, te has desmayado. Te mareaste y te caíste como un saco de ladrillos. Menos mal que logré evitar que dieras contra el suelo y que pasé mi juventud domando árabes salvajes –«¿Se referirá a caballos o a personas?», se preguntó Claire–, porque, de lo contrario ahora mismo sería una frágil viejecita aplastada bajo tu cuerpo y con la cadera rota. Bueno, y ahora apartaos todos; se ha acabado el espectáculo. Está perfectamente. Por favor, podéis serviros un té helado y galletas en la zona de recepción.

Los demás se dirigieron al vestíbulo mientras Adela y la señora Biddle ayudaban a Claire a levantarse.

–Ésta va a ser una anécdota muy interesante para nuestro próximo boletín –observó la señora Biddle–, ¿no te parece, Adela?

–Muy interesante. Nadie se había desmayado nunca en la tribuna –dijo Adela.

No era la primera vez que Claire reflexionaba sobre los inconvenientes de vivir en una ciudad de menos de un millar de habitantes. A pesar de que le encantaba el paisaje del cabo Cod y su ambiente marítimo, y de que le parecía fantástico poder ir andando a la oficina de Correos, a la biblioteca y a los almacenes (y el hecho de que hubiese una tienda que se llamase, de hecho, el Almacén), era imposible llevar una vida privada con absoluta intimidad en Harriot. Claire estaba segura de que todo el mundo se enteraría de que se había desmayado mientras daba una charla a un reducido grupo de ancianos mucho antes de que saliera el boletín de la Sociedad de Historia.

–Si hasta Joshua Deerbottom –interrumpió sus pensamientos la señora Biddle–, que tiene noventa y tres años, logró dar toda su charla sobre la batalla de Buzzards Bluff sin caerse ni una sola vez. Eres tan jovencita que esperábamos que pudieses aguantar al menos veinte minutos. Pareces gozar de excelente salud.

Si hubiese tenido que valorar el grado de vergüenza que sentía en una escala del uno al diez, Claire suponía que estaría rozando el nueve.

La señora Biddle la miró de hito en hito.

–¿Estás embarazada?

Y eso hacía el diez.

–No.

–Bueno, pues tiene que haber alguna razón.

–Creo que, sencillamente, tenía demasiado calor.

Habían empezado a andar hacia el vestíbulo cuando Adela exclamó con alborozo:

–¡Por poco se me olvida! Tenemos algo que enseñarte.

Claire las siguió al despacho de la Sociedad de Historia.

–Bitsy, ¿sabes tú dónde lo he puesto? –preguntó Adela dirigiéndose a la señora Biddle mientras Claire se asombraba de ver que alguien pudiese hablarle con tanta familiaridad a aquella mujer tan menuda pero al mismo tiempo imponente.

–¿Dónde has puesto el qué? –inquirió la señora Biddle.

–La copia de ese artículo que encontré en internet. El que hablaba de Venecia. –Adela hurgó en varias pilas de papeles sobre su escritorio–. Ah, aquí está. –Le dio dos hojas a Claire–. Se parecía mucho al tema de tu charla.

«Un congreso en Venecia presenta nuevos hallazgos sobre la historia de la ciudad», decía el titular. El artículo, de la edición digital del *International Herald Tribune*, informaba de que el congreso, anunciado para una fecha muy próxima y de cinco días de duración, estaba auspiciado por el Departamento de Historia de la Universidad Ca'Foscari y a él asistirían historiadores de toda Europa.

–Mira la segunda página, querida.

Claire dedicó su atención a la segunda página del artículo. Adela había tenido el detalle de subrayar el párrafo relevante:

«Entre lo más destacado del congreso se incluye la intervención de la profesora de Historia Andrea Kent, del Trinity College de Cambridge, cuyo libro *La conjuración española de 1618*, en el que sigue trabajando en la actualidad, será el tema principal de dos de las ponencias».

–Dios mío... –exclamó Claire sin aliento.

Se habría sentado de golpe por la impresión de no haber sido porque sólo había una silla en la habitación y estaba ocupada por Adela.

–A lo mejor deberías ir y leer algunos fragmentos de tu libro tú también –la animó Adela.

Aunque se pudiera permitir económicamente el viaje a Venecia, era imposible que le pidiesen que diese una charla allí. No era profesora universitaria y, de hecho, ni siquiera había acabado su doctorado todavía. Sin embargo, no era eso lo que más le preocupaba: ¿qué pasaría si Andrea Kent publicaba su libro antes de que ella hubiese terminado su tesis? Estaba convencida de que la conspiración española era un episodio tan misterioso, tan lleno de lagunas, que su tesis era única en su especie, una característica crucial para poder destacar en la avalancha de nuevos doctorandos que competían por un puñado escaso de puestos de docencia en la universidad. Desde luego, lo de ese libro era una noticia inquietante; su mera existencia podía dar al traste con todo su futuro.

–¿Tiene más información sobre ese congreso? –preguntó Claire.

–No, lo siento –contestó Adela–. He encontrado ese artículo por pura casualidad mientras buscaba otra cosa.

–Ya me imagino lo que estabas buscando... –intervino la señora Biddle con un carraspeo.

–¿Y qué tiene de malo? He conocido a varios caballeros muy agradables por internet. De hecho, tengo una cita para almorzar el domingo.

–¡Con ésa llevarás cinco citas en tres semanas! –exclamó la señora Biddle, indignada–. Eres una octogenaria ninfómana.

–Eso no es verdad –protestó Adela–. Acabo de cumplir los setenta y nueve...

## II

Claire se encontraba en el óvalo de césped del centro de la pista de atletismo de cuatrocientos metros de la academia Forsythe, una exclusiva escuela privada de enseñanza secundaria situada en el extremo oeste de Harriot, en el puerto de la ciudad. Estaba de pie contemplando el agua, donde unos pequeños veleros con velas de colores vistosos se deslizaban con la rapidez y la elegancia de unos patinadores sobre una pista de hielo.

Estaba esperando a su mejor amiga y compañera de jogging, Meredith Barnes, la subdirectora de Forsyhte. Catorce años antes, Claire estaba estudiando en su habitación de la residencia de estudiantes de Columbia cuando Meredith entró por la puerta, que estaba abierta. Se detuvo allí un instante, como si fuera una de esas glamourosas estrellas de cine de los años treinta que necesitaban quitarse los guantes y el sombrero antes de pronunciar sus frases. Acto seguido, Meredith le dijo que «había oído hablar de ella» y que quería conocer en persona a la única alumna que había sacado un diez en la clase de Historia Antigua de McNulty. Meredith era estudiante de Filosofía, también era maoísta de forma ocasional (su novio de esa época tenía ciertas tendencias radicales) y se definía a sí misma como una «teórica recalcitrante», lo cual, tal como Claire no tardó en descubrir, significaba que era capaz de hablar horas y horas sobre casi cualquier tema. Se hicieron amigas inmediatamente y llevaban siéndolo desde entonces.

De figura alta y esbelta, Meredith poseía un atractivo y un encanto naturales y apabullantes, incluso en ese preciso momento, acercándose a Claire vestida con unos shorts bombachos y un suéter gris en cuya parte delantera se leía «¡ARRIBA LOS FORSYTHE FOXES!».

–Perdón por llegar tarde –se disculpó Meredith, al tiempo que se recogía la melena oscura y brillante en una cola de caballo y se colocaba un pasador–. Es que he pasado por casa a cambiarme y al volver me he tropezado con Connie Sherwood. He tenido que pararme a hablar con ella, claro, porque es la mujer de mi jefe, pero me saca de quicio. Se pasa la vida chismorreando, pero no sabe cómo hacer que sus cotilleos resulten interesantes.

–Pues a lo mejor deberías alegrarte por eso si algún día se le ocurre empezar a cotillear sobre ti.

–Escucha lo que me ha dicho: «¿Te has enterado de que Deirdre Fry le ha pegado un tiro en el pie a su ex marido en el hoyo once del campo de golf de Back Bay?».

–A eso lo llamo yo un hándicap.

–Por lo visto la escena ha sido de lo más espectacular: ambulancias y policía por todas partes, y han tenido el campo de golf cerrado durante horas.

–¿Y por qué le ha pegado un tiro al ex marido?

–Eso mismo es lo que he preguntado yo, y Connie se ha encogido de hombros y me ha contestado: «No lo sé. ¿Es que hay alguna mujer que no haya tenido ganas de pegarle un tiro a su ex marido en algún momento de su vida?».

–En eso tiene razón, pero ¿por qué en el pie? ¿Y por qué en el campo de golf de Back Bay? ¿Y por qué en el hoyo número once?

–Y eso es justo lo mismo que le he preguntado yo, pero no tenía absolutamente nada más que añadir. Me ataca los nervios, de verdad. Soy producto de mi siglo, necesito que acompañen los chismes que me cuentan con un poco de psicología analítica, aunque sólo sea superficial. ¿Qué gracia tiene despellejar a alguien si no puedes analizar su mente?

–¿Y quién es Deirdre Fry, por cierto? –preguntó Claire.

El trabajo como subdirectora de Meredith iba acompañado de un inmenso círculo social en el que se incluían sus colegas, las parejas de éstos, importantes (es decir, generosos) donantes que contribuían con su apoyo económico a la escuela, centenares de ex alumnos de Forsythe y la actual promoción de cuatrocientos estudiantes, y los padres y –las más de las veces– los padrastros de éstos.

–Es la madre de una de las alumnas, una estudiante de primero –contestó Meredith mientras entraban en la pista de atletismo y empezaban a hacer jogging–. Una ricachona y una obsesa de la moda y los trapos. Cada vez que la veo, siempre va de punta en blanco, con trajes de firma alucinantes. Por lo visto, a los dueños del campo de golf no les hizo ni pizca de gracia que se pusiera unos Manolo Blahnik de tacón de aguja para perseguir y acosar a su ex, porque dejó unos agujeritos de tierra diminutos por todo el recorrido.

–¿Y el ex?

–Un pez gordo de la banca de inversión de Boston. Nada en la abundancia.

Claire le relató lo sucedido en la Sociedad de Historia el día anterior.

–No entiendo lo que me pasó. Estaba hablando cuando, de repente, en un abrir y cerrar de ojos, me vi tendida en el suelo y rodeada de diez de los habitantes más ilustres de Harriot, allí de pie mirándome. ¿Y si me desmayo cada vez que doy una charla? ¿O durante mi defensa de la tesis?

–Estoy de acuerdo en que no es un comienzo demasiado halagüeño, pero estoy segura de que la próxima vez lo harás mejor.

–No podría hacerlo peor, eso desde luego.

–Exactamente. Por eso la próxima vez seguro que te sale mejor. Y aparte del final dramático, ¿cuál fue la reacción a tu charla?

–«Indiferencia» sería la palabra más suave que se me ocurre. Lo más frustrante es que yo veo la conspiración española como una historia apasionante, pero cuando hablo de ella, no logro transmitir esa sensación. Luego, cuando miré mis notas, me di cuenta de que sólo estaba recitando hechos, fechas y notas al pie. Es increíble que no les entrara un sueño irresistible a todos.

–¿Y acaso no consiste en eso una tesis doctoral: hechos, fechas y notas al pie?

–Supongo, pero me gustaría que la mía resultase más interesante. Además, eso no es lo peor. Resulta que otro historiador está escribiendo un libro sobre la conjuración española. Alguien de la Universidad de Cambridge, nada menos.

»Cambridge, Inglaterra, no Boston. Del Trinity College. –Claire se paró un momento a atarse los cordones de las zapatillas y Meredith siguió calentando sin moverse del sitio–. Ya sabes que los puestos de trabajo para historiadores se cuentan con cuentagotas. Pensaba que si mi tesis doctoral era realmente buena y original conseguiría una plaza de profesora en la universidad, pero si se publica un libro sobre el mismo tema antes de que termine la tesis, eso no va a pasar. Esta mañana he ido a Harvard para hablar con Hilliard y, según él, es una catástrofe. Me ha dicho que la única forma de obtener buenos resultados es escribiendo algo original, y en cuanto salga ese libro, mi tesis va a ser igual de original que la gaseosa.

–¿Cuándo sale el libro?

–No lo sé.

–A lo mejor puedes acabar la tesis antes de la fecha de publicación del libro.

–Eso es lo que ha dicho Hilliard. La profesora autora del libro, una tal Andrea Kent, va a dar una conferencia en un congreso en Venecia próximamente, y Hilliard me ha aconsejado que vaya y averigüe todo lo que pueda, que me ponga al corriente de lo que va a aparecer en el libro y todo eso. Aunque no me ha dejado muy claro si debería hacerme amiga de ella o empujarla a uno de los canales.

–De eso no estoy segura, pero creo que tiene razón en que deberías ir a Venecia.

–No puedo permitírmelo.

–¿Qué hay de la beca?

–No lo sabré hasta agosto, y aunque me la den, el dinero no estará disponible hasta septiembre.

–Tiene que haber algún modo. –Meredith se detuvo junto a la fuente, en el extremo norte de la pista, se agachó para beber un instante y luego se incorporó de nuevo–. No me parece bien que hayas estado escribiendo sobre Venecia durante al menos dos años y que ni siquiera hayas estado allí. Por no hablar del hecho –hizo una pausa para beber unos tragos más de agua– de que los hombres en Venecia son italianos.

–¿Ah, sí? ¡No me digas!

Claire echó a correr de nuevo y Meredith la siguió para alcanzarla.

–Hay centenares de ellos, y todos guapísimos. Tienes que verlo para creerlo.

–Ya te creo.

–Pero no puedes entender a qué me refiero cuando digo «italianos» si no lo experimentas en carne propia. ¿No te he hablado de las dos semanas que pasé en Roma?

–Sí, claro, pero eso fue hace años.

–No creo que haya cambiado nada. Son los más grandes seductores del planeta. Has leído el *Ars amatoria* de Ovidio, ¿no? Un italiano escribió literalmente el libro sobre la seducción. Te hacen sentir como una auténtica mujer.

–Ya me siento una auténtica mujer.

–Pues como una diosa, entonces.

–Venga ya...

–Lo digo en serio. ¿Por qué crees que el nombre de casi todos los hombres con los que he salido desde entonces acababa siempre en «o»?

Eso era verdad. Claire recordaba, en el pasado de Meredith, a un Riccardo, un Pietro y un Enrico.

–Aunque –prosiguió Meredith–, una vez trasplantados a Estados Unidos, ocurre algo malo. A lo mejor se estropean durante el vuelo hasta aquí, pero mientras están en Italia, son increíbles. No sé lo que es exactamente, pero tiene algo que ver con la manera que tienen de mirarte. Aquí los hombres se creen que pueden conquistar a las mujeres mostrándose indiferentes y distantes, y nada más lejos de la realidad. Si los estadounidenses supiesen lo que los italianos parecen saber desde la cuna, todos nos pasaríamos el día en la cama, practicando el sexo sin parar. Lo que me recuerda...

–No quiero hablar de eso.

–¿Cuánto hace que no sales con un hombre? ¿Dos años?

–Pues claro que he salido con alguno en ese tiempo. Con un par, al menos.

–Pues yo no me acuerdo de ninguno.

–Claro que te acuerdas. –La propia Claire tardó unos segundos en recordar alguno–. Estaba aquel que llevaba esos pantalones naranja tan raros. –Arrugó la frente intentando acordarse de su nombre, pero no lo logró–. Conducía un Jeep Cherokee. Y no te olvides del Chico de la Selva.

–¿El que se pasó seis meses en la selva de Venezuela comiendo ratas y serpientes?

–No lo hacía por gusto, era una especie de miembro de las fuerzas especiales del ejército.

–Claire, ¿no crees que ya va siendo hora?

Un hombre atractivo sonrió y las saludó al cruzarse con ellas, mientras corría en sentido contrario. Meredith sonrió y le devolvió el saludo.

–¿Hora de qué? –preguntó Claire.

–De volver a salir por ahí.

–¿Por dónde?

–Ya sabes a lo que me refiero. De empezar a salir con hombres de nuevo. Mírate, eres una mujer guapísima. ¿No has visto cómo te ha mirado ese tipo? Nunca en toda tu vida has estado tan guapa, y te has encerrado lejos del mundo.

–Yo no me he encerrado.

–¿Dos citas en dos años?

–De acuerdo, admito que mi vida amorosa no ha sido muy emocionante desde... desde...

Pasaron la marca de los cuatrocientos metros por cuarta vez y se detuvieron. Claire se dobló sobre su estómago y apoyó las manos en las rodillas, jadeando intensamente.

–¿Por qué no lo dices? –la animó Meredith, jadeando ella también.

–¿Decir el qué?

–«Desde que mi marido me dejó el día del entierro de mi madre.» –Respiró hondo varias veces antes de seguir hablando–. Escucha, Claire, no pretendo hacerte daño. Es sólo que creo que te haría mucho bien decirlo en voz alta de vez en cuando. Cada vez que te entre la nostalgia al pensar en Michael, por ejemplo. Te ayudaría a seguir con tu vida.

–En estos momentos –repuso Claire– lo que necesito es seguir adelante y acercarme a la ferretería.

–Si no quieres hablar de eso...

–Es que el fregadero de la cocina vuelve a perder agua y tengo que cambiar la parte curva de la tubería.

–¿La parte curva? ¿Ése es su nombre técnico?

–Por lo que a mí respecta, sí.

–¿Desde cuándo te has vuelto tan manitas con las cosas de la casa?

–Desde que los fontaneros empezaron a cobrarme setenta y cinco dólares la hora.

Una nube surcó el cielo, tapó el sol y dejó sumida en sombras la mayor parte de la pista. Una brisa húmeda se desprendió de la superficie del mar y refrescó la piel sudorosa de Claire, quien recogió el suéter de donde lo había dejado, sobre la hierba, y se lo puso. ¿De verdad se sentía una auténtica mujer?, se preguntó mientras ella y Meredith atravesaban el campo. En ese momento se sentía eufórica, relajada y acalorada, pero no muy femenina, precisamente. ¿Qué era lo que significaba con exactitud sentirse una auténtica mujer? Aquel concepto le parecía cosa del pasado, como si fuera algo que recordaba con vaguedad y que había dejado de tener la menor importancia.

## III

Claire salió a toda prisa de debajo del fregadero y se levantó. Ya casi había anochecido, y un cielo lleno de nubarrones grises proyectaba una penumbra de intensos claroscuros sobre la habitación, iluminando suavemente las superficies de azulejos blancos, unos cuantos platos sin fregar y el papel de la pared, que se estaba despegando por los bordes. Como el resto de las cosas de la casa, empezaba a dar señales de envejecimiento. Claire había decidido que lo cambiaría cuando terminase la tesis... eso y un millón de cosas más.

Cuando la madre de Claire, Emily, compró la casa, a Claire le había parecido preciosa, del estilo de las casitas de campo de modestas dimensiones, pero después de vivir allí dos años estaba, por desgracia, más que familiarizada con cada detalle de su idiosincrasia. No había ni un solo ángulo verdaderamente recto en ningún sitio, y tampoco se veía ninguno si se examinaban las esquinas con detenimiento. Aunque eso tampoco era posible ni aun queriendo: Claire había trasladado allí sus cosas sin retirar antes las de su madre, por lo que el resultado era un acogedor –otros lo llamarían «desordenado»– batiburrillo de muebles y trastos de distinta naturaleza y, desde luego, demasiados libros.

Aquel cúmulo de cosas contribuía a llenar una casa que se había quedado vacía tras la muerte de Emily. Su madre sólo tenía cincuenta y cuatro años cuando le diagnosticaron un cáncer de ovario. Claire estaba cursando los estudios de doctorado en la Universidad de Columbia, en Nueva York, y había solicitado una baja para poder cuidar de Emily después de la primera operación. A medida que la enfermedad de su madre avanzó, lo que había empezado como un paréntesis de tres meses en sus estudios se convirtió en dos años. Dos años de hospitales, de intervenciones quirúrgicas, de quimioterapia y sus devastadores efectos secundarios, de ver cómo su madre se debilitaba cada vez más y se sumía en un estado de apatía y languidez y de dolores constantes. Dos años durante los cuales ella y su marido, Michael, habían pasado muchas noches separados. Claire se ponía su suéter favorito, el marrón de rayas beis, para meterse en la diminuta cama del cuarto de invitados de su madre y así poder dormir con el olor de él rodeándole el cuerpo.

Ex marido, se recordó a sí misma Claire. Casi nunca se permitía caer en la melancolía y el sentimentalismo, pero alguna que otra vez, al ver a una pareja joven cogida de la mano paseando por el jardín, al ver un bebé arrebujado en el interior de un cochecito, era dolorosamente consciente de todo lo que había perdido.

Se habían enamorado seis años antes, poco después de que los aceptaran en sus respectivos programas de doctorado: Claire en Historia Europea y Michael en Historia Antigua, los griegos y los romanos. Se le encogía el corazón sólo de recordarlo pero, en un arranque nada propio de ella, había llamado su atención dejando caer sus libros al suelo delante de él «sin querer». No era sólo que Claire no hubiese hecho nunca algo ni remotamente tan atrevido y obvio como eso, sino que además había actuado como desafío a la voz de su intuición, que le había dicho en el preciso instante en que lo vio: «Ése es demasiado guapo para confiar en él». Había hecho caso omiso de aquella voz durante un apasionado noviazgo, una boda menos de un año después y tres años de matrimonio. A fin de cuentas, ningún otro hombre había entendido la pasión que sentía Claire por el pasado, ni su deseo abrumador de enterrar la cara entre las páginas de los libros. Libros viejos y extraños, dicho sea de paso. Michael era el primer novio que había tenido que no la acusaba de estar siempre con la cabeza «en las nubes», pues sus intereses eran aún más extraños y absorbentes que los de ella. Sin embargo, las mismas cosas que los habían unido no habían bastado para mantenerlos juntos, no con la presión de la enfermedad de su madre y sus repetidas separaciones.

Tres meses después de la muerte de su madre, Claire se había trasladado de Columbia a Harvard y había reanudado el trabajo de su tesis doctoral. No tardó en establecer una rutina: una o dos veces al mes subía a la universidad y pasaba el día en la biblioteca, pero la mayor parte del tiempo trabajaba en el cuarto de invitados, que había convertido en su despacho. Rara vez se molestaba en cambiarse de ropa y quitarse su pijama de franela favorito y casi nunca salía de su despacho salvo para prepararse una taza de té o un sándwich rápido que luego nunca recordaba haber preparado o comido. Su tesis le absorbía el pensamiento de tal modo que a veces le resultaba un auténtico *shock*, al término de la jornada, encontrarse de vuelta en su apacible y rutinaria existencia del siglo XXI.

Claire imaginaba que Meredith llevaba algo de razón: en cierto modo, sí se había encerrado y se había apartado del mundo, pensaba mientras hurgaba en la nevera tratando de encontrar algo parecido a una cena. Pero sólo lo había hecho porque era muy importante para ella acabar la tesis lo antes posible. La enfermedad de su madre le había hecho acumular un retraso de más de dos años, dos años durante los cuales sus colegas habían obtenido sus títulos y puestos de trabajo. Michael ya tenía una prestigiosa plaza como profesor adjunto de Clásicas en Columbia.

Con un sándwich de aguacate y tomate en la mano, Claire entró en su despacho y se sentó a la mesa. Echó un vistazo a la estantería más cercana, llena de libros de consulta y con los dos volúmenes anteriores sobre la conjuración española. Los dos habían sido escritos a finales del siglo XVII. Salvo por unos cuantos trabajos académicos publicados en Italia y España, la conspiración española no se había estudiado en profundidad durante varios siglos. «Hasta ahora», pensó con cierta rabia. ¿Qué ocurriría si Andrea Kent publicaba su trabajo antes que ella? Tal vez no debería haberle sorprendido tanto que hubiese alguien más investigando sobre el mismo tema que ella; al fin y al cabo, la conjuración española era uno de los episodios más emocionantes de la historia de Venecia, lleno de intrigas, espionaje y asesinatos.

En 1617, el duque de Osuna, virrey español de Nápoles, y el marqués de Bedmar, embajador español de Venecia, urdieron un plan para derrocar por la fuerza al Senado de Venecia y convertir la República en un territorio dependiente de España. Planearon el ataque para el día de la Ascensión de 1618, cuando Venecia al completo celebraba los esponsales de la Serenísima con el mar. Su objetivo era ni más ni menos que el saqueo y pillaje absolutos de la ciudad. Una de las fuentes atribuía a Bedmar haber ordenado a sus hombres que les cortasen las extremidades «a aquellos senadores que opusieran resistencia». A los que no se resistiesen, los retendrían para pedir un rescate a cambio de su liberación. El considerable botín y el dinero del rescate se repartirían entre los conspiradores, un grupo de mercenarios entre los que se incluían corsarios franceses, piratas ingleses y el vizconde español de Utrillo-Navarra, Antonio Pérez, un célebre asesino al servicio del duque de Osuna.

Famoso por su temeridad y sus costumbres disipadas, Osuna había instigado una campaña de hostilidades contra Venecia tras asumir el virreinato de Nápoles en 1616. Reunió una escuadra de galeras que atacó las naves venecianas del Mediterráneo y el Adriático, pero al parecer su ansia de poder no quedó saciada por completo. No tardó en poner sus miras sobre la mismísima Venecia y encontró en el embajador español un aliado inmejorable.

El marqués de Bedmar era una figura intrigante: cada una de las fuentes con las que se encontraba Claire revelaba una nueva faceta, a menudo contradictoria, de su personaje. Los informes que elaboraba para el rey español eran extremadamente sagaces y estaban salpicados de abundantes dosis de ingenio y mordacidad. Sus descripciones hablaban de un hombre «culto y encantador en sociedad», pero también de «uno de los personajes más potentes y peligrosos que ha dado España». Al igual que Osuna, estaba dedicado en cuerpo y alma a la conquista de Venecia, y la crueldad de ambos sólo encontraba parangón en su adversario, el senador veneciano Girolamo Silvia, igual de decidido que ellos a frustrar la amenaza española.

Sin embargo, Claire estaba sobre todo fascinada por una

persona que, en crónicas anteriores sobre la conjuración, había sido relegada a las notas a pie de página. Alessandra Rossetti era una joven cortesana que había escrito una carta al Gran Consejo denunciando la trama. Conocida con el nombre de la carta Rossetti, la misiva aparecía mencionada en la mayoría de relatos sobre la conjuración española, pero nunca había sido analizada en profundidad, puesto que el papel de Alessandra seguía siendo un misterio. Nadie sabía cómo se había enterado Alessandra de la existencia de aquella conspiración y, a excepción de la carta Rossetti, no había ninguna prueba documental que la relacionase con ella.

Claire tampoco había encontrado ninguna otra prueba, pero estaba convencida de que tenía que haberla en alguna parte, probablemente en la biblioteca Marciana de Venecia, que todavía no había conseguido visitar. Sospechaba que los historiadores anteriores la habían pasado por alto porque, simplemente, no la consideraban lo bastante importante. Habían escrito de forma extensa sobre Osuna, Bedmar y Silvia, pero la vida de Alessandra y la contribución de ésta a la historia pertenecían al terreno del más absoluto desconocimiento. Había incluso quienes sostenían que la carta Rossetti era algo anecdótico, que la conjuración española se habría descubierto de todos modos sin ella, pero a Claire le parecía que se equivocaban de medio a medio. En cuanto supo de la existencia de la joven cortesana, empezó a sentirse cada vez más intrigada. ¿Quién era aquella mujer? ¿Cómo se había visto implicada en un suceso así? Ningún historiador anterior había analizado la conspiración desde el punto de vista de Alessandra, nadie la había colocado en el centro de los acontecimientos ni le habían atribuido el mérito que le correspondía por haber ayudado a mantener la independencia de la República de Venecia. Claire se imaginaba a Alessandra como a una especie de Juana de Arco italiana y albergaba la secreta esperanza de que, con su tesis doctoral, elevaría a la cortesana a un lugar más destacado en la historia.

«Eso si Andrea Kent no se me adelanta», pensó mientras se sacudía las últimas migas del sándwich del regazo. El hecho de que la profesora de Cambridge fuese mujer era especialmente preocupante, pues había más posibilidades de que ella también escribiese sobre la conspiración tomando a Alessandra como referente e hiciese, de ese modo, la tesis de Claire redundante por completo. Su única esperanza era que a Andrea Kent le estuviese costando tantísimo trabajo como a ella encontrar información sobre Alessandra Rossetti.

Tras dos años e incontables horas de trabajo de investigación, los conocimientos que Claire tenía de la cortesana seguían siendo más bien básicos y superficiales, llenos de lagunas que sólo era capaz de rellenar con más interrogantes todavía. En general, ni siquiera los venecianos más ilustres de la época habían dejado tras de sí expedientes, historiales o cualquier otra clase de documentos sobre sus vidas personales, y las mujeres, por regla general, habían dejado aún menos que los hombres. Examinando testamentos, declaraciones de impuestos y un variado surtido de correspondencia personal, Claire había logrado juntar las piezas de algo parecido a una biografía. Extrajo sus notas y las releyó una vez más:

> Alessandra Rossetti: nacimiento 1599, muerte ¿?
>
> Hija de Fiametta Balbi, de familia noble, y Salvatore Rossetti, ciudadano veneciano. Fechas de nacimiento no confirmadas para F. B. o S. R. F. Balbi murió hacia 1608 ¿?, causa desconocida. Comerciante especialista en mercancías procedentes de Oriente, Salvatore Rossetti murió en 1616 (junto al hermano mayor de Alessandra, Jacopo, nacido en 1597) en un naufragio en las costas de Creta.

Con las muertes de Salvatore y Jacopo, Alessandra se quedó huérfana y sin familia a la edad de diecisiete años. Las únicas alternativas honorables para una mujer de su condición, ciudadana veneciana de una próspera familia de comerciantes, eran el matrimonio o el convento, pero Alessandra no escogió ninguna de las dos. El misterio de por qué no llegó a casarse era fácil de resolver: cuando el mar le arrebató a su padre y su hermano, también se llevó la fortuna de la familia, y con ella su dote. En cuanto al convento, las muchachas venecianas rara vez lo escogían por voluntad propia. Claire estaba prácticamente segura de que Alessandra había establecido una relación íntima con un hombre llamado Lorenzo Liberti, socio de su padre y albacea del escaso patrimonio de Salvatore. Claire había encontrado una carta de Liberti en la que escribía que Alessandra lo había «embrujado», no sólo con su belleza sino también con su brillante inteligencia. Apenas un año después del comienzo de su relación, Liberti cayó enfermo de cólera y murió.

Poco después de la muerte de Liberti, Alessandra se hizo cortesana. Según algunas versiones, se convirtió en una de las mujeres más solicitadas de Venecia. Debió de ser una época trascendental para ella: menos de doce meses después, en marzo de 1618, Alessandra escribió la carta en que denunciaba la conspiración española.

Y luego desapareció.

La carta Rossetti era el último documento conocido escrito por Alessandra Rossetti e incluso, por lo que Claire había podido averiguar, el último que hacía referencia a su persona. Hasta el momento no había conseguido descubrir cuál fue el destino de aquella mujer. ¿Acaso la carta había puesto en peligro la vida de Alessandra? ¿Habría muerto durante el baño de sangre que tuvo lugar tras la revelación del complot de los españoles? Y si logró escapar con vida, ¿por qué Claire no había conseguido encontrar ninguna referencia a ella después de marzo de 1618?

Claire depositó sus notas encima de la mesa y dejó escapar un suspiro. A veces temía no llegar a encontrar jamás respuestas a las dos preguntas que más le preocupaban: ¿cómo se había enterado Alessandra de la existencia de una conspiración española? ¿Y qué le había ocurrido a ella tras desvelar la trama?

## La Rueda de la Fortuna

*18 de abril de 1617*

Sonaban las campanas de San Salvador cuando la góndola abandonó los estrechos confines del Rio di San Giovanni Crisostomo y se adentró en las aguas del Gran Canal. Alessandra se asomó por el *felze*, el baldaquín negro que cubría la parte central de la nave, y alzó la vista para mirar el cielo encapotado. Era el mes de abril y todavía parecía pleno invierno. Las nubes dispersas de la noche anterior se habían fundido en una sola capa gris sin fisuras, y Alessandra esperaba que de un momento a otro empezaran a chispearle gotas de lluvia en la cara. Sin embargo, sólo sintió la caricia del aire fresco de la primavera, que traía consigo el aroma salobre del mar y los fuertes olores de la bulliciosa lonja de pescado de la orilla opuesta.

Su gondolero hizo virar la nave hacia el centro del inmenso canal, esquivando una barcaza repleta de fruta que los salpicó con una lluvia de agua helada por la proa. «Anoche volví a tener el mismo sueño», recordó Alessandra con un escalofrío. El mismo sueño recurrente que había tenido tantas veces durante el año anterior, el mismo que la había hecho despertarse entre sudores fríos, jadeando y gritando, el que hacía que se enfureciese a la mínima y le chillase a su buena y fiel Bianca, el mismo que le dejaba un vacío en su interior que temía no llegar a dejar de sentir jamás. Lo había olvidado nada más despertar, pero en ese momento le vino a la memoria: su padre y Jacopo hundiéndose en lo más hondo del frío océano, descendiendo a las tenebrosas profundidades hasta que sólo se les veía el rostro pálido e inmóvil, los ojos abiertos e inertes, las bocas redondas con una expresión de mudo estupor.

«Protege, Señor, del tiempo inclemente a todos tus fieles navegantes.» Todos los años, en el día de la Ascensión, el dogo repetía dicha invocación durante los Sposalizio, la ceremonia del desposorio de Venecia con el mar. Desde que tenía uso de razón, Alessandra, junto con el resto de los habitantes de Venecia, había presenciado con orgullo cómo el *Bucintoro* atravesaba a remo la laguna hasta el Adriático. El bajel de gala, de color rojo y dorado, aparecía engalanado como un dragón mandarín, y el dogo iba en lo alto sentado sobre su trono de oro y rodeado por los seis miembros, vestidos con túnicas escarlata, de su consejo privado, la Señoría, y un centenar de remeros de librea. Cuando el dogo arrojaba el anillo de oro al mar y pronunciaba en voz alta las palabras veneradas por todos los venecianos: «Protege a todos tus fieles navegantes de los naufragios inesperados y de todo mal, de los engaños insospechados del enemigo astuto», Alessandra las recitaba en voz baja al mismo tiempo.

Qué ingenua había sido al creer que los anillos de oro y las plegarias al mar protegerían la vida de su familia... Alessandra sintió cómo le afloraban las lágrimas de la amargura, como tantas veces le ocurría, y se las enjugó con el dorso de la mano. Esa mañana no había tiempo para eso: el banquero de su padre la había llamado. Al fin tendría en sus manos el legado de su padre, fuera el que fuese. El naufragio que se había cobrado las vidas de Salvatore y Jacopo Rossetti la había dejado prácticamente en la miseria, pues el padre de Alessandra se había llevado consigo, a bordo del barco en que viajaba, todos sus bienes. A lo largo del año anterior, el albacea del patrimonio de su padre, Lorenzo Liberti, había invertido lo que quedaba, y ahora que Lorenzo había muerto, la tarea de gestionarlo recaería sobre ella. Sin duda el banquero se disponía a darle algunos consejos al respecto.

Desembarcó en los peldaños del Rialto. Las mañanas eran el momento más bullicioso del mercado y todas las callejas que rodeaban la Erberia y la iglesia adyacente, conocida como San Giacometto, estaban abarrotadas de gente. Alessandra se abrió paso despacio a través de la muchedumbre de compradores cargados con cestos de espárragos de San Erasmo y alcachofas de

Sicilia o con sacos de arpillera repletos de anguilas o cangrejos vivos. La última vez que había estado allí tenía quince años e iba cogida del brazo de su padre. No era del todo decoroso que una jovencita de buena familia se pasease por el mercado sin compañía, pero lo cierto, pensó con ironía, era que había abandonado el comportamiento del todo decoroso un año antes, cuando se había convertido en la amante de Lorenzo.

Desplegó la carta del banquero. En la parte superior se leía la siguiente inscripción:

BANCO CATTONA
EN EL RIALTO
SOBRE EL GRAN CANAL

Más abajo había unas líneas manuscritas con letra firme:

Signorina Rossetti:

Es de vital importancia que acudáis a reuniros conmigo de inmediato por un asunto relacionado con vuestra cuenta.

Vuestro más fiel servidor,

BARTOLOMEO CATTONA

Detuvo a un muchacho que empujaba una carreta cargada de pan y le pidió indicaciones para llegar al banco.

–Hay que seguir todo recto y luego doblar a la izquierda, después de los orfebres –le explicó él, señalando el camino de la Ruga degli Speziali.

El joven se paró a mirarla de nuevo antes de reanudar el paso y Alessandra vio en sus ojos su curiosidad, su incertidumbre, su confusión.

«No sabe qué pensar de mí –se dijo–. Una muchacha soltera llevaría velo, pero yo no lo llevo, como tampoco cuelgan en mi cuello las perlas de una mujer casada. En cuanto a la tercera posibilidad, voy vestida de una forma demasiado pudorosa. No soy soltera, ni matrona ni *meretrice*.»

Siguió sus indicaciones y no tardó en dejar atrás el bullicio de los mercados y enfilar hacia una tranquila calleja de adoquines flanqueada por tiendas. El banco Cattona era mucho menos impresionante de lo que había imaginado. Una puerta chirriante se abría a una diminuta antecámara en la que había un joven empleado con los dedos manchados de tinta y un aspecto lastimoso y raquítico. Alessandra le mostró la carta y el empleado la condujo al interior del despacho del banquero, una cámara sin ventanas repleta de libros de contabilidad encuadernados en cuero, cada uno de ellos con un nombre grabado en oro sobre el lomo.

Bartolomeo Cattona estaba sentado detrás de un escritorio que ocupaba la mayor parte de la sala, con los ojos entornados para examinar, a través de sus lentes, una hoja de papel de gran tamaño en la que garabateaba una serie de cifras. Al advertir que entraba alguien, levantó la vista con aire distraído; al tocar una de las velas de su candelabro, se prendió fuego en el extremo de su pluma. Extinguió la llama con una brusca exhalación y una voluta de humo blanco y acre se elevó en el aire.

–Sentaos, sentaos –la invitó mientras despejaba el humo con la mano, y señaló la única silla del despacho además de la suya–. ¿De modo que vos sois la hija de Rossetti? Veo que os habéis hecho mayor.

–Sí –contestó Alessandra, aunque se sintió incómoda ante el comentario.

–Es terrible lo que le sucedió a vuestro padre, terrible –se lamentó él–. Le advertí que no se hiciese a la mar sin asegurar antes sus bienes, de veras que se lo advertí, pero él se creía por encima de esas cosas, por supuesto. –Se quitó los anteojos y se frotó el puente de su ancha nariz, hizo una mueca al colocárselos de nuevo y la miró con una sonrisa de labios finos–. Aunque lo cierto es que en estos tiempos hay muchos como él: teniendo en cuenta el elevado coste de la navegación, hay muchos dispuestos a arriesgarlo todo, al igual que vuestro padre, con la esperanza de vender a precios más bajos que los turcos, los portugueses y los ingleses. En otros tiempos –prosiguió, remetiéndose un rizo plateado bajo el gorro de seda–, a nadie se le habría ocurrido abandonar el Molo sin una larga lista de aseguradores. ¡Pero si todavía recuerdo travesías que fueron completos desastres y pese a todo lograron arrojar pingües beneficios! Si vuestro padre hubiese seguido mis indicaciones, ahora vos no os hallaríais en tan lamentable situación, querida mía.

Alessandra sospechaba que el signor Cattona no se habría atrevido a insultar a su padre de ese modo si éste aún siguiera con vida; seguramente ni siquiera delante de Lorenzo habría hecho una afirmación tan presuntuosa. Trató de disimular el desagrado que le provocaba la actitud condescendiente del banquero.

–Mi padre y mi hermano perecieron en esa travesía –le recordó–. No hay dinero suficiente en el mundo capaz de reparar su pérdida.

El banquero debió de percibir la ira contenida en la voz de la joven, porque sus mejillas se tiñeron de rubor.

–Sí, claro, por supuesto –dijo, y tosió con aire incómodo–. Perdonadme.

–Signor Cattona, tal vez podríais hablarme del motivo por el que me habéis remitido esta carta.

–Ah, sí, pero antes, por favor, permitidme expresaros mi más profundo pésame por la muerte del signor Liberti. –Hablaba con una formalidad que debería haber reservado para la viuda de Lorenzo y no para ella, pensó Alessandra. ¿Estaría el banquero al corriente de la naturaleza de la relación entre ambos?–. Fue víctima de unas fiebres, ¿no es así? –preguntó, mirándola con recelo.

–Así es.

El hombre inclinó el cuerpo hacia delante y se dirigió a ella en tono confidencial.

–¿Cayó enfermo aquí, en Venecia?

–Estaba en Florencia cuando enfermó.

–Ah. –El banquero se recostó de nuevo hacia atrás, visiblemente aliviado–. Toda precaución es poca. Vos sois demasiado joven, claro, pero ninguno de los que sobrevivieron puede olvidar la peste de 1575. –Cattona sintió un escalofrío y, con evidente esfuerzo, volvió a concentrarse en el presente–. ¿Sabíais que, como albacea del testamento de vuestro padre, el signor

Liberti retiró fondos de vuestra cuenta en distintas ocasiones?

–Sí, por supuesto. Con ellos realizaba inversiones en mi nombre.

–Comprendo. ¿Y sabéis si depositó los beneficios en algún otro banco?

–No, los beneficios debían depositarse aquí.

–Signorina Rossetti, lamento deciros que eso no ocurrió jamás. El signor Liberti retiró numerosos fondos, pero no realizó ningún depósito. Me temo que queda muy poco dinero en vuestra cuenta.

A Alessandra se le cayó el alma a los pies.

–¿Cuánto?

Cattona se desplazó en su asiento. Alessandra vio que estaba ingeniosamente provisto de ruedas en la parte inferior para que el banquero pudiera recorrer con facilidad los estantes repletos de libros contables que poblaban la habitación. Se desplazó a lo largo de la pared del fondo hasta llegar a un libro marcado con el nombre de ella, lo extrajo del estante y lo depositó, abierto, sobre la superficie de la mesa. Hojeó varias páginas y deslizó el dedo índice por las distintas columnas de cifras, hasta que se detuvo y levantó la vista para mirar de nuevo a Alessandra.

–Veintiocho ducados, catorce *soldi* y tres *piccoli* –anunció con aire solemne.

–Pero eso es imposible...

Veintiocho ducados no bastaban siquiera para alimentarlos a ella, a Nico y a Bianca durante dos meses.

El banquero le acercó el libro de contabilidad para mostrárselo.

–Mis cifras son correctas.

Alessandra vio la lista de anotaciones, un reintegro de fondos tras otro, cada uno firmado por Lorenzo.

–No puedo creerlo.

–Os aseguro que mis prácticas contables se ajustan a la normativa más estricta –exclamó Cattona, ofendido–. El propio banco Giro audita mis libros cada tres meses...

–No pretendía acusaros de ninguna irregularidad –lo tranquilizó Alessandra–. Es que no entiendo cómo el signor Liberti pudo hacer algo así.

Se quedó mirando las exiguas cifras de su cuenta con perplejidad y consternación. ¿La había engañado Lorenzo o había sido algo circunstancial, relacionado con su repentina enfermedad y su muerte? Seguramente nunca lo sabría.

–Signorina Rossetti, ¿disponéis de otros recursos?

–No.

–¿Y habéis pensado en lo que vais a hacer ahora?

–No he tenido tiempo de pensar en nada.

–Sé que vuestro padre os dejó en herencia una hermosa casa en Castello, cerca de la laguna. Tal vez deberíais contemplar la posibilidad de vender la casa para reunir la suma que necesitaréis para ingresar en San Sebastiano.

Alessandra se quedó boquiabierta y lo miró perpleja. Estaba horrorizada por el hecho de que aquel hombre hubiese dado por sentado que su única opción era tomar los votos e ingresar en San Sebastiano, el convento veneciano fundado por la poetisa y cortesana Veronica Franco como refugio para mujeres «descarriadas». Era evidente que Cattona estaba al tanto de la relación entre ella y Lorenzo, o al menos la sospechaba, pero su suposición era grosera en extremo. Sólo había algo peor que ser la amante de un hombre, advirtió Alessandra, y era ser una ex amante. No era de extrañar que un trato irrespetuoso fuese lo único que cupiese esperar por parte del banquero a partir de entonces.

–Yo podría ayudaros a encontrar un comprador para la casa –prosiguió éste–. De hecho, puede que yo mismo esté interesado en adquirirla...

«Conque ésas tenemos... –se dijo Alessandra–. No sólo no soy digna de respeto sino que además no tiene reparo alguno en aprovecharse de mi infortunio.»

–¿Creíais acaso que podríais intimidarme para que os vendiera la casa? –exclamó–. Sin duda esperáis adquirirla por mucho menos de lo que vale en realidad.

–Os aseguro que puedo ofreceros un precio justo.

–Tiemblo al pensar lo tranquilo que dormiríais vos en mi casa mientras a mí me encierran entre las cuatro paredes de un convento. –Alessandra se levantó–. Y ahora, quiero mi dinero, por favor.

–¿Cómo decís?

–Mi dinero. Quiero retirar mi dinero.

El banquero permaneció en silencio un momento. Bajó la vista hacia su libro contable, tratando quizá de pensar en otra forma más victoriosa de abordar la cuestión; sin embargo, cuando volvió a mirar a Alessandra debió de leer en su rostro la impronta de su derrota.

–Muy bien, entonces –zanjó con brusquedad–. ¿Cuánto?

–Todo.

Se desató la bolsa del cinto y la dejó en la mesa.

–No guardamos aquí nuestros depósitos –contestó él con un ademán molesto al ver su bolsa–, sino en las cámaras acorazadas del Palazzo Camerlenghi, la sede del Tesoro público. Es el edificio alto y blanco junto al puente de Rialto. Llevad este resguardo a la ventanilla principal –extrajo un papelito del cajón de su escritorio y anotó algo en él mientras seguía hablando– y os compensarán. –Le tendió el recibo con actitud desdeñosa–. Os deseo buena suerte, signorina Rossetti –dijo, pero Alessandra sabía muy bien que sus palabras no eran en absoluto sinceras.

El empleado del Palazzo Camerlenghi terminó de contar catorce *soldi* y, acto seguido, abrió el mayor de tres pequeños cofres que tenía ante sí encima de la mesa. Examinó el resguardo del banco Cattona y luego alzó la vista para mirar a Alessandra.

–Veintiocho ducados, ¿la cifra es correcta?

–Así es –respondió Alessandra en tono apagado.

«Veintiocho ducados. ¿Cómo vamos a sobrevivir con sólo veintiocho ducados?» Tomó aire con la respiración entrecortada y se pasó los dedos por el rostro manchado por las lágrimas. Aquél era sin duda el peor día de su vida, salvo por aquel otro, casi un año antes, en que se enteró de la muerte de su padre y su hermano. Fue Lorenzo quien se lo dijo. Una vez que le hubo comunicado la terrible noticia, se hincó de rodillas en el suelo y le confesó su inmensa admiración; no, ya no podía seguir negando, le dijo, su ferviente amor por ella. Le suplicó que le permitiese ayudarla y protegerla. Le prometió que cuidaría de ella, y Alessandra creyó en sus palabras. ¿Y si todo había sido un engaño?

No, decidió Alessandra, eso era imposible. Lorenzo la había amado, de eso estaba segura. Cuántas veces había lamentado ella no ser capaz de corresponder a sus apasionados sentimientos... Lo que había ocurrido con su dinero tenía que ser un error o deberse simplemente a la mala suerte. Pensó que ojalá el hecho de saber la verdad le hiciese más fácil sobrellevar sus penosas circunstancias.

–Con esto hacen veintiocho ducados –anunció el empleado alzando la voz, y Alessandra dedujo por su tono y su expresión de enojo que ya había dicho eso mismo una o dos veces, pero ella no lo había oído.

Mientras recogía las monedas de oro perfectamente apiladas de lo alto de la mesa, un alboroto a las puertas del *palazzo* hizo que ambos volvieran la cabeza.

Los guardias habían abierto las amplias puertas dobles y el ruido de la calle retumbó en el interior de la sala de suelos de mármol. Una gran muchedumbre de gente se había congregado fuera y el jaleo y los gritos que proferían no tardaron en atraer la atención de todos cuantos estaban en el interior del Tesoro. Alessandra trató de aguzar el oído, pero no entendió qué era lo que gritaban.

El empleado se levantó sin apartar la vista de la puerta. Los demás empleados también se habían puesto en pie, e incluso los otros clientes, todos ellos hombres, según advirtió la joven, se habían vuelto hacia la puerta como si aguardaran la aparición de algo. Pero ¿el qué?

Su curiosidad se vio saciada al cabo de unos pocos segundos: cuatro porteadores que sujetaban un palanquín descubierto entraron en el Palazzo Camerlenghi. En lo alto del palanquín, una mujer más bella que cualquier otra que Alessandra hubiese visto jamás permanecía cómodamente arrellanada en un variado surtido de almohadones de seda y terciopelo. En el exterior del edificio, el volumen de los gritos fue en aumento a medida que las puertas se cerraban a su espalda. «¡La Celestia!», oyó al fin Alessandra con suficiente claridad.

«La Celestia.» Incluso Alessandra había oído hablar de la cortesana más célebre de Venecia, con fama de ser también la más hermosa de la ciudad, una fama bien merecida, pensó Alessandra al mirarla. Su rostro ovalado estaba enmarcado por una melena de pelo oscuro y brillante que le caía en cascada por los hombros desnudos y sobre sus generosos pechos, que quedaban casi por completo al descubierto por encima del pronunciado escote de su vestido. Tenía unos ojos grandes de largas y espesas pestañas, exóticos como los de una gata, y la piel tan blanca y luminosa como la luna. Iba rodeada por un enjambre de sirvientes y admiradores que se abrían paso a empujones hacia el interior del Tesoro. A juzgar por el tamaño y el estruendo de la multitud apiñada fuera, la aparición de La Celestia en el Rialto había estado a punto de provocar un auténtico tumulto. A la cortesana no parecía afectarle en absoluto el alboroto que su presencia allí había causado. Mientras los guardias cerraban las pesadas puertas, sonrió y saludó a los hombres que había fuera coreando aún su nombre, y era evidente que disfrutaba sobremanera con tanta expectación, tan plácidamente satisfecha como una reina venerada entre sus súbditos.

El encargado del Tesoro corrió a su encuentro para saludarla. Los admiradores de La Celestia, una docena de jóvenes nobles, inundaron la sala con su petulancia y sus aires de grandeza, charlando y riendo con animación entre ellos. Los porteadores dejaron el palanquín en el suelo y dos de los nobles se precipitaron a ofrecerle sus manos a la cortesana. Tras vacilar unos segundos, ella se decantó por el más apuesto de los dos, que lanzó a su rival una mirada cargada de suficiencia al tiempo que la ayudaba a ella a bajar al suelo.

Alessandra recogió su bolsa y echó a andar hacia las puertas. Mientras se abría paso entre la muchedumbre, el noble al que La Celestia había rechazado la agarró del brazo. Al parecer, el golpe a su orgullo no había sido tan contundente ni definitivo. Llevaba un elegante traje de sayuela azul bajo la capa terciada y exhibía una sonrisa de absoluta seguridad en sí mismo.

–¿Qué tenemos aquí? –exclamó, sonriendo a Alessandra pero dirigiéndose al amigo que había a su lado–. ¿Una joven sola y descubierta?

–Bonito problema –señaló su amigo. No era tan elegante ni tan gallardo, pero se desenvolvía con la misma actitud burlona–. ¿Soltera o casada? ¿Qué crees tú?

–Si soy mujer casada o no, no es de vuestra incumbencia –repuso Alessandra.

–La dama tiene la lengua afilada –dijo el gallardo de azul.

–Matrona, entonces, pues las doncellas son más dóciles.

–Son ambos muy impertinentes –observó Alessandra–. Si fuesen dos caballeros, me dejarían pasar.

La Celestia se volvió hacia ellos.

–¿Qué problemas queréis causar ahora? –preguntó. Una sonrisa maliciosa afloró a sus labios, pero la expresión de su rostro era amable–. ¿Es que no veis que la muchacha está de luto? –reprendió a sus amigos–. Dejadla en paz.

–Gracias.

Alessandra se encaminó hacia las puertas.

–Un momento –la llamó La Celestia. Alessandra se volvió. La cortesana se acercó a ella como si atravesara la sala deslizándose varios palmos por encima del suelo en lugar de caminar. Ladeó la cabeza y la interrogó con la mirada–. ¿No os he visto antes en alguna parte?

–No –respondió Alessandra, rotunda.

Sin duda lo habría recordado de inmediato, si hubiese visto antes a aquella mujer.

–Debo de haberme confundido –dijo La Celestia, y le dio la espalda.

Los guardias le abrieron las puertas a Alessandra y ésta salió al exterior. La muchedumbre se había disuelto, pero unos pocos curiosos aún seguían deambulando por allí, estirando el cuello para tratar de ver de nuevo a la cortesana. Alessandra pasó junto a ellos con paso brioso y resuelto, sujetó firmemente su bolsa y pensó en lo mucho que deseaba llegar a su casa.

# La Muerte

*22 de abril de 1617*

El callejón de los Votos Rotos era una callejuela apartada y maloliente, perpetuamente sumida en sombras y repleta de desechos, encajonada entre los almacenes en ruinas a orillas del Cannaregio. En la hora más queda de la noche, bajo la luz de una media luna, un chiquillo se deslizó a través de una entrada oscura al fondo del callejón. Era un granuja que hacía vida en las calles, con la cara macilenta, los ojos enrojecidos y una naricilla respingona que le temblaba, como el hocico de un roedor, en momentos de incertidumbre. No aparentaba más de ocho o nueve años, pero llevaba en este mundo al menos doce, o eso era lo que las monjas de Santa Maria dei Miracoli, cuya exigua caridad lo había mantenido con vida, le habían asegurado.

Se llamaba Taddeo da Ponte y era espía.

Se confundió aún más con las sombras al oír el rumor de unos pasos que se acercaban. Tres hombres avanzaron en fila por la *fondamenta* y luego cruzaron un puente con arco que abarcaba la totalidad del sinuoso canal conocido como Rio della Panada. La luz de la luna se reflejó en las empuñaduras oscilantes de las espadas cuando las sombras de los hombres atravesaron revoloteando la superficie plateada del agua. Dos de ellos eran corsarios franceses, piratas de la costa de Berbería, mientras que el tercero era un mercenario español, lo que los venecianos llamaban un *bravo*. Taddeo ya se había percatado en la taberna de que no eran como los haraganes que solían frecuentar la minúscula tasca de Agostino: los corsarios parecían hombres de cierta categoría, y el mercenario español tenía mucha más presencia que el matón habitual, pues era alto y fuerte, tenía la mirada glacial y llevaba un aro de plata colgado del lóbulo izquierdo. Taddeo había llegado incluso a acercarse lo suficiente a él para ver la insignia en la empuñadura de su espada, un zorro, la marca del acero toledano y emblema de los mejores estoques del mundo. «Ve a ver adónde van y vuelve enseguida», le había dicho Agostino, pero Taddeo tenía el presentimiento de que tal vez descubriría algo que a Batù Vratsa le parecería digno de recompensa.

Se embozó en la capa corta para guarecerse de la humedad y alzó la vista hacia la luna envuelta en neblina. Aguardó hasta que los hombres hubiesen desaparecido en la oscuridad al otro lado del puente antes de abandonar su refugio y luego los siguió con el sigilo de un fantasma. Antes de que Agostino le diese trabajo en la taberna, Taddeo había hecho de guía para los extraviados y los viajeros cansados, conduciéndolos por callejones y callejas de Venecia. Era capaz de moverse por los *fodere*, los entresijos de la ciudad, con tanto sigilo como los gatos callejeros y las escurridizas ratas que le mostraban sus escondrijos secretos.

Se aproximó con sumo cuidado a un pequeño *campo* y vio que los hombres abrían una puerta reforzada y entraban en un almacén que daba al Rio di Cabriotti. Avanzó muy despacio por el costado del edificio y corrió hasta la orilla del canal justo a tiempo de ver pasar una góndola que cruzó el arco de la amplia puerta de entrada del almacén.

Taddeo se apoyó en la pared para caminar de lado y con sumo cuidado por un saliente de piedra que se extendía desde el callejón hasta el portal. Se agachó al entrar y luego se puso de rodillas para avanzar a gatas por la pared posterior del almacén. Bajo la tenue y titilante luz de las antorchas, Taddeo vio que la enorme sala estaba repleta de cajas de madera, barriles y rollos de soga gruesa. El aire apestaba a madera húmeda y cáñamo podrido.

Los dos corsarios y el mercenario español estaban de pie en el centro despejado del almacén, observando al gondolero amarrar la barca. En el farol de la góndola se veía el reflejo del agua y unos jirones de amarillo serpenteaban sobre las paredes y el techo. Taddeo se agazapó detrás de una de las cajas cuando un hombre se bajó de la góndola. Vestía a la manera española y con gran elegancia, con el jubón de terciopelo negro bordado con hilos de plata y una capa corta con el forro de pieles echada al hombro. Al igual que los otros, iba pertrechado con una espada y una daga. Sobre el amplio pecho le colgaba una gruesa cadena de oro de cuyo extremo pendía un enorme medallón.

El mercenario español hizo una solemne reverencia.

–Excelencia. –Se dirigió entonces a los otros dos hombres–. Es un honor para mí presentaros a mi señor, el marqués de Bedmar, embajador español en Venecia. –Miró a su señor–. Os presento a los capitanes Jacques Pierre y Nicolas Renault.

–Excelencia –saludaron ambos hombres al unísono, al tiempo que se inclinaban ante él.

«¿El embajador español?» Taddeo arrugó varias veces seguidas la nariz y sintió un hormigueo en las puntas de las orejas, como le ocurría siempre que se ponía nervioso o sentía miedo o aprensión. En los dos años que llevaba siendo los ojos y los oídos del Estado, nunca había espiado a nadie más que a unos cuantos mercenarios de baja estofa, a algunos comerciantes locales y a las putas de la taberna, así que por un breve instante sintió la tentación de salir corriendo de allí, pues tuvo la súbita corazonada de que de aquello no podía salir nada bueno. Luego se acordó de Batù Vratsa y supo que no le quedaba más opción que quedarse donde estaba.

«Amigo de huérfanos y marginados», le había dicho Batù cuando se había presentado, clavando en Taddeo su espeluznante mirada de reptil, pero nadie se declaraba amigo de Batù: simplemente se hacía lo que él decía y ya está. «Y Batù me va a decir que le explique todo esto. ¿Y cómo le voy a mirar a esos ojos tan fríos y mentirle?» Taddeo se restregó la nariz temblorosa y aguzó el oído para tratar de captar toda la conversación.

–¿Están de acuerdo con nuestras condiciones? –inquirió Bedmar.

Su barba cuidada y acabada en punta estaba salpicada de canas grises, pero el marqués poseía el vigor y la seguridad en sí mismo de un hombre mucho más joven.

Los corsarios franceses intercambiaron una mirada cautelosa y, a continuación, fue Pierre el que habló:

–Claro está, antes tendremos que proponérselo a nuestros hombres. Como ya le he dicho a monsieur Sánchez...

«Pierre, Renault, Sánchez», memorizó Taddeo. Pierre era flaco y moreno, de nariz aguileña y manos inquietas. Renault tenía el pelo castaño claro y era un hombre recio y rubicundo.

–Estoy seguro de que la tripulación al completo del *Camarata* me seguirá, pero no estamos tan seguros de los sentimientos que albergan los hombres del capitán Renault –terminó de explicar Pierre.

–Nosotros ofrecemos mejor paga de lo que recibís de Venecia.

–No se trata sólo del dinero, embajador. Querrán tener garantías de que no los conducen al matadero.

–Ésta es una ciudad débil, poco acostumbrada a librar batallas –contestó Bedmar–. Las tropas de la República están fuertemente comprometidas en otros destinos. Sin duda vuestros hombres no pueden temer a unos pocos *arsenalotti*.

«*Arsenalotti?*» Los trabajadores del arsenal, los astilleros de Venecia, también hacían las veces de guardias del dogo en caso de un posible ataque.

–Habrá recompensa para aquellos que demuestren su arrojo –siguió diciendo el embajador–. Pensadlo, los tesoros de Venecia. Nunca habrán visto nada igual...

Su voz se fue acallando hasta convertirse en un leve murmullo.

«Están hablando de un ataque a Venecia.» Tenía que decírselo a Agostino... Tenía que decírselo a Batù. Taddeo apoyó las palmas de las manos en el suelo y se inclinó hacia delante, tratando de aguzar el oído. Una rata robusta y empapada le pasó correteando por encima de las manos y el muchacho se incorporó de golpe y tropezó con una de las cajas.

–¿Qué ha sido eso? –exclamó Bedmar.

Taddeo se quedó inmóvil.

–Registrad la sala –ordenó el embajador.

Tres pares de pies echaron a andar en tres direcciones distintas.

Taddeo se alejó con rapidez de la caja y se dirigió a cuatro patas a la puerta del canal. Estaba a escasos codos de la salida cuando una mano rolliza lo agarró por el pescuezo y lo levantó. Renault sujetó a Taddeo de las muñecas y lo hizo avanzar a empujones hasta el centro de la habitación, donde los otros hombres se habían reunido de nuevo.

–Sólo es un chico –dijo Renault, sujetándolo como si fuera un pez en una caña de pescar.

–Es el mozo de la taberna –añadió Sánchez.

Su tono de voz era muy suspicaz: en cualquier momento acusaría a Taddeo de ser un espía.

El muchacho respondió a sus ojos hostiles con una mirada cándida muchas veces ensayada.

–Sí, mis señores. –Hizo una reverencia con cierta torpeza, como si aún tuviera las manos sujetas–. Mi amo me ha enviado en pos de vuestras mercedes, para devolveros el dinero que pagasteis de más por el vino que tomasteis en su humilde posada.

–Esto es inaudito –exclamó Sánchez–. ¿Dónde se ha visto que el dueño de una taberna devuelva los dineros?

–Señores míos, os lo aseguro, llevo monedas en la bota. Si tuvieseis la bondad de soltarme... –dijo, dirigiéndose a Renault.

Bedmar hizo una seña y el corsario soltó al muchacho. Taddeo sabía que la rapidez y la sorpresa eran sus únicas aliadas, de modo que metió la mano en la bota, se incorporó e hincó su daga en la diestra de Renault. El capitán lanzó un alarido con más fuerza que un toro furioso. Taddeo salió huyendo como alma que lleva el diablo mientras los otros seguían desconcertados por el súbito grito de Renault; el muchacho se encaramó al saliente antes de que desenvainaran sus espadas y salieran corriendo tras él.

«¡Maldita luna!», farfulló Taddeo para sí mientras corría desesperadamente por el laberinto de callejuelas estrechas y oscuras del Cannaregio. Recorrió el callejón de la Mujer de la Cabeza Rizada y la calle de las Siete Vírgenes y atravesó el pasaje minúsculo y maloliente que había detrás del carnicero y el cerero. Mientras corría, multitud de pensamientos se le agolpaban en la cabeza: «Tengo que decírselo a Agostino... tengo que decírselo a Batù. Escóndete entre las sombras; maldita sea la luna...».

Cruzó a todo correr el Ponte Arrivosa y luego la calle Volto. Sánchez apareció entonces al cabo de la callejuela, corriendo hacia él. Taddeo se dio media vuelta y descubrió para su desgracia al embajador, que le bloqueaba el paso. Taddeo chocó contra él y el frío metal del medallón de oro del embajador le golpeó la mejilla. Bedmar le agarró el brazo con mano de hierro y lo miró con una sonrisa enigmática en los labios. Sánchez corrió hasta ellos.

–No te hacía tan tonto como para ir por ahí dándole a la lengua en las tabernas –lo reprendió Bedmar–. Esta pequeña rata de cloaca puede escuchar y hablar lo mismo que un hombre adulto, y lo has traído nada menos que directo hasta mí.

–Perdonadme, Excelencia. No volverá a suceder.

Sánchez enarboló su espada y señaló con ella a Taddeo.

Iban a matarlo, comprendió el muchacho. Sintió que le flaqueaban las piernas. El corazón le latía más deprisa que el de un conejo.

–No será necesario –dijo el embajador, y envainó su espada.

Taddeo estuvo a punto de desmayarse de alivio.

–Vuestra Excelencia –exclamó–, sois un hombre de gran misericordia...

Un destello acerado brilló bajo la luz de la luna y, acto seguido, Taddeo sintió un dolor atroz: la daga de Bedmar le atravesó la laringe con una agonía lacerante y abrasadora, un bautismo profano de fuego y hielo. Taddeo quiso chillar, pero no podía, pues tenía la garganta anegada en sangre. Era igual que en aquella pesadilla que había tenido una vez, cuando pese a estar acorralado y desesperado era incapaz de articular ningún sonido. Se agarró el cuello con una mano, sintiendo como si se asfixiara, y vio cómo se le impregnaba de sangre viscosa, reluciente y negra bajo la luz de la luna. Taddeo alzó los ojos hacia el embajador, con la boca abierta y los ojos suplicantes. Bedmar lo atravesó con la mirada como si ya no estuviera allí. «Pero sigo vivo, ¿no es así? –pensó él, confuso–. Tengo que decírselo a Agostino... tengo que decírselo a Batù... un ataque contra Venecia...»

Bedmar lo soltó del brazo y Taddeo cayó redondo al suelo. Oyó a los hombres alejarse a toda prisa, el ruido de sus pasos apagándose poco a poco sobre los adoquines. Todavía percibía con vaguedad el líquido viscoso que brotaba de su garganta, el río de vida que se le escapaba a borbotones, la sangre caliente que formaba charcos sobre la piedra fría. «Tengo que decírselo... pero... ¿qué era lo que tenía que decirles?» No se acordaba. Taddeo volvió el rostro hacia el cielo. La luna se balanceaba frenéticamente y todas las estrellas se arremolinaron en círculos, se volvieron borrosas y menguaron de tamaño, hasta que al final, se desvanecieron por completo.

## La Emperatriz

*26 de abril de 1617*

Sentada frente a su caballete, Alessandra dibujó con trazo experto los bordes ondulados del capullo de una rosa, dando los últimos retoques a su boceto al carboncillo. Una florecilla diminuta y nívea cayó balanceándose del peral que le daba sombra. La joven alzó la vista para mirar la maraña de ramas en flor que se recortaba contra el cielo azul claro y luego contempló el jardín que la rodeaba, un estallido de vida nueva y retoños. Era un día de primavera extraordinario, lo bastante cálido para acoger la fresca brisa de la laguna con verdadero alivio.

–¡Mi señora! –exclamó Bianca, su ama de llaves y cocinera, al tiempo que irrumpía precipitadamente por la puerta trasera y echaba a andar por el sendero del jardín con toda la rapidez que le permitían sus orondas y avejentadas carnes. Blandía una carta en el aire–. ¡Es de Padua!

Alessandra le arrebató la carta, ansiosa.

Mi querida Alessandra:

Mi padre me ha contado que has recurrido a él solicitando ayuda y cuál ha sido su respuesta. Lamento en el alma que tenga tan poco que ofrecerte: en estos momentos sólo piensa en sus dos hijas aún casaderas y con necesidad ambas de sendas dotes. En cuanto a su sugerencia de que tomes los votos, sólo espero que, con el tiempo, llegues a perdonarlo. Para tratarse de un hombre con esposa y tres hijas, no comprende demasiado bien cómo funcionan el corazón y la cabeza de una mujer. Aunque tengo algunas amigas que han hallado la paz en su vocación, sé muy bien que tú no serías en absoluto feliz en un convento.

Existe otra posibilidad, que ya he discutido con mi marido. Ambos queremos que sepas que nos haría muy dichosos que aceptases venir a vivir con nosotros en Padua todo el tiempo que precises. Sospecho que tu primer impulso será decir que no, pero te suplico que, por favor, consideres al menos esa posibilidad.

Tu prima que te quiere,

GIOVANNA

–¿Y bien? –preguntó Bianca cuando Alessandra dobló la carta y la depositó junto a ella en el banco de piedra.

–No pueden ayudarnos –dijo ésta–. A menos que estemos dispuestas a irnos a vivir a Padua.

–Padua –repitió Bianca sin ningún entusiasmo.

–Sería incapaz de obligarte a acompañarme.

–¿Y acaso creéis que podríais dejarme aquí?

–No, sólo creía que no querrías ir...

–Si tiene que ser Padua, que así sea –repuso Bianca con filosofía–. No os dejaré, mi señora.

–Gracias, Bianca.

Bianca y su marido, Nico, llevaban años al servicio de la familia de Alessandra, desde que la madre de ésta había muerto. Habían sufrido con ella la tragedia de las muertes de su padre y su hermano, y habían permanecido a su lado aun después de que se convirtiera en la amante de Lorenzo. Eran discretos y no demasiado dados a juzgar al prójimo, y a pesar de su avanzada edad, Nico tenía ya casi cincuenta años, ambos eran muy trabajadores, leales y de plena confianza, y estaban siempre muy pendientes de su bienestar.

–Vos pensadlo –le aconsejó Bianca–, que yo debo encargarme de la cena.

El ofrecimiento de Giovanna era muy amable, pero Alessandra no se imaginaba abandonando Venecia ni tampoco su casa. En ese lugar había pasado muchos de los momentos más dichosos de su existencia, dibujando, leyendo y estudiando con Jacopo. Lo más preciado para ella se hallaba allí, en su casa y en el jardín con vistas a la laguna. Desde allí podía ver zarpar los bajeles desde el puerto del Malamocco hasta el Molo, el muelle junto al palacio Ducal, o contemplar las metamorfosis de la laguna reverberante con el cambio de estación. A pesar de que la vista desde el salón era mejor, Alessandra prefería el jardín, donde podía sentir la caricia del sol sobre su piel, percibir el aroma salobre del Adriático y deleitarse con los olores terrosos y dulzones de las rosas, las zarzamoras y las hierbas aromáticas que Bianca había plantado.

Y aun así todos, incluida Giovanna a su manera, le decían que no estaba bien que siguiera viviendo allí sola. Era una vergüenza, una mujer sola, ni casada, ni viuda ni virgen con dote. No era decoroso. Le vino a la cabeza un dicho popular, *Aut maritus, aut marus:* sin un marido que la gobierne, una mujer necesita un muro que la contenga.

En Venecia, aquello era algo más que un dicho, era una práctica común: centenares de hijas de Venecia habían acabado en el convento. Pocas de ellas ingresaban por voluntad propia, por cuanto nada tenía que ver con la vocación religiosa. A la manera auténticamente veneciana, se trataba de una cuestión de dinero. La dote habitual para la hija de una familia noble era de veinte mil ducados, por lo que pocas familias podían permitirse casar a más de una. A las jóvenes no del todo aptas para el matrimonio, ya fuera porque estuvieran enfermas o lisiadas, o porque fueran feas, tozudas o rebeldes, se las obligaba a ingresar en el convento. El coste de meter a una joven en el convento –pues incluso éstos exigían aportar una dote– era sustancialmente menor a una dote de matrimonio, de sólo mil ducados. Las órdenes religiosas habían salvado a no pocos nobles venecianos de la ruina económica.

En los cincuenta conventos diseminados por la ciudad y las islas de la laguna, vivían enclaustrados de por vida varios millares de mujeres cuyos nombres figuraban en el Libro d'Oro, el registro de la aristocracia veneciana. Allí libraban una existencia intramuros con la finalidad de separarlas de la sociedad, a instancias de un patriarca que las animaba a reflexionar sobre las virtudes de su condición virginal.

Sin embargo, Alessandra sabía que la realidad era bastante menos contemplativa. La mayoría de aquellas mujeres carecía de verdadera vocación para la vida monástica y cumplía sus votos con escaso entusiasmo. Se pasaban el tiempo bordando, murmurando y alternando con las visitas de amigos y familiares en el salón del convento, un lugar abierto a los visitantes pero al que las monjas sólo tenían acceso a través de una celosía. Era una vida intrascendente llena de placeres triviales. Así pues, no era de extrañar que los conventos fuesen un hervidero de devaneos y amoríos varios: eran muy corrientes las historias de relaciones amorosas entre monjas y monjes, hasta el extremo de que el cardenal patriarca Priuli había acusado a los conventos de no ser más que burdeles. Pero ¿quién podía culpar a las hermanas, pues qué clase de vida les esperaba si no?

En su caso personal, el convento sería aún más insoportable. Alessandra no había nacido en el seno de una familia noble, y sin dinero para la dote su única opción era convertirse en una hermana *conserva*, una lega que llevaba a cabo las faenas caseras que las monjas más privilegiadas no querían hacer. La idea de pasar el resto de su vida tras los muros de un convento, siendo la criada de mujeres menos cultivadas que ella, sin libros, sin música, sin libertad, le resultaba abominable. Puede que tuviese demasiado orgullo, pero Alessandra veía el convento como una muerte en vida, su sepultura. Más le habría valido nacer hombre; habría preferido mil veces arriesgar su vida en el mar con Jacopo que besar el suelo de piedra y prometer aquellos votos irrevocables.

Pero si no iba al convento, ¿qué otra opción le quedaba? Alessandra se recostó en el banco. La luz sesgada del sol le daba calor y empezó a sentir cierta modorra. Tenía que hacer algo con el dinero, lo poco que le quedaba no le duraría más allá del mes de agosto. Ya había intentado ahorrar gastos: Bianca le había retocado los vestidos de invierno para el verano y había tenido que despedir a Zuan, su gondolero. En adelante, Nico tendría que hacer también de gondolero. Tal vez lo mandase a la judería al día siguiente con algún objeto para las tiendas de segunda mano. ¿Qué vendería primero? ¿Los baúles pintados, los tapices, el laúd hecho en Verona? Se estremecía de dolor sólo de pensarlo; aquéllas no eran sólo sus cosas, sino también las de su madre, las de su padre, las de Jacopo... Y sin embargo, no tenía otra alternativa, era eso o morir de hambre. Se imaginó a sí misma, a Nico y a Bianca viviendo en la casa mientras ésta se vaciaba poco a poco y resistía hasta que ya no quedaba nada. ¿Y entonces qué? Era una pregunta para la que no había respuesta.

La despertó un parloteo simiesco y la sensación de que alguien la observaba. Alessandra abrió los ojos y dio un respingo: sobre ella se cernía la figura colosal de un moro, el negro de su piel acentuado por el cielo azul radiante que había a su espalda. Tenía la cara alargada y lúgubre, e iba vestido con el uniforme de gondolero: jubón a rayas y calzas escarlata.

–*Signorina* –la saludó, haciendo una reverencia. Hablaba con voz cavernosa, con un acento extraño además–, mi señora desea cambiar unas palabras con vos.

Alessandra se incorporó en la cama y ante ella apareció La Celestia, resplandeciente con un vestido de paño de oro tan brillante que fue como si otro sol hubiese amanecido en el jardín. Mostrando un absoluto desprecio por la ley suntuaria, iba colmada de joyas de pies a cabeza: llevaba media docena de collares de perlas alrededor del cuello, diamantes en los lóbulos de las orejas y el corpiño plagado de incrustaciones de rubíes y esmeraldas. A su espalda la acompañaban una joven sirvienta pizpireta y un muchacho que llevaba un pequeño mono sujeto con una correa. El mono iba ataviado con un jubón de seda púrpura y un gorro diminuto y adornado con borlas. Al ver a Alessandra, el animal empezó a dar saltos y grititos y luego se fue correteando para encaramarse al hombro del muchacho, sin dejar de parlotear ni por un instante. A Alessandra le dieron ganas de pellizcarse, pues sin duda era el sueño más extraño que había tenido en su vida.

–Adorable –señaló La Celestia mientras admiraba el jardín, la laguna y la casa de cuatro plantas, con sus ventanas ojivales de estilo morisco. Se acercó a Alessandra y estudió su rostro con expresión curiosa pero complacida–. Tal como me imaginaba, eres muy bella cuando no lloras. –Entrecerró los ojos para contemplar el cielo–. ¿Entramos? El sol es nefasto para mi cutis.

Alessandra se levantó.

–Por supuesto.

Ardía en deseos de formularle toda clase de preguntas, pero sabía que no era educado hacer preguntas directas. Condujo a La Celestia arriba, al salón de la segunda planta. La habitación se mantenía fresca y en penumbra, pues las gruesas cortinas de damasco estaban echadas para proteger la sala del sol de la tarde. La cortesana examinó el mobiliario y las paredes revestidas de madera con ojo experto.

–Una decoración un tanto sencilla para tratarse de una casa de tan buena posición, pero con algo de trabajo podría quedar preciosa –comentó–. Conozco a algunos artesanos muy habilidosos que podrían hacer maravillas.

–Gracias, pero...

–¿Y nada de Petrarca? –preguntó La Celestia mientras inspeccionaba una hilera de libros que revestían la repisa de la chimenea. Alessandra la observó repasar con el dedo los distintos volúmenes: Virgilio, Aristóteles, Ovidio, Boccaccio, Dante–. Siempre deberías tener algún libro de Petrarca a mano. Las señoras más distinguidas siempre llevan un ejemplar. –Se dirigió a su sirvienta–. ¿Isabella?

Ésta hizo una reverencia y le tendió una pequeña edición, magníficamente encuadernada, de los poemas de Petrarca.

–¿Lo ves? Yo siempre llevo uno encima. –La Celestia volvió a mirar los libros–. ¿Los has leído todos?

–Sí.

–¿Incluidos los latinos y los griegos?

–Sí.

–Mmmm... –Su expresión era inescrutable–. Siempre se puede decir de alguien que tiene demasiada educación. –Se volvió hacia el laúd que había en el rincón–. ¿Sabes tocar?

–Sí.

–¿Y cantar y bailar?

–Sí... un poco –aclaró con modestia.

La Celestia se aproximó al mejor sillón del salón, se desplegó la falda del vestido y se sentó. Hizo una seña a Isabella y ésta se deslizó con sigilo por la puerta, a todas luces para reunirse con el gondolero, el chico y el mono en el piso de abajo y esperar con ellos a su señora.

–Tus modales como anfitriona dejan mucho que desear –señaló la cortesana–. ¿Es que no me vas a ofrecer un refrigerio?

–Perdonadme, pero no entiendo por qué estáis aquí –replicó Alessandra.

–Para hablar sobre tus planes de futuro, por supuesto. ¿Qué vas a hacer ahora que el signor Liberti ha muerto?

–¿Sabéis vos lo de Lorenzo?

Estaba tan atónita que lo nombró por su nombre de pila.

–Pocas cosas pasan en Venecia de las que yo no esté al corriente. –Por lo visto, La Celestia encontraba cierto placer en asombrar a la joven, porque esbozó una sonrisa de satisfacción–. Tardé aún unos días, pero al final recordé dónde te había visto antes, en una comedia en Ca'Pesaro a la que asististe con el signor Liberti. Allí hiciste que se volvieran no pocas cabezas a mirarte, aunque lo cierto es que parecías bastante ajena al efecto que provocabas. Igual que el otro día en el Palazzo Camerlenghi. –Su expresión se endureció–. He oído que ahora no tienes recursos, pero sin duda Lorenzo debió de dejarte algo: joyas, propiedades, tierras, ganado...

–No... Bueno, algunos pendientes de oro, y pagó los impuestos de esta casa.

El hecho de que Lorenzo tal vez hubiese pagado los impuestos con el dinero de la propia Alessandra fue algo que ésta prefirió obviar. El tono de la cortesana la hacía ponerse a la defensiva.

–¿Y eso es todo? –quiso saber La Celestia.

–Sí.

–¿Quieres decir que no tienes nada ahorrado?

Alessandra negó con la cabeza.

–Me habían dicho que eras una chica lista. ¿Es que te has sumergido tantísimo en esos libros que no te has parado nunca a pensar en tu futuro?

–¿Cómo iba yo a saber que Lorenzo moriría?

La Celestia se echó a reír.

–Querida mía, era un hombre. Los hombres mueren a todas

horas. Son verdaderos expertos en eso, siempre se están yendo a alguna guerra o cualquier cosa parecida. El destino de una mujer es ser abandonada por los hombres, de un modo u otro. Un auténtico fastidio, sí, pero debes admitir que es verdad. Tu error fue contar con que un hombre se ocuparía y cuidaría de ti.

–Pero vos misma... –se arriesgó a decir Alessandra.

–Crees que soy la viva contradicción de mis propios consejos, pero ahí te equivocas también. Yo no cuento con un solo hombre, sino con muchos. De ese modo, si uno se muere, el efecto no se nota tanto. Una opción más inteligente que deberías escoger de cara al futuro.

«¿El futuro? –pensó Alessandra–. ¿Qué futuro?» La Celestia aguardó pacientemente a que la joven comprendiera el verdadero alcance de sus palabras.

–¿Acaso sugerís... que me haga cortesana? –exclamó Alessandra, y al punto arrugó la frente, temerosa de haberla malinterpretado.

–Admito que ésa era mi intención al venir aquí. Sin embargo, me preocupa tu falta de visión para los negocios. Te has vendido muy mal.

–¿Venderme?

Alessandra sintió que se ruborizaba.

–Puede que no te guste oír lo que voy a decirte, pero la diferencia entre ser una mantenida y una cortesana es de sólo un grado. Has regalado tu bien más preciado, el virgo, a cambio de unas pocas alhajas e impuestos atrasados. –La Celestia chasqueó la lengua–. ¿No llevan ni siquiera una perla esos pendientes?

–No –admitió Alessandra.

–Lo lamento en el alma –dijo, lanzando un suspiro–. Con esa cara tan hermosa, podrías haber vendido tu virginidad por un precio muy alto. Y muchísimas veces, además. –Sacudió la cabeza–. Pero de nada sirve lamentarse ahora; lo hecho, hecho está. Nada de reproches; como digo yo siempre, no se saca nada de provecho de ellos. Bueno, ¿y qué piensas hacer? Doy por sentado que la idea del convento no te atrae demasiado.

–No.

–¿Algún pretendiente a la vista?

–No.

–Y pese a todo, sigues dudando.

–Hacéis que suene como si la vida de cortesana fuese fácil, pero he oído que hay mujeres a las que les pegan, les propinan una cuchillada en la cara o cosas peores. ¿Y qué hay del mal francés?

–Hay ciertos peligros, eso es verdad. Pero la vida está llena de peligros, tanto para las cortesanas como para las que no lo son. Hay formas de evitar esos problemas, te las enseñaré yo misma. Supongo que eres consciente de que éste es un ofrecimiento excepcional. La mayoría de las mujeres pagaría sumas muy generosas a cambio de mis secretos.

–¿Y por qué me los ofrecéis a mí?

–Hay algo que no tardarás en descubrir, y es que hasta las mujeres más hermosas se hacen viejas.

Una sombra enturbió la mirada de La Celestia y, por un momento, Alessandra vislumbró a la mujer que había tras la embellecida fachada de la cortesana y constató que, en efecto, La Celestia era mayor de lo que aparentaba a primera vista. La luz del sol que se filtraba por los cortinajes revelaba unas arrugas diminutas alrededor de sus ojos, así como sendos surcos en las comisuras de sus labios.

–Llegará un día en que los hombres ya no pagarán tan generosamente por mis favores –siguió diciendo La Celestia–, pero me niego a cometer los mismos errores que otras cortesanas. En lugar de actuar como si el futuro no existiera, voy a hacer planes para cuando llegue. A cambio de instruirte y de presentarte a los hombres más ricos y distinguidos de Venecia, tendrás que pagar un precio: el veinticinco por ciento de lo que ganes.

–Parece mucho.

–¿De veras? Entonces deja que te lo plantee como mi madre me lo planteó a mí: «Puedes hacerte cortesana, y no prostituta, dicho sea de paso, sino *cortigiana onestà*, y disfrutar de riquezas que ni siquiera imaginas, o puedes vender velas en la puerta de la iglesia y vivir en la pobreza y la miseria». Tú no pareces tener muchas más alternativas de las que tenía yo.

–Puede que no, pero...

–Dime, ¿por qué preferiste convertirte en la amante de Lorenzo en lugar de ingresar en el convento? Debías de saber que no serías aceptada por buena parte de la sociedad, que te sería mucho más difícil hacer un buen matrimonio.

–Quería mi libertad.

–Exactamente. «La libertad es la gema más preciosa que posee una cortesana. Una vez alcanzado ese privilegio, hasta la infamia le parece honorable.» Francesco Pona escribió eso. Una vez que te acostumbras a la libertad, es imposible renunciar a ella. Y créeme, no hay ni pizca de libertad en la pobreza.

–Creo que tengo más opciones que la que me ofrecéis.

–¿Tú crees? Pues yo sólo veo tres: puedes hacerte monja, puedes hacerte cortesana o puedes reunirte con las putas del puente de las Tetas y venderte barato. Si eres lista, estarás en mi casa el miércoles a mediodía. –Se levantó y se dirigió a la puerta–. Dime, ¿lo amabas?

–¿A Lorenzo? –Le parecía vergonzoso admitir que nunca lo había amado, que sospechaba que nunca amaría a nadie–. No lo sé.

La cortesana le dedicó una mirada penetrante.

–Eso está bien. Es mejor que no te enamores de ellos. En eso sí que debes creerme, te lo aseguro.

# IV

Claire empujó una pesada puerta de cristal y entró en el pasillo principal de la academia Forsythe. Meredith la había llamado esa mañana y le había insistido mucho para que se reuniera con ella en la escuela a la una en punto. Mientras doblaba a la derecha por el pasillo y entraba en la zona de despachos donde trabajaba Meredith, seguía sin estar muy segura de para qué la habría llamado.

–Así me gusta, muy bien, confiaba en que llegases tú antes –dijo Meredith al ver entrar a Claire.

Su despacho le recordaba a su casa magníficamente amueblada, con estanterías de libros que iban del suelo al techo, lámparas de diseño y dos sillones tapizados frente a un escritorio de época de madera de caoba.

–¿Antes? –preguntó Claire.

–Va a venir alguien más.

–¿Quién?

–¿Por qué no empiezo por el principio?

–De acuerdo.

–El padre de una de nuestras alumnas se casa la semana que viene. Es su segundo matrimonio, obviamente. Él y su nueva esposa van a pasar la luna de miel en el sur de Francia. Al principio, su hija iba a quedarse a pasar el verano con su madre, pero la madre está... Bueno, no está bien. En realidad, se encuentra en el hospital. Esta mañana el padre ha llamado para ver si sabíamos de alguien, una profesora tal vez, que pudiese hacerle de acompañante a su hija en París durante una semana. De ese modo, él y su nueva esposa podrían disfrutar de su luna de miel y luego regresar a París, recoger a la hija y pasar otra semana *en famille* antes de regresar a casa. Pero la escuela de verano empieza dentro de una semana y no tenemos personal suficiente, la verdad.

–¿Me estás proponiendo que acompañe a esa chica a París?

–¡No! A Venecia. Las fechas de su viaje y las de tu conferencia coinciden. Yo ya he hablado con él y le ha parecido bien siempre y cuando Gwendolyn esté en París a tiempo para reunirse con ellos. Me da la sensación de que está desesperado. Por lo visto, a la nueva mujer no le hace mucha gracia la idea de que su hijastra los acompañe durante toda la luna de miel.

–¿Y qué se supone que voy a hacer con ella cuando yo esté en la conferencia?

–Llevártela. No es una cría, tiene catorce años. Dile que se esté callada y quietecita mientras dure y luego podéis hacer algo divertido juntas, cuando termine.

–Pero es que yo no sé hacer nada divertido con niños –protestó Claire.

–¿No te gustan los niños?

–No he dicho que no me gusten, es sólo que no he pasado tiempo con adolescentes desde... desde que era adolescente.

–Pues yo me paso todo el tiempo rodeada de adolescentes, y no se diferencian mucho de nosotros. La mayoría de ellos son muy simpáticos, de verdad. Gwen es una chica normal, completamente normal. Pero lo más importante de este plan es que el padre de Gwendolyn está forrado, y que va a pagar por todo. Puede incluso que cubra los gastos de la conferencia y que te dé algo de dinero extra por tu tiempo.

–Me tomas el pelo.

–Hablo en serio.

Meredith sonreía y arqueaba las cejas en actitud positiva, pero tamborileaba en el escritorio con el bolígrafo de la mano derecha, y eso revelaba su ansiedad.

–Hay algo que no me has dicho; ¿qué es? –preguntó Claire.

–Hay un incidente sobre el que tendrás que ser discreta. En otras palabras, no podrás comentarlo con Gwendolyn. Su padre se hizo daño en un pie hace unos días en... un accidente de golf.

–¿Alguien le pasó por encima del pie con un carrito?

–No, alguien se lo agujereó con una bala.

–¿El padre de la chica es el tipo al que le disparó su ex?

–Sí.

–Lo que significa que la madre de esa chica es la mujer que le disparó.

–Sí.

–Pero acabas de decir que era normal, completamente normal. ¡Tener una madre que pega tiros a la gente no es normal!

–Baja la voz, el padre llegará de un momento a otro. Tienes que fingir que no sabes nada de esto.

–Creía que habías dicho que su madre estaba enferma, que se encontraba en el hospital.

–Y así es. Está ingresada en el pabellón de psiquiatría del Massachusetts General. –Meredith se encogió de hombros como respuesta a la mirada confusa de Claire–. La enajenación mental transitoria es una enfermedad, o al menos ésa es la defensa que va a esgrimir su abogado.

–Pues tú tienes que estar enajenada mentalmente para pensar que yo puedo acompañar a esa chica.

–¿No quieres hacerlo?

–No, no quiero hacerlo.

–Entonces deja que te preste el dinero para el viaje.

–No, no podría aceptarlo. –La noche anterior había intentado calcular cuánto le costaría ir a Venecia, y una vez que hubo sumado el coste del avión, el hotel, comida e imprevistos, el total superó con amplitud los tres mil dólares. Ni siquiera en las escuelas privadas pijas como Forsythe los subdirectores cobraban grandes sueldos, por lo que el dinero al que Meredith se refería seguramente eran todos sus ahorros–. No sé cuándo podría devolvértelo –prosiguió Claire–. ¿Y si no puedo devolvértelo nunca? Eso acabaría para siempre con nuestra amistad, y sería mucho peor que no ir a Venecia.

–No estoy tan segura.

–¿Qué significa eso?

–Significa que estoy preocupada por ti. Llevas casi dos años sin salir apenas de tu casa. Salvo por las noches que hemos ido por ahí juntas, y que puedo contar con los dedos de una mano, no creo haberte visto vestida con otra cosa más que sudaderas y esos ridículos pijamas de franela.

–¿Mis pijamas te parecen ridículos?

–Cuando los llevas varios días seguidos, sí.

–Pues da la casualidad de que son muy cómodos, y así ahorro en lavandería.

–Como vayas vestida no es lo importante. Lo que digo es que... Mira, puede que no tenga marido y niños y una valla blanca alrededor de mi casa y todo eso, pero lo cierto es que sí tengo relaciones que me duran más allá de una sola cena.

–Ahora mismo lo único que me importa es terminar mi tesis.

–Claire, sabes que te quiero, y me parece genial que te apasiones tanto por el siglo XVII y que te importe tanto cómo vivía la gente entonces, lo que pensaban, lo que comían, la clase de tenedores que utilizaban...

–Es curioso que lo menciones, porque los tenedores eran una cosa prácticamente inaudita fuera de Italia a principios del siglo XVII. Los viajeros que iban a Venecia solían mencionar siempre su uso, por lo poco habitual.

–¿Lo ves? Eso es justo a lo que me refiero.

–¿A qué te refieres?

–Sabes cosas de hace cuatrocientos años, pero la mayor parte del tiempo no pareces saber ni a qué día estamos. Tienes que salir de tu casa y tienes que ir a Venecia. Tu director de tesis te dijo que era crucial averiguar todo lo que pudieras sobre ese otro libro que compite con tu investigación. Si no lo haces, ¿no estarás arriesgando todo por lo que tanto has trabajado?

Claire lanzó un suspiro. Meredith tenía razón, por supuesto; como siempre.

–¿Y el padre de esa chica está de acuerdo en pagarlo todo? –preguntó.

–Todo –contestó Meredith, y asintió con la cabeza.

De pronto Venecia ya no era algo impensable y Claire se dio cuenta de las ganas inmensas que tenía de ir. Al cabo de poco más de una semana, podría subir a bordo de un avión rumbo hacia allí. Sí, tendría a una quinceañera sentada a su lado, pero ¿y qué? Averiguaría lo que había escrito aquella profesora de Cambridge y, lo que era aún mejor, podría pasar el resto de la semana en la Biblioteca Nazionale Marciana, la biblioteca de Venecia, investigando. Una semana no era mucho tiempo, pero era mejor que nada. Allí podría consultar los documentos originales de algunas de las fuentes que ya había citado, y lo mejor de todo: los diarios de Alessandra Rossetti estaban allí.

–Además, como ya te dije el otro día, allí habrá italianos...

Meredith se interrumpió al oír la voz de un hombre pronunciando un «¿Hola?» vacilante desde la zona de recepción.

Se levantó justo cuando Edward Fry aparecía por la puerta del despacho. Claire lo repasó de arriba abajo con rapidez: alto, de complexión normal, vagamente atlético. Le echó unos cuarenta y cinco años; lucía un bronceado de jugador de golf y unas atractivas arrugas alrededor de los ojos cuando sonreía. Iba vestido con aire informal, con unos vaqueros y un polo. Lo que más llamaba la atención era la escayola del pie izquierdo y el bastón que le habían dado en el hospital, detalles que recordaron a Claire por qué se requería su ayuda. Se le ocurrió pensar que tal vez aquel hombre había hecho algo verdaderamente horrible para merecer la cólera de su ex mujer. Claire se llevó una leve sorpresa al descubrir que Edward Fry era un hombre agradable y no tardó en darse cuenta de que ya había tomado una decisión: iría a Venecia como acompañante de su hija.

Porque, la verdad, ¿cuántas posibilidades había de que la cosa fuese mal?

## La Fuerza

*21 de mayo de 1617*

–Hazlo otra vez, pero ahora, cruzando la habitación –dijo La Celestia.

Alessandra se levantó las faldas y dio un paso vacilante con sus nuevos *chapines*, los zapatos altos de plataforma que causaban furor entre las venecianas que estaban a la última.

–No te tires del vestido, queda raro. Tienes que dejar caer los brazos a los lados con un poco más de garbo, así. –La Celestia hizo señas a Alessandra para que volviera sobre sus pasos–. Empieza otra vez.

«¿Otra vez?» Alessandra lanzó un suspiro de impaciencia. La Celestia era aún más tirana que el signor Ligorio, su viejo profesor de latín.

–Te he oído –dijo La Celestia–. Cada vez que te den ganas de darte por vencida, recuerda que el convento te espera.

Alessandra volvió tambaleándose al fondo de la habitación. La Celestia se encontraba en el otro extremo, a una distancia considerable. La alcoba de la cortesana era mayor que la mayoría de los salones; su tamaño doblaba con facilidad el de la sala más grande de la casa de Alessandra. En las tres semanas que llevaba allí todavía no había superado su asombro por el lujo que rezumaba el *palazzo* de La Celestia. Todos los días descubría un nuevo detalle por el que maravillarse: techos altísimos pintados con nubes y ángeles o escenas mitológicas; interminables suelos de mosaico, recubiertos con majestuosas alfombras; una *camera d'oro* –o habitación de oro, con las paredes revestidas de pan de oro– junto al *portego* que relucía por las tardes con una luz tan intensa que parecía líquida. Las paredes estaban cubiertas de tapices, espejos ornamentados y retratos de La

Celestia, de los que Alessandra había contado hasta ocho. En la última planta había una suntuosa estancia sólo para bañarse que contenía una bañera enorme donde la cortesana realizaba sus abluciones diarias, en agua con una infusión de hierbas aromáticas o, dos veces a la semana, en leche.

La casa entera estaba bañada por la luz del sol y rebosante de flores frescas, y por las tardes, de las dulces melodías de las hijas pequeñas de La Celestia, Caterina y Elena, durante sus lecciones de música. Los pavos reales se paseaban por la *altana*, la galería cubierta del tejado; los pinzones, los periquitos y las alondras, en jaulas doradas, gorjeaban e inundaban el aire con sus cantos, y el mono de la cortesana, *Odomo,* disponía de su propia habitación, amueblada con una minúscula cama con dosel y sillas de brocado. Sirvientes de toda clase aparecían y desaparecían con la misma facilidad que si fueran fantasmas, siempre dispuestos para atender el más mínimo requerimiento. De no haber sabido la verdad, Alessandra habría creído que era una princesa la que habitaba en aquel palacio.

Alessandra empezó a avanzar de nuevo por la habitación, tratando de imitar el grácil y majestuoso movimiento que le había enseñado La Celestia. Pero ¿por qué le resultaba imposible colocar los brazos de forma elegante cuando se concentraba en intentarlo? Cuanto más empeño ponía, más le parecían dos pedazos de carne que colgaban a ambos lados de su cuerpo. Y su vestido, uno de La Celestia que le habían arreglado especialmente para ella, se le ceñía tanto al cuerpo que le provocaba unos picores insoportables. Levantó el brazo para rascarse la espalda y en el preciso instante en que dejó de concentrarse en los pies, tropezó y cayó redonda al suelo.

–¡Virgen Santa! –exclamó La Celestia.

–Es este vestido –protestó Alessandra, exasperada–. ¿Es necesario que me apriete hasta asfixiarme?

–Lo que pretendo no es asfixiarte, sino hacer que se te vea ese busto. Aunque de poco va a servirte como no aprendas a caminar como una señora.

–Si tengo tantos defectos y tan marcados, si hasta mis pechos no son adecuados, ¿se puede saber qué diantre hago aquí?

–Las bellezas más espectaculares no nacen, se hacen. No hay mujer en el mundo que no salga beneficiada de unos pocos afeites o unas ropas algo más favorecedoras.

Alessandra se frotó el tobillo. ¿Unos pocos afeites? Desde luego, en su caso iba a ser necesario mucho más que eso. En el tocador contiguo de La Celestia había un amplio surtido de lociones, polvos, aceites y ungüentos varios, cada uno con una utilidad específica que La Celestia insistía en que aprendiera. Las criadas de la cortesana, bajo la supervisión de ésta, habían acicalado y embellecido a Alessandra hasta el punto de que apenas se reconocía a sí misma. Unas cuantas sesiones en la soleada *altana* le habían aclarado el pelo hasta convertirlo en rubio dorado; la habían bañado en agua de rosas; le habían cortado y pulido las uñas; le habían depilado las piernas y las axilas; le habían masajeado el pelo y la piel con aceites perfumados y le habían dado forma a sus cejas. La habían mareado y toqueteado tanto que a veces se sentía como una de las gallinas de Bianca, desplumada y atada.

–¿Estás lista para intentarlo de nuevo?

–Me siento como si quisierais que sea alguien que no soy.

–Exacto. Para tener verdadero éxito como cortesana debes ser algo más que una mujer. Debes ser una diosa.

–¿Y eso es todo?

El sarcasmo impregnaba la voz de Alessandra.

–¿Crees que los hombres me consideran sólo una mujer como cualquier otra?

–No, pero vos sois... vos. Vos sois La Celestia. No sois como las demás mujeres.

–¿Y cómo crees que ha llegado a ser así? ¿Sólo por suerte? ¿Una feliz casualidad? ¿Acaso imaginabas que nací en el seno de esta vida que tengo ahora?

Se sentó en uno de los sillones próximos a la chimenea de mármol y le indicó a Alessandra que tomase asiento a su lado. Alessandra se descalzó los *chapines* con diligencia y, arrastrando los faldones de su vestido, se acercó renqueando al asiento vacío.

–Muy pocas personas saben lo que me dispongo a contarte

–empezó La Celestia–. No me gustaría que se lo repitieses a nadie, ¿entendido?

–Sí.

Ya había descubierto que tras el rostro angelical de La Celestia se escondía una mente calculadora y una voluntad de hierro. Sería una estupidez contrariarla.

–Bien. –La Celestia sonrió, pero apenas había calidez en su sonrisa–. Nací en Treviso, no en Venecia. Mi madre era prostituta. Mi padre era un soldado francés que nunca llegó a casarse con mi madre. Vivíamos... mal. Era una vida sórdida y miserable. Nada que ver con esto –le explicó, acompañando sus palabras con un ademán que abarcaba la totalidad de su lujosa alcoba y sus enseres: los numerosos arcones dorados y la cama palaciega cubierta con sábanas de seda blanca bordadas con hilo de oro.

»Mi madre no tenía cultura, pero era una mujer muy lista. Para cuando cumplí los cinco años se dio cuenta de que iba a ser hermosa y utilizó todos los recursos a su disposición para prepararme para la vida que sabía que podía llegar a tener. Se aseguró de que aprendiese a leer, de que estudiase música, canto y urbanidad, de que mis modales fuesen impecables.

»Cuando tenía catorce años, vinimos a Venecia con el único propósito de lanzar mi carrera como cortesana. Mi padre había desaparecido hacía ya mucho tiempo, pero mi madre había logrado ahorrar dinero suficiente para pagar los gastos de nuestro viaje hasta aquí y la comida y fonda para dos semanas de estancia. Sólo dos semanas. Si su plan no tenía éxito, nos veríamos en la calle, pobres, pidiendo limosna y solas en una ciudad donde no conocíamos a nadie.

»A pesar de que apenas podíamos permitírnoslo, nos alojamos en una posada muy cara en el Gran Canal, cerca del Rialto, para estar más cerca del lugar donde se reunían los hombres más ricos e influyentes de Venecia. La mañana misma de nuestra llegada, mi madre salió durante unas horas y regresó con el vestido de seda azul más bonito que había visto en mi vida. Había ido a la judería y empeñado su única joya para que yo pudiera tener algo bonito que ponerme. Una vez hubo arreglado el vestido y me hubo peinado y acicalado el pelo, me pidió que me colocara junto a la ventana, mirando al canal.

»Al cabo de un rato, pasó una góndola que se detuvo bajo la ventana. En ella iba un joven caballero, de porte muy elegante y distinguido. –La Celestia esbozó una débil sonrisa–. Todavía me acuerdo de su atuendo: calzas bermejas y una pluma roja en la *biretta*. Cuando me vio, se quedó extasiado y se deshizo en requiebros y alabanzas: "¡Ay, mi bellísima dama! ¡Tengo el corazón enardecido! ¡Vuestra hermosura no tiene parangón en el mundo entero, nunca había visto nada igual! ¿De dónde venís? ¿Sois acaso extranjera en esta ciudad? Debéis de serlo, pues sin duda sois un ángel, no una mujer. ¡Habladme, ángel mío! ¡Si no podéis hablar, mostradme una señal y seré vuestro para siempre, pues vuestra belleza no tiene igual!".

»Y siguió hablando así, sin parar. Todos cuantos pasaban por allí sentían curiosidad por ver la belleza sin igual que le había robado el corazón a aquel joven caballero. Se acercaron más góndolas a la ventana y no tardé en verme rodeada de hombres de toda clase y condición que acudían allí para mirarme. Me gritaban que me asomase más al balcón, que me exhibiese, que les permitiese recrearse la vista. Me asusté y en lugar de hacer lo que me decían, corrí a meterme dentro, a preguntarle a mi madre qué debía hacer.

»Y vi algo que no había visto antes y que tampoco volvería a ver nunca, vi a mi madre estremecerse de alborozo mientras las lágrimas le brotaban de los ojos y le rodaban por las mejillas: estaba riendo y llorando al mismo tiempo. Le dije: "Madre, ¿por qué reís? ¿Por qué lloráis?". Y me contestó: "Lloro porque ahora sé que todo va a ir bien y que no vamos a acabar mendigando en las calles. Y río porque al cantar tus alabanzas, ese muchacho ridículo se ha convertido en todo un poeta lírico: ¡sigue farfullando muchas más cosas de las que yo le he pagado por decir!".

Alessandra abrió los ojos como platos.

–¿Le había pagado ella?

La Celestia se echó a reír.

–Mi madre no dejaba nunca nada al azar, no creía en esas

cosas. A pesar de todo, aquel joven siguió viniendo a verme aun sin recompensa, pero daba lo mismo, porque no tardó en convertirse en uno más de tantos.

»Desde ese día en adelante, todos los hombres de Venecia acudían para echar un vistazo a la nueva belleza que acababa de llegar a la ciudad. Y un vistazo era lo único que conseguían, porque, como ya he dicho, mi madre era muy lista y manejaba su curiosidad igual que el buen músico maneja su instrumento. Un día podían verme un brazo desnudo, o un tobillo, o la melena cayéndome en cascada por la espalda o el perfil de mi rostro. No digo que no fuese guapa, porque lo era, pero ese halo de misterio combinado con la imaginación de los hombres era algo tremendamente poderoso. No tardó en circular el rumor por toda Venecia de que yo era la mujer más hermosa que la ciudad había visto en toda su historia. El hecho de que además fuese virgen y de que estuviese destinada a ser una *cortigiana onestà* creó una expectación que sorprendió incluso a mi madre. Los hombres enviaban a sus sirvientes con toda clase de regalos: frutas, flores, joyas, ropas caras... Los poetas escribían sonetos sobre mí y los artistas suplicaban pintar mi retrato.

»Un día, uno de los hombres que me cortejaba recitó un poema en el que me llamaba "La Celestia". En él escribía que era tan hermosa y distante como los cielos, y por algún motivo se me quedó ese nombre. Desde ese día, dejé de ser la pequeña Faustina Emiliana Zolta de Treviso y pasé a ser sólo La Celestia. Hasta mi propia madre empezó a llamarme así porque comprendió de inmediato las ventajas que conllevaba: me había transformado de una chica guapa en algo semejante a una diosa. Mi nuevo nombre sólo hizo que añadir más leña al fuego de mi misterio; los hombres se volvieron absolutamente locos de pasión por mí. Estallaban peleas en las góndolas que se congregaban bajo mi ventana. En el punto álgido de todo aquel apasionamiento, mi madre empezó el mercadeo: vendió mi virginidad hasta seis veces. Es increíble lo que se puede llegar a hacer con goma arábiga, agua de rosas y sangre de cordero, pero sobre todo, con el ferviente deseo de los hombres de creer. –Los ojos de la cortesana brillaban de ironía al mirar a Alessandra a través de sus pestañas espesas y negras–. Lo que quiero decir es lo siguiente: ser una gran cortesana no es sólo una cuestión de belleza, encanto o sensualidad siquiera. El secreto está, sobre todo, en el deseo y la fantasía. Si los hombres sólo quisieran sexo, cualquier vulgar tusona podría satisfacerlos. La pregunta que debes hacerte es por qué el mismo hombre que le deja unos *soldi* a la puta de una taberna me traería a mí piedras preciosas. Lo que de verdad quieren los hombres, y lo que rara vez encuentran, es una mujer capaz de robarles el corazón, la cabeza y el alma. Y algo no menos importante: una mujer que halague su vanidad. Los hombres saben que cuando conquistan a una mujer a la que codician todos los demás, ocupan un lugar más elevado en la estima de los otros hombres.

–¿Y cómo voy a ser yo todo eso?

–Yo te ayudaré igual que mi madre me ayudó a mí. ¿Sabes que hasta el día de hoy casi nunca dejo que mis pies toquen el suelo en público? Eso contribuye a mantener la ilusión de mi naturaleza sobrenatural. Tendremos que idear algún modo de presentarte a ti.

–¿Vais a hacer que me coloque junto a una ventana?

–No, deberíamos probar con algo nuevo, algo que nadie haya hecho nunca antes. Mientras tanto, aún te queda mucho que aprender.

La cámara del voyeur era tan elaborada como uno de los joyeros de La Celestia, con las paredes revestidas de seda roja estampada y muy hábilmente disimulada para esconder el hueco del tamaño de un armario entre el dormitorio y el descansillo. Alessandra miró por la mirilla que daba a la alcoba a donde La Celestia no tardaría en llegar acompañada de uno de sus amantes. El escenario que veían sus ojos estaba perfectamente orquestado para la seducción: salvo por unas pocas velas que parpadeaban en los rincones, la habitación sólo estaba iluminada por el fuego de la chimenea. Su acogedora corona alumbraba la gruesa alfombra colocada delante del hogar y la mesita dispuesta con una fuente con frutas, una jarra de vino y dos copas. El extravagante lecho de La Celestia aguardaba, tentador, justo a la orilla del fuego, y sus sábanas blancas de seda emitían un brillo cálido y discreto.

–¿Te gustaba el sexo con el signor Liberti? –le había preguntado La Celestia a Alessandra ese mismo día.

–Supongo –le había respondido ella despacio, deseando no sentir tanta vergüenza ante aquella pregunta. Si iba a convertirse en cortesana, tendría que vencer su recato–. No era terrible.

La Celestia se echó a reír.

–¿No era terrible? Vaya, eso no es un halago, precisamente. Pero al menos es muy exacto, si no recuerdo mal. El sexo con Lorenzo era un poco... monótono.

–¿Vos y Lorenzo? –exclamó Alessandra, atónita.

–Soy muy popular –respondió La Celestia con una sonrisa coqueta y encogiéndose de hombros–. El caso es que a tus dieciocho años eres demasiado mayor para pasar por virgen, y sin duda no soy la única que está al tanto de lo del signor Liberti, así que no podemos recurrir a ese método de atracción. Te correspondería aprender un poco más sobre el arte amatorio, y como estoy segura de que Lorenzo no te lo enseñó, supongo que tendré que hacerlo yo misma.

–¿Fue así como aprendisteis vos, de otra cortesana?

–Mi madre me enseñó algunas cosas, pero casi todo lo aprendí yo sola. Da la casualidad de que estoy hecha para mi profesión: tengo un apetito natural para el amor que no se satisface con facilidad. Y si bien no es un requisito indispensable para una cortesana, te hace la vida mucho más agradable, desde luego. –Miró a Alessandra con aire interrogador–. ¿Sentiste alguna vez placer con Lorenzo?

–A veces... No siempre.

–No me sorprende. Me parece que le importaba más bien poco la satisfacción de la mujer. Pero, por suerte, no todos los hombres son así; de hecho, esta misma noche voy a verme con uno de mis favoritos actuales: es fuerte, vigoroso y realmente excepcional en la cama, tal como verás.

–¿Tal como veré?

La expresión de estupor en el rostro de Alessandra debía de

ser sin duda enorme, porque La Celestia estalló en carcajadas.

–No estarás en la habitación con nosotros –aclaró, y entonces la llevó a la habitación del voyeur–. Él no se enterará de que estás aquí –le prometió–. Esta noche te quedarás aquí, observarás y aprenderás.

Alessandra se tiró del camisón por encima de los muslos y se arrodilló en el banco tapizado que había debajo de la mirilla para ver mejor. En cuanto a la pregunta que ella misma le había formulado a La Celestia, la de qué podía aprender ella de sexo más allá de lo que ya había hecho con Lorenzo, la cortesana se había sumido en un silencio exasperante.

–Lo que vas a ver esta noche no es, ni mucho menos, lo normal –le había contestado al fin–. Pero creo que deberías saber lo que es posible. Tu vida como cortesana puede estar llena de placer, si tú lo quieres.

La Celestia y su amante entraron en la habitación vestidos con unas túnicas largas, pues acababan de salir del baño. No pronunciaron una sola palabra, sino que permanecieron en la alfombra delante del fuego, el uno frente al otro. La Celestia lo miró con una dulce sonrisa mientras él le deslizaba la túnica por los hombros y la dejaba caer al suelo.

La cortesana era aún más hermosa desnuda que vestida. Los pitones rosados de sus pechos y la mata de vello negro en el vértice de sus muslos eran las únicas notas de color en su cuerpo exquisitamente pálido. Todas las formas de La Celestia eran redondeadas y suaves: sus pechos firmes y turgentes, la sugerente curva de su vientre y sus nalgas, tan redondas que parecían dos mitades de un círculo perfecto. No era difícil entender por qué los hombres deseaban poseerla con tanta desesperación.

Su amante –La Celestia lo había llamado Gabriele– le sacaba una cabeza a la cortesana, y el espeso pelo dorado le rozó los hombros al agacharse para besarla. La Celestia le desabrochó la túnica y, al igual que él había hecho con ella, se la deslizó por los hombros y la dejó caer luego al suelo. Un mudo respingo de asombro escapó de los labios de Alessandra. Nunca había visto a un hombre así, salvo en los cuadros de Adonis o Hércules. Allí donde La Celestia estaba formada por curvas, Gabriele estaba cincelado con marcada precisión, con unas piernas musculosas y bien torneadas y un amplio pecho. Su piel bronceada contrastaba radicalmente con la de La Celestia.

Cuando se separaron, Alessandra advirtió que él ya estaba excitado, detalle que tampoco pasó desapercibido a la cortesana, quien alargó el brazo para acariciar lo que a Alessandra le pareció mucho más grande de lo que podía abarcar su mano. Entonces La Celestia se hincó de rodillas delante de su amante.

¿Qué estaría haciendo?, se preguntó Alessandra. Por un segundo, le pareció que La Celestia miraba hacia la antecámara del voyeur con una sonrisa leve y traviesa en los labios, justo antes de meterse en la boca el miembro de Gabriele. Alessandra se quedó paralizada de asombro. Ella nunca había hecho eso con Lorenzo, ni siquiera sabía que era algo que pudiesen hacer dos amantes. Sin embargo, Gabriele no parecía en absoluto sorprendido por la iniciativa de La Celestia, y saltaba a la vista que disfrutaba mucho con ello. Apoyó las dos manos en la cabeza de La Celestia mientras ella lo acariciaba con los labios, la lengua y las manos, y luego echó la cabeza hacia atrás con lo que parecía intenso placer.

La Celestia alzó la vista para mirarlo y se puso de pie. Gabriele le recorrió el cuerpo con las manos y luego acercó la boca a los pechos para succionarlos, primero uno y después el otro. Al cabo de un momento, él también se arrodilló y, por segunda vez, Alessandra contempló con asombro absoluto cómo enterraba la cara entre las piernas de ella.

El efecto sobre La Celestia fue inmediato, y aún más extraordinario que el que ella había tenido sobre él. La cortesana empezó a gemir de placer y colocó un momento las manos encima de la cabeza de su compañero antes de acariciarse frenéticamente su propio cuerpo, masajeándose los pechos y los labios, de modo que el tacto de sus propios dedos acrecentaba aún más la gratificante sensación. Gabriele la asió por las caderas y apretó la boca con más fuerza contra el suave hueco que había hallado. La Celestia lanzó un nuevo gemido, más intenso esta vez, con las piernas temblorosas. Acto seguido, su amante, sin moverse de su sitio, la abrazó por la espalda con una mano, colocó la otra en sus nalgas y la hizo tumbarse ante él en el suelo, sin dejar de mordisquearla y lamerla con resultados extraordinarios. La cortesana se retorcía en el suelo, con las piernas dobladas, la espalda arqueada y las manos sobre la cabeza de Gabriele como si quisiera estrecharlo aún con más fuerza en aquel beso extraordinario. De entre sus labios salían unos sonidos asombrosos e inauditos. Si Alessandra no hubiese sido testigo de la escena que se desarrollaba ante sus ojos habría creído que La Celestia sufría tremendos dolores, con unos gritos lastimeros cuya intensidad iba in crescendo. Al final, con un largo y pavoroso gemido, la cortesana se incorporó y, apretando la cabeza de su amante contra sus partes más sensibles, empezó a balancearse hacia delante y hacia atrás como poseída por una fuerza invisible, antes de desplomarse de nuevo sobre la alfombra.

Nunca, en ninguno de sus encuentros con Lorenzo, había experimentado Alessandra nada semejante, desde luego. La satisfacción de La Celestia era casi aterradora por su intensidad y, pese a ello, innegablemente envidiable. Había afectado a Alessandra mucho más de lo que habría podido imaginar: el rubor que sentía en la cara, su respiración entrecortada y el calor creciente que nacía en sus entrañas daban testimonio de ello.

Los amantes se incorporaron, La Celestia se recostó en sus manos y su compañero quedó en cuclillas, mientras se sonreían satisfechos el uno al otro. A Gabriele le había gustado lo que él mismo había hecho, pero ¿era eso todo?, se preguntó Alessandra. Entonces él se puso de pie y avanzó junto a La Celestia, se inclinó sobre ella y la tomó en sus brazos. No, por supuesto que había más, dedujo Alessandra al verlo llevar en volandas a La Celestia hasta la cama y dejarla en el borde, frente a él. La altura de la cama era perfecta para la posición que habían adoptado ambos. Él la agarró con fuerza de los tobillos y le levantó los pies en el aire mientras ella se echaba hacia atrás, extendiendo los brazos en cruz. Apoyó los tobillos en los hombros de él y miró a su amante con expresión de indisimulado gozo. Gabriele la asió de las caderas y la atrajo hacia sí, y dio comienzo el apasionado combate.

La lección se prolongó durante más de una hora. Alessandra jamás habría imaginado, antes de ese día, que el acto amoroso pudiese englobar tanta variedad. Por primera vez desde que había aceptado la proposición de La Celestia, esperaba ansiosa el inicio de su nueva vocación con algo parecido a la curiosidad y el deseo.

# Los Enamorados

*7 de junio de 1617*

Alessandra se asomó por detrás de la puerta de la *camera d'oro* para echar un vistazo al *portego*, donde los invitados de La Celestia estaban sentados alrededor de una mesa de banquete inmensa, terminando el último plato del festín que su anfitriona les había preparado. Todos los invitados eran hombres, todos ellos considerablemente mayores que ella, todos ellos adinerados e influyentes. Dos llevaban las togas escarlata que los distinguían como miembros del Senado, uno de ellos era un prelado con las vestiduras que le eran propias y los demás iban vestidos con las ropas de la aristocracia, de colores oscuros y elaboradas con los mejores tejidos que el dinero puede comprar. Ninguno de ellos era especialmente guapo pero, tal como constató aliviada, ninguno era tampoco terriblemente feo.

Alessandra dio un paso atrás al ver entrar a La Celestia, quien cerró la puerta tras ella.

–¿Estás lista? –preguntó.

–Supongo que sí.

–No pareces muy entusiasmada.

–Estoy dividida –admitió Alessandra–. Una parte de mí no se puede creer que me hayas convencido para que haga esto. La otra parte sabe que tienes razón: es lo mejor.

–Pues claro que tengo razón. La primera impresión siempre es la que cuenta. Para ser respetada y venerada tienen que creerte especial, y después de lo de esta noche te considerarán extraordinaria. La gente hablará de esto durante meses, ya lo verás.

–En estos momentos, preferiría estar junto a una ventana.

–No te preocupes, los vas a dejar hechizados. –La Celestia

la condujo a una mesa en el centro de la habitación, en la que había una gigantesca bandeja de plata con una tapadera abombada–. Alvise –llamó, y apareció un criado de gran corpulencia.

El sirviente dio unas palmadas y no tardaron en aparecer otros tres más, y entre todos levantaron la tapa de la bandeja. En su interior había una enorme concha de mar dorada de papel maché, lo bastante grande para que Alessandra pudiera tumbarse dentro de ella.

–Dame la bata y Alvise te ayudará a subirte –ordenó La Celestia.

Alessandra se alegró de que fuese de noche y la estancia no estuviese bien iluminada. Iba casi desnuda debajo de la bata, aunque eso no significaba en absoluto que no estuviese engalanada: llevaba el cuello, las muñecas y los tobillos rodeados de perlas, y delgadas cintas de oro y plata trenzadas con el pelo, que se le derramaba por los hombros hasta el hueco de la espalda. Una túnica transparente le cubría el cuerpo hasta la altura del muslo, aunque en realidad poco hacía por ocultar las partes que envolvía: cuando miraba abajo veía a la perfección sus pezones, que habían sido cuidadosamente pintados de color dorado, así como el triángulo de trama de oro que le tapaba el sexo. Como colofón, le habían recubierto la piel con una mezcla de oro en polvo y azúcar, y Alessandra se veía tan reluciente y brillante como si no estuviera hecha de carne, sino de oro macizo.

–Estás deslumbrante –comentó La Celestia, atusándole el pelo alrededor de los hombros cuando Alessandra se acomodó en la concha–. Perfecta, mejor dicho, como Venus recién salida de las aguas. Pero que no se te olvide sonreír, sólo un poco. Quieres parecer inaccesible pero no demasiado inaccesible, ¿entendido?

Hizo una seña a Alvise y los sirvientes colocaron la tapa encima de Alessandra, encerrándola en lo que se le antojaba una especie de huevo de plata gigantesco.

La concha había sido diseñada para que resultara impactante, y no necesariamente cómoda, recordó Alessandra mientras los cuatro porteadores levantaban la bandeja y la llevaban al *portego*. Por fortuna, no permanecería allí encerrada mucho tiempo, pues sólo tardaron un momento en llegar a la mesa del banquete. Desde el interior de la bandeja cubierta, oía la animada conversación de los invitados de La Celestia, y entonces, de pronto, percibió la voz de la cortesana alzándose entre ellos.

–Caballeros, ha llegado el momento de que conozcan el motivo por el que los he reunido aquí esta noche...

El parloteo cesó. El corazón de Alessandra latía con tanta fuerza que le pareció que retumbaba en el interior de la tapadera. Iba a levantarse desnuda delante de una habitación llena de hombres. Era la cosa más vergonzosa que había hecho en su vida. «¡Eso ni lo pienses! –le había dicho La Celestia cuando la joven le confesó sus reservas respecto a su debut–. No tienes ninguna razón para sentirte avergonzada ni incómoda. Serás una de las mujeres más bellas que estos hombres han visto jamás. Hay un poder inmenso en eso, y no debes olvidarlo. Hasta que seas rica, el poder de tu belleza es el único poder que tendrás. Si lo utilizas con sabiduría, podrás vivir tu vida como te plazca. Si no, quedarás a merced del destino.»

Alessandra sintió un leve estremecimiento cuando los porteadores depositaron la bandeja en uno de los extremos de la mesa de banquetes, y en ese momento, tal como habían ensayado, esperó hasta que La Celestia habló.

–Caballeros, les presento... –Los cuatro porteadores levantaron lentamente la tapadera– ... ¡a La Sirena!

La Celestia acompañó su frase de una elegante reverencia.

Al principio, se hizo un profundo silencio que a Alessandra se le antojó interminable. Miró a la mesa, a las dos hileras de hombres que clavaban sus ojos en ella sin acabar de comprender del todo lo que veían. Luego miró a La Celestia, que hizo señas a Alvise para que se acercara a ella. Alessandra tomó la mano que el sirviente le tendía y se levantó. Cuando lo hizo, la augusta asamblea pareció comprender al fin que se trataba de una mujer de carne y hueso, viva... y dio un respingo colectivo de asombro antes de estallar en aplausos.

–¿Te has fijado bien en alguno en concreto? –le preguntó La Celestia.

–No, estaba demasiado nerviosa –contestó Alessandra. Se encontraban de nuevo en la *camera d'oro;* fuera tocaba un trío de músicos mientras los hombres hablaban en pequeños grupos diseminados por el *portego*–. Había tantas caras... todo se veía muy borroso.

–Me alegra decir que no ha sido así desde el otro lado. –La Celestia contemplaba a Alessandra con orgullo–. Me parece que ninguno de ellos olvidará en su vida tu imagen saliendo del interior de esa concha. Ha sido espectacular. Se han quedado mudos de asombro, lo cual es increíble. Ninguno de esos hombres se calla nunca de forma voluntaria. Has tenido un éxito apabullante. Ya están haciendo cola por ti; desde luego, tienes donde elegir... –Indicó a la joven con gestos que se acercara a la puerta y se asomó por ella–. Bueno, ¿cuál te gusta más?

–No sabría decirlo.

–En ese caso, escoge tres y yo te ayudaré a decidir quién debería ser tu primer amante.

–¿Tres, dices? –Alessandra examinó a los hombres junto con La Celestia–. Bueno, antes que nada, el obispo desde luego que no.

–Entiendo tu reticencia, pero con el tiempo querrás tener a algún jerarca de la Iglesia entre tus amantes. En algún momento de su vida, toda cortesana necesita protección ante quienes podrían poner en duda su moral.

–Ah, ya entiendo.

–Mientras tanto, te sugiero a Dario Contarini, el de la toga de senador, y a Sebastian Valier, el que está junto a mi retrato. Ambos provienen de excelentes familias, son ricos y generosos, tanto fuera como dentro del dormitorio. En cuanto al tercero, ¿qué te parece ese de ahí, el que está al lado del obispo?

–¿El del pelo castaño oscuro?

–Sí. Un hombre interesante. Sospecho que es más rico de lo que deja entrever, algo harto insólito en Venecia, donde todos aseguran tener más de lo que tienen. Además, es muy ambicioso; se rumorea que no tardará en convertirse en duque. Me he fijado en su cara cuando te ha visto: sé reconocer el deseo cuando lo tengo delante, y yo diría que el suyo ha sido digno de ver.

Alessandra lo miró con más atención y se fijó en aquella enérgica quijada, el poderoso cuello y la boca sensual. Sus ojos eran su mejor baza: lo miraban todo con una ironía burlona y cierto desapasionamiento, y parecía que pocas cosas escapaban a su atención. Rezumaba poder y autoridad, y Alessandra sospechó que era capaz tanto de seducir como de amenazar con el mismo éxito.

–Tiene algo...

–Sí, estoy de acuerdo. Es atractivo, ¿no te parece?

–Sí.

–Vamos entonces, te lo presentaré.

Alessandra, envuelta de nuevo en su bata, siguió a La Celestia al *portego*. El obispo y su interlocutor se volvieron al verlas llegar.

–La Sirena –La Celestia ofreció delicadamente la mano de Alessandra a su futuro amante–, te presento a Alfonso de La Cueva, marqués de Bedmar y embajador de España en Venecia.

## V

–Gire a la izquierda en Hollis –indicó Claire al conductor del taxi que la llevaba al aeropuerto.

Desde el asiento delantero, veía desfilar ante sí las calles repletas de árboles e inundadas por la luz del sol y rumiaba en silencio. ¿De qué diablos iba a hablar ella con una chica de catorce años? No podían tratar el tema de los padres de Gwendolyn, por razones obvias. Pobrecilla. Claire se imaginó a una chica de ojos tristes, como los de los niños abandonados de la calle. ¿Cómo había descrito Edward Fry a su hija? Dulce y un poco tímida, había dicho.

El taxi se detuvo delante de la residencia de estudiantes de Forsythe conocida como Chesterfield House. Dando por supuesto que encontraría a Gwen en el interior del edificio, Claire apenas reparó en una chica sentada en un muro bajo de piedra, junto a la calle. Se fijó mejor en ella y, con una desazón cada vez mayor, vio una maleta en el suelo, bajo las piernas balanceantes de la joven, y una voluminosa mochila junto a ella, en el muro, y supo que no podía ser otra que Gwendolyn Fry.

¿Completamente normal? Ojalá Meredith estuviera allí para explicarle qué había querido decir con eso. Claire no había frecuentado demasiado el ambiente estudiantil de Forsythe, pero estaba segura de que no había ninguna otra chica que luciese aquel aspecto. Llevaba el pelo, que le llegaba hasta la cintura, teñido de un color que no existía en la naturaleza, burdeos con reflejos púrpura, cubriendo un pelo entre pelirrojo claro y cobre mucho más bonito que delataban las raíces de su cuero cabelludo. Tenía los ojos verdes embadurnados con tanto delineador y rímel que parecía una estrella de cine mudo o un mapache. Tenía unos labios carnosos pero una boca estrecha con, tal como Claire adivinó de inmediato, tendencia a quedarse boquiabierta. Un pequeño aro de plata colgaba de su ceja izquierda y otro aro a juego adornaba su ombligo, que llevaba al descubierto por encima de los vaqueros ajustados y de campana. Su blusa, un trapo semitransparente de chiffon y estampado de cachemira rosa y rojo, se ceñía bajo sus pechos y luego se abría por delante, dejándole la barriga al aire.

El atuendo era demasiado sexy para una chica de catorce años, o al menos parecía que ésa fuese su intención: resultar sexy. En Gwendolyn Fry lo cierto es que el efecto resultaba extraño, como si llevase la ropa de otra persona. En primer lugar, y a pesar de que no era una niña abandonada que heredase la ropa de otros, la verdad es que le quedaba demasiado pequeña: el escote de aquella blusa era muchísimo más pronunciado de lo que Claire llegaría a ver nunca en su propia delantera.

–¿Eres Gwen?

–Sí.

Sin embargo, sus ojos revelaban otra respuesta: «Menuda pregunta... ¿Y quién si no iba a estar esperando aquí fuera?».

–Hola, soy Claire.

–Ah.

Ni un «hola», ni «encantada de conocerte». Saltaba a la vista que la chica no tenía modales, pero eso a Claire, escasos segundos después de conocerla, no la sorprendía lo más mínimo.

–¿Dónde está la señora Randolph? –preguntó Claire.

Se suponía que la supervisora de la residencia debía reunirse con ella para firmar el último documento, el que la declaraba formalmente tutora legal de Gwen durante toda la semana siguiente.

Un movimiento casi imperceptible de la cabeza.

–Dentro.

Gwen se bajó del muro de piedra, se sujetó la cintura de los vaqueros con ambas manos y tiró de ellos hacia arriba para subírselos, un acto reflejo que parecía requisito indispensable para lucir esa clase de pantalones, de cintura tan baja. Era cuatro o cinco centímetros más alta que Claire, cosa que a ésta le pareció injusta en cierto modo, porque la colocaba en ligera situación de desventaja. Esperaba encontrarse con una chica –bueno, para ser sincera, esperaba encontrarse con una niña–, y en su lugar había ido a dar con una de esas quinceañeras que pretendían aparentar veinte. El hecho de que Gwendolyn Fry tuviese aquel aspecto desgarbado, torpe y en absoluto sofisticado a pesar de su descocado atuendo, no atenuó lo más mínimo la primera impresión, claramente negativa, de Claire. Aunque no estaba bien sentir tanta aversión por alguien mucho más joven que una, ¿no? No, no estaba nada bien, tuvo que admitir a regañadientes, admitiendo al mismo tiempo que no podía hacer nada al respecto.

Claire llamó a la puerta principal de la residencia y se volvió para mirar de nuevo a la chica. Hasta entonces había tenido la impresión de que Gwen quería ir a Europa para estar con su padre y su nueva madrastra, pero ya no estaba tan segura. La adolescente no parecía demasiado entusiasmada ante la idea de embarcarse en un viaje transatlántico; más bien parecía una niña a quien enviasen una temporada con unos parientes lejanos porque las cosas no iban bien en casa. Lo que, reflexionó Claire, no se alejaba tanto de la realidad. Por un momento sintió algo parecido a la compasión y pensó en el extraño suceso que había provocado que ellas dos se conociesen: ¿Por qué la madre de Gwen le había pegado un tiro a su padre? ¿Por qué en el pie? ¿En el campo de golf de Back Bay? ¿En el hoyo número once?

Claire sintió una súbita e inquietante sensación de miedo. Se le instaló en el estómago, donde temió que permaneciera hasta el momento en que devolviese a la joven a su padre.

La luz de advertencia de los cinturones de seguridad se encendió con un tintineo sordo y los motores del avión empezaron a vibrar con fuerza. Claire miró por la ventanilla las sombras alargadas y oblicuas del atardecer que se proyectaban sobre la pista. En el interior de la cabina, los pasajeros estaban sentados y los auxiliares de vuelo recorrían los pasillos, comprobando que todos se hubieran abrochado los cinturones y que los compartimentos para el equipaje estuviesen cerrados en preparación para el despegue.

–No iba a robarlos –repitió Gwen por quinta vez.

–Estabas a punto de salir de la tienda –repuso Claire, también por quinta vez.

–Pensaba pagarlos.

Estaban curioseando en una de las tiendas del aeropuerto cuando Claire había visto a Gwen meterse con disimulo un par de pendientes de plata en la mochila.

–La próxima vez que vayas a una tienda –le sugirió Claire–, te aconsejo que lleves las cosas en la mano o las dejes encima del mostrador hasta el momento de pagar. –Su voz sonó aún más a institutriz de lo que pretendía. Lanzó un suspiro e intentó suavizar el tono pedagógico porque, por lo visto, con eso sólo conseguía que Gwen se sintiese aún más incomprendida e injustamente acusada–. Aunque sólo sea para poner fin a esta conversación –prosiguió Claire–, aceptaré sin más que se te olvidó que llevabas las joyas en la mochila. Pero si te hubiese dejado salir por esa puerta, te habrían pillado y habríamos perdido el avión, y no podía permitir que eso sucediera. Así que, ¿podemos dejarlo ya de una vez?

Gwen no respondió, pero su malhumor era tan evidente que enrarecía la atmósfera que las rodeaba. Aquél era un buen ejemplo de por qué prefería estar sola, pensó Claire: las emociones de los demás podían ser increíblemente molestas.

Se volvió en su asiento y miró a través de las cortinas abiertas hacia la clase turista. El avión iba medio lleno. Ella y Gwen viajaban en clase preferente, Claire en el asiento de ventanilla de la derecha y Gwen en el pasillo, una fila lujosamente corta de dos espaciosos asientos de cuero negro que se reclinaban por completo, con pequeños reposapiés en el extremo inferior. Resultaba evidente que Edward Fry no era un tacaño. ¿Dos billetes a Italia en clase preferente adquiridos una semana antes de la fecha de vuelo? Debían de haberle costado una pequeña fortuna.

Una azafata se detuvo y se inclinó para dirigirse a Gwen.

–Hay que apagar y guardar todos los aparatos electrónicos hasta después del despegue –explicó con una sonrisa que incluía a Claire y una expresión en los ojos que presuponía y le adjudicaba con discreción el papel de madre, madrastra o tía.

El hecho de que Claire fuese técnicamente lo bastante mayor para ser cualquiera de esas tres cosas sólo lo hacía más desagradable. Gwen apagó su iPod, buscó su mochila debajo del asiento y a continuación hurgó en ella con la determinación de alguien que sabe que ésa va a ser su única salvación del aburrimiento durante las ocho horas siguientes.

Claire buscó en su bolso un bolígrafo y los libros que se había traído, y extrajo la *Historia de la Contrarreforma* de Marmont. Al menos podría leer y tomar notas. Agitó los dedos de los pies y pensó en quitarse los zapatos. Cuando terminase de leer podría relajarse un rato, incluso dormir un poco. Al fin y al cabo, la chica no podía meterse en líos dentro del avión...

# El Emperador

*15 de septiembre de 1617*

La carne estaba dura y el vino –malvasía, lo llamaban los venecianos– demasiado dulce, refunfuñaba Bedmar para sus adentros mientras comía a solas en sus aposentos privados de la embajada española. Él era el embajador, por el amor de Dios... ¿por qué le servían las mismas viandas que comía su legión de espadachines en el piso de abajo? Había llegado el momento de cambiar al viejo castellano que se había traído consigo de la corte madrileña por un chef versado en la cocina local, aunque aquellos venecianos a veces eran capaces de llevar la creatividad a extremos insospechados. La semana anterior había asistido a un banquete en Ca'Barbarigo donde todo el yantar era dorado: la fruta, el faisán y hasta el pan estaban recubiertos de una fina capa de oro. Se le había ocurrido entonces que lo único que les gusta a los venecianos más que el dinero es hacer alarde de que lo tienen. Pero por extraño que pudiese parecer, aquella comida había sido mejor que la que tenía delante.

Alejó de sí la bandeja y estiró las piernas hacia el fuego. A sus pies, su lebrel gimoteó y se removió en sueños, mientras el brillo de la luz de la lumbre relucía sobre su pelaje cobrizo. La imagen de su perro lo tranquilizaba, así que el embajador cerró los ojos un instante.

Sus aposentos en la planta superior de la embajada eran el único lugar donde podía hallar algo de paz y tranquilidad. Día y noche, la embajada era un hervidero de españoles de toda clase, y todos ellos reclamaban su atención, su patrocinio o su influencia. A veces le parecía el lugar más concurrido de toda Venecia: las antecámaras y corredores estaban llenos de figuras repantigadas que cuchicheaban en grupo, a la espera de obtener audiencia con él. Ni siquiera como capitán de los tercios de Felipe III se había visto nunca tan acosado. Había adquirido una casa en el campo para poder escapar de cuando en cuando, pero la muchedumbre de parásitos lo seguía allí de todos modos. Se juró que cuando fuese nombrado virrey, se haría con un *palazzo* entero para él solo.

Virrey de Venecia. Eran unas palabras agradables que lo llenaban de una profunda satisfacción. Venecia era el único territorio de importancia de toda Italia que no se había rendido todavía al dominio español, y sería la joya de la corona de España, pues no había ciudad capaz de competir con las riquezas que poseía Venecia. Una vez hubiese saqueado la ciudad, buena parte de dichas riquezas serían suyas y el rey sin duda lo recompensaría con un ducado.

La conquista de Venecia era el paso final hacia la ambición que había alimentado toda su vida: la de restaurar la reputación y la posición de su familia. Bedmar había pasado tres decenios reparando el daño que su padre había infligido al apellido De la Cueva, a sus tierras, a su riqueza. Había tardado años en recuperar su lugar en la corte, pero por fin estaba a punto de conseguir todo cuanto deseaba. No, se corrigió a sí mismo Bedmar, todo cuanto merecía. Sin embargo, esa noche se sentía inquieto y tenso ante el plan que él y Osuna habían urdido.

A menos que consiguiese más dinero para armas y hombres, el éxito de su empresa no estaba ni mucho menos garantizado. Los corsarios franceses habían resultado duros negociadores, e iba a necesitar varios centenares más de soldados. Llevaba días tratando de decidirse a escribir al rey, y ya no podía posponerlo por más tiempo. Pero ¿qué debía decirle? No iba a bastar con una petición directa. Aun cuando el rey respondiese de manera favorable, el duque de Lerma, el poderoso valido del rey, se resistiría a hacer cualquier cosa que favoreciese los objetivos de Bedmar, pues su recíproca animadversión se remontaba a muchos años atrás. Sin embargo, si conseguía redactarlo de forma que el rey se viese obligado a actuar y Lerma no pudiese poner objeciones sin oponerse con ello a la voluntad del rey, tal vez lo lograse.

Se levantó y se acercó a su escritorio. Una brisa de aire golpeteó las ventanas y trajo consigo el omnipresente hedor de los canales y un presentimiento del otoño. Bedmar sintió que se le revolvía el estómago. Desde la pestilente marisma que la rodeaba hasta los innumerables canales que la surcaban, la ciudad entera apestaba. Incluso en el interior de los más majestuosos *palazzi*, Bedmar detectaba la podredumbre. Ésta se filtraba desde los cimientos y a través de la piedra, el mortero y el ladrillo, en el revoque de filigrana y en el mármol, en el suelo de mosaico y en las habitaciones ornamentadas y doradas. Se preguntó por enésima vez qué demonios habría empujado a esos hombres a construir aquellos opulentos arcones del tesoro sobre una ciénaga. ¿Era sólo por el placer de su belleza? Nunca en toda su vida había conocido a un pueblo tan preocupado por las apariencias, por la superficie de las cosas.

«La ciudad entera está dedicada a Venus», había escrito al rey poco después de su llegada, y ni siquiera en ese momento, años después, estaba del todo seguro de si sus palabras revelaban censura o fascinación. ¿Era posible sentirse repelido y atraído simultáneamente?

Desde su designación como embajador en Venecia, a veces tenía la extraña sensación de no estar muy seguro de sí mismo. En ocasiones se imaginaba distinto a como era y se sorprendía al ver el reflejo de su rostro familiar en el espejo. Por fuera, su aspecto físico era el mismo, pero en su interior él se sentía un hombre diferente. Tras años en los tercios de Su Majestad, tras décadas de disciplina y privaciones, había descubierto con rapidez su apetito por los placeres epicúreos de Venecia: la comida, las mujeres y todo el boato que acompañaba a la riqueza, desde los tejidos más refinados hasta los muebles más lujosos. Nunca lo admitía, pero en Venecia sentía una inquietud constante que hacía aflorar a la superficie la certeza semiescondida de que, en el fondo de su alma, tenía las mismas debilidades que habían llevado a su padre a caer en el oprobio.

La ciudad ejercía un dominio sobre él que se veía incapaz de negar. De noche, cuando veía el reflejo de los faroles de las góndolas en el agua u oía el sonido de la música y la risa de contralto de una cortesana, la fiebre volvía a apoderarse de él y le acuciaba la necesidad de sentir el perfume embriagador de una mujer sobre su boca y sus dedos, de ver unos ojos límpidos que se abrían y se cerraban de deseo, de percibir unos labios carnosos que le susurraban su satisfacción al oído. Sin duda Venecia tenía ventaja sobre cualquier otra ciudad cuando se trataba de esos placeres en particular, y La Sirena era el último y más extraordinario ejemplo. Venecia doraba su comida y a sus mujeres, pensó Bedmar con una mueca de ironía. Cuando la vio por primera vez, ni siquiera se percató de que era real, pues creía que se trataba de una escultura en oro de la mujer más perfecta que había imaginado en su vida. Ahora era La Sirena más que cualquier otra quien lo arrastraba a la noche veneciana.

Venecia de noche era un lugar único en sí mismo, un extraño reino acuático regido, no por Poseidón, sino por Morfeo, dios de los sueños y las ilusiones. Y es que sólo Morfeo podía conjurar el hechizo que transformaba Venecia en el mundo etéreo y reverberante en el que se convertía al caer el sol: un lugar donde la titilante luz de las antorchas tornaba la piedra maciza en ilusiones serpenteantes de agua y luz, donde sirenas colmadas de joyas y montadas en barcazas de sigiloso movimiento exhibían sus pechos bajo la noche cerrada, y los gemidos enfebrecidos de amantes enmascarados retumbaban tras los portales oscuros. Tan sólo en el frío rocío del alba regresaba la cordura y la verdad se hacía patente: la verdadera Venecia no era tanto una seductora como un Narciso reflejado en un millar de espejos de agua, una divinidad distante que resultaba todavía más vulnerable por su vanidad. Se rompía el hechizo y Bedmar volvía a ser dueño de sí mismo, volvía a hallarse en posición de alcanzar su codiciado premio: convertirse en virrey de Venecia sería su mayor victoria en una vida jalonada de triunfos. Ni Osuna, ni Lerma siquiera, podrían tocarle entonces un solo pelo.

Ante su escritorio, el embajador abrió un estrecho cajón y extrajo varias plumas, tinta y papel. En otro cajón halló una llave de bronce, que empleó para abrir un pequeño cofre lacado y damasquinado, pintado con intrincados arabescos de color rojo, azul y verde. El cofre contenía un solo objeto: un libro sin título, que depositó encima del escritorio.

El libro, encuadernado en tafilete, era un raro y valioso ejemplar, una de las dos únicas copias existentes. La primera se hallaba en poder del secretario de Felipe III, que lo utilizaba del mismo modo que Bedmar: para cifrar y descifrar la correspondencia entre el embajador y el rey. El método era muy simple: las palabras del mensaje se sustituían por un código numérico que consistía en el número de la página, la línea y la posición de la palabra correspondiente en el libro. Simple, pero efectivo: ni siquiera los especialistas que trabajaban de sol a sol en el palacio Ducal tratando de descifrar los códigos eran capaces de interpretar sus cartas sin el libro. Primero escribiría la carta y a continuación, con el libro, crearía la copia cifrada.

Bedmar se sentó y afiló una pluma. Sopesó la conveniencia de redactar una primera frase introductoria, pero descartó la idea con rapidez. Nada de ruegos ni de súplicas, se recordó a sí mismo. Sin embargo, si lograba suscitar la cólera del rey contra los venecianos, puede que éste le brindase su ayuda motu proprio y entonces Lerma no podría oponerse. El embajador empapó la pluma en tinta y empezó a escribir.

> Su Majestad:
>
> Los crímenes de la República contra vuestra Corona y contra la Santa Iglesia se hacen más insidiosos con cada día que pasa. Venecia ha tratado siempre de mancillar el buen nombre de España, pero en estos tiempos ya ni siquiera respetan los límites de la decencia...

Bedmar se detuvo de improviso, sorprendido por la aparición de un sirviente que había entrado a recoger la bandeja de la cena.

–¡Pardiez! ¿Se puede saber qué haces aquí? –farfulló, airado.

–Perdonadme, Su Excelencia. He llamado a la puerta, pero no he obtenido respuesta. Creía que os habíais ido.

Era un hombre desgarbado, con el rostro picado de viruela,

el cuello escuálido y una nuez de gran tamaño que se le desplazaba arriba y abajo al hablar. Recorrió con la mirada el escritorio del marqués.

–Pues, como puedes ver, no es así. La próxima vez, anúnciate antes de entrar. –Bedmar lo miró con más atención–. ¿Quién eres tú? ¿Dónde está Pasquale?

–Ha caído enfermo, Su Excelencia. Tomás Esquivel, a vuestro servicio, señor.

–¿Y a quién rindes cuentas?

–A don Rodrigo, igual que Pasquale, Su Excelencia.

–Pues dile a don Rodrigo que no me envíe nunca a un hombre nuevo sin avisarme antes, ¿entendido? –Bedmar no aguardó a una respuesta–. Y ahora, vete.

El gondolero de Bedmar remaba y se adentraba en el Rio di San Martino, en dirección al Gran Canal. El marqués permanecía recostado sobre los almohadones de la embarcación, acariciándose la barba muy despacio, como si su pensamiento se hallase muy lejos de allí.

–Ardo en deseos de presenciar el espectáculo de esta noche –comentó Alessandra, no tanto porque fuera cierto como para romper el silencio.

–Las representaciones de la baronesa son siempre muy entretenidas.

Bedmar la miró al responderle, pero parecía preocupado por algo. En comparación con el resto de sus amantes –que en aquellos momentos eran ya cinco–, el marqués era todo un enigma, mucho más que los demás. Alessandra se preguntó qué pensaría de ella y se dio cuenta de que tal vez no llegaría a saberlo nunca. Bedmar era un hombre extremadamente reservado que rara vez revelaba sus pensamientos. Sospechaba que la consideraba una especie de hermoso capricho, una posesión, una muñeca de porcelana sin alma. Tal vez era eso mismo lo que pensaba de todas las mujeres, de las que llamaban su atención, al menos. Con cualquier otro hombre se habría sentido resentida, pero tratándose de Bedmar, era más seguro interpretar el papel que él quería que interpretara. A pesar de que nunca la había amenazado con hacerle daño, Alessandra tenía el presentimiento de que era un hombre peligroso.

Aunque La Celestia le había repetido infinidad de veces que los hombres eran, por lo general, criaturas inofensivas y bastante simples, Alessandra sospechaba que ése no era el caso del embajador. Podía mostrarse encantador o taciturno, según el día, y a veces la joven había presenciado inquietantes estallidos de ira que la hacían sentirse incómoda. Sin embargo, también había que tener en cuenta que era español, y no veneciano, y que tal vez el hecho de ser extranjero hiciese más difícil para Alessandra comprenderlo. Sentía una intimidad mucho más cómplice con sus amantes venecianos que con el marqués. Ellos la obsequiaban con sus hazañas de guerra de muchos años atrás y con sus más recientes éxitos en la política y los negocios. Bedmar eludía cualquier pregunta de índole personal con educada firmeza.

Sin embargo, cuando Alessandra le expresó sus inquietudes a La Celestia, la cortesana les restó importancia con total tranquilidad.

–Ya sé que no dedica tantos halagos ni regala tantas alhajas como otros hombres –le había contestado La Celestia–, pero ha sido más que generoso con su dinero. ¿Y acaso no expresa la devoción que siente por ti de otras formas?

Ella también le había hablado a La Celestia de eso. El deseo que Bedmar sentía por ella era muy intenso, y era un amante experto, con una destreza infalible que siempre conseguía excitarla.

El marqués se dirigió a su gondolero.

–Sigue el Rio della Fava –ordenó, y el gondolero respondió con un elegante ademán con la mano.

Era un hombre joven, uno o dos años mayor que ella, delgado pero fuerte, con ojos de mirada penetrante rodeados de profundos círculos oscuros.

–Vuestro nuevo gondolero... ¿es mudo? –preguntó la joven.

–Sí, por suerte. Paolo es el único hombre de Venecia que no puede revelar mis secretos.

–¿Como cuáles?

–Como el nombre de la bella cortesana que me acompaña en mi góndola esta noche.

–¿Sabíais que los gondoleros, al acceder al puesto, hacen un juramento de que no revelarán jamás nada de cuanto presencien en una góndola? La pena por quebrantar el juramento es la muerte.

–Sí, lo había oído. También he oído que los gondoleros tienen los pies palmeados y que todos, sin excepción, han nacido en una isla misteriosa una noche de luna llena.

Se estaban aproximando al Gran Canal y al Rialto.

–Aún tenemos tiempo antes de llegar al Palazzo Erizzo –comentó, atrayéndola hacia sí.

Le rodeó un pecho con la mano mientras acercaba su boca a la de ella; deslizó la otra por debajo de su falda y fue trepando con ella hacia arriba, despacio. Recorrió con los dedos la parte interna de sus muslos y luego tiró de ella para colocarla debajo de él. Alessandra se descubrió respondiendo con entrega a sus requerimientos, arqueando el cuerpo para encontrarse con el suyo. El marqués levantó un brazo y corrió las cortinas, encerrándolos en el interior del *felze*.

–Veo que no creéis en la discreción de vuestro gondolero –observó Alessandra.

–No creo en cuentos de hadas. Los gondoleros son hombres como los demás. Al fin y al cabo, esto es Venecia. Hay espías por todas partes.

# El Ermitaño

*9 de octubre de 1617*

En el silencio espeso y penumbroso de Sant'Alvise, una figura con apariencia de gnomo, vestida con un sayo de lana andrajoso y unas gastadas sandalias de cuero, merodeaba por el altar y examinaba la iglesia vacía. Faisán asado, quizás, o pato relleno de cerezas y manzanas, pensaba Ippolito Moro, a quien se le hacía la boca agua. Vino de Apulia, langostas y codornices, seguidos de almendras garrapiñadas y mazapán con canela... ¡Ay! ¡Menudo festín le esperaba esa noche! Sólo por ser los ojos y los oídos de Batù...

En cualquier momento tendría lugar la asignación secreta, al igual que había ocurrido una vez a la semana durante las tres semanas anteriores. La última misa del día ya se había celebrado, los clérigos se habían ido y las monjas habían desaparecido de la tribuna del coro, el lugar de reclusión para sus oraciones. Lo único que quedaba era el olor a incienso humeante, a cuerpos desaseados y agrios, amén del aroma dulzón de los cirios de cera que parpadeaban sibilantes. Y también Ippolito, esperando, anhelante, con el sayo salpicado aún con los trozos de paja de su siesta.

–¡Ippolito! –lo llamó desde la sacristía el padre Domenico, impaciente y carente por completo del espíritu de tolerancia sobre el que acababa de pontificar–. ¡Ippolito! ¡Date prisa, venga!

El enano cogió la Biblia y el cáliz del púlpito, y apretó aquellos objetos sagrados contra el pecho mientras se dirigía renqueando a la puerta de la sacristía, donde lo esperaba el padre Domenico con cara de pocos amigos. El clérigo tenía el rostro cada día más gordo, advirtió Ippolito, asqueado; al final sus ojos parecerían dos diminutas aceitunas negras rodeadas de carne rosada, igual que un cochinillo. «Mmmm... El asado de cerdo también podría estar muy rico...»

–Ve con cuidado esta vez –le advirtió Domenico cuando Ippolito pasó a su lado–. Si vuelvo a encontrar ese cáliz en el suelo, dejarás de ser sacristán.

«Mal rayo te parta... –pensó Ippolito para sí mientras observaba cómo se alejaba su superior. Las amenazas de Domenico no le quitaban el sueño. Llevaba en Sant'Alvise más de veinte años, tiempo suficiente para ver llegar y marcharse a un buen puñado de clérigos, tiempo suficiente para perder la estima y el respeto que otrora había sentido por ellos–. Unos parásitos todos, siempre abusando de la abundancia del convento.» Las hermanas empleaban sistemáticamente sus raciones de harina y huevos para hornear galletas y pasteles para los codiciosos curas, mientras que a él, Ippolito, su fiel servidor, no le daban más que las sobras. Pero ¿de quién era culpa? Las monjas con ínfulas no eran muy generosas que digamos. Sólo la hermana Brodata –la feúcha hermana Brodata, la del voluminoso trasero y el desafortunado bigote– era simpática. Sin embargo, se lamentaba Ippolito, ahora hasta ella lo rehuía. ¡Pero era culpa de los curas, no suya! La propia Brodata se había quejado de que se comían toda la comida e Ippolito le había soltado en broma: «Ten cuidado o también te quitarán la virginidad... a menos que ya se la hayan llevado».

Brodata supo de inmediato que se refería al padre Fabrizio, a quien Ippolito había visto festejarla a pesar de que el muy viejo verde ya tenía una querida en San Sepolcro. Ahora Brodata se negaba a dirigirle la palabra, pero Ippolito sabía que sólo fingía estar enfadada con él, porque en el fondo se sentía halagada y secretamente complacida. Quería que la gente creyera que el clérigo estaba encaprichado de ella, sin importarle el coste que eso supusiese para su honor. Pero ¿qué les importaba el honor a aquellas monjas?

Sacudió la cabeza con gesto enérgico, como si tratara de despejársela. Si Brodata ya no quería ser amiga suya, sencillamente dejaría de pensar en ella, sin más. Tenía cosas más importantes en que pensar, desde luego. Aquella misma noche, sin ir más lejos, sería un hombre rico si todo salía bien, o al menos lo bastante rico para comprarse una comida decente; puede que incluso lo bastante rico para acercarse hasta el puente de las Tetas, donde las lozanas *meretrici* considerarían su dinero igual de bueno que el de cualquier otro hombre, a pesar de su figura contrahecha y sus piernas patizambas.

Se preguntó qué diría la buena de Brodata sobre eso. Seguro que le soltaría un sermón sobre los pecados de la carne, pensó con aire sombrío, y la nefasta amenaza del *morbo gallico*, el mal francés. Le vino a la memoria el recuerdo de un cura de hacía mucho tiempo que había intentado disuadir a Ippolito de la costumbre de alternar con putas: «¿Para qué jugártela con esas prostitutas sifilíticas cuando el amor entre hombres es igual de bueno o mejor?», le había preguntado. «Prefiero arriesgarme con el *gallico* que con ir a galeras o algo peor», había sido la réplica de Ippolito, orgulloso de su ingeniosa salida. De todos era sabido que la sodomía constituía un delito que se castigaba con la horca, además de un pecado contra Dios, y por eso los sabios de la República habían instado a las *meretrici* a airear sus pechos en público: para recordarles a los hombres la forma correcta de dar rienda suelta a sus bajas pasiones.

Ippolito esperó de nuevo junto al altar. En el silencio sepulcral de la iglesia, oyó el sonido del agua al gotear lentamente, y luego el súbito rumor de una conversación procedente del patio. En ese momento se le pasó por la cabeza que, si las cosas no salían como él había dicho, ese demonio de ojos azules, Batù Vratsa, convertiría su vida en un infierno. Había oído que Batù no era de los que perdonaban los errores. Ippolito se preguntó si estaría por allí él también, acechando y observando. Sintió escalofríos sólo de pensarlo.

Justo cuando Ippolito empezaba a perder la esperanza, apareció el primer hombre, al que él consideraba el traidor, pues era veneciano, Ippolito estaba seguro de ello. «No es noble, no, nada de eso –había dicho Ippolito cuando se lo había descrito a Batù–. Alguien del vulgo, un artesano tal vez, un tejedor o un soplador de vidrio.» Sí, eso había intrigado a Batù; él sabía mejor que nadie que las cortes extranjeras trataban de desentrañar los secretos del cristal de Venecia utilizando toda clase de artimañas, y aunque formaba parte de la política de la ciudad perseguir y asesinar a cualquier soplador que desvelase los secretos de su oficio fuera de la Serenísima, de vez en cuando tenía lugar algún episodio en que se rompía el monopolio veneciano. El año anterior, sin ir más lejos, el rey francés había atraído a uno de los mejores fabricantes de espejos de Venecia con promesas de dinero y mujeres, y el Consejo de los Diez seguía dando vueltas y más vueltas a su incapacidad de echarle el guante al renegado, que vivía felizmente recluido en la corte francesa.

Ippolito observó desde el altar cómo el veneciano se sentaba en el mismo banco en que se había sentado las tres semanas anteriores, y presenció el falso ritual de devoción del traidor. Primero se arrodilló y rezó una breve oración; luego, de forma casi imperceptible, depositó un papel pequeño y bien doblado en una rendija del banco de madera que tenía delante. Se demoró un minuto más y luego salió con sigilo de la iglesia.

Había llegado el momento crucial. Batù le había explicado que dejarían escapar al primer hombre, al menos de momento, para poder capturar al segundo. El espía español, tal como Ippolito se refería a él para sus adentros, pues vestía siguiendo la moda española de jubón y calzas; además, un día Ippolito lo había seguido nada menos que hasta la Lista di Spagna y la embajada española. Sintió unas ganas irresistibles de ir corriendo al banco para cerciorarse de que el papel estaba allí, pues debían atrapar al espía español con la nota, había dicho Batù, pero sabía que debía quedarse donde estaba, sin hacer ruido y muy quieto. Si las cosas no salían como Batù había dicho... A Ippolito le entraban escalofríos sólo de pensar en lo que podía suceder. Quedarse con el estómago vacío sería el menor de sus problemas.

Ippolito contuvo el aliento al ver entrar en la iglesia al espía español y dirigirse al mismo banco. Sí, estaba seguro de que era él: el español lucía un fino bigote negro que no lograba ocultar la cicatriz que le había partido el labio y le había dejado una mueca desdeñosa en la boca de forma permanente. Llevaba el mismo jubón de color pardo que la semana anterior. Al igual que el primer hombre, se arrodilló, fingió rezar y luego extrajo el trozo de papel de su escondite en el banco. No llevaba dadas más que unas pocas zancadas hacia la puerta cuando cuatro hombres pertrechados con espadas le impidieron el acceso a la salida. Se volvió con rapidez hacia el altar, con los ojos enfurecidos, y trató en vano de dar con otra salida alternativa. El espía español miró directamente hacia él e Ippolito dio un respingo, temiendo por su propia vida, pero sólo fue un instante, porque acto seguido el español desenvainó su espada y se volvió para enfrentarse a sus atacantes.

Escasos segundos después, la iglesia se inundó con el fragor del acero de las espadas.

–¡No lo matéis! –gritó uno de los cuatro a los demás, e Ippolito vio al español pelear con más saña aún, como si prefiriese la muerte a la alternativa que habían previsto para él.

Desde luego, era un final mucho mejor que el que solía decidirse en el tribunal de la Cámara de la Cuerda, convino Ippolito mientras presenciaba el combate desde detrás del púlpito.

El español no tardó en quedar desarmado: su espada trazó un arco centelleante por los aires a través de la nave y cayó al suelo con gran estrépito. Los cuatro hombres se abalanzaron sobre el espía, le inmovilizaron los brazos y las piernas y se lo llevaron de allí a empujones. A través de la puerta abierta, Ippolito los vio enfilar la *fondamenta* hacia el diminuto canal, donde los aguardaba una góndola. La refriega terminó en escasos minutos y la iglesia quedó sumida de nuevo en un silencio sepulcral.

«¿Y qué hay de mí?», quiso gritar Ippolito. ¿Dónde estaba la recompensa que le había prometido Batù? Cerró sus minúsculos puños y sintió ganas de echarse a llorar. Sin el dinero como prueba, Brodata nunca creería que él había sido el responsable de la captura de un espía, ¡que había arriesgado incluso su propia vida! Pues a pesar de todas sus fantasías de delicados manjares y cortesanas, lo cierto es que sólo lo había hecho por Brodata, para recuperar su amistad. Nunca en toda su vida se había sentido tan desconsolado. Estaba a punto de alejarse del altar cuando una sombra, tan negra y sinuosa como una víbora, inundó el umbral de la puerta.

Tras echarse atrás la capucha de su capa, Batù Vratsa entró en la iglesia y avanzó por el pasillo en dirección a Ippolito. Era un hombre fuerte y elegante y, como Ippolito sabía por las historias que había oído contar, peligroso como no había otro igual. «Amigo de huérfanos y marginados», le había dicho Batù cuando lo vio por primera vez, pero aquel demonio de ojos azules era de las pocas personas de este mundo que lo aterrorizaban de veras. Venía de tierras muy lejanas, de las tierras de los rom. Debían de ser una raza extraña, pues desde luego Ippolito nunca había visto a nadie como Batù: un rostro curiosamente plano, con unos pómulos que sobresalían como si fueran un par de alas; la tez del color del tabaco seco y unos ojos tan claros que parecían tan hueros como la parte del cielo más apagada y remota. Un demonio de ojos azules. Cuando te pedía que fueses sus ojos y sus oídos, ¿cómo podía alguien negarse?

Batù Vratsa bajó la vista para mirar a Ippolito y le entregó una bolsa de cuero llena de monedas.

–Lo has hecho muy bien, amigo mío –dijo con una sonrisa, haciendo que un temblor recorriera la espina dorsal de Ippolito–. ¿Y en qué te vas a gastar todo ese dinero? –preguntó, aún con la misma sonrisa que hacía que al enano se le helaran las venas–. A lo mejor hay alguna monja por aquí que es una amiga muy especial...

Ippolito tragó saliva, enmudecido por el miedo. ¿Es que el demonio de ojos azules también le había espiado a él? Por suerte, no tuvo que responder a la pregunta, pues Batù Vratsa se desvaneció tan misteriosamente como había aparecido.

# El Mago

*12 de octubre de 1617*

–Bienvenido seáis al tribunal de la Cámara de la Cuerda –anunció el senador Girolamo Silvia, que acercó lo bastante su afilado rostro al del espía español para ver la cicatriz de un duelo en su labio superior y el sudor nervioso que le perlaba la frente–. Sin duda habréis oído hablar de él, es el lugar más temido de toda Venecia. La cuerda de la que toma su nombre es esta de aquí. –Silvia alargó el brazo para tocar la soga que colgaba del techo y que estaba atada a las muñecas del prisionero, sujetas a su espalda–. La llamamos *strappado*, y su propósito consiste en arrancaros los hombros de su sitio, algo que consigue con encomiable eficacia. Por supuesto, esperamos que no sea necesario. Si cooperáis con nosotros, puede que aún seáis capaz de levantar una espada al salir de aquí, mientras que si no lo hacéis, puede que éste sea el último lugar que vean vuestros ojos.

Soterrados en las profundidades del palacio Ducal, los gruesos muros de piedra del tribunal, sin una sola ventana, no dejaban traspasar la luz y amortiguaban todo sonido: ni siquiera los gritos más aterradores podían oírse más allá de sus sólidas fortificaciones. Bajo la tenue luz que derramaban las antorchas de las paredes, los suelos ensangrentados parecían negros, y las ratas que correteaban por las orillas no eran más que ágiles y minúsculas sombras. Silvia inspiró hondo y el opresivo olor de la habitación le inundó la boca y los pulmones. Era un olor que podía saborearse, espeso y desagradable al paladar, un olor macabro a sangre, vómito, orín y miedo, tan penetrante que perduraba sobre su ropa incluso después de marcharse. Por eso nunca llevaba sus togas escarlata allí dentro, sólo las negras. Cuando traían a los prisioneros, éstos muchas veces producían náuseas y apestaban, pero Silvia era inmune al olor, y hasta había llegado a asociarlo con una sensación de triunfo.

En la Cámara de la Cuerda, Silvia había logrado sonsacar algunos de los secretos mejor guardados de los enemigos de Venecia; secretos que con frecuencia habían dado ventaja a la República en el momento de librar una guerra, negociar tratados o burlar a sus enemigos en los negocios y el comercio. Cientos de horas de la llamada diplomacia no producían tan buenos resultados como los que él y Batù podían conseguir en una hora en el tribunal. Allí, Silvia descubría los planes ocultos y las verdaderas intenciones de los monarcas extranjeros y sus hipócritas validos, las cambiantes alianzas y las intrigas secretas que decidían el destino de los países. En un mundo de engaños y mentiras, el tribunal de la Cámara de la Cuerda era un templo de la verdad.

Se apartó del prisionero al ver entrar a Batù, quien se despojó de su capa y se dirigió a la mesa donde había varios instrumentos de madera, cuero y metal dispuestos en filas. Su rostro anguloso y sus glaciales ojos azules adquirían un aspecto feroz bajo la luz de las antorchas. Miró al español con un desprecio absoluto, y eso recordó a Silvia la primera vez que lo había visto.

Hacía ya más de veinte años, en la cubierta inferior de una carraca turca atracada en el puerto de Constantinopla. Tras cuatro años recorriendo como oficial las colonias de la República, Silvia necesitaba un sirviente para llevárselo consigo de regreso a Venecia, alguien lo bastante joven para poder formarlo de la manera adecuada. Las subastas de esclavos que antaño tenían lugar en el Rialto llevaban prohibidas desde 1366, pero ser dueño de un esclavo o dos no era algo raro entre la nobleza veneciana, ni tampoco ilegal. El capitán turco era un hombrecillo algo grueso con la voz más bien grave.

–Tengo un barco lleno de peregrinos de camino a La Meca –explicó mientras conducía a Silvia abajo, a la bodega inmunda donde retenían a los esclavos. La mayoría de ellos eran griegos o de los territorios que rodeaban el mar Negro–. Los esclavos que no vendamos aquí serán descargados en Alejandría. ¿Veis alguno que os guste?

El capitán señaló a un grupo de muchachos acurrucados en el suelo y la mirada de Silvia se posó sobre un niño de seis o siete años, de piel dorada y pelo negro. Ya entonces sus ojos azules resultaban inquietantes, pues parecían capaces de perforar la mismísima oscuridad mugrienta.

–¿Y ese de ahí? –preguntó Silvia.

El capitán soltó una risotada y escupió.

–Ése no, señor, es más malo y salvaje que un gato.

–De todas formas me gustaría verlo mejor. ¿Podríais decirle que se levante?

El capitán se acercó al muchacho y le dio un puntapié, pero la única reacción del chico consistió en fulminar a ambos con la mirada con más ferocidad aún. Asió al chico del brazo y lo obligó a levantarse, pero en cuanto lo soltó, éste se sentó de nuevo con actitud desafiante e insolente. El capitán tiró de él para levantarlo de nuevo, y esta vez le cruzó la cara con una fuerte bofetada.

–¿Veis a lo que me refiero? Es incorregible. Es un huérfano, y fruto de una extraña mezcla, además: rumano descendiente de la Horda de Oro. Lleva el nombre del nieto de Gengis Khan, Batù Khan, que sembró el pánico y la destrucción en todo el territorio que va desde Mongolia hasta Bohemia. Por sus venas corre la sangre del demonio.

Unas marcas rojas empezaban a aflorar en el rostro del muchacho, pero ni siquiera había pestañeado al recibir el golpe, no había articulado un solo sonido y tenía los ojos secos como el hueso. Silvia escudriñó aquel rostro buscando una lágrima, pero no halló ni el leve brillo de alguna.

–Me lo llevo –sentenció.

En principio, se lo había traído a Venecia con el ánimo de convertirlo en su criado, pero la inteligencia y la extraordinaria agilidad física de Batù no tardaron en hacerse evidentes. Su insolencia y su carácter indómito se habían suavizado un poco cuando comprobó que no iban a maltratarlo, pues en casa de Silvia los sirvientes recibían un trato inmejorable. Sagaz, callado y valeroso, Batù se convirtió en el favorito de Silvia. La afinidad tácita que había entre ellos se intensificaba día tras día, y

Silvia empezó a pensar en él como en el hijo que no había tenido, el hijo que no podía tener. Se encargó personalmente de que Batù recibiese instrucción en aquellas materias para las que estaba más dotado, y para cuando cumplió los veinte años no había en toda la ciudad espadachín capaz de rivalizar con él. Su exótico aspecto físico llamaba la atención aun en la cosmopolita Venecia, y a pesar de que lo retaban muchas veces, nunca lograban vencerlo. Batù era veloz como el rayo y no le temía a nada porque, como Silvia, era ajeno al dolor. Esto último lo convertía además en el compañero perfecto para el trabajo de Silvia en el tribunal de la Cámara de la Cuerda. Al igual que su mentor, poseía un talento especial para sonsacar la verdad.

–El nombre del prisionero es Luis Salazar –dijo Batù en voz baja–, eso al menos conseguimos sacarle al traidor *arsenalotto* antes de morir.

–¿Algo más?

–Muy poco. Resultó herido durante el arresto. No duró mucho.

La nota que le habían encontrado al espía español nada tenía que ver con los secretos del oficio de soplador, como Batù había sospechado al principio, sino que en realidad se trataba de información sumamente detallada del Arsenale, los astilleros para la construcción de naves, que le había pasado un trabajador veneciano.

Silvia regresó junto al prisionero.

–Luis Salazar, se han hallado sobre vuestra persona secretos de estado relacionados con la defensa del Arsenale; estar en posesión de dicha información se castiga con la muerte. Pese a todo, os ofrezco la oportunidad de salvar vuestro pescuezo; lo único que tenéis que hacer es decirme para quién trabajáis.

Silvia hablaba en italiano y vio comprensión en los ojos del prisionero, pero menos pavor del que había esperado. Por lo general, tres días en las mazmorras del palacio Ducal bastaban para que los hombres cayesen víctimas de sus propios temores y para que, cuando llegaran al tribunal de la Cámara de la Cuerda, estuviesen ya medio acabados. Por lo visto, aquél tenía más temple. Silvia vio acelerarse el pulso en la garganta de Salazar a medida que su corazón multiplicaba sus latidos, así como la pátina creciente de ansiedad en su rostro, pero el prisionero no movió un solo músculo ni articuló un solo sonido.

–¿Es el gobernador de Milán? ¿Es el virrey de Nápoles? ¿O trabajáis para el embajador español y el rey Felipe III?

El prisionero siguió obstinándose en guardar silencio. Silvia repitió sus palabras en español, sólo por si acaso, pero no advirtió ninguna diferencia en el semblante del espía. «No parece lo bastante aterrorizado», pensó Silvia. Había un brillo desafiante en sus ojos soñolientos, la mirada perdida, como si los guardias acabasen de despertarlo antes de hacerlo comparecer allí. Pero ¿quién dormía en las mazmorras del palacio Ducal, a sabiendas de los horrores que le aguardaban allí dentro? Y entonces, como en un destello, Silvia adivinó el origen de la obstinada arrogancia del español.

–Si creíais que tomar opio os ayudaría a soportar este trance con mayor entereza, os equivocáis de medio a medio. –Salazar debía de haberse escondido el paliativo en la indumentaria. Silvia pensó en la posibilidad de ordenar que, en adelante, despojasen a los prisioneros de sus ropas–. ¿Batù?

Al oír su nombre, éste accionó la manivela que tiraba del *strappado*. El español gimió de dolor al sentir cómo una fuerza tiraba de sus brazos a su espalda y sus pies se separaban del suelo. El peso de su cuerpo ejercía una presión insoportable sobre sus hombros. Gotas de sudor empezaron a resbalarle por el rostro. Batù lo levantó varios palmos más del suelo, y luego lo dejó caer de golpe y tensó la cuerda rápidamente. Las muñecas del espía dieron una fuerte sacudida muy por encima de su cabeza, y Silvia oyó el crujido familiar de las articulaciones de los hombros al descoyuntarse, así como el lastimero grito de Salazar.

El senador se aproximó al preso una vez más.

–Lo volveré a repetir. ¿Para quién trabajáis?

Salazar sudaba a mares. Se le saltaban las lágrimas y respiraba entre convulsiones de dolor, con el aliento entrecortado y jadeante. Pero así y todo, seguía sin hablar.

–Si no me habláis, me enfadaré mucho –insistió Silvia–, y

vos nos queréis que me enfade, pues soy lo único que os separa de Batù. Aquí en el tribunal disponemos de muchos artilugios asombrosos, y él está familiarizado con todos. Yo puedo decirle que los ponga en funcionamiento y también puedo decirle que se detenga. El único modo de convencerme de que le diga que se detenga es decirme la verdad. Descubriréis que ninguna otra cosa, ni vuestras lágrimas ni vuestros gritos, ejerce ningún efecto sobre mí. –Silvia hizo una pequeña pausa y luego se volvió–. ¿Batù? ¿Qué crees que deberíamos emplear ahora? –Miró de nuevo al prisionero mientras enumeraba las posibilidades–. Está el garrote, en el que una punta de acero en la parte posterior de la silla se introduce lentamente en la nuca. Luego está el potro de tormento, para la dislocación sistemática de todas las articulaciones del cuerpo. También hay otros... ¿cómo lo diría...?, otros instrumentos más prosaicos, como las empulgaderas, el peine o las tenazas, capaces de arrancar pezones, orejas, nariz, lengua y genitales.

»Si creéis que vamos a mataros sin más, estáis equivocado. Desearéis la muerte, pero no os daremos ese gusto. Los hombres son capaces de soportar dolores mucho más atroces del que sufrís vos y seguir viviendo. Lo sé por experiencia propia. Cuando tenía quince años, me empitonó un toro. Me rompió las piernas y me destrozó la pelvis. Nadie creyó que sobreviviría, pero lo hice, aunque padecí más dolor que el que la mayoría de hombres es capaz de soportar. Tal vez creáis que alardeo de mi fortaleza, cuando en realidad no hago más que confesaros una debilidad personal: desde entonces albergo muy poca compasión por el dolor ajeno. Podría decirse que soy un entendido en dolor, y que Batù es un entendido en la aplicación del dolor. No hallaréis clemencia en ninguno de los dos. Y ahora, os lo pregunto una vez más: ¿para quién trabajáis?

El prisionero español lo miró a los ojos y luego le escupió en la cara.

–Os arrepentiréis de eso –sentenció Silvia.

## VI

Las turbulencias despertaron a Claire de una sacudida. La cabina del avión estaba a oscuras, en silencio, dormida. Se sentía un poco mareada y con náuseas, las secuelas de un sueño inquietante que acababa de tener. «No me extraña», pensó al bajar la vista hacia la página del libro que tenía abierto en el regazo. «*Instrumentos de tortura de los siglos* XVI *y* XVII –leyó–. La Inquisición española ideó un artilugio al que denominaba la "pera", un instrumento metálico que se introducía...»

–Puaj –exclamó ella para sí mientras cerraba el libro y lo guardaba.

El asiento contiguo estaba vacío. Gwen había dicho algo de ir a buscar un refresco, pero Claire calculó que debía de haberse levantado hacía más de dos horas. Se quitó los auriculares, pues se había quedado dormida escuchando un concierto de Vivaldi, y los dejó en el asiento de Gwen, junto con su reproductor de cedés portátil. A continuación se levantó, se desperezó y se encaminó poco a poco a la cocina delantera, que estaba abarrotada con las tazas de café usadas en el servicio de después de la cena. Una luz cenital dolorosamente brillante se reflejaba en una hilera de microondas cromados y en un carrito de bebidas de acero inoxidable. No había nadie, ni en la cocina ni en el pasillo.

Gwen debía de haberse sentado en otro asiento, pues había multitud de plazas libres, y se habría quedado allí, decidió Claire. No era nada extraño que Gwen no quisiese pasar todo el vuelo sentada a su lado, pues saltaba a la vista que no iban a ser las mejores amigas del mundo, eso desde luego. A lo mejor, después de sentarse en otro sitio se había quedado dormida. Claire examinó los demás rostros, pero Gwen no estaba en clase preferente.

Sabía, por supuesto, que había una explicación completamente racional para la desaparición de Gwen, pero volvió a notar una sensación rara en el estómago. ¿Cómo se le dice a alguien que has perdido a su hija sobrevolando algún lugar del Atlántico norte?

Se agachó bajo las cortinas que separaban la clase preferente de la turista y avanzó despacio por el pasillo, buscando el insólito color de pelo de Gwen. Llegó al final sin verla. La cocina de la parte trasera estaba desierta y aún más desordenada que la delantera. Parecía como si hubieran saqueado el carrito de las bebidas: había latas de refresco vacías y botellas diminutas de licor también vacías tiradas por todas partes. Varios auxiliares de vuelo descansaban en las filas traseras del fondo del avión. Claire se dirigía hacia ellos con la intención de preguntarles si habían visto a Gwen cuando el avión zarandeó, dio una sacudida y ella salió despedida contra la puerta del lavabo. Ésta se abrió hacia dentro con un ruido sordo y se oyó una sorprendida exclamación del chico que había dentro, de pie.

No estaba solo. Claire vio con claridad la pared de espejo del lavabo, donde aparecía reflejada la imagen de la estrecha espalda del chico, con una camisa a cuadros, su cabeza afeitada cubierta de pelo negro incipiente y el rostro aturdido y con el pintalabios corrido de Gwen.

Entonces Gwen también la vio y abrió los ojos como platos.

–¡Mierda! –exclamó.

La puerta se cerró de golpe.

–Mierda –masculló el chico.

–Sal de ahí ahora mismo –ordenó Claire, apretando los dientes con fuerza.

Se oía movimiento al otro lado de la puerta, pero Claire sintió un gran alivio al no percibir el ruido de ninguna cremallera. Al menos todavía estaban completamente vestidos.

–¿Es tu madre? –inquirió el chico con un hilo de voz.

–No –contestó Gwen–, pero será mejor que salga.

Claire dio un paso atrás cuando la puerta se plegó hacia dentro de nuevo y vio aparecer al chico, que acto seguido pasó por su lado sin mirarla a la cara. No podía tener más de quince años, advirtió Claire con alivio. A continuación, Gwen logró salir del reducido espacio lentamente y puso un pie en el pasillo.

–Sólo estábamos hablando.

–No insultes mi inteligencia y vuelve a tu asiento de inmediato.

Estuvo a punto de terminar la frase con un «jovencita» y se sorprendió ante su reacción automáticamente paternalista. Era como si el deseo de agarrar a la chica con firmeza del brazo, de hacerla caminar por el pasillo a paso ligero y de obligarla a sentarse en su asiento con un áspero «¡Castigada sin salir!» estuviera programado en su ADN, tan fuerte era el impulso. Por supuesto, puede que la idea de castigarla sin salir no fuese muy eficaz, estando como estaban en el interior hermético de un avión.

Era incapaz de imaginarse qué habría hecho su propia madre en la misma situación, con toda probabilidad porque su madre nunca había tenido que enfrentarse a nada semejante. Lo cierto es que, cuando era adolescente, Claire era una chica dulce, tímida y completamente normal, descripción que a Gwendolyn Fry le sentaba tan bien como los vaqueros que, en ese preciso instante, le cortaban la circulación de la pelvis. Si Gwendolyn Fry era una adolescente completamente normal, Claire se iba a hacer una ligadura de trompas en cuanto volviese de Italia. «"De la piel del diablo" sería una descripción mucho más ajustada», pensó mientras pasaba por el estrecho espacio delante del asiento de ella y se sentaba.

Gwen se lanzó en su propia defensa de inmediato:

–Sólo estaba enseñándome su tatuaje, eso es todo.

–No quiero saber nada. Gwendolyn, esto no va a salir bien. No tardaremos en aterrizar en Milán y cuando lo hagamos, pienso telefonear a tu padre y decirle que te voy a llevar a Niza, o que puede venir a Milán a recogerte, pero sea como sea no vamos a seguir viajando juntas.

Gwen consideró aquel arrebato con una seriedad y un aire pensativo que Claire no había visto hasta entonces, como si sopesara sus opciones cuidadosamente.

–Pero si haces eso –contestó–, no irás a Venecia. Mi padre te paga el viaje sólo porque me acompañas a mí.

La chica tenía razón. La ira de Claire le había hecho pasar por alto un detalle bastante importante; no se le había ocurrido pensar más allá del hecho de devolverle a Gwendolyn a su padre. Suponía que el billete de avión seguiría siendo válido, pero ¿y el hotel, la comida y los demás gastos?

–Si yo no voy, te quedas sin Venecia.

Gwen sonrió como si estuviera loca y se echó a reír, y Claire percibió una vaharada de su aliento.

–¿Has estado bebiendo?

–Sólo un poco de ron con cola, nada del otro mundo.

–Lo que faltaba –murmuró Claire.

«Nada del otro mundo.» Pensó en otra cosa más que haría en cuanto volviese a casa: matar a Meredith. Y después de eso se haría la ligadura de trompas.

Gwen abrió el archivador de cedés de Claire.

–Vaya, veo que todavía usas esos cacharros antiguos –comentó la chica–. Bueno, ¿y qué clase de música escuchan las profesoras de historia? –Gwen hojeó las fundas de plástico–. Vivaldi, Bach, Vivaldi, Bach, Mozart, Vivaldi, Bach. Todo música antigua, lo que me imaginaba. Ah, pero mira esto... Los Beatles. Bueno, esos tíos también son bastante viejos. Son tan viejos –añadió, riendo– que la mitad ya están muertos.

–No tiene ninguna gracia –dijo Claire, y le arrebató el archivador de cedés.

La cola del control de pasaportes en el aeropuerto Marco Polo de Venecia se prolongaba a lo largo de toda la terminal, y Claire, seguida con paso cansino por Gwen, se colocó al final. Frente a ellas, a una distancia que parecía interminable y que estaba cubierta por otros doscientos pasajeros más, había seis cabinas de plexiglás, pero sólo dos estaban ocupadas por sendos jóvenes agentes. Permanecían sentados bajo lámparas similares a las de las salas de interrogatorios, e inclinaban la cabeza con aire solemne para estudiar con suma atención cada uno de los pasaportes.

–Lo lógico sería que tuvieran a más gente trabajando –comentó Claire a Gwen–. Es temporada alta en una de las ciudades más visitadas del mundo.

–Ajá –repuso Gwen, y soltó un eructo.

Claire miró hacia delante con impaciencia. La cogorza de Gwen al final había podido con ella en el aeropuerto de Milán: se habían pasado una hora nada divertida encerradas en el lavabo de señoras mientras Gwen vomitaba, habían perdido el vuelo de conexión a Venecia y habían tenido que esperar más de una hora al siguiente. Claire consultó su reloj. Si conseguían hacer la cola en menos de media hora, puede que aún llegase a la biblioteca Marciana antes de la hora de cierre.

Pasaron diez minutos y no se movieron ni siquiera medio metro. «Debía de ocurrir lo mismo en la isla de Ellis –pensó Claire–, cuando estaba llena de colas de gente que se apretujaba.» A ese ritmo no podría ir a la biblioteca en todo el día. Un día entero perdido...

De pronto, dos personas abandonaron la cola en la que estaban Claire y Gwen y fueron a colocarse en otra mucho más corta delante de la cabina de control de pasaportes marcada con el cartel de ciudadanos de la Unión Europea. Si tenían pasaporte europeo, se preguntó Claire, ¿por qué se habían quedado tanto tiempo en aquella cola interminable sin moverse?

Quizás ellos sabían algo que ella no sabía. Quizá no pasaba nada si los ciudadanos que no pertenecían a la UE pasaban por el control de pasaportes de la UE cuando, como entonces, había tanta diferencia entre ambas colas. ¿Y por qué no iba a ser así? Total, el agente de la UE no tardaría en quedarse de brazos cruzados sin nada que hacer. Si le colocabas tu pasaporte estadounidense delante y estaba claro que eras alguien respetuoso con la ley, sin duda te estamparía el sello y te dejaría pasar, ¿no?

–Gwen, coge tu mochila.

Claire se cargó el equipaje de mano al hombro.

–¿Eh?

Aún seguía como aletargada, un estado que ni siquiera un almuerzo a base de hamburguesa con queso y café había conseguido mejorar.

–Tu mochila. Nos movemos.

Atravesaron la terminal para colocarse al final de la otra cola. Desde allí, Claire podía verle la cara incluso al oficial del control de pasaportes. Parecía joven y simpático. Seguro que no le importaba que pasasen por el control de pasaportes de ciudadanos de la UE, y aquella cola al menos se movía, no como la otra. Sintió cómo se rebajaba un poco su tensión.

Gwen se fijó en el cartel que había sobre la cabina.

–¿Qué significa UE?

–Unión Europea.

–¿Y eso qué es?

–Es un grupo de países europeos que se han unido porque tienen más poder económico y político como grupo del que tenían individualmente. Es como cuando las trece colonias se convirtieron en Estados Unidos de América. Ahora los países de la UE tienen una moneda común y... bueno, otras cosas también. –Claire no quería admitir que no sabía cuáles eran esas otras cosas–. Como esta cola especial en el control de pasaportes, por ejemplo.

–¿Y todos los países de Europa forman parte de ella?

–La mayoría de ellos, creo. –Claire se imaginó un mapa de Europa y empezó por la parte superior izquierda–. Irlanda, Reino Unido, Suecia, los Países Bajos, Dinamarca, Bélgica, Francia, Alemania, Austria, Italia, España y Portugal.

–Se ha dejado Finlandia, Luxemburgo y Grecia –dijo el hombre que había detrás de ellas.

Claire se volvió. El poseedor de aquel acento inequívocamente británico las miraba con frío desdén, como si observara por el microscopio algún insecto muerto.

–También se ha dejado los diez países de incorporación más reciente, entre los que se incluyen Polonia, Eslovaquia y la República Checa –añadió.

Su discurso se parecía más a una clase magistral que a una intervención amable, y Claire no estaba del todo segura de si debía sentirse ofendida o no. Buscó alguna pista en su apariencia, que no concordaba en absoluto con su actitud. Tal vez creía que su altanería compensaba su falta de elegancia en el vestir.

Sus pantalones anchos y marrones, la chaqueta de sport de lana verde y la acartonada camisa azul claro tenían un aspecto muy gastado, y era muy posible que ni siquiera se las hubiera quitado para dormir, además de ser una combinación de colores sólo apta para daltónicos. Llevaba en la mano izquierda un maletín de cuero de color pardo y en la derecha, un paraguas negro. Eso era lo que le daba aquel aspecto tan raro: la temperatura en Venecia era, según habían anunciado, de veintiséis grados, con un cielo soleado y sin nubes, y él iba vestido para la niebla londinense.

Tenía una cara razonablemente bien parecida, aunque nada excepcional. Su pelo era ondulado y oscuro, y por lo visto no se lo había peinado ni se había mirado en un espejo hacía mucho rato, porque entonces sin duda se habría dado cuenta de que se le levantaba un mechón en la parte izquierda. No se había afeitado en varios días, y tenía los hoyuelos de las mejillas y el labio superior de una tonalidad azulada y oscura.

–Caramba –exclamó Claire, con la vaga sensación de que acababan de dejarla en evidencia o de hacerle un desaire–, desde luego, es usted una fuente de información muy útil.

–Gracias –contestó él–. No obstante, también estoy seguro de que Estados Unidos no forma parte de la UE, y como puedo suponer por su acento que es usted norteamericana, me parece que se ha equivocado de cola y que debería estar... –señaló con el paraguas hacia la masa de gente apelotonada– ... ahí.

Por un momento, Claire se quedó demasiado pasmada para responder.

–Pero ahí debe de haber doscientas personas –farfulló, rabiosa.

–Por lo menos.

–Y cree que deberíamos colocarnos ahí de todos modos.

–Creo que ya hemos demostrado que no es usted ciudadana de la UE.

–Ese letrero –Claire señaló el cartel del control de pasaportes– no dice «solamente UE».

–Lo considera más bien sólo una sugerencia, ¿no es así?

–Podría ser.

–Vaya, vaya, típico de una norteamericana...

–¿Qué quiere decir con eso exactamente?

–Ustedes los estadounidenses parecen creer que el mundo entero les pertenece. Lo que ese cartel significa en realidad es que nadie más que los ciudadanos de la Unión Europea pueden estar en esta cola, y que todos los demás, incluyéndola a usted, deben colocarse en esa de allí.

Una vez más, señaló con el paraguas.

–Perdone, pero ¿es usted oficial de aduanas? ¿O está relacionado de algún modo con el aparato policial del Estado italiano?

–No.

–Entonces, ¿por qué se mete donde no le llaman?

–Porque los países europeos se han gastado miles de millones de dólares para que podamos cruzar con más facilidad las fronteras de nuestros países vecinos, además de para «otras cosas», tal como ha dicho usted antes tan sabiamente. Si dejamos que el resto del mundo utilice las instalaciones fronterizas reservadas en exclusiva para nosotros, entonces no tendría mucho sentido haberlas creado, para empezar.

Gwen había presenciado el intercambio completamente perpleja. Dio un codazo a Claire y señaló con la cabeza a la cabina de control de pasaportes.

–¿Eso de ahí ha costado miles de millones de dólares?

–No. Calla. –Claire se dirigió de nuevo al inglés–. Puesto que, por lo visto, le creamos tantas molestias, ¿por qué no se coloca delante de nosotras en la cola?

–Gracias, lo haré.

Dio un paso y se colocó delante de ellas.

Claire estaba que echaba chispas.

–¿Sabe qué le digo? Que si fuera usted un caballero, no habría hecho eso. Si creyese que alguien como yo está haciendo algo fuera de lo normal, un caballero habría dado por supuesto que debía hacer la vista gorda a mi favor, y que yo lo había hecho porque me encontraba en apuros.

Se volvió hacia ellas.

–¿Se encuentra usted en apuros?

–Esta chica –Claire agarró a Gwen del brazo y tiró de ella hacia delante– está muy enferma y necesita llegar a nuestro hotel lo antes posible.

–Lamento oír eso. ¿Qué le pasa?

–Tengo resaca –contestó Gwen.

–Ah –dijo él, con voz aguda y sincopada. Advirtió la tierna edad de Gwen, más evidente ahora que se había limpiado por completo el maquillaje de la cara–. Ya veo. –Lanzó una breve mirada reprobadora a Claire–. Bueno.

Volvió a darles la espalda.

Claire fulminó a Gwen con la mirada.

–¿Qué pasa? –preguntó Gwen.

–Creo –dijo el inglés, que apenas se volvió hacia ellas para hablar– que un caballero advertiría a una estadounidense de que no se halla en la cola correcta y le diría que se fuese a la correcta, antes de que el agente de la garita de delante le ordene a un *carabiniere* italiano que la escolte hasta ella, o hasta una de esas salas de ahí para interrogarla. –Señaló con la cabeza a una hilera de espartanos despachos que ocupaban el extremo del fondo de la terminal–. No sería la primera vez que veo algo así.

Avanzó hacia la cabina del control de pasaportes y las dejó en el primer lugar de la cola.

–Vamos.

Claire tiró de Gwen para llevarla al final de la otra cola, en la que aún esperaban más de doscientas personas.

–¿Por qué volvemos a cambiar de sitio?

–Al parecer, o nos movemos por voluntad propia o nos escoltan los militares. Esos británicos son insoportables. Si no fuera por los americanos, estarían hablando alemán.

–¿Ah, sí? –preguntó Gwen–. ¿Por qué?

–¿Por qué va a ser? Por la guerra.

–¿Hubo una guerra? ¿Qué guerra?

–Déjalo, no importa.

–Pero no lo entiendo. ¿Por qué tendría que hablar alemán?

–Bah, cállate de una vez –dijo Claire.

## VII

El taxi acuático rodeó el extremo oriental de la isla y el corazón de Venecia surgió ante sus ojos. Incluso desde tan lejos, Claire ya veía la silueta inconfundible del Campanile, con su cubierta apuntada de color verde y blanco que dominaba la plaza de San Marcos y la fachada gótica del palacio Ducal. Exhausta como estaba, sentía pese a todo un inmenso entusiasmo: por fin estaría en la ciudad donde Vivaldi había compuesto sus mejores obras, donde Palladio había hecho revivir la arquitectura clásica romana, donde Tiziano y el Tintoretto habían señalado el comienzo del Renacimiento veneciano. Donde Alessandra Rossetti había salvado a la República de las infames maquinaciones de la conjuración española.

–¿A que es increíble? –exclamó Claire.

Gwen iba sentada a su lado, agarrada a la barandilla mientras miraba el agua con los ojos vidriosos. Una rata muerta flotaba sobre la superficie de las breves y entrecortadas olas de la laguna.

–Me parece que voy a vomitar otra vez –contestó–. Deberíamos haber cogido el autobús.

–Habríamos tardado demasiado. –Pero no sólo le interesaba tratar de recuperar el tiempo perdido; durante siglos, antes de la construcción de la carretera que unía el conjunto de islas con tierra firme, el único acceso a Venecia era por vía marítima, a bordo de un barco que iba directamente a la plaza de San Marcos, tal como hacían ellas en ese momento. Claire había querido que la primera imagen que viese de la ciudad fuese la misma que si hubiese llegado allí cuatrocientos años atrás–. Ya casi estamos –dijo, y le dio un codazo a Gwen para que contemplase la vista.

La línea ininterrumpida de edificios que daban a la Riva degli Schiavoni, el paseo marítimo que rodeaba la laguna, brillaba con la luz de color miel de última hora de la tarde. Los turistas abarrotaban el paseo y deambulaban bajo el sol, curioseaban en las tiendas de souvenirs o cenaban en los restaurantes al aire libre que daban a la laguna y a la isla de San Giorgio Maggiore con su monasterio. La horda más numerosa de turistas cubría por completo el puente al este de la *piazzetta*, y cuando el taxi acuático en el que iban pasó por su lado, Claire vio qué era lo que los había atraído hasta allí: cincuenta metros más allá del puente, suspendido encima del canal, el famoso puente de los Suspiros unía el palacio Ducal con las prisiones que había justo detrás.

El barco se deslizó en un hueco contiguo a una hilera de góndolas. El piloto, un hombre algo mayor con una sonrisa simpática y un perfil sumamente atractivo, ayudó a Claire a dejar su equipaje sobre un estrecho muelle y luego le ofreció la mano para ayudarla a bajarse del barco. Cuando alzó la vista, Claire vio ante sí las columnas gemelas de mármol, coronadas por el león de san Marcos y la estatua de san Teodoro, que señalaban la entrada a Venecia. Cuatrocientos años antes, la *piazzetta* debía de haber sido igual de atractiva para el turismo que en la actualidad, llena de puestos y tenderetes que componían el mercado y de gente procedente de todos los rincones del mundo, un hervidero de costumbres y trajes exóticos. Los juegos de azar eran habituales en el espacio que quedaba entre las dos columnas, que también era el lugar tradicional para realizar las ejecuciones públicas. «Hace cuatrocientos años –pensó Claire–, algunos de los conspiradores españoles murieron justo en ese lugar.» Los venecianos supersticiosos no caminaban entre el león de san Marcos y la estatua de san Teodoro, ni siquiera hoy en día.

Se encaminaron a la *piazzetta*. La biblioteca blanca de dos pisos, obra de Il Sansovino y en cuyo interior se alojaba la biblioteca Marciana, daba al lado oeste y quedaba enfrente del palacio Ducal, pero ya eran más de las seis y estaba cerrada. Arrastrando sus maletas de ruedas, Claire y Gwen llegaron a la base del Campanile. De acuerdo con el mapa que les había facilitado la agencia de viajes, su hotel se encontraba justo detrás de la esquina noroccidental de la plaza de San Marcos. Sorteando turistas y palomas, Claire empezó a atravesar la plaza en diagonal, seguida de Gwen, que caminaba lenta y pesadamente.

Al cabo de una hora, entraron en el vestíbulo del hotel Bell'acqua, un edificio que estaba a escasos diez minutos a pie de la plaza de San Marcos si uno sabía exactamente adónde iba. Por suerte, su laberíntico recorrido obtuvo una buena recompensa, y es que el hotel, pequeño pero lujoso, contaba con todo lo necesario para complacer al viajero más exigente: su pintoresca ubicación, junto a la intersección de dos canales, su elegante vestíbulo y por último –y no el menor de sus encantos, precisamente– un recepcionista que, tal como insistió Gwen mientras subían al último piso en un ascensor minúsculo, era increíblemente guapo.

Su suite del cuarto piso provocó un bostezo en Gwen y un sentimiento de gratitud en Claire, cuyo presupuesto jamás le habría permitido alojarse en semejante habitación, de una belleza tan delicada como una caja de música de estilo rococó. Las paredes de color azul grisáceo estaban rematadas por molduras blancas muy elaboradas, y del altísimo techo colgaban no una sino dos arañas de cristal veneciano. Las dos camas estaban cubiertas por edredones de brocado azul y mullidos almohadones de plumón. Un sofá pequeño, dos sillas y un escritorio pintado a mano ocupaban un espacioso hueco a un lado de la habitación principal. Cuatro ventanas con postigos daban a un cautivador paisaje de canales, puentes de piedra y pintorescos escaparates. En el recodo del mayor de los dos canales, un grupo de gondoleros montaba guardia al pie de una hilera de góndolas. Casi era demasiado perfecto para ser real; parecía el decorado de una Venecia de fantasía.

–Tienes que venir a ver esto –dijo Claire al tiempo que se daba la vuelta junto a la ventana.

Gwen estaba tumbada boca abajo encima de una de las camas, con los brazos en cruz y roncando ligeramente. Ni siquiera se había molestado en quitarse los zapatos.

A las nueve en punto, esa misma noche, Claire y Gwen recorrían las estrechas callejas que rodeaban el hotel en busca de un restaurante que el apuesto recepcionista les había recomendado. Las había enviado a un lugar a escasas manzanas de distancia y les había trazado la ruta en un mapa, pero aun así, Claire seguía sin estar segura de que el restaurante que habían encontrado al fin fuera el mismo que él les había indicado. Sin embargo, puesto que en el establecimiento se respiraba el agradable ambiente de una *trattoria* tradicional, decidió que podía estar igual de bien.

Un camarero ya entrado en años, con un delantal blanco que le llegaba a la rodilla, les ofreció sendas cartas en cuanto tomaron asiento. Gwen ni siquiera miró la suya.

–Quiero una hamburguesa con queso –dijo.

–Pero eso es lo que has comido para almorzar.

¿O había sido para desayunar? Era como si la comida en el aeropuerto de Milán hubiese sido hacía días en vez de unas pocas horas.

–¿Y?

–¿No crees que es buena idea variar un poco la dieta?

–Ya varío mi dieta –repuso la adolescente–. A veces como pizza.

–No creo que aquí preparen hamburguesas con queso.

–¿Qué clase de restaurante es el que no hace hamburguesas con queso?

–Uno bueno. –Claire examinó la carta–. ¿Por qué no pruebas la *margherita*? Es pizza, más o menos.

–Quiero una hamburguesa con queso.

Un camarero se aproximó a su mesa.

–*Buona sera, signorine* –dijo–. Me llamo Giancarlo. ¿Saben ya qué desean?

Claire levantó la vista de la carta. Madre mía... De pie junto a ellas estaba uno de los hombres más increíblemente impresionantes que había visto en su vida. Debía de medir más de metro ochenta y tenía la espalda amplia y musculosa, unas caderas estrechas y un pelo castaño con mechas rubias por el sol que le caía en tirabuzones hasta la altura de los hombros.

Lucía un precioso bronceado dorado y tenía una boca grande y carnosa, dibujada con la misma y sublime precisión que Claire había visto en los cuadros del Renacimiento. Tenía la nariz prominente pero refinada, con muchos más planos y aristas de los que, por lo visto, suele haber en los apéndices nasales. Impedía que su rostro simétrico fuese más bello o perfecto de lo debido.

¿Cómo era posible que en Italia los hombres con ese físico se paseasen por ahí como simples mortales, haciendo de camareros, patrones de barco o recepcionistas de hotel? Si Giancarlo viajaba algún día a Estados Unidos, una foto gigante suya con sólo unos calzoncillos de Calvin Klein empequeñecería Times Square en menos de lo que se tarda en abrir la boca.

–Hola. Bueno, quiero decir... *buona sera* –saludó Claire.

–*Buona sera* –repitió Giancarlo.

Esta vez lo dijo con una sonrisa y una mirada que sostuvo la de ella mucho más tiempo de lo que se necesita para establecer una relación cordial entre camarero y cliente. Tenía los ojos grandes y de color de avellana, una combinación impresionante de verde y dorado. Cuando sonreía, sus ojos parecían sonreír también, como si pudieran comunicarse por sí solos. ¿No era eso lo que había dicho Meredith de los italianos, que su atractivo tenía algo que ver con la forma en que te miraban? Ahora lo entendía, porque Giancarlo parecía estar diciéndole muchas cosas con sólo una mirada: que le parecía una mujer atractiva, que estaba tan sorprendido y a la vez tan encantado de conocerla como ella de conocerlo a él y que, si por él fuera, intentaría conocerla mejor. Mucho mejor.

Claire apartó la mirada al fin. Madre mía, madre mía... Nadie la había mirado así desde... a lo mejor nadie la había mirado así en toda su vida.

–¿Gwen? –se dirigió a la chica. Ésta miraba a Giancarlo con la boca abierta–. ¿Sabes lo que vas a pedir?

–Ah. –Gwen recobró la compostura–. Eso que has dicho antes.

–Ella comerá la *margherita* y yo tomaré los espaguetis *alle vongole*, además de una ensalada cada una –pidió Claire.

–Habla usted italiano –señaló Giancarlo.
–Me temo que no muy bien –repuso Claire.
–Pues a mí me ha sonado muy bien.
–*Grazie*.
–¿Les apetece un poco de vino con la cena? Les recomiendo el pinot grigio.
–Sí, ése será perfecto.
Giancarlo volvió a la cocina y Gwen le hizo ojitos a Claire.
–Sí, ése será perfecto –repitió, imitándola.
–Cállate.
–¿No crees que es un poco joven para ti?
–No. Y además, no es asunto tuyo.
Claire también se había preguntado qué edad tendría Giancarlo. ¿Veintiocho, veintinueve tal vez? No mucho más joven que ella, pero aun así... joven. Puede que Meredith se sintiese cómoda saliendo con chicos más jóvenes que ella, pero Claire no estaba tan segura de que ella se sintiese igual de cómoda. Aunque él tampoco se lo había pedido, claro. ¡Ni ella tenía tampoco tiempo para esas cosas! Además, ¿qué haría con Gwen, llegado el caso?
A varias mesas de distancia, un hombre que hablaba italiano con acento extranjero interrumpió los pensamientos de Claire. No había advertido que alguien más entrase en el restaurante después de ellas. El camarero mayor que las había atendido al principio permanecía de pie junto a la mesa del hombre, anotando su pedido de un ossobuco y una copa de cabernet.
Había algo en aquel timbre de voz masculina que le resultaba familiar, pero Claire no podía verlo porque el camarero se lo tapaba. Entonces éste asintió, recogió la carta y se alejó.
–Mira –susurró Gwen–, es ese tipo inglés del aeropuerto. Sí, ese que estaba tan cabreado contigo.
En efecto, era él. Con la ropa un poco menos arrugada, el pelo peinado, una camisa limpia y recién afeitado, pero era él, sin duda.
–No estaba cabreado conmigo. Se ha mostrado impertinente y grosero. No le hagas caso.
No hacía falta, puesto que él no se había fijado en ellas; se

limitó a desplegar un periódico, lo extendió encima de la mesa, se inclinó sobre él y empezó a leerlo. Claire entornó los ojos para leer la cabecera: *Il Gazzettino*, el diario de Venecia. ¡Cómo no! Sólo a él podía ocurrírsele anunciar a bombo y platillo que se disponía a leer un periódico italiano.

Giancarlo regresó con una botella de vino blanco, un cesto con pan y dos ensaladas.

–¿Están de vacaciones? –quiso saber.

Hasta su voz era hermosa: grave, sosegada y sensual.

–No, para asistir a un congreso académico.

–¿El congreso de Ca'Foscari?

–¿Lo conoce?

–Sí, muy bien. ¿Va a dar una conferencia?

–No, sólo voy como asistente.

–Pero ¿estudia la historia de Venecia?

Claire asintió.

–Mi tesis es sobre la Venecia del siglo XVII.

–Así que había estado aquí antes.

–Pues la verdad es que no. Ésta es mi primera vez.

–Y la mía también –terció Gwen.

El chico se volvió hacia Gwen.

–Tienes mucha suerte de que tu hermana te haya traído consigo, ¿sabes?

Claire vio decepción en los ojos de Gwen y se alegró para sus adentros. Por suerte no había creído que era su madre.

–¿Se alojan en Venecia? –siguió preguntando Giancarlo.

–En el Bell'acqua –contestó Claire–. No queda lejos de aquí.

–Ah, sí. Es muy bonito.

Una voz procedente de la cocina llamó a Giancarlo.

–Perdón, por favor –se disculpó, y se fue a toda prisa.

–Mi hermana –masculló Gwen por lo bajo–. Eres demasiado mayor para ser mi hermana.

–Podría ser tu hermanastra –repuso Claire.

–Es que no entiendo por qué.

–No entiendes por qué ¿qué?

–Por qué les gustas a los hombres.

–¿Qué quieres decir?

–Que les gustas a los hombres. Te miran, te sonríen, coquetean contigo.

A excepción de Giancarlo, Claire no se había percatado de que alguien hubiese coqueteado con ella, y así lo dijo.

Gwen empezó a contar con los dedos de la mano.

–El tipo del barco, el tipo del hotel y este de aquí, el tal Carlo. No lo entiendo. No estás increíblemente buena ni nada parecido.

–Hombre, muchas gracias.

–No lo decía con mala intención.

–¿Y se puede decir eso con buena intención?

–Lo que quiero decir es que eres guapa, pero no se ve a primera vista.

–A lo mejor a algunos hombres no les gustan las cosas a primera vista, a lo mejor la sutileza también puede ser un arma de seducción muy eficaz.

–Ya, pero es que no te pones maquillaje, y toda la ropa que llevas parece salida del catálogo de L. L. Bean: a-bu-rri-da.

Claire se abstuvo de decirle a Gwen que casi todas las prendas de ropa de su vestuario procedían del catálogo de L. L. Bean. El catálogo de oportunidades.

–¿Así que les gustas a todos los hombres?

Claire pensó en Michael.

–No.

Interrumpieron la conversación al ver acercarse de nuevo a Giancarlo. Por un segundo, Claire deseó que su belleza fuese más evidente a primera vista. Estaba comprobado que había veces en que eso suponía una ventaja considerable.

Siguió con la mirada al camarero mientras éste servía la cena de ambas en la mesa y luego abría la botella de pinot grigio. Cuando se inclinó a llenarle la copa, la cara de ella quedó a escasos centímetros de la pequeña concavidad, medio escondida, en la base de aquel cuello masculino. Su piel cálida y dorada olía a especias suculentas y exóticas. Tal vez si se acercaba un poco más, podría rozarle el cuello con los labios...

–Ya es suficiente, gracias –dijo Claire, recobrando bruscamente el sentido común.

Giancarlo sonrió y se demoró allí un momento, como si estuviese a punto de decir algo, y luego pareció pensárselo dos veces.

–*Buon appetito* –dijo con un gesto de asentimiento, y volvió a alejarse.

–¿De verdad tenemos que ir a ese rollo de la conferencia mañana? –preguntó Gwen.

–Sí.

–A lo mejor puedes ir tú sola y yo ya me entretendré por ahí.

–Ni hablar.

–Pero es que la historia es tan aburrida...

–¿Cómo te puede parecer aburrida la historia?

–¿No le parece aburrida a todo el mundo?

–Pues claro que no. La historia es fascinante. Hace que el mundo cobre vida.

–Pero es que todo va de cosas que ya ni siquiera existen.

–Eso no es verdad. Vivimos rodeados de historia a todas horas, sobre todo en un lugar como éste. Está en la arquitectura, en el arte, en las costumbres sociales y en las leyes... –Cogió su tenedor–. Está incluso en esto. La historia es mucho más que memorizar fechas o guerras o presidentes. Habla de la gente, de lo que consiguieron, de lo que inventaron, de lo que imaginaron. La historia es... bueno, historias. Te gustan las historias, ¿verdad?

–Pues claro.

Claire se quedó pensativa un momento. ¿Qué clase de historia captaría el interés de Gwen?

–¿Has oído hablar de Casanova?

–¿Te refieres al tío con un montón de novias?

–Sí. –Era más o menos eso –. Casanova nació aquí, en Venecia, en 1725. Por lo visto, has oído hablar de sus aventuras amorosas, pero hay algo más por lo que se hizo famoso. Fue una de las pocas personas que se fugaron con éxito de las mazmorras del palacio Ducal, por las que hemos pasado antes.

–¿Y cómo se fugó?

–Excavó un agujero en el techo de su celda, se encaramó al tejado de la prisión y saltó encima de una góndola. Para cuando alertaron de su fuga, él ya se había ido de Venecia. Contaba en sus memorias que tenía tanta experiencia para entrar y salir del dormitorio de las damas que, en comparación, escapar de la prisión fue pan comido para él.

–¿Y por qué lo metieron en la cárcel?

–Por sus deudas, seguramente. Casanova también fue el inventor de un tipo de tinta invisible que desaparecía al cabo de unos días. Decía que era perfecta para firmar las cuentas... y para escribir cartas de amor.

–Lo encarcelaron por ser sospechoso de espionaje. –El inglés, a unas pocas mesas de distancia, se dirigió a ellas como si hubiese formado parte de la conversación desde el principio–. Aunque nunca pudieron demostrar nada. De hecho, ni siquiera hubo juicio.

Claire lo miró de hito en hito, ligeramente horrorizada. Todavía se sentía un poco abochornada por su encuentro en el aeropuerto y había confiado en que él no advirtiera su presencia. Por desgracia, él era el único comensal, aparte de ellas, que quedaba en el restaurante. Al cabo de unos segundos, cayó en la cuenta de que tal vez ni siquiera se acordaba de ella; era, sencillamente, la clase de persona que se creía con todo el derecho a inmiscuirse en cualquier conversación que percibiesen sus oídos. No estaba segura de cuál de aquellas posibilidades le desagradaba más.

–Aunque es una historia fascinante, tal como la cuenta usted –siguió él.

–No es sólo una historia –replicó Claire–, es un hecho.

–¿Está segura? Sospecho que Casanova era igual de bueno contando mentiras que como amante.

Cuando hablaba, parecía mirar hacia ella pero no a ella directamente, lo que a Claire le resultaba molesto.

–Soy historiadora –repuso–. Estudio la historia de principios de la Edad Moderna en Europa.

–Perdóneme, pero no sabía que hablaba con una experta. Y exactamente, ¿cómo delimita usted los «principios de la Edad Moderna»?

–Desde finales del Renacimiento hasta principios de la Revolución industrial.

–¿De veras?

Era asombroso lo mucho que podía decir una persona con apenas dos palabras, se maravilló Claire. Su «de veras» sonó como si fuera un escueto código que, descifrado, significaba: «Eres una ignorante, una mujer poco inteligente y muy posiblemente, una loca, además».

–Parece un período de tiempo muy extenso –continuó–. Creía que los historiadores estudiaban fragmentos oscuros e insignificantes de historia como, por ejemplo, cómo la tercera batalla de la guerra de los bóers afectó a la industria de la lana en Escocia a principios del siglo XX, o cualquier otra cosa por el estilo que a nadie en su sano juicio le importa una mierda.

Era sorprendente oírle soltar semejante vulgaridad, incluso hilarante. Gwen contuvo una carcajada, pero Claire no estaba de humor para reírse. Acababa de menospreciar su trabajo, de ridiculizar su vida entera. Sintió cómo se sonrojaba.

–Es cierto que muchos historiadores, incluida yo, escriben sobre temas y sucesos menos conocidos –dijo Claire–, pero hasta los acontecimientos históricos que parecen pequeños y oscuros pueden considerarse importantes si cambian el curso de la historia o si nos ayudan a entender...

De pronto, se quedó sin saber cómo continuar. ¿Qué era exactamente lo que trataba de decir? Algo acerca del modo en que las historias del pasado pueden ayudarnos a entender las motivaciones personales, nuestra propia forma de ser, el corazón humano. Sí, nos ayudan a entender el corazón humano. No, mierda... No podía decir eso. Y menos a él, desde luego.

–... a entender la condición humana –terminó la frase con poca convicción.

Si volvía a decir «¿de veras?» le clavaría los cubiertos en la yugular.

–Bueno –repuso él con gesto pensativo–, puede que tenga razón. –Se levantó, miró la cuenta que había encima de la mesa y contó algunos euros–. Debo admitir que me ha intrigado mucho más su historia de Casanova que su escueto análisis de la Unión Europea. –Miró a Gwen–. ¿Te encuentras mejor?

–Sí –respondió la chica con voz débil.

–Bien, en ese caso –dijo, despidiéndose con un ademán–, que tengan una feliz velada.

Las campanillas de la puerta del restaurante sonaron alegremente cuando abandonó el local.

–Tenías razón –dijo Gwen.

–¿Respecto a qué?

–A que no les gustas a todos los hombres.

–A mí tampoco me gusta él, así que no cuenta.

Buscó con discreción a su alrededor al hombre que sí le gustaba. Pero ¿dónde estaba Giancarlo? Ellas ya habían terminado de cenar, pero no había ni rastro de él por ninguna parte. El camarero mayor acudió a retirar sus platos. Tenía todo el aspecto de ser un hombre bueno y agradable, pero no servía como sustituto de aquel Adonis dorado.

–¿Nos traen la cuenta, por favor?

Claire esperaba que aquel requerimiento provocase la reaparición de Giancarlo, pero fue una vez más el camarero mayor quien les trajo la cuenta y el cambio que les correspondía una vez pagada. Claire recorrió todo el restaurante con la mirada mientras se ponía la chaqueta y encaminaba sus pasos hacia la puerta, pero saltaba a la vista que Giancarlo ya había terminado su turno y se había ido.

No tuvo más remedio que recordarse implacablemente a sí misma que sí, Giancarlo era guapo, pero no era más que un camarero. Sólo habían flirteado un poco, nada más. Seguro que coqueteaba con unas cuantas mujeres todas las noches, y era absurdo por su parte fantasear con poder verlo de nuevo en otras circunstancias. Desde luego, no tendrían nada en común, ningún tema de conversación. La sola idea ya era ridícula.

Pero entonces, ¿por qué se sentía tan decepcionada?

# VIII

Ya había amanecido, pero la plaza de San Marcos seguía todavía sumida en sombras. Al cabo de escasas horas, el frío cavernoso que producía la acumulación de edificios de piedra se disiparía, pero a medida que se adentraba en la plaza desierta y gris, Claire sentía cómo le calaba los huesos, traspasándole la ropa deportiva.

Había pensado correr un poco al abrigo de los soportales de la plaza antes de dirigirse a un destino más importante en el extremo oriental de la isla, cerca de los jardines, pero la escasez de luz hacía que su idea de hacer un poco de ejercicio no resultase tan atractiva como imaginaba. Sin embargo, le parecía una maravilla estar allí tan temprano, y tan sola. Las tiendas y los cafés permanecían cerrados y no se veía ni un alma a su alrededor. La justicia poética exigía que el sonido de sus pasos retumbase a medida que atravesaba la silenciosa explanada desierta, pero las suelas de sus Nike Air sólo chirriaban un poco conforme se dirigía a la *piazzetta* y a la Riva degli Schiavoni.

Dobló a la derecha en el Campanile y ante sus ojos apareció la imagen de San Giorgio Maggiore, imponente bajo el sol de la mañana surgiendo de las aguas de una laguna azul que brillaba con el fulgor de una piedra preciosa. Meciéndose en la superficie reverberante del agua, una hilera de góndolas en el Molo tiraba con suavidad de sus amarras; un poco más hacia el este, en los muelles que jalonaban la orilla, varios *vaporettos* sin tripulación aguardaban pacientemente el comienzo de la jornada.

¡Cómo se alegraba de sufrir *jet lag*! De otro modo, no se habría despertado a las seis de la mañana y no habría visto Venecia así, deshabitada y rutilante. Como cabía esperar, Gwendolyn todavía dormía a pierna suelta cuando Claire salió con mucho sigilo de la habitación. Le había dejado una nota, pero sospechaba que estaría de vuelta antes de que Gwen se despertase para leerla.

Con sus amplias aceras iluminadas por la luz de la mañana, sus vistas de postal y sus pequeños puentes provistos de escaleras, la *riva* resultó el lugar perfecto para salir a correr. Al menos era perfecto al amanecer, antes de que lo invadiera la muchedumbre. Al principio, las únicas personas a las que vio fueron a otros pocos entusiastas del jogging, pero a medida que recorría el paseo aparecieron poco a poco señales de que la ciudad cobraba vida: un hombre con traje que llevaba un maletín en la mano apareció por un portal, y una mujer cargada con un niño pequeño a la espalda venía caminando en sentido contrario. También había señales invisibles: en el aire se respiraba el irresistible aroma a cruasanes recién hechos.

Pasó corriendo junto al hotel Danieli, donde el apasionado idilio de George Sand con el poeta Alfred de Musset había tenido un final furibundo e igualmente apasionado, digno de una ópera: justo después de que él cayera enfermo por culpa del alcohol y la vida disipada, ella se había fugado con el médico italiano del poeta. Unos metros después, pasó por La Pietà, la iglesia que pertenecía al orfanato donde Antonio Vivaldi impartió clases de música durante casi toda su vida. Las huérfanas de La Pietà fueron las primeras en ejecutar buena parte de sus composiciones, en conciertos que atraían a un público procedente de toda Europa. La iglesia ya estaba abierta a los visitantes, pero Claire pasó de largo. El lugar que quería ver todavía quedaba un poco más lejos.

Un jardín pequeño pero exuberante en la parte delantera ocultaba la casa. No fue hasta que llegó a lo alto del último puente antes de los jardines municipales cuando Claire vislumbró las distintivas ventanas ojivales de una casa de color terracota y estilo morisco, con sus gruesos marcos blancos y almenados. Claire se detuvo y consultó su mapa para asegurarse: sí, el canal que fluía bajo el puente era el Rio di San Giuseppe.

Desplegó la fotocopia de una fotografía en blanco y negro

sacada de un libro publicado cuarenta años atrás y la comparó con la escena que veían sus ojos. Nada había cambiado, ni la casa de cuatro plantas con vistas al canal y la laguna, ni la entrada al nivel del agua y la barca de rayas rojas y blancas amarrada a un lado del canal, ni el jardín abandonado y rebosante de buganvillas de color morado que había entre la casa y la Riva dei Sette Martiri. Tal como sospechó cuando vio la foto por primera vez, el extremo oriental de la isla no se divisaba desde ningún otro lugar del canal.

Aquélla tenía que ser la casa de Alessandra Rossetti; cada uno de los retazos de información que había ido recopilando no hacía más que confirmarlo. Una carta escrita en 1617 por un veneciano anónimo aludía al «acogedor establecimiento» de la *signorina* Rossetti, que vivía en el Rio di San Giuseppe; en una de sus cartas, Alessandra mencionaba que podía ver el extremo oriental de la isla desde su salón cuando contemplaba los barcos adentrarse en la laguna. ¿En qué otro punto de aquel canal podría haber disfrutado de la vista a la que hacía referencia? El Rio di San Giuseppe era más amplio que la media de los canales que surcaban la ciudad, flanqueado a ambos lados por una acera estrecha o *fondamenta* y unas vistosas casas horadadas por multitud de ventanucos llenos de flores. En esencia, todo parecía exactamente igual que en la fotografía. En una ciudad con mil seiscientos años de historia, reflexionó Claire, cuarenta años no era mucho tiempo.

Sin embargo, cuatrocientos años ya eran harina de otro costal: a la sazón no existían ni la amplia y pavimentada *riva* sobre la que caminaba Claire ni el puente. Debía de haber un muro muy sencillo o un dique entre el jardín y la laguna, un muro que con toda probabilidad yacía enterrado bajo las fortificaciones actuales. Por supuesto, eso encajaría a la perfección con el relato de Salvatore Rossetti de una inundación en 1612, suceso que había causado la precipitada evacuación de su familia de la propiedad.

Claire se preguntó cómo habría sido la vida cotidiana de Alessandra. Había pasado su infancia rodeada, claro está, de su familia: su padre, su hermano y su madre. Había recibido clases de latín, retórica y matemáticas, de música con el laúd y el clavicémbalo, así como las visitas de parientes y amigos, y había disfrutado de las celebraciones y los festivales anuales.

Todo eso debió de cambiar para ella cuando su padre y su hermano se embarcaron en su fatídico viaje a Creta. ¿Cuánto tiempo habría esperado Alessandra, contemplando la laguna ansiosa, aguardando su regreso? Claire se la imaginaba aguardando la vida entera, un tormentoso invierno tras otro; primavera tras primavera con su anhelado rocío; durante el final de cada verano y su dolorosa cosecha de bayas dulces y de aroma penetrante, y durante el transcurso de todo el otoño, mientras el sol se deshacía en bruma y la laguna se volvía fría y gris como la piedra. Aun en una mañana tan cálida y soleada, la casa de Alessandra parecía distante y solitaria, como si su fantasma todavía rondase por sus balconadas, mirando al mar.

Claire se preguntó cómo llevaría Alessandra su vida como cortesana. Prefería pensar que su heroína era feliz, o que al menos estaba satisfecha por haber podido sacarle provecho a lo que la vida tenía reservado para ella. Pero ¿se podía ser feliz con la vida que tenía Alessandra? ¿O sentirse siquiera satisfecha? Tal vez las exigencias de la simple supervivencia convertían en irrelevantes esa clase de cuestiones, o tal vez la felicidad y la satisfacción personal eran conceptos que la gente no se planteaba tanto en aquella época.

¿Y el amor? Nada de cuanto Claire había leído indicaba que la cortesana hubiese sentido un fuerte compromiso emocional con ninguno de sus pretendientes. Puede que a Alessandra no le importase el amor romántico, puede que le bastase con ser independiente, la dueña de su propio destino. ¿O no lo era? Claire vio mecerse las buganvillas en brazos de una suave brisa. De repente, se dio cuenta de que al ver la casa de Alessandra esperaba haber sentido algo especial, una revelación, y sin embargo lo único que sentía era una especie de rabia, casi desesperación. ¿De verdad era posible descubrir lo que había ocurrido allí hacía casi cuatrocientos años?

## El Caballero de Espadas

*11 de noviembre de 1617*

Bianca lo había dejado entrar de mala gana y acto seguido había subido precipitadamente las escaleras para anunciarle a su señora la llegada de su inesperado visitante. Alessandra dejó el carboncillo que tenía en las manos, tomó la vela que iluminaba su escritorio de dibujo y se recogió la falda para bajar al salón. Le importunó aquella intrusión tan entrada ya la noche, pero lo cierto era que su estudio de la concha de nautilo la había puesto de mal humor. Al parecer era incapaz de captar el brillo del interior nacarado del molusco, y no le importó del todo tener que interrumpirlo.

Su misterioso visitante estaba de pie frente al fuego, la capa negra chorreando sobre el suelo de parqué. Se volvió al oír el sonido de los pasos de ella que se aproximaban justo cuando un relámpago resquebrajó el cielo e iluminó la habitación por un inquietante y demoledor segundo. Cara a cara, en ese primer momento, a Alessandra le pareció estar mirando los ojos fríos y brillantes de un loco.

Sin embargo, una vez que el relámpago y el estruendo de un trueno cesaron, el intruso se presentó con la breve reverencia que correspondía a un joven caballero.

–Antonio Pérez, vizconde de Utrillo-Navarra. Traigo una carta para el marqués de Bedmar.

–No está aquí –contestó ella–. Me sorprende que no hayáis acudido primero a la embajada española. Cualquiera podría indicaros cómo llegar hasta allí.

–Tenía instrucciones de traer la carta aquí y esperarlo a él si fuera necesario. Sigo las órdenes del duque de Osuna, virrey de Nápoles.

–No espero recibir la visita del marqués hasta dentro de otros cuatro días.

–Bien, en ese caso espero contar con vuestra amable hospitalidad.

–Esperáis demasiado. Ésta es mi casa, no una posada. Hay multitud de ellas en toda Venecia si lo que precisáis es un lecho donde dormir.

Antonio Pérez parecía consternado ante la negativa de la cortesana. En la oscura habitación, apenas iluminada por la lumbre del hogar, algunos candelabros y el destello ocasional de algún que otro relámpago a medida que la tormenta se desplazaba hacia el sur, por encima de la laguna, Alessandra no advirtió la forma en que la piel del caballero parecía tensársele sobre las sienes, ni las sombras amoratadas bajo sus ojos, ni tampoco el rubor brillante y febril que teñía sus mejillas, por lo demás extremadamente pálidas.

–Signorina Rossetti, he pasado muchas horas bajo ese aguacero y estoy calado hasta los huesos. –Se abstuvo de añadir que las inclemencias del tiempo le habían brindado una excelente ocasión para entrar en la ciudad sin ser visto–. Si es vuestro deseo que vuelva a salir con esta tormenta, lo haré, pero debo advertiros que los hombres que me han traído hasta aquí han partido ya y no van a volver. De modo que carezco de transporte.

–Mi sirviente os acercará a la posada más próxima.

–En ese caso, ¿podría abusar de vuestra amabilidad pidiéndoos que me sirvierais un coñac caliente antes de marcharme? Temo haber cogido frío.

A Alessandra le disgustaba su atrevimiento, pero vio que tiritaba a pesar de sus vanos intentos por disimularlo.

–Sí, por supuesto –dijo al tiempo que se volvía, pero cuando se dirigía a la puerta para llamar a Bianca, el vizconde de Utrillo-Navarra se desplomó en el suelo del salón.

Con gran esfuerzo, Alessandra y Nico lograron llevarlo arriba, a una de las alcobas. El joven hidalgo era más robusto de lo que aparentaba a primera vista. Aun después de despojarlo de sus ropas empapadas, su figura fuerte y atlética poseía una solidez fuera de lo común que les hizo muy trabajosa la tarea de meterlo en la cama. Aunque Antonio Pérez exhibía los modales de un caballero, su desnudez revelaba la recia musculatura propia de un soldado. Tenía un cuerpo que Alessandra no había visto demasiadas veces en su vida, al menos no entre los hombres a los que conocía íntimamente, acostumbrados como estaban a vidas ociosas, rodeados de lujo y de toda clase de comodidades. A excepción de Bedmar, se corrigió a sí misma, aunque éste era más bajo y corpulento que el vizconde, pero seguía siendo un hombre imponente para su edad.

–¿Os parece sensato dejar que se quede aquí? –inquirió Nico.

Alessandra percibió la inquietud en sus ojos benévolos y avejentados.

–No, no estoy segura de que sea sensato, pero está enfermo. ¿Qué otra cosa puedo hacer?

–Podría llevarlo a La Pietà. Las hermanas del convento cuidarán de él.

–Me temo que eso haría peligrar su vida tanto como estas fiebres.

Apartó la mano de la ardiente frente del joven.

–¿Y si trae la pestilencia? No sabemos de dónde viene.

–Viene de Nápoles. No tengo noticias de que haya ninguna epidemia allí. –Alessandra recogió las ropas mojadas del vizconde y se las dio a Nico–. Por favor, llévalas a la cocina para que se sequen y sube algo de leña. Le daremos un día o dos y ya veremos. Parece fuerte... tal vez se recupere pronto.

–Como gustéis.

Una vez Nico se hubo marchado, Alessandra examinó las escasas posesiones del noble: una elegante espada con su funda; una daga que llevaba colgada al cinto y otra astutamente escondida en un bolsillo en la parte interior de la manga; una modesta bolsa con monedas venecianas y napolitanas, y una carta metida en un sobre de pergamino lacrado. Extrajo la misiva del compartimento impermeable donde iba guardada y la examinó del derecho y del revés. La vitela de color crema era de la mejor calidad, pero no llevaba dirección ni nombre, sólo un sello de lacre de color rojo brillante estampado con un intrincado diseño de entretejida urdimbre. Se metió con rapidez la carta en el bolsillo al oír el sonido de unos pasos que subían las escaleras.

Bianca entró en la cámara con toallas limpias y una jofaina de agua. Alessandra le indicó por señas que lo dejara en la mesita junto a la cama y acercó dos sillas. Bianca sumergió un retal de trapo en la palangana, lo escurrió y se lo dio a Alessandra, quien colocó la compresa fría sobre la frente del vizconde.

–Tal vez deberíamos llamar a un médico –sugirió Bianca–. No me gustaría veros a vos con fiebre también.

–No te preocupes, ya sabes que yo nunca enfermo. Si nuestro paciente no mejora para mañana, te enviaré por Benedetto. Puede que no sea el mejor galeno del mundo, pero sabe ser discreto. –Dirigió a Bianca una mirada elocuente–. Tal como debemos ser todos nosotros.

–Sí, mi señora.

–Mientras tanto, yo cuidaré de él.

–Como deseéis. No soy quién para deciros lo que debéis hacer. Como hay Dios que el mozo es apuesto...

–¡Bianca!

–Sólo digo que si a un forastero se le ocurre caer enfermo en vuestra casa, debería tener exactamente el mismo aspecto que este joven caballero. –La expresión de Bianca era seria, pero le brillaban los ojos–. Mirad el modo en que ese pelo negro como el azabache se le riza en la frente, y esa tez, del color de los lirios y las rosas...

–Eso es por la fiebre.

–Pero la fiebre no es la responsable de esos labios tan firmes y carnosos, ni de las agradables facciones de su rostro. Y es joven, no como los demás –añadió con mirada cómplice–. Es una lástima que no abra los ojos.

Los ojos cerrados del vizconde ni siquiera habían pestañeado desde que se había desplomado en el suelo, pero Alessandra recordaba con claridad meridiana el momento en que los había visto por primera vez, cuando el relámpago los iluminó. Le había impresionado lo negros que eran, negros como el azabache, al igual que su pelo.

–Ya sé que sólo lo dices para provocarme –dijo Alessandra, sonriendo–, pero admito que no es feo. Para ser español, claro.

Era una mano. Antonio entornó los ojos y fijó la mirada en una vitrina de cristal que había frente a la pared junto a la cama. Efectivamente, en un lugar prominente del estante superior había una mano humana, cercenada justo a la altura de la muñeca, ennegrecida por los años, arrugada, deforme, grotesca.

Había visto muchas cosas repugnantes en sus veintiséis años: mutilaciones, amputaciones, decapitaciones, había visto incluso hombres destripados que pisoteaban sus propias entrañas sobre el campo de batalla, y a pesar de todo, aquella mano disecada e incorpórea lo había turbado. La imagen le arrancó, de entre la niebla de su memoria reciente, un inquietante recuerdo de lo que podía haber sido un ritual pagano, con incienso, cánticos y el tintineo de cristales, llevado a cabo junto a su cama por una criatura horrible y con aspecto de pájaro. Antonio se llevó las manos a la altura de los ojos sólo para asegurarse: sí, todavía conservaba las suyas, una en el extremo de cada brazo.

Apartó una manta gruesa, rodó hasta colocarse de costado e intentó incorporarse, pero el esfuerzo era demasiado grande. Había un olor intensamente pestilente en la habitación, el olor a algo muerto. Reprimió un acceso de náuseas mientras examinaba cuanto había a su alrededor.

La alcoba era muy refinada, de mayor tamaño y amueblada con más elegancia que sus aposentos en el palacio de Osuna, en Nápoles. Los cortinajes de brocado de la cama con dosel estaban abiertos, permitiendo el paso del calor de un vigoroso fuego que ardía en una chimenea situada en el lado derecho. A la izquierda, una mesa de madera estaba repleta de botes de tinta y dibujos al carboncillo de conchas marinas y diversos tipos de flora, algunos de ellos colgados de la pared. Delante, una luz tenue brillaba con suavidad tras una hilera de ventanas de estilo morisco, a través de las cuales veía la delicada tracería que formaban las ramas desnudas de los árboles y, más allá, el agua y el cielo, ambos de un brumoso gris plateado. Era una vista austera pero prometedora. Debían de ser las primeras horas del alba o bien la última hora de la tarde, no sabía decirlo a ciencia cierta.

Estaba en casa de la signorina Rossetti, eso sí lo sabía. Lo último que recordaba era estar de pie en el salón; recordaba el fuego, el fragor de la tormenta fuera y cómo había intentado impedir que le castañetearan los dientes, sin conseguirlo. Aunque no sabía por qué se había mostrado tan arrogante en presencia de una cortesana, lo cierto es que ella había resultado muy distinta de cómo la imaginaba. Por lo que había llegado a sus oídos, las cortesanas venecianas eran muy parecidas a las sirenas míticas, que embrujaban a los hombres con sólo una mirada y sus dulces cantos y cuyo único propósito en la vida era arrebatarles la bolsa a esos mismos hombres.

Sin embargo, aquélla lo habría arrojado sin dudarlo de nuevo a la tormenta, ¡contrariando por completo los deseos de Osuna! Él no le había causado una gran impresión, desde luego. Claro que la habría impresionado más si hubiese salido de aquel salón por su propio pie; evidentemente, alguien había tenido que subirlo a aquella habitación, pero no se acordaba de nada. ¿Cuántas horas –o días– llevaba durmiendo en esta confortable cama? No lo sabía con certeza, tan sólo sabía que en algún momento entre su desvanecimiento y su despertar había una oscura noche de cánticos e incienso, y la visión de un pájaro enorme y terrorífico.

Volvió a examinar la vitrina. La mano no era la única curiosidad que se exhibía allí; estaba colocada entre otros objetos y reliquias igual de extraños aunque, por lo general, menos repulsivos. Antonio reparó en una piedra plana con inscripciones de jeroglíficos; numerosas monedas, romanas y griegas; unas cuantas piedras en bruto de carniola, ónix y cristal, y unos trozos de ámbar con insectos incrustados en su interior. Uno, en forma de corazón, contenía en su interior una salamandra diminuta pero de formas perfectas. Un estante estaba íntegramente dedicado a los tesoros naturales del mar, con conchas de distintas formas y tamaños, una familia de estrellas de mar, pedazos opacos de cristales marinos de colores, unas cuantas perlas y un puñado de rocas pequeñas y pulidas.

La puerta se abrió despacio y Alessandra asomó la cabeza. Vio que él la miraba, sonrió y entró.

–Veo que el paciente ha vuelto a la vida.

–¿Cuánto tiempo llevo aquí?

–Dos días.

–Oh, no. Tengo que levantarme...

Antonio se apoyó sobre un codo y esbozó una mueca de dolor.

–Estáis demasiado débil –protestó ella.

Él se desplomó de nuevo en la cama, mareado por el pequeño esfuerzo.

–Me temo que estoy en deuda con vos.

–Es demasiado pronto para preocuparse por eso. Primero debéis recuperaros. –Le puso la mano en la frente–. Ya estáis mejor. La fiebre cedió hace un rato, y me pareció mejor dejaros dormir.

–¿Es por la mañana o por la noche?

–Se hará de noche dentro de pocas horas. He venido a preguntaros si os apetece algo de cena.

–No estoy seguro de que mi estómago pueda soportar una comida todavía. No pretendo ofenderos, pero en esta habitación se respira un olor terrible.

Alessandra se echó a reír.

–Vos sois el origen de ese olor.

–Os suplico perdón.

–Permitidme que os lo explique todo. Anoche estuvo aquí el doctor...

–¿No tendrá por casualidad el aspecto de un pájaro gigante? ¿O fue una pesadilla?

–Recordáis su máscara. Se suele utilizar como protección contra la peste. Por cuanto seguís vivo, creo que podemos dar por sentado que no habéis traído la epidemia con vos.

–No obrasteis bien avisando al doctor.

–Me consta que vuestra visita a Venecia es... ¿cómo lo diría...?, de carácter privado, pero ¿qué otra cosa queríais que hiciera? Si hubieseis muerto en mi casa, habría tenido que deshacerme de un cadáver. La visita de un médico tiene fácil explicación, pero un hombre muerto, no.

Tal como le había ocurrido durante su breve y primer encuentro, Antonio se quedó impresionado con el carácter resuelto de la signorina Rossetti. Nunca había conocido a ninguna mujer capaz de hablar con aquella serenidad de asuntos de esa índole. Aunque no estaba completamente seguro, sospechaba que su encuentro no era del todo fortuito con respecto a su misión, sino otra parte más del extenso plan de Osuna. El duque consideraba a Bedmar un idiota por relacionarse con una cortesana veneciana, y ahora que la tenía delante, veía que Osuna tenía más motivos para preocuparse de lo que suponía. En la signorina Rossetti había belleza e inteligencia a partes iguales, y Pérez intuía que no se asustaba con facilidad. Si la cortesana no se dejaba intimidar, entonces el destino no le depararía nada bueno. Por un momento el hidalgo sintió algo parecido a la tristeza, como si él fuera a ser elegido el instrumento de ese destino.

–En España no asociamos a los galenos con una mejoría en la salud, sino con la muerte –explicó.

–Puede que nuestros médicos venecianos estén un poco más adelantados. Después de todo, vos parecéis estar reponiéndoos. Benedetto os practicó una sangría y recomendó unos ungüentos de su propia creación, que os frotó sobre el pecho y las plantas de los pies. Ése es el origen del olor del que os quejáis.

–En verdad que es maloliente.

–Insistió mucho acerca de sus propiedades curativas. Procede de la destilación de la marmota.

–¿La marmota?

–El aceite de la piel del animal, dijo, puede aliviar todos los padecimientos.

–¿Sois vos de la misma opinión?

–Yo opino que haber pagado generosamente al buen doctor por la oportunidad de poner a prueba su medicina ha comprado su silencio. ¿Cómo os encontráis?

–No puedo decíroslo todavía, pero podéis estar segura de que ese ungüento me ha curado algo: el apetito.

–¿Tan malo es?

–¿Es que no lo oléis?

–Yo no he dicho que fuera agradable, pero creí que seríais capaz de soportarlo hasta que estéis mejor.

–Y yo creo que no mejoraré mientras lleve encima ese potingue.

–Muy bien, entonces. Nico os traerá una palangana para que os lavéis. –Se dirigió a la puerta, se detuvo y se dio media vuelta–. No he mandado a nadie a avisar al marqués de vuestra llegada. Creí mejor esperar hasta que estuvierais bien y pediros consejo al respecto.

–Sois prudente amén de hospitalaria.

–¿Queréis que envíe a Nico con una carta?

–¿Soléis enviar mensajes al marqués?

–Nunca.

–Tengo instrucciones de no abordarlo directamente. Si hacéis algo que se salga de lo habitual, podríais llamar la atención. Tal vez deberíamos esperar hasta que venga el día que tenga por costumbre.

–Como gustéis.

Cuando Alessandra abandonó el cuarto, Antonio vio que su ropa estaba seca y doblada a la perfección encima de una silla al pie de la cama, y descubrió para su disgusto que él mismo estaba, bajo las mantas, completamente desnudo.

Sentada frente al enorme espejo de marco dorado de su dormitorio, Alessandra se empolvaba los hombros desnudos, dándose los últimos retoques de su arreglo personal. Bianca había contratado a una muchacha, Luisa, que acudía todas las tardes a rizarle y peinarle el pelo. Esa noche lo llevaba recogido con una peineta de diamantes en la parte de atrás y los rizos le enmarcaban la cara, un estilo que, al decir de Luisa, lucían las mujeres más elegantes de la ciudad. Los afeites que se había aplicado esa noche eran exquisitamente pálidos, aunque un poco más llamativos de lo habitual. Prefería una tonalidad clara cuando de polvos de tocador y lociones para la cara se trataba, pero esa noche iba a pasarla con el senador Contarini. Era la clase de hombre al que le gustaba el aspecto de una mujer maquillada, siempre y cuando no se le fuese la mano.

A veces Alessandra tenía la sensación de que pasaba más rato preparándose para sus conquistas que en compañía de ellas. No hacía tanto tiempo nunca habría imaginado que pasaría tantas horas contemplando su propia imagen frente al espejo, prestando una atención extrema al modo en que estaba colocado un determinado mechón de pelo, o si el color de una tela le sentaba bien a su tono de piel. En ciertos aspectos, todo aquello le resultaba tedioso, pero el acto de prepararse para sus amantes muchas veces era tranquilizador: el tiempo que empleaba para su transformación física también le brindaba la ocasión de prepararse para la inevitable transformación emocional. Se convertía en un ser que no acababa de ser ella misma del todo, en una criatura camaleónica capaz de encarnar cualquier fantasía que deseasen sus clientes: una auténtica seductora, una tímida virgen... un chico incluso, pensó con una sonrisa maliciosa al acordarse de las aficiones poco comunes del signor Vespaccio. Había descubierto que, por lo general, los hombres jóvenes preferían más artificio, mientras que a los mayores solían importarles más bien poco los polvos de arroz o el colorete: la juventud desprovista de cualquier adorno era, sin duda, más cautivadora a medida que se envejecía, y ella se vestía y se arreglaba en consecuencia. Contarini era, a sus cuarenta y dos años, uno de sus clientes más jóvenes, y esperaba ver a Alessandra en todo su esplendor. Se examinó cuidadosamente frente al espejo una última vez: los ojos delineados, los labios de un rojo vivo, su mejor vestido, y el más nuevo también, una favorecedora pieza de seda verde entretejida con abundante hilo de oro. Como toque final, se prendió un par de pendientes de diamantes y un collar a juego alrededor del cuello. No podía salir sin ellos, pues el propio Contarini le había regalado las joyas.

–Deberíais estar en la cama.

Alessandra se detuvo a comprobar el estado de su paciente

y lo encontró en camisa y con los greguescos puestos, los pantalones anchos que usaban los soldados españoles. Estaba mirando por el cristal de su vitrina de curiosidades. En la bandeja que Bianca le había subido unas horas antes apenas quedaban unas pocas migajas y Alessandra se figuró que al fin habría recuperado el apetito. El baño y la ropa limpia sin duda habían contribuido a ello; en la habitación reinaba de nuevo un olor a limpio y fresco.

–Estaba admirando vuestra colección. –La camisa blanca brillaba a la luz del fuego del hogar y unos puntos anaranjados le relucían en los ojos oscuros–. ¿En verdad es una mano humana?

–Es la mano de una momia egipcia. Mi padre era un mercader que solía visitar muchos puertos exóticos.

–¿Ya no viaja?

–Los perdí a él y a mi hermano durante una tormenta, pero mientras vivió siempre nos traía unos regalos muy interesantes.

–Una mano de momia parece un extraño regalo para una chica.

–Tal vez yo sea una chica extraña. –Alessandra se echó a reír al ver su gesto de sorpresa–. Al principio era una momia entera, pero luego la tripulación se figuró su valor real y su avaricia la redujo a eso de ahí.

–¿Y qué habríais hecho vos con una momia entera?

–No lo sé. Colocarla en un rincón para asustar a los ladrones, supongo. Habría sido un modelo estupendo para un estudio –observó con un suspiro de nostalgia.

–¿Debo suponer, pues, que vos sois la autora de esos bocetos?

–Sí, pero no están expuestos para que los vean otros.

Alessandra esperaba que no hubiese detectado el rubor que le teñía las mejillas. Aquél era su santuario privado, un lugar cuyo acceso estaba vetado a los invitados, razón por la cual lo había escondido allí. No se le había ocurrido pensar que él también era un invitado, pero lo cierto es que en esos momentos no estaba consciente.

–A mí me parecen bastante buenos.

Antonio se tambaleó un poco al hablar y Alessandra se dio cuenta de que había permanecido de pie por cortesía.

–Insisto en que descanséis –dijo, y esta vez él no vaciló en regresar a la cama.

Alessandra se llevó la bandeja cuando él se metió bajo las mantas.

–¿Dónde están las cosas que traía conmigo? –quiso saber.

–¿Os referís a la carta? Está en el cajón de la mesita.

–Gracias por guardarla en lugar seguro. Y por hacer lo propio conmigo. Estoy seguro de que vuestra generosidad será recompensada.

–No quiero ninguna recompensa, pero sí me gustaría oír una explicación. ¿Por qué recibisteis instrucciones de venir aquí en lugar de dirigiros a Bedmar directamente?

–No puedo decíroslo.

–Tengo derecho a saberlo.

–No puedo decíroslo porque no lo sé. Desconozco el contenido de la carta, así como las razones del duque para semejante secretismo.

–Entonces, ¿vos sois sólo el mensajero?

–En este caso, sí. –Escudriñó el rostro de la cortesana en busca de algún indicio que le indicase que contaba con su confianza, pero no halló ninguno–. No me creéis.

–No sé qué debo creer, salvo que me están utilizando para algún fin del que no soy en absoluto partícipe.

–Tal vez vuestro amante, el marqués, pueda ofreceros alguna explicación.

Alessandra creyó detectar en el comentario del vizconde una insinuación maliciosa, amén de una frialdad en su voz que no le gustó lo más mínimo. Se dirigió a la puerta y se llevó la bandeja consigo.

–¿Vais a salir? –quiso saber él.

Se volvió para mirarlo.

–Me reclaman esta noche.

–¿Por eso es por lo que vais arreglada de una forma tan bella?

–Es deber de una cortesana entretener a otros con su belleza.

Hizo una reverencia con una ironía que sospechó que él no había captado.

–¿Qué máscara luciréis?

–Ninguna. Las máscaras sólo se llevan durante el carnaval y otras festividades.

–Para que vuestra belleza se exhiba para disfrute de todo el mundo.

–¿Es eso un cumplido o un desaire? Vuestras palabras, al igual que vuestra espada, pueden cortar por ambos lados. En vuestro torpe intento de ganaros el corazón de una mujer, podéis haceros daño.

–Creía que el corazón de una cortesana no podía ganarse, sino sólo comprarse. Y como sin duda habréis visto ya por el contenido de mi bolsa, carezco de medios. No soy más que un pobre vizconde reducido a los sinsabores de la vida de soldado.

–Es una verdadera lástima. Tal vez la próxima vez que vengáis a Venecia lo haréis mejor pertrechado.

Alessandra estaba decidida a no tener ninguna atención con el vizconde de Utrillo-Navarra, pero a la noche siguiente, su determinación flaqueó un poco y mandó a Bianca con un mensaje en el que le pedía que se reuniera con ella para cenar abajo, si se encontraba con fuerzas.

Pálido aún pero con paso firme, Antonio apareció en el salón a la hora señalada y acompañó a Alessandra al comedor. Nico había bajado y encendido las velas de la araña de luces que iluminaba la mesa cubierta con un mantel de paño de oro, sobre el que relucían las copas de cristal veneciano y un surtido de una exquisita vajilla de porcelana florentina.

–Creía que esta noche requerirían vuestra presencia de nuevo en una de esas placenteras fiestas –comentó Antonio mientras retiraba la silla de Alessandra y luego se sentaba frente a ella.

–Es cierto, estoy inesperadamente libre esta noche. Parece

que uno de mis clientes ha hallado otra compañía a la que desea más.

–No sé muy bien cómo responder a este nuevo e insólito reto para mi galanteo. ¿Debería felicitaros por renunciar a uno de vuestros pecados semanales o expresaros mis condolencias por haber perdido una parte de vuestro sustento? Confieso que estoy desconcertado. Aunque he decir que no parecéis muy compungida.

Alessandra se echó a reír.

–No, no estoy compungida, por extraño que parezca. En cuanto a vuestro dilema, no requiero ni vuestros parabienes ni vuestras condolencias.

–¿Y vuestra velada de anoche? ¿Fue mágica? ¿Resultó vuestro vestido todo un éxito?

–¡Cuántas preguntas! Debéis de haberos aburrido enormemente.

–Al contrario. Mientras vos hacíais conquistas, yo rezaba por la salvación de vuestra alma.

Hablaba con tanta solemnidad que al principio Alessandra creyó que era sincero, y entonces vio el brillo malicioso que asomaba en sus ojos.

–Estáis bromeando.

–Pero por un momento me habéis creído.

–Sólo por un momento. No tenéis aspecto de santo, precisamente. Estoy segura de que si os encontrarais mejor, de buena gana os sumaríais a los festejos.

–Tal vez sí. Pero si lo hiciera, alegaría en mi defensa que he sido influido por cierta cortesana veneciana.

Bianca entró con una bandeja con platos de aceitunas y tazones de sopa.

–Me parece que os complacéis creyéndome perversa –dijo Alessandra una vez que Bianca se hubo marchado.

–Os equivocáis. Sólo pretendo entenderos a vos y vuestro carácter.

–«Venecianos primero, cristianos después», es lo que solemos decir por aquí, y supongo que eso sirve en mi caso igual que para todos los demás.

–Entonces, ¿vos no consideráis pecaminoso vuestro sistema de vida?

La vacilación de Alessandra fue casi imperceptible.

–No, lo cierto es que no.

Hasta ahora nunca había sentido la necesidad de compartir con nadie sus dudas y sus recelos más íntimos, entonces, ¿por qué había tenido que reprimir el impulso de hacerlo en ese momento?

–Decidme, ¿cómo es que no tenéis hijos? ¿Acaso no es pecado mortal impedir su concepción?

–Lo que la Iglesia llama pecado yo lo llamo una merced. No tengo ningún deseo de traer a este mundo más niños sin padre para llenar el orfanato. Pero para que no penséis que todas las venecianas son tan pecadoras como yo, permitidme aseguraros lo contrario también: Venecia está llena de bastardos y malnacidos. –Alessandra sonrió–. Algunos de los cuales ni siquiera han nacido aquí.

Antonio se echó a reír a carcajadas.

–Me lo merecía. Debo confesar que nunca he sido devoto. Ya de niño, no me gustaba nada la iglesia. Mi familia pertenecía a la más importante de Pamplona y a mí me parecía aterradora. Casi siempre tenían que llevarme allí a rastras, y mientras, yo no dejaba de chillar y patalear.

–¿Os daba miedo la iglesia?

–De niño, sí. Cuando me hice mayor, me limitaba a escabullirme por la puerta a la primera ocasión.

–¿Y ya no os da miedo?

–No. –Sonrió–. Pero siempre llevo mi espada conmigo, por si acaso.

–No parece que las armas y la oración sean en absoluto compatibles, de todos modos.

–Os sorprendería saber que se rezan muchísimas plegarias en un campo de batalla.

–¿Os gusta ser soldado?

–Supongo. No lo pienso demasiado. Fue el camino que escogieron para mí, y creo además que se me da bastante bien. Aunque nada indicaba que fuera a ser así. Mi padre, que en gloria esté, siempre decía que era un indisciplinado, pero eso cambió cuando entré al servicio del duque.

–¿El duque de Osuna?

–Sí.

–¿Os encontráis a gusto a su servicio?

–¿A qué os referís exactamente?

–Sólo es una pregunta. Vuestra negativa a contestar es más elocuente de lo que desearíais, sospecho.

–Por el contrario, no me niego a contestar. El duque es un hombre con visión de futuro que reina de forma suprema en Nápoles.

–Nosotros los venecianos lo vemos de otro modo. Es un canalla que desafía a nuestra flota sin mediar la menor provocación, y se rumorea que vive demasiado bien de las riquezas de su feudo.

–Él asume los privilegios del poder, como cualquier otro señor.

–Lo defendéis.

–Por supuesto.

–¿Creéis en la obediencia ciega, entonces?

Antonio tensó la mandíbula.

–Es el deber de un soldado. Y, debería añadir, también el de una cortesana si quiere conservar la clientela de la que depende su subsistencia.

–Mi pensamiento no le pertenece a nadie más que a mí misma. –Hizo sonar la campanilla para llamar a Bianca–. Me parece que ya no tengo hambre. Por favor, continuad vos si queréis.

Alessandra salió a toda prisa de la habitación.

Antonio vaciló unos instantes y luego se puso en pie y pasó junto a Bianca, rozándola cuando ésta entró en el comedor. Alcanzó a Alessandra en las escaleras que llevaban a su alcoba en lo alto de la casa.

–Perdonadme –se excusó–, no sé cómo dirigirme a vos.

–Podríais empezar por responder a mis preguntas.

–La revelación de mis pensamientos podría ponernos en peligro a ambos.

–Vuestra presencia aquí ya lo hace.

Aun a sabiendas de que era un error, Antonio decidió confiarse a ella.

–El duque de Osuna no es un hombre completamente racional –confesó a regañadientes–. No puedo respetarlo, pero pese a ello debo servirle porque de ello depende mi vida. Gobierna con mano de hierro y, al hacerlo, fomenta la rebelión. Trama ambiciosos planes que, mucho me temo, acabarán por llevarlo a la ruina a él y a otros también.

–¿Y el marqués? ¿También estáis a su servicio?

–En cierto modo, supongo que sí.

–¿Y qué opinión os merece?

–Ambicioso, despiadado, incluso cruel a veces. Pero también es un político magistral, un soldado valeroso y un poderoso cabecilla.

–Pero ¿es un buen hombre?

–Vos tal vez sepáis eso mejor que yo. –Esbozó una sonrisa impregnada de remordimiento–. Ahora que he compartido con vos pensamientos tan íntimos, me hallo por completo a vuestra merced.

–No tenéis razones para desconfiar de mí.

–Tampoco las tengo para confiar en vos.

–No hace falta que os recuerde que llegasteis a mi casa en plena noche con una carta para el embajador español, una carta que no podíais llevar con libertad hasta su puerta. De ello cabe deducir que o bien vos o bien vuestra carta no sois bien recibidos en Venecia, y pese a ello no os he denunciado a nadie. No confundáis mi tolerancia con ingenuidad. Sólo decidme: ¿qué asuntos secretos se trae Osuna con el marqués? ¿Acaso es un espía?

–Vais demasiado lejos.

Antonio se volvió airadamente y bajó las escaleras con paso furibundo.

–¿Es un espía? –insistió Alessandra a su espalda en retirada, pero no obtuvo respuesta.

Alessandra estaba sentada a su escritorio cuando Antonio entró en el salón a la mañana siguiente. Se detuvo en el centro de la habitación.

–No pretendo molestaros si estáis ocupada.

–Al contrario, sólo terminaba de escribir una carta a mi prima de Padua. –No habían hablado desde su discusión la noche anterior y entre ellos se palpaba la tensión–. Por favor, tomad asiento.

Antonio se acomodó en la silla frente al fuego. Aún se le veía pálido, como si hubiese dormido poco.

–Os complacerá saber que pronto partiré de vuelta hacia Nápoles.

–Convengo en que es lo mejor. –Alessandra hizo una pausa y desvió la mirada antes de mirarlo de nuevo a la cara–. Dijisteis que queríais comprenderme a mí y a mi carácter. No quiero que os marchéis creyendo que carezco de moral o de sentimientos religiosos, pero incluso cuando era joven, ya sabía que no sentía aquellos arrebatos que otros aseguraban sentir durante la misa. No es que confiara en una filosofía alternativa, simplemente no me conmovía. Los cánticos, el incienso y las plegarias me dejaban indiferente. Siempre he preferido los tesoros naturales de este mundo a las supuestas recompensas del más allá. Cuando observo una concha marina, o un capullo de rosa o las intrincadas venas de una hoja, y veo el orden y los diseños de la naturaleza, siento como si Dios me recogiese y me elevase el alma, la misma sensación que mis amigos aseguraban que les inspiraban los misterios sagrados. ¿A vos os parece extraño?

Antonio negó con la cabeza.

–Muchas veces he tenido esas mismas sensaciones yo mismo, sólo que nunca he sabido expresarlas con palabras.

–Mi padre solía decir que el contacto con muchos credos debe diluir la fe en uno solo. Tal vez sea eso lo que contribuye a mi falta de fervor cristiano, pero no lo lamento. Si fuera hombre, sería navegante y viajaría a puertos muy lejanos y aprendería muchas costumbres extrañas.

–¿Un marinero? ¿Vos?

La cortesana sonrió.

–No un simple marinero: un pirata.

–¡Un pirata!

–Sí. –Hizo revolotear la pluma como si fuera una espada y le apuntó con ella a la garganta, riéndose maliciosamente–. Amasaría una fortuna arrebatándoles los tesoros a hombres como vos... hombres debiluchos y pusilánimes que se desmayan en cuanto tienen un poco de fiebre...

Antonio corrió a su lado de una zancada, le arrancó la pluma de las manos y la amenazó con ella a su vez. Sin dejar de reír, Alessandra lo incitó a comenzar una divertida persecución por todo el salón, hasta que Antonio la alcanzó y la hizo prisionera con delicadeza entre sus dos brazos extendidos, con las palmas apoyadas con firmeza en la pared. Jadeando y sonriendo, Alessandra lo miró a la cara. De pronto, ya no sintió ganas de seguir riendo. Por un momento, mientras los labios de ambos se acercaban poco a poco, ninguno de los dos parecía respirar siquiera.

Bianca irrumpió de improviso en la sala e hizo una reverencia nerviosa.

–Ha llegado el marqués de Bedmar, mi señora –anunció, alternando la mirada entre Alessandra y Antonio mientras éstos se separaban con rapidez y se preparaban para recibir al inesperado visitante.

# El Loco

*14 de noviembre de 1617*

Bedmar inclinó la misiva de Osuna hacia la luz brumosa que entraba por los ventanales del salón de Alessandra y volvió a leerla. «¡Maldición!», exclamó para sus adentros. Aquella carta no le traía más que problemas.

> ... el factor sorpresa es una de las armas más importantes de nuestro arsenal, y retrasarlo más tiempo del necesario podría significar la derrota. Tendré bajeles nuevos listos para zarpar a finales de abril; la flota llegaría a Venecia antes del día de la Ascensión. Sin duda no podría haber mejor fecha...

Releyó el resto de la carta con más rapidez; «no más retrasos...», «completamente preparados...», «listos para atacar...»: todo el contenido destilaba la bravuconería típica del duque, al igual que su imprudencia, pues según todas las previsiones eso sólo les dejaba seis meses para preparar un ataque generalizado.

Bedmar se preguntó si los tercios del conde de Segovia, que aún combatían en Flandes, conseguirían llegar a Venecia en tan escaso margen de tiempo; según sus cálculos, su experimentado apoyo era un elemento clave para la victoria. «¡Virgen Santa, sólo seis meses!» Como de costumbre, el duque había pedido lo imposible; sin embargo, el marqués ya había logrado conseguir lo imposible con anterioridad. Y prefería morir a mostrar su desazón delante del vizconde de Utrillo-Navarra.

El joven vizconde permaneció de pie cerca de Bedmar mientras éste leía la carta de Osuna y meditaba su respuesta. El mensaje, reflexionó el marqués, no lo componía únicamente el texto de la carta: Antonio Pérez era una elección poco habitual para un mensajero, pero Bedmar era lo bastante listo como para no dejar traslucir que era consciente de ello. Cuando entró en casa de la signorina Rossetti y vio al vizconde allí, sus ojos, expertos en el arte de ocultar sus pensamientos, delataron su sorpresa, aunque por un brevísimo instante.

Tan sólo una vez, en una ocasión anterior, en el palacio de Osuna en Nápoles, había estado Bedmar cara a cara con el letal espadachín y hombre de confianza del duque, el mercenario cuyo dominio del acero le había hecho célebre en toda Italia y España. El vizconde de Utrillo-Navarra todavía era joven, pero Bedmar veía reminiscencias de su padre, el viejo vizconde, en la figura sólida y alta del muchacho, y en su gesto orgulloso y seguro de sí. Aquél, el padre, sí que había sido un hombre como los de antes: habían cruzado sus espadas en una sola ocasión, se habían batido hasta que a ninguno le quedaron ya fuerzas para seguir en pie, y luego habían zanjado el asunto sin declarar ningún vencedor y se habían ido como amigos. Cuando se enteró, el marqués lamentó la noticia de su muerte. Pero ¿el hijo? Era poco probable que pudieran llegar a entablar una camaradería similar, dadas las circunstancias.

La presencia de Utrillo-Navarra en Venecia lo cuestionaba absolutamente todo; Bedmar había reconocido al instante la amenaza que encarnaba el vizconde. En primer lugar para Alessandra, pues Osuna había dejado claro más de una vez que la consideraba un peligro para la seguridad de ambos. En segundo lugar, para sí mismo: Osuna había conseguido introducir a Antonio Pérez en el corazón de Venecia sin que nadie se percatase. «La próxima vez –parecía querer advertirle el duque–, ni siquiera tú te enterarás de que está ahí.»

¿Qué había detrás de la repentina urgencia del duque por lanzar su ataque dos meses antes de la fecha que había acordado con anterioridad? No tenía ningún sentido atacar antes de que Bedmar pudiese reunir a todos sus hombres, a menos que el duque tuviese planeado atacarlo a él también.

No era ningún secreto que Osuna era un personaje harto impopular en Nápoles. ¿Acaso tenía sus miras puestas en el virreinato de Venecia, el puesto pretendido por Bedmar después de la victoria? El marqués miró de soslayo a Pérez. Tal vez el nuevo plan del duque consistía en que Bedmar no sobreviviese a la batalla... y sin duda, el vizconde de Utrillo-Navarra rondaría por allí para asegurarse de que así fuese.

Si Osuna quería jugar a ser un villano, sería el propio Osuna el que llevaría todas las de perder, pensó Bedmar con aire sombrío. La advertencia del duque no significaba nada para él y además le resultaba profundamente irritante. Tendría que responder a ella de la manera adecuada, y de una forma que Osuna no esperaría jamás. Bedmar dio con la respuesta perfecta de inmediato, una respuesta que había empezado a tomar cuerpo en cuanto vio a Pérez, y se sentó ante el escritorio.

Vuestra Excelencia:

Será todo un placer para mí acatar vuestras nuevas instrucciones. Aceleraré las disposiciones para que todo esté listo cuanto antes en todos los frentes y os enviaré los mapas tan pronto estén terminados.

Ha sido muy generoso por vuestra parte enviar a vuestro estimado vizconde de Utrillo-Navarra a Venecia. Ciertamente, su regreso es muy necesario, puesto que puede ofrecernos un gran servicio aquí. Por supuesto, yo mismo me encargaré de que su visita pase desapercibida y de que no le falte de nada mientras esté a mi cargo.

«Brillante», pensó Bedmar para sí, y firmó con una floritura. A su manera, Bedmar le hacía saber al duque que era plenamente consciente de sus oscuras intenciones y que, pese a ello, nada temía. Osuna sin duda mordería el anzuelo, convencido de que su asesino ejecutaría sus órdenes con éxito a pesar de las fundadas sospechas de Bedmar. Sin embargo, el marqués había descubierto en muchas ocasiones que la juventud y la fuerza no podían competir con la experiencia y la astucia. Bedmar dobló la carta y la lacró.

–Os deseo un buen viaje –dijo–. Mi gondolero os espera abajo. Os llevará a una pequeña barca en la punta de la isla y desde ahí os trasladarán a remo a un bajel anclado en Malamocco. Llegado el caso, dejad que el capitán De Braga hable por vos. No digáis una palabra hasta que estéis a salvo en alta mar.

–Vuestra Excelencia. –Antonio hizo una reverencia–. Esperaré con ansia nuestro próximo encuentro.

–También yo –repuso Bedmar.

«De modo que así es como va a ser», pensó Alessandra. Estaba de pie frente a la ventana de su alcoba, mirando la laguna, el Rio di San Giuseppe, que fluía por el costado oriental de la casa, y el erial quc había abajo. En el canal, la góndola vacía de Bedmar permanecía amarrada a un poste a rayas blancas y rojas junto a varios peldaños de piedra que surgían de las aguas y conducían a la puerta del jardín. El vizconde aparecería allí de un momento a otro, cruzaría la puerta trasera para avanzar por un camino empedrado y serpenteante, atravesaría la puerta del jardín y se subiría a aquella góndola. Suponía que él y Bedmar no habían tenido mucho más que decirse después de que ella los hubiera dejado a solas.

Ni una palabra, ni siquiera una mirada elocuente le había dejado como recuerdo. Alessandra había entrado en el salón cuando Bedmar entregaba su respuesta al vizconde y arrojaba luego la carta de Osuna al fuego. El hidalgo español no se había dirigido a ella, salvo para pedirle que le trajeran su capa. Entonces había hecho una reverencia breve y formal, sin mirarla a los ojos siquiera, aunque Alessandra sospechaba que, de haberla mirado, no habría encontrado en sus ojos el más leve resquicio de sentimiento.

Ella se había excusado y había subido a su alcoba, con la intención de leer o escribir en su diario. Sin embargo, una vez arriba no había hecho ninguna de esas cosas, sino que se había sentido atraída hacia la ventana, la que había en la esquina del fondo de la habitación, la que disponía de las mejores vistas de la góndola que se lo llevaría de allí.

Ahora se reprobaba a sí misma, porque por supuesto no había habido ninguna intimidad, en sentido estricto, entre ellos. Habían hablado un poco, nada más, y casi nunca habían estado de acuerdo. Tal vez su aparente atracción se debiese sólo a las circunstancias. Había dependido de la protección de ella, pero ahora que ya había cesado esa dependencia, no necesitaba seguir fingiendo una naturaleza afable. Alessandra decidió que no le daría el placer de saber que observaba su partida, pero aun así, seguía sin poder apartarse de aquella ventana.

La lumbre del hogar chisporroteaba y crepitaba sin cesar, y Alessandra se removió incómoda en su vestido. El mejor brocado de la ciudad y, pese a ello, el tejido le irritaba la piel. En aquella habitación hacía demasiado calor, un calor asfixiante, de hecho, advirtió con fastidio. Era por culpa de Bianca, que siempre insistía en que Nico apilase en la chimenea montones de leña. Siempre preocupada por si se resfriaba, siempre encima de ella, siempre inquietándose por todo... Por un momento, Alessandra se rebeló contra el carácter solícito de Bianca, pese a lo injusta que sabía que estaba siendo con ella. Sólo quería... ni siquiera sabía lo que quería. Sentía un anhelo de algo, pero era un anhelo sordo, imposible de expresar. Quería liberarse, pensó, y al instante se burló de sí misma: ¿liberarse de qué? «Liberarme de este vestido, para empezar.» Se acercó a la ventana y apretó los dedos contra ella. Un aire frío y húmedo se filtraba por los parteluces con un débil silbido lastimero. El cristal parecía de hielo. Apoyó la frente en él y experimentó cierto alivio.

Aunque no llovía, el cielo estaba lleno de nubes grises de aspecto amenazador. Aun a media mañana, Alessandra sentía ya el acecho de la noche, y con ella una nueva tormenta. Por el momento todo era silencio y quietud, como si bajo aquella sombría luz el mundo se hubiese detenido. A sus ojos, nada se movía salvo por el vuelo de un pájaro solitario y el constante rizarse de la superficie de las aguas. Reinaba el silencio de un día de duelo. Oyó el chisporroteo del fuego en la otra punta de la habitación y unos ruidos vagos procedentes del piso inferior: voces masculinas graves, indefinidas; el ruido sordo de botas pesadas sobre los tablones del suelo y los crujidos de la madera. A lo lejos, transportado por la leve corriente de aire que soplaba entre los cristales, se oyó el tañido de la campana de una iglesia. «A los marinos les aterra oír el tañido de las campanas cuando están en alta mar –le había dicho su padre una vez–. Creen que es un mal presagio.» Se preguntó qué se sentiría en la cubierta de un bajel en pleno océano, sin nada más que el viento, la salpicadura del mar y el embate de las olas como compañeros. Cerró los ojos un instante y trató de imaginarse la libertad que debía de sentirse, la pura e increíble libertad.

Paolo, el gondolero de Bedmar, apareció por el lateral de la góndola –debía de haber venido caminando por la *fondamenta* desde la cocina, donde había estado esperando– y se subió a la barca. Utrillo-Navarra apareció en el jardín minutos después. Habían retirado el *felze* y Alessandra lo vio perfectamente mientras tomaba asiento, pero el hidalgo tenía la mirada fija en la laguna y la cortesana no vio la expresión de su rostro. Se embozó en la capa, como si tuviera frío.

Paolo desató la amarra que sujetaba la embarcación y luego la enrolló y la colocó detrás del asiento. Justo antes de levantar el remo, miró hacia donde se encontraba Alessandra. Era como si supiese con exactitud adónde debía mirar, como si supiese que su rostro solemne iba a estar enmarcado en aquella ventana en particular. Alessandra había creído que sería el vizconde quien le dedicaría una última mirada, pero él seguía con la vista fija hacia delante.

Paolo la miró con una expresión sobria y decidida. Era un chico escuálido, de pelo oscuro y ojos grandes, y muy joven, de apenas veintiún años. Solía aparecer con frecuencia por la casa, sobre todo cuando Bedmar se ausentaba de la ciudad. Cada vez que el marqués se iba de Venecia, Paolo se ponía a disposición de Nico y Bianca; tomaba el remo de la góndola de Alessandra cuando ellos se lo pedían, traía melones y pescado fresco de los mercados y acarreaba los pesados barriles de vino que llegaban en los barcos de mercancías. Ellos recompensaban sus servicios con unas cuantas monedas de vez en cuando, como era la costumbre.

Unas semanas antes, Alessandra había sorprendido a Paolo en la alcoba donde no dormía nadie, la misma en la que Antonio acababa de alojarse. Al subir las escaleras, se había percatado de que la puerta estaba ligeramente entornada y vio la luz titilante de una vela brillando en el interior.

Empujó la puerta y descubrió a Paolo junto a su mesa de dibujo. Obviamente lo había asustado, pues el muchacho se volvió de repente para mirarla al tiempo que se escondía algo a la espalda. No dijo nada, por supuesto, pero su expresión delataba su culpabilidad.

–¿Qué estás haciendo aquí? –Alessandra no esperaba una respuesta, pero la ira que sentía había provocado la pregunta. Paolo podía entrar libremente en la cocina, pero no tenía permiso para pasearse a sus anchas por la casa. Se aproximó a él–. ¿Qué es eso que tienes en la mano?

Paolo se había quedado muy quieto, con la mirada clavada en ella, sin sentir, aparentemente, ningún miedo. En ese momento se le ocurrió que tal vez el muchacho no fuese consciente de que las consecuencias de un robo eran muy graves. Miró hacia la vitrina de objetos curiosos, pero la habitación estaba demasiado oscura para comprobar si faltaba algo o no. ¿Qué objeto habría llamado la atención de aquel chico?

–Devuélveme lo que tienes ahí y podrás irte. No se lo diré a nadie –le ofreció, tendiéndole la mano.

Él pareció dolido por sus palabras, pero poco a poco adelantó las manos que tenía a la espalda y le mostró un pedazo cuadrado de papel. En él había dibujado un boceto de una concha de mar, que al principio Alessandra tomó como propio. La cortesana acercó más el papel a la luz de la vela y se dio cuenta de que el dibujo no era suyo. Cada detalle del nautilo estaba perfectamente reflejado, con una claridad y una precisión que nunca antes había visto, y pese a todo, era algo más que una visión objetiva: también había quedado plasmada la esencia de la concha.

–¿Lo has dibujado tú? –preguntó ella.

Paolo asintió.

–¿Ahora mismo?

Un nuevo asentimiento.

–Es precioso. Tienes un talento excepcional.

El chico no respondió, se limitó a seguir con los ojos clavados en los de ella.

–Pero sabes que no tienes permiso para entrar en mi alcoba, ni siquiera para coger mis cosas, ¿verdad? –Alessandra hablaba despacio, pues no estaba muy segura de hasta dónde llegaba su capacidad de comprensión. Le tendió el dibujo–. Puedes quedarte esto.

–N-n-n-no lo quiero –dijo–. L-l-l-lo dibujé p-p-para vos.

Alessandra se sorprendió al oír hablar a Paolo. ¿No había dicho el marqués que era mudo? Se preguntó por qué aquel gondolero dejaba que el embajador creyese que no podía hablar. ¿Acaso se avergonzaba Paolo de su tartamudeo, o tenía otras razones más siniestras para fingir su silencio?

En esos momentos, mientras Paolo miraba hacia su ventana, a Alessandra se le ocurrió que tal vez el gondolero llevara días observándola, semanas incluso. Sin embargo, el joven no tardó en desviar la mirada. Impulsó la góndola con el remo para alejarla de la orilla del canal y sus paladas regulares no tardaron en llevar la barca hasta las aguas abiertas de la laguna, donde viró hacia el este, en dirección a la punta. Mientras la barca cabeceaba entre el oleaje rítmico y tranquilo, alejándose cada vez más, Alessandra esperó a que Antonio Pérez se volviese y la mirase por última vez, pero el español no lo hizo.

## IX

–Las cortesanas venecianas eran legendarias –le explicó Claire a Gwen cuando volvieron a la habitación del hotel–. Thomas Coryate, un inglés que visitó Venecia en 1612, escribió: «Tan infinitos son los encantos de estas amorosas Calipsos que su fama ha atraído hasta Venecia a muchos venidos de las partes más remotas de la cristiandad». Se calcula que en esa época había aproximadamente diez mil cortesanas en Venecia, una ciudad con una población de sólo ciento sesenta mil habitantes. Eso significa que una de cada ocho mujeres era algún tipo de cortesana.

Gwen había manifestado un interés más bien escaso por la aventura de Claire de aquella mañana o por su relato de la conspiración hasta que mencionó la profesión de Alessandra... y luego le explicó lo que era una cortesana.

–¿Estás escribiendo tu tesis sobre una prostituta? –preguntó Gwen.

Estaba sentada con las piernas cruzadas sobre la cama, vestida prácticamente igual que el día anterior: vaqueros ajustados y acampanados y una camisa de inspiración sesentera. Ésta, al menos, le tapaba tanto el abdomen como el pecho. Tenía el contenido de su mochila desparramado delante de ella: un iPod, auriculares, tubos de maquillaje, paquetes de caramelos medio vacíos y bolígrafos de distintos colores. Estaba escribiendo en un pequeño libro encuadernado en piel que cerró rápidamente y se metió en la mochila cuando Claire entró en la habitación. «Un diario –supuso ésta–. Repleto de los secretos de una quinceañera.»

–Una cortesana no es lo mismo que una prostituta –puntualizó Claire.

–Pero practica el sexo a cambio de dinero, ¿no?

–No se trata sólo de sexo. Las familias ricas no querían ver menguar sus fortunas al repartirlas entre todos los hijos, así que, por lo general, sólo permitían casarse a uno de ellos. A los demás vástagos les quedaban muy pocas opciones, como no fuera mantener una relación con una cortesana –le informó Claire–. Y como tampoco había muchas opciones para las mujeres, los hombres les ofrecían su apoyo económico. Era un arreglo beneficioso para ambos.

–¿Así que una cortesana se acostaba con cualquiera?

Gwen parecía muy contenida esa mañana, advirtió Claire, y entonces se preguntó si el comportamiento del día anterior sería habitual en ella. ¿Era Gwen una quinceañera alocada y salvaje o el episodio del día antes sólo era una parte accidental más del torbellino emocional de la adolescencia?

–Algunas no eran muy selectivas, que digamos, pero una *cortigiana onestà*, que significa literalmente una «cortesana honesta» o, en un sentido menos literal, cortesana de la clase social alta, solía tener un grupo selecto de amantes regulares y duraderos, cada uno con una noche de la semana designada de antemano. Alessandra era una de ellas. Era una mujer muy culta, más que la mayoría de las aristócratas, de hecho, quienes apenas recibían instrucción de ninguna clase. Una *cortigiana onestà* amenizaba las veladas de sus clientes con música, bailes y conversación, y a menudo se casaba y abandonaba la vida de cortesana.

Gwen bostezó y se desperezó.

–¿Dónde desayunamos? –preguntó.

Los pálidos suelos de mármol y las paredes altas y blancas del vestíbulo parecían bailar al son de los reflejos reverberantes que el canal proyectaba sobre ellos, justo al otro lado de los enormes ventanales del hotel. Desde lo alto de la escalera del primer piso la imagen era surrealista, como si todo el vestíbulo estuviese sumergido bajo el agua y se adentraran en una gruta deslumbrante repleta de notas de similor y de muebles de ribetes dorados. Cuando se encontraban a mitad de las escaleras, Gwen agarró a Claire del brazo con fuerza.

–Ay, Dios... –exclamó, con un respingo.

En el preciso instante en que Claire vio a Giancarlo sentado en uno de los sillones del vestíbulo, leyendo con aire distraído las páginas de un periódico, él alzó la vista y también la vio a ella. Gwen y Claire bajaron los últimos escalones y se dirigieron hacia él, mientras el camarero soltaba el periódico y se levantaba. Claire se habría puesto nerviosa, pero su sonrisa era tan cálida y acogedora, y la expresión de sus ojos tan abiertamente halagadora, que se relajó al instante y le devolvió la sonrisa. Justo cuando estaba a punto de preguntar a Giancarlo qué hacía allí, habló él.

–Por favor, perdóneme –dijo–, pero es que anoche tuve que marcharme con tanta precipitación que no tuve ocasión de preguntarle su nombre.

–Claire Donovan.

Gwen le dio un codazo.

–Y ésta es Gwendolyn Fry, mi... alumna.

–Giancarlo Baldessari –se presentó él, con una leve reverencia capaz de transmitir una sensación de formalidad e ironía a un tiempo–. Es un placer conoceros a ambas. Espero que estéis libres esta noche para invitaros a cenar a mi casa.

Seguramente le convenía asistir a algún cóctel de bienvenida que los organizadores del congreso habrían preparado para los participantes, pensó Claire, pero...

Giancarlo malinterpretó su indecisión.

–Mi familia también estará allí.

Gwen volvió a darle un codazo, esta vez más fuerte.

–Di que sí –le susurró.

–Estaremos encantadas de ir –aceptó Claire.

Muy bien, era un camarero, pero cada vez que lo miraba le daba lo mismo si tendrían algo en común o no. Giancarlo era tan guapo que le entraba una especie de mareo con sólo tenerlo delante. Mirarlo directamente a los ojos era como sufrir el impacto de una de esas armas de aturdimiento, pues la dejaba de forma momentánea sin habla.

–No podré pasar antes a recogeros, como quisiera, pero os he traído un mapa donde aparece señalado el camino para llegar a mi casa.

Se sacó un pequeño pedazo de papel del bolsillo y se lo dio a Claire.

–Gracias. Estoy segura de que sabremos encontrarla.

–Yo no –masculló Gwen.

–Lo siento, pero ahora debo irme; llego tarde a un sitio. He esperado bastante tiempo con la esperanza de veros. –Giancarlo volvió a sonreírle sólo a ella y Claire sintió que se le aceleraba el corazón–. Os veré esta noche, ¿verdad?

–Sí.

–A las siete en punto. *Arrivederci!*

Claire y Gwen vieron salir a Giancarlo del vestíbulo y luego le saludaron con la mano cuando pasó junto a los ventanales. De repente, a Claire la inundó una sensación de bienestar y gratitud inmensos por todas las sorpresas agradables que le deparaba la vida.

–¡Pero qué fuerte! ¡Estás a punto de recuperar la chispa...! –exclamó Gwen.

–¿Cómo dices?

–La chispa. Sí, mujer. Tú ya eres una mujer mayor, él es un tío joven, tú has perdido toda tu chispa y él te va a ayudar a recuperarla.

–En primer lugar, no soy una mujer mayor y él no es mucho más joven que yo. En segundo lugar, no he perdido la «chispa», pero si la hubiera perdido, y si fuera a recuperarla, y cómo y con quién la recupero no es asunto tuyo.

Se volvió y se dirigió al comedor. Gwen echó a correr para alcanzarla.

–Es que está para comérselo.

–No pienso hablar de esto contigo.

–Si él no puede ayudarte a recuperar la chispa, entonces nadie puede.

–No vamos a volver a hablar de chispas, ¿entendido?

–No me puedo creer que vayamos a entrar en una biblioteca –protestó Gwen mientras pasaban junto a un grupo de góndolas vacías en el pequeño canal a las puertas del Bell'acqua–. Yo quiero ir en una de las barcas.

Se volvió y le lanzó una sonrisa a un joven gondolero.

–Las góndolas son muy caras –dijo Claire, y la empujó en dirección a la plaza.

–Es el dinero de mi padre.

–Ese dinero es para gastos necesarios, no para desperdiciarlo en sacacuartos para turistas.

–Pero parece divertido.

–Hoy no tenemos tiempo para diversiones.

En efecto, como el día anterior había sido una total pérdida de tiempo, iba a tener que sintetizar dos días de trabajo en uno solo.

La sesión inaugural del congreso era a las once, pero Claire ya se había dado cuenta de que no iba a poder asistir a todas las ponencias y trabajar además en su tesis, no cuando sólo le quedaban seis días más en Venecia. Lo uno iba a tener que dejar prioridad a lo otro, y la elección había sido sencilla: su trabajo de investigación era prioritario. En realidad, aquella misma mañana, al echar un vistazo al programa (que era una simple impresión en papel de la página web dedicada al congreso), sólo había visto unas pocas conferencias relacionadas de manera directa con su tema. La primera charla de Andrea Kent era a las tres de la tarde en el aula magna de Ca'Foscari. La había resaltado en el programa con rotulador amarillo y rumió sobre lo extraño de ver en letra impresa lo que era prácticamente el título de su propia tesis, *Los orígenes de la conjuración española de 1618* (A. Kent), junto a un nombre que no era el suyo.

–¿Sabías que Armani, Missoni y Valentino tienen todos tiendas aquí? –preguntó Gwen mientras pasaban junto al Caffè Florian y echaban un vistazo al interior color rojo de burdel de la cafetería de trescientos años de antigüedad.

–Mejor para ellos.

Claire comprendió que Gwen estaba hablando de diseñadores de ropa, aunque sólo los conocía muy de pasada.

–Mi madre dice que Valentino es el diseñador más romántico del mundo. Adora su ropa. ¿Sabías que casi todos los diseñadores del mundo tienen tienda en Venecia? Lo he leído en una de tus guías esta mañana. A lo mejor después de la biblioteca podríamos ir de compras.

–Tengo un montón de trabajo.

–Creía que los profesores no trabajaban en verano.

–Todavía no soy profesora.

–Tyler dice que en el futuro ya nadie tendrá que ir físicamente a trabajar, que lo haremos todo desde una Palm Pilot.

–¿Y quién es Tyler?

–Es mi... hummm... mi amigo.

–¿Tu amigo? ¿Así que no piensa trabajar, eh? ¿Y qué es lo que planea hacer con su vida?

–Va a ser senador, como su padre. –Gwen miró con ojos de deseo al escaparate de una joyería–. No sé por qué no podemos ir de compras. Se supone que este viaje también es para que yo lo disfrute.

–Sí, para que disfrutes de un viaje educativo, y eso es lo que estás haciendo.

–Espera un momento. Acabo de terminar el curso. No he venido hasta aquí para aprender más cosas.

–Considéralo un suplemento.

–¿Y qué tiene de malo divertirse un poco?

–Creía que ayer ya te habías divertido para el resto de la semana, ¿no te parece?

–No recuerdo haberme divertido.

–¿Es que ya te has olvidado de Mister Tatuajes y del ron con Coca-Cola?

–Puede que a ti te pareciera divertido, pero créeme, no fue tan genial.

–Estaba siendo sarcástica.

–Eso no cambia el hecho de que sigo sin divertirme.

–Después de la biblioteca iremos a dar una vuelta y ver cosas, ¿de acuerdo?

–¿Qué cosas?

Claire señaló hacia delante.

–La basílica y el palacio Ducal.

–¡¿Vamos a ver edificios?!

–No son sólo edificios. –Claire le ofreció llegar a un compromiso–. Hoy necesito hacer esto, pero mañana haremos algo que te apetezca a ti, ¿de acuerdo?

Dejaron atrás el Campanile y la entrada de la biblioteca Marciana apareció ante sus ojos. Claire recordó que el cardenal Bessarion, un monje griego que había dedicado su vida a la conservación de la civilización griega, fundó la biblioteca en 1468, cuando donó su colección de literatura helénica a Venecia, a la que veía como digna heredera de Bizancio. El arquitecto Jacopo Tatti, Il Sansovino, empezó los trabajos de la biblioteca en 1537, y en 1560 ésta abrió sus puertas al público. En esos momentos, la Marciana albergaba casi un millón de volúmenes, entre los que se incluían trece mil manuscritos, casi tres mil incunables (libros impresos antes de 1501) y más de veinticuatro mil libros del siglo XVI. La perspectiva de tener a su disposición tan venerable colección de libros hacía que Claire caminase rebosante de entusiasmo. Subieron por una amplia escalinata enmarcada por una entrada abovedada de estuco dorado que conducía a una ornamentada antecámara, con el techo cubierto por un mosaico de pinturas renacentistas. En mitad de la sala, dos enormes globos terráqueos colocados encima de sendos pedestales alcanzaban prácticamente la misma altura que la propia Claire.

–¿Estás segura de que no nos hemos equivocado de sitio? –preguntó Gwen–. No parece una biblioteca. Ni siquiera hay libros.

–Me parece que tenemos que ir allí al fondo.

Claire abrió el camino a través de una sucesión de puertas dobles hacia la sala principal, un espacio de dimensiones descomunales coronado por un techo de tragaluces, tres plantas más arriba. Mesas de estudio alargadas y sólidas estaban colocadas en dos filas en el centro, y alrededor del perímetro había tres plantas de arcadas construidas con piedra gris. Una pared de ventanales al fondo de la sala revelaba unas magníficas vistas de la laguna y los haces inclinados y cargados de motas de polvo de la luz del sol.

Una mujer joven y rubia presidía el mostrador del fondo de la sala. Al acercarse, Claire leyó el nombre inscrito en la placa de la mesa: Francesca Luponi.

–¿Es usted la bibliotecaria?

–Sí. ¿En qué puedo ayudarla?

Francesca esbozó una sonrisa radiante. A Claire le pareció una mujer muy elegante, con mucha clase; desde luego, no se parecía en nada a las bibliotecarias de Harvard, que solían llevar jerséis anchos en tonos marrón rata o champiñón, y Birkenstocks con calcetines de lana. Claire le mostró su tarjeta de identificación de la universidad y la lista con los documentos y libros que había solicitado. Francesca se puso unas gafas de montura oscura y examinó ambas cosas. En cierto modo, las gafas le daban un aspecto aún más elegante. ¿Sería porque era italiana? La de veces que Claire se había puesto unas gafas muy parecidas, en el instituto, antes de llevar lentillas, y sólo le hacían parecer aún más repelente y empollona de lo habitual. Algunas mujeres eran elegantes de nacimiento, supuso, como aquella bibliotecaria tan segura de sí misma o como Meredith; y otras mujeres, pensó Claire con amargura mientras trataba de alisar las arrugas de su falda del catálogo de oportunidades de L. L. Bean, simplemente no lo eran.

–La señora Claire Donovan, sí, recuerdo su e-mail. Trabaja en la conjuración española, ¿verdad? –Su voz tenía una cadencia muy agradable–. Ya le he apartado algunas cosas –dijo al tiempo que se volvía hacia los estantes de libros y documentos que tenía detrás.

Cada una de las pilas de volúmenes reservados estaba marcada con un nombre. En lo alto de la pequeña pila que Francesca le entregó había un ejemplar delgado y encuadernado en tela con una decoración modernista en el lomo y la cubierta y un título dorado: *Diario de Ettore Battista Fazzini, volumen IV, 1615-1618*. Interesante, pero ella no lo había pedido. Miró a la bibliotecaria, que se anticipó a su pregunta.

–Fazzini era un cronista de principios del siglo XVII –explicó Francesca–. Casi como Marino Sanudo en el XVI, sólo que no tan conocido ni tan extensamente publicado. Sólo se conservan seis volúmenes de los extractos de los diarios de Fazzini. Se publicaron por primera vez en Venecia en 1785, y luego esta edición inglesa de 1891, publicada en Londres.

–Es la primera vez que oigo hablar de él.

–Fazzini no suele ser santo de la devoción de los historiadores. Sus crónicas son de lo más entretenidas, pero no se consideran enteramente creíbles. Sin embargo, creo que menciona un par de veces o tres a Alessandra Rossetti, así que creí que tal vez le interesaría leerlo. Dijo que le interesaba Alessandra Rossetti, ¿no es así?

–Sí.

–El resto de documentos que solicitó deberían estar disponibles hoy mismo, más tarde, o bien mañana por la mañana. Sólo tiene que pedirlos aquí, en el mostrador. Estarán en el estante.

–Perdón –intervino Gwen–, ese vestido que lleva ¿es un Missoni?

–Gwen... –la reprendió Claire.

–No pasa nada. –Francesca inclinó el cuerpo por encima del mostrador–. Tengo un pequeño secreto. No es exactamente un Missoni, sólo una copia buenísima. –Se encogió de hombros y sonrió–. No es fácil comprar ropa de diseñador con el sueldo de bibliotecaria.

–Vaya, pues parece verdadero.

–Hay una tienda cerca de la Merceria, en San Zulian, donde puedes encontrar prendas como ésta, pero no se lo decimos a muchas extranjeras, sólo a las que, como tú, tienen buen ojo para la moda.

Mientras Gwen y Francesca discutían sobre las virtudes de distintos diseñadores de moda, Claire encontró una mesa vacía y abrió con avidez el diario de Fazzini. Aquello era justo lo que había esperado encontrar en Venecia: el libro, el documento o el escrito que, relegado por el olvido, el resto de los historiadores hubiesen podido pasar por alto. Hojeó las páginas amarillentas, recorriendo con el dedo las líneas de texto, tratando de localizar el nombre de Alessandra. Ciento ochenta y ocho páginas más tarde, el libro terminó y Claire no había logrado encontrarlo. Volvió al principio; esta vez avanzó más despacio y leyó algunas de las anécdotas de la vida veneciana del siglo XVII que Fazzini relataba con inmenso deleite.

«Mis queridos amigos, a continuación debo relataros el chisme más asombroso del momento: ¡nuestro estimado lord Constantin Vasari ha tomado a la cortesana Beatrice dalle Crosette como esposa! Aunque se trata sin duda de una mujer con una formación muy completa, amén de que canta como los ángeles y ha sido bendecida con una belleza capaz de rivalizar con cualquier otra de Venecia, ha proseguido con sus vergonzosas costumbres y ha entregado licenciosamente su cuerpo a un sinnúmero de hombres. En tiempos recientes ha añadido un nuevo amante a su colección además de Vasari, pero a éste no ha parecido importarle. En fin, el amor no conoce límites...

»La distinguida abadía de Pomponne es el escenario de una escandalosa riña entre la abadesa de Santa Chiara y la hermana Eugenia, una de las monjas a su cargo. Las dos mujeres se pelearon por su amante mutuo en un duelo con puñal que tuvo lugar en el patio del convento a altas horas de la noche. A nadie le extraña que las mujeres se peleasen, pero ¡hacerlo en suelo consagrado! ¡He ahí el escándalo!

»La Celestia tiene un mono que anda suelto por los tejados y que a veces entra por las ventanas abiertas de otros *palazzi*. Un día robó un anillo de diamantes de la signora Grafia Corsa, en la casa vecina, y se lo prendió en el dedo. Lorenzo Giambatti vio al mono con el anillo e interpeló a la cortesana: "¿Sabíais que vuestro mono ha robado el anillo de la signora Corsa?", preguntó. "¡No!", contestó ella. "Pero ¿es que no os habéis dado cuenta de que lo llevaba puesto?", le preguntó él. "Por supuesto", respondió ella, "¡pero creía que era suyo!".»

Claire levantó la vista del libro cuando Gwen se sentó a su lado.

–¿Cuánto rato vamos a seguir aquí encerradas?

–No mucho más.

Dedicaría otra media hora más a Fazzini y luego echaría un vistazo a los otros libros que Francesca le había dado. El diario no era tan prometedor como parecía al principio, pero era fácil quedar atrapado en sus páginas, y muy distinto de los textos que estaba acostumbrada a leer. La historia veneciana podría ser sorprendentemente árida, una letanía a todas luces interminable de dogos y guerras. La aversión de la República a cualquier cosa que se aproximase al «culto a la personalidad» significaba que no abundaban los detalles íntimos sobre la vida de los líderes, los nobles y los ciudadanos venecianos. Hacer encajar las piezas de las vidas privadas de los personajes involucrados en la conjuración española había requerido no poco esfuerzo, y sin duda aún iba a requerir mucho más. Fazzini era un hallazgo muy de agradecer. A pesar de que no fuese del todo fiable, arrojaba cierta luz sobre los usos y costumbres de la época. Volvió a centrar su atención en el diario.

«La presentación en sociedad por parte de La Celestia de una nueva *cortigiana onestà* de una forma absolutamente espectacular en un banquete exclusivo en su lujosa Ca'Aragona ha generado una nueva tendencia entre aquellas mujeres que aspiran a ser elevadas a una categoría superior a su designación de "puta de lujo". Desde que la protegida de La Celestia, La Sirena, hizo su debut como exquisito postre, cubierta tan sólo por el relumbre del polvo de oro, unos cuantos collares de perlas y algunos fragmentos de pan de oro estratégicamente colocados, las cortesanas se han dedicado a engalanarse de las formas más escandalosas posibles, sin otra cosa encima más que joyas o plumas brillantes...»

Ese nombre otra vez: La Celestia. ¿Una cortesana que se hacía llamar El Cielo? Lo cierto es que no era habitual que una cortesana veneciana tuviese un nombre de guerra. Había sido mucho más común en Roma un siglo antes, cuando Imperia y La Dolce eran las estrellas de la época. Las cortesanas venecianas respondían por lo general a sus nombres de pila: Bianca Saraton, Elena Balbi, Gaspara Stampa, las hermanas Ballerini.

–Lo siento mucho. –Francesca apareció junto a la mesa–. He comprobado el registro y, por lo visto, le he dado el libro equivocado. La mención de Alessandra Rossetti aparece en el quinto volumen de Fazzini, no en el cuarto. Pero puede quedárselo, si lo desea.

–No, gracias. Es muy ameno, pero no hay nada que pueda servirme.

Francesca se llevó el cuarto volumen y dejó el quinto encima de la mesa.

–Está en la página veinticuatro.

El quinto volumen de Fazzini cubría los años 1619 a 1623... después de la conspiración. ¿Acaso el chismoso Ettore sabía qué le había sucedido a Alessandra? Se saltó las páginas hasta llegar a la que Francesca le había marcado y empezó a leer.

«Desde que la carta de Alessandra Rossetti llegó a manos del Gran Consejo, la presencia de soldados mercenarios en Venecia ha menguado enormemente, con efectos tanto positivos como negativos. Si bien es cierto que resulta más fácil conseguir una mesa en una taberna, no es menos cierto que se echan de menos esas refriegas y escaramuzas nocturnas que hacían la vida tan emocionante...»

Claire lanzó un suspiro. ¿Eso era todo? Sintió una punzada de frustración. Tal vez, pensó mientras cerraba el *Diario* de Fazzini, a esas alturas ya debería haber aprendido a no hacerse tantas ilusiones.

# X

–Los pies me están matando –se quejó Gwen al desplomarse en una silla en la terraza de un café del minúsculo Campiello degli Squellini con su falta de elegancia habitual. Se quitó una de las sandalias y se restregó los dedos de los pies–. No sabía que íbamos a recorrernos toda Venecia andando.

El trayecto desde el palacio Ducal a través de las distinguidas calles de San Marcos y luego por el puente de la Accademia hasta el Dorsoduro no le había parecido ni mucho menos tan largo a Claire, pero lo cierto es que resultaba agradable poder sentarse un momento. Para su desesperación, había descubierto que no existía nada parecido a un mapa detallado y verdaderamente fiable de Venecia, o al menos ella no lo tenía.

Apareció un camarero y Claire pidió un capuchino y una limonada para Gwen. No estaban muy lejos de Ca'Foscari, pero necesitaba unos minutos para relajarse y recuperarse un poco antes de enfrentarse a la conferencia. Su cabeza, tal como le venía ocurriendo a menudo a lo largo de los diez días anteriores, volvió a concentrarse en Andrea Kent; por fin conocería a la mujer que compartía con ella sus mismas aspiraciones profesionales, ¿o acaso resultaría ser su némesis? ¿Sería amiga o enemiga, aliada o rival? Había una posibilidad de que Andrea la considerase una amenaza, a pesar de que, bajo el punto de vista de Claire, era la otra quien tenía todos los ases en la manga: daba clases en una de las universidades más antiguas de Inglaterra y su trabajo sobre la conjuración española estaba a punto de publicarse. ¿Cómo podía ella esperar siquiera competir con ella? En ese momento deseó, y no por primera vez, que Andrea Kent trabajara como profesora en cualquier otro lugar que no fuese

Cambridge. ¿Por qué no podía dar clases en alguna escuela universitaria de segunda fila en lugar de trabajar en una de las pocas universidades del mundo anglosajón más prestigiosas que Harvard?

¿Y cómo iba a presentarse a sí misma, además? «Hola, resulta que estoy trabajando en el mismo tema que tú, así que ¿por qué no nos tomamos algo juntas y comparamos nuestras notas de trabajo?» Ja. Mientras trabajaba como profesora adjunta en Columbia, había presenciado peleas académicas tan coléricas que cualquiera habría dicho que detrás había motivaciones intensamente personales en lugar de profesionales.

Todos los historiadores defendían su territorio, así era como se labraban las carreras y cómo se lograba avanzar en ellas. Era harto improbable que Andrea Kent fuese a compartir con ella algo más de lo que iba a revelar ante el público asistente a sus charlas, así que con toda seguridad Claire tendría que limitarse a extraer el máximo de información posible de ellas. Tal vez lo mejor sería guardarse para sí el tema de su tesis y el interés particular que sentía por el trabajo de Andrea Kent. Se imaginó a sí misma siendo presentada a la profesora, felicitándola por su trabajo y haciéndole luego preguntas en apariencia inocentes, como quien no quiere la cosa: «¡Qué tema tan apasionante! ¿Así que ha escrito un libro? ¿Y cuándo van a publicarlo?».

En cuanto se lo imaginó, la escena la hizo sentirse asqueada. Detestaba los engaños y el fingimiento, y eso se debía sólo en parte a que se le daba pésimamente mal. Lo cual volvía a dejarla en el mismo punto de partida: «Hola, resulta que estoy trabajando en el mismo tema que tú y...».

Gwen apuró de un sorbo el resto de su limonada a través de la pajita.

–Es raro, pero la verdad es que no se parece en nada a la peli –comentó–. Bueno, a veces sí que se parece, pero muchas otras no.

–¿Se puede saber de qué estás hablando?

–De Venecia. No se parece en nada a la peli.

–¿A qué «peli»?

–Esa peli que mi madre ve a todas horas. Es su película favorita, creo. –Gwen entrecerró los ojos con fuerza tratando de recordar el título–. *Locuras de verano*, con Katharine Hepburn.

Claire recordaba vagamente haber visto la película hacía muchos años. Casi no se acordaba de nada salvo...

–¿No es esa en la que Katharine Hepburn se cae a un canal?

–Sí, y ahí es donde conoce al chico... tiene una tienda de antigüedades. ¡Ah! –exclamó Gwen–. ¿Podríamos ir?

–¿Adónde?

–Se llama... Barnaba. Me acuerdo porque el niño se lo indica: «Ponte Barnaba, Campo Barnaba». Tengo que ir ahí antes de marcharme. Le prometí a mi madre que sacaría una foto de la tienda.

–¿Y dices que es su película favorita?

Parecía una elección un poco extraña para una mujer tan familiarizada con las armas de fuego.

–La hace llorar –le explicó Gwen mientras asentía con la cabeza.

–¿Ah, sí? ¿Por qué?

Tal vez si conseguía que Gwen le hablara de su madre, le contaría por qué le había pegado un tiro a su padre.

Gwen se encogió de hombros.

–¿Tú también lloras cuando la ves?

–No, a mí sólo me cabrea. Katharine Hepburn llega a Venecia y conoce a ese italiano y se enamoran, pero luego, al final, ella vuelve a casa.

–Él está casado, ¿no?

–Sí, pero ya no vive con su mujer.

–Creo que esa película se rodó hace bastante tiempo, en los años cincuenta o así, y en aquel entonces los italianos no podían divorciarse. Nunca. A lo mejor por eso es por lo que Katharine Hepburn vuelve a casa.

–¿Y por qué no se queda a vivir con él y ya está? De verdad, no lo entiendo. Lo único que le espera en casa es una vida aburrida y un trabajo aburrido.

–No creo que sea eso lo que se supone que debes pensar al final de la película.

–Pues eso es exactamente lo que pienso. Katharine Hepburn

se marcha de Venecia, deja al hombre al que quiere y ¿para qué? Es la peli más absurda que he visto en mi vida.

Puede que fuese la película más absurda que Gwen había visto en su vida, pero saltaba a la vista que había algo en ella que le tocaba la fibra sensible. Claire no la había visto enfurecerse de ese modo con ninguna otra cosa; por un momento, la expresión de aburrimiento mortal de sus ojos se vio reemplazada por la ira o incluso una tristeza infinita. Tal vez el recuerdo de su madre había desencadenado aquella oleada de emociones. Claire tenía la pregunta en la punta de la lengua: «Y dime, ¿por qué le pegó tu madre un tiro a tu padre?».

Entonces Gwen le lanzó una mirada penetrante y dijo:

–¿Por qué no me has preguntado todavía por qué mi madre le pegó un tiro a mi padre? Eso era de lo único que quería hablar todo el mundo en Boston. Te lo juro, todos mis compañeros de clase desde que iba a tercero me llamaban para preguntármelo. –Gwen alzó la voz, imitándolos–: «¿Por qué le ha pegado tu madre un tiro a tu padre? ¿Por qué le ha pegado tu madre un tiro a tu padre? ¿Por qué le ha pegado tu madre un tiro a tu padre?».

–Tenía la sensación de que no querías hablar de eso –dijo Claire.

–Pues has acertado. No quiero hablar de eso –repuso Gwen.

Ca'Foscari, el *palazzo* del Gran Canal sede de la Universidad de Venecia, era uno de los principales exponentes del estilo gótico del siglo XV. En 1574 había alcanzado cierta fama por ser el lugar donde se alojó Enrique III de Francia de camino a la corte de París para asumir el trono. Un patio empedrado, rodeado de paredes bajas recubiertas de enredaderas, señalaba la entrada por el costado orientado a tierra. Colgado encima de la puerta del *palazzo*, un pequeño cartel anunciaba el congreso y la gente esperaba en pequeños grupos, conversando y fumando.

Claire se acercó a una mesa plegable presidida por un estudiante que llevaba una camiseta roja con una imagen de Karl Marx en la parte delantera. Le entregó su confirmación de la inscripción y a cambio el estudiante le dio una tarjeta de identificación para ella y un pase de visitante para Gwen, a quien había descrito *sotto voce* como su hija. En cuanto a Andrea Kent... había decidido que optaría por jugarse el todo por el todo y que fuera lo que Dios quisiera: sería sincera y le explicaría su dilema. Siempre cabía la posibilidad de que Andrea fuese una persona magnánima capaz de promover la carrera investigadora de otra historiadora en lugar de sabotearla.

Se abrieron paso a través de la multitud hasta el vestíbulo, luego subieron por una escalera inmensa hasta el segundo piso –el *piano nobile*, tradicionalmente la planta utilizada por la aristocracia veneciana para las veladas de ocio y entretenimiento– y entraron en el aula magna justo cuando un hombre un tanto agobiado colocaba un cartel del tamaño de un póster en un caballete junto a la puerta.

El letrero anunciaba el nombre del siguiente orador, además de incluir la foto de éste. Se trataba de alguien a quien tanto Claire como Gwen reconocieron de inmediato, y se quedaron de una pieza allí delante, contemplando la foto.

–Es ese tipo inglés... –dijo Gwen, con la voz entrecortada de puro asombro.

Era él. No había error posible. Justo al pie de la foto (en la que aparecía con un aspecto convenientemente serio y académico, posando además sobre un fondo desdibujado de forma artística donde se insinuaban columnas clásicas y hojas de laurel, como si aquel hombre fuese el depositario de todo el saber desde los tiempos de la era helénica) aparecía su nombre: Andrew Kent. Andre*w*, con uve doble, y no con a, Kent. Andrew Kent.

En el aula magna, una tribuna sobre un pedestal de medio metro estaba colocada frente a ocho filas de mesas alargadas y estrechas con sillas. Se parecía mucho a otros seminarios a los que había asistido, sólo que la sala de conferencias de Ca'Foscari había sido, en el pasado, el *portego* de una acaudalada familia veneciana del siglo XV. Unos paisajes enormes en marcos dorados adornaban las paredes; el techo alto y abovedado ofrecía una escena celestial de nubes con motas de oro poblada de personajes mitológicos de dimensiones descomunales y querubines de carrillos sonrosados.

Claire se sentó en la última fila, al fondo de todo. Quería situarse lo más lejos posible de Andrew Kent. Ya no albergaba ninguna esperanza de cooperación profesional entre ella y el otro historiador dedicado a la conjuración española. ¿Cómo iba a haberla? Él era un inglés pedante e insufrible, un grosero y un tramposo. Toda esa perorata que había soltado la noche anterior, diciendo que la historia no importaba nada, haciendo como que no sabía lo que significaban los «comienzos de la Edad Moderna»... La había puesto a prueba, tratando de hacerle morder el anzuelo para que dijera algo que la dejase en ridículo, y lo que era aún peor, ella había caído en su trampa. Por dos veces había tratado por todos los medios de dejarla en evidencia. Si, cuando se habían conocido, aquel hombre se hubiese comportado de forma civilizada, ella se habría ceñido muy gustosa a su plan original inspirado por la honestidad. Pero aquello era la guerra, pura y dura.

Extrajo su cuaderno de notas –seguro que habría una transcripción de las actas más adelante, pero quería apuntar los aspectos clave de inmediato– en el momento en que un hombre alto, de unos cincuenta y pocos años, subía al entarimado. Su aura de autoridad tuvo un efecto inmediato, pues todo el mundo guardó silencio y la gente corrió a encontrar un asiento.

Encendió el micrófono e hizo que un pitido ensordecedor recorriera toda la habitación.

–Perdón –se excusó–. ¿Todo el mundo ha encontrado asiento? –continuó–. ¿No? En ese caso haremos que traigan unas cuantas sillas más y las pondremos al fondo.

Debía de haber al menos sesenta personas acomodándose y dejando maletines, ordenadores portátiles y bolsas en el suelo. A Claire le sorprendió ver que una charla sobre la conjuración española hubiera atraído a tantísima gente. Se fijó en el atractivo del moderador: tenía una apariencia majestuosa y casi leonina, con el pelo entrecano un poco largo y una barba bien cuidada que empezaba a encanecer también. Parecía el prototipo de un aristócrata europeo moderno, la clase de hombre capaz de navegar por todo el mar Egeo con un balandro de veinte metros de eslora o de protagonizar un anuncio publicitario de un coche de lujo. Esperó a que todo el mundo se hubiese sentado para volver a hablar.

–Nuestro siguiente orador ha venido hasta aquí desde Inglaterra, del Trinity College, en Cambridge, y tiene, como suele ser su costumbre, algo muy revelador que compartir con nosotros, pero voy a ceder el micrófono a mi presentadora favorita de cultura y arte, Gabriella Monalisa Arianna Griseri, conductora del popular programa televisivo *Tiempo de historia*.

Quedó claro por la entusiasta ovación que arrancó del público que muchos sabían de quién se trataba. O tal vez simplemente apreciaban la cultura y el arte en la forma femenina: aun desde la última fila, Claire vio a la perfección que aquella mujer era espectacular. Su figura esbelta pero curvilínea estaba enfundada en un vestido de tirantes que le sentaba como un guante y que destacaba su elegancia natural. Tenía el rostro de una modelo y una melena negra brillante que llevaba recogida en un sofisticado moño en la nuca.

–¿Cómo se llamaba? –preguntó Gwen.

–No sé. Me he perdido después de Gabriella.

–Gracias, Maurizio –dijo Gabriella, subiendo a la tribuna con gran soltura y facilidad profesional–. Gracias a todos. Me complace tener el honor de presentar a nuestro siguiente orador. Conocí a Andrew Kent hace seis años en La Sorbona, donde ambos fuimos invitados a hablar en un seminario sobre el siglo XVII. Su ponencia sobre la muerte del rey Carlos, un controvertido análisis del fallecimiento del máximo exponente de la Restauración, fue la comidilla del resto del seminario. Ha sido para mí un gran placer seguir la trayectoria de su meteórica carrera desde entonces. La conferencia de La Sorbona, como muchos de ustedes sin duda ya saben, sirvió de base para su libro *Carlos II y la conspiración de Rye House*, que se convirtió en un éxito de ventas en el Reino Unido y fue publicado con posterioridad en trece países... –Miró a su derecha, donde Andrew Kent esperaba al pie del entarimado, con aspecto de sentirse ligeramente incómodo–. ¿Es correcto?

–Sí –dijo, asintiendo, y luego entrelazó las manos a su espalda y reanudó su examen del suelo.

–Publicado en trece países y adaptado para la aclamada serie de la BBC, *La conspiración de Rye House: el intento de asesinato de Carlos II*. Andrew me ha prohibido terminantemente revelar el contenido de su charla de hoy o de su segunda charla del sábado, pero sí les puedo adelantar una cosa: ¡volvemos a estar ante un éxito seguro!

»Pero ¿qué otra cosa podíamos esperar de un historiador tan renombrado? Andrew es miembro de la junta rectora del Trinity College, en Cambridge, y profesor de Historia en la universidad. Obtuvo el premio Villier-Horschak de investigación histórica y ha sido galardonado en dos ocasiones con el premio Prescott. Ha presentado ponencias como invitado en congresos de todo el mundo, en ciudades como Estocolmo, Nápoles, Barcelona, Varsovia, Dublín y San Petersburgo, y hoy, por primera vez, en la Universidad de Venecia. Y ahora, demos todos una calurosa bienvenida a Andrew Kent.

Claire aplaudió educadamente junto con el resto del público. Durante la presentación de Gabriella, había sentido cómo el corazón se le encogía cada vez más y más, hasta que su espíritu combativo quedó reducido a la nada, derrotado por completo. Andrew Kent era un historiador demasiado prestigioso para que ella pudiese competir con él. ¿Autor de un éxito de ventas? ¿Galardonado con el Villier-Horschak? ¿Con el premio Prescott... dos veces, nada menos? ¿Una serie de la BBC?

Andrew Kent no era sólo un historiador, era un semidiós entre los historiadores, una de las pocas excepciones que había salido –mejor dicho, que había salido catapultada– de su torre de marfil y había encontrado la fama en el ancho mundo. Ella no estaba a su altura. De hecho, ni siquiera le llegaba a la suela de los zapatos.

Él se acercó al micrófono cuando Gabriella abandonó la tribuna. La popular presentadora de *Tiempo de historia* le dedicó una sonrisa radiante al pasar a su lado. Él le dio las gracias, tomó un sorbo de agua de un vaso en la tribuna y se aclaró la garganta varias veces a medida que cesaban los aplausos. Parecía seguro de sí mismo, pero no tanto como Claire habría esperado de alguien que acababa de oír desgranar los logros de su ilustre carrera de forma tan halagadora. Desde luego, no rezumaba la apabullante confianza y el aplomo que corresponderían a un autor de best sellers, asesor de la BBC e historiador de semejante renombre.

Mientras lo observaba, Claire percibió que algo no acababa de cuadrar: Andrew Kent no parecía el hombre fanfarrón, desagradable y pedante al que ella había visto, sino más bien alguien incómodo por acaparar tanta atención y el tiempo de tanta gente. Tal vez aquella falsa humildad fuese una característica típicamente inglesa, o tal vez no se encontraba bien. Fuera cual fuese la causa, Claire tenía la clara impresión de que no estaba entusiasmado con su propia charla. Andrew Kent carraspeó una vez más y empezó su discurso.

–Hace cien años, Julian Corbett escribió: «De todos los misterios de la historia de Italia, no hay ninguno más impenetrable y difícil de desentrañar por sus oscuros entresijos que el que en Venecia se conoce como la conjuración española». Estoy de acuerdo con él en que es uno de los episodios más enigmáticos de la historia de Venecia, y su aura legendaria se debe, en gran medida, a la serie de mitos y de rumores que lo rodean. Con mi trabajo espero echar por tierra algunos de esos mitos y acallar parte de esos rumores. ¿Por qué es eso importante? Porque, tal como ha señalado Horatio Brown, la historia de la conjuración española «arroja una poderosa luz sobre las causas que corrompieron, primero, y destruyeron después la República».

»Pero me estoy adelantando. El origen de la conspiración es el tema principal de esta charla, puesto que pretendo demostrar que los sucesos de 1618 no eran, en modo alguno, hechos aislados: las tensiones entre Venecia y España venían acrecentándose desde hacía décadas.

Claire escuchó sin tomar apuntes mientras Andrew Kent realizaba una descripción general de lo que para ella era terreno familiar. Hacia el siglo XVI, la República de Venecia entró en un período de decadencia. Pese a ello, a principios del siglo XVII, Venecia era la única potencia independiente dentro de una Italia dominada por España, que alcanzó su hegemonía gracias a su supremacía militar, su riqueza y su control del papado. En 1606, cuando el papa Pablo V excomulgó al dogo y al Senado veneciano e impuso un interdicto en todos los territorios de la República como represalia por el arresto y la condena de dos sacerdotes, Venecia entró en conflicto directo con Roma y, por tanto, con España.

–Hacia 1618, la desconfianza entre Venecia y España había alcanzado su punto culminante –prosiguió Andrew Kent–. A pesar de que existían tratados entre los dos países, la realidad, según palabras del embajador veneciano en Madrid, estaba plagada de «hostilidad y guerra». En su informe al dogo, el embajador hablaba de «desencuentros feroces y conflictivos incidentes» entre Venecia y España.

»Pero ¿proporcionan estos hechos base suficiente para hablar de una "conspiración española"? Y de hecho, ¿existen pruebas siquiera de dichos hechos? Tal vez nos ayude hacer un repaso de lo que sabemos con certeza sobre los sucesos acaecidos en 1618.

»Sabemos que el Senado de Venecia escribió a sus embajadores: "Las insidiosas prácticas de los españoles no conocen límites [...]. Semejantes engaños y artificios habían sido hasta ahora inauditos". Sabemos que el embajador español, el marqués de Bedmar, fue llamado a comparecer en el palacio Ducal para una reprimenda formal, y que el duque de Osuna estaba construyendo en Nápoles una nueva flota de buques de guerra. Sabemos que una carta escrita por una cortesana llamada Alessandra Rossetti acusaba a un grupo de mercenarios de tramar un complot para derrocar el gobierno de Venecia. Sabemos que tres hombres, dos españoles y un francés, fueron estrangulados en los calabozos y sus cadáveres colgados públicamente en la plaza de San Marcos.

»Sin embargo, todos estos sucesos por sí solos no justifican el relato que nos ha llegado de esa supuesta conjuración española...

«¿Ha dicho "supuesta" conjuración española? –se preguntó Claire–. ¿Adónde querrá ir a parar?»

–... un relato que ha llegado hasta nosotros bajo la forma de un suceso histórico cuando la realidad, francamente, es que se basa en un testimonio menos fiable que el cuento que se le cuenta a un niño antes de irse a la cama. –Andrew Kent hizo una pausa para causar aún más efecto antes de realizar su revelación más importante–: El resultado de mi investigación ha revelado que lo que durante cuatrocientos años se había creído una conspiración española es, en realidad, una conspiración veneciana.

–¡¿Qué?! –exclamó Claire, tan alto que la gente que ocupaba los asientos adyacentes se volvió para mirarla.

–En mi opinión, la conjuración «española» fue una mentira urdida por el Consejo de los Diez –siguió diciendo–, un grupo de hombres famosos por haber creado la mejor red de espionaje en la Europa de la época, por haber utilizado todos los medios a su alcance, incluida la contratación de asesinos a sueldo, para proteger la soberanía de la República.

Un murmullo de voces se extendió por la sala.

–Esos enigmáticos paladines de la seguridad estatal, el Consejo de los Diez y su subcomité mortal, los Tre Capi o tres cabecillas del Consejo de los Diez, eran tan temidos que dieron origen a un dicho popular: «Los Diez te envían a la cámara de torturas, pero los Tres te envían a la tumba». El máximo artífice de la conjuración veneciana, el senador Girolamo Silvia, era en 1618 el líder de los Tres, y un espía tan hábil y competente como Walsingham lo había sido en Inglaterra. En su red de confidentes se incluían personajes procedentes tanto de los escalafones más bajos como de los más altos de la sociedad veneciana, y utilizaba a dichos confidentes, además de a su propia banda de mercenarios, para librar una guerra en la sombra contra los enemigos de la República. Parecía sentir una especial animadversión hacia el duque de Osuna, pero el ascenso en su propia carrera política era un poderoso factor de motivación.

»Otro aspecto destacado de mi investigación está relacionado con la carta Rossetti. Durante cuatrocientos años, la misteriosa Alessandra Rossetti ha sido considerada una especie de heroína, la cortesana cuya carta al Gran Consejo expuso el complot y salvó a Venecia de un saqueo y un pillaje feroces. Pero si la conjuración española es una invención del Consejo de los Diez, entonces también lo es la carta Rossetti. En realidad, Alessandra Rossetti no fue ninguna heroína sino un simple peón en la estrategia de los Tres...

–¡No! –exclamó Claire.

–... o un simple títere, si lo prefieren, uno cuyo falso testimonio tuvo como resultado unas muertes motivadas por la política.

–Oh, Dios mío... –gimió Claire.

–Veo que se me acaba el tiempo. Gracias a todos por haber venido. Espero que vuelvan a reunirse conmigo el sábado por la mañana para la segunda charla, cuando abordaré de una forma más exhaustiva los temas que acabo de tratar.

Claire se hallaba en tal estado de *shock* que casi ni oyó los aplausos. Se levantó y se dirigió lentamente a la salida de la sala junto con Gwen y el resto del público. Se encaminaron en silencio hacia la parada del *traghetto* próxima a Ca'Rezzonico.

–¿Te pasa algo? –le preguntó Gwen.

Desde luego que le pasaba algo, algo horrible. Era aún peor de lo que había imaginado. Ya era bastante malo contradecir la opinión de un reputado historiador, pero si Andrew Kent echaba por tierra la credibilidad de la carta Rossetti, a Claire más le valía arrojar la toalla ahora mismo.

–Acabo de descubrir que he desperdiciado más de dos años de mi vida, y que voy a tener que tirar mi tesis a la basura y empezar de nuevo desde cero.

–¿Por qué?

–Si Andrew Kent publica un libro diciendo que la conjuración española se basa en una sarta de mentiras, nadie se va a tomar mi trabajo en serio; de hecho, puede que todo el mundo lo rechace de plano.

–Pero eso no es justo.

–¿Y quién ha dicho que la vida es justa? Lo único que importa es que él es toda una autoridad en la materia y yo no.

¿Has oído la presentación? Ha ganado el premio Prescott dos veces. Lo más frustrante es que sé que se equivoca. Está completamente equivocado.

–Si tú estás en lo cierto y él está equivocado, no deberían importarte sus estúpidos premios. Vamos, que si tienes razón, siempre habrá alguien que sepa que tienes razón, ¿no?

–Puede ser. No lo sé. –Al menos tenía la biblioteca Marciana a mano para poder verificar lo que ella creía que era cierto–. Oye, ¿te importa si cenamos un bocado rápido y nos quedamos en el hotel esta noche? Tengo que repasar mis notas y hacer un plan para mañana.

–¿Y qué pasa con Giancarlo?

–¡Giancarlo! –Claire se paró en seco–. Me había olvidado por completo. –Giancarlo supondría un maravilloso respiro después de todo lo que la había preocupado durante todo el día: la investigación, la conferencia, Andrew Kent...–. Le dije que iríamos, ¿no? Sería hacerle un feo si no fuésemos.

Gwen la miró con ojos críticos.

–¿Y piensas ir así vestida?

–¿Por qué? ¿Qué tiene de malo lo que llevo?

Según Gwen, la forma en que iba vestida no podía ser peor: lo que llevaba era amorfo, estaba arrugado, era de un color insípido y le daba un aspecto aburridísimo, un veredicto quc aplicó a casi todas las prendas que salieron de la maleta de Claire. Entonces Gwen abrió su propia maleta y empezó a sacar un tipo de blusas que la historiadora no había visto en su vida: de chiffon, de seda, de terciopelo, todas ellas idóneas para una zíngara o para la portada de una novela rosa, muy escotadas y con mangas de volantes, en un colorido surtido de estampados de cachemira, florales y tonos brillantes. Las camas y las sillas no tardaron en quedar cubiertas de ropa.

–Es como si Stevie Nicks hubiese irrumpido en la habitación –comentó Claire.

–Puedes ponerte esa falda negra tuya con uno de mis tops para ir más arreglada. ¿Esa de ahí tal vez? –Gwen señaló una blusa de chiffon negra con estampado de flores azul oscuro–. Espera, ésta está mejor. –Cogió una blusa de terciopelo verde esmeralda con un generoso escote redondo y mangas largas que se cerraban en la muñeca. Claire se la probó y Gwen asintió con aprobación–. Es tu color. Además, lleva un lazo en la espalda para ceñírtela un poco más. –Ató el lazo y luego dio un paso adelante para mirarla de nuevo–. Perfecto, más o menos. ¿Has pensado alguna vez en comprarte un sujetador *push-up*?

–No.

Claire entró en el cuarto de baño a mirarse al espejo y se llevó una grata sorpresa. Era una blusa muy bonita, y romántica, en el sentido de que parecía pertenecer a una era más romántica. De hecho, le recordaba a algo que podía haber pertenecido a la mismísima Alessandra. En cierto modo, le sentaba mejor que cualquiera de las prendas que se había puesto en su vida, como si revelase algún aspecto secreto de ella... la parte de ella que vivía en el mundo del siglo XVII. No es que a partir de entonces quisiese ir vestida así siempre, pero por el momento, para esa noche, para Venecia...

–Es perfecta –dijo.

## XI

A las seis y media, dos mujeres transformadas caminaban en dirección oeste a través del *sestiere* de San Marcos en busca de un domicilio colindante con un *campo* cerca de la calle del Dose. La más menuda de las dos, ataviada con una anacrónica combinación de top de aire renacentista y conservadores zapatos de salón, llevaba una bolsa marrón que contenía una botella de vino blanco y una selección de *dolci* recomendados por el pastelero.

Claire no había querido ir a casa de Giancarlo con las manos vacías. Sospechaba que la había invitado a cenar en casa de su familia porque no tenía dinero para cenar fuera –los restaurantes en Venecia eran escandalosamente caros– y le preocupaba no llevar suficientes cosas. Por otra parte, si llevaba demasiadas, podía parecer un desaire hacia la familia. Mientras caminaban por las estrechas calles, pensó en cómo sería su casa, imaginándose una abarrotada sala de estar con vistas al deteriorado edificio de al lado. Sus expectativas con respecto al piso de la familia de un camarero no eran muy altas. Aunque lo cierto es que no le importaba lo más mínimo; le preocupaba más el hecho de que ella y Gwen se hubiesen arreglado demasiado para la ocasión.

Gwen llevaba unos pantalones negros acampanados y un top de seda negra con unas mangas ridículamente grandes, como si fuera disfrazada de bruja, y caminaba con unos zapatos no demasiado distintos de los *chapines*, los zapatos de plataforma de madera que antaño llevaban las venecianas. «No parecen muy prácticos, que digamos», había comentado Claire cuando la vio así vestida, y Gwen le había contestado, con toda naturalidad, que no pensaba hacer nada práctico a lo largo de las siguientes horas.

Claire tuvo que admitir que aquella noche Gwen no se parecía a la chica desgarbada y torpe que solía ser, y que tenía un aspecto bastante misterioso y exótico. Su estilo no parecía tan fuera de lugar allí en Venecia como en Harriot. Allí, por todas partes, Claire había visto a mujeres jóvenes y no tan jóvenes, algunas con buen tipo y otras no tanto, todas embutidas en pantalones ceñidísimos de cadera baja y pata de elefante. Pero ¿qué había pasado? ¿Es que se había publicado algún decreto por el que las mujeres tenían que vestirse como en 1973? ¿O era algo instintivo, similar a lo que inspira a una bandada de pájaros a virar el rumbo de repente como si fueran sólo uno, o lo que hace a las mariposas monarca migrantes posarse en los mismos árboles que la generación que las precedió?

Llegaron al *campo* y consultaron el mapa que Giancarlo les había proporcionado. Siguiendo las indicaciones, atravesaron un puente por encima de un pequeño canal, se adentraron tres veces por unos callejones serpenteantes y claustrofóbicos y siguieron andando hasta llegar a una verja de hierro forjado en un muro alto de ladrillo. La verja daba a un patio cerrado al otro lado del cual se hallaba la puerta principal de la casa.

La puerta se abrió con súbita fuerza escasos segundos después de que Claire llamara al timbre. Se sorprendió al encontrarse frente a frente ante el hombre alto y de porte aristocrático al que había visto antes en la conferencia.

–Perdón, debo de haberme equivocado de casa –se disculpó.

–Es usted la americana, ¿verdad? –repuso él animadamente.

–Busco a Giancarlo Bal...

–Sí, la esperábamos. Pase, por favor. Soy Maurizio Baldessari, el padre de Giancarlo.

Entraron en un elegante vestíbulo con puertas abiertas a ambos lados y una amplia escalinata de mármol justo enfrente. En la habitación de la derecha sonó un teléfono y una voz susurrante lo respondió.

–Hoy le he visto a usted en la conferencia de Ca'Foscari... –empezó a decir Claire, aún sin comprender.

–Soy el director del departamento de historia. ¿Giancarlo no le ha contado nada? Cuando me dijo que había conocido a una americana que iba a asistir a la conferencia le pedí que la invitara.

Un hombre más joven asomó por la puerta.

–La profesora Franco al teléfono.

–¿Puedes decirle que la llamaré dentro de unos minutos? –Hizo señas a Claire y a Gwen para que lo siguieran por las escaleras–. Permítanme acompañarlas. Giancarlo me ha dicho que está especializada en la Venecia del siglo XVII.

Claire asintió mientras subía las escaleras hasta la planta noble de lo que a todas luces era un *palazzo*, decorado en un estilo exquisitamente refinado y clásico. Hasta Gwen, que lo miraba todo con los ojos como platos y la boca un poco entreabierta, estaba deslumbrada, aunque Claire supuso que no tenía ni idea de que los muebles eran del siglo XVIII, las alfombras persas piezas de anticuario, el piano, un excepcional Bösendorfer de cola, el gigantesco candelabro, de cristal austríaco, o que los óleos, oscurecidos por el paso del tiempo, eran retratos de los antepasados de la familia Baldessari. Cuando Maurizio las condujo al interior de un majestuoso salón, una mujer apareció por una puerta que había al fondo de la estancia y acudió a su encuentro.

–Renata, te presento a las invitadas de Giancarlo –las presentó.

–De América, ¿sí?

Claire se presentó a sí misma y a Gwen, sin dejar de preguntarse por qué todo el mundo insistía en referirse siempre a ellas como «de América» o «americanas», como si fueran unos especímenes raros y exóticos, como si acabasen de llegar a bordo de un barco procedente del ignoto Nuevo Mundo y fuesen a contar toda clase de relatos extraños de nativos de piel oscura y maravillosas cosechas de tabaco y maíz. ¿O acaso se trataba tan sólo de un entusiasmo fingido con el propósito de encubrir la aversión que los europeos sentían hacia ellos?

–Estamos encantados de poder contar con su presencia –dijo Renata.

Poseedora de una belleza exuberante y como de otra época, acentuada además por un sencillo vestido negro que ponía de relieve sus voluptuosas formas, Renata llevaba el pelo castaño recogido hacia atrás con horquillas en una maraña de rizos, dejando al descubierto la delicada gargantilla de zafiros y diamantes que le rodeaba el cuello.

–Perdónenme, por favor –se disculpó Maurizio–, pero tengo que devolver esa llamada. Ahora mismo estoy tan ocupado con todo esto del congreso...

–¡Maurizio! –exclamó Renata–. Prometiste que ya habrías acabado con el trabajo para la hora de la cena...

–Y habré acabado –aseguró él mientras se precipitaba hacia las escaleras.

–Y no tengas al pobre Enzo ahí toda la noche –voceó ella a su espalda–. Su ayudante apenas tiene tiempo libre –les confió–. Pero claro, es que Maurizio trabaja demasiado. Es un gran error tener el despacho en casa.

Renata meneó la cabeza con fingida desesperación y luego se acercó a uno de los dos ventanales de la habitación y abrió las cortinas.

Detrás de la cortina no había un ventanal, sino una cristalera que daba a un balcón. Al otro lado del balcón estaba el Gran Canal. Para cuando llegaron a la casa de los Baldessari, Claire ya estaba completamente desorientada y hasta entonces no había caído en la cuenta de dónde se encontraban en realidad: en un *palazzo* en el Gran Canal. Los palacios de la orilla de enfrente relucían bajo la calidez del sol crepuscular mientras unas cuantas góndolas cabeceaban en la estela de un *vaporetto* que avanzaba a trompicones hacia la Salute. Claire tuvo que hacer un esfuerzo consciente para reprimir una exclamación de asombro y admiración. Miró a Gwen quien, una vez superada la sorpresa inicial, parecía estar encajándolo mucho mejor que ella.

–Qué maravillosa sorpresa –dijo Renata– que haya conocido usted a Giancarlo por casualidad y que asista además al congreso...

¿Eran imaginaciones suyas o había en aquellas palabras aparentemente cordiales alguna clase de insinuación, como si quisiera dar a entender que ella había preparado de algún modo aquella curiosa coincidencia? ¿Qué motivos creía Renata que podía tener ella para hacer una cosa así?

–Tiene gracia, ¿verdad? Bueno, una gracia curiosa –dijo Claire–. Fuimos a cenar al restaurante donde trabaja Giancarlo y aquí estamos.

Tal vez estaba siendo demasiado susceptible, pero de pronto le pareció importante quitarle hierro a todo el asunto, en especial a la atracción que sentía por Giancarlo.

–¿Y cuánto tiempo tienen pensado quedarse en Venecia?

Una vez más, la pregunta de Renata parecía de lo más inofensiva, pero Claire tuvo la clara impresión de que no lo era.

–Hasta el sábado por la tarde. Tengo que llevar a Gwen a París para que se reúna con sus padres.

–¡Ah! –Renata abrió los ojos como platos y las miró alternativamente a las dos–. Entonces no son... ¿Gwendolyn no es su hija?

–No, acompaño a Gwen en su viaje a Europa durante una semana.

Claire lo había ensayado después de decidir que esta explicación era la que menos preguntas suscitaba, a menos que hablase con alguien inusitadamente entrometido o maleducado. De hecho, pareció cortar en seco la línea de interrogatorio de Renata, aunque por desgracia, su anfitriona italiana supo reponerse de inmediato y desvió la conversación por cauces aún más peligrosos.

–Entonces, ¿no tiene hijos propios? –preguntó Renata con tono amable.

–No, no estoy casada.

–Qué triste. Hace unos años, un estudio reveló que si una mujer no estaba casada para cuando cumplía los treinta, tenía tantas posibilidades de morir en un atentado terrorista como de desfilar por el pasillo hacia el altar. Pero eso ya no puede ser verdad. Ahora hay tantos terroristas por todas partes que estoy segura de que las posibilidades de morir en un atentado son mucho mayores.

–Bueno... estuve casada, una vez... –acertó a contestar Claire, tartamudeando.

–¿Es divorciada? Entonces, ¿es verdad que las americanas son completamente felices sin un marido y sin hijos? Para mí sería terrible, yo no podría...

De pronto, Gwen se dobló sobre su estómago y empezó a toser de forma descontrolada. Se incorporó un poco y dijo con voz jadeante:

–Creo que me he atragantado con algo.

–Iré a buscar un poco de agua –se ofreció Renata, que parecía vagamente escandalizada.

El ataque de tos cesó en cuanto Renata salió de la habitación.

–Te odia –anunció Gwen.

–No tiene ningún motivo para odiarme.

–No he dicho que tuviera un motivo, sólo he dicho que te odia.

–En realidad no te has atragantado, ¿verdad?

–¡Anda ya!

–¿Anda ya? ¿Eso es una respuesta?

–No cambies de tema. Esa mujer nunca va a dejar que salgas con su precioso hijo.

–Sólo tienes catorce años. No sabes nada de nada.

–Al menos sé cuándo no le caigo bien a alguien.

–Tienes mucha práctica, ¿no?

–Muy graciosa, ja, ja, ja. No tanta como tú en los últimos tiempos...

Renata volvió con un vaso de agua para Gwen, que se lo bebió con avidez y luego utilizó su manga para secarse los ojos convincentemente húmedos. Claire se pasó la bolsa marrón de una mano a la otra y se arrepintió en el acto, porque llamó la atención de Renata.

–¿Quiere que me encargue de esa bolsa? –preguntó la anfitriona.

El detalle que habían traído parecía más bien escaso, dadas las circunstancias.

–Sólo es una botella de vino –empezó a decir Claire.

–Y un postre –añadió Gwen.

–Muy amables... –dijo Renata, sin el menor rastro de sinceridad.

Se dirigió hacia el comedor y llamó a un camarero de uniforme. «Dios Santo –pensó Claire–, si hasta tienen servicio...» Renata le entregó la bolsa y le indicó que la llevara a la cocina.

–Siento que mi hija mayor, Giulietta, no esté aquí para que la conozcan. Ahora se encuentra en Roma, en la universidad. Estas chicas jóvenes de hoy en día quieren ser tan independientes... Pero yo le digo a Giulietta: «Tienes que tener hijos mientras seas joven, no lo dejes para después, a los veinticinco como muy tarde». El año que viene cumplirá veintitrés y estoy empezando a preocuparme. Detestaría verla esperar hasta que sea demasiado tarde. ¡A veces las mujeres son tan mayores para cuando tienen su primer hijo que nunca sabes si es la madre o la abuela del niño!

«¿Cómo va a soportar Claire una velada entera así? –se preguntó–. ¿Realmente merece la pena pasar por semejante humillación por Giancarlo?»

Por lo visto, Renata también había pensado en su hijo al mismo tiempo. Miró el reloj cuando sonó la campanada que anunciaba el cuarto y dijo:

–Giancarlo ya tendría que estar aquí. Trabaja demasiado, igual que su padre. Su empresa lo tiene ocupadísimo. Ahora mismo están supervisando un proyecto importante en un *palazzo* próximo a la Accademia.

–¿Se encargan del catering?

–No, de las obras de la reforma, por supuesto. –Renata sonrió al advertir el origen de la confusión de Claire–. Ah, ya, lo conocieron en la *trattoria*. ¿No le ha dicho a qué se dedica en realidad?

–No.

–Giancarlo no es camarero. Sólo trabaja allí de vez en cuando para echarle una mano a su amigo Sergio, que es el dueño del restaurante. Giancarlo es arquitecto.

El orgullo que reveló su voz era infinito, al igual que la implicación de que era demasiado bueno para ella. No, sin duda no valía la pena soportar tanta humillación, decidió Claire.

En ese momento, Giancarlo apareció en lo alto de las escaleras, con aspecto acalorado y respiración jadeante y más guapo que nunca. «Ese pelo...», pensó Claire. La combinación de sus rizos con aquel traje italiano hecho a medida producía un efecto verdaderamente irresistible. La belleza de Giancarlo era casi sobrenatural, y poseía una especie de carisma que destacaba aún más de lo habitual allí, en su entorno natural. Las tres mujeres se volvieron de forma automática hacia él, como se vuelven las flores hacia el sol. «Bueno, ¿y qué más da sufrir un par de humillaciones?», se dijo Claire.

Giancarlo saludó a su madre dándole un beso rápido en la mejilla y luego tomó la mano de Claire entre las suyas.

–Siento no haber podido llegar antes, pero me alegro de que hayáis podido venir. Espero que mi madre os haya hecho sentir bienvenidas.

Claire murmuró algo que sonó como un sí y notó la mirada de Renata clavada en ellos dos, observándolos con una curiosidad no muy distinta al modo en que una leona observa a uno de sus cachorros.

# XII

–¿Por qué no me dijiste anoche que eras arquitecto? –le preguntó Claire a Giancarlo mientras se servían el vino.

–No quería que pareciese que trataba de impresionarte. Además, quería saber si accederías a venir a cenar en mi casa si pensabas...

–¿Que eras camarero?

–Sí.

Giancarlo sonrió y Claire sintió que se le aceleraba de nuevo el corazón.

Inspiró hondo y miró alrededor a la majestuosa sala donde iban a cenar: el techo alto y barroco, la luz de las velas, la suave música de Vivaldi sonando de fondo, los camareros de librea agazapados entre las sombras... Además de Maurizio y Renata, entre los asistentes a la cena estaban incluidos Gabriella, cuatro profesores del congreso y la hermana adolescente de Giancarlo, Stefania, que estaba sentada al lado de Gwen.

Sólo una cosa ensombrecía la escena en aquel marco incomparable. Sentada justo enfrente de Claire, al otro lado de la mesa, se hallaba la persona a la que menos ganas tenía de ver: Andrew Kent. Su presencia en casa de los Baldessari había sido un auténtico *shock*. Giancarlo, después de presentarles a Stefania, las había llevado a realizar una breve visita del resto del *palazzo*. Cuando regresaron al salón, a Claire le entraron ganas de que se la tragase la tierra al ver a su némesis conversando con Maurizio, quien les hizo señas para que se acercaran.

–Ya hemos tenido el placer de conocernos –aclaró Andrew con una sonrisa irónica pero no del todo antipática–, aunque no de manera formal.

Claire trató de devolverle la sonrisa, preguntándose si sería capaz de escabullirse de allí antes de que le preguntara...

–Maurizio me ha dicho que tu objeto de estudio es el siglo XVII –continuó–. ¿Cuál es el tema de tu tesis?

–Pues verás, es la... mmm... intensificación de la piratería en el Adriático y sus... eeeh... múltiples consecuencias sobre el comercio marítimo veneciano.

–¿Múltiples? Cabría pensar que la piratería sólo pudo tener un efecto posible.

–Fue negativo, por lo general.

–Tal como sospechaba. –Tomó un sorbo de champán y fijó la mirada en el suelo un momento antes de mirarla a los ojos–. ¿Crees que con tu estudio arrojarás algo de luz sobre la condición humana?

Ya estaba burlándose de ella otra vez. Claire sintió cómo la ira le subía al rostro y trató de pensar en una respuesta capaz de transmitir su desagrado sin que pudiera considerarse maleducada. Por suerte, Renata llamó a todos al comedor antes de que Claire dijese algo que pudiese llegar a lamentar. Luego Giancarlo la condujo hasta una silla junto a la suya y cuando se sentó, Claire vio horrorizada que Andrew Kent se estaba sentando justo delante de ella. No podía cambiarse de sitio, así que decidió mantener la mirada apartada del otro lado de la mesa y concentrarse en Giancarlo, cosa que no era precisamente un sacrificio, pensó mientras lanzaba una mirada furtiva a su perfil.

–Pero ¿por qué? –le preguntó Claire–. ¿Por qué aparentar ser alguien que no eres?

–Venecia es una ciudad pequeña –contestó Giancarlo–. Aquí todo el mundo me conoce, conocen a mi familia, conocen mi... situación. A veces le he gustado a la gente por razones que no tenían nada que ver conmigo. Aunque también es cierto que los venecianos tenemos fama de tramposos y maquiavélicos... –añadió con una sonrisa.

A partir de aquellos detalles sueltos, Claire intuyó el desfile interminable de hijas en edad casadera cuyas intrigantes madres enviaban a la conquista de la ciudadela Baldessari, encarnada en la figura del heredero masculino. Por lo general, los problemas de los ricos y famosos no solían enternecerla lo más mínimo, pero las revelaciones de Giancarlo la convencieron de que, al menos algunas veces, se encontraba bastante solo... y por eso sí que sintió una compasión casi instantánea.

También resultó ser un gran conversador. Hablaron del trabajo de él (trabajaba como arquitecto desde hacía dos años, en un estudio de arquitectura especializado en la renovación de edificios históricos), del trabajo de ella (Claire improvisó algunas historias de piratas), de las ventajas de vivir en Venecia (no había coches) y de la eterna cuestión de cuánto tiempo lograría la ciudad sobrevivir por encima del nivel del mar sin intervención directa. ¿Decidiría alguna vez el gobierno italiano qué hacer al respecto?, le preguntó Claire.

–Cada vez que creemos que va a hacerse algo, hay elecciones, cambiamos de gobierno y empiezan a discutirlo otra vez desde el principio –explicó Giancarlo–. A eso se le llama, en una frase hecha que estoy seguro de que te gustará, «pasarse el balde uno a otro».

Renata se dirigió a ellos y formuló a Giancarlo una pregunta relacionada, al parecer, con el *palazzo* que estaba renovando. El nivel de italiano de Claire era bastante bueno, pero el acento veneciano dificultaba enormemente la comprensión. Ni siquiera hizo intento alguno por seguir la conversación entre Giancarlo, su madre y Gabriella Griseri.

La proximidad de Renata sin duda entorpecía la que podía considerarse su primera cita, reflexionó Claire. Se dio cuenta de que ella misma se había reprimido para no reírse demasiado, o acercarse demasiado a él o hacer cualquiera de las otras cosas que podía hacer –o que se hacían miles de años atrás, según los vagos recuerdos que conservaba de la época en que salía con chicos antes de su boda con Michael– para mostrar su interés. Tenía la sensación de que Giancarlo obraba con la misma cautela, y eso, de repente, le pareció muy extraño. No era él quien había sido víctima de un interrogatorio en toda regla antes de la cena. Si ella le gustaba de veras, razonó, no tenía por qué importarle lo que pensara su madre.

Mientras él seguía hablando con su madre, Claire tuvo

tiempo de inquietarse haciéndose unas cuantas preguntas. ¿Y si el interés que Giancarlo sentía por ella era de carácter más general? Por el momento, no había hecho nada abiertamente romántico. ¿No había dicho Maurizio que había sido él mismo quien le pidió a su hijo que las invitara a la cena? A lo mejor la presencia de Giancarlo en el hotel esa mañana se debía al requerimiento de su padre, y la iniciativa no había sido suya. ¿Por qué no se le había ocurrido pensarlo antes?

Entonces recordó el modo en que Giancarlo la había mirado mientras bajaba las escaleras hacia el vestíbulo: su expresión era, sin lugar a dudas, de embelesamiento. ¿O acaso sólo habían sido imaginaciones suyas? Claire se dio cuenta de que no podía saberlo con seguridad. Llevaba tanto tiempo fuera de circulación que ya no era capaz de distinguir si le gustaba a un hombre o no.

A la izquierda de Claire, Hoddington Humphries-Todd se inclinó hacia ella.

–¿Por qué será que para un grupo de sólo once personas tenemos que sentarnos a una mesa casi del tamaño de un campo de cricket? –preguntó con gesto risueño–. Me cuesta horrores oír a los demás, no sé lo que dicen. Es algo tremendamente molesto, sobre todo cuando están sucediendo cosas tan interesantes...

Humphries-Todd, o Hoddy, tal como había insistido en que lo llamara cuando los había presentado al comienzo de la cena, era un hombre alto y elegante, con un rostro atractivo y de facciones refinadas. Como uno de los mayores expertos en la figura del escritor del siglo XVI Pietro Aretino, Humphries-Todd era uno de los asistentes habituales al congreso anual de Ca'Foscari, así como a la cena de rigor de la primera noche en casa de los Baldessari, con sólo unos pocos invitados. Hizo una discreta seña con la cabeza en dirección a las dos mujeres sentadas en el extremo de la mesa.

–Parece que mi buena amiga Ines –Claire sabía que se refería a la mujer de pelo oscuro y rostro andrógino, profesora de estudios venecianos en La Sorbona– ha hecho buenas migas con Katarina von Krupp.

Señaló con la cabeza a la mujer sentada junto a Ines.

Von Krupp, recordó Claire, daba clases en la Universidad de Berlín. El pelo corto, de color rubio platino, y el veraniego traje blanco de hombre le daban un aire muy elegante, aunque sexualmente ambiguo.

–Es una lástima, de verdad, porque su anterior amante, una bailarina galesa llamada Gryffyd, era mucho mejor, para mi gusto. Unas piernas fa-bu-lo-sas.

Claire observó a las dos mujeres, ambas absortas en una conversación con Maurizio. No detectó ningún signo de que hubiese algo íntimo entre ellas.

–¿Estás seguro?

–Por completo –insistió Hoddy–. Tengo un don innato para detectar relaciones amorosas, sobre todo cuando son incipientes o, mejor aún, ilícitas, obsesivamente apasionadas, trágicamente condenadas al fracaso o a punto de terminar, preferiblemente de forma dramática en algún lugar público y muy fino. Aunque de vez en cuando también me llevo alguna que otra sorpresa, no creas. Por ejemplo, mira a Andy –dirigió la vista al otro lado de la mesa, a Andrew Kent– y a Gabriella. No me he enterado hasta esta tarde, y por lo visto ya llevan algún tiempo.

Claire también se había llevado una sorpresa al ver aparecer a Andrew Kent acompañado de Gabriella Griseri. Habían llegado los últimos, Gabriella con su larga melena suelta cayéndole como una sedosa cascada negra por los hombros.

–Tiene ese aspecto sospechosamente radiante de quien acaba de disfrutar de un buen revolcón –comentó Hoddy–. Bueno, ¿y qué hay de ti y nuestro encantador jovencito, Giancarlo? –dijo, y enarcó la cejas.

–Bueno... acabamos de conocernos –respondió Claire, tratando de encontrar otro tema de conversación que desviase el interés de Hoddy por su vida privada–. ¿Mañana das tu conferencia?

–Mañana por la tarde, a las cuatro –confirmó Hoddy–. Se titula «Los tres *amici:* la amistad entre Aretino, Tiziano e Il Sansovino.» Hablo sobre todo de Aretino, pero he incorporado a los otros dos porque he pensado que así vendría más gente.

–No hablas en serio –dijo Claire, riendo.

–Claro que sí. A los organizadores de los congresos les gusta llenar la sala, y a mí me gustan los viajes a Venecia. Todos salimos ganando. ¿Conoces a Aretino o te dedicas de forma exclusiva al siglo XVII?

–He leído los *Diálogos*, su sátira sobre las cortesanas.

–Aaah, los *Diálogos*... En apariencia habla sobre las cortesanas, pero Aretino se las arregla para satirizar a casi todos los miembros de la sociedad veneciana. Creo que en realidad sentía una gran afinidad con las cortesanas; solía comparar la existencia de ellas con la suya propia como cortesano. Vivía rodeado de mujeres que es muy probable que fueran cortesanas, las llamadas «aretinas» o «mujeres de Aretino», aunque su relación con ellas no está del todo clara.

–¿Has oído hablar alguna vez de una cortesana llamada La Celestia?

–Me suena el nombre, pero no estoy seguro de qué. ¿Por qué lo preguntas?

–Hoy he leído algo sobre ella en el *Diario* de Fazzini. También menciona a otra llamada La Sirena.

–Había algo, creo recordar, pero no me acuerdo de qué era... aunque claro, Fazzini era de principios del siglo XVII, bastante posterior a Aretino, así que nunca he tenido razón alguna para estudiarlo. Sí he leído algunos de sus diarios. Yo diría que era un chismoso, más que un escritor satírico. Fazzini escribe crónicas, mientras que Aretino va directo a la yugular.

–Sí, tuve la sensación de que a Aretino no había casi nadie que le cayera bien.

–Así es, aunque también era capaz de escribir los halagos más serviles cada vez que le convenía. Pero, por lo general, no salvaba a nadie de su particular quema, en especial a ninguno de los que ostentaban el poder. –Hoddy se entusiasmó hablando de aquel tema–. Es verdad que era un cabrón, pero no puedo evitar sentirme intrigado por un hombre que murió de un ataque de risa después de oír un chiste obsceno sobre su propia hermana. Lo llamaban el «azote de los príncipes» porque sus versos satíricos eran tan populares que influían muchísimo en la opinión pública. Hasta los reyes lo temían, y se hizo inmensamente rico porque ellos y otros hombres muy poderosos le enviaban sobornos para que no escribiera sobre ellos. Lo cual, cabe admitir, era una maniobra hábil en extremo. No creo que haya otro escritor en la historia que haya dado con un método de escritura tan excelente. Cada vez que alguien lo veía coger una pluma, le daba dinero para que la soltase de nuevo.

–Un buen trabajo, si lo consigues –intervino Andrew Kent, alzando su copa como homenaje.

–¿Acaso detecto cierta envidia? –preguntó Hoddy.

–No, no, en absoluto –respondió Gabriella por él–. Ya le han hecho tres ofertas por su libro. –Dedicó una sonrisa a Andrew–. Insisto en que me conceda la primera entrevista una vez que aparezca publicado, por supuesto.

–Soy todo tuyo –respondió él.

–Gabriella presenta un programa de televisión –explicó Giancarlo a Claire.

–Sí, lo he oído en la conferencia. –Se dirigió a Gabriella, al otro lado de la mesa–. ¿De qué temas habla en su programa?

–De cualquier cosa relacionada con la historia, la cultura o el arte, así que el ámbito es muy extenso –contestó Gabriella–. He entrevistado a la mayoría de los grandes artistas de nuestra época: Umberto Eco, Luciano Pavarotti, Roberto Begnini... –Meneó la cabeza para indicar que aquélla era sólo una pequeña muestra de la ilustre lista de invitados a su programa–. ¿Tienen ustedes programas parecidos en Estados Unidos?

–No, que yo sepa, pero no veo demasiada televisión, la verdad.

–Claro, debe de ser difícil que emitan un programa así en su país, un lugar con tan poca historia y cultura.

–Estoy segura de que no hay ningún programa como el tuyo en América porque no hay otra como tú, Gabriella –intervino Hoddy diplomáticamente.

–Eres un encanto.

–Me parece que Hoddy tiene razón –intervino Andrew–. Gabriella posee más conocimientos generales sobre arte e historia que cualquier otra persona que yo conozca. ¿Cuántos títulos universitarios tienes? ¿Tres?

–Tres, sí, es verdad. Tengo demasiada formación académica.

Gabriella dirigió su comentario a Claire, hablando como si fuese una revelación embarazosa y al mismo tiempo alardeando de ella.

Gabriella no podía ser mucho mayor que ella, pensó Claire, horrorizada, o al menos no lo parecía. ¿Tres títulos universitarios? Debía de ser una especie de *superwoman*. ¿Era justo que alguien pudiese ser tan guapa y tan lista?

–Claro que no cuento el de la Universidad de Viena –continuó Gabriella–, dado que sólo era una titulación honorífica.

–La última vez que estuve en Estados Unidos, tuve la sensación de que todos los programas de tertulia televisiva acababan con gente peleándose a grito limpio allí mismo, en el plató –comentó Andrew–. Estoy seguro de que todos no pueden ser tan malos, pero es como si allí cualquiera puede ser presentador de televisión; en realidad no importa si saben mucho o no.

–Entonces yo allí podría ser una estrella, ¿no?

Gabriella se volvió hacia Andrew con una sonrisa radiante.

–En cualquier sitio, estoy seguro –contestó Andrew con galantería, aunque Claire tuvo la impresión de que sentía un poco de vergüenza ajena ante el alarde de egocentrismo de Gabriella, quien se comportaba como si estuviese bajo la constante luz de los focos.

La personalidad desenvuelta y arrolladora que tan bien funcionaba en un estudio de televisión resultaba demasiado abrumadora dentro de los confines de un comedor.

–¿Más vino? –Giancarlo no aguardó una respuesta, sino que cogió la botella más próxima y rellenó la copa de Claire–. A veces es un poco intensa, ¿no crees? –dijo en voz baja, mirando a Gabriella.

–Creo que tiene demasiados nombres.

Giancarlo contuvo la risa.

–A mí también me parece pretencioso. Por aquí la llamamos simplemente La Contessa.

–¿Por su... carácter?

Optó por obviar los adjetivos que le habían venido a la cabeza: presuntuoso, ególatra, engreído.

–No, porque es una condesa. Aunque es un título austríaco, no italiano –explicó Giancarlo con casi imperceptible desdén, como si hubiese algo no del todo legítimo en el hecho de ser una condesa austríaca–. Pero tenemos temas más interesantes de los que hablar, ¿sí? –dijo en voz baja, y apoyó ligeramente la mano en la rodilla de ella.

«Dios mío... Esto es algo más que un gesto de pura simpatía, ¿no?», se dijo Claire.

Hoddy inclinó el cuerpo hacia delante para mirar a Giancarlo.

–Y dime, ¿dónde está esa preciosidad de prometida tuya esta noche, Giancarlo? Se llamaba Natalie, ¿verdad?

«¡Prometida!»

Claire miró a Giancarlo, a quien parecía que acababa de comérsele la lengua el gato.

–Está en Milán en viaje de negocios –contestó.

Apartó la mano de la rodilla de Claire deslizándola con tanta discreción como la había llevado hasta allí.

–¿No me dijiste que trabajaba para la industria de la moda? –insistió Hoddy.

–Es directora de marketing de Dolce & Gabbana.

–¡Qué maravilla! ¿Y le hacen descuento en esa ropa tan divina?

–La verdad es que les dan prendas de muestra gratis. Tienen que ponérselas para trabajar.

–Me pareció excepcionalmente hermosa, aunque tengo que decir que a mí las italianas siempre me han parecido las mujeres más bellas del mundo.

Claire permaneció en silencio sentada entre los dos hombres, obligada a escucharlos mientras Hoddy desgranaba con elocuencia las innumerables virtudes de las italianas, y asimiló aquella nueva información: una prometida, bellísima, llamada Natalie y que, por lo visto, vestía muy bien. Advirtió que la mención del nombre de Natalie había despertado el interés de Renata; su curiosidad se extendió por la mesa como un radar.

Claire miró a Giancarlo, que parecía sentirse tan incómodo como ella. Debía de ser verdad, puesto que él no lo había desmentido, pero tenía la clara impresión de que no había querido que ella se enterara. Bueno, el caso era que eso explicaba unas cuantas cosas: con razón le habían llegado mensajes confusos. Ahora sólo le quedaba por responder una sola pregunta: ¿cuánto tiempo tendría que pasar allí hasta poder despedirse con educación y largarse de una vez?

# La Justicia

*30 de noviembre de 1617*

–Navegábamos por aguas de las islas que hay al sur de Istria cuando nos sorprendieron los piratas de la costa de Dalmacia –explicó Piero de Pieri, cabizbajo y con la mirada fija en el sombrero que tenía entre las manos.

«Está nervioso, y tiene razones para estarlo», pensó Girolamo Silvia. El almirante veneciano permanecía de pie, solo, en el centro de la sala de las Cuatro Puertas del palacio Ducal, dirigiéndose al dogo, a la Señoría y al Consejo de los Diez. Dedujo que era la primera vez que el almirante informaba personalmente al dogo; cuando la flota regresaba sana y salva, no era necesario, pero corrían rumores de que la última incursión del almirante había sido un desastre y que ni siquiera había salido del Adriático.

Silvia se removió en su asiento y examinó los rostros de los demás miembros del Consejo. Tuvo la súbita corazonada de que el relato del almirante iba a entrar en conflicto con sus propios planes. Nadie se alegraría al enterarse que había piratas tan cerca de Venecia, por supuesto, pero cuando los demás supiesen lo que él ya sabía, sin duda quedarían convencidos de que una amenaza aún mayor se cernía sobre ellos. ¿O quizá no?, se preguntó con amargura. Demasiado a menudo, en ocasiones anteriores, sus sabios consejos habían sido desoídos por miembros menos informados que él. «Pero eso no va a ocurrir esta vez», se prometió. La supervivencia misma de la República estaba en juego.

–Se hacen llamar a sí mismos uscoques, «los evadidos» –explicó De Pieri. Era un hombre de baja estatura y espalda ancha, y tez curtida y oscura. Había ascendido de rango poco a poco, y toda una vida como lobo de mar había dejado sus huellas en los profundos surcos de su rostro y en su figura robusta. Pese a hallarse frente al órgano supremo de gobierno de Venecia, no parecía amilanado por la presencia intimidatoria de tantas túnicas escarlatas. Sólo un ojo tan observador como el de Silvia podía captar el temblor imperceptible en la comisura de sus ojos, los dedos que sujetaban su *biretta* con demasiada firmeza, las diminutas gotas de sudor que le perlaban las sienes–. Son refugiados cristianos de las partes de Dalmacia capturadas por los turcos –prosiguió el almirante–. Aunque están al servicio de la casa de Habsburgo para ayudar a proteger sus fronteras de la invasión turca, rara vez reciben dinero, por lo que sobreviven asaltando las naves que pasan por sus costas. Y han sabido convertirlo en un gran negocio, ya lo creo. Toda la ciudad de Segna se ha hecho rica con la piratería, incluso las iglesias y los monasterios. Esos uscoques poseen cientos de bajeles pequeños, de sólo diez remos, muy rápidos y fáciles de maniobrar. Salieron a nuestro encuentro con docenas de esos barcos y no tardamos en ser derrotados.

El dogo alzó una frágil mano y De Pieri enmudeció. Como la mayoría de los dogos, Giovanni Bembo había sido investido dux en el ocaso de su vida. Llevaba dos años ejerciendo el cargo, y Silvia sospechaba que no viviría para ver un tercero.

–¿Y no pudisteis desplegar las velas y huir? –preguntó.

El almirante parecía turbado.

–Sus mujeres son brujas, Vuestra Excelencia –dijo mientras lanzaba una mirada recelosa por la habitación, plenamente consciente de cuán disparatadas podían sonar sus palabras a los eruditos y razonables oídos de los hombres de la República–. Se reúnen en las cuevas de la costa y aúllan como almas atormentadas del purgatorio, recitando conjuros para que el *boro*, el viento del norte, sople con fuerza sobre nosotros.

–Pero vos no creeréis... –empezó a decir el dogo.

–No lo creería si no fuera porque lo he visto con mis propios ojos, Vuestra Excelencia. Un viento gélido empezó a soplar en cuanto esas mujeres se pusieron a aullar, y entonces se fraguó una tormenta y el mar se enfureció y se levantó un fuerte oleaje. Fue entonces cuando nos atacaron los uscoques. Puede que sus bajeles sean pequeños, pero los manejan con diez hombres por remo, y son fuertes como demonios. En sólo dos horas, nuestros cuatro barcos ya habían sido abordados. La tripulación de tres de los barcos estaba a sueldo y no tenía parte en la carga de la bodega. A cambio de que les perdonaran la vida, depusieron las armas y los uscoques arrasaron la bodega y se llevaron todo el botín. El cuarto barco no se rindió y opuso resistencia. –De Pieri clavó la mirada en el suelo–. Murieron muchos de nuestros hombres. Y en cuanto al capitán... –Volvió a levantar la cabeza para mirar al dogo, a la Señoría de seis miembros que flanqueaban a éste y al Consejo de los Diez, sentado a lo largo de las paredes. Silvia vio un brillo de ira en sus ojos–. El capitán fue desollado vivo, ahí mismo, en la cubierta de su propio barco.

Un murmullo incómodo se propagó por la habitación.

–¿Desollado vivo? –repitió el dogo en voz baja.

Sus párpados apergaminados se cerraron lentamente y volvieron a abrirse poco después, y a Silvia le recordó a una anciana tortuga.

–Sí, Vuestra Excelencia, igual que Bragadin –explicó el almirante–. Lo habrán aprendido de los turcos, sin duda.

«Malditos sean esos herejes...», pensó Silvia. El fantasma de Marco Antonio Bragadin no iba a hacerle ningún bien a su causa. Todos los presentes en la sala conocían el funesto final del comandante de la guarnición veneciana de Chipre. Tras meses de asedio, en agosto de 1571 Bragadin se vio obligado a entregar Chipre a los turcos. Cuando se reunió con el bajá turco para ratificar el acuerdo, fue apresado y torturado. Luego lo llevaron al centro de la ciudad, donde fue despojado de sus ropas, atado a una estaca y desollado vivo. Los carniceros comenzaron por los pies, y se decía que Bragadin no perdió el conocimiento hasta que llegaron a la cintura. Una vez consumado el desollamiento, rellenaron su piel con paja y lo exhibieron por toda la ciudad. La furia desatada por semejante ultraje ayudó a los venecianos a alcanzar la victoria sobre los turcos en la batalla de Lepanto dos meses después, y ahora –Silvia estaba seguro de ello–, el similar destino de aquel capitán iba a soliviantar el ánimo de los venecianos contra los uscoques.

El dogo despidió al almirante y un murmullo ensordecedor inundó la habitación.

–¡Silencio, por favor! –ordenó Bembo–. Todo el mundo tendrá oportunidad de hablar en su debido momento.

Antes incluso de que los demás miembros del consejo hubiesen expresado su opinión ante el dogo y la Señoría, Silvia ya sabía qué iban a decir. De forma predecible, los senadores Foscarini, Balbi y Gradenigo aconsejaron atacar de inmediato a los uscoques. «Hatajo de exaltados», pensó Silvia, malhumorado. Siempre estaban dispuestos a ir a la guerra a la menor provocación. El senador Corner, uno de los Tre Capi, sugirió con más prudencia tratar de encontrar aliados antes de combatir a los piratas.

«¿Aliados?», exclamó Silvia para sí con resentimiento mientras aguardaba a que Corner y los demás terminaran de hablar. ¿Acaso los aliados de Venecia habían hecho algo por ella alguna vez? Miró la pared de enfrente, donde un óleo de dimensiones descomunales conmemoraba la llegada de Enrique III en 1574. La acogida que Venecia le había dispensado al joven monarca francés era legendaria. Se habían postrado ante él y casi habían llevado a la bancarrota el Tesoro con la construcción de arcos de triunfo y el encargo de obras de arte elaboradas especialmente para la ocasión, con una sucesión de opíparos banquetes –entre los que se incluía uno con una lista de tres mil invitados en el que todo, servilletas incluidas, estaba confeccionado con caramelo hilado– y con la decoración de Ca'Foscari con las alfombras, los tapices, los cuadros y las sábanas de seda más preciosos. ¿Y de qué les había servido? En los años inmediatamente posteriores, Venecia había sufrido un incendio que estuvo a punto de destruir el palacio del dogo y una epidemia que se había cobrado las vidas de más de cincuenta mil personas. Su alianza con el rey francés no les había ayudado ni un ápice.

Al fin los demás terminaron de hablar. Todos habían recomendado tomar represalias contra los uscoques. Ni uno solo, reflexionó Silvia con indignación, había considerado una alternativa muy sencilla: que los barcos venecianos evitaran la costa dálmata. ¿Por qué siempre le correspondía a él erigirse en la voz de la razón?

–Senador Silvia, ¿qué tenéis vos que decir? –inquirió el dogo.

Silvia se puso en pie para dirigirse a Bembo y a la Señoría.

–Si bien los sucesos que nos ha narrado hoy aquí el signor De Pieri son lamentables –empezó a decir–, es un error declarar una guerra contra los uscoques. Hay piratería en todas partes; los mercaderes y los marinos venecianos deben tratar de enfrentarse a ella de la mejor manera posible.

–¡Pero esto ha ocurrido en aguas de nuestro mismísimo Adriático! –exclamó Balbi, incapaz de serenarse.

–Razón de más para que sea más fácil esquivarlos –dijo Silvia–. Sabemos dónde están. Esos bajeles pequeños de los que hablaba el almirante sin duda no podrán aventurarse demasiado lejos de su propia costa. Los uscoques son un inconveniente, sí, pero no una amenaza.

–Si les permitimos adueñarse del Adriático, pareceremos débiles –intervino Gradenigo.

–Es que somos débiles –repuso Silvia– y por eso debemos escoger nuestras batallas con mucho cuidado. Caballeros, nos enfrentamos a una amenaza mucho mayor que la de un puñado de campesinos dálmatas. Ha llegado a mis oídos que el duque de Osuna está construyendo una nueva flota. Como sus señorías saben, a lo largo de todo el año pasado hostigó a nuestras naves en un intento de monopolizar nuestras rutas comerciales. Pero esos barcos nuevos no son galeones, sino barcos de guerra. Además, ha infiltrado espías que pasan información secreta sobre el Arsenale.

La mención de los espías volvió a provocar un murmullo general y Silvia tuvo que alzar la voz para hacerse oír.

–Tengo la convicción de que el duque ha puesto la mira en algo más que la supremacía en el Adriático. Creo que tiene aspiraciones sobre la propia Venecia.

Al oír aquello, algunos de los senadores prorrumpieron en exclamaciones y el Consejo y la Señoría empezaron a discutir acaloradamente. El dogo ordenó silencio y luego dirigió sus cansados ojos a Silvia.

–¿Tenéis pruebas de que Osuna planea un ataque?

–No, Vuestra Excelencia, pero hay indicios...

–¿Indicios? Puede que Felipe III sea la mitad de hombre que su padre, pero Lerma no es alguien a quien se pueda subestimar y España sigue siendo tan poderosa como siempre. ¿Acaso sugerís que entremos en guerra con España basándonos en simples indicios?

–Sugiero que no derrochemos nuestros recursos cuando bien podríamos necesitarlos aquí mismo.

El dogo entrelazó los dedos y los apoyó en la barbilla, perdido momentáneamente en sus pensamientos. Sin apenas levantar la vista, llamó:

–¿Contarini?

«¡Maldita sea!», blasfemó Silvia para sus adentros. Dario Contarini era el consejero favorito del dogo y algunos lo consideraban la personificación del ideal veneciano: robustamente sano, rico, viril, popular y tan astuto en política que había sido nombrado miembro de la Señoría a la temprana edad de cuarenta y dos años. Silvia tenía la sensación de ser el único que veía a Contarini como en realidad era: falso, ambiguo y siempre dispuesto a bailar al son de la música que tocase en cada momento, siempre y cuando lo beneficiase a él. Sin embargo, de algún modo su falta de respeto por Contarini no tenía el efecto de humildad que Silvia creía que debería tener; el senador más joven se limitaba a hacerle caso omiso y parecía aprovechar cualquier oportunidad para enfrentarse a él. Lo que era aún peor: parecía disfrutar con ello. Cuando Contarini se puso en pie para dirigirse a la asamblea, su rostro de facciones delicadas no pudo disimular una leve mueca de satisfacción que Silvia sabía que iba dirigida a él.

–El senador Silvia está en lo cierto cuando señala que no tenemos los recursos necesarios para librar una guerra en dos frentes –empezó Contarini–, pero ante la ausencia de una verdadera amenaza por parte de Osuna, no podemos hacer caso omiso del hecho de que los uscoques están perjudicando los intereses de los venecianos y arrebatando las vidas de muchos de ellos.

«Maldito seas», pensó Silvia mientras Contarini seguía hablando con aquel tono tan suyo de persona extremadamente razonable, un tono impregnado con un sutil deje de condescendencia. Mientras se explayaba sobre el carácter incierto de las intenciones de Osuna, su mensaje implícito estaba bien claro: Silvia era un viejo maniático que veía conspiraciones por todas partes. Éste apretó con fuerza los dientes para tratar de contener la rabia. No iba a ganar nada exhibiéndola allí delante.

–Puesto que sabemos que los uscoques se hallan al servicio de los Habsburgo –concluyó Contarini–, deberíamos recurrir a Saboya para establecer una posible alianza.

El dogo afirmó con la cabeza para mostrar su consentimiento. Silvia sintió cómo un dolor punzante le perforaba las sienes. La cerrilidad de aquellos hombres rayaba los límites de lo inconcebible. Su único consuelo era pensar en el día en que le darían las gracias por su clarividencia; le darían las gracias y vive Dios que lo elegirían dogo.

–Nada complacería más a Osuna que tener a las armadas de Saboya y de Venecia combatiendo al otro lado del Adriático –repuso Silvia con aspereza–. Si ésa es vuestra decisión, más nos vale empezar a preparar desde ahora mismo un comité de bienvenida para el duque en Malamocco.

–Desistid, Silvia –le ordenó Bembo–. Debemos poner fin a los ultrajes de los uscoques, pero vuestra advertencia no caerá en saco roto. Si los Tres descubren más pruebas de las maquinaciones de Osuna, confío en que nos informaréis.

–Por supuesto, Vuestra Excelencia.

Silvia no pudo evitar mirar de soslayo a Contarini. Éste no le devolvió la mirada. Con ese pequeño gesto de derrota, Silvia confirmó que Contarini había oído la orden implícita del dogo para que siguiera adelante con su labor de espionaje y conseguir así reunir más pruebas. Entonces fue Silvia quien se permitió esbozar una mueca de satisfacción: desde luego que seguiría adelante. Y sabía exactamente por dónde empezar...

## El Sumo Sacerdote

*17 de diciembre de 1617*

A bordo de la góndola del marqués, amarrada en el Molo, Paolo Calieri oía el atronador sonido de la lluvia golpeteando sobre el *felze*. La borrasca había llegado del este justo antes del alba, y para mediodía toda Venecia sufría ya los efectos del aguacero. Como un torrente, la lluvia chocaba contra los campanarios enmudecidos, caía en cascada desde los chapiteles dorados y las cúpulas relucientes de la basílica y el Redentore, y se derramaba por los muros de piedra de los palacios y las casas, inundando las calles empedradas y enfangando las callejuelas desprovistas de pavimento. El agua caía a borbotones sobre los canales crecidos, cuyas turbias profundidades engullían remolinos de algas marinas y de musgo, y reducía el tráfico en el Gran Canal a un solo galeón, cargado de especias y aceites aromáticos, que avanzaba con valentía bamboleándose hacia el Rialto.

Asomó la cabeza por el baldaquín para contemplar la triste escena que tenía ante sus ojos: la *piazzetta* y la plaza de San Marcos estaban tan desiertas y sus postigos cerrados con tanta fuerza que parecía la cubierta de un barco que acabara de cerrar todas sus escotillas. Pensó en su colección de telarañas, cuidadosamente conservadas entre hojas traslúcidas de pergamino y guardadas en el arcón más seco de su habitación. Pese a los cuidados que les dispensaba, los hilos nacarados nunca lograban sobrevivir al húmedo invierno veneciano, pero su efímera fragilidad no hacía más que incrementar la fascinación que sentía por ellas. A Paolo le maravillaba el modo en que se desintegraban, tan despacio y de una forma tan hermosa, dejando tras de sí los pequeños tesoros que habían atrapado: el ala iridiscente de un insecto, el luminoso caparazón de un escarabajo... Tan diminutas y tan exquisitas a la vez. Ojalá tuviera tiempo para estudiarlas con más detenimiento.

Paolo se levantó cuando el embajador español apareció por los soportales del palacio Ducal y atravesó a grandes zancadas la plaza inundada. El marqués se subió a la góndola y se quitó la capa de los hombros. Se le había empapado por completo en el breve espacio de tiempo que había tardado en cruzar la plaza. Se recostó en el asiento tapizado y miró a Paolo, de pie incólume bajo el aguacero, sujetando el remo con una mano, a la espera de recibir instrucciones.

–A la embajada –ordenó, elevando la voz para imponerse al fragor de la tormenta.

Paolo asintió y los alejó remando del muelle.

El embajador vio desfilar ante sí el palacio Ducal, con su arcada y su fachada blanca y rosa inusitadamente solemnes bajo el tenebroso cielo. La lluvia lo deprimía. En Venecia ya había suficiente agua, demasiada para que encima cayese aún más del cielo. Entonces sintió una súbita punzada de nostalgia al recordar el vívido olor de la tierra, el añorado terreno sedimentario, tan familiar, de la meseta española, en lugar de la humedad enmohecida de Venecia. Su destino se consideraba uno de los más prestigiosos dentro del cuerpo diplomático, pero Bedmar se preguntaba muchas veces si Venecia era un buen lugar para hombres como él, hombres que preferían cabalgar a lomos de una buena montura en lugar de ir subidos en góndolas, que preferían las vistas de vastas y silenciosas extensiones, de áridas montañas, a aquel húmedo y frío nido de ratas en precario equilibrio sobre el mar. Allí no había más que agua y piedras, agua y piedras, un lugar poblado de reflejos e imágenes ilusorias, de engaños y artimañas. Algún día la ciudad entera se fundiría en la laguna como el pan duro en el caldo, y Bedmar no estaba seguro en absoluto de que fuera a lamentarlo.

¡Vive Dios que ese día estaba de un humor de perros! Por primera vez desde su llegada a la ciudad, Bedmar se preguntó si todo aquello no sería ya demasiado para él, todo aquel laberinto de intrigas, tejemanejes, mentiras y verdades a medias tan confusos como las calles sumergidas de Venecia. Justo cuando empezaba a ver cómo aumentaba su fortuna –Felipe III había enviado un cargamento de monedas de oro y plata–, Osuna había sobornado a su propio primo, a ese joven insensato de Javier, para que recopilase información secreta sobre el Arsenale. ¿De veras creía el duque que Javier era capaz de superar a los venecianos en su propio terreno? Bedmar había sabido desde el principio de su aventura conjunta que el duque era peligroso, pero había creído que la necesidad mutua que tenían el uno del otro serviría de garantía contra una posible traición. ¿Qué tramaría Osuna? Iba a tener que guardarse las espaldas con mucho más cuidado de ahora en adelante.

Con movimiento experto, Paolo ejecutó una palada con el remo y la góndola se adentró en las pesadas aguas del Rio del Palazzo, justo detrás del edificio. Por encima de ellos se erguía el puente de los Suspiros, que unía el palacio Ducal con la prisión. «De la guarida del león directo a la boca del león», rumió Bedmar. Sintió cómo el malhumor volvía a apoderarse de él. Aquellos venecianos se arrepentirían si intentaban atraparlo en sus voraces fauces; les provocaría una indigestión que no olvidarían jamás. Se llamaban a sí mismos nobles, pero no eran más que un hatajo de mercaderes, hombres sin rango ni título. ¡Aquel bellaco del senador Silvia lo había mandado llamar como si fuera un simple lacayo! Podía soportarlo una vez, pero no una segunda. ¡Él era nada menos que marqués, y embajador de España! Si Silvia volvía a humillarlo, conocería el azote de su ira.

El senador lo había recibido en sus aposentos en el palacio Ducal. Un ujier con la cara redonda y corto de entendederas condujo a Bedmar a un gabinete profusamente amueblado donde una luz enfermiza se filtraba por unas ventanas que parecían deshacerse bajo el implacable aguacero. Las llamas del fuego de la chimenea se ocupaban de atemperar el frío sin llegar a iluminar los oscuros recovecos de la habitación. De los rincones en sombra llegaba el fulgor del exceso oriental que poblaba el santuario privado de Silvia: paneles dorados, candelabros de cristal veneciano, un brillante escritorio de madera y una hilera de copas de oro con incrustaciones de piedras preciosas.

–Por aquí –se oyó una voz poderosa, cargada de impaciencia, procedente del centro de la habitación.

Silvia estaba sentado en una silla tapizada de brocado cerca de la chimenea, frente al fuego. Sus zapatos de suelas de madera asomaban por debajo del dobladillo de su toga. El zapato derecho tenía una suela al menos dos dedos más gruesa que el izquierdo.

«Así que los rumores sobre la cornada del toro eran ciertos», se dijo Bedmar. Pero no había sabido hasta ese momento que la cornada había dejado cojo al senador, un lisiado con una pierna más corta que la otra.

El senador reparó en la dirección de la mirada de Bedmar y escondió los pies bajo la túnica. Se removió en el asiento y se volvió, y el marqués se vio sobrecogido por el aroma a incienso que emanaba de su cuerpo, mezclado con el olor del humo procedente de la chimenea. Su toga escarlata y forrada de pieles parecía del color de la sangre a la luz de las llamas, y su tez cetrina relucía con una engañosa tonalidad rosada. Girolamo Silvia era un hombre poco agraciado, de nariz aguileña, pómulos hundidos y unas manos alargadas y estrechas con las que Bedmar sospechaba que había empuñado un estilete en más de una ocasión. Pero a pesar de sus lujosos aposentos y su principesca vestimenta, Bedmar percibía una austeridad en Silvia que, de haber estado en una ciudad menos irreverente que Venecia, él mismo habría tomado como propia de un miembro del clero. Sin embargo, aquella asociación no resultaba en absoluto tranquilizadora; el semblante de Silvia le recordaba demasiado a la grotesca máscara de pájaro, llena de hierbas profilácticas, que empleaban los galenos para ahuyentar la peste negra. Si el senador era un sacerdote, estaba al servicio del diablo, y si era un asceta, tenía las manos de un asesino.

–Sentaos, embajador –pidió Silvia en el mismo tono áspero–. Confío en que no os estaré apartando de vuestros quehaceres más acucientes.

–Las buenas relaciones de España con la República son uno de mis quehaceres más acuciantes –replicó Bedmar con naturalidad al sentarse–. Estoy a vuestro servicio, senador.

Sus refinados modales no impresionaron a Silvia, quien optó por dejarse de prolegómenos.

–¿Conocéis a un hombre llamado Luis Salazar?

Bedmar hizo una pausa con actitud pensativa.

–No, no puedo decir que lo conozca.

–Es extraño, puesto que era un espadachín a vuestro servicio.

–Esos hombres vienen y van. Sólo conozco a unos cuantos por su nombre.

–Tal vez recordéis su rostro. Lucía una cicatriz encima del labio, bastante llamativa, a consecuencia de un duelo.

–No, no recuerdo a nadie así. –Bedmar ladeó la cabeza–. ¿Cuál es el propósito de vuestras preguntas?

–Luis Salazar fue arrestado hace unas semanas. Estaba en posesión de secretos de Estado que le había entregado un trabajador del Arsenale.

–¿Y qué tiene eso que ver conmigo?

–Que fue Salazar quien nos condujo al hombre responsable de sobornar al *arsenalotto* que suministró dicha información secreta. Un hombre que también era un empleado de vuestra embajada: Javier Diego de la Esparza.

Bedmar sintió que palidecía, pero su semblante no reflejó más emoción que un tibio interés.

–¿Lo conocéis? –inquirió Silvia.

–Nos conocemos ligeramente.

–¿Ligeramente? Tengo entendido que es vuestro primo.

–Un primo lejano.

–Lejano o no, creí que os gustaría saber lo que nos dijo antes de morir.

–¿Ha muerto?

–Javier era de naturaleza delicada. Las mazmorras no le sentaron demasiado bien.

«Hijo de mala madre...» Bedmar sintió el súbito impulso de abalanzarse sobre Silvia y retorcerle el cuello. Podía hacerlo... lo había hecho antes, desde luego, y con hombres más valerosos que aquél. Tuvo una grata y fugaz visión de sí mismo abandonando al senador repantigado en su silla y saliendo del palacio Ducal sin mirar atrás ni una sola vez. Pero claro, en ese caso tendría que marcharse de allí para siempre y poner rumbo hacia España. No, nunca se marcharía sin las riquezas que se le debían. No merecía la pena dejar que aquel lisiado lo empujara a cometer una estupidez. Bedmar sonrió.

–Por favor, continuad –dijo.

–Vuestro primo trabajaba al servicio del duque de Osuna. El duque está construyendo una nueva flota, con la que planea atacar Venecia.

–No es posible...

–¿Esperáis que crea que es la primera vez que oís hablar de ese plan?

–Podéis creer cuanto os plazca, pero yo sólo soy un embajador; no poseo autoridad sobre el virrey de Nápoles.

–Puede que esta declaración de Javier sea de vuestro interés: «La casa del embajador español está abarrotada de espadachines y asesinos, y acepta apuestas sobre las elecciones al Gran Consejo. El embajador pretende hacer saltar por los aires el Gran Consejo y guarda en su casa barriles de pólvora, que dice están llenos de higos y aceite».

–Esas declaraciones fueron obtenidas bajo tortura...

–¿Y eso las convierte necesariamente en menos graves? Tal vez deberíamos consultar a vuestro Santo Oficio al respecto. Al fin y al cabo, vuestro país, España, ha jugado un papel... cómo lo diría yo... fundamental en el desarrollo de nuevos métodos para desentrañar la verdad.

–Es el deseo de Dios que los herejes sufran tormento.

–¡Cuán útil debe de ser conocer cuáles son los deseos de Dios en cada momento! –exclamó Silvia–. Yo mismo no consigo nunca estar seguro del todo. Decidme, ¿es deseo de Dios que emuléis vos a ese zelote inglés, Guy Fawkes? Si no tenéis cuidado, podríais acabar como él, colgado del cadalso. Vuestra inmunidad diplomática no abarca los actos de guerra cometidos contra la República. La única razón por la que seguís siendo un hombre libre es porque vuestro primo no os implicó a vos en su crimen. Insistió en que era él quien trabajaba para Osuna, y no vos.

–Soy un hombre libre –repuso Bedmar– porque sólo respondo ante el rey de España. –Se levantó–. No hace falta que os recuerde que soy el representante oficial del país más poderoso de Europa. Cuando me amenazáis, amenazáis a España. Ése es un juego peligroso, senador, y tengo la sospecha de que a vuestros homólogos nos les gustaría jugar. He accedido a venir hoy aquí por cortesía, pero si volvéis a hacerme llamar, la próxima vez no seré tan complaciente. –Bedmar se dirigió a la puerta–. Podéis venir a registrar mi casa cuando queráis –dijo por encima del hombro–. No encontraréis nada más que higos y aceite.

Era precisamente la amenaza rotunda del senador lo que lo había convencido de que no tenía nada que temer, reflexionó Bedmar mientras la góndola se adentraba en aguas del Rio della Fava. Si Silvia tuviese pruebas del plan de Osuna y él mismo, lo habría hecho comparecer ante los Diez o los Tres sin advertencias ni explicaciones. No, el senador estaba dando palos de ciego. Un estratega mucho más astuto se habría guardado para sí la confesión de Javier y le habría dejado atormentarse y preocuparse. Sin embargo, Silvia se lo había revelado todo. ¿Era un descuido o acaso había algún otro propósito detrás de aquello?

Sea como fuere, Bedmar decidió llamar a Sánchez en cuanto volviese a la embajada y hacer que éste y sus hombres trasladasen los barriles de pólvora a un nuevo escondite. Tendrían que hacerlo sin tardanza, puede que incluso esa misma noche, se dijo Bedmar mientras Paolo dirigía la góndola a un canal desconocido. Se recostó hacia atrás y miró desde debajo del *felze* a su gondolero.

–¿Adónde vas? –le gritó.

Un rápido movimiento con las manos le reveló que su nueva ruta se debía a la crecida del agua. Qué joven tan peculiar... A veces, como en ese momento, bajo la lluvia incesante, con el pelo pegado a la cara, la cabeza gacha y los ojos abiertos como platos, Paolo le recordaba al embajador a un perro empapado y hambriento en el momento justo antes de saber si iba a mover la cola o a morder.

El gondolero se agachó al pasar por debajo del Ponte Pinelli. Los días de sol, la luz estriada de las ondulaciones del agua se reflejaba con alegría en la parte interna y curva de las paredes del puente. Los venecianos, en su lengua extraña y sibilante, tenían una palabra especial para designar ese efecto, pero aquella sombría tarde, el vetusto arco se cernía sobre ellos como una cueva secreta y abandonada, supurante por la condensación, salpicada de algas, rancia por la podredumbre. «Con el hedor de una cripta –pensó Bedmar–, como el olor de la muerte.» Cuando la góndola se deslizó hacia el canal abierto, el marqués contuvo un involuntario escalofrío.

Silvia levantó la vista cuando Batù salió de las sombras. Como siempre, sus ojos fueron lo que apareció primero. Silvia examinó sus rasgos asiáticos, el fantasmal azul acerado de los iris.

–¿Y bien? –inquirió el maestro al discípulo–. ¿Qué te ha parecido?

–Tiene mucha confianza en sí mismo. No tiene miedo de vos.

–Tal vez no todavía, pero lo tendrá. –Silvia se levantó y se acercó a su escritorio, donde abrió una jarra de vino y se sirvió un poco en una copa–. Está al corriente de los planes de Osuna, no me cabe duda de ello. Pero no sabía nada de las labores de espionaje de su propio primo... lo que significa que él y Osuna no están del todo de acuerdo. Eso podría obrar en nuestro favor.

–¿Y por qué lo habéis dejado ir sin más? ¿Por qué no lo habéis arrestado por los crímenes que confesó De la Esparza?

–Tal como ha señalado el propio embajador, cualquier acción contra él es también una acción contra España. En estos momentos tenemos un tratado firmado con ellos, un tratado que ninguno de los dos países respeta al pie de la letra, pero si lo quebrantáramos con una acusación tan grave, la armada española se nos echaría encima en un abrir y cerrar de ojos. No, no podemos atacar de forma abierta al embajador. Para traerlos a él y a Osuna ante la justicia, necesitaremos pruebas de su intriga. Entretanto, no obstante, sí podemos emprender acciones contra él con discreción. No hay razón para que su vida en Venecia deba ser una fuente de alegría y placer... Al fin y al cabo, éste es un sitio muy peligroso.

# El Sol

*21 de enero de 1618*

Sin duda había que llamarlo por su nombre: la locura absoluta. Todo cuanto Antonio había visto de Venecia durante el carnaval, en los dos días desde que había vuelto, lo convenció de que los habitantes de la ciudad estaban poseídos por la locura. Las máscaras disfrazaban la verdadera identidad, desde el sirviente más humilde hasta el noble de más alta cuna, y Venecia cobraba vida con la música y cientos de variados entretenimientos: bailes y comedias, carreras de góndolas, justas y combates, cazas de gansos y de toros. Los festejos, de tres meses de duración, atraían a gentes llegadas de todos los rincones del mundo, y la diversidad de disfraces, costumbres y rostros era mayor de la que había visto en toda su vida, incluso en todos sus años en Sicilia. La ciudad entera se había transformado en un bazar al aire libre: en cada esquina los charlatanes vendían sus mejunjes en una docena de lenguas distintas, podían encontrarse vendedores de cuentas, encajes y piezas de cristal en todas las plazas y se ofrecían viandas de toda clase en los tenderetes, así como en los cestos de los vendedores ambulantes que se paseaban por las calles.

–¿No es asombroso? –preguntó Alessandra cuando se acercaron al pie del Campanile de la plaza de San Marcos.

La palabra «asombroso» no hacía justicia al espectáculo que Antonio tenía ante sus ojos. La plaza parecía tomada por una horda de bufones de la corte: estaba llena de criaturas disfrazadas, titiriteros, malabaristas, funambulistas, músicos, jugadores, hacedores de almanaques y pitonisas, cuyas mesas estaban llenas de bolas de cristal y libros de conjuros. Observó a un adivino que sostenía un largo tubo de latón para susurrar su augurio al oído de un monje curioso.

–No es necesario que respondáis, ya veo que os habéis quedado atónito –siguió diciendo ella.

–¿Tan atónito como vos esta mañana cuando me he presentado en vuestra casa?

–Puede que no tanto –admitió Alessandra.

Su plácida risa provocaba una extraña sensación en el pecho de Antonio. Él no tenía planeado volver a verla, pero en cuanto hubo terminado su encargo, se sorprendió a sí mismo delante de su puerta. Mientras miraba a Alessandra, se dio cuenta de lo mucho que había pensado en ella, de cuántas veces había comparado con ella a todas las mujeres que veía... y ninguna había resistido la comparación. Y a pesar de todo ello, su memoria no había hecho justicia a todos sus encantos.

–¿Y cómo es que habéis vuelto a Venecia, por cierto? –preguntó Alessandra.

–¿Importa eso?

–¿No vais a decírmelo?

–¿Importa eso?

Decirle que volvía una vez más a hacer de mensajero para Osuna, transportando misivas entre el duque y el marqués, le parecía una confesión que estaba por debajo de su dignidad. Además, lo cierto es que era mejor que ella no supiese nada de la comunicación entre ambos. La última vez había levantado sus sospechas.

–Entiendo. No más preguntas, entonces –dijo Alessandra–. Continuemos con nuestra visita de la ciudad. Hasta ahora habéis visto el Rialto y la Merceria, ahora estamos en el corazón mismo de Venecia. Nuestra famosa basílica alberga las reliquias de nuestro patrón, san Marcos, hábilmente arrancadas de tierra musulmana en el interior de un cesto con carne de cerdo. También alberga otras reliquias para disfrute de los fieles, entre las que se incluye una pequeña ampolla con la sangre de Nuestro Señor Jesucristo, un trozo de gran tamaño de la cruz, parte del brazo de san Lucas, una de las costillas de san Esteban y un dedo que perteneció a María Magdalena.

–Casi suficiente para construir la totalidad de otro santo, por lo que parece.

–Las columnas de mármol a la entrada de la *piazzetta* se trajeron de Constantinopla hace casi cuatrocientos cincuenta años y fueron erigidas por un ingeniero llamado Nicolò Baratieri. Por su servicio a la ciudad, otorgaron a Baratieri el derecho a instalar mesas de juego, que como veis, siguen ahí. Y justo encima de ellas es donde se ejecuta a los criminales: se cuelga una horca entre las columnas.

–Es evidente que sois una magnífica cicerone, pero no hace falta que ahondéis en detalles sobre eso.

–La horca es para los delincuentes comunes –prosiguió ella en tono despreocupado, haciendo caso omiso de sus palabras–, pero en lo alto del Campanile hay una jaula reservada para castigar a los frailes que han cometido algún delito, y algunos han sido encerrados ahí y obligados a vivir a pan y agua durante semanas incluso. Cuando era niña, había uno allí arriba... creo que se convirtió en una gran atracción para los visitantes de la ciudad. Había incluso una canción popular sobre él, *El lamento del padre Agustín*. Mi hermano y yo solíamos cantarla a menudo, para consternación de mi pobre padre. Era una canción terrible y cruel sobre cómo se consumía poco a poco, pero a nosotros nos parecía muy divertida. Poco después de eso, *El lamento de la mujer del padre Agustín* se hizo aún más popular. Recuerdo que hablaba sobre todo de un placer en concreto que echaba terriblemente de menos mientras su amado estaba encerrado en esa jaula... Una canción bastante escandalosa. Mi padre nos prohibió de forma terminante que la cantáramos.

–El verdadero escándalo es el modo en que Venecia trata a sus sacerdotes –bromeó Antonio–. Cuando me vaya de aquí, voy a ir directo a Roma a aconsejar al Papa que vuelva a excomulgar a toda la República.

–¿Otro interdicto? El Gran Consejo se limitará a hacer como si nada, tal como ocurrió la vez anterior, y ordenará al clero que siga celebrando misa a pesar de la prohibición. Circula una historia muy famosa de un cura que, durante el interdicto, no estaba seguro de a quién debía lealtad, a Venecia o a Roma, de modo que anunció que no realizaría los sacramentos hasta que recibiese inspiración del Espíritu Santo. Le informaron de inmediato de que el Espíritu Santo ya había inspirado al Consejo de los Diez para que ahorcase a quienquiera que lo desobedeciese.

–Más pruebas, diría yo, de hasta dónde llega la irreverencia en vuestra ciudad. Aunque no es que sean necesarias más pruebas. –Un grupo de alegres participantes de los festejos pasó junto a ellos, riendo a carcajadas y chillando con entusiasmo–. Es como estar en una casa de locos.

–¿Preferiríais ir a otro sitio?

–Sí.

La mirada de Alessandra fue a posarse en una hilera de tenderetes de comida.

–¿Comemos en la laguna?

En la orilla desprotegida el aire soplaba con inclemencia, pero la soledad y la quietud de la pequeña isla suponían un cambio sumamente agradable. Antonio y Alessandra se sentaron en una porción de arena templada por el sol, no demasiado lejos de donde el agua lamía con delicadeza el borde del islote. El gondolero que Antonio había contratado esa mañana se quedó a bordo de la barca, mirando la cercana isla de la judería. Los gondoleros debían de pasar gran cantidad de horas en sus barcas, pensó Antonio, y se preguntó en qué ocuparían el tiempo cuando no remaban. Acababa de formular ese pensamiento cuando el propio gondolero le proporcionó una respuesta: ahuecó unos almohadones y se tumbó para echarse una merecida siesta.

–Este lugar parece encantado –dijo Antonio mientras Alessandra abría los paquetes de comida y descubría un capón rustido, sardinas con limón y hierbas, una barra de pan y una tarta de ciruelas.

Un mechón de pelo le cayó sobre el rostro descubierto, pues ambos se habían quitado las máscaras nada más salir a la laguna, y Antonio reprimió el impulso de apartárselo con la mano.

–Cuando era niña, solía venir aquí con mi hermano y mis primas –explicó.

–¿Y ya no?

–Mis primas se fueron a vivir a Padua hace unos años.

Antonio recordó entonces el triste sino de su hermano y su padre.

–¿Y tenéis más familia aquí?

–No. –Desató la pequeña bolsa de cuero que llevaba amarrada a la cintura y extrajo de su interior un juego de cubiertos–. Espero que no os importe compartirlos conmigo –dijo, dándole un cuchillo.

–En absoluto. ¿Tampoco tenéis a vuestra madre? –preguntó Antonio–. O quizá no deseáis hablar de eso...

–No, no me importa. Falleció hace mucho tiempo, o al menos ésa es la sensación que tengo. Murió cuando yo tenía ocho años, al dar a luz. Yo lo presencié. Supongo que pensaron que, como era una niña, debía ver cómo era un parto, pero fue aterrador. El niño no venía bien y mi madre era una mujer frágil; ambos murieron. La última vez que estuvisteis aquí me preguntasteis por qué no tenía hijos. No os dije toda la verdad. Tomo precauciones porque me da miedo quedarme encinta.

–Es comprensible, dada vuestra experiencia –dijo Antonio–. ¿Y me permitís preguntaros, ya que hemos entrado en el terreno de las confidencias, si os complace la vida que lleváis?

–Hay peores sinos que hacerse cortesana. A mí nunca me ha entusiasmado la idea de casarme, al contrario que a las demás mujeres. Creo que en ciertos aspectos no soy como las demás: nunca he amado a nadie, en el sentido romántico del término. Así que tal vez la vida que he elegido sea la mejor. –Arrancó un pedazo del pan y se lo ofreció–. ¿Y vos? ¿Tenéis familia?

–Tres hermanas mayores, todas bien casadas. Pero no las he visto en estos nueve años.

–Eso es mucho tiempo.

–Sí –convino Antonio, aunque no dio más explicaciones.

–¿Tenéis esposa o amante?

¿Por qué le preguntaba aquello? Miró a Alessandra de reojo, pero su expresión reflejaba el mismo desinterés de siempre.

–Como vos, soy incapaz de amar –admitió–. Pues sé con certeza que sólo conduce al desastre.

–¿Y cómo es eso posible?
–Es una larga historia.
–Me gustan las historias largas.
Antonio hizo una pausa. A lo largo de los nueve años anteriores, no le había contado a nadie aquella historia. Recordó súbitamente la vívida imagen de su padre, su madre y el viejo roble que se erigía sobre una colina justo delante de la casa de su infancia. Alessandra le hacía pensar en cosas en las que no había pensado desde hacía mucho tiempo, cosas en las que no quería pensar, pero ahuyentó sus recelos y empezó a desgranar su relato.
–Cuando tenía dieciséis años, vencí a mi padre en el manejo de la espada –le contó Antonio–. Entonces se dio cuenta de que ya no tenía nada más que enseñarme, por lo que acordó mi tutela con don Gaspar Ortiz y Vega de la Vázquez. Vivía al otro lado de Utrillo, la ciudad más importante del feudo de mi familia. Tenía que cabalgar dos millas hasta llegar a la ciudad, y luego otras cuatro, y después atravesar un nogueral para llegar a su casa.
»Don Gaspar era un excelente maestro en el arte del manejo de la espada. Había ayudado a entrenar a la guardia real y había escrito un tratado sobre la lucha con espada que era muy célebre en España. Había vivido fuera muchos años y luego regresó a Navarra con su hija. Se accedía a su pequeña finca por un sendero de gravilla que salía del nogueral y desembocaba en un claro, donde estaba la casa. Era un edificio magnífico de piedra rosada y un arco enorme en el centro que llevaba a un patio interior, y cuatro enormes ventanales y balcones repartidos a lo largo de toda la segunda planta.
»El primer día, cuando salí del nogueral y llegué al claro, levanté la vista y vi a una figura de pie en uno de los ventanales del centro de la casa. Era una muchacha, muy seria, que me miraba fijamente. Era la mujer más hermosa que había visto en mi vida. Permanecí allí inmóvil, a lomos de mi caballo, ajeno a todo cuanto me rodeaba, sin apartar los ojos de ella durante lo que supuse sería una eternidad. Era tan hermosa... y sin embargo, si os la describo, podríais decir que no tenía nada especial:

tenía el pelo negro y los labios rosáceos, y unos ojos oscuros de mirada inusitadamente sosegada y penetrante. Lo que en verdad la hacía hermosa eran sus orejas. Llevaba el pelo retirado hacia atrás, de modo que las dejaba al descubierto, y eran pequeñas y de formas perfectas, dos conchas delicadas. Era como una de esas criaturas exóticas que raras veces se ven, y me recordó una paloma con la que me había topado en el bosque una vez. Tenía esa misma expresión seria e indulgente, como si la hubiese sorprendido, pero también como si hubiera estado esperándome. Y era igual de asustadiza, porque de pronto se apartó de la ventana y desapareció de mi vista.

»E hizo bien, porque don Gaspar había aparecido en el patio y se dirigía a grandes zancadas hacia mí. Era mayor de lo que esperaba, con el pelo cano y una barba pequeña, gris y bien cuidada, pero fuerte y esbelto. Tenía un porte elegante, y era un hombre meticuloso y cortés, siempre atento al tratamiento que debía dispensarse en cada momento. Me saludó y me condujo a su gabinete, al que accedimos desde el patio. Apenas oía una sola palabra de lo que me decía, ni tampoco podía articular yo ninguna, de la impresión que me había causado la imagen que había visto.

»Pero cuando empezamos las lecciones, recobré el juicio. ¡Cuánto empeño puse en luchar, pensando que tal vez ella estaría por allí cerca, observándome! ¡Cómo sufría cada vez que cometía el más leve error, temiendo que ella hubiese podido presenciar mi ineptitud! Era glorioso y terrible a la vez. Cada vez que arremetía contra mi maestro, experimentaba una sensación de triunfo inigualable, y cuando fallaba sentía tal desesperación que parecía que no volvería a ser feliz nunca más. Por supuesto, yo no sabía, ese primer día, que don Gaspar no se ensañaba conmigo porque trataba de calibrar hasta dónde llegaba mi habilidad y cuál era mi nivel de dominio de la espada, como tampoco sabía que mi nuevo maestro contaba con un amplio abanico de fintas y estocadas, más de las que yo podía soñar con aprender algún día. Tengo que dar gracias al cielo por mi ignorancia, pues de haber sabido la facilidad con que podía derrotarme, tal vez no habría vuelto allí jamás. O quizá debería maldecir mi ignorancia, pues de no haber vuelto jamás...

Antonio hizo una pausa y su mirada se empañó. A continuación, sacudió la cabeza y continuó.

–Aquello se prolongó durante meses. Todos los días, al llegar, la veía de pie ante la ventana, y durante el tiempo que duraban mis lecciones percibía su presencia en algún lugar de la casa, pero nunca la veía; nunca volvía junto a la ventana al marcharme yo. Averigüé su nombre, Ifigenia, y me sorprendía diciéndolo una y otra vez, paladeándolo en la boca como un sabor del que nunca tenía suficiente. El domingo, el día en que no tenía lecciones, era una tortura. Me pasaba el día entero practicando en secreto, aguardando con ansia la llegada del lunes. Empecé a sentir celos de cualquier otro que acudiese a las lecciones de don Gaspar, celoso de que pudiesen verla y amarla como la amaba yo. Empecé a desesperarme. Algunos días creía estar enamorado de una visión, no de una mujer, porque aunque pasaba casi todas las tardes con don Gaspar, él no me mencionaba a su hija ni una sola vez.

»Tras muchos meses de ser alumno suyo, nos invitó a mí y a mi familia a su casa a cenar un domingo, para celebrar y reconocer ante todos cuánto había mejorado y aprendido. Me sorprendió porque don Gaspar aún podía derrotarme, pero insistía en que yo era su mejor alumno y que mi familia debería estar orgullosa de mí. Podéis imaginar el entusiasmo que sentía. Estaba seguro de que, en semejante ocasión, conocería al fin a Ifigenia, de que nos presentarían formalmente.

»Llegó el gran día y, con mi familia, acudimos a casa de don Gaspar. Sin embargo, cuando me presentaron a Ifigenia, ésta sólo me dedicó los mismos comentarios breves y corteses que había intercambiado con mis padres y hermanas. Durante el resto de la tarde no se dirigió a mí ni una sola vez y ni siquiera me miró. Para cuando nos fuimos, estaba desolado. Me di cuenta de que los sentimientos que ella sentía por mí sólo existían en mi imaginación. Creía haber visto algo en sus ojos cuando me miraba desde arriba, desde su ventana, pero descubrí que todo había sido producto de la fantasía de un joven inexperto como yo. No estaba seguro de llegar a recuperarme de aquel desengaño.

»Estuve a punto de no volver a mis lecciones. Al día siguiente me dirigí a la casa con el corazón roto, sin la mezcla de ansia y alegría que tantas veces había sentido, una sensación que se había convertido en la más importante de mi existencia. Ella no estaba frente a la ventana y casi me alegré de ello, pues sin duda habría visto la tristeza y la desilusión reflejadas en mi rostro.

»Ese día estuve desastroso con la espada, tan torpe y con la mente tan ausente que don Gaspar me dio una buena estocada sin esforzarse siquiera. Creo que le dolió más a él que a mí. Yo estaba tan desanimado que me daba lo mismo. Me reprendió y me dijo que si era incapaz de hacerlo mejor, me marchase de allí.

»Así que me fui, queriendo morir: tenía las ideas confusas y el corazón destrozado. Estaba desatando mi montura frente a la casa cuando una nuez cayó de los cielos y aterrizó a mis pies. Era extraño, porque los árboles estaban demasiado lejos para que las nueces llegasen hasta allí, aunque el viento soplase con fuerza. Entonces descubrí que no provenía del nogueral, sino de detrás de mi espalda. Me volví, levanté la vista y la vi, allí arriba, en la ventana. Hizo un leve asentimiento con la cabeza, apenas perceptible, y supe que había sido ella quien me había arrojado la nuez y que debía recogerla. Cuando lo hice, vi que estaba hueca. Separé las dos mitades de la cáscara y hallé un pequeño trozo de tela blanca, doblada cuidadosamente en un cuadrado diminuto. Lo desdoblé, y en el centro de la tela había un precioso corazón de seda roja bordado.

»Tardé un momento aún en comprender el significado de aquello. Volví a mirar a Ifigenia. Estaba tan inmóvil y silenciosa como siempre, pero entonces se llevó la diestra al corazón despacio. La expresión de su rostro se transformó muy levemente, no en una sonrisa; más bien se iluminó y aquello bastó para que comprendiese lo que quería decirme.

»Me amaba. Sentí deseos de saltar de alegría, de gritar, de cantar... pero en vez de eso intenté guardar mi compostura juvenil. Hice una reverencia y luego me llevé la tela al pecho, para mostrarle que siempre conservaría su corazón junto al mío. Y por primera vez la vi sonreír. Fue así como me transportó de la muerte a la vida de nuevo.

»Subí a lomos de mi caballo y regresé a casa al galope. Estaba impaciente por comunicarle a mi padre la buena nueva. Lo encontré en su gabinete y le anuncié que quería casarme con Ifigenia Ortiz. Su respuesta acabaría por conducir nuestras vidas a la ruina.

»No podía casarme con ella, me dijo mi padre, porque estaba comprometida con otro hombre. ¿Y quién era ese otro hombre? Nada más y nada menos que el duque de Girrón. No exageraré diciendo que era nuestro más acérrimo enemigo, pero desde luego, nuestra relación con él era harto difícil. El duque era nuestro vecino del sur: nuestras tierras y las suyas eran limítrofes. Llevaba varios años reclamando de manera injusta algunas de nuestras tierras. Al principio, había tratado de convencer a mi padre para que se las vendiese, pero cuando éste no accedió, Girrón intentó arrebatárselas. El hecho de no haber podido conseguirlo lo enfurecía, y nuestros encuentros con él en la ciudad solían ser muy desagradables. Girrón era mucho más mayor que Ifigenia y que yo, era viudo con dos hijos, uno de los cuales tenía casi la misma edad que Ifigenia, quince años.

»Cuando mi padre me dijo que el duque iba a casarse con Ifigenia, sucumbí a los celos y la rabia. Al señalarme que el duque era mucho más rico que nosotros, con numerosos hombres de armas a sueldo e infinidad de caballos, casas y otras riquezas, y que podía darle a Ifigenia una vida mucho mejor que la que yo podría ofrecerle jamás, eso sólo hizo que me encolerizara aún más. También me recordó que las dotes por mis tres hermanas le habían vaciado los bolsillos y que tendría que casarme con una muchacha rica. "Pese a que Ifigenia es una buena muchacha, de una familia respetable, no es rica –dijo–. Aunque no estuviera ya comprometida, no tendría más remedio que oponerme a los esponsales."

»Había pasado de estar muerto en vida a resucitar de nuevo en un solo día, y ahora volvía a estar muerto en vida otra vez. El hecho de que mi padre no comprendiese la intensidad de mi amor por Ifigenia no hacía más que añadir sal a mi herida. Él creía que podría disuadirme buscándome otra doncella, o por la necesidad acuciante de dinero, pero yo me negué a rendirme con tanta facilidad. Encontraría el modo de hablar con Ifigenia, de reunirme a solas con ella en secreto. A fin de cuentas, ella misma me había dado su corazón; sin duda detestaría la idea de ese desposorio tanto como yo.

»Al día siguiente me aguardaba frente a la ventana, como de costumbre. Yo estaba preparado. Había escrito una nota y la había guardado en la cáscara de la nuez. Cuando la sostuve en alto para que la viera, Ifigenia abrió la ventana y yo se la arrojé con rapidez. En la nota había escrito que la esperaría en el nogueral después de mi lección de ese día. Sabía que don Gaspar tenía a otro alumno después de mí y estaría ocupado. Aun así, Ifigenia tendría que burlar a su dueña y a los sirvientes. Le dije que la esperaría allí todos los días, hasta que viniese.

»Al fin, tres días más tarde, apareció en el lugar acordado. Nuestro encuentro fue tan extraño... Al principio me parecía un sueño poder oírla hablar de nuevo, estar tan cerca de ella. Le besé la mano y me arrodillé a sus pies, y le dije que daría mi vida por ella. Prorrumpió en llanto al hablar de su inminente boda con el duque. Seguimos así durante varias semanas: yo la aguardaba impaciente todos los días y ella acudía cuando le era posible. Al final ya no pudimos soportarlo más y decidimos fugarnos.

»Ahora, en ocasiones, me pregunto en qué pensaba. Me parece que en realidad no lo hacía, pues desde luego nuestro plan sólo era la mitad de un plan, a lo sumo. Abandoné mi hogar en plena noche, cabalgué hasta la casa de Ifigenia y la encontré esperándome en el lugar donde habíamos acordado, en el nogueral. Tiritaba de frío y miedo, pero cuando se subió a mi caballo, me rodeó la cintura con los brazos y empezamos a cabalgar juntos, creo que fuimos más felices que en todo el resto de nuestras vidas. Y lo fuimos, durante las horas que tardamos en cubrir el trayecto a caballo hasta Utrillo y luego a Pamplona.

»Me había hospedado alguna vez en una posada de la ciudad con mi padre, y allí nos encaminamos. Más allá de eso, no estoy muy seguro de lo que nos proponíamos, salvo encontrar un cura que se aviniese a casarnos. Supongo que creíamos que una vez consumado el hecho, a nuestras familias no les quedaría más remedio que aceptarlo. Sin embargo, en cuanto llegamos a la posada, nos dieron alcance primero mi padre y luego don Gaspar.

»Mi padre se había percatado de mi ausencia poco después de mi partida y no tardó en comprender el motivo de mi marcha a hora tan intempestiva. A todas luces, no había sabido disimular mis sentimientos todo lo bien que yo creía. Se acercó hasta la casa de Ifigenia y despertó a su padre, quien se vistió y estuvo listo para partir en un santiamén. Sin dejar de cabalgar, casi nos atraparon en la carretera a Pamplona. Estaban furiosos, por supuesto, y a nosotros nos destrozó el corazón ver cómo ponían tan trágico final a nuestra escapada. Ifigenia lloraba desconsoladamente cuando su padre se la llevó.

»Pero nuestra mala suerte no terminó ahí. Algunos de los hombres de Girrón nos habían visto a nuestro paso por Utrillo. Poco después de la llegada de mi padre, también llegó el duque, hecho una furia y exigiendo una reparación por el agravio cometido.

»Aunque mi padre le explicó que nos había descubierto antes de que lográramos completar con éxito nuestra fuga, el duque insistió en que nos batiéramos en un duelo de honor. Yo había mancillado la virtud de su prometida, aseguraba él. Y aunque yo no había hecho nada de cuanto insinuaba, lo cierto es que ardía en deseos de enfrentarme a él, pero mi padre no lo permitió.

»"Sólo es un muchacho de diecisiete años –le dijo mi padre a Girrón– y vos sois un hombre con mucha experiencia. Sería muy fácil para vos derrotarlo, y eso haría un flaco favor a vuestra reputación. Sin duda debe de haber otro modo de reparar el daño."

»Mi padre ofreció al duque las tierras que éste llevaba tantos años codiciando, pero el duque no las aceptó: quería luchar. Yo me enfrenté a mi padre para que me dejase aceptar el desafío de Girrón, pero él se negó. De modo que mi padre y el duque desenfundaron sus aceros.

»En sus tiempos, mi padre había sido excelente en el manejo de la espada, pero llevaba muchos años sin batirse en duelo.

Girrón, por el contrario, era un bravucón y un pendenciero, siempre implicado en alguna trifulca, y corrían rumores de que había dejado tieso a más de uno. Enseguida se hizo evidente que Girrón llevaba todas las de ganar. Intenté intervenir para ayudar a mi padre, pero los hombres del duque me lo impidieron. Y así fue como vi morir a mi padre: primero con una estocada en el estómago, luego una en cada brazo (creo que el duque quería torturarlo, y también torturarme a mí), y luego la estocada final en la garganta. Cuando mi padre cayó al suelo, sin vida, ni siquiera tuvo tiempo de decirme unas últimas palabras.

»Después de que exhalara su último suspiro, me incorporé y desenvainé mi espada. Los hombres de Girrón avanzaron hacia mí, pero el duque les hizo señas para que se apartaran.

»"He aquí al nuevo vizconde", dijo. Se limpió la sangre de mi padre de la espada y me miró frente a frente. "Apostaría a que es el último vizconde de Utrillo-Navarra... y el de vida más breve."

»Sabía que iba a matarme, pero no me importaba. Mi padre estaba muerto por mi culpa e Ifigenia se había ido para siempre: sabía que no volvería a verla nunca más. Mi vida estaba acabada. Pero tal vez fuera precisamente eso (eso y lo mucho que había aprendido al lado de don Gaspar) lo que me salvó, porque luché como nunca antes lo había hecho, sin miedo al dolor ni a la muerte. Y el duque actuó como un hombre confiado, pues no se esperaba a un rival tan implacable. Parecía como si con cada finta que él hacía yo contraatacara con una estocada, y lo herí tres veces, dejándole incluso un profundo surco en la mejilla. Entonces, como me sentía cada vez más audaz, le hinqué el acero en cada brazo, tal como le había hecho él a mi padre. Para entonces, el duque ya había empezado a inquietarse y sus hombres se estaban poniendo nerviosos. En ese momento me di cuenta de que estaba solo, de que aunque matase al duque, todavía quedarían cuatro hombres a los que enfrentarme en caso de que decidieran vengar a su señor. Y entonces Girrón hizo una maniobra muy imprudente. Tal vez estaba cansado o tal vez lo había herido más gravemente de lo que pensaba. En cualquier caso, bajó la guardia un momento y yo le atravesé el pecho con la espada. Cayó de rodillas, aferrándose el corazón, y murió al cabo de unos segundos.

»Justo cuando los hombres de Girrón estaban a punto de abalanzarse sobre mí, otros hombres que habían presenciado nuestro duelo salieron en mi defensa. Uno de ellos era el duque de Osuna, quien allí mismo me acogió bajo su protección. Lo había presenciado todo y proclamaría mi inocencia ante cualquier tribunal; yo tenía derecho a vengar a mi padre, dijo. No podía por menos de agradecerle aquello, y puesto que ya nada me retenía en Navarra, lo acompañé a tierras sicilianas, donde fue virrey durante unos años antes de trasladarse a Nápoles.

»De modo que lo único que conozco del amor es su capacidad de destrucción: la vida de mi padre, la de mi madre, que no sobrevivió demasiado tiempo tras la muerte de mi padre, Ifigenia...

–¿Qué le ocurrió a ella?

–Don Gaspar la metió en un convento. Que yo sepa, aún sigue allí.

–¿Y a vos? ¿Destruyó vuestra vida?

–Estoy vivo, ¿no es cierto?

–Por segunda vez hoy volvéis a eludir mi pregunta.

–Sí. –Se volvió hacia ella esbozando una débil sonrisa–. Perdonadme.

–Estáis perdonado, pero sólo porque es una de las historias más tristes que he oído relatar en mi vida.

–Por lo que parece, ambos tenemos historias tristes.

–Aun así, la vuestra fue una preparación excesivamente dura para los avatares de la vida.

–Supongo. Pero ahora al menos entendéis por qué estoy en deuda con el duque de Osuna.

Se quedó en silencio mientras vacilaba sobre si contarle lo que pensaba: que cuando vio a su padre y a Girrón muertos en el suelo fue como si le hubiesen arrebatado el alma, que matar a un hombre, en la práctica, era muy distinto de lo que uno podía imaginarse, más difícil, más sucio, más angustioso de lo que podía dar a entender su escueta descripción de los hechos. Nunca había podido olvidar la mueca de sorpresa y sufrimiento en el rostro de Girrón al morir. Ni la manera en que cada hombre que había matado a partir de entonces le devolvía siempre la misma mirada de los ojos de Girrón.

En el cielo, el sol ya había comenzado su curva descendente.

–Deberíamos regresar –observó Antonio.

–¿Estáis listo para volver a participar en las festividades?

–¿Debemos hacerlo?

–Sí, insisto en ello. El carnaval alcanza todo su esplendor de noche. Debéis verlo aunque sólo sea una vez.

La luna ya había salido y colgaba del firmamento antes de que regresaran a casa de Alessandra. En armonioso silencio, Antonio y Alessandra viajaban sentados el uno frente al otro en la góndola. Ella le había mostrado lo mejor del carnaval: la flotilla de barcas decoradas en el Gran Canal; acróbatas, malabaristas, perros bailarines y espectáculos de marionetas en todas las plazas; la actuación a medianoche del «vuelo del turco», en el que un acróbata realizaba un espectacular descenso deslizándose sobre una cuerda desde lo alto del Campanile hasta la puerta del palacio Ducal. Terminaron la velada en un baile al aire libre en el Campo Sant'Angelo, tan abarrotado de gente que ni siquiera llegaron a percibir el relente de la noche. Al principio, Antonio la había tomado de la mano con gesto aparentemente reticente, ¿acaso no bailaba?, pero la música y la alegría reinante no tardaron en conquistarlo a él también y ambos empezaron a dar vueltas y más vueltas junto a los demás hasta quedar extenuados por la risa y casi sin resuello por el puro placer de encontrarse allí. Alessandra apartó la mirada de él al recordarlo, un recuerdo basado más en la sensación que en el pensamiento, la súbita turbación que le provocaba hallarse tan cerca de él, el modo en que la palma de su mano encajaba a la perfección en la suya, sus labios al rozarle la frente, el tacto cálido y embriagador de la mano de él en su cintura...

Viraron al entrar en el Rio di San Giuseppe, milagrosamente oscuro y silencioso en contraste con las celebraciones del centro de la ciudad. Cuando el gondolero dirigió la nave hacia el amarre a las puertas de su jardín, Alessandra se sorprendió al ver que ya había allí otra góndola.

–El embajador está aquí –le dijo a Antonio.

–¿Lo esperabais?

–No. –Examinó la góndola. Estaba vacía–. Debe de haber entrado ya. Aguardad aquí. Iré a ver por qué ha venido y luego volveré.

Ya le había ofrecido a Antonio su otra alcoba para que pasara la noche, y ahora tendría que meterlo en la casa de algún modo, sin despertar sospechas. Se levantó para bajarse de la góndola pero Antonio la detuvo.

–La última vez que estuve aquí me preguntasteis por el marqués y yo no pude responderos –dijo–. Ahora tengo una respuesta para vos. Es embajador... lo que significa, por supuesto, que es un espía.

–¿Qué sabéis con exactitud?

–Nada que tenga la libertad de deciros, pero debéis confiar en mí cuando os digo que conozco algo el mundo en que se mueve. No juzgo sabio ni conveniente para vos relacionaros con él.

–¿Y qué esperáis que haga yo? ¿Decirle que me deje en paz?

–Ése sería un modo...

–No sois tan sabio como os creéis si imagináis que va a ser tan sencillo. Por favor, no os preocupéis. –Volvió a mirar a la casa y vio el resplandor del fuego en las ventanas del salón–. Esperad aquí. Sólo será un momento.

En el interior de la casa, Bianca corrió a su encuentro en cuanto pisó el umbral de la puerta.

–El marqués os espera arriba. Ha pasado algo... Está de muy mal humor.

Alessandra subió las escaleras y halló al embajador sentado frente al fuego, con una copa en los labios mientras tomaba un trago. Al aproximarse, el hombre volvió la cabeza. El rojo de la luz del fuego brillaba con fuerza en sus ojos. Alessandra sintió que el corazón le latía muy deprisa; a pesar de haber quitado hierro a la advertencia de Antonio, lo cierto es que en esos momentos sentía miedo. Nunca había visto al marqués tan furioso. Alessandra se preparó para verlo montar en cólera.

–¿Sabéis coser? –le preguntó.

Aquella pregunta distaba tanto de lo que ella había imaginado que diría que no estaba segura de haberlo oído bien.

–¿Cómo decís?

–¿Sabéis coser?

La voz del embajador era más grave y ronca de lo habitual. Cuando lo vio tomar otro sorbo de coñac, Alessandra se preguntó si no estaría ebrio.

–Sí, por supuesto.

–Debéis ayudarme. –Bedmar dejó su copa en el suelo y se levantó muy despacio. Con la mano izquierda se desabrochó con torpeza los botones del pecho–. Debéis ayudarme con esto.

Alessandra le desabrochó el jubón y soltó un grito ahogado al ver la mancha de sangre que se extendía por su camisa de hilo.

–¿Qué ha ocurrido? –le preguntó.

–Me han atacado unos bergantes.

«O al menos eso es lo que se suponía que debían parecer», pensó Bedmar. Había uno que luchaba como poseído por el mismísimo demonio, con mayor destreza y agilidad de la que solían exhibir aquellos gañanes de las calles. Un ser de ojos claros y rasgos mongoles que lo habría matado si Sánchez y los demás no hubiesen acudido a su rescate. Cuando aquel demonio había visto que sus tres compinches estaban heridos de muerte y que se hallaba en clara situación de inferioridad, se había encaramado al costado de un edificio y había huido por los tejados, escapando con la misma facilidad con que un pájaro levanta el vuelo. Bedmar juraría haberlo visto volverse y sonreír con aire triunfal antes de desaparecer. No, no eran simples rufianes; era el bellaco del senador quien estaba detrás de la escaramuza sorpresa, no le cabía ninguna duda.

Alessandra ayudó al marqués a quitarse la camisa y vio la herida que le horadaba el hombro derecho, tan profunda que dejaba entrever el hueso.

–Mandaré llamar al médico.

–No, nada de médicos.

–Es un hombre discreto.

–No, debéis coserlo vos misma. Nadie debe saber que me han herido.

–Muy bien. Quedaos sentado, pues. Volveré dentro de un momento con algo para vendaros la herida. –Corrió escaleras abajo a la cocina, donde Bianca aguardaba hecha un manojo de nervios–. Voy a necesitar agujas e hilo y unas toallas secas –pidió–. Y dile a Nico que prepare el otro cuarto: vamos a tener más de un huésped esta noche.

Alessandra pasó junto a Bianca y se precipitó hacia la puerta. El vizconde sin duda se preguntaría por qué tardaba tanto, pero al salir descubrió que Antonio ya se había ido.

# XIII

–¡Papá! –chilló Gwendolyn. Se pegó el auricular del teléfono del hotel a la oreja y se sentó en la cama–. ¡Estaba a punto de llamarte!

Claire acababa de volver de su sesión matinal de jogging en la *riva*. Había vuelto antes de lo planeado. A medio camino de la casa de Alessandra vio a un hombre aproximarse a ella haciendo jogging. Cuando lo tuvo más cerca, se percató de que era Andrew Kent y dio media vuelta para volver de nuevo a la plaza. Si tenía que tropezarse (casi literalmente) con el profesor de Cambridge, prefería mil veces hacerlo fortalecida con un café y un buen desayuno.

–El vuelo fue satisfactorio –explicó Gwen, mirando de reojo a Claire–. ¿Te refieres a las barcas? No, todavía no, pero he conocido a una chica muy simpática, Stefania...

Claire sabía lo que venía a continuación. Cuando se iban de la casa de los Baldessari la noche anterior, Gwen le había preguntado si podía ir al Lido con Stefania a la mañana siguiente. Claire le había dicho que no, por supuesto, porque se imaginaba los líos en que podía meterse Gwen si la dejaba un día entero a su aire. La adolescente había estado de morros durante todo el camino de vuelta al hotel, sin olvidarse de mencionar cada cinco minutos que sus padres sí la habrían dejado ir.

–... y me preguntó si podía ir a la playa con ella hoy –siguió diciendo Gwen– y yo tengo muchas ganas de ir, pero Claire ha dicho que no y quería saber si puedes hablar con ella... con Claire, no con Stefania, y decirle que cuando estoy en casa siempre me dejáis ir a todos sitios con mis amigas...

Claire dudó si debía decirle a Edward Fry por qué le había

prohibido a su hija que saliera con Stefania, pero seguramente no era posible hacer eso sin revelar algunas de las interesantes aficiones de la adolescente. Por supuesto, si Gwen iba al Lido, Claire tendría el día entero para ella, un día completo y sin interrupciones en la Marciana, y eso inclinaba la balanza a favor de la excursión de la chica. También era verdad que a lo largo de las veinticuatro horas anteriores no había habido ningún robo, ni consumo de alcohol ni tocamientos con chicos tatuados. Sí, era una importante mejora con respecto a las veinticuatro horas anteriores, lo que terminó por convencer a Claire de su decisión: si Edward Fry daba su consentimiento, estaría encantada de decir que sí ella también, y fuera lo que fuese lo que el destino tuviese preparado para Gwen ese día, recaería sobre la conciencia de su padre, no sobre la suya.

Gwen le tendió el teléfono.

–Quiere hablar contigo –dijo, sonriendo con aire triunfal.

Tras el mostrador de la sala de lectura de la biblioteca Marciana, la elegante y esbelta Francesca cotejaba una pila de libros y documentos con la lista de solicitud de préstamo que Claire le había dejado el día anterior.

–Actas de las reuniones del Gran Consejo, marzo de 1618. –Francesca depositó un pesado volumen encuadernado en cuero delante de Claire–. Y los *Relazioni* del marqués de Bedmar.

Aquel libro más pequeño era obra de un editor italiano del siglo XVIII, con una cubierta desvaída y manchas de agua de papel prensado veneciano. Supuestamente, aquella edición era una traducción directa de los *Relazioni* originales de Bedmar, los informes oficiales que, en calidad de embajador, enviaba de manera regular al monarca español. Era lo máximo que podía acercarse a los originales, al menos de momento, puesto que éstos se hallaban en un archivo en España.

Francesca extrajo con sumo cuidado una sola hoja de pergamino antiguo protegida por una lámina de plástico transparente.

–Y la carta de Alessandra Rossetti dirigida al Gran Consejo.

Claire la observó maravillada. Hacía casi cuatrocientos años que Alessandra había redactado aquella carta y arriesgado su vida para salvar a Venecia de la conspiración. Examinó la intrincada caligrafía negra y vio que tenía ante sí una tarea bastante ardua y laboriosa. No había reparado hasta entonces en que traducir la letra de una carta escrita a mano iba a ser mucho más difícil que trabajar a partir de un texto impreso. La caligrafía ornamentada y arcaica de Alessandra se le antojaba casi igual de inteligible que el arameo. Le echó un vistazo a la totalidad de la página con creciente preocupación... ¡pero si casi no parecían ni palabras!

Francesca interrumpió sus pensamientos.

–Me temo que el diario que solicitó no está disponible.

Claire estaba tan absorta en la carta que aún tardó un momento en asimilar las palabras de la bibliotecaria.

–¿El diario?

–Sí, solicitó usted –dijo, al tiempo que volvía a comprobar la lista de Claire– el diario de Alessandra Rossetti, desde enero de 1618 hasta...

–Pero tengo que verlo. Aparte de esta carta, es el documento más importante de mi investigación. ¿Está diciéndome que no lo tiene?

–Lo tenemos, pero ya lo ha reservado otra persona. Como sabe, los materiales se pueden sacar en préstamo por un plazo de una semana. Cuando lo devuelva, quedará a su disposición. Eso será el próximo lunes.

–Me marcho de Venecia el sábado.

–Lo siento mucho. Entiendo su malestar, pero él vino antes que usted y debemos cumplir estrictamente la orden de solicitud de préstamo.

–¿Y quién es «él»? –preguntó Claire, con la inquietante sensación de que ya conocía la respuesta.

Francesca consultó otro de los papeles que había encima de su mesa.

–Andrew Kent.

«Quién si no...», pensó Claire. El profesor había llegado a la Marciana un día entero antes que ella porque había pasado tan campante por la cola de ciudadanos de la UE en el control de pasaportes de Venecia, mientras que ella se había quedado atrapada en una cola de doscientas personas. Algo de lo que, tal como Claire decidió en ese preciso instante, Andrew Kent era el único responsable. Esa historia de que las autoridades italianas habrían podido detenerla por no tener pasaporte comunitario bien podía ser un cuento chino; era casi como si supiera adónde se dirigía ella y hubiese querido impedírselo a toda costa para ser el primero en hacerse con el diario. Claire sabía que pensar eso era propio de alguien irracional, pero estaba demasiado furiosa para que le importase.

–Tenemos un diario anterior de Alessandra Rossetti, si le interesa –dijo Francesca, enseñándole un pequeño y maltrecho cuaderno de piel de color óxido–. Éste cubre el período que va de julio a octubre de 1617.

Claire asintió con la cabeza. A pesar de que no cubría los meses cruciales de principios de 1618, puede que arrojase un poco de luz sobre la vida de Alessandra.

–Tal vez el doctor Kent acabe su trabajo con el otro diario antes de lo previsto –apuntó Francesca– y entonces quizá podrá consultarlo antes de irse.

Echó un vistazo a los estantes de libros y manuscritos que tenía a su espalda. En el centro aproximadamente había un enorme montón de libros coronados por un cuaderno de piel pequeño y maltrecho de idéntico aspecto al que Claire tenía en sus manos: era la pila de Andrew Kent, coronada por el segundo diario de Alessandra. Ahí estaba, tan cerca y tan lejos a la vez, esperando a que no ella sino Andrew Kent desentrañase sus secretos.

–¿Puedo echarle un vistazo por encima? –le pidió Claire.

Una vez más, Francesca negó con la cabeza, suavizando su negativa con una sonrisa comprensiva.

–Lo siento, pero tenemos que ser muy cuidadosos con el material. Una vez reservado, no podemos dárselo a nadie más. Ha habido varios robos en bibliotecas italianas recientemente y nos hemos visto obligados a introducir normas más estrictas. –Francesca le dedicó una sonrisa cómplice y se acercó a ella–.

Tal vez si se lo pide lo devuelva antes para que pueda consultarlo usted. Estoy segura de que es capaz de ser muy persuasiva cuando quiere.

Claire se quedó mirando atónita a la bibliotecaria, muda de asombro. Francesca le estaba sugiriendo que recurriese a sus encantos femeninos para conseguir el diario. Al fin y al cabo –parecía dar a entender el encogimiento de hombros que siguió a las palabras de Francesca– eso es lo que haría ella, sin ningún remordimiento y desde luego sin la menor consideración por la corrección política.

–Pero eso es... es una idea increíble –respondió Claire, tartamudeando.

–Usted es una mujer, él es un hombre...

Las bonitas manos de Francesca se levantaron en el aire.

A Claire se le escapó la risa a su pesar.

–¿Le parece que soy cómica? –preguntó Francesca.

–Sólo pensaba que no me imagino a ninguna bibliotecaria de Harvard insinuando que utilice mi sexualidad para quitarle un manuscrito a otro historiador.

–¿Y qué gracia tiene la sexualidad si no se puede utilizar?

–Ah, ya. En eso tiene razón. Pero ¿no le parece que está un poco... mal? La mayoría de las mujeres norteamericanas se oponen filosóficamente a esa clase de cosas, y a las bibliotecarias sin duda les preocuparía que dar consejos como ése pudiese ser motivo de que alguien presentara contra ellas una querella judicial.

–Ustedes los norteamericanos son demasiado serios. Es sólo un juego, y es tan sencillo... –dijo Francesca–. Usted es una mujer. Debería saber cómo conseguir lo que quiere.

Todo eso estaba muy bien, sólo que era de Andrew Kent de quien estaban hablando. No es que aquel hombre despertase sus instintos más femeninos, precisamente. Por no hablar del hecho de que no estaba demasiado segura de tener encantos femeninos a los que recurrir.

Recogió su material y se fue en busca de algún lugar apartado en el que trabajar. Todavía era temprano y sólo otras dos personas, rodeadas de libros, con la cabeza agachada y trabajando concentradas y en silencio, estaban sentadas a las enormes mesas de madera de la sala de lectura. Dejó sus cosas en una mesa del fondo, lejos de la pared de ventanales. Hacía un día tan maravilloso y radiante que temía que las espectaculares vistas de la laguna la distrajesen, y ya tenía suficientes distracciones.

Decidió empezar por los *Relazioni* en lugar de hacerlo por la carta de Alessandra. Sus aptitudes como traductora dejaban bastante que desear, y el libro con el texto impreso era una forma más fácil de empezar. Extrajo una copia de su tesis de la bolsa y la dejó junto a su cuaderno de notas, sus libros y sus documentos. Unos pequeños *post-its* amarillos marcados con una B señalaban las páginas de su documento donde había citado fragmentos de los informes de Bedmar, citas que había encontrado en otras fuentes publicadas.

Llevaba mucho tiempo esperando ese momento en el que, al fin, podría cotejar las citas de su trabajo con libros como ése y con algunas de las fuentes originales. Era un paso enorme hacia la culminación de su tesis. Antes de salir de Harriot, estaba ansiosa por que llegase el momento de encontrarse en esa misma sala, inmersa en libros y papeles, enfrascada en el pasado, ensimismada en sus pensamientos, reflexionando y meditando sobre todo aquello. Pero cuando abrió los *Relazioni*, con el bolígrafo suspendido sobre su cuaderno, no sintió el entusiasmo que creía que sentiría. Ahora que estaba allí donde hacía tanto tiempo que quería estar, no podía concentrarse.

Los rayos inclinados del sol de la mañana que penetraban por los ventanales de la Marciana, sus motas de polvo que se balanceaban lentamente, su silencio sepulcral: todo conspiraba para acrecentar la sensación de inquietud. Sintió un deseo irrefrenable de estar fuera, en la *riva*, sentada a una mesa bajo un parasol de rayas, tomando café y contemplando la laguna. O en un *vaporetto* recorriendo poco a poco el Gran Canal. O de pasear sin rumbo por las estrechas callejuelas de Venecia, deteniéndose donde quisiese a admirar en los escaparates cosas que no le hacían la menor falta: cristal veneciano, máscaras de carnaval y zapatos de tacón de piel fina y suave como un guante.

O de no comer nada más que *gelato* para almorzar y luego pasarse horas en la Accademia, contemplando únicamente los cuadros que le gustaban y haciendo caso omiso de los otros, aunque fuesen importantes. Podía irse con Gwen a la playa, disfrutar del sol y del glamour retro y cursi del Lido.

«Gwen...» Se le escapó un leve suspiro de ansiedad. No eran sólo las atracciones de Venecia las que dificultaban su concentración, sino también la distracción que le propiciaban otras personas, seres de carne y hueso que poblaban su pensamiento y le provocaban demasiadas emociones. No le parecía justo, ahora que tenía todo el día para ella, preocuparse por Gwen. Era una especie de desasosiego constante y fastidioso, como un desfile interminable en su imaginación de los posibles percances, desastres o catástrofes que Venecia podía provocarle a la adolescente. O viceversa.

¿Y Giancarlo? Sería mejor que no empezase a pensar en él porque, de lo contrario, no trabajaría nada; sin embargo, no podía quitarse de la cabeza lo distantes que habían estado el uno con el otro hacia el fin de la noche anterior, las preguntas de ella sin respuesta, la evidente incomodidad de él. No es que le hubiese mentido exactamente, pero tampoco le había dicho toda la verdad, ¿no? Supuso que se lo merecía por haberse enamorado de una cara bonita. Tendría que haber supuesto que ya había una mujer en su vida: los hombres como Giancarlo siempre tenían alguna mujer a su lado. Y muchas veces, a más de una incluso.

Él se había sentido incómodo y Claire sabía que eso bastaba, en sí mismo, para mantenerse alejada de él el resto de su estancia en Venecia. Lo más seguro es que lo volviera a ver, e intentó valorar cómo le sentaba eso. No la hacía feliz, desde luego. En otras circunstancias... Si hubiese viajado sola, por ejemplo, sin el lastre de la compañía de una adolescente, y si Giancarlo no hubiese tenido novia, se imaginaba perfectamente... ¿el qué? ¿Una aventura? ¿Un apasionado romance? Ni siquiera estaba segura. Tal vez era por eso por lo que estaba tan molesta: todo había terminado antes incluso de haber tenido ocasión de decidir lo que quería, o de averiguar en qué podía convertirse aquello.

El hecho de que Andrew Kent fuese a llegar a la Marciana en cualquier momento era otro motivo de ansiedad. Claire se acomodó en su discreto asiento y supuso que estaba exagerando, igual que esa mañana, cuando se había dado media vuelta en lugar de cruzarse con él en la *riva*. Era una estupidez pasar el resto del tiempo que le quedaba en Venecia tratando de evitarlo.

No, decidió al cabo de un momento, no era ninguna estupidez. De hecho, la decisión de evitar a Andrew Kent era lo único que le producía cierta sensación de alivio. Aunque no tenía más remedio que admitir que le gustaría averiguar más cosas de su libro: la noche anterior Gabriella había mencionado que todavía no estaba terminado. Pero ¿cuánto le faltaba para acabarlo? ¿Un mes, un año, dos años? ¿Cómo iba ella a preguntárselo? ¿Antes de pedirle que le dejara el diario de Alessandra o después? Si estaba decidida a evitarlo, ¿cómo iba a pedirle algo, lo que fuera? ¡Maldita sea!

Claire se sentía nerviosa, emocionalmente confusa, una perfecta desconocida hasta para ella. Estaba más acostumbrada a estar sola. Le vino a la memoria la frase de una descripción: «Una persona reservada y taciturna, más solitaria que una ostra». Debía de pertenecer a una de las novelas que había leído el año anterior: ¿Forster? ¿James? ¿Wharton? No se acordaba, pero las palabras le parecían reconfortantes y le recordaban de forma vaga a alguna heroína romántica. «Una persona reservada y taciturna, más solitaria que una ostra.» Ella era justo así, y estaba más que contenta siendo como era.

¿Por qué debía sentirse distinta en Venecia de como se sentía en casa? Lo único que necesitaba de verdad era concentrarse y volver a ponerse manos a la obra, y así volvería a ser ella misma. Abrió los *Relazioni* de Bedmar con renovada determinación.

El trabajo era la respuesta. El trabajo era siempre la respuesta.

# XIV

Gwen se acodó en la barandilla del *vaporetto* e inspiró una bocanada de aire fresco con un intenso aroma a mar. Estaba nerviosa por ninguna razón en especial, a la expectativa de no sabía muy bien qué. Era un poco como si todo –el murmullo del barco, la salpicadura del mar que le humedecía la cara, la imagen de Venecia que retrocedía a lo lejos y el sol radiante y cálido de la mañana con la promesa de un día lleno de posibilidades– lo que condensaba aquel momento contuviese los mejores momentos del mejor verano que había pasado en su vida.

–Eso de ahí es el Lido –anunció Stefania, señalando la orilla inminente.

Llevaba el pelo corto y despeinado y tenía una bonita cara de ojos grandes, y estaba tan radiante como la mañana, con una blusa de algodón blanco y unos pantalones pirata amarillos. Levantó la vista y sonrió, y Gwen se fijó en las pecas que le salpicaban el puente de la nariz.

La multitud a bordo del *vaporetto* empujó hacia delante cuando el barco atracó. Stefania y Gwen fueron las primeras en bajar; Gwen la seguía de cerca mientras su nueva amiga caminaba con brío por el sendero paralelo al agua. Doblaron a la derecha al llegar al Gran Viale Santa Maria Elisabetta, la calle principal del Lido, que llevaba de la laguna a la orilla del mar, y no tardaron en sentarse en un par de mullidos asientos de color rojo en la parte trasera de un autobús y asomarse por las ventanillas para contemplar la avenida flanqueada de árboles y las lujosas fachadas.

La playa se extendía a lo largo de varios kilómetros trazando un hermoso y prolongado arco, y sobre ella se erigían dos hileras de casetas de lona a rayas blancas y azules. Stefania la condujo por la arena dorada hasta el hotel Des Bains.

–Se supone que estas playas son para los huéspedes del hotel, pero mi tío es uno de los directores, así que tengo... ¿cómo se dice? Preferencia –explicó Stefania, al tiempo que pagaba por el alquiler de una caseta–. Bueno, el caso es que aquí es donde nos gusta quedar a mis amigos y a mí.

Se cambiaron, se pusieron el bañador y extendieron sus toallas en la arena. El minúsculo biquini de color naranja brillante de Stefania relucía sobre su piel aceitunada. Gwen sintió una punzada de envidia al ver el buen tipo de su amiga. Puede que Stefania estuviese un poco plana, pero era muy esbelta y su piel se ponía morena enseguida en lugar de quemarse. A su lado, Gwen se sentía como una masa amorfa y blanca. Sacó un bote de crema protectora de su mochila y empezó a untársela en las piernas; su piel se veía tan pálida bajo la intensa luz del sol que hasta parecía que tuviese un leve tono azulado. El bañador negro tampoco la favorecía demasiado. Lo había comprado el año anterior en pleno apogeo de su furor por todo lo gótico, y ahora le quedaba demasiado ajustado –prácticamente estaba a punto de reventarlo–, y el contraste con su cuerpo lechoso hacía que pareciese una auténtica muerta viviente.

Esa mañana se había prometido a sí misma que ese día iba a sacar lo mejor de sí misma, la versión mejorada, superenrollada y misteriosa de la nueva Gwen, adiós al antiguo muermo siempre de mal humor, y tres minutos en bañador habían bastado para derrumbar toda esa determinación y hasta la última pizca de aplomo que había conseguido reunir.

«Seguro que acabo haciendo alguna tontería –pensó Gwen con gesto sombrío–. Como tropezar y caerme cuando esté paseando por la arena o ahogarme cuando quiera nadar.»

Stefania hizo visera con las manos y repasó a Gwen de arriba abajo.

–¿Sabes lo que pareces?

«Sí, un vampiro», pensó Gwen.

–Una actriz de Hollywood. Como una de esas rubias explosivas de los cincuenta que solían venir al festival de cine.

–No, no creo.

–Sí, eres muy glamurosa. Con el pelo largo, esa piel de porcelana... y tienes cuerpo de mujer –añadió con genuina admiración–. Debes de tener muchos novios allá en América, ¿a que sí?

Gwen estuvo a punto de decirle la verdad, pero su álter ego más sofisticado decidió pasar a la acción.

–Sólo un par –contestó, intentando que sonase como si tuviese una larga cola de chicos esperando a salir con ella.

–¿Sólo un par? No me lo creo.

Vio que Stefania era sincera. De repente, ya no le pareció tan divertido aparentar ser alguien que no era, alguien más sofisticado y popular.

–De donde vengo, por lo visto a los chicos no les gustan las chicas como yo –confesó Gwen–. Soy demasiado... rellenita. Les gustan las chicas como tú... delgaditas como las modelos.

–Tal vez deberíamos cambiar de país –sugirió Stefania–. Aquí siempre se meten conmigo porque no tengo curvas. La gente dice: «¿Quién quiere a una chica que parece un chico?». Todos mis amigos se van a volver locos por ti. Van a decir que eres una diosa, aún mejor, una diosa americana.

–¿De verdad?

–Espera y verás. Todavía es pronto, pero mis amigos, Giovanni, Pietro y Marco vendrán más tarde. Puedes escoger al que tú quieras. Excepto a Marco, Marco es para mí –dijo con una sonrisa pícara–. Pero puedo contarte lo que quieras de los otros. Lo sé todo sobre ellos, y al decir todo quiero decir «absolutamente todo».

Gwen se acomodó en la arena cálida, más cerca de Stefania. Contempló la vista que tenía ante sus ojos: la extensión de arena dorada que empezaba a llenarse con los primeros bañistas; el mar azul reverberante y el cielo azul infinito; el sonido rítmico y resonante de las olas que rompían contra la orilla y se deshacían luego en la arena; el brillo del *piercing* que llevaba en el ombligo y las uñas de los pies pintadas de color púrpura... Lanzó un suspiro. Hacía semanas que no se sentía tan feliz.

Francesco era el chico del bañador rojo que había dicho que era boxeador y luego había sacado bola para que ella admirase sus músculos; Giovanni y Giuseppe, dos hermanos casi idénticos pero que se llevaban un año de diferencia, habían insistido en colocar una enorme sombrilla para proteger a Gwen del sol; Pietro, escuálido pero guapetón, era un poco payaso, siempre estaba de broma y contando chistes; Lorenzo no hablaba demasiado inglés, pero la miraba con ojos de carnero degollado. Gwen contempló a los chicos reunidos en semicírculo a sus pies, bajo la sombrilla, y esperó haber pillado todos los nombres. Uno de los chicos, no estaba segura de cuál de ellos, le había llevado la silla baja de playa en la que estaba sentada. Cualquiera que pasara por allí –cualquiera con una imaginación lo bastante portentosa– pensaría que era la escena de una joven reina rodeada por sus cortesanos y, pese a lo descabellado de la imagen, era imposible ver a unos cortesanos tan ansiosos por obtener el favor de su reina como lo estaban los muchachos que rodeaban a Gwen.

–¿Cómo decís «nariz»?

Gwen se señaló la nariz. La improvisada clase de italiano –Gwen era la única estudiante, con cinco profesores– ya había repasado las vistas que los rodeaban: playa, mar, cielo.

–*Naso* –respondieron todos al unísono.

–*Naso* –repitió Gwen–. ¿Cómo se dice «labios»?

–*Labbra* –contestaron a la vez.

–¿Y cómo decís... «beso»?

–*Bacio* –dijeron, sonriendo y riendo.

Pietro se levantó de golpe.

–¡Te lo enseñaré!

–Pietro, compórtate –le dijo Stefania.

Ella y Marco estaban sentados frente a frente bajo una sombrilla contigua. Hababan en voz baja pero entusiasta, como si fueran viejos amigos que hacía años que no se veían, aunque Stefania había dicho que lo había visto hacía dos días. Para Gwen era evidente que estaban colados el uno por el otro. Stefania no se lo había dicho con esas palabras, pero Gwen tenía la impresión de que sus padres no estaban tan entusiasmados con Marco como ella. Se preguntó por qué; el chico parecía muy agradable.

Pietro hizo rápidamente el saludo militar a Stefania y luego volvió a desplomarse en la arena, entre las risas de los demás. Todos miraron a Gwen para ver qué diría a continuación. Pensó en decir algo como «amor» o «sexo», pero al final descartó la idea. Aunque por lo visto daba lo mismo lo que dijese o hiciese; Stefania ya le había dicho que les gustaba a todos, sólo tenía que decidir cuál le gustaba a ella.

Todos tenían algo especial, pero como la mayoría de los chicos de su edad, parecían más jóvenes que ella. No es que eso fuese motivo de queja. Seguían siendo chicos, y eran italianos, y hablaban con un acento muy seductor, y actuaban como si nunca en su vida hubiesen conocido a una chica norteamericana. Tal como Stefania había dicho, era como si la creyesen una diosa o una actriz o algo así. En su país, a ningún chico se le ocurriría llevarle una sombrilla o una silla a una chica, ni le diría a la cara, nada más conocerla, tal como había hecho Pietro: «¡Qué guapa eres!». Los chicos de su país, pensó Gwen, no se portarían así de bien con ella ni que les pagara.

Aunque lo había intentado con todas sus fuerzas, Gwen no podía dejar de pensar en Tyler. Tyler Daniels, el chico más guapo de Forsythe. Había estado loquita por sus huesos durante meses. Hacía unas semanas, justo antes de los exámenes finales, ella y unas amigas habían salido a escondidas de la residencia de estudiantes después de medianoche para ir al puerto. Un grupo de chicos, incluido Tyler, también estaba allí. Esa noche, Gwen se había sentido diferente, como más mayor o algo así. Todo el mundo había visto a Tyler intentando ligar con ella... y luego la había besado, la había besado de verdad, entre las sombras del cobertizo del puerto. Ella le había dejado tocarle las tetas, sólo por encima de la ropa, claro. Él había querido ir más lejos y había habido un poco de forcejeo, pero eso era normal, ¿no? Tyler le dijo que creía que tenía un cuerpo increíble y que no le gustaban esas anoréxicas estúpidas. Durante dos días había sido la mujer más feliz del mundo... y luego lo había visto cogido de la mano con Tiffany Havermeyer. Tiffany Havermeyer estaba tan flaca que parecía que en vez de brazos tuviera dos ramas. Tiffany Havermeyer seguramente era anoréxica y bulímica a la vez. Pero Tyler ni siquiera había vuelto a mirar a Gwen después de eso. Era horrible: todos sabían que se habían enrollado y luego él había pasado de ella. Una de las amigas de Gwen le había dicho que Tyler iba diciendo por ahí que Gwen era demasiado joven y no tenía suficiente experiencia.

¡Demasiado joven! No era demasiado joven, iba a cumplir los quince al cabo de dos semanas. El verdadero problema era que no tenía suficiente experiencia. Si quería besar a alguien –y posiblemente algo más– iba a tener que escoger a uno de aquellos chicos italianos.

Stefania decretó que era la hora del almuerzo. A continuación siguió una entusiasta conversación en italiano (a Gwen siempre le parecía que todas las conversaciones de los italianos eran muy entusiastas) y Stefania le explicó que los chicos discutían quién de ellos la iba a invitar a almorzar. Stefania puso fin a la discusión diciéndoles que se lo pagarían entre todos. Marco también se había puesto de pie; obviamente, él también iba a ir al café: aquel ritual del almuerzo parecía ser una rutina.

Qué país tan maravilloso era aquél, donde los chicos querían hacer cosas bonitas por las chicas. Tal vez debería quedarse allí para siempre y vivir con Stefania y la familia de ésta, pensó Gwen mientras los chicos, todos salvo Pietro, echaban a andar por la playa.

–¿Por qué te quedas ahí? –le preguntó Stefania.

Pietro se arrodilló delante de Gwen y se llevó las manos entrelazadas al corazón.

–No tengo mucho dinero –dijo–, y no soy un hombre musculoso como Francesco, pero tienes que quererme a mí más que a los demás porque tengo un gran encanto personal.

Batió las pestañas con un aire muy cómico.

–Tienes el encanto personal de una serpiente –repuso Stefania–, y también un montón de dinero, así que ve a la cafetería con los demás. Queremos estar solas. –Cuando Pietro se hubo marchado, Stefania se dirigió a Gwen–. No olvides lo que te he dicho de Pietro. Parece inofensivo, pero no lo es. Mi amiga Carmela fue al cine con él y era como un pulpo... ya sabes, con muchas manos.

–*Ciao*, Stefania.

Un chico algo mayor con un bañador negro se acercó a ellas y se detuvo justo fuera de la sombrilla. Parecía alto y muy bronceado bajo el cielo azul. Un mechón de pelo negro le cayó sobre los ojos y, cuando se lo apartó con la mano, Gwen vio el volumen de sus bíceps y la serie de músculos de su abdomen y los pectorales. Aquel chico estaba «para mojar pan», como habría dicho su mejor amiga, Shannon. Gwen sintió que se le cortaba la respiración. Él hizo una especie de seña con la cabeza en su dirección y, en italiano, le hizo a Stefania una pregunta que Gwen supuso que quería decir «¿Quién es tu amiga?». Entonces, mientras Stefania le contestaba, él volvió la cabeza hacia ella y sus miradas se encontraron.

Gwen pensaría más tarde que fue como si el mundo se hubiese detenido en ese instante. Como si las olas hubiesen dejado de golpear la orilla y el viento de soplar; como si los niños hubiesen dejado de correr por la playa, de reír y de salpicar agua por todas partes. Como si todos los ruidos hubiesen cesado, salvo por el sonido de los latidos de su corazón. Lo único que recordaba de ese momento era la imagen del rostro de él, y el corazón que le palpitaba en las sienes.

Casi ni oyó a Stefania decir: «Te presento a mi primo, Nicolo», casi ni oyó a Stefania mencionar su propio nombre pero, como si todo sucediese a cámara lenta, vio a Nicolo separar los labios y abrir la boca para dirigirse a ella.

–*Ciao* –fue lo único que dijo, pero era suficiente.

## XV

Allí había algo raro. Después de unas dos horas de denodados esfuerzos, Claire había terminado su traducción de la carta Rossetti. Leyó las páginas de su cuaderno por segunda vez, con la esperanza de que otro examen más exhaustivo le revelase con toda exactitud qué era lo que la molestaba tanto de aquel texto.

> Remito la presente misiva respetuosamente dirigida a Su Excelencia el dogo, la Señoría y el Gran Consejo:
>
> Venecia corre el grave peligro de sufrir un ataque por parte de enemigos tanto internos como externos. Todos los venecianos han visto aumentar a diario el número de mercenarios en nuestra ciudad, pero la reciente afluencia de soldados no obra única y exclusivamente en beneficio de la República. El embajador español, el marqués de Bedmar, ha sobornado a estos hombres para sus propios fines con el objetivo de derrocar el gobierno de Venecia y conquistar la ciudad para el trono español. Entre los cabecillas de los mercenarios se incluyen Jacques Pierre, corsario y capitán del *Camerata*, Simon Langland, Arturo Sánchez, Charles Brouilliard, Santos Delgado y Nicolas Renault. Dichos aventureros españoles y franceses son célebres espadachines y expertos en el manejo del fuego griego, han destacado por su valía en los ejércitos y las flotas de la República y no están satisfechos con las recompensas obtenidas. El plan ha sido concebido e instigado por el duque de Osuna, virrey de Nápoles.
>
> Las cartas que Osuna y Bedmar se intercambiaron en enero del presente año pusieron de manifiesto todo el alcance de la desgracia y la ruina que planean para Venecia. Tienen previsto realizar el ataque el día de la Ascensión, cuando toda Venecia se halle celebrando los festejos y sea vulnerable a sus actos. Cuando el grupo

de espadachines de Bedmar, dirigidos por Sánchez, empiece a recorrer la ciudad arrasándolo todo a su paso, prendiendo fuego al palacio Ducal y a la Basílica, saqueando y destruyendo cuanto haya a la vista, hará entonces su aparición Osuna al frente de su flota, para rodear y someter a la ciudad al tormento del asedio.

Con este tan siniestro plan esperan someter a Venecia al control de España y hacer que la República quede por completo a merced del Papa y del rey español.

Yo, Alessandra Rossetti, ofrezco este testimonio de acuerdo con la devoción que rindo al cumplimiento de mi deber y a la feliz continuidad de la República. Juro por tanto ante Dios haber escrito la verdad en este sexto día de marzo de 1618.

Claire había visto algunos fragmentos, pero nunca hasta entonces había leído en su integridad la carta Rossetti, y el tono general era distinto de lo que esperaba. Parecía ceñirse a los hechos sin más, y no ser una carta fruto del pánico ni escrita de forma precipitada. Si Alessandra Rossetti se había visto involucrada de algún modo en el complot, ¿no habría estado su vida en peligro? ¿Cómo era posible que hubiese escrito aquello con tanta serenidad, sin temor a nada?

«A menos que...», se dijo con un desagradable presentimiento. A menos que la teoría de Andrew Kent de que Alessandra había ayudado a los venecianos a tender una trampa a los españoles tuviese cierta base.

Claire entendía por qué la carta Rossetti podía haber alentado esa conclusión. No parecía una misiva escrita por alguien presa del miedo y entregada a través de los secretos auspicios de la *bocca di leone*. Además, había otra cosa que no encajaba, pero cuando parecía que la idea iba a cristalizar en su mente, se desvaneció con la misma rapidez.

¿De modo que Alessandra era más bien una Mata Hari, y no una Juana de Arco? No. Claire se negaba a dar crédito a eso. Abrió las extensas *Actas de las reuniones del Gran Consejo, marzo de 1618*, encuadernadas en tafilete, y recorrió con el dedo las anotaciones diarias: cuatro de marzo, cinco de marzo, seis de marzo. Ahí estaba: «*Signorina A. Rossetti bocca di leone Palazzo Ducale*».

¿Qué otra cosa podía querer decir aquello salvo que había depositado una carta en la *bocca di leone*? Eso parecía bastante claro, pero ¿qué había pasado después? ¿Y por qué Alessandra, por lo visto, había desaparecido una vez que se descubrió la trama? Al parecer, la carta Rossetti estaba destinada a plantear preguntas sin respuesta, y la más persistente de ellas era cómo había descubierto la cortesana la conspiración. Se daba por supuesto que tenía algún vínculo con uno o más de los conspiradores que nombraba en la carta, pero nunca se había encontrado la menor evidencia de una conexión entre ella y ninguno de esos hombres. Como tampoco había pruebas de un nexo de unión entre ella y el embajador español, ni con el duque de Osuna. Y entonces, ¿por qué esa frase: «Las cartas que Osuna y Bedmar se intercambiaron»? ¿Cómo sabía ella eso?

Claire volvió a la lectura de los *Relazioni* de Bedmar. Ya había comprobado la exactitud de las citas que pensaba emplear en su tesis, pero se preguntó si habría alguna mención de la correspondencia entre Bedmar y Osuna en sus informes al rey. Valía la pena comprobarlo de todos modos.

Leyó por encima un informe que detallaba los nombramientos recientes en el seno del Gran Consejo, y uno sobre la delicada salud del dogo y los candidatos más probables para sucederlo, y a continuación las descripciones de Bedmar de otros diplomáticos de Venecia. Se explayaba largamente sobre el embajador inglés («sir Henry Wotton es, en esencia, un hereje que espera persuadir a Venecia para que adopte sus creencias impías y cuenta en su embajada con hombres y libros suficientes para apoyar dicha causa»). Había comentarios morbosos sobre las costumbres venecianas, con énfasis en los crímenes más recientes y los castigos impuestos por el Estado, y algunas descripciones bastante más tediosas sobre la gestión de la embajada española y sus gastos. A continuación seguía una relación de los actos sociales a los que había acudido, y describía con todo lujo de detalles las costumbres y las conversaciones que había mantenido con los otros asistentes. Todo muy exhaustivo, de hecho, pero no había ni una sola mención al duque de Osuna por ninguna parte. Claire empezó a leer por encima más rápido, deteniéndose sólo cuando algún nombre familiar le llamaba la atención.

«... Una fiesta a medianoche y un opíparo banquete, una vez más en Ca'Aragona.» Ca'Aragona... ¿dónde había visto eso antes? En Fazzini, recordó, en su anécdota sobre la cortesana llamada La Celestia. De modo que Bedmar era íntimo de aquella cortesana. Verificó la fecha del informe del embajador, el 10 de junio de 1617, y se impuso la tarea de buscar esa fecha en el relato de Fazzini acerca de la presentación en sociedad de la nueva *cortigiana onestà*. ¿Y si escribían sobre el mismo evento? El cerebro de Claire funcionaba a toda velocidad: Lorenzo Liberti había muerto en la primavera de 1617, y Alessandra se había hecho cortesana poco después. ¿Cabía la posibilidad de que fuese ella quien había hecho su debut esa noche? ¿De que fuese La Sirena? Si lo era, y si Claire era capaz de ubicar a Bedmar en el mismo lugar y a la misma hora, eso la ayudaría a defender su versión de lo ocurrido en la conjuración española.

A Claire le dieron ganas de echarse a reír a carcajadas. Numerosos historiadores antes que ella que habían tratado de establecer una relación entre Alessandra Rossetti y el embajador español, sin éxito. Si fuese tan fácil, razonó, seguro que alguien lo habría hecho antes. Se recostó en la silla y se masajeó las sienes mientras oía el eco de unos pasos al otro extremo de la sala de lectura. Los pasos se detuvieron enfrente del mostrador de la bibliotecaria y una voz familiar empezó a hablar.

El acento británico de Andrew Kent era evidente incluso cuando hablaba en italiano. Tenía la voz muy grave, advirtió Claire. Nunca habría esperado, viéndolo, que pudiese tener una voz tan profunda, pero a pesar de hallarse en el otro extremo de la habitación, a pesar de hablar en un tono muy bajo, Claire sintió cómo resonaba en su plexo solar, en el mismo sitio en que notaría las vibraciones de un tambor.

Con una mirada de soslayo, Claire observó a Andrew Kent recoger sus libros del mostrador de la biblioteca y encaminar después sus pasos a una mesa cerca del centro de la habitación. Se sentó, se sacó unas gafas del bolsillo de la camisa, abrió el otro diario de Alessandra y empezó a leer, sin ningún otro preparativo adicional. No se había llevado consigo ningún libro de consulta; por lo visto, no necesitaba diccionario de italiano.

Tuvo la corazonada de que aquel hombre no iba a desprenderse de ese diario fácilmente, pese a la fe de Francesca en la eficacia de las dotes de persuasión femeninas. Por supuesto, parecía que Gabriella le gustaba, pero ¿a qué hombre no le gustaría? Era guapa, inteligente, gozaba de éxito y, si lo de la noche anterior debía servir a modo de indicación, lo colmaba de halagos casi de forma incesante. Desde el punto de vista del historiador, sería muy difícil que eso pudiese disgustarle, admitió Claire. El hecho de que Gabriella fuese más bien egocéntrica y vanidosa era sin duda un detalle menor, teniendo en cuenta el conjunto. Los hombres perdonaban cosas mucho peores a mujeres tan guapas como ella. La verdadera pregunta era: ¿qué le veía Gabriella a Andrew Kent?

Claire se hallaba en posición de ventaja para observar al profesor sin ser vista y, de todos modos, éste parecía demasiado absorto en su trabajo para darse cuenta de lo que sucedía a su alrededor. Llevaba el pelo un tanto despeinado para poder considerarlo con estilo. Tenía las gafas torcidas por culpa de una patilla rota que había vuelto a pegar torpemente con un trozo de cinta adhesiva y llevaba aquel desafortunado conjunto de camisa azul y pantalones marrones otra vez. De acuerdo, Claire se estaba concentrando en sus rasgos menos atractivos, pero saltaba a la vista que Andrew Kent no era precisamente el hombre de los sueños de ninguna mujer. Entonces, ¿por qué se comportaba Gabriella como si hubiese cazado un trofeo de caza mayor?

A lo mejor era inmensamente rico. A lo mejor era un aristócrata con título nobiliario, como Gabriella... A lo mejor Andrew Kent era en realidad sir Andrew o lord Sabihondo, con una finca enorme y un pueblo entero de criados a su servicio. Eso atraería a una condesa, ¿no?

Claire miró el diario de Alessandra, lleno página tras página de palabras en italiano de hacía cuatrocientos años, que tardaría más tiempo en traducir del que le quedaba por estar en Venecia. De pronto, la tarea que tenía ante sí le pareció hercúlea. Ya no podía concentrarse, no si tenía a Andrew Kent en la misma habitación. Tal vez había llegado el momento de salir y hacer algunas de las cosas que había pensado hacer esa mañana: se decidió por un *gelato* y un paseo en barco por el Gran Canal. Lo mejor sería olvidarse de su adversario por un rato. ¿No se había propuesto evitarlo, de todos modos? El problema es que necesitaba averiguar cuanto pudiese acerca de su libro y encontrar la manera de persuadirlo para que le diera ese diario. Se preguntó qué haría Francesca.

«Seguro que esto no», se dijo mientras se dirigía al mostrador de la biblioteca por la ruta más discreta, dejaba sus libros a una ayudante y escapaba de la Marciana antes de que Andrew Kent pudiese detectar su presencia.

Armas de mujer. Por el amor de Dios...

## XVI

Cuando las notas finales del primer acto de *La Traviata* resonaron en toda su intensidad e inundaron el teatro, Claire decidió que escuchar a Verdi en La Fenice era lo más cercano a una imagen del cielo que había podido conjurar en toda su vida.

Ella y Gwen ocupaban un palco, o *pepiano*, en la cuarta grada del anfiteatro semicircular de cinco, y la vista del escenario y el teatro era espectacular. Con las ornamentadas hileras de gradas doradas, su techo abovedado azul celeste, sus numerosos apliques de cristal y su brillante araña de luces, era como encontrarse en el exquisito interior de un huevo de Fabergé.

Lo que a Claire se le antojaba un colosal exceso, un lugar diseñado para que acudieran mujeres ataviadas con amplios vestidos de seda que hacían frufrú y hombres con pelucas empolvadas, era en realidad un teatro que pretendía encarnar los valores republicanos y erigirse en símbolo de la Ilustración. Finalizado en 1792, los ciento setenta y cinco palcos del teatro conocido en su origen con el nombre de La Fantine eran deliberadamente igualitarios en su diseño, circunstancia que duró hasta 1807, cuando la inminente visita del emperador Napoleón instigó la destrucción de seis de los *pepiani* para dar cabida al palco imperial, justo enfrente del escenario, que dominaba la totalidad del teatro desde su privilegiada ubicación en la segunda grada. La Fantine había renacido dos veces de las cenizas: la primera en 1836, cuando su reconstrucción inspiró su sobrenombre actual, El Fénix. En 1996 La Fenice había sido pasto de las llamas de nuevo, pero los años de renovación habían dado como resultado una restauración espectacular.

Claire habría estado encantada de quedarse en su asiento durante el intermedio, pero cuando se encendieron las luces, Gwen se quejó de que tenía una sed abrasadora que sólo podía saciarse con una excursión al foyer y la compra de un refresco que sin duda le costaría diez veces su precio habitual. Abandonaron el *pepiano* y engrosaron las filas del resto del público, que se dirigía con parsimonia a la sala de Appollonia. Cuando se pusieron en la cola del mostrador para pedir los refrescos, Claire descubrió a Andrew Kent en el extremo opuesto de la habitación. Estaba en compañía de Gabriella Griseri y unas cuantas personas más a las que Claire reconoció de la conferencia. Para su enorme sorpresa, Andrew la vio, susurró algo brevemente al oído de Gabriella y echó a andar hacia ella a través del abarrotado foyer.

–Y yo que estaba disfrutando de una velada tan agradable... –masculló Claire–. Venga, volvemos al palco.

–¿Qué haces? –protestó Gwen cuando Claire la empujó fuera de la cola.

–Evitar a Andrew Kent.

–¿Por qué?

–Es uno de mis pocos placeres en la vida.

–Pero se supone que no deberías esconderte. Se supone que deberías estar en el foyer.

–No hay ninguna norma que diga que haya que ir al foyer durante el intermedio.

–Pero es que quiero un refresco. Tengo mucha, mucha sed.

–Hemos pasado por una fuente de agua en el pasillo hace un momento.

Atravesaron las cortinas de terciopelo rojo de la puerta del foyer y se tropezaron con Hoddy Humphries-Todd.

–Hola –saludó él, encantado de verlas allí–, ¿volvéis ya a vuestros asientos?

–Nos escondemos de ese tipo inglés –explicó Gwen, malhumorada.

–Espero que no te refieras a mí.

–No, no –dijo Gwen–. Me refiero al otro.

–¿Os escondéis de Andy?

–No nos escondemos exactamente, sólo estamos evitándolo –aclaró Claire.

–Estoy seguro de que hay una diferencia, pero por si no es así, ¿por qué no os quedáis detrás de esta cortina mientras yo vigilo si viene? –propuso Hoddy. Asomó la cabeza para observar los movimientos en el foyer–. Viene hacia aquí... ahora se para... está mirando alrededor... parece confuso. Ahhh... perfecto. Ese imbécil de Nigel Carothers acaba de interceptarlo y se ha puesto a hablar con él. Seguro que no se lo quita de encima hasta dentro de veinte minutos como mínimo. Todavía parece confuso, pero creo que se ha dado por vencido y ha dejado de buscaros. Estáis a salvo, al menos de momento.

–Por favor, ¿puedo ir a pedirme un refresco? –preguntó Gwen.

–Sí, pero no hables con él, ¿de acuerdo?

–¿Y por qué iba yo a hablar con él?

–No hables con él y ya está.

–Y no hables con ese Nigel tampoco –le recomendó Hoddy, al tiempo que se metía tras los cortinajes–. Es un consejo que me siento en el deber de dar a todo el mundo: nunca tengas nada que ver con ningún hombre que se llame Nigel, siempre traen problemas. –Hizo una pausa–. ¿Vas a seguir teniéndome en ascuas o me vas a decir por qué intentabas esquivar al bueno de Andy?

–Es difícil de explicar. No nos caemos muy bien.

–No sería la primera vez.

–¿Hace mucho tiempo que lo conoces?

–Trabajábamos juntos en Cambridge. Bueno, todavía trabajamos. Siempre me ha parecido un buen tipo, la verdad. Algo estirado, tal vez. No entiendo por qué hay gente a la que le cae mal enseguida.

–¿Porque así ahorras tiempo? –sugirió Claire.

Una sonrisa afloró al rostro de Hoddy.

–Creo que me vas a caer bien. Aunque no te he visto en mi charla de hoy, lo cual podría ser imperdonable.

–Me he pasado casi todo el día en la Marciana, pero la verdad –admitió– es que por la tarde he hecho novillos.

–¿Cómo? ¿Has visitado una granja de vacas?

–No, quiero decir que no he ido a clase: en lugar de seguir trabajando, he ido a dar un paseo en *vaporetto* por el Gran Canal y luego he encontrado una mesa vacía en la *riva* y me he puesto a contemplar la laguna...

–Durante horas –terminó Hoddy la frase por ella–. Es increíble, ¿a que sí? Como hipnótica; la manera en que el agua reverbera y varía de color con la luz cambiante... No te sientas culpable. La súbita falta de ganas de hincar los codos en la mesa de una biblioteca es un problema frecuente aquí. Tardé el doble de lo que había planeado en acabar la investigación para mi tesis –admitió–. Hacia el final de mis dos años en Venecia, la relación con mi director de tesis era bastante mala, porque yo siempre estaba con la cabeza en las nubes y exageradamente feliz.

–Sí, pero a mí sólo me quedan unos pocos días en la ciudad –observó Claire–. La verdad es que no me puedo permitir el lujo de malgastar el tiempo.

Se volvió para asomarse por las cortinas. Andrew Kent seguía hablando con Nigel y Gwen había llegado a la mitad de la cola del bar. Lo raro era que no miraba hacia la barra, sino que oteaba la sala con aire expectante.

–Anoche me preguntaste acerca de unas cortesanas –comentó Hoddy–. La Celestia y... ¿cómo se llamaba la otra?

–La Sirena.

–Tal vez era La Sirena... –dijo Hoddy con aire reflexivo–. Esta mañana me he despertado pensando en algo que leí en Fazzini, una historia horrible sobre una cortesana que había sido asesinada. He pensado que a lo mejor era una de las que mencionaste ayer.

–¿Cuál?

–No me acuerdo. Lo leí hace años. Sólo me acuerdo de que fue salvajemente asesinada, y que nunca se encontró al asesino.

–¿Cuándo pasó eso? ¿Te acuerdas del año?

–Fue por la época de la conjuración española, o justo después.

–Pero acabo de leer el volumen del diario de Fazzini que cubre esos años. No mencionaba ningún asesinato. –Claire rememoró su primer día en la biblioteca, cuando examinó el libro página por página–. No entiendo cómo se me podría haber pasado una cosa así.

–No me sorprendería en absoluto. Recuerdo que era un tomo enorme. Fazzini era un cronista obsesivo que lo registraba todo, absolutamente todo, incluido lo que había desayunado ese día.

–Pues no, la verdad es que era un volumen muy pequeño. –Claire hizo una pausa cuando cayó en la cuenta–. ¿Leíste a Fazzini en italiano o en inglés?

–En italiano.

–Entonces la versión inglesa debe de ser la abreviada. –Con creciente entusiasmo, Claire se preguntó qué otros fragmentos de información se habría perdido de los libros que había leído. ¿Y si Fazzini mencionaba quién había asistido al debut de la cortesana esa noche? ¿O el verdadero nombre de La Sirena? Al día siguiente le pediría a Francesca la edición en italiano. Tal vez aún hubiese esperanza para su tesis, después de todo, a pesar de la mayor autoridad de Andrew Kent y de la ventaja que le llevaba–. ¿Sabes algo sobre el libro que está escribiendo Andrew Kent? –preguntó Claire.

–¿El de la conjuración española? Evidentemente, ya hay algunos editores interesados. No es de extrañar, teniendo en cuenta lo bien que funcionó su anterior libro.

–Pero ¿sabes si ya lo ha terminado?

–No lo sé con certeza, pero yo diría que está a punto de terminarlo; si no, ¿por qué iba a dar a conocer sus hallazgos en estas ponencias?

–Eso es lo que me imaginaba –dijo Claire, desanimada.

–Sin duda el libro le procurará a Andy una nueva oleada de elogios y reconocimiento público. Y no es que sienta envidia de él, que conste. La verdad es que está muy bien verlo tan feliz y productivo.

–¿Y así es cuando está feliz?

–Supongo que debería decir «más feliz». Ha pasado unos años un poco difíciles.

Claire sabía reconocer un chisme cuando lo oía. Batalló unos instantes con su propia conciencia y perdió el combate, algo por lo que decidió que ya sentiría remordimientos en otro momento.

–¿Difíciles? –preguntó.

–Andy es viudo. Su mujer murió hace dos años.

–Lo siento –dijo Claire, con genuina pesadumbre–. No tenía ni idea.

–No tienes por qué sentirlo. No recuerdo que le cayera bien a nadie. Excepto a Andy, supongo, y creo que al final ni siquiera a él le hacía demasiada gracia.

Era imposible saber si Hoddy hablaba en serio o no.

–¿Cómo era ella? –quiso saber Claire.

–Era arqueóloga, una experta en los asentamientos mesopotámicos. Una mujer verdaderamente brillante, pero con la desgracia de tener una voz muy monótona, una especie de zumbido. Eso, unido a unos conocimientos extensísimos sobre las formaciones de rocas ígneas, la convertía en uno de los muermos más soporíferos a este lado de Babilonia. Lo peor eran las fiestas: era capaz de hacer entrar en coma a todos los invitados. Una vez, mientras daba clase, se le durmieron todos los alumnos.

–¿Cómo murió?

–Un trágico accidente. Se cayó de un caballo.

–Eso es terrible.

–Sí que lo fue. Tuvieron que sacrificar al caballo. –Hoddy chasqueó la lengua y negó con la cabeza–. Por lo visto, no puedes dejar con vida a un buen caballo, ni siquiera a un campeón, si el maldito animal mata a alguien.

–¿Cuánto tiempo lleva saliendo con Gabriella Griseri?

–Unos cuatro meses, creo.

–Forman una pareja un poco extraña.

–No, si miras más allá de la superficie: después de la serie basada en su libro, Andy es ahora el niño bonito de la BBC. Creen que va a ser el próximo Jonathan Miller: historia popular para las masas y todo eso...

–¿Y qué tiene eso que ver con Gabriella?

–Parece ser que la RAI acaba de echar el cierre a su programa. Por lo visto, los italianos están tan ávidos de *reality shows* como los americanos y se están cargando los programas de intelectuales con más saña que los godos al saquear Roma. Porque, al fin y al cabo, ¿quién quiere oír a Luciano Pavarotti hablar de ópera cuando puedes ver a un grupo de atractivos jovenzuelos comiendo gusanos? Corre el rumor de que busca nuevas oportunidades y está más que dispuesta a marcharse de Italia y llevarse a su maravillosa persona al norte para ser objeto de adoración por parte de los telespectadores británicos.

–Entonces, eso lo explica todo.

–También se me ocurre que es posible que esté enamorada de él.

–¿De verdad?

–Que a ti no te guste no significa que no pueda gustarle a nadie. Conozco a un buen número de alumnas, tanto pasadas como presentes, que han perdido la cabeza por el bueno de Andy, y no he podido evitar advertir que, para tratarse de alguien que se ha ahorrado tanto tiempo detestándolo de entrada, pareces muy interesada en él...

–Sí, pero no por las razones que tú crees.

–Pues la verdad es que, pese a todo, no creo que su relación con Gabriella dure demasiado.

–¿Por qué no?

–Andy tiene un hijo. Es pequeño, ocho o nueve años, creo, y por lo visto es un auténtico horror. No consigo imaginarme a Gabriella haciendo de madrastra.

Sonó un timbre y las luces se atenuaron un momento. Gwen se reunió con ellos mientras los demás espectadores se dirigían de nuevo a sus asientos para ver el segundo acto.

–¿Alguna vez te escapas a Cambridge? –les preguntó Hoddy mientras avanzaban por el corredor.

Claire negó con la cabeza.

–No he estado nunca allí.

–Qué lástima. Deberías venir a visitarnos alguna vez. Es una ciudad maravillosa y en el campo hay sitios magníficos para disparar. –Claire y Gwen miraron a Hoddy horrorizadas–.

¡Huy, es verdad...! –se corrigió–. En América lo llamáis salir de caza. En América no «disparáis», ¿no?

–Pues claro que sí –respondió Gwen–. En América la gente se pasa el día disparándose unos a otros.

–¡Mira! –exclamó Gwen mientras bajaban la escalinata de La Fenice después de la función–. Son Stefania y Giancarlo.

Los hermanos estaban de pie junto a una fuente en mitad de la plaza contigua al teatro de la ópera. Gwen les hizo señas para captar su atención.

–Buenas noches –las saludó Giancarlo cuando los cuatro se encontraron a medio camino–. ¿Puedo hablar contigo un momento?

Se había dirigido a Claire y lanzado una mirada elocuente a las otras dos chicas. Ambos se apartaron unos cuantos metros para disponer de más intimidad mientras las dos adolescentes los observaban con ansiosa curiosidad.

–Con respecto a anoche... –empezó a decir él– creo que te debo una explicación. ¿Quieres cenar conmigo mañana por la noche?

# El Carro

*25 de febrero de 1618*

Valeria, la sirvienta de la planta superior, llevó una bandeja con un juego de porcelana florentina y pastas de desayuno al interior de la alcoba. La Celestia estaba recostada en un sillón junto al fuego crepitante, envuelta aún en su bata con forro de pieles de marta. La leve hinchazón en el rostro de la cortesana y sus ojos soñolientos delataban la temprana hora de la mañana. La sirvienta miró con discreción pero evidente desagrado a la persona que había perturbado el sueño de su señora, un hombre vestido con una toga púrpura que se hallaba de pie junto a la ventana, contemplando la lenta caída de la lluvia y el cielo gris.

–¿Deseáis algo más, mi señora? –preguntó con una reverencia.

–No, Valeria.

La Celestia sonrió para sí mientras la criada abandonaba la estancia. Había visto la mirada que Valeria le había lanzado a su intempestivo visitante; al parecer, su criada sentía una aversión especial por los senadores, aunque La Celestia no tenía la menor idea de cuál podía ser el motivo. Sin la túnica, eran exactamente iguales que los demás hombres.

Salvo en el caso de éste, tal vez. No es que lo hubiese visto alguna vez sin su toga, ni que tuviese el más mínimo deseo de hacerlo. Un encuentro amoroso podía hacer a aquel hombre más vulnerable a su influencia, por supuesto, pero eso no era posible. Lo habían imposibilitado a ese respecto hacía muchos años, cuando ni siquiera tenía edad. Las más poderosas habilidades manipuladoras de la cortesana eran completamente inútiles en este caso, por lo que su presencia allí la incomodaba y la hacía recelar de su poder.

La Celestia sirvió dos copas de vino cuando Girolamo Silvia se apartó de la ventana. El semblante de aquel hombre siempre conseguía inquietarla. En él, los rasgos familiares eran más afilados y agudos, y el resultado era un recordatorio desfigurado y poco agraciado de otro rostro, mucho más hermoso, que La Celestia había amado en otros tiempos.

–Esperaba más de vos –dijo Silvia mientras se dirigía al sillón opuesto al de la cortesana y tomaba asiento.

Pese a su desagradable apariencia, el senador se desplazaba con dignidad. Su cojera sólo era perceptible cuando se ponía empeño en detectarla.

–¿No es un poco temprano para hablar de tales asuntos?

–No para mí –repuso él–. Aunque claro, a diferencia de vos, yo me ocupo de mis negocios durante el día.

«No de todos», pensó La Celestia. ¿Y las reuniones secretas de los Tres y las largas noches en el tribunal de la Cámara de la Cuerda?

–Ya os dije desde el principio lo que quería –prosiguió Girolamo Silvia–. No me gustaría llevarme una decepción.

«¿Cómo se atreve a venir a mi propia casa a amenazarme?» La Celestia sintió que le bullía la sangre, pero prefirió contener cualquier reacción impulsiva. Pese a lo mucho que le habría gustado echarlo de allí, no podía permitirse el lujo de convertir al senador en su enemigo.

–Hice lo que me pedisteis –contestó con sequedad–. Presenté a Bedmar a una joven. El resto era cosa vuestra.

–Veo que tenéis una memoria muy selectiva. Os dije expresamente que quería un informe completo de las actividades del embajador.

–Y yo os dije lo que quería a cambio. Hasta que cumpláis vuestras promesas, no veo razones para procuraros el privilegio de esa información.

–No os hice ninguna promesa. Lo que esperáis es imposible.

–Vuestra propia familia compró su ingreso en la aristocracia –le recordó.

–Mis ancestros no compraron su título nobiliario, sino que fueron admitidos en el Libro d'Oro como reconocimiento a sus valerosos servicios en la guerra de Chioggia, y de eso hace más de doscientos años.

–Estoy segura de que algo debió de ayudar el que aportaran tres mil ducados a las arcas del Estado.

–La cuestión es que hace doscientos años que no se admite a nadie en el seno de la aristocracia veneciana. El reglamento para la inclusión en el Libro d'Oro es muy estricto. Es imposible para una cortesana que ni siquiera es ciudadana de Venecia.

–Ya sabéis que no lo hago por mí. Por las venas de mis hijas corre sangre azul; lo único que os pido es que ayudéis a Caterina y a Elena a ser legitimadas para que puedan casarse con miembros de la nobleza, como les corresponde.

–Unas dotes generosas abrirán fácilmente las puertas de la aristocracia. Sé de unos cuantos nobles venidos a menos que aceptarían gustosos pasar por alto la ilegitimidad de las muchachas a cambio del oro.

–Pero si mis hijas no son legitimadas, mis nietos no llegarán a acceder al Libro d'Oro ni les permitirán entrar al servicio del Gran Consejo.

–Unos planes muy ambiciosos para el futuro, La Celestia. ¿Acaso la pequeña cortesana de Treviso sueña con un dogo entre sus descendientes?

Sabía que no era demasiado sensato, pero no pudo reprimir su lengua maliciosa.

–Al menos yo tengo descendientes.

La expresión de amargura que ensombreció el rostro de Silvia era una advertencia de que había ido demasiado lejos, pero lo cierto es que resultaba reconfortante.

–Otorgar la legitimidad no es tan sencillo como creéis –dijo Silvia.

–Sin duda tenéis vuestras influencias. ¿Es que no veis lo importante que es? ¡Por Dios santo, son las hijas de vuestro hermano!

–Son las bastardas de mi hermano.

–Se habría casado conmigo si...

–Si hubiese regresado con vida de la guerra contra los turcos. O eso es lo que creéis vos. Yo no estoy tan convencido de que se hubiese casado con vos de haber vivido, pero eso nunca lo sabremos, ¿verdad? En cualquier caso, os habéis quedado con dos hijas y sin patrimonio. Si albergáis alguna esperanza respecto a su futuro, haréis lo que os pido.

El senador no pensaba ceder ni un ápice. ¿Cómo era posible que fuese un negociador tan duro?

–¿Espiar a Bedmar? –aventuró ella.

–El embajador tiene algo que necesito. Esa joven cortesana... a veces pasa la noche en la embajada española, ¿no es así?

–Eso creo.

–Os diré lo que es y dónde está, y vos daréis instrucciones a la joven para que me lo consiga.

–¿Queréis que robe algo para vos? En ese caso, habéis elegido mal. Alessandra no es una ladrona. Estoy segura de que ya habéis colocado espías en el seno de la embajada, ¿por qué no utilizar a uno de ellos?

–Los aposentos del embajador permanecen cerrados a cal y canto cuando él no está, y no se permite el acceso absolutamente a nadie. Ella es la única que tiene permiso para entrar.

–Sólo que él también estará allí con ella.

–Y plácidamente dormido, imagino.

–¿Cómo voy a convencerla de que haga algo tan imprudente?

–El embajador español está tramando un asalto a la ciudad de Venecia. No es descabellado pensar que cualquiera que mantenga una relación íntima con él sea cómplice de sus intrigas. No me cuesta nada imaginármela ahorcada junto a su amante.

–Entonces, ¿debo coaccionarla con amenazas?

–No es una amenaza. Si no coopera, es una promesa.

–Podríais haber apelado a su patriotismo. Estoy segura de que no le gustaría ver Venecia saqueada por los tercios españoles.

–Podéis apelar a eso, si creéis que va a resultar más eficaz.

–Sois un cínico.

–Soy pragmático, y el asunto me urge.

–El marqués es un hombre muy astuto. Y peligroso. No estoy segura de que sea un modo muy hábil de obrar. Si descubre a la muchacha in fraganti, sabe Dios lo que sería capaz de hacer. He hecho una inversión muy sustancial en ella y no me gustaría perder una fuente de ingresos tan excelente. Peor aún, él sabrá que ella es incapaz de hacer una cosa así por iniciativa propia y sospechará de inmediato de mí. No, no pienso hacerlo.

–Creo que sí lo haréis. Puede que el embajador sea peligroso... pero olvidáis que yo también lo soy. Puede que más, en especial para vos.

–¿Prometéis ayudar a mis hijas?

–No prometo nada, pero vos haréis lo que os digo de todos modos. Si no, haré que los hombres que juegan a las cartas en vuestra casa sepan que se les hacen trampas de manera sistemática.

La Celestia palideció.

–No podéis probarlo.

–Sí puedo. Os llevaré a la ruina, La Celestia. Por lo visto, vuestra avaricia supera con creces vuestro sentido común.

La Celestia sostuvo la mirada del senador durante largo rato. Si era un farol, entonces aquel hombre sabía jugar muy bien sus cartas; la cortesana no quería desafiar la seguridad que veía en sus ojos. Se preguntó a cuál de sus sirvientes habría sobornado; sólo a uno, esperaba. En cuanto Silvia se fuese, empezaría a indagar entre los miembros de confianza del servicio, y con un poco de suerte descubriría y echaría a la calle al traidor antes de que acabase el día. Sin duda él o ella acudiría a Silvia para obtener una buena recompensa y una nueva colocación en el hogar de otra cortesana. Y así sería siempre.

–¿Qué debo hacer? –preguntó.

*28 de febrero de 1618*

–Es un librillo encuadernado en tafilete, sin título –explicó La Celestia–. Me han dicho que Bedmar lo guarda en un pequeño cofre damasquinado en su gabinete. La llave del cofre está en algún lugar de su mesa.

Alessandra se había reunido con la cortesana en la suntuosa góndola de La Celestia, atracada en las proximidades del callejón de los Proverbios en el Rio di San Martino. En el interior del *felze* sólo había encendido un pequeño farol que apenas lograba desvanecer las sombras. Fuera, el gondolero moro de La Celestia, Moukib, montaba guardia en su puesto en la popa, ojo avizor.

–¿Y quién te lo ha dicho? –le preguntó Alessandra.

–No te preocupes por eso, es mejor que no lo sepas. Una vez tengas el libro, debes marcharte de la embajada de inmediato. Ve a la Lista di Spagna y luego al Ponte degli Scalzi. Moukib te esperará debajo del puente y te traerá hasta mí. Te devolveré el libro al día siguiente. Debes dejarlo de nuevo en el cofre, en el mismo sitio donde lo encontraste.

–¿Devolverlo a su sitio? Eso puede ser aún más difícil que llevármelo. Normalmente veo al marqués una o dos veces por semana. ¿Debo invitarme yo misma a la embajada? No lo he hecho nunca. Si lo hago, despertará sus sospechas.

–No sé cómo vas a hacerlo, pero tienes que hacerlo. Y con mucho cuidado. Bedmar no debe llegar a enterarse nunca de que el libro ha salido de la embajada.

–¿Y a qué viene todo esto? Merezco saberlo, al menos.

–El embajador trama una conspiración contra Venecia: está reuniendo a un ejército de mercenarios con el que espera tomar la ciudad y en connivencia con el duque de Osuna...

–¿Con el duque de Osuna?

La Celestia la miró con brusquedad y Alessandra se arrepintió de inmediato de haber mostrado su asombro.

–¿Acaso estás al tanto de los tratos del embajador con el duque?

–No. –Alessandra trató de mantener el rostro impasible mientras empezaba a darle vueltas a la cabeza. ¿Estaría involucrado el vizconde en aquella conspiración?–. ¿Por qué es tan importante ese libro? –preguntó.

–Contiene la clave del código que utiliza para escribir sus cartas al rey de España. Con una copia de esa clave, todos sus pensamientos, todos sus movimientos saldrán a la luz; pero sólo será posible si se extrae y luego se devuelve el libro a su sitio sin que él tenga conocimiento.

Sin duda el marqués no tendría misericordia alguna si llegaba a descubrir su traición.

–¿Qué crees que me hará si me descubre?

–No cometas ningún error, porque si te descubre, te matará.

–¿Y esperas que acepte semejante encargo?

–No tienes elección. Si no lo haces, podrían implicarte junto con el embajador y cualquier otro de los conspiradores. Podrían ahorcarte.

Había elegido la vida de cortesana por la libertad que ofrecía, y ahora, se dio cuenta Alessandra, no podía ser menos libre.

–Me presentaste al embajador con ese único propósito, ¿no? Desde el primer día, cuando viniste a mi casa, sabías que ocurriría algo así.

–Hice lo que tenía que hacer y ahora tú debes hacer lo mismo o acabarás en la horca haciéndole compañía al español.

–Pero yo no sé nada de ninguna conspiración.

–Y sin embargo, sí sabes algo... algo que no quieres decirme, ¿no es cierto?

–No sé nada.

–Creo que mientes. Espero que tengas una buena razón para hacerlo. ¿Acaso proteges al marqués? No estarás enamorada de él...

–No, por supuesto que no. ¿Estás segura de que trama una conspiración contra Venecia?

–Eso parece, sí.

–¿Y cómo esperas que sepa disimular y fingir con él de esa manera?

–Ya sé que no se te da muy bien, pero tienes que encontrar el modo. Te hablo así porque me preocupo por ti...

Alessandra soltó una risa amarga.

–¿Que te preocupas por mí? ¿Cuándo te has preocupado por alguien que no fueses tú? Dime, La Celestia, ¿qué sacas tú con todo esto? ¿Más dinero? ¿Es que todavía no eres lo bastante rica?

–No soy tan insensible como crees. Es verdad que me preocupo por ti y que no me gustaría verte sufrir ningún mal. Y piensa en esto: el embajador está urdiendo una traición que pone en peligro las vidas de todos los venecianos, y tú puedes ayudar a detenerlo. ¿Acaso no merece la pena hacerlo por eso?

–Por supuesto que sí, pero...

–Ya sé que es peligroso, no voy a mentirte, y tienes que creer que lo lamento de veras, pero en este caso ninguna de las dos tiene otra opción.

–¿Alguien te está presionando a ti también?

–Sí.

–Si me llevo el libro y luego lo devuelvo sin que el marqués se entere, ¿estaremos a salvo?

–Sí.

Alessandra permaneció un momento en silencio.

–Muy bien, entonces.

–¿Entiendes con exactitud lo que tienes que hacer?

–Sí.

–Por favor, asegúrate de que está profundamente dormido antes de actuar.

–No se cansa con facilidad y nunca baja la guardia. Se despertará en cuanto me levante de la cama.

–Eso me temía. Por eso te he traído...

La Celestia le mostró un pequeño frasco lleno de un líquido de color ámbar.

Alessandra no quiso cogerlo.

–¿Es veneno?

–No, sólo una poción para dormir. Con unas pocas gotas en su copa de vino debería bastar, pero no más o caerá enfermo, y no queremos que sospeche nada.

Alessandra cogió el frasco y le dio la vuelta entre las manos.

–¿Tienes algún otro consejo para mí, la Celestia?

La cortesana se reclinó en los almohadones y frunció la boca en un mohín de preocupación.

–Procura que no te descubra.

*2 de marzo de 1618*

Había seguido las instrucciones de La Celestia, pero con desafortunados resultados. Alessandra miró consternada al embajador. La pócima para dormir había surtido efecto mucho más rápido de lo que esperaba y no había tenido tiempo de atraerlo hasta la cama. Habían cenado en sus aposentos privados de la embajada y antes incluso de haberse terminado el bistec, se había quedado dormido en un sillón de orejas junto a la mesa del comedor, justo enfrente de su escritorio y del cofre damasquinado donde se hallaba el libro con el código. Sentada delante de él, llevaba ya un buen rato observando su respiración regular, pero el miedo la mantenía clavada a su asiento. ¿Y si se despertaba? Alessandra se estremeció sólo de imaginar lo que podría hacer el marqués si la descubría husmeando en su escritorio. Entonces recordó la advertencia de La Celestia: si no robaba el libro, acabaría en la horca «haciéndole compañía al español». Se imaginó la áspera soga de sisal que le ceñía el cuello, tan fuerte que casi le quemaba la piel, y la horrible sensación de asfixia. Había oído que se consideraba una bendición que la soga rompiera de manera instantánea el cuello del reo, pues era mucho peor la lenta asfixia que debían soportar algunos. Una aleccionadora y truculenta imagen de sí misma con el rostro azulado, la lengua fuera y los pies pataleando en vano la devolvió a la realidad de la tarea que tenía entre manos. La pócima para dormir no duraría eternamente, tenía que darse prisa.

Atravesó la estancia con una candela y examinó el escritorio a la luz de la vela. Era un mueble de intrincada manufactura, con más de una docena de cajones pequeños en la parte superior, similar a una credencia, y otro cajón estrecho y alargado debajo de la superficie de madera de la mesa. Probó primero con el de mayor tamaño, pero sólo halló unas cuantas hojas de papel de escribir y unas plumas. Los cajones más pequeños también contenían utensilios de escritura: tintas, cera, etcétera. Por fin, percibió el brillo del metal: la minúscula llave de bronce encajaba a la perfección en el ojo de la cerradura del cofre cerrado.

Extrajo el libro con sumo cuidado. Era de tamaño muy compacto, no mucho mayor que sus manos, y encuadernado en tafilete de color granate. Sin apartar la vista del marqués, Alessandra hojeó las páginas. Estaba escrito en latín, pero no parecía tener mucho sentido, pues estaba compuesto por palabras, frases y citas escogidas al azar que reconoció de Cicerón, Virgilio y Séneca. *Inhumanitas omni aetate molesta est*, leyó: «La falta de humanidad es dañina a cualquier edad». *Nullum magnum ingenium sine mixtura dementiae fuit:* «Nunca ha habido talento sin un elemento de locura». ¿Qué podía significar aquello? ¿Cómo empleaba el marqués aquel libro para formular un código?

Se sobresaltó al oír que llamaban a la puerta. Se le cayó el libro, se agachó para recogerlo y luego lo metió con rapidez en la bolsa de terciopelo que había traído consigo esa noche y la dejó en la silla vacía, junto a su chal.

Abrió la puerta levemente y vio al criado de Bedmar, Pasquale, en el pasillo.

–Hay un mensajero que pregunta por el embajador.

–El marqués está durmiendo.

–Pero insiste en verlo...

–No quiere que lo molesten.

–Es urgente.

De entre las sombras surgió una voz familiar y Antonio se abrió paso por detrás de Pasquale, quien se escabulló por los oscuros recovecos del corredor. Cuando el vizconde entró en el interior de la estancia, trajo consigo el aire fresco y húmedo del Gran Canal, junto con los aromas de las tabernas, las caballerías y los jergones de paja. Por debajo, su olor natural era penetrante y dulzón, como la sidra.

–¿Durmiendo? –dijo Antonio y a continuación examinó con atención la habitación: la mesa junto a la chimenea dispuesta para dos personas, los restos de la cena de ambos, la botella de vino, a Bedmar desplomado en su sillón con la cabeza hacia atrás, ajeno a todo–. Me cuesta creer eso. –Se demoró con la mirada sobre el cuerpo de la joven, cubierto por un vestido de escote muy pronunciado, como era costumbre entre las cortesanas, y las aureolas de los pechos que se entreveían por encima de la tela de encaje–. Sobre todo teniendo delante una imagen tan turbadora como la vuestra.

Sus palabras pretendían ser un cumplido, pero la insinuación que las acompañaba no lo era. Alessandra no había visto a Antonio desde el carnaval y casi no quedaban indicios de los encantos que había desplegado con ella entonces: parecía tenso, distante, enfadado. La cortesana llevaba semanas acariciando la idea de que el joven vizconde albergara sentimientos íntimos por ella, y muchas veces había deseado su pronto regreso a Venecia... «Pero no ahora», pensó, consternada. No esa noche.

–Debo admitir que cuando he visto vuestro rostro en la puerta esperaba asistir a una escena muy distinta –siguió diciendo con el mismo tono brusco y cortante–. ¿No deberíais estar tocando el laúd para vuestro señor, seduciéndolo con vuestra voz, deleitándolo con vuestras... habilidades?

Alessandra advirtió que estaba exhausto a causa del viaje, pero ¿qué derecho tenía a mostrarse tan desdeñoso, tan cruel?

–El embajador ha bebido demasiado.

Antonio se aproximó a Bedmar y estudió su rostro inerte.

–Diría muchas cosas del marqués, pero nunca que no sabe beber.

Miró a Alessandra con suspicacia.

–El vino es fuerte.

–¿Lo es?

Tomó la copa de Bedmar en sus manos y la olisqueó antes de llevársela a los labios.

Alessandra se acercó instintivamente a él y alzó la mano a modo de advertencia.

–No es muy bueno.

Él la miró fijamente.

–Pero es evidente que da buenos resultados. –Dejó la copa en la mesa muy despacio–. ¿Qué os proponéis?

–Nada. –Alessandra cogió su bolsa y se echó el chal sobre los hombros–. He recibido un recado de Bianca, debo regresar a casa enseguida.

–¿A qué viene tanta prisa?

Atravesó la estancia en apenas tres zancadas para, a continuación, impedirle el paso hacia la puerta.

–Es un asunto urgente.

–Ah.

Alessandra se plantó ante él y se preguntó si se daría cuenta de que estaba temblando.

–Debéis dejarme pasar.

–Decidme, ¿qué encontraría si hurgara en vuestra bolsa? ¿El oro del marqués, sus joyas, su plata?

–Os equivocáis.

–Demostrádmelo.

Ambos se miraron con gesto grave. Alessandra deseó poder desembarazarse de su secreto, pero el vizconde era un español al servicio de Osuna y de Bedmar. ¿Qué razones tenía para pensar que el breve tiempo que habían pasado juntos iba a vencer al sentimiento de lealtad para con sus señores? Para él, atrapar a una ladrona en los aposentos del embajador sería sin duda un golpe maestro. Miró de soslayo la espada que llevaba al costado, así como la daga que le colgaba del cinto. «Y lleva otra arma, además –recordó–. El puñal escondido en la manga.»

–No puedo.

–¿Qué haréis cuando el embajador descubra vuestra fechoría? –preguntó bajando la voz, en tono confidencial.

–No hay nada que descubrir.

–Vuestra falta de temor será vuestra perdición.

Alessandra no sabía decir si con sus palabras acababa de formularle una advertencia o una amenaza. Inopinadamente, Antonio se hizo a un lado y le abrió la puerta.

–Os aconsejo que empleéis las escaleras de la parte trasera.

## XVII

Bajo la nítida luz del sol de primera hora de la mañana, con el trasfondo de verdes y exuberantes jardines y la laguna reluciente, Andrew Kent estaba inclinado hacia delante, con las manos apoyadas en las rodillas, y resollaba con agitación. Había llegado al final de la *riva* seis amplias zancadas por delante de Claire, aunque lo cierto es que era considerablemente más alto que la historiadora y sus pantalones cortos Nike revelaban unas piernas bien torneadas, propias de un corredor habitual. Aun así, cuando lo había visto aparecer a su lado en los escalones del Ponte dei Greci, Claire creyó que sería fácil dejarlo atrás. Al menos así captaría la indirecta de que prefería correr sola, pensó mientras aceleraba el ritmo. Y sin embargo, él la había adelantado sin problemas.

Era evidente que acababa de arrojarle el guante, de modo que Claire apretó aún más el paso y tomó la delantera, y eso fue lo único que hizo falta para dar pie a una carrera desenfrenada, una carrera que no terminó hasta que lo hizo la *riva*, a la orilla de los jardines municipales.

Saltaba a la vista que Andrew Kent se había quedado sin aliento, pero Claire tampoco estaba precisamente como una rosa. Se preguntó si aquellos puntitos similares al confeti que veía cuando cerraba los ojos significaban que debía sentarse, pero antes muerta que dejarse caer desfallecida ante aquel hombre. Era demasiado competitivo, sencillamente. Cuando al fin levantó la cabeza y abrió la boca para hablar, Claire no esperaba otra cosa que algún comentario insidioso sobre su victoria.

Y en vez de eso, él dijo:

–¿Piratas?

–¿Piratas? –repitió Claire, sorprendida.

–Piratas. –Hizo una pausa para recobrar el aliento–. Dijiste... que tu trabajo... era sobre... los piratas del Adriático.

–¿Y?

–Ayer solicité consultar la carta Rossetti –ya respiraba con más normalidad–, y me han dicho que la tienes tú.

–¿Controlas mis movimientos?

–No, sólo quería examinarla de nuevo, pero entonces he llegado a la inevitable conclusión de que tú también estás investigando el tema de la conjuración española. No alcanzo a comprender por qué has sentido la necesidad de mentir sobre una cosa así, y lo cierto es que tampoco me importa, pero sí me gustaría ver la carta.

–Quieres ver la carta.

–No la tendré mucho rato. Solamente necesito comprobar una cosa.

–En ese caso... te cambio la carta por el diario.

–¿Te refieres al diario de Alessandra?

–Claro.

–Todavía no he acabado con él, pero me marcho de Venecia el sábado, así que podrás consultarlo la semana que viene.

–Yo también me marcho el sábado.

–En ese caso, supongo que podríamos hacer un intercambio de media hora.

–¿Media hora? ¡Eso es extraordinariamente generoso por tu parte!

–Todavía no estoy del todo despierto, pero detecto cierta sorna en tu tono de voz.

–No puedo leer el diario entero en media hora.

–Es lo máximo que puedo ofrecerte. Estoy sometido a una fuerte presión para tener listo el esbozo de un libro para el mes que viene, y me está costando Dios y ayuda conseguirlo; de hecho, el libro no va nada bien.

Por un momento Andrew Kent puso la misma cara que en el momento antes de pronunciar su charla: de inseguridad y hasta de vulnerabilidad. «No, si al final resultará que es humano», pensó Claire.

–La verdad –siguió diciendo él– es que he recibido numerosas ofertas por el libro, pero lo que no tengo es el libro. No sé cuál es el problema; tal vez sea porque nunca había escrito sobre la historia de Venecia, o puede que sea la maldición del segundo libro, o a lo mejor... –Se interrumpió, cohibido de repente. El Andrew más amable y manso desapareció con la misma rapidez con que había aparecido y el que siempre conseguía sacarla de sus casillas fue a ocupar su lugar, más impertinente que nunca–. El caso es que ese diario podría proporcionarme la clave de... bueno, de todo, y no puedo prestártelo de forma indefinida. Mi trabajo es demasiado importante.

–Eres un auténtico *fondamentum equi*, ¿a que sí?

La miró como si de pronto le hubiese brotado otra cabeza encima de los hombros.

–¿Acabas de llamarme «culo de caballo» en latín?

–Puedo decírtelo en griego, si lo prefieres.

–No entiendo a qué ha venido eso.

–A que no se te ha pasado por la cabeza ni por un momento que tal vez mi trabajo también es importante. Puede que no tenga a montones de editores esperando ansiosos publicar cada palabra que escribo, ni comités de premios haciendo cola para concederme galardones, pero puedo asegurarte que mi trabajo es igual de importante para mí como lo es el tuyo para ti. Puede que para ti sólo sea un libro más, pero para mí es mi tesis. Todo lo demás que ocurra en mi vida depende única y exclusivamente de eso, así que a menos que estés dispuesto a prestarme el diario un día entero, me parece que no pienso enseñarte esa carta.

–En primer lugar, no existe eso de «sólo un libro más», como rápidamente descubrirás en el caso de que alguna vez intentes escribir alguno. Y en segundo lugar, sólo quiero verlo un momento.

–No hay trato.

–Es increíble –le espetó Andrew–. Eres competitiva de una forma ridícula.

–¿Que yo soy competitiva? No ha sido a mí a quien por poco le da un infarto por intentar ganar a una mujer corriendo.

–No he «intentado» ganarte: te he ganado. Te he sacado al menos veinte metros.

–¿Veinte metros? Me parece que te equivocas.

–Cuando he llegado al final, tú todavía estabas ahí.

Señaló un punto más hacia atrás en la *riva* y luego se encaminó poco a poco hacia él. Claire lo siguió.

–No estaba ahí –insistió ella–, estaba aquí.

–Recuerdo a la perfección que, cuando me he vuelto, tú estabas justo aquí, al lado de este banco.

Una viuda ya entrada en años, vestida por completo de negro, pasó renqueando junto a ellos y se paró a pensar un momento en lo raros que eran los extranjeros. Era de la opinión de que todos eran, en mayor o menor medida, unos lunáticos, pero aquellos dos se llevaban la palma; era evidente que estaban locos de atar: se gritaban el uno al otro mientras señalaban enérgicamente a un punto del suelo.

«... las clases con el maestro de música, el signor Alberigo, prosiguen con normalidad. Dice que debo practicar mucho más si quiero aprender los *Ricercai* de Spinacino...»

Claire levantó la vista del diario de Alessandra, dejó el bolígrafo y se restregó los ojos un momento mientras Gwen aparecía a su lado y daba un saltito para sentarse en el borde de la mesa de la sala de lectura.

–En la silla, por favor –pidió Claire automáticamente.

–Francesca es genial –dijo Gwen en cuanto se hubo sentado bien–. Me acaba de enseñar un montón de palabrotas en italiano.

–Ya te dije que iba a ser un viaje educativo.

–Y también un par de gestos.

–¿Para poder insultar también a las personas con discapacidad auditiva?

–No creo que haga falta ser sordo para entenderlos –observó Gwen muy seria. Arrugó los ojos, reflexionando aún más sobre aquello–. Ni tampoco italiano, siquiera. También me ha dicho cómo se va a esa tienda con toda esa ropa de diseñador de imitación.

–Mmm... –farfulló Claire, y volvió a centrar su atención en el diario.

–¿No quieres comprarte algún vestido nuevo para ponértelo en tu cita con Giancarlo?

–Tal vez sí.

–Venga, no me digas que te vas a poner la misma ropa que has llevado hasta ahora.

–Si acabo con esto a tiempo, iremos de compras.

–Genial. ¿Y adónde te va a llevar?

–Todavía no lo sé. Va a dejar un recado en el hotel.

–¿Qué te dijo anoche? ¿Te dijo que ya no está prometido?

–Lo único que me dijo es que me debía una explicación y me pidió que cenase con él. Ha sido todo un detalle por parte de Stefania invitarte al cine para que nosotros podamos salir –añadió.

–Sí, es fantástica. Bueno, ¿cuándo vas a terminar con esto?

–Gwen...

–Perdona, ya sé que se supone que no debo molestarte, pero es que no tengo nada que hacer y Francesca ha salido a almorzar.

–¿Y no llevas nada en esa mochila tuya para distraerte?

–Me he dejado el iPod en el hotel. ¿Qué es lo que escribes?

–Estoy traduciendo este diario.

–¿Es el diario de la cortesana?

–Sí.

–Qué raro... Se parece un montón a mi diario, la piel es del mismo color y está hecho polvo y todo eso. También escribió esta carta, ¿no?

Gwen cogió la carta Rossetti.

–No toques eso.

–Perdón. –Gwen se asomó por encima del hombro de Claire y leyó en voz alta las palabras de su cuaderno–. «... Ya consigo dominar muchas de las piezas de Canova da Milano, que de acuerdo con el signor Alberigo, son más apropiadas para su ejecución por parte del bello sexo. Por lo visto, no alteran tanto los sentidos como las composiciones de Spinacino...» –Gwen hizo una pausa, perpleja–. ¿Y por qué no escribe algo interesante, sobre sus amigos o sus novios o algo? –preguntó.

–Yo también me he hecho la misma pregunta.

Claire lanzó un suspiro de frustración. Los diarios no parecían llevar a ninguna parte y la edición italiana de Fazzini en la que había depositado tantas esperanzas no estaba disponible. En cuanto Claire había entrado en la biblioteca esa mañana la había solicitado en el mostrador de préstamos y Francesca le había comunicado la mala noticia: el *Diario* de Fazzini había desaparecido en una inundación. Por eso, le explicó la bibliotecaria, le había dado la versión inglesa de entrada, pues ya no disponían de la edición italiana. Francesca creía que podía haber algún otro ejemplar en alguna biblioteca de Roma, pero en la Marciana no había ninguno desde 1993. Perdieron muchos libros ese invierno, le explicó con tristeza.

–¿Y qué tiene esto que ver con la conspiración? –preguntó Gwen, que todavía leía el cuaderno de Claire.

–Directamente nada, pero esperaba averiguar más cosas sobre la clase de persona que era Alessandra. Tal vez así podría deducir si actuaba por cuenta propia o si espiaba al español por orden de los venecianos.

–Creía que ese hombre, el inglés, había dicho que los españoles no tuvieron nada que ver.

–Así que estabas escuchando.

–No por gusto.

–Sí, eso es lo que dijo, pero creo que se equivoca. Aunque no voy a poder demostrarlo con esto –dijo, y cerró el diario.

Claire se volvió en la silla giratoria. Andrew Kent tenía la cara enterrada en algún tomo antiguo y la mesa abarrotada de libros que el día anterior no estaban allí. ¿Qué se traía entre manos? Advirtió, irritada, que no estaba leyendo el segundo diario de Alessandra.

–Y luego dice que no puede dejármelo más de media hora –masculló, y se volvió de nuevo–. Seguro que no lo consulta sólo para fastidiarme.

–¿Cuál es el problema? –quiso saber Gwen.

–Que Andrew Kent tiene el otro diario de Alessandra, y ése es el que necesito de verdad.

–Ay, ahora que me acuerdo... Francesca me ha dicho algo de eso. Se suponía que tenía que preguntarte de su parte si estabas utilizando... –Gwen se quedó concentrada pensando un momento y luego dijo–: tus «encantos femeninos».

–No de la manera que ella cree, eso seguro –admitió Claire con desánimo.

Gwen dirigió la mirada al diario que tenían delante y luego miró a la mesa de Andrew Kent.

–¿Necesitas ese libro pequeñito que parece justo igual que éste?

–Sí.

–¿Y de verdad lo quieres?

–Sí, lo quiero de verdad, pero no me lo va a dejar, no ahora.

–Ya, pero nosotras podríamos «liberarlo».

En los ojos de Gwen había un brillo extraño.

–¿Me estás proponiendo que lo robemos?

–No, sólo que lo tomemos prestado un rato. Si le damos el cambiazo con éste, ni se enterará.

–Lamento discrepar.

–¿Lamento discrepar?

–Lamento discrepar.

–Ni siquiera sé qué significa eso de «lamento discrepar».

–Significa que no estoy de acuerdo contigo.

–Entonces, ¿por qué no has dicho «no estoy de acuerdo contigo», sin más?

–Porque he dicho «lamento discrepar».

–Nadie habla así.

–Yo sí.

–Nadie normal habla así.

–Sea como sea, el caso es que Andrew Kent se va a dar cuenta seguro de que le hemos quitado el diario.

–Puede ser, pero no se dará cuenta enseguida. Así, mientras tanto, tú podrás leerlo. Y si descubre que el libro que tiene no es el que quería, tú le dices que ha sido una confusión, nada más. –Gwen la miró con entusiasmo, que Claire esperaba estuviera propiciado por el deseo sincero de ayudarla en lugar de por la cleptomanía–. Funcionará, ya lo verás –añadió Gwen.

Claire lanzó un suspiro. A fin de cuentas, sólo le quedaban dos días en Venecia.

–¿Y cómo lo hacemos?

–Tú tienes que distraerlo. Colócate en la punta de la mesa y habla con él, yo me encargo de dar el cambiazo.

–Pues entonces vamos a hacerlo ahora mismo, antes de que me arrepienta.

–No tan deprisa. Tienes que estar un poco más «llamativa». –Gwen hurgó en su mochila y sacó un pintalabios–. Ponte esto. Y deja que te haga otro peinado. Eso de la trenza es un poco demasiado Heidi, no sé si me entiendes... –Quitó el lazo del extremo de la trenza de Claire y le alborotó un poco el pelo alrededor de los hombros–. Y esto de aquí...

Le desabrochó el primer botón de la blusa.

–¿Qué diablos haces? –protestó Claire.

–Te estoy poniendo más «llamativa». Sobre todo, agáchate mucho cuando tengas que recoger las cosas del suelo.

–¿Qué cosas va a haber en el suelo?

–Todo.

# XVIII

Además no podía permitirse un par de zapatos nuevos, pensó Claire con una mezcla de rabia y tristeza al tiempo que admiraba, a través del escaparate de una boutique, una colección de zapatos de tacón con correa en el tobillo. Por no hablar de que ya no le quedaba tiempo para salir de compras antes de su cita con Giancarlo. Las sombras del atardecer iban instalándose lentamente entre el adoquinado del pintoresco callejón donde se hallaba; en algún lugar cercano, ocultas en el laberinto de callejuelas de San Marcos, las campanas de alguna iglesia señalaban la media. Era una lástima, porque los zapatos de salón de color negro de la izquierda le quedarían perfectos con su vestido nuevo. Apartó la vista del calzado que se exhibía en el interior de la tienda y la desplazó hasta el reflejo de su propia imagen en el escaparate para, acto seguido, recomponerse un tirante finísimo. El vestido era muy ceñido, se ajustaba a cada centímetro de su cuerpo, e indiscutiblemente sexy: de un rojo vivo y atrevido, formas simples y un efecto arrebatador. Nunca lo habría comprado de no ser por el entusiasmo de Gwen, y de hecho era ésta quien lo había visto en el escaparate de la tienda sobre la que les había hablado Francesca.

–No me sienta bien el rojo –observó Claire.

–Mi madre dice que a todas las mujeres les sienta bien el rojo –contestó Gwen–. Sólo tiene que ser el rojo adecuado.

Cuando Claire salió del probador, supo por la cara que puso Gwen que se trataba del rojo adecuado; de hecho, todo en el vestido era «adecuado». La adolescente lo describió como un vestido «matador», cosa que Claire interpretó como algo positivo. Hasta la dependienta se había deshecho en cumplidos de toda clase, pero no había habido tiempo de comprar zapatos antes de regresar al hotel para que Gwen se reuniese con Stefania.

Claire se miró los zapatos, con la suela y el tacón gastados por el uso. Desde luego, tendría que comprarse otros, porque aquéllos destrozaban por completo el efecto del vestido. Aunque claro, teniendo en cuenta lo que llevaba, también cabía la posibilidad de que Giancarlo no llegase a fijarse en sus zapatos. Todavía le quedaban otros veinte minutos más o menos antes de reunirse con él en el restaurante, así que al menos sí podía asomarse al interior de la tienda y preguntar el precio.

–¿Creías acaso que no me iba a dar cuenta?

Sorprendida, Claire se volvió y se topó con Andrew Kent.

–¿Has considerado alguna vez la posibilidad de empezar una conversación con un simple «hola»? –preguntó con exasperación.

–Hola. ¿Creías acaso que no me iba a dar cuenta?

–¿Darte cuenta de qué?

–Lo sabes perfectamente: intercambiasteis los dos diarios, tú y tu joven cómplice. ¿De verdad hacía falta que me tirara al suelo todos los libros que tenía en la mesa?

–Tiene catorce años; es una edad difícil.

–Bobadas. Por si no lo sabes, el robo de documentos históricos propiedad del gobierno italiano es un delito que se castiga con multas muy cuantiosas e incluso con pena de cárcel, cosa que no creo que te gustase. Sospecho que tampoco sería muy positivo para tu carrera académica.

–¿No crees que exageras un poco? No robamos el diario, sólo lo tomamos prestado un rato. Si tanto te molestaba, ¿por qué no has dicho algo esta tarde?

–No me he dado cuenta de lo que habíais hecho hasta al cabo de un par de horas, y para entonces ya era casi la hora de irme.

Claire recordó cuánto las había sorprendido su precipitada marcha de la biblioteca. Habían corrido hasta el mostrador de la bibliotecaria, donde Gwen había conseguido reemplazar un diario por el otro justo antes de que Francesca devolviese la pila de libros de Andrew a la estantería de detrás del mostrador.

–Todo esto podría haberse evitado si, simplemente, me hubieses dejado leerlo –señaló ella.

–El caso es que no tienes ningún derecho a quitarle cosas a la gente cuando a ti te venga en gana.

–Y tú no tienes derecho a retener libros que ni siquiera estás consultando.

–A decir verdad, hago exactamente lo mismo que tú. También me he fijado en que tenías unas cuantas cosas en tu mesa a las que no has echado ni un vistazo en todo el día. Salta a la vista que estabas demasiado ocupada trabajando con las mías.

–¿Has estado vigilándome?

–No estaba vigilándote. Daba la casualidad de que aparecías en mi línea de visión de vez en cuando. Y dime, ¿toda esa pantomima adicional en la mesa de la bibliotecaria significa que habéis devuelto mi diario a su sitio?

–¿Tu diario?

–Sí, me refiero a aquel cuyo préstamo está a mi nombre y del que soy responsable.

–Sí, lo hemos devuelto.

–Gracias. –Estaba a punto de decir algo más, pero se lo pensó mejor. Andrew Kent estaba distinto. Tal vez fuese el traje oscuro hecho a medida y la camisa blanca. No llevaba corbata, pero aun así, daba la impresión de ir de punta en blanco: estaba muy elegante, guapo incluso. Se aclaró la garganta–. Estás muy... –empezó a decir.

Volvieron a sonar las campanas de la iglesia y Claire recordó la hora.

–Lo siento pero tengo que irme.

–¿Vas a ir a Ca'Rezzonico?

–¿A Ca'Rezzonico? –repitió ella.

–Sí.

–No.

–Ah. Pensaba que como... por la manera en que... el vestido rojo... Lo que quiero decir es que hay un concierto de música de cámara allí esta noche. No es tan majestuoso como La Fenice, pero es impresionante de todos modos.

–No, he quedado para cenar.

–Ah, ya. –Frunció el ceño–. ¿Con Giancarlo Baldessari?

–Sí.

–Claro.

Esbozó una mueca irónica que no gustó nada a Claire. ¿Por qué tenía que ser asunto de Andrew Kent con quién quedaba ella para cenar? ¿Sonreía de aquella forma porque creía que ella era demasiado mayor para Giancarlo? ¿Porque no le caía bien Giancarlo? ¿Porque no le caía bien ella?

–Tengo que irme, de verdad –repitió Claire, y retrocedió unos pasos–. Buenas noches.

–¿No has notado algo raro en la carta Rossetti? –preguntó Andrew Kent de improviso.

Claire se detuvo. Iba a llegar tarde, pero la curiosidad la obligó a volver sobre sus pasos.

–Sabes lo que es, ¿verdad?

–La carta está datada en marzo, pero en ella escribe que tuvo conocimiento de la existencia de una conspiración mucho antes, en enero. Lo de las cartas entre Osuna y Bedmar... Es un lapso de tiempo de dos meses.

–Sabía que había algo extraño, debería haberlo advertido.

–Si ya sospechaba algo en enero, ¿por qué esperó dos meses antes de informar al Gran Consejo? Si actuó por patriotismo, como suele creerse, ¿por qué no denunció la conspiración enseguida?

–Tal vez quería asegurarse de los hechos antes de denunciar a los conspiradores.

–Crees entonces que espiaba a los mercenarios.

–Es posible.

–Nadie en su sano juicio correría semejante riesgo. Si la hubiesen descubierto espiando, la habrían matado.

–Tal vez estaba dispuesta a correr ese riesgo a cambio de librar a Venecia de la tiranía española. Y por lo que sabemos, parece ser que sí la mataron; nadie sabe qué pasó con ella una vez frustrada la conspiración.

–No hay ninguna prueba de que alguien la matara. En cuanto a lo de arriesgar su vida para luchar contra la tiranía española, eso no es muy probable, ¿no crees? La gente no suele ser tan altruista.

–Estoy de acuerdo contigo en que la gente no suele arriesgar su vida por causas tan nobles, pero a veces sí lo hace. La historia está repleta de casos de personas que defendieron lo correcto sólo porque era lo correcto, aunque eso implicase un gran sacrificio personal.

–Ya veo que te gustaría creer que esta conspiración gira en torno a su heroísmo, pero ése es un planteamiento muy ingenuo...

–¿Y qué es lo que crees tú?

–Los venecianos estaban amenazados por Osuna y querían a Bedmar fuera de Venecia. El Consejo de los Diez hizo lo que era políticamente oportuno.

–Y crees que la carta es una prueba amañada.

–Yo diría que es el equivalente en el siglo XVII de plantar droga en la guantera de un coche.

–¿Y Alessandra no era más que un simple peón en una trama urdida por los Diez?

–La carta es prueba de ello.

–¿Y cómo llegas a esa conclusión?

–Girolamo Silvia libraba una batalla política con Dario Contarini, su rival acérrimo. Contarini era uno de los amantes de Alessandra Rossetti. Al escoger a la cortesana para que escribiese esa carta, Silvia mataba varios pájaros de un tiro. No sólo denuncia a Bedmar y Osuna sino que la reputación de Contarini también queda en entredicho con la insinuación de que su amante está implicada en la conspiración. La trayectoria política de Contarini cayó en picado después de este episodio. Fue destituido como miembro de la Señoría y perdió para siempre la oportunidad de convertirse en dogo.

–Sigo sin entender por qué la carta puede ser una prueba de todo eso.

–Porque la única explicación posible que tiene esa carta es que Silvia utilizó a Alessandra Rossetti para sus propios fines: acabar con Bedmar y manchar la reputación de Contarini por su asociación con él. Si no, ¿para qué hacerle escribir la carta a ella? No hay pruebas que relacionen a Alessandra con ninguno de los conspiradores.

–Puede que todas las pruebas hayan sido destruidas. La otra

explicación posible es que la carta sea exactamente lo que parece, un aviso de una ciudadana preocupada por un posible ataque contra Venecia.

–¿Y cómo narices descubrió la conspiración? ¿Por inspiración divina?

–No lo sé, pero desde luego cabe la posibilidad de que viese y oyese algo. No vivía recluida, ¿no? Tenía ojos, oídos y un cerebro. Constituye para mí una ofensa...

–¿Constituye para ti una ofensa?

–Que me siento ofendida, me sienta mal.

–Ya sé lo que quiere decir, es sólo que uno rara vez oye ya esa expresión.

–Ya, y rara vez se oye a alguien referirse a sí mismo como «uno».

–No me refería a mí mismo de manera específica –repuso Andrew malhumorado–, estaba empleando el sujeto indefinido de un verbo usado en forma impersonal para representar a una persona cualquiera, puesto que es lo gramaticalmente correcto.

–Como decía –continuó Claire–, constituye una ofensa para mí que des por hecho que Alessandra no tenía voluntad propia y que no pudo desbaratar la intriga por sus propios medios. ¿Por qué te resulta tan difícil de creer?

–Para empezar, no creo que existiera una conspiración española, así que no es posible que ella...

–No crees que existiera una conspiración española porque estás obcecado con la creencia de que todos sus actos estaban dirigidos y controlados por hombres...

–Yo no estoy obcecado con ninguna... Por el amor de Dios, estamos hablando de hace cuatrocientos años, cuando la vida de una mujer era radicalmente distinta de la de ahora. No puedes coger las creencias y los principios feministas actuales y usarlos a tu antojo...

–¿A mi antojo? Yo no uso a mi antojo...

–... usarlos a tu antojo –Andrew alzó la voz para equiparar su tono al de Claire– sólo porque te da la gana. El peor error que puede cometer un historiador es tomar supuestos modernos y aplicarlos de forma retroactiva al pasado.

–Pero lo que haces tú está igual de mal. Sigues a ciegas una tradición que dice que el hecho de que las mujeres no dejaran tras de sí voluminosos dietarios con sus pensamientos y sus obras significa que no tenían pensamientos ni obras, que se limitaban a vivir al margen mientras la historia la hacían los hombres. Que las mujeres no pudieran votar no significa que no tuvieran una opinión informada. No significa que no fueran capaces de pensar o actuar.

–Yo nunca he dicho eso. Estás tergiversando mis palabras de una forma completamente estúpida.

–¿Así que ahora me llamas estúpida?

–No, sólo decía...

–Que crees que soy estúpida.

–No, no es eso lo que creo. Lo que creo es que eres la mujer más obstinada, desquiciante, exasperante, atractiva y fascinante que he conocido en mi vida.

Fue como si sus palabras se quedaran suspendidas en el aire un momento, un instante de abrupto y embarazoso silencio. Qué rara era toda aquella ristra de palabras en boca de Andrew Kent... No había sido algo premeditado, en absoluto; le había salido así, de golpe, como si pensara en voz alta. Ambos se quedaron con la mirada clavada el uno en el otro, sin palabras. La luz menguante trazaba un halo dorado y delgado en el borde del pelo de él, y Claire advirtió que tenía los ojos de un suave color castaño aterciopelado, con una mirada penetrante, y que éstos habían perdido la severidad propia del juez en que solía erigirse; en vez de eso, parecía un tanto avergonzado por lo que acababa de decir y era evidente que deseaba no haberlo dicho. Andrew inspiró hondo, como si estuviese a punto de volver a hablar, y entonces las campanadas de la iglesia anunciaron la hora.

–Tengo que irme –dijo Claire, sin esperar a oír el adiós de Andrew antes de precipitarse callejón abajo, aliviada de poder alejarse de él.

Ya llevaba recorridas unas cuantas callejuelas estrechas sin nombre cuando se dio cuenta de que si otro hombre en lugar de Andrew Kent le hubiese dedicado aquel breve pero apasionado discurso, le habría parecido enormemente romántico.

## XIX

Claire y Giancarlo cenaron en la terraza del Ristorante alle Beccherie, con vistas a un pequeño canal y al viejo *palazzo* de la orilla de enfrente. Las lucecillas blancas enredadas en las ramas del árbol que cobijaba la terraza relucían sobre la superficie del agua mientras que los reflejos dorados y reticulados reverberaban y danzaban sobre la fachada color ocre del *palazzo*. El propio restaurante, con sus paredes con arcos y piedra antigua y sus difusos claroscuros de luz, le recordaba a Claire una cueva secreta, acaso el escondite de santos o de ladrones, y cuando comentó lo que le evocaba aquel entorno Giancarlo le confirmó que, en efecto, se trataba de las antiguas catacumbas de una iglesia.

–¿No hay un nombre en veneciano para esos reflejos? –quiso saber Claire.

–*Il sbarlusego* –contestó Giancarlo–. Significa simplemente «el resplandor». O también *il sbarlusega*, para «algo que resplandece».

–Es mágico.

–Recuerdo estar tumbado en la cama de niño, despierto, contemplando la luz del techo. A veces era tan brillante que no podía dormir. La luna llena sobre el Gran Canal puede ser casi tan cegadora como el sol.

Giancarlo ensartó otro puñado de *fararona alla Peverada* en su tenedor y dedicó a Claire otra de sus irresistibles y demoledoras sonrisas; Claire buscó refugio en un sorbo de chispeante y ligero bardolino.

El que hubiese llegado tarde tenía sus ventajas: cuando entró en el restaurante vio a Giancarlo consultar su reloj con cara de preocupación, y fue toda una inyección de seguridad en sí misma descubrir que Giancarlo se habría llevado una gran decepción si ella no hubiese aparecido. Luego él la había visto y le había sonreído. Con esa forma de mirarla que tenía como si sólo existiera ella en toda la habitación, se aproximó desde la barra donde estaba sentado y acudió a su encuentro en la puerta. La saludó calurosamente con un beso en la mejilla y apoyando la mano en su espalda mientras seguían al maître a su mesa. Todo un caballero, le había retirado la silla para que se sentase, le había sujetado la mano mientras lo hacía y luego había pedido que les trajeran una botella de vino. Claire recordó algo que le había dicho Meredith, algo sobre la manera en que los italianos hacen que te sientas como una auténtica mujer, y pensó: «Ah, ahora entiendo a qué se refería...».

Sin embargo, esa misma sensación no dejaba de tener sus inconvenientes: le impedía dejar de pensar en el hecho de que aquello era una cita, con su vestido nuevo, las mariposas en el estómago ante lo que podía llegar a pasar, la promesa tácita de llegar a compartir secretos e intimidades... De pronto, todo aquello se le antojó sumamente incómodo, casi aterrador, como estar al borde de un precipicio en el Gran Cañón. Se sentía como una auténtica mujer, como se suponía que una mujer debía sentirse en compañía de un hombre... pero por primera vez en ocho años, ese hombre no era Michael. Habían pasado dos años desde que rompieron, pero todavía se sentía rara, como si los sentimientos que le inspiraba Giancarlo supusiesen una especie de traición a Michael, a sus propias emociones e incluso a la propia institución del matrimonio, cosa que admitía como una estupidez, una absoluta estupidez; pero no podía remediar sentir todo aquello.

Y en el fondo, lo que había detrás de esos sentimientos era puro y simple miedo. «Así es como empieza todo, ¿no? –pensó–. Primero te sientes atraída, luego dejas que te guste alguien, te abres a ese alguien y le confías todos tus secretos, él te confía los suyos, empezáis a confiar el uno en el otro y, antes de darte cuenta, ya estás enamorada y... ¡que Dios te ayude!»

–Quiero que sepas cuánto lamento lo de la otra noche –se disculpó Giancarlo.

–No tienes que darme explicaciones.

Sería mejor si las cosas no se complicaban demasiado entre ellos, decidió Claire. En serio, ¿para qué empezar algo más que una sana y sencilla amistad? Si de todos modos se iba a ir al cabo de dos días...

–Pero quiero hacerlo –contestó Giancarlo–. Natalie y yo no estamos prometidos. Lo estábamos, pero hemos roto nuestro compromiso. La razón por la que no podía decir nada es que todavía no se lo he dicho a mi familia. No quería decírselo así, a bocajarro. Mi madre, sobre todo, quiere mucho a Natalie.

Claire lo miró a los ojos. Giancarlo parecía completamente sincero. «Que Michael no fuese de fiar no significa que todos los hombres sean iguales –se recordó a sí misma–. Cabe la posibilidad de que Giancarlo me esté diciendo la verdad.»

–¿Y todavía no se lo has contado?

–Estoy pensando cómo hacerlo; no es fácil. Nuestras familias se conocen desde hace muchos años. Natalie tampoco se lo ha dicho a la suya.

–Bueno, ¿y qué ha pasado? ¿Por qué habéis roto?

–Queríamos cosas distintas. Ella estaba lista para asentarse y formar un hogar enseguida, y yo no soy tan tradicional.

–¿No quieres formar una familia?

–Algún día, pero no quiero la misma vida que mis padres y mis abuelos. A Natalie no le importa estar siempre aquí, en Venecia, siempre rodeada de la familia, haciendo las mismas cosas, viendo a la misma gente... Venecia es mi hogar, pero no quiero vivir aquí para siempre. Ni siquiera quiero vivir siempre en Italia. Aquí, mi trabajo sólo tiene que ver con el pasado. Todo lo relacionado con la arquitectura de Venecia tiene que ver con la historia, con la restauración, con la reconstrucción de edificios que tienen siglos de antigüedad. Me interesa mucho más el futuro. La arquitectura moderna. Estoy enamorado del Nuevo Mundo.

–¿El Nuevo Mundo?

–Sí, de Estados Unidos y, en especial, de Nueva York. Es la ciudad ideal para mí: siempre hay algo en marcha las veinticuatro horas del día; hay tanta actividad, tanto bullicio y animación, tanta vida nocturna... Yo soy lo que se dice un pájaro... no, ¿cómo se dice eso...? –Se esforzó por recordar la expresión–. Soy un ave nocturna. ¿No es ésa la expresión? ¿Un ave nocturna?

–Sí.

–Aquí hay pocas cosas que se puedan hacer, pero en Nueva York en cambio... Teatros, galerías de arte, clubes nocturnos... ¿No me dijiste que habías vivido allí varios años?

–Mientras estudiaba en Columbia. Ahora vivo cerca de Boston.

–Pero vivir en Nueva York fue maravilloso, ¿no?

–Supongo que sí. Estaba tan liada con los estudios... y tampoco tenía mucho dinero, y las obras de teatro y los musicales son muy caros... además, vivía arriba de todo, cerca de la universidad, y eso está lejos de la zona de los teatros...

–Así que no ibas mucho al teatro.

–Pues no. Y tampoco a clubes nocturnos.

–Pero Boston también es una ciudad fantástica, ¿no?

–Sí, sí que lo es. Es el lugar donde nací, así que me cuesta un poco verla con los ojos de alguien de fuera, pero la verdad es que hay casi las mismas cosas que en Nueva York... sólo que no tantas ni tanta variedad. Aunque la verdad es que no vivo en Boston, sino en una ciudad a una hora de distancia.

–Sigue siendo Estados Unidos.

–No creo que sea el mismo país que tú imaginas: es una ciudad muy tranquila.

–¿Y eso te gusta?

–La mayor parte del tiempo, sí. –Echó un vistazo a su alrededor–. Aunque la verdad, esto me gusta mucho más. Supongo que podría decirse que estoy enamorada del Viejo Mundo.

Compartieron una sonrisa ante aquella incompatibilidad entre ambos.

–A lo mejor podríamos enseñarnos mutuamente a mirar nuestros lugares de origen con los ojos del otro –sugirió Giancarlo.

–A lo mejor.

–Así que, si voy a Estados Unidos, ¿querrás ir conmigo al teatro?

–E incluso a los clubes, si tanto te gustan.

–¿Y mientras estés aquí? –preguntó Giancarlo–. ¿Qué es lo que te gustaría enseñarme?

–Estamos sentados en uno de los lugares más maravillosos de toda Venecia. Lo único que tienes que hacer es mirar a tu alrededor.

Llegó el camarero y Giancarlo la convenció para que compartiese con él un postre. Mientras lo pedía, Claire se lo imaginó en Nueva York, en Boston, en Harriot... Se lo imaginó cruzando el umbral de la puerta de su casa, de pie en su cocina, durmiendo en su cama... Costaba imaginárselo encerrado en casa una fría tarde de invierno, o atravesando gruesas capas de nieve para dirigirse a la tienda. Pero también estaba el verano, con las salidas en velero y las excursiones por la montaña, y por supuesto, tanto Boston como Providence tenían una amplia oferta de restaurantes, vida nocturna y actividades culturales. A Giancarlo le gustaría, desde luego que sí.

–¿Y tú? –le preguntó él cuando el camarero se hubo alejado.

–¿Yo?

–¿Tienes novio en esa ciudad tan tranquila en la que vives?

–No.

–¿De verdad? ¿Y no te has casado nunca?

Maldita sea, ahí estaba lo que temía desde el principio. Por un momento se le pasó por la cabeza contestar sencillamente que no para no tener que responder a más preguntas molestas, pero seguro que Giancarlo estaba al tanto de las disquisiciones de su madre acerca de la alta probabilidad de morir en un atentado terrorista que tenían las mujeres solteras mayores de treinta años, y por razones que escapaban a su propia comprensión, no podía dejar que la metieran en ese mismo saco.

–Estoy divorciada. Nos separamos hace dos años.

–Lo siento. ¿Cómo fue?

–Nos fuimos distanciando, supongo. Mi madre estaba muy enferma y yo pasaba mucho tiempo lejos de Nueva York, cuidando de ella.

–¿Y tu padre no te ayudaba?

–Mi padre murió cuando yo era muy pequeña, así que siempre hemos sido sólo las dos, mi madre y yo. Creo que Michael sintió que la elegía a ella en lugar de a él. No sé, a lo mejor era verdad, pero en esa situación... mi madre se estaba muriendo; no se piensa en esos términos cuando alguien se está muriendo, sólo se hace lo que se tiene que hacer. Así que... nos fuimos distanciando.

Giancarlo la miró con gesto comprensivo. Claire se quedó en silencio un momento y, acto seguido, inspiró hondo y dejó escapar el aire muy lentamente.

–Eso no es del todo cierto. Es decir, la parte sobre mi madre es verdad, pero lo de que nos fuimos distanciando no lo es. La verdad es que mi... Michael, mi marido... se enamoró de otra persona. –Soltó una risa breve y negó con la cabeza–. Es la primera vez que lo digo en voz alta. –Lo repitió de nuevo–: Se enamoró de otra persona. Ya está.

–Me cuesta mucho creerlo.

–Pues es la pura verdad. Aunque supongo que también podría decirse que los dos queríamos cosas distintas: yo deseaba seguir casada con él y el deseaba irse a Florencia con Renacimiento Laura.

–¿Renacimiento Laura?

–El día del entierro de mi madre, Michael asistió, claro, y cuando todo hubo terminado y todo el mundo se hubo ido a casa, estábamos en la cocina tratando de decidir qué hacer con las tres mil cazuelas de carne estofada que nos habían traído los amigos de mi madre cuando Michael dijo, así, como si tal cosa: «¿Te acuerdas de Laura? ¿La especialista en estudios sobre el Renacimiento?», y me lo figuré, lo adiviné al instante.

–¿Adivinaste que estaba enamorado de ella?

–Bueno, me imaginé que se había acostado con ella. Y entonces dijo: «Le han dado una beca Fulbright para estudiar en Florencia». Así, sin más. «Y por cierto, quiero el divorcio y puedes llevarte tus cosas del piso mientras yo estoy fuera.» No lo dijo así exactamente, pero eso fue más o menos lo que me vino a decir.

–¿Y qué dijiste tú?

–No dije nada. Le pegué un puñetazo en la nariz.

–¿Le pegaste?

–Sí.

Claire no sabía decir si Giancarlo estaba impresionado, escandalizado o divertido. Puede que un poco de las tres cosas.

–¿Tienes un historial de violencia?

Hablaba muy serio, pero sonreía.

–¡No! Nunca hasta entonces le había pegado a nadie.

–¿Y desde entonces?

–No se ha convertido en costumbre.

–Es sólo por si tengo que ir a clases de defensa personal.

–Sólo si me pides el divorcio el día del entierro de mi madre.

–Pero es imposible que eso vuelva a suceder, ¿no?

–No hay mal que por bien no venga.

Era verdad que nunca había pegado a nadie, ni antes ni después de aquello. De hecho, su violenta reacción la había sorprendido a ella tanto como a Michael. Sin embargo, sí había cortado a pedacitos metódicamente hasta la última de sus corbatas el día que se marchó de su apartamento en el Upper West Side, pero optó por no compartir esa información con Giancarlo. Seguramente era mejor no retratarse como una loca al estilo *Atracción fatal* en la primera cita, pensó. O en ninguna cita.

–Giancarlo, me preguntaba... Bueno, debe de haber muchas mujeres guapas en Venecia...

–Sí, y tú eres una de ellas.

Claire se ruborizó. No pretendía obtener de él semejante cumplido.

–Gracias, pero sólo me preguntaba por qué...

–Porque me gustaste desde el primer momento en que te vi. Eres muy distinta a las mujeres que suelo conocer. No eres superficial. Cuando me dijiste que eras historiadora, supe que eras inteligente y me dije a mí mismo: «Quiero saber más cosas de esta mujer». Me gusta que seas estadounidense; las mujeres de tu país son muy independientes y fascinantes.

La habían llamado «fascinante» dos veces en una sola noche. Tenía que ponerse vestidos rojos más a menudo.

–Y también pensé que debías de ser una persona generosa porque te habías traído a tu hermana pequeña contigo –añadió

Giancarlo–. Bueno, pensé que era tu hermana pequeña. ¿Qué tal se te da hacer de acompañante de una adolescente?

–Digamos que me alegro de que sea un trabajo que sólo voy a hacer una vez. El principio fue un poco accidentado, pero no nos ha ido del todo mal desde entonces. Conocer a Stefania ha supuesto una gran ayuda.

–Eso mismo pensé yo. Y para Stefania también está muy bien. La mayoría de sus amigas ya se han ido fuera a pasar las vacaciones de verano.

–Y la verdad es que Gwen se ha portado como un ángel todo el día. Bueno, una cosa que ha hecho no ha sido del todo angelical, pero yo le pedí que la hiciera y me resultó de gran ayuda, así que en el fondo ni puedo decir que estuviese mal. Pero no se ha quejado ni una sola vez por tener que ir a la biblio... –Claire se interrumpió. «Se ha portado como un ángel todo el día. Oh, no...» Tuvo un súbito presentimiento, una desazón en la boca del estómago–. Giancarlo, dime una cosa... ¿ha sido idea tuya lo de esta noche?

–¿Lo de esta noche?

–Lo de salir nosotros dos juntos.

–Bueno... –Parecía incómodo al admitirlo–, la verdad es que Stefania me llamó ayer cuando volvió a casa del Lido y me dijo que Gwendolyn decía que querías verme otra vez antes de marcharte de Venecia. Yo quería pedirte que nos viéramos, pero hasta que ella me dijo eso no creía que fueras a aceptar.

–Creo que nos la han jugado.

–¿Que nos la han jugado?

–Que nos han tomado el pelo, que nos han engañado. Tal vez deberías llamar a Stefania.

Giancarlo marcó el número en su móvil y se lo acercó a la oreja sin decir nada un momento, luego colgó.

–Tiene activado el buzón de voz –explicó–. A lo mejor ha apagado el teléfono durante la película en el cine.

Hablaba en tono despreocupado, pero había cierta inquietud en sus ojos.

Claire consultó su reloj.

–Ya va siendo hora de regresar al hotel de todos modos.

## XX

Llegaron al Bell'acqua poco antes de las once y Claire se dirigió directamente a la recepción del hotel. La llave de su habitación seguía en su casilla y el recepcionista les confirmó que Gwen no había regresado todavía. Claire estaba a punto de decirle a Giancarlo si quería sentarse y esperar a que llegaran las chicas cuando Stefania apareció por la puerta principal.

–¿Está ahí con vosotros? –les preguntó, desesperada y sin resuello.

–¿Quién? ¿Gwen? –preguntó Claire.

–¿Por qué no está contigo? –preguntó Giancarlo al mismo tiempo.

Vieron que el pánico se apoderaba de ella mientras, con ansiedad, alternaba la mirada entre ambos.

–Se... Se ha perdido cuando volvíamos a casa del cine.

–¿Cómo ha podido perderse si estabas tú con ella? –quiso saber Giancarlo.

–No lo sé. Yo me he parado un momento a mirar un escaparate y luego he visto que había desaparecido.

«¿Desaparecido? ¿Como si se hubiera esfumado? –pensó Claire–. ¿Como si la hubieran secuestrado? A fin de cuentas, es la hija de un hombre rico. ¿Qué ha pasado con los Brigadas Rojas, ahora que me acuerdo?»

–Creía que habías dicho que Venecia era una ciudad segura de noche –le dijo Claire a Giancarlo, sin poder despojar su voz de un tono acusatorio.

–Y lo es –contestó él, rotundo–. ¿Dónde estabais cuando ha pasado todo eso?

Se dirigió a Stefania.

–En Dorsoduro.

–¿Y qué hacíais ahí si la película la ponían en San Polo?

Stefania no respondió; se limitó a poner cara de susto.

–Dime la verdad, Stefania. ¿Qué estabais haciendo esta noche? –insistió Giancarlo.

–No puedes decírselo a mamma y papa.

Lo miraba con los ojos muy abiertos, suplicantes.

–No voy a decírselo a nadie, tú sólo dime qué hacíais.

–Estábamos con unos amigos.

–¿Con Marco?

–Sí... y con Nicolo.

–¿Nuestro primo Nicolo?

Giancarlo parecía confuso.

–Sí.

–Ah, claro –exclamó al comprender–. Os visteis todos ayer, en la playa. ¿Y adónde habéis ido esta noche?

–A casa de un amigo de Nicolo.

–¿Era una fiesta?

–No, sólo estábamos los cuatro.

–¿Y qué ha pasado?

–¡No lo sé! Nicolo ha dicho que Gwen se enfadó y salió corriendo de la casa. Se fue tras ella, pero no pudo encontrarla.

–¿Qué demonios le habrá hecho? Cuando lo vea, lo mato...

–Me ha dicho que no le ha hecho nada malo. Ya conoces a Nicolo... no es tan mal chico.

–Es verdad, no es tan malo –confirmó Giancarlo para tranquilizar a Claire–. ¿Y dónde estabais Marco y tú mientras ocurría todo eso?

–Estábamos en otra habitación –respondió Stefania en tono harto elocuente.

–No importa, no quiero saberlo. Bueno, pues dime, ¿dónde está esa casa y dónde están Marco y Nicolo?

–Está cerca de San Sebastiano, en la calle Balastro. Marco y Nicolo están buscando a Gwen.

–Iré a pedirle al recepcionista que llame a la policía.

Giancarlo se dirigió al mostrador de recepción. Stefania miró a Claire con gesto alentador.

–Estoy segura de que volverá aquí, al hotel –dijo.

–Estabais muy lejos de aquí. No creo que sepa cómo volver.

«Dios Santo, Dorsoduro...», pensó Claire. Si Gwen se iba en la otra dirección, acabaría en el puerto. Se preguntó si los muelles de Venecia serían tan sórdidos como el resto de los muelles del mundo. No era el lugar más adecuado para que una cría de catorce años merodeara sola, sobre todo de noche. Nunca se le había pasado por la cabeza dejar que Gwen vagase sola por la ciudad, y pensó en todas las cosas que podría haber hecho y que no había hecho para prepararla para esa eventualidad: no le había enseñado a llamar al número de emergencias de Italia, ni cómo se decía «policía» en italiano. Si Gwen veía algún cartel donde dijera «carabinieri», ¿cuántas posibilidades había de que supiese qué quería decir? A Claire ni siquiera se le había ocurrido asegurarse de que la joven llevase encima una de las tarjetas del hotel con el nombre y el número de teléfono.

El hecho de que Gwen se hubiese portado tan bien durante todo el día sólo hacía que Claire se sintiese aún peor. Sí, tenía un motivo oculto para comportarse tan maravillosamente, eso era cierto, pero la verdad es que habían pasado un día estupendo juntas. Sí, hablaba demasiado y no sabía quedarse quieta más de cinco segundos, pero Claire empezaba a acostumbrarse a tenerla rondando a su alrededor. El éxito de su maniobra para reemplazar los diarios les había procurado a ambas una sensación de satisfacción cómplice, además de un ataque de risa, una vez que Andrew Kent se hubo marchado de la sala de lectura. Claire sería la primera en admitir que su comportamiento había sido menos apropiado de lo debido en ese caso, sobre todo tratándose de la mujer adulta que debía velar por su tutelada, pero le resultaba difícil arrepentirse pues era la primera vez que se reía tanto en una biblioteca. La excursión para ir de compras y acicalarse antes de salir esa noche también había sido un momento de diversión, e hizo que Claire se recordase a sí misma que estaría bien tener una hija uno de esos días.

Si le pasaba algo a Gwen, la culpa sería suya por completo, pensó Claire. Tendría que haber sospechado algo el día anterior, cuando las dos chicas habían hecho toda aquella pantomima, y seguramente lo habría hecho si no hubiese querido salir con Giancarlo. ¿Cómo iba a decírselo a los padres de Gwen? ¿Cómo iba a poder vivir consigo misma?

A las once y media estaba sentada en el vestíbulo mientras Stefania hablaba por el móvil con Marco, que buscaba a Gwen en las proximidades de San Sebastiano. Había dos policías en el mostrador de recepción, examinando el pasaporte de la joven y rellenando un formulario. «Una persona desaparecida, es una persona desaparecida.» ¿Qué había hecho Nicolo para molestar a Gwen hasta ese punto? Si Giancarlo no mataba a su primo, pensó Claire, lo haría ella misma.

Giancarlo se arrodilló enfrente de ella y le habló con gran delicadeza.

–Vamos a encontrar a Gwen, te lo prometo. La policía la está buscando, y Marco y Nicolo están recorriendo de nuevo la misma ruta que hicieron desde Campo Barnaba esta tarde.

–¿Estaban en Campo Barnaba?

–Quedaron allí con Stefania y Gwen y luego se fueron a la casa del amigo de Nicolo.

Claire se levantó.

–Me voy allí ahora mismo.

–¿No quieres esperar aquí?

–Campo Barnaba es uno de los únicos sitios de Venecia que podrían resultarle familiares. Creo que ahí es donde está.

El conductor de la pequeña lancha motora apagó el motor al entrar en el Rio Barnaba y dejó que la barca se desplazara sigilosamente hasta los escalones del *campo*. La plaza relucía bajo la luna creciente y la fachada blanca de la iglesia de San Barnaba, que ocupaba casi la totalidad del lado oriental de la plaza, emitía un halo espectral. La luz de la luna lo tornaba todo pálido, plateado y acerado, y hasta sus pasos sobre la escalinata parecían abruptos, ansiosos.

Giancarlo esperó en la barca mientras Claire examinaba el *campo* vacío. Todas las tiendas estaban cerradas y las mesas del Caffè Alfredo, con sus correspondientes sombrillas, habían quedado recogidas hasta el día siguiente. ¿Y si Gwen no estaba allí? Campo Barnaba era la única esperanza para Claire, y estaba prácticamente segura de que Gwen se acordaría de la conversación que ambas habían mantenido sobre aquel lugar. Claro que tendría que encontrarlo primero...

–¿Claire? –la voz trémula de Gwen surgió de entre las sombras del arco de la puerta de entrada de la iglesia.

«Gracias a Dios...», exclamó para sí al tiempo que una enorme sensación de alivio se apoderaba de ella.

–¡Gwen! –Claire atravesó la plaza a todo correr. Gwen estaba sentada en la oscuridad, agazapada y con la espalda apoyada en una fría pared de piedra. Levantó la cabeza para mirar a Claire con la cara surcada de lágrimas y el rímel corrido–. ¿Estás bien? –le preguntó Claire al arrodillarse a su lado.

Gwen asintió despacio, suspiró y se limpió la nariz con la manga.

–Me he perdido.

–Ya lo sé. Aunque has hecho bien no moviéndote de aquí. Habría sido más difícil encontrarte si hubieses seguido dando vueltas por ahí.

–Tenía la esperanza de que te acordases.

–Y me he acordado. No sabes el alivio que me da saber que estás bien. Estábamos todos muy preocupados. –Claire miró hacia la lancha motora–. Vamos, volvamos al hotel.

Gwen miró al otro lado del *campo*.

–¿Es Giancarlo ese de ahí, en la barca?

–Sí.

Empezó a temblarle la barbilla y emitió una especie de grito ahogado.

–Me da mucha vergüenza –dijo mientras las lágrimas volvían a resbalarle por las mejillas.

–Gwen, ¿qué ha pasado? ¿Ha sido Nicolo? ¿Ha hecho algo que te haya molestado?

–No, no es culpa suya.

–Entonces, ¿por qué...?

–Decidí que quería irme, eso es todo. –Gwen empezó a llorar a lágrima viva–. Quería volver... –siguió sollozando– ...al hotel... –continuó, con un nuevo respingo–, pero me perdííí...

La última palabra se transformó en un prolongado gemido, con el que los ojos se le arrugaron y la boca se le torció en una mueca grotesca que a Claire le recordó una inquietante máscara de carnaval.

Sacó un paquete de pañuelos de papel del bolso y ofreció uno a Gwen.

–Todavía no entiendo por qué te marchaste.

Incomprensiblemente, Gwen empezó a llorar aún con más sentimiento: el pecho se le estremecía con violentas sacudidas, intercaladas con una extraña especie de hipo sincopado. Se sonó la nariz con el pañuelo y se volvió hacia Claire con labios temblorosos.

–Es que no me quiereeee... –exclamó sin dejar de sollozar.

–¿Nicolo? Pero si acabas de concocerlo.

–Nicolo no. Tyyy-lerrr...

La grotesca máscara de carnaval reapareció de nuevo, junto con un copioso torrente de lágrimas.

–¿Tyler? ¿No es ése tu novio en Estados Unidos?

–No es mi novio. Empezó a salir conmigo y luego me dejó y ahora ni siquiera me habla y ha empezado a salir con Tiffany Havermeyerrrr... –Hizo una pausa lo bastante larga para emitir unos cuantos suspiros entrecortados más–. Tiffany es muy guapa y rubia y delgada y todos mis compañeros saben que él me besó y que luego me dejó y empezó a salir con ella. Pero es que no me puedo creer que ella le guste más que yoooo... –se lamentó entre más sollozos.

–Estoy segura de que eso es porque no te conoce bien.

–Le gusta Tiffany porque es mayor y le hace más cosas.

–¿Qué cosas?

–Ya sabes, cosas de sexo.

Gwen respiró hondo varias veces y el llanto pareció ceder un poco.

–Me estás diciendo que te dejó porque tú...

–Dijo que era demasiado joven y que no tenía experiencia. Pensé que a lo mejor, si tenía más experiencia...

–¿Por eso querías salir con Nicolo?

–No era la única razón. Nicolo me gusta... pero empezamos a besarnos y yo me puse a pensar en Tyler y en que seguramente en esos momentos él estaba besando a Tiffany... seguro que lo hacen todo el tiempo.

–No puedes estar segura de eso.

–Pero eso es lo que parece.

–Sí, ya sé lo que quieres decir –admitió Claire.

¿Cuántas veces había tenido que apartar de su mente las imágenes de Michael y Laura?

–Y luego empecé a llorar –siguió Gwen–. Y como me daba mucha vergüenza y no quería que Nicolo me viese llorando, me fui. Y luego me perdííí...

«Y volvemos al punto de partida», pensó Claire al tiempo que extraía varios pañuelos del bolso.

–Un tipo que te deja porque no quieres hacer «cosas» es un imbécil integral.

–¿De verdad?

Gwen se sorbió la nariz y se secó los ojos.

–¡Claro! No deberías volver a tener nada que ver con él.

–Pero estoy enamorada de él. –Gwen soltó unos cuantos suspiros y se le escapó un pequeño aullido–. ¿Por qué estoy enamorada de un imbécil integral?

–Millones de mujeres se han hecho esa misma pregunta antes que tú, y me temo que no tiene respuesta.

–Pero no puedo soportar que no me corresponda.

–Ay, Gwen –suspiró Claire–. Ya sé que duele. Una de las cosas que resultan más dolorosas de aprender en esta vida es que se puede estar muy enamorado de alguien y que ese alguien no te corresponda.

Gwen se limpió las últimas lágrimas.

–¿Te ha pasado a ti?

–Sí.

–¿Y qué hiciste?

–Irme de Nueva York, cambiar de universidad, encerrarme en mí misma y entregarme en cuerpo y alma a mi trabajo. Pero no estoy diciendo que sea lo que hay que hacer.

–¿Y qué es lo que hay que hacer?

–A lo mejor le corresponde a cada cual decidir eso, pero ahora mismo yo diría que lo que hay que hacer es... vivir la vida. Conocer a otras personas, creer que tiene que haber alguien más por ahí porque... porque tiene que haberlo y ya está.

–Pero ¿y si no lo hay?

–Te prometo que lo habrá. –Claire miró a Gwen a los ojos–. Te lo prometo. –Esperó un momento hasta que Gwen asintió, casi imperceptiblemente–. ¿Estás lista para volver? –Claire miró la lancha motora donde Giancarlo las esperaba–. Venga, vamos a dar una vuelta. No es una góndola, pero es una barca.

## La Luna

*3 de marzo de 1618*

El Rio di Santa Ternita, donde La Celestia le había pedido a Alessandra que se reuniese con ella, era un canal diminuto cerca del Arsenale. Alessandra se acurrucó en el interior del *felze* y se arrebujó las manos entre la capa, las mejillas ateridas de frío, mientras Nico deslizaba la góndola por el laberinto de canales estrechos y oscuros que tanto abundaban por aquella zona de la ciudad.

La luz de la luna recién salida, en cuarto creciente, se derramaba sobre el agua negro azabache y relucía en el *ferro* plateado de la góndola mientras la proa viraba con lentitud. Alessandra levantó la cabeza y olisqueó el aire; allí el humo acre de las calderas de los astilleros siempre lo impregnaba todo.

Tenía los nervios a flor de piel, absolutamente crispados. No había dormido y había pasado el día sometida a una gran tensión y ansiedad. Aunque la noche anterior había conseguido entregar el libro con el código secreto a La Celestia, la llegada imprevista de Antonio la había alterado enormemente.

¿Y si el vizconde revelaba al embajador sus sospechas sobre ella? Quería creer que Antonio sabría ser discreto, pero acaso ni siquiera su silencio podía mantenerla a salvo. Cabía la posibilidad de que el propio Bedmar se diese cuenta por sí mismo de que el vino había ejercido sobre él unos efectos extrañamente poderosos. ¿Y si se le ocurría comprobar si el libro seguía en su lugar? Le preocupaba haber dejado algo fuera de su sitio en los aposentos del embajador, de modo que repasó mentalmente todas sus acciones. ¿Había cerrado la tapa del cofre y echado luego la llave? ¿Había devuelto la llave a su cajón correspondiente? ¿Había dejado la candela en la repisa de la chimenea, donde la había encontrado? A pesar de que tenía un recuerdo muy vivo de haber realizado todos aquellos movimientos, sus temores iban en aumento sólo para atormentarla, haciendo que llegase a creer que había pasado por alto algún detalle decisivo. Y esa noche debía recuperar el libro de manos de La Celestia y devolverlo a su sitio. La sola idea de tener que repetir todo el proceso de nuevo le daba verdadero pavor, pero si no lo hacía, Bedmar sin duda descubriría el robo y su destino estaría sellado. No, su única esperanza consistía en seguir adelante con el plan.

Avanzaron por el Rio di Santa Ternita. Los edificios parecían cernerse sobre ellos a medida que se adentraban en aguas del canal y las inquietantes sombras se volvían aún más inhóspitas. Alessandra no tardó en ver la góndola de La Celestia corriente arriba, amarrada a la derecha. Nico dejó que la barca siguiese a la deriva hasta detenerse por completo detrás de ella. El farol de la parte delantera de la góndola de la cortesana proyectaba un cerco de luz amarillenta sobre la proa, pero la nave parecía vacía; Moukib no estaba en su puesto, en la popa. Nico tendió la mano para ayudar a Alessandra a subir a la *fondamenta* y desde allí ésta bajó a la proa de la góndola de La Celestia.

Retiró las cortinas que cubrían el *felze*. Cuando vio a La Celestia sonrió a su pesar, admirada y divertida a un tiempo, sintiendo incluso un poco de envidia: la preocupación no había permitido a Alessandra pegar ojo en toda la noche y allí estaba La Celestia durmiendo plácidamente. Acurrucada entre las sombras donde no alcanzaba la luz de la luna, la cortesana durmiente estaba recostada sobre un cúmulo de mullidos almohadones de terciopelo con un brazo colocado con elegancia por encima de los cojines, como si nada en este mundo enturbiase sus sueños.

Alessandra se agachó para entrar, alargó la mano y le sacudió el brazo con delicadeza.

–¿La Celestia?

La cortesana cayó hacia atrás, y al hacerlo separó las cortinas al otro lado del *felze* y fue a dar de espaldas contra el suelo de la barca, con la cara vuelta hacia el cielo. Alessandra lanzó un grito. La luz de la luna se derramaba sobre la tez pálida de La Celestia y el corte sanguinolento en la base de la garganta, tan profundo que había estado a punto de cercenarle la cabeza del cuerpo.

Alessandra retrocedió tambaleándose, presa del pánico y muerta de miedo. Su grito había alertado a Nico, quien se acercó corriendo y se quedó de pie en la *fondamenta* contemplando horrorizado la dantesca escena del cuerpo mutilado de La Celestia. Vacía ya de su fluido vital, tenía la piel tan blanca que parecía igual de fría e inerte que el mármol. Nico ofreció la mano a Alessandra.

–Debemos marcharnos de aquí cuanto antes –insistió.

–Espera –contestó ella acordándose del libro.

Tuvo que pasar por encima del cuerpo sin vida de La Celestia para agacharse y meterse de nuevo bajo el *felze*. Cuando empezó a rebuscar entre los almohadones, descubrió con repulsión que estaban empapados con la sangre de la cortesana. Se le revolvió el estómago. Se tapó la boca con la mano y la retiró de inmediato: tenía la palma húmeda, las manos y el vestido manchados de sangre. Se le ocurrió que si el libro estaba así de manchado, no le iba a servir de nada devolverlo a su sitio. Siguió buscándolo de todos modos, con miedo a marcharse sin él. Al cabo de unos minutos ya había registrado la totalidad de la góndola: el libro no estaba allí.

Un miedo visceral se apoderó de todo su cuerpo. Lo que en apariencia tenía visos de ser un crimen cometido al azar no lo era, Alessandra estaba segura: La Celestia había sido asesinada por el libro con el código secreto. ¿Había alguien tan ansioso por tenerlo en su poder como para matar por ello o acaso Bedmar había descubierto el robo? Si el marqués sabía que Alessandra había robado el libro, ¿por qué no ir tras ella primero? Seguramente sólo era cuestión de tiempo, se dio cuenta Alessandra, y no demasiado tiempo, además.

–¿Quién la ha matado? –preguntó Nico cuando vio a Alessandra reaparecer del *felze*.

–El marqués, creo, o alguno de sus hombres. A menos que alguien haya pagado muy generosamente a Moukib.

–¿A su gondolero? No, no ha sido él.

Nico señaló con la cabeza la entrada de un angosto callejón que salía de la *fondamenta* y Alessandra advirtió algo en lo que no había reparado antes. Moukib yacía en el suelo con las rodillas recogidas en el pecho, sobre un charco de sangre que formaba un extenso círculo a su alrededor.

–Está muerto –dijo Nico–. Debemos irnos. Y vos debéis tomar medidas para protegeros.

«Tranquilízate», se dijo Alessandra mientras Nico remaba con la góndola por el Rio di San Martino en dirección a la *bocca di leone*.

Había sido idea de Nico que Alessandra escribiese una carta explicando todo lo que sabía sobre los crímenes del embajador español y la hiciese llegar al Gran Consejo. A ella no se le había ocurrido nada mejor, aunque tampoco estaba del todo segura de cómo iba a ayudarla eso. «Os salvará de la horca», le había dicho Nico, pero ¿la salvaría del marqués? Si podía matar a La Celestia, sin duda podía matarla a ella también. Nico se había prestado a entregar la carta él mismo, pero Alessandra insistió en que era su responsabilidad, a pesar de que las siniestras fauces que la aguardaban en el patio del palacio Ducal le provocaban verdadero pavor.

Tocó con la mano la carta que llevaba en el interior de la pequeña bolsa atada a su cintura. El marqués no tardaría en saber quién lo había denunciado, y su vida correría un peligro aún mayor. Sin embargo, su propia seguridad no era lo único que la preocupaba. ¿Y Antonio? Su relación con el embajador y el duque de Osuna daba a entender que también formaba parte del plan, pero aun así Alessandra no quería implicarlo. Esperaba que el vizconde ya se hubiese marchado de Venecia, pero puede que ni siquiera la distancia bastase para protegerlo. La justicia veneciana tenía una mano muy larga y era muy temida, con toda la razón. Nápoles se hallaba sin duda dentro de la jurisdicción de los asesinos del Consejo.

Pero ¿cómo hacer otra cosa que la que se disponía a hacer

esa noche? Aunque sólo fuese para vengar el asesinato de La Celestia habría corrido el riesgo, pero además ésta le había asegurado que la República se hallaba en peligro. El deber como ciudadana de Alessandra era introducir la carta en la boca del león. Si fracasaba, se perderían aún muchas más vidas.

Se adentraron en un canal que giraba en dirección oeste, hacia la Piazzetta dei Leoncini. Una góndola solitaria, con un farol rojo en la proa, se deslizaba despacio hacia ellos. Una de sus ocupantes, una elegante cortesana con tocado de plumas, se humedeció la boca pintada de carmín con la lengua y extendió la mano a modo de muda invitación. Tras virar hacia un canal amplio y luminoso, la sombra de un puente los engulló y luego los arrojó de nuevo, y reaparecieron en una algarabía de música, risas y luz, un estallido de color y de disfraces, mientras la multitud de la calle Canonica se abría paso a empujones hacia la *piazza*. Nico detuvo la góndola e intercambió una mirada muda con Alessandra antes de que ésta se subiera a la *fondamenta* y desapareciera corriendo.

La *piazza* estaba iluminada por la luz de las antorchas, llena de vida con la música y el jolgorio. Alessandra se abrió paso entre la muchedumbre, una figura lúgubre entre tanta alegría. Se armó de valor y se dirigió a la Porta della Carta, el alto arco de entrada que conducía al patio del palacio, y de pronto se detuvo bruscamente, sobresaltada por algo que había captado por el rabillo del ojo.

Entre las dos inmensas columnas de mármol a la entrada de la plaza de San Marcos, un hombre ahorcado colgaba lánguidamente con su silueta recortada sobre un fondo de cielo despojado de estrellas. Tenía los brazos y las piernas rotos, el rostro ensangrentado y la carne magullada apenas cubierta por unos andrajos sucios y desgarrados. Ni uno solo de los participantes en la fiesta que, disfrazados, pasaban por debajo reparaba en él.

Empujado por una ráfaga de viento, el ahorcado giró despacio pendido de la soga que le había roto el cuello. La luz de una hoguera encendida en el suelo insuflaba movimiento a sus ojos vacíos, de mirada fija e inerte, y unas sombras titilantes danzaban alrededor de su boca y convertían su mueca sin vida en una sonrisa. Alessandra se quedó paralizada, pues le parecía que el ahorcado seguía aún con vida. Se imaginó que se dirigía a ella: «Si no entregáis esa carta, podríais ser vos quien acabe suspendida de esta soga... aunque ésta es la suerte que le espera a aquel al que amáis si lo hacéis».

«Sin duda, decida lo que decida, cualquiera de las dos opciones es igual de terrible», se dijo Alessandra, y sacudió la cabeza para librarse de aquella aparición. Aflojó el paso al encaminarse hacia la Porta della Carta y se deslizó a través del arco de entrada para adentrarse en el patio silencioso y oscuro.

## XXI

Claire se despertó antes de que amaneciera. Acodada en la mesa del rincón, bajo la luz de una pequeña lámpara repasó las notas del día anterior.

El segundo diario de Alessandra, el que habían «liberado» de las garras de Andrew Kent la tarde antes, no había arrojado los resultados que ella esperaba. Lo que necesitaba, más que cualquier otra cosa en el mundo, era establecer algún tipo de vínculo entre la cortesana y alguno de los conspiradores que aparecían mencionados en la carta Rossetti, pero todas las fuentes que había encontrado hasta entonces la llevaban a un callejón sin salida. Si al menos aquella edición italiana del *Diario* de Fazzini no se hubiese destruido... Estaba prácticamente segura de que podría hacerse con una copia a través de la biblioteca de Harvard cuando estuviese de vuelta en casa, pero eso no le servía de gran ayuda en ese momento. El día anterior, Claire había leído la edición inglesa una vez más y comprobado las fechas de una crónica de Fazzini acerca del debut de la cortesana y la mención de Bedmar de una fiesta en casa de La Celestia, y había llegado a la conclusión de que ambos sucesos habían tenido lugar en algún momento de junio de 1617. Se trataba de una curiosa coincidencia, pero de ahí a establecer una conexión entre Bedmar y Alessandra todavía mediaba una gran distancia, sobre todo teniendo en cuenta que Claire no contaba con ninguna prueba, ninguna en absoluto, que demostrase que La Sirena y Alessandra eran la misma persona.

Además, la propia Alessandra no ayudaba lo más mínimo. Sus diarios no revelaban nada especial; tanto era así que casi parecía algo intencionado. El segundo diario de Alessandra parecía una simple continuación del primero, con los detalles más prosaicos de su vida cotidiana:

«La encantadora signora Bognolo me ha obsequiado con su amable visita –leyó Claire–. Me ha pedido un donativo para contribuir a la educación de los pobres huerfanitos de Santa Maria dei Dereletti, pues espera abrir allí una *sala di musica*. Le he dado unos cuantos ducados y varios vestidos...»

Claire no había tenido tiempo suficiente para traducir la totalidad del diario ya que, consciente de que lo iba a tener en sus manos durante un tiempo muy limitado, lo había hojeado y se había saltado algunos párrafos y escogido otros a lo largo de todo el libro. Aun en los días inmediatamente anteriores a la denuncia de la conspiración y posterior desaparición de la cortesana, no había ni una sola alusión a Bedmar, a sus secuaces ni a cualquier actividad sospechosa. ¿Cómo podía estar fraguándose un complot delante de las mismísimas narices de Alessandra sin que ella escribiera nada en su diario? Era como si no hubiese ocurrido nunca.

«Como si no hubiese ocurrido nunca...» Claire lanzó un suspiro. No, si al final iba a resultar que Andrew Kent tenía razón... Era evidente que ya había estado antes en Venecia, documentándose e investigando sin encontrar nada que pudiese considerarse la prueba definitiva de una conspiración española. ¿Qué era lo que había dicho en su ponencia, que la historia mentía a veces? Puede que tuviese razón y que los historiadores que habían narrado la historia de la conjuración española con anterioridad estuviesen contribuyendo a propagar un relato de ficción, ya fuesen conscientes de ello o no. Se trataba de algo relativamente frecuente y habitual: teorías e incluso hechos que, después de haber sido considerados incontestables, se descubrían falsos, carentes de fundamento, y la historia se reescribía; eso era lo que mantenía activos a los historiadores.

Pero ¿no había admitido Andrew Kent que le estaba costando trabajo escribir aquel libro? De hecho, había hablado del «esbozo» de su libro... lo que significaba que aún estaba muy lejos de terminarlo e incluso de formular una hipótesis sólida. Claire recordó la frustración de su voz, pero el atisbo de esperanza que le inspiró ese recuerdo fue muy efímero. Si no podía encontrar las pruebas que necesitaba para sustentar su propia versión de la conjuración española tendría que rehacer su tesis, y daría lo mismo si Andrew Kent escribía o no su libro. La reelaboración implicaría otro año entero de trabajo, tal vez dos, y a menos que obtuviese alguna beca sustanciosa u otro préstamo estudiantil, no estaba segura de poder permitirse seguir adelante. Tendría que encontrar trabajo antes de acabar el doctorado y entonces... ¿qué posibilidades reales había de poder acabarlo?

Claire se desperezó, intentó ahuyentar esos sombríos pensamientos y cogió con gesto distraído una tarjeta postal de la superficie de la mesa. En la parte delantera se veía una fotografía de la playa dorada y alargada del Lido, y detrás aparecía la letra manuscrita de Gwen:

> Querida Shannon:
> Al final, Venecia ha resultado ser un sitio alucinante. He conocido a un chico, Nicolo, que es aún más guapo que T. ¡Me muero de ganas de contártelo todo!

Claire dejó la postal en la mesa tal como la había encontrado, con la cara escrita hacia abajo, y trató de recordar cuando tenía catorce años, cuando conocer a un chico en una playa era de las cosas más emocionantes que podían pasarte en la vida. O puede que contárselo luego a tu mejor amiga fuese la mejor parte. «Tu mejor amiga.» Claire siempre había tenido una mejor amiga, incluso en primaria había tenido ya a alguien a quien contárselo «todo». Ahora que lo pensaba, todas las mujeres a las que conocía tenían a alguien a quien le contaban casi todos sus secretos. Sí, claro. Todas las mujeres le contaban sus secretos a alguien...

Le resultaba extraño estar sin Gwen, pensó Claire mientras subía los escalones dorados de la Marciana. Era curioso lo rápido que se había acostumbrado a que aquella chiquilla corretease a su lado. Sin embargo, era mejor que no la hubiese acompañado, porque a Claire aún le quedaba mucho trabajo por delante en la biblioteca y a Gwen no le entusiasmaba la idea de pasar otro día entero allí.

Cuando estaban a punto de bajar a desayunar, Stefania había llamado por teléfono para saber si Gwen quería ir a pasar el día con ella porque estaba castigada en casa sin salir por haber llegado más tarde de la hora convenida la noche anterior. Gwen sintió un inmenso alivio al ver que Stefania no la responsabilizaba a ella por aquella pérdida temporal de libertad, y estaba ansiosa por reunirse con su amiga, sin duda para revivir juntas los dramáticos sucesos de la víspera. Antes de salir hacia casa de los Baldessari, Claire preparó un miniequipo de supervivencia e insistió a Gwen para que se lo llevara: la tarjeta con la dirección y el número del hotel, un mapa de Venecia, una tarjeta telefónica prepago, una guía y una lista con los números de la policía y del servicio de emergencias.

–Stefania dice que su madre no nos va a dejar salir de la casa –protestó Gwen–, así que no pienso ponerme eso en la camiseta. –Se quitó el papelito sujeto por un imperdible en el que Claire había anotado el número de teléfono de la biblioteca–. Que no tengo ocho años...

–Entonces, al menos guárdatelo en el bolsillo de los pantalones.

Gwen puso los ojos en blanco.

–Por si pierdes la mochila –le explicó Claire.

–No voy a perder...

–Por si alguien te roba la mochila.

–No creo que la madre de Stefania nos deje salir ni siquiera de la habitación. Y por cierto, dice Stefania que su madre no sabe que vio a Marco anoche, así que tú no digas nada.

–¿Cómo puede estar tan segura de que su madre no lo sabe?

Claire no creía que a Renata pudiese escapársele nada, y menos en lo referente a sus hijos.

–Porque dice que si lo supiera, la castigaría sin salir durante el resto de su vida y no sólo dos días.

Sin embargo, cuando llegaron a casa de los Baldessari, Claire tuvo la clara impresión de que, aunque tal vez su madre no estaba al tanto de todos los detalles, lo cierto es que había llegado a sus propias y acertadas conclusiones acerca de lo sucedido la noche anterior. Cuando llegaron, las dos chicas habían salido disparadas escaleras arriba casi de inmediato y la habían dejado a solas con Renata, un momento que no es que esperara con ansia, precisamente.

–Le agradezco mucho que deje que Gwen se quede a pasar el día con ustedes –dijo Claire, tratando de encauzar la conversación hacia la despedida lo más rápidamente posible–, así podré trabajar mucho mejor, la verdad.

–Para mí también es un placer; de hecho, yo misma insistí –aseguró Renata. Parecía casi simpática, era como si su animadversión hacia ella hubiera perdido fuelle. Tal vez los problemas de su hija menor le habían hecho olvidar los del mayor–. No sé si sabrá lo que es tener a una quinceañera vagando como alma en pena por la casa todo el día, pero le aseguro que es muy desagradable. Se me ha ocurrido que si venía Gwen, tal vez así Stefania se olvidaría por un día de la terrible tragedia que es su vida –añadió con leve sarcasmo y una sonrisa.

Claire le devolvió la sonrisa.

–Supongo que es duro eso de tener quince años.

Renata se echó a reír.

–Por lo visto, es terrible. Pero no se preocupe, no van a ir a ninguna parte y yo también voy a estar aquí, así que no hay ninguna posibilidad de que alguien se pierda.

«No tengo la menor duda», pensó Claire.

Tras consultarlo con Francesca, quien le había asegurado que haría que le sacasen sin demora de los archivos los documentos que había solicitado, Claire salió de la Marciana, se dirigió a la *riva* y cruzó la puerta principal del hotel Daniela. La segunda parte de su plan iba a ser infinitamente más difícil que la primera.

Una vez delante del mostrador, le pidió al recepcionista que llamara a Andrew Kent. Con un poco de suerte, estaría solo y accedería a encontrarse con ella en el vestíbulo. Ya bastaba con que fuese a tragarse parte de su orgullo para hablar con él: no hacía ninguna falta que, además, tuviese que hacerlo estando Gabriella delante.

–Lo siento, pero no contesta –informó el recepcionista al tiempo que colgaba el teléfono.

–¿Sabe si ha salido a correr, por casualidad?

–Esta mañana no lo he visto, pero yo acabo de entrar a trabajar hace unos minutos. ¿Por qué no prueba suerte en el restaurante?

Señaló una puerta ancha.

En el comedor, Claire encontró a Andrew Kent sentado a una mesa a solas, terminándose un desayuno tardío y leyendo el periódico, con las gafas rotas algo torcidas sobre el rostro.

–Buenos días –lo saludó.

–Ah. Hola. –Se quitó las gafas y se las metió en el bolsillo apresuradamente–. ¿Qué haces aquí?

–¿Puedo sentarme?

–Por supuesto.

Claire le habló sin ambages.

–¿Has pensado alguna vez en leer sus cartas?

–¿Qué cartas?

–Las de Alessandra.

–He leído algunas, pero no parecen tener la menor relevancia.

–¿Has descubierto algo en su diario que explique por qué esperó dos meses para denunciar la conspiración?

–No. Es más, no parece haber nada de interés en ninguno de los dos. Para tratarse de una cortesana con amantes muy poderosos y que debía de estar al corriente de unos cuantos secretos e intrigas palaciegas, como poco, los diarios son exageradamente aburridos. Parece una mujer de la campiña en lugar de una cortesana: «El martes planté calabazas en el jardín»; «Me han tomado medidas para un vestido nuevo para el baile de la marquesa». Va a misa todos los domingos y siempre encuentra algo revelador en los sermones pero, lo que es más importante, no escribió por ninguna parte «los españoles están urdiendo un plan para derrocar el gobierno de la República».

–¿Y escribió «Hoy el Consejo de los Diez me ha pedido que redacte una carta»?

–No.

–Los diarios no apoyan tus conclusiones en absoluto, ¿no es así?

–Tampoco las tuyas.

–¿Y si no escribió nada importante en ellos a propósito?

Andrew apuró el último sorbo de café.

–No te sigo.

–¿Y si escribió los diarios previendo que tal vez acabarían siendo leídos por otros? Por ejemplo, si la sometían a juicio esos diarios podían ser una prueba clave. Apenas treinta años antes, Veronica Franco había sido acusada de brujería por un antiguo sirviente. Evidentemente era mentira, pero aun así tuvo que defenderse ante un tribunal de la Inquisición. A pesar de que logró salir absuelta, no tuvo que ser nada fácil. Alessandra debía de estar al tanto de esa historia. A fin de cuentas, el gobierno estaba encantado de tener a las cortesanas por allí, pues gracias a ellas recaudaban millones de ducados para las arcas públicas, pero no gozaban de los mismos derechos que otros ciudadanos venecianos. Tal vez los diarios eran la forma que tenía Alessandra de procurarse algo de protección. Cualquiera que los leyese no tardaría en darse cuenta de que llevaba una vida irreprochable: nada de adorar al demonio, ni reuniones clandestinas ni pensamientos impíos. Ni siquiera menciona nunca a sus amantes.

–Entonces, ¿estás diciendo que creó una especie de cortina de humo, una fachada de mujer decorosa y respetable?

–O eso, o es la cortesana más sosa, aburrida y abstinente que ha pisado la faz de la Tierra.

Andrew asintió con aire reflexivo.

–Eso es una genialidad.

–Gracias.

–Me refería a ella.

–Pues no he visto que hayas llegado tú a esa conclusión –le espetó Claire con evidente frialdad–. Bueno, pero no es eso lo que he venido a decirte. En la Marciana hay veintiocho cartas que Alessandra escribió entre enero y marzo de 1618.

–¿Y qué esperas encontrar en esas veintiocho cartas? En aquellos tiempos, las personas prominentes escribían dos o tres cartas al día. ¿Qué crees que vas a descubrir leyendo veintiocho?

–Pero todas esas cartas iban dirigidas a mujeres.

–¿Y qué pretendes decir con eso exactamente?

–Todas las mujeres tienen alguien a quien se lo cuentan todo, una confidente, una mejor amiga. Pudo haber sido una amiga de la infancia u otra cortesana, pero tiene que haber alguien.

–Es posible que así fuese, pero de eso no se desprende necesariamente que Alessandra le escribiera algo relevante a su confidente. A lo mejor se guardaba los secretos para cuando estaban juntas.

–Pero cabe esa posibilidad. No tienes más remedio que admitirlo.

–Sí, cabe la posibilidad, pero ¿por qué me lo cuentas?

–Creí que tal vez querrías que trabajásemos juntos en esto.

Entrecerró los ojos para mirarla.

–¿Ah, sí? ¿Y por qué?

Si había algún momento propicio para echar mano de sus encantos femeninos, sin duda era aquél.

–Pues verás, tú... eres el mejor –empezó a decir Claire–. Tú eres el experto en la conspiración. Claro que no crees que hubiera ninguna conspiración, o al menos no una conspiración española, pero ya me entiendes. Tuviste la amabilidad de contarme lo de la discrepancia de las fechas en la carta Rossetti. Y estoy segura de que podría aprender muchísimo trabajando a tu lado...

–No puedes traducir tú sola veintiocho cartas en un día, ¿no es eso?

–Eso es.

Andrew arrojó su servilleta sobre la mesa y se puso de pie.

–Muy bien, pues entonces, vámonos.

# XXII

Claire y Andrew Kent estaban sentados el uno frente al otro a una mesa de la zona central de la biblioteca. Entre ambos se elevaba una pila de más de dos docenas de cartas de hacía cuatrocientos años, cada una de ellas guardada en su propia funda de plástico.

Claire levantó la vista de la carta que traducía, pues ya estaba segura de que no iba a ser la carta reveladora que andaban buscando, y miró de reojo a su colega. Estaba completamente absorto en la tarea entre manos, con la mirada fija en el documento que tenía ante sí, y apartaba la vista de vez en cuando sólo el tiempo necesario para consultar su cuaderno y la traducción que parecía fluir como por arte de magia de su bolígrafo. Se mordisqueaba el labio al trabajar, y alguna que otra vez, de forma inconsciente al parecer, se apartaba de los ojos un mechón rebelde con un manotazo o se subía aún más las gafas en el puente de la nariz.

Claire recordó que se había puesto aquellas gafas con cierto ademán resentido, y a ella le había divertido e incluso conmovido un poco aquel pequeño alarde de vanidad. ¿Era sólo porque estaban rotas o creía que lo hacían parecer más viejo? No es que fuese viejo: debía de rozar los cuarenta como mucho. La verdad es que tenía un rostro bastante apuesto, pensó Claire mientras la miraba, era guapo incluso, sobre todo cuando bajaba la guardia y no se ponía tan presuntuoso ni crítico. Tenía el mismo aspecto que la noche anterior, cuando le dijo... lo que le dijo. Claire se preguntó por un momento si no habría bebido. No es que tuviese aspecto de estar ebrio, ni mucho menos, pero por nada del mundo se podía imaginar al hombre que estaba sentado frente a ella volviéndole a decir nada parecido nunca más.

Era asombroso que fuese capaz de estar sentado a menos de un metro de distancia de ella sin reparar para nada en su presencia, pensó Claire con creciente irritación. Fijó la mirada en la frente de él, como conminándolo a levantar la vista y mirarla, pero no lo hizo. Bueno, la verdad es que no debía sorprenderla que fuese inmune a su silenciosa pero sin duda magnética influencia. Ya habían pasado la mitad del día juntos y él no había hecho ninguna referencia a por qué le dijo... lo que le dijo. A decir verdad, ni siquiera había mencionado la noche anterior, no le había soltado ningún comentario introductorio neutro del tipo: «Fue una grata sorpresa encontrarnos por casualidad anoche» o «¿Has vuelto a pensar en la carta Rossetti?» ni nada semejante que pudiera haber desembocado en una conversación sobre su comentario. Era como si lo hubiese olvidado por completo, como si nunca jamás hubiese ocurrido. Bueno, pues si él no pensaba decir nada al respecto, ella tampoco, desde luego. Aunque a lo mejor, si seguía mirándolo así, fijamente, levantaría la vista para mirarla y le diría...

–¿Ya has acabado con la tuya? –le preguntó él, que levantó la vista un momento e hizo una seña impaciente hacia la carta que Claire tenía delante.

–Casi –contestó Claire con brusquedad, y volvió a centrar su atención en la carta y en traducir las pocas palabras que le quedaban.

–¿Y bien?

Se restregó la frente.

Claire carraspeó y leyó de su cuaderno.

–«Por favor, enviad el brocado y el terciopelo cuanto antes. Los dos vestidos de muselina no serán necesarios hasta pasada la Cuaresma. Servíos además prestarme asesoramiento acerca de los zapatos más adecuados para el vestido de terciopelo. Se despide vuestra humilde...», etcétera, etcétera, etcétera. –Volvió la carta para examinar el destinatario–. Simone Montecelli, en la Merceria.

–Su modista.

–Eso parece. ¿Y la tuya?

–«Mi querida Isabella –leyó Andrew–: Cuán amable por vuestra parte obsequiarnos con vuestra hospitalidad el martes. Como pudisteis comprobar, mi acompañante se maravilló ante la fabulosa suntuosidad de tan incomparable escenario y los manjares exquisitos con que nos deleitasteis.

»El programa de entretenimiento también fue sumamente ameno: debéis decirme dónde encontrasteis unos enanos de tanto talento. Sus bufonadas eran tan divertidas que creía que iba a morirme de la risa...» ¿Quieres que continúe?

–No.

–Eso me parecía. Creo que podemos asumir razonablemente que esta carta dirigida a la baronesa Di Castiglione fue escrita con el único objetivo de cumplir con una obligación social.

–Bueno, pero cualquiera de estas mujeres podría haber sido su mejor amiga.

–¿Una modista?

–¿Por qué no? Las peluqueras suelen ser las confidentes por excelencia de las mujeres, ¿por qué no una modista?

–¿Crees que esa lista de vestidos puede ser relevante?

–No, pero a lo mejor hay otra carta.

–Oye, se me acaba de ocurrir una idea. A lo mejor la carta está cifrada –dijo Andrew, bajando la voz y acercándose a ella–. «Vestidos de muselina» significa en realidad «legiones armadas hasta los dientes».

–Eso es una genialidad.

–Gracias.

–Me refería a Alessandra. Y hacer bromitas no es muy útil, que digamos.

Andrew suspiró y soltó su bolígrafo.

–Creo que estamos perdiendo el tiempo.

–Pero sólo llevamos leídas doce cartas de momento. –Claire clasificó la pila de documentos–. En lugar de trabajar con ellas por orden cronológico, ¿por qué no comprobamos si hay alguna dirigida a una amiga en lugar de a una comerciante? –Volvió del revés las cartas para examinar los nombres y direcciones de los remitentes–. ¿Qué te parece esto? «Signora Barberigo, Castello.»

–Podría ser, supongo.

Claire empujó la carta por encima de la mesa.

–¿Cómo empieza?

Andrew leyó la primera frase y luego se la tradujo.

–«Preciso una docena de vuestros mejores pasteles...» La signora Barberigo es pastelera.

–¿Y ésta? –Claire cogió otra carta y leyó el nombre del remitente–. Signora Giovanna Donatella.

Se la pasó a Andrew.

–Pero va dirigida a Padua, no a Venecia.

Claire se quedó pensativa un instante.

–En el primer diario, el que escribió antes de la conspiración, Alessandra menciona una prima en Padua. Tal vez se criaran juntas, puede que Alessandra se convirtiera en cortesana y Giovanna se casara y luego se trasladara...

–... pero ¿que continuaran contándoselo todo?

Andrew terminó la frase por ella.

–¡Sí, exacto!

–Tienes una imaginación muy fértil, ¿verdad?

–Lo dices como si fuera algo malo.

–Porque tu trabajo consiste en descubrir la verdad, no en inventártela.

–Sólo estoy proponiendo una hipótesis, lo único que tenemos que hacer es traducir esa carta y averiguar si hay algo que avale esa hipótesis.

Claire hojeó otras cartas mientras Andrew trabajaba en la de Padua. Al cabo de unos veinte minutos, el historiador terminó, alzó la vista para mirarla y se pasó los dedos por el pelo con aire distraído.

–Prepárate para llevarte una decepción –dijo, y le pasó el cuaderno con la traducción.

Claire inclinó la cabeza y leyó:

Mi queridísima Giovanna:

Te ruego sepas perdonar mi inexcusable retraso entre carta y carta. Tal vez tú sientas lo mismo, pero ansío la llegada de las tuyas de Padua a Venecia con verdadera impaciencia.

Por el momento, no tengo más planes que permanecer aquí, segura, en mi casa, anhelando con añoranza tu compañía.

Mi jardín es mi verdadero refugio, aunque no florecerá hasta mayo. Ahora será el momento de preparar todo lo necesario: plantar algún que otro peral para Nico, fresas y girasoles para mi querida Bianca, y algún rosal trepador que antaño yo misma solía plantar, ¿recuerdas?

Volveré a escribirte muy pronto.

Tu prima que te quiere,

ALESSANDRA

–No es lo que se dice una carta apasionante, ¿no crees? –dijo Claire.

–No.

–Pero sí demuestra que Giovanna es su prima.

–Sí.

–Te mueres de ganas de decirme «ya te lo advertí», no es cierto?

–No pensaba utilizar esas palabras, pero debo señalar que esta carta lleva fecha del 1 de marzo de 1618... y por favor, centra tu atención en el segundo párrafo, en el que escribe...

–«Aquí, segura, en mi casa.» –Claire completó la frase por él. Por supuesto que se había dado cuenta; Alessandra había escrito que estaba «segura» precisamente en las fechas en que la conspiración cobraba más fuerza–. ¿Estás seguro de que tu traducción es correcta? –preguntó, alargando el brazo por encima de la mesa para coger el original.

–Pues claro que estoy seguro –replicó Andrew, un poco ofendido.

–A lo mejor mentía para que su prima no se preocupase por ella.

–Te agarras a un clavo ardiendo.

–Hay otra, ¿sabes?

–¿Otra qué?

–Otra carta a su prima. –Claire se la dio–. Creo que también deberíamos traducirla.

–Querrás decir que crees que yo debería traducirla.

–Tú eres más rápido.

–No te piensas dar por vencida, ¿no?

–No.

Andrew examinó el documento.

–Es más larga que la otra. Voy a tardar un buen rato en traducirla.

Claire se dedicó a algunas de las cartas más cortas que, al igual que las anteriores que ya había traducido, estaban relacionadas con los quehaceres diarios de la casa Rossetti, hasta que Andrew terminó con la segunda carta de Alessandra a su prima. Le entregó a Claire su traducción lanzando un suspiro; era evidente que no le entusiasmaba el estilo epistolar de la cortesana.

Mi queridísima Giovanna:

Anhelo ansiosa que llegue el momento de nuestro encuentro. Ha pasado mucho tiempo desde la última vez en Burano, ¿no crees? Y más tiempo aún desde Marghera, el pasado verano.

Me asaltan, sobre todo de noche, gratos recuerdos de nuestra entrañable infancia, tan plácida, del lejano tiempo aquel en que nos reuníamos los seis y compartíamos nuestras cuitas. Es una lástima que marzo transcurra tan despacio, que el tiempo no nos transporte más deprisa al momento de nuestro reencuentro, porque para mí supone una dolorosa pérdida no poder compartir cuatro o cinco alegrías de esta monótona vida con mi prima favorita.

Giovanna, de veras aprecio la inquebrantable lealtad que me has demostrado siempre, más fuerte que ninguna otra que haya conocido esta desdichada alma humana, causa de jubiloso gozo. Por todo ello, y como obedece al cariño que te profeso, cuento los días, sólo muy pocos ya, espero, que restan para llegar a ese momento.

Recibe, entretanto, mis mejores deseos y un fuerte beso de tu prima,

ALESSANDRA

–Salta a la vista que Alessandra sentía mucho aprecio por su prima –observó Claire.

–Excesivo, diría yo.

–Pero eso no ayuda en nada, ¿verdad?

–Me temo que no.

Claire examinó la carta. Estaba datada el día 5 de marzo de 1618, sólo un día antes de la fecha de la carta de Alessandra dirigida al Gran Consejo. Tal vez debía empezar a pensar en ella como en su «presunta» carta secreta; la búsqueda de Claire de la posible confidente de Alessandra no había hecho más que corroborar la versión de los hechos de Andrew Kent.

–¿Qué es esto?

Empujó la carta por la superficie de la mesa y señaló una extraña marca bajo la firma de Alessandra.

العربة

–No tengo ni idea... ¿un borrón con la pluma, quizá? –sugirió Andrew.

–No creo.

Claire cogió la primera carta.

Estaba muy descolorida por el paso del tiempo y menos definida que la segunda, pero se veía un garabato muy similar al anterior debajo de su firma.

–Parece... –empezó a decir Claire.

–Árabe –dijo Andrew.

–¿Sabes traducir del árabe, por casualidad?

–No. ¿Y tú?

–No. –Claire miró a su alrededor–. Tal vez haya aquí alguien que sí sepa.

Se levantó.

–Y qué piensas hacer, subirte encima de la mesa y gritar: «¿Hay alguien aquí que sepa árabe?».

–No, voy a pedírselo a Francesca.

–¿Quién es Francesca?

–La bibliotecaria.

–¿De verdad crees que ella lo sabrá?

–No perdemos nada por preguntar.

Claire se plantó junto al mostrador, cuchicheó un momento con Francesca y luego regresó caminando despacio. Recogió las cartas de la mesa e hizo señas a Andrew para que la siguiera al mostrador de la bibliotecaria.

–No me digas que de verdad hay alguien aquí en la biblioteca que sabe árabe –dijo éste, incrédulo.

–Sí.

–¿Quién?

–Francesca.

## XXIII

–Aunque esta palabra العربـــة cuesta de leer –Francesca señaló el garabato en árabe de la primera carta–, el significado está más claro: «araba» significa «carro».

–¿Carro? –exclamó Claire.

–Un carro antiguo, una especie de carromato de los que se vienen usando desde tiempos bíblicos.

–¿Y para qué se utilizaba? ¿Para los animales, el ganado o algo así?

–No, para el transporte de personas. Es un carro pequeño, tirado por mulas. La gente viaja de pie. Se parece mucho a una cuadriga.

Claire intercambió una mirada con Andrew, que parecía tan perplejo como ella.

Francesca cogió la segunda carta de Alessandra, con fecha del 5 de marzo.

–Esta de aquí الناســك es un poco más difícil de traducir. Significa alguien que está solo... que es un solitario. También tiene una segunda acepción, que me parece un poco rara: alguien que no come nada más que miel.

–Como Juan el Bautista –dijo Andrew.

–Sí, a lo mejor eso es lo que quiere decir: un hombre sabio, un filósofo o una especie de santo, pero lo que es más importante: alguien que vive al margen de la sociedad. –Francesca esbozó una sonrisa a modo de disculpa–. Eso no ayuda demasiado, ¿verdad? Si lo preferís, puedo llamar a la profesora que me daba clases y pedirle que eche un vistazo a las cartas. Tal vez ella sea capaz de ofreceros más información, pero no sé cuándo podría hacerlo, tal vez la semana que viene.

Andrew lanzó a Claire una mirada recelosa. «Esto ha sido idea tuya, tú decides», parecía querer decirle.

–No, no será necesario –le dijo Claire a Francesca–. Creíamos... bueno, no estoy segura de lo que creíamos, pero me parece que con otra traducción no adelantaremos gran cosa.

Regresaron a su mesa con las cartas y se sentaron sin decir una sola palabra, pensativos. Claire se sentía decepcionada, a pesar de que no podía decir con exactitud qué era lo que esperaba. Sentía una desagradable frustración: la mañana había empezado con grandes dosis de optimismo, pero todo su trabajo había constituido una pérdida de tiempo. Más que una pérdida de tiempo, de hecho: al traducir las cartas de Alessandra sólo había conseguido que la base sobre la que se sustentaba su tesis doctoral pareciera aún más endeble. Deseó no haberle pedido a Andrew Kent que la ayudara.

–No creerías de verdad que iba a haber alguna especie de clave para descifrar un código o algo así, ¿no? –preguntó éste.

¿Cómo podía leerle el pensamiento con tanta facilidad?

–Ya sé que suena descabellado, pero los venecianos eran célebres por los ingeniosos métodos que empleaban para cifrar su correspondencia, y no sólo la gubernamental y oficial: los mercaderes también empleaban códigos en sus cartas para proteger sus secretos comerciales y sus transacciones financieras. El padre de Alessandra era comerciante. Si él le enseñó árabe, es posible que también le hubiera enseñado algunas técnicas de encriptación.

–Sí, sólo que las cartas de Alessandra no están cifradas. Si estuvieran escritas en clave, sería obvio: no se entendería nada de nada.

–La encriptación no era la única forma de transmitir mensajes secretos. El final del siglo XVI y el principio del XVII fue una época de una intensa labor de los servicios de inteligencia: Walsingham en Inglaterra, el cardenal Richelieu en Francia, el Consejo de los Diez aquí, en Venecia... Se utilizaba una amplia variedad de métodos y los espías, que a menudo trabajaban como diplomáticos, andaban siempre buscando nuevas formas de mantener sus secretos a salvo y de transmitirlos de forma segura. Ten en cuenta otra cosa, además: si Alessandra hubiese enviado una carta codificada, a cualquiera que la interceptase le habría resultado más que evidente que contenía un mensaje secreto. Aunque nadie pudiese descifrarlo, eso levantaría sospechas de todos modos, ¿no te parece? Puede que fuese demasiado arriesgado, puede que tuviese que hacer que pareciesen cartas normales.

–Me parece que acabamos de pasar oficialmente a través del espejo de la investigación histórica. Según tú, nada es lo que parece. Los diarios son un simulacro perfecto y las cartas contienen... ¿qué? ¿Tinta invisible entre líneas? Dime, si leyéramos la carta Rossetti del revés, ¿diría «Paul está muerto»?

–Ahora te estás poniendo sarcástico.

–¿Me estoy poniendo sarcástico? –Andrew cogió la carta con fecha del 1 de marzo–. Yo no sé mucho de claves ni códigos, pero es que no entiendo cómo podría contener esto algún mensaje secreto... a menos que fuese un enorme anagrama, que habría sido muy difícil de crear.

–Hay métodos infinitamente más sencillos que ésos. Por ejemplo, había quienes empleaban una plantilla, que en lo básico era un trozo de papel con agujeros recortados. Cuando se colocaba la plantilla encima del texto, las palabras que aparecían en los agujeros formaban el mensaje secreto.

–Así que tanto el remitente como el destinatario tenían una plantilla idéntica.

–Sí.

–Y sin ella, es imposible descifrar la carta.

–No de forma fiable. Admito que esperaba que la palabra en árabe fuese alguna especie de instrucción.

–¿Como por ejemplo: «Leer sólo las palabras que empiecen por la letra q»?

–Sí, algo así, supongo.

–Pero ¿por qué iba a incluir la clave en la carta?

–Venecia era una ciudad cosmopolita, pero no podía haber tanta gente entre aquí y Padua capaz de leer árabe. Tal vez Alessandra creyó que utilizar una lengua extranjera era ya lo bastante seguro. Pero si de verdad es una clave, sospecho que esa palabra, «carro», y lo que signifique la otra palabra debía de tener algún sentido sólo para ellas dos. Tal vez hacían referencia a otra cosa que constituye la clave en sí.

–En cuyo caso, no tenemos forma de descubrir ningún código dentro de la propia carta.

–No.

Andrew se frotó la barbilla con aire pensativo.

–Me acabo de acordar de una cosa... ¿Conoces la historia de sir John Trevelyan?

Claire negó con la cabeza.

–No.

–Era un monárquico al que encerraron en el castillo de Colchester tras ser condenado a muerte por Oliver Cromwell. Mientras estaba allí, recibió una carta con un mensaje oculto que le decía cómo escapar. Creo que el método empleado era señalar la tercera letra después de un signo de puntuación: cuando las juntó todas, el mensaje decía: «Panel extremo este de la capilla». Solicitó una hora de meditación a solas antes de su ejecución y, obviamente, supo sacar provecho de la críptica información, porque logró huir con éxito y vivir para contarlo.

–Creía que no sabías nada de códigos secretos.

–Y no sé nada, pero siempre he recordado esa anécdota porque es de las pocas veces que podemos decir con toda certeza que la oración salvó la vida de un hombre. –Hizo una pausa–. Pero sigue constituyendo un misterio, porque hasta el día de hoy nadie sabe quién envió la carta a Trevelyan ni cómo logró descubrir el método para descifrar el mensaje.

–Es como si antes de recibir la carta ya conociera el método, y muy bien podría ser el caso aquí también. –Miró las dos cartas de Alessandra y lanzó un suspiro–. Sin la clave indicada, lo cierto es que no hay forma de descifrarlas. Podríamos intentarlo de mil modos distintos, quedándonos con la tercera letra después de cada signo de puntuación, o la cuarta, y obtendríamos montones de resultados distintos, pero nunca podríamos estar seguros de que alguno es el correcto.

–Ni siquiera de que el autor pretendiese codificar nada.

–¿Es que me has seguido la corriente porque sí?

–No, sentía curiosidad, sinceramente, y me gustan los enigmas. Habría sido muy emocionante si hubiésemos descubierto algo, ¿verdad? Y era mucho más interesante que leer sus diarios. –Echó un vistazo a su reloj–. Dios santo, si ya son más de las cuatro... ¿Qué me dices de un almuerzo más que tardío?

–La verdad es que no era tan mala idea –dijo Andrew mientras permanecían de pie en la barra de una cafetería minúscula a escasas manzanas de la plaza de San Marcos.

–¿El qué no era tan mala idea?

Claire examinó las relucientes botellas de alcohol y licores diversos que poblaban la pared posterior del anticuado bar y se preguntó si no debería tomarse una copita de algo con su *panino* de jamón y queso. A lo mejor así se le quitaba el mal sabor de boca que le había dejado su sentimiento de decepción.

–Leer las cartas.

–No sé cómo puedes decir eso. No hemos sacado nada con ello y hemos malgastado el día entero.

–Tenías una corazonada, una buena corazonada, a mi juicio, y la has seguido hasta el final. En cuanto a lo de no haber sacado nada, así suelen ser las cosas las más de las veces. A mí no me ha parecido una forma tan mala de pasar el día; así no he tenido que trabajar en mi ponencia.

–¿Acaso me estás diciendo que no sabes lo que vas a decir mañana?

–No del todo, no. Como tú, tenía una corazonada: que la carta Rossetti no era exactamente lo que parecía ser, pero no he encontrado pruebas suficientes para demostrarlo.

–¿Qué vas a hacer?

–Hablar de lo que sé con seguridad y esperar que el turno de preguntas del final sea breve. –Andrew se interrumpió para responder la llamada del móvil que llevaba en el bolsillo de la chaqueta–. ¿Sí? Ah, hola –saludó con cierta sorpresa–. Lo siento, se me ha olvidado llamarte antes. ¿Qué tal el día en la conferencia?

Gabriella, supuso Claire. Se sentía incómoda espiando la

conversación, así que se terminó el capuchino y atravesó paseando el callejón para mirar el escaparate de la tienda de enfrente.

–No, he pasado el día en la Marciana... –Su voz se apagó al otro lado del callejón–. Me voy a poner a trabajar ahora mismo. Creo que no voy a poder ir enseguida... tal vez más tarde...

Claire se preguntó cómo reaccionaría Gabriella al hecho de que su novio le fuese a dar plantón esa tarde. Probablemente no muy bien. A juzgar por el tono de disculpa de la voz de Andrew, no se lo había tomado nada bien. Claire enfocó la vista al otro lado del cristal para admirar un curioso surtido de artesanía veneciana y parafernalia *new age:* las máscaras de carnaval, las marionetas y los botes de perfume de Murano aparecían mezclados con querubines alados, estatuas de Buda, gongs orientales y ruedas de oración tibetanas. A Meredith le gustaría una de aquellas botellitas de perfume, pensó Claire deslizándose a través de la cortina de cuentas que cubría la entrada, y se encontró en un interior con olor a pachulí y un ambiente ligeramente místico.

A medida que los ojos de Claire se acostumbraban a la penumbra del interior, examinó el pequeño establecimiento, de una sola sala, para tratar de localizar los perfumes, pero en su lugar le llamaron la atención dos pósteres de vivos colores colgados en la pared del fondo. Al principio se quedó fascinada por la belleza del estilo medieval, y no fue hasta que se hubo acercado un poco cuando se dio cuenta de que estaba viendo las reproducciones del sol y la luna de una baraja de cartas del tarot. Junto a los dos pósteres había una estantería llena de barajas de cartas del tarot de distintos diseños, y junto a ella, un tercer póster en el que aparecían, en menor tamaño, cada uno de los veintidós arcanos principales de la misma baraja de estilo medieval.

«Pues claro...» Una sonrisa iluminó el rostro de Claire al tiempo que se daba media vuelta y salía a toda prisa de la tienda.

–¿Dónde te habías metido? –exclamó Andrew.

–Ven conmigo –le indicó Claire, y Andrew la siguió al interior de la tienda.

–¿Qué pasa? –preguntó.

–Ahí. –Lo condujo hasta los tres pósteres del tarot y señaló el tercero, el de los veintidós arcanos–. Son las cartas del tarot. Mira eso.

Señaló una carta de la segunda fila empezando por arriba.

–*Il Carro* –leyó él–. El Carro.

–Y esta de aquí –dijo ella, señalando de nuevo–. El Ermitaño. ¿No encaja con la traducción de Francesca de la palabra «baran»?

–Sí, ya lo veo, pero ¿de qué nos sirve saber a qué hacen referencia las palabras?

–Las cartas están numeradas.

Claire señaló la parte inferior de sendas cartas, donde los números siete y nueve figuraban de forma prominente, y a continuación sacó una baraja de la estantería y la llevó al mostrador, delante de la caja.

Andrew comprendió lo que pretendía.

–La biblioteca cierra dentro de veinte minutos.

–En ese caso, será mejor que nos demos prisa.

## XXIV

–¿Cómo quieres empezar? –preguntó Andrew–. ¿Cada séptima letra o la séptima letra después de un signo de puntuación?

Estaban sentados el uno junto al otro, con las dos cartas de Alessandra a su prima y la baraja del tarot entre ambos, iluminados por la tenue luz de las lámparas verdes de cristal del extremo de la mesa. Francesca trabajaba en silencio detrás del mostrador, sola en el otro único cerco de luz en la penumbra de la sala, la cara encendida con el resplandor azulado que emitía la pantalla de su ordenador. No había sido nada fácil convencerla para que infringiese las reglas y mantuviese la biblioteca abierta para ellos, pero al final había accedido, a regañadientes, a cederles unas horas de su viernes por la tarde para apoyar su causa.

–¿Y por qué no empezamos por palabras? –sugirió Claire–. ¿La séptima palabra de cada línea, por ejemplo?

–No todas las líneas tienen siete palabras.

–Pues entonces sólo las que las tengan.

Andrew anotó rápidamente la traducción: «retraso las planes aunque plantar algún».

–Aunque cambiásemos las palabras de sitio, no parece que puedan llegar a componer ningún mensaje, ¿no crees? –preguntó él.

–No. –Claire no tenía más remedio que estar de acuerdo con él–. ¿Y si contamos cada séptima palabra pero empezando desde el principio?

Una vez más, Andrew tardó unos pocos minutos en traducir: «perdonar carta pero de por que anhelando es hasta preparar otro para trepador ¿recuerdas? prima».

El corazón de Claire empezó a latir más deprisa. Estaba entusiasmada, convencida de que las cartas del tarot contenían la clave del código.

–¿Estás seguro de que has contado bien?

Andrew presintió su desilusión y la miró con cierto aire compasivo.

–Sí, estoy seguro. No está muy bien escrito, pero tiene algo poético, ¿no crees?

–Sí, como una galleta de la fortuna mal escrita.

–Podemos probar con lo de las letras individuales –insistió Andrew.

Claire estudió el documento. «Háblame, Alessandra», se dirigió mentalmente a la cortesana.

–Prueba con cada séptima palabra pero sin el encabezamiento. Empieza aquí, en «Te ruego sepas perdonar».

Andrew se puso manos a la obra de nuevo. Cuando hubo terminado, se echó hacia atrás en su asiento y se pasó la mano por el pelo con un gesto de asombro absoluto.

–Oh, Dios mío... –masculló Claire cuando leyó lo que había escrito: «Retraso tu llegada. Venecia no segura. Tu refugio será necesario: Nico, Bianca, yo».

Claire se dirigió a él.

–¿Estás seguro de que es correcto?

–¿Piensas seguir preguntándomelo cada dos por tres? Porque si es así, podrías hacerlo tú solita, ¿sabes?

–Sólo quiero estar completamente segura.

–He traducido cada séptima palabra.

–Pero ¿podría ser por chiripa? ¿Pura coincidencia?

–Veamos qué pasa con la otra carta.

Claire examinó las cartas del tarot que había repartidas sobre la mesa.

–El Ermitaño es la novena carta.

–Entonces hay que contar nueve.

Lo observó por encima del hombro a medida que iba escribiendo.

«Encuentro...»

«Marghera...»

«cuatro...»

Con cada nueva palabra, Claire sentía cómo su entusiasmo iba en aumento; cuando el mensaje estuvo escrito al fin en su totalidad, se miraron el uno al otro atónitos, con cara de perplejidad absoluta.

«Encuentro en Marghera noche del seis marzo. Transporte para cuatro. Mi lealtad ninguna causa obedece, sólo a un...»

–¿Sólo a un qué? –preguntó Claire. Se acercó más la carta–. ¿Dónde está la última palabra?

–No está aquí. Mira –dijo, señalando las últimas líneas–: «Por todo ello, y como obedece al cariño que te profeso, cuento los días, sólo muy pocos ya, espero, que restan para llegar a ese momento. Recibe, entretanto, mis mejores deseos y un fuerte beso de tu prima, Alessandra.» Sólo hay seis palabras después de eso, no nueve.

–Eso no tiene ningún sentido. ¿Estás completamente seguro de que...?

Andrew la silenció con la mirada.

–Puede que la última línea no tenga sentido, pero el resto sí. Debería haberme dado cuenta antes de que el fragmento que escribió sobre el verano en Marghera era raro. Nadie pasaba más tiempo en Marghera del estrictamente necesario; no era un lugar de descanso como Burano. Marghera era sólo una aldea pequeña y espantosa en la que la gente alquilaba barcas para ir a remo hasta Venecia. Era uno de los principales puntos de salida de tierra firme y el principal punto de entrada, sobre todo si el viajero se dirigía a Padua.

–Y el seis de marzo: eso no puede ser casualidad.

–Sí, la misma fecha que la carta Rossetti.

–Y eso sí tiene sentido. Deposita la carta en la *bocca di leone* y se marcha de la ciudad de inmediato porque sabe que en cuanto el Consejo la lea...

–Se armará la de Dios es Cristo.

–Y su vida correrá peligro, por culpa de Bedmar y sus secuaces. Esto es increíble. Con estas dos cartas, ¡estoy segura de que podré demostrar que realmente existió una conjuración española y que Alessandra fue quien la denunció! –La alegría exultante de Claire se disipó en seco en cuanto vio la expresión en la cara de Andrew; era como si acabaran de quitarle una silla de debajo justo en el momento en que iba a tomar asiento. De repente ya no le apetecía dar saltos de alegría–. Lo siento, no estaba pensando.

–No tienes por qué sentirlo –repuso él en tono neutro–. Uno de los dos iba a tener razón y el otro iba a estar equivocado. La verdad es que ya hace tiempo que sospechaba que iba por mal camino.

–¿Crees que Alessandra fue a Padua?

–Eso se desprende de la carta, pero no podemos estar seguros de que su prima la recibiera, ni siquiera de que ella la enviara. No lleva ningún sello, a diferencia de las demás.

–¿Y por qué «transporte para cuatro»? –inquirió Claire–. En la carta anterior menciona la necesidad de obtener refugio para ella, Nico y Bianca. ¿Tienes idea de quién podía ser la cuarta persona?

–No, yo también me preguntaba eso mismo.

Se acercaron al mostrador de préstamo para recoger el resto de los documentos. Buscaron en vano palabras en árabe en las otras cartas y luego Andrew abrió el segundo diario de Alessandra.

–La última entrada es del dos de marzo –confirmó–, así que es posible que abandonara la ciudad el seis.

–O que alguien la matara.

–¿Así que ahora estás segura de que murió asesinada?

–Hoddy insistió en que había leído algo en Fazzini acerca del asesinato de una cortesana en las mismas fechas de la conjuración española. Podía haber sido Alessandra.

Claire abrió el diario anterior de la cortesana con la esperanza de que al menos una parte estuviese escrita en clave, como las cartas, pero acto seguido lo cerró de golpe, conteniendo unas ganas inmensas de ponerse a gritar. Dio la espalda a Andrew y volvió a abrir el libro muy despacio, sólo un poco, como si fuese a ver algo distinto de lo que había visto la primera vez. No, no vio nada distinto.

Claire se levantó y, sin soltar el diario, se dirigió al mostrador de la bibliotecaria y examinó los estantes de la pared que había tras él. El lugar reservado a guardar sus libros y documentos estaba completamente vacío, al igual que el de Andrew. Volvió a mirar a la mesa: no, allí no había nada que se pareciese al diario que llevaba en la mano. Se dirigió a la pared de ventanales, donde había más luz, y volvió a abrirlo.

En lugar de la letra de trazo florido de Alessandra, le aguardaba la letra redonda e infantil de Gwen: «Hoy he visto a T. después de la clase de álgebra. Me ha dicho: "¿Qué tal? ¿Cómo te va?". Llevaba esa camisa azul [...]. Horton nos ha puesto un montón de deberes [...]. T. se ha sentado conmigo a la hora del almuerzo. Estaba con su amigo Danny [...]. T. es el chico más guapo que...».

Volvió a cerrar el diario de golpe y se dio media vuelta. ¿Cómo diablos había ido a parar el diario de Gwen al sitio donde debía estar el de Alessandra? Claire retrocedió mentalmente hasta el día anterior, cuando Gwen intercambió ambos diarios por segunda vez mientras Andrew se marchaba de la biblioteca. Después de devolver el diario que le habían quitado, Gwen se había metido el primer diario de Alessandra en la mochila. Claire no se lo había pedido hasta el momento de irse y luego lo había añadido a su pila de libros y se los había devuelto todos a Francesca. Gwen debía de llevar también aquél, su propio diario, dentro de la mochila... y se lo había dado a Claire por error. Los diarios de Gwen y Alessandra se parecían tanto por fuera que nadie se había percatado de la confusión. Por desgracia, eso significaba que el primer diario de Alessandra seguía en la mochila de Gwen... Un lugar nada recomendable para un libro de cuatrocientos años de antigüedad y propiedad de la República italiana.

Claire se lo imaginó apretujado entre las barritas de chocolate y los pegajosos tubos de gomina para el pelo y brillo de labios; seguramente iba a sufrir más daños en aquellas pocas horas en la mochila de Gwen que en sus trescientos y pico años de existencia previa. Lo único peor que podía ocurrir es que lo hubiera perdido o algo así. Además, ¿quién se iba a creer que se lo habían llevado de la Marciana sin querer? ¿Qué era lo que había dicho Andrew: multas muy cuantiosas y pena de cárcel?

Claire se sorprendió nuevamente en la mesa, de pie al lado de Andrew, sujetando el diario de Gwen entre las manos con fuerza.

Él levantó la vista.

–No he encontrado nada nuevo de momento –dijo–. Bueno, al menos ninguna palabra en árabe. ¿Has descubierto algo interesante en ése?

–Las mismas historias aburridas de siempre –respondió Claire con una risita que sonó forzada y antinatural a sus oídos. Escondió el diario a su espalda y Andrew la miró con extrañeza–. ¿Me prestas tu móvil un momento? Tengo que llamar a Gwen –le explicó.

–¿No la has llamado ya tres veces hoy?

–Le dije que la volvería a llamar.

Él le dio el móvil y ella se alejó de la mesa.

–No quiero molestarte –añadió.

Se volvió y salió disparada hacia la puerta de la biblioteca para, acto seguido, salir al pasillo.

Claire se tranquilizó un poco cuando Gwen le confirmó que el diario de Alessandra estaba donde ella creía, pero no esperaba que la chica se opusiese con tanto encono al plan que le proponía.

–¡Pero es mi diario! No entiendo por qué tienes que dejarlo en la biblioteca.

–Porque si no lo dejo, alguien podría darse cuenta de que el diario de Alessandra ha desaparecido. No le digas ni una palabra de esto a Stefania, ¿de acuerdo? Sólo será una noche. Devolveremos el diario de Alessandra a primera hora de la mañana y los intercambiaremos.

–No quiero que nadie lea mi diario.

–Nadie va a leerlo, ni siquiera yo.

–Es personal –siguió diciendo Gwen–. Personal y privado.

–Sí, lo entiendo.

No añadió que no le interesaba lo más mínimo; seguro que estaba lleno de historias de su amado T. T de Tyler, por supuesto. «T de Tyler.»

–Gwen, tengo que colgar –dijo Claire–. Pasaré a recogerte dentro de una hora o dos, ¿de acuerdo?

–Pero Claire... –Gwen se calló y Claire oyó de fondo la voz de Stefania–. Stefania dice que ha llamado Giancarlo, que te ha dejado un mensaje en el hotel.

–Lo llamaré luego –aseguró Claire con aire distraído–. Hasta luego.

«T de Tyler». Claire sintió una extraña exaltación provocada por el germen de una idea incipiente, tan impactante que ni siquiera había cobrado forma del todo en palabras. «Mi lealtad ninguna causa obedece, sólo a un...» Si estaba en lo cierto, eso lo cambiaría todo, tanto sus propias teorías como las de Andrew Kent, y daría un vuelco a todas las teorías anteriores sobre la conjuración española, que se verían sometidas a un minucioso y escrupuloso examen bajo una luz nueva por completo. «Mi lealtad ninguna causa obedece, sólo a un...» Si estaba en lo cierto... Y tenía la súbita certeza de que nunca en toda su vida había estado tan en lo cierto como lo estaba en ese momento.

Regresó a toda prisa a la mesa donde Andrew seguía trabajando y volvió a examinar la carta de Alessandra con fecha del cinco de marzo. La leyó entera una vez, rápidamente, pero eso era lo único que necesitaba.

–No son minúsculas –anunció.

Andrew Kent levantó la vista del manuscrito que estaba leyendo.

–¿Qué?

–Que la palabra «un» no está en minúsculas. ¿Y si no hay que leerla como un artículo, sino como unas iniciales?: «Mi lealtad ninguna causa obedece, sólo a UN».

–¿UN? –repitió Andrew.

Era casi como si Claire pudiese ver el engranaje del cerebro del historiador funcionando a pleno rendimiento. La luz de la revelación empezaba a iluminarle la mirada cuando Claire habló.

–Utrillo-Navarra. Antonio Pérez.

Claire tomó asiento junto a él y se miraron el uno al otro fijamente mientras poco a poco asimilaban las implicaciones de sus palabras.

–Alessandra conocía al vizconde de Utrillo-Navarra –dijo Claire despacio. Volvió a mirar de nuevo la carta–. «Mi lealtad sólo obedece a Utrillo-Navarra.» No sólo lo conocía: estaba enamorada de él.

## XXV

–Eso explicaría por qué conocía las cartas entre Osuna y Bedmar –dijo Claire–. Sabemos que Utrillo-Navarra era uno de sus mensajeros, entre otras cosas. Explicaría también por qué esperó hasta marzo para destapar la conspiración, el lapso de dos meses en la carta Rossetti.

–Sí, quizá lo retrasó para poder preparar su huida de Venecia –convino Andrew.

–El vizconde de Utrillo-Navarra debía de ser la cuarta persona del grupo. Además, al hablar de la lealtad a Antonio, es como si quisiera avisar de antemano a su prima que no le está pidiendo que ayude al enemigo...

–Sino a su amante. Sólo que sabemos que su intento de huida no salió como ellos esperaban, ¿verdad?

–No –convino Claire–. La verdad es que esperaba un final más feliz.

–Enamorarse de uno de los espadachines de Osuna es un serio impedimento para alcanzar la felicidad. ¿Y si no sabía lo que era Antonio Pérez en realidad? ¿Y si nunca llegó a Marghera?

–También lo he pensado.

–Existe otra posibilidad, aunque sé que no va a gustarte –dijo Andrew–: podría tratarse de una elaborada treta de Alessandra. Finge estar enamorada, le ofrece ayuda para escapar y mientras tanto, todo el tiempo, planea traicionarlo.

–Tienes razón, no me gusta. Para empezar no cuadra. ¿Por qué iba a molestarse en escribir en un mensaje cifrado que su lealtad sólo obedece a Antonio si no le importase de verdad?

–Sólo lo digo porque... –Andrew buscó entre los documentos que había encima de la mesa hasta dar con la carta Rossetti–, porque esta carta no parece haber sido escrita de forma apresurada. Desde luego, no parece escrita por alguien que tiene previsto marcharse de Venecia ese mismo día.

Claire recordó haber pensado algo similar cuando la había leído. Una frenética sucesión de ideas se le agolpaba en el cerebro: Alessandra, Antonio Pérez, Bedmar, Osuna, Silvia, la carta... Buscó el enorme tomo, encuadernado en tafilete, de las *Actas de las reuniones del Gran Consejo, marzo de 1618* y localizó la anotación del seis de marzo: «*Alessandra Rossetti, bocca di leone Palazzo Ducale*». De repente, algo encajó.

–Andrew, ¿no hay otra *bocca di leone* en el palacio Ducal? Además de la del patio, me refiero.

–Creo que hay otra en la sala della Bussola, la sala de la Brújula.

–¿Y no está justo al lado de la sala de Trei Capi?

–Sí.

Claire se recostó en la silla, pensativa y en silencio. No le gustaba lo que estaba sospechando, ni cómo aquella pieza del rompecabezas lo trastocaba todo por completo. Mientras le explicaba su versión de los hechos a Andrew Kent, vio cómo la expresión de éste se tornaba cada vez más grave.

–Ah, ya entiendo –dijo, cuando hubo terminado–. Entonces, estás diciendo que los dos estábamos equivocados.

–Y que los dos estábamos también en lo cierto –añadió ella.

En la terraza del Caffè Quadri, un octeto de música clásica interpretaba piezas del repertorio norteamericano mientras Claire y Andrew atravesaban la plaza despacio, en dirección a la casa de los Baldessari. Claire iba a recoger a Gwen y sospechaba que Andrew, a pesar de que no lo había dicho específicamente, había quedado con Gabriella allí.

Además de la música, el aire bullía con el murmullo constante de las conversaciones de las mesas abarrotadas de las terrazas del Caffè Quadri y del Caffè Florian. La basílica resplandecía de luz y su entramado de agujas y cúpulas se proyectaba como un halo sobre el fondo del cielo nocturno. Justo encima de ellos brillaban las estrellas, diminutas y radiantes.

«Es mi última noche aquí –pensó Claire–. Me parece increíble que ya casi haya terminado mi estancia.»

–He visto tan poco... –dijo.

–¿Cómo dices?

No se había dado cuenta de que hablaba en voz alta. Sintió que se ruborizaba.

–Me da mucha pena tener que irme mañana.

–A mí también. Es increíble, ¿a que sí? –Con un ligero movimiento con la cabeza logró señalar la plaza y, por extensión, toda Venecia–. Aunque la verdad es que la palabra «increíble» no le hace justicia. Cada vez que intento describir Venecia, siempre acabo utilizando clichés.

–Antes de salir de Harriot había leído que Venecia era «mágica» o «como un cuento de hadas» tantas veces que empezaba a creer que la consejería de Turismo de Venecia había descubierto la manera de lavar el cerebro a la gente que se despedía de la ciudad. Y entonces llegué aquí y me sorprendí pensando: «Es mágica, como un cuento de hadas...».

–A lo mejor le lavan el cerebro a la gente cuando llega, y no cuando se va.

–A eso se le llama ser poco original, desde luego. Pero lo que más me ha impactado es ver lo intensa y vitalista que es, y lo triste sería que la convirtieran en una ciudad-museo, como han sugerido algunos.

–Estoy de acuerdo, sería una lástima.

Siguieron andando hacia el extremo oeste de la plaza y no tardaron en dejar atrás las luces y el barullo de la plaza para adentrarse en el laberinto de callejuelas oscuras de San Marcos. Llevaban varios minutos andando en amigable silencio cuando de repente Andrew dijo:

–Creo que te debo una disculpa.

Claire lo miró, sorprendida.

–¿Por qué?

–El día que nos conocimos en el aeropuerto... Creo que fui un poco... mmm... grosero.

–No me di cuenta –mintió ella.

–Ahora no sólo me estás pinchando, sino que además mientes. Aunque tú tampoco te quedaste corta... con toda esa palabrería sobre la policía italiana. Ja.

Andrew parecía ofendido, pero esbozó una sonrisa burlona.

–¿De verdad me habrían detenido por intentar colarme en la cola de la UE? –quiso saber Claire.

–No tengo ni idea. Nunca había visto a ninguna estadounidense tratando de colarse.

–Pero ¡qué caradura! ¡Con todo lo que me llegaste a decir!

–Por eso te pido disculpas. Sé que me porté mal, pero había circunstancias atenuantes.

–¿Como por ejemplo?

–Acababa de pasar dos días en Amsterdam, donde impartía un seminario. Cuando llegué, descubrí que mi equipaje había ido a parar a Atenas, y luego resultó que mi habitación del hotel estaba en medio de una horda de búlgaros de vacaciones que, por lo visto, se pasaban el día durmiendo porque dedicaban la noche entera a entrechocar latas de cerveza y cantar. Luego, cuando venía en el avión hacia aquí, el tipo que iba sentado a mi lado me rompió las gafas.

–¿Adrede?

–No sé cómo sucedió exactamente. Supongo que se levantó, yo me quedé dormido, debió de quitármelas y dejarlas en su asiento y luego, cuando volvió...

–Se sentó encima de ellas.

–Eso me temo. Para cuando llegué a Venecia casi no había pegado ojo, había llevado la misma ropa durante tres días, no veía bien y encima iba a dar una charla sobre un libro que representa que estaba escribiendo pero que no había escrito porque no sabía cómo hacerlo. Así que... lo siento, pero espero que lo entiendas.

–Lo entiendo. Mi viaje tampoco fue demasiado placentero, la verdad.

–Debería haberme dado cuenta.

–No pasa nada. Disculpas aceptadas, siempre y cuando aceptes las mías por lo del comentario aquel del «culo de caballo».

–Por supuesto. Aunque debo decirte que nadie me había insultado nunca en latín. Fue algo bastante intrigante. Dime, ¿sólo insultas en lenguas muertas?

–No, también digo palabrotas en griego moderno.

–¿De modo que se te dan bien las clásicas?

Claire negó con la cabeza.

–Sólo me sé los expletivos.

–¿De verdad? ¿Y cómo se aprende eso? ¿Hay algún libro o un CD o algo?

–No, no hay ningún libro –respondió Claire, riendo–. Pero la verdad es que es muy fácil. Sólo tienes que casarte con un experto en filología clásica y aprender sólo las palabras y las frases que te parezcan realmente indispensables.

Andrew parecía perplejo.

–Entonces, ¿tu marido es... es un...?

–Ex marido –lo corrigió ella–. Es profesor asociado de Historia Antigua en Columbia.

«Y su novia ocupa un despacho al final del pasillo.»

–Pues es una habilidad bastante marginal, ¿no crees? Me refiero a lo de saber soltar palabrotas en latín y griego –observó Andrew–. Aunque supongo que podría ser muy útil si algún día vas a Atenas...

–O a Roma –apuntó Claire.

–Claro, claro. –Hizo una pausa–. ¿Qué piensas hacer después de doctorarte?

–Me gustaría dar clases. Lo ideal, en mis mejores sueños, supongo que sería convertirme en profesora en Harvard.

–¿Y tienes alguna posibilidad de que te ofrezcan un puesto?

–No, no. Es casi imposible conseguir trabajo allí. Es sólo que a mi ex lo contrataron los de Columbia, y es una institución muy importante, ya sabes, muy prestigiosa y todo eso...

–Y querías demostrarle que tú también puedes.

–Pues sí. Es una estupidez, ¿verdad? Seguramente acabaré en alguna escuela universitaria de segunda en el medio oeste.

–A mí no me parece ninguna estupidez. Estoy seguro de que serás una profesora excelente. Desde luego, a tu... ¿tu sobrina? la dejaste encandilada con tu historia sobre Casanova.

–Gracias. Gwen no es mi sobrina. Sólo la acompaño en su viaje a Europa. –Claire vio que era necesaria una aclaración–. Los padres de Gwen necesitaban que alguien la acompañara a Europa y estuviera con ella una semana, y yo quería asistir a esta conferencia pero no podía permitírmelo, así que hicimos un trato.

–¿Y sueles acompañar a menudo a la gente en sus viajes?

–¿Acaso no resulta obvio que es la primera vez?

–Por el contrario, pareces apañártelas muy bien. Bueno, menos por lo de dejar que se emborrachara en el avión.

–¡Yo no la dejé! Me quedé dormida y ella se escabulló por el pasillo.

–Un quebradero de cabeza la chica, ¿no es así?

–Es una adolescente. Creo que los quebraderos de cabeza se consideran propios de la edad.

–Yo tengo un hijo de nueve años que ya me saca de quicio constantemente, así que, por favor, no me digas que la cosa va a ir a peor.

–Lamento ser portadora de malas noticias, pero las cosas se suelen poner bastante feas cuando llega la adolescencia.

–Según mi experiencia, ya son bastante complicadas desde el principio.

–¿Así que no describirías a tu hijo como dulce, tímido y completamente normal?

–¿A Stewart? Puedo decir con sinceridad que no es, ni remotamente, ninguna de esas tres cosas.

–¿Qué haces con Stewart cuando tienes que irte de viaje?

En cuanto hubo formulado la pregunta, Claire supo que Andrew se daría cuenta de que había hablado de él con Hoddy. ¿Cómo si no iba a saber ella que era viudo?

Por fortuna, Andrew se limitó a lanzarle una mirada breve e inescrutable e hizo caso omiso de aquel paso en falso.

–Se queda con mis padres.

–¿Te preocupa?

–Me preocupa... aunque no tanto lo que pueda pasarle a Stewart como lo que pueda pasar en un radio de cinco kilómetros de distancia de él. En estos momentos me preocupan mis padres... su casa... su coche... su perro. Citando a uno de sus profesores, Stewart tiene un don para sembrar el caos.

–¿Para sembrar el caos?

–El claustro de su antigua escuela lo votó como el alumno «con más probabilidades de fabricar una bomba atómica en el sótano de su casa». Por supuesto, les dije que tomaba la precaución de guardar el plutonio en un armario muy alto, lejos de su alcance, pero ellos sugirieron que buscásemos otra «situación» para él.

–¿Expulsaron a tu hijo de la escuela primaria?

–No lo expulsaron exactamente, pero se acordó que lo mejor para Stewart, y para todos los demás, sería trasladarlo a un entorno educativo distinto. Y es verdad, ahora es mucho más feliz. Va a la universidad.

–¿En Cambrige hay una escuela para los niños?

–No, lo cierto es que va a clases a la universidad... al Trinity College, mi alma máter.

–Creía que habías dicho que tenía nueve años.

–Y los tiene.

–¿Y va a Cambridge?

–Con tutores, por supuesto.

–Por supuesto.

–Bueno, verás, es que...., mmm... lo consideran un poco adelantado para su edad.

–Es un genio.

–Eso parece.

–Debes de sentirte muy orgulloso.

–Sí, aunque desde que desarrolló esa pasión desaforada por la fabricación de misiles es difícil distinguir entre orgullo y temor por la propia vida. –Andrew se detuvo ante una puerta de hierro forjado–. Ya hemos llegado.

Abrió la verja que daba al patio de los Baldessari; ambos se dirigieron a la puerta principal de la casa y llamaron al timbre.

Andrew se volvió hacia ella.

–¿Sabes una cosa? Lo que dijiste esa noche en el restaurante significó mucho para mí.

–¿Qué fue lo que dije?

–Que hasta los acontecimientos históricos más insignificantes son importantes si nos ayudan a entender la condición humana.

–¿Quieres decir que no hice el ridículo?

–En absoluto. Estaba tan desanimado con este libro y con mi trabajo que había empezado a creer que no tenía ningún sentido. Tú, en cambio, hablabas con tanto apasionamiento que me recordaste lo que sentía yo cuando empecé.

–¿Ah, sí?

Andrew se acercó más a ella.

–Estaba pensando... ¿Vas a asistir a mi charla de mañana?

–Pues claro.

Justo cuando Andrew estaba a punto de volver a hablar, se abrió la puerta y Gabriella apareció ante ellos. Su sonrisa de mil vatios se atenuó perceptiblemente al ver a Claire, quien tuvo una sensación muy extraña, como si Gabriella acabase de interrumpir un momento íntimo, a pesar de que no hacían más que hablar allí los dos, de pie ante la puerta. Gabriella poseía esa misma especie de radar que Renata, y en ese momento lo tenía activado a la máxima potencia, tratando de detectar el más leve indicio de acercamiento entre ellos dos. Por supuesto, no había nada que detectar, pero Claire tenía la sensación de que eso no importaba. Supo de inmediato que acababa de granjearse la enemistad de Gabriella de por vida, por el mero hecho de aparecer junto al novio de ésta en la puerta.

–¡Cariño! –exclamó Gabriella dirigiéndose a Andrew y tomándole del brazo para entrar–. Y Carrie... qué sorpresa.

–Hemos estado en la biblioteca todo el día –dijo Andrew, tratando de explicar la presencia de ambos a la vez en casa de los Baldessari– y Claire tenía que venir a recoger a su... pupila, así que...

«Dios santo –pensó Claire–, con eso sólo hace que empeorar las cosas. Parece que se sienta culpable de algo, incluso.» Tal vez él también percibía aquel radar aunque, según la experiencia de Claire, los hombres, por lo visto, nunca se daban cuenta de cuándo una mujer les colgaba metafóricamente un enorme cartel de «Ocupado» alrededor del cuello.

–Es algo curiosísimo –siguió diciendo–: resulta que Claire también trabaja en la conjuración española...

No, no había percibido nada en absoluto. Los ojos de Gabriella brillaban con fervor posesivo y feroz animadversión. «Muchas gracias, Andrew», pensó Claire. Menos mal que se iba al día siguiente y que no volvería a ver a ninguno de los dos; sospechaba que el punto de mira de la ira de Gabriella era un lugar muy peligroso donde colocarse.

# XXVI

–No entiendo por qué estás tan preocupada –dijo Gwen mientras ella y Claire atravesaban la plaza a toda prisa.

–Unos cuantos años en prisión me parece una muy buena razón para preocuparse.

Una bandada de palomas surcó el cielo por encima de sus cabezas y un mar de alas plateadas relucieron bajo la luz del sol. Esa mañana habían salido más tarde que de costumbre y la plaza ya se estaba llenando de turistas.

Apenas tenían cinco minutos para intercambiar los diarios en la Marciana si pretendían llegar a Ca'Foscari a tiempo para la ponencia de Andrew Kent.

–¿Por qué no viniste ayer a recogerlo a casa de Stefania?

–Para cuando me di cuenta de lo que había pasado, era demasiado tarde. La biblioteca ya estaba cerrada, al menos oficialmente. No habría podido devolverlo a su sitio.

–Creo que cualquier juez entendería que no fue más que una graciosa confusión.

–¿Qué hiciste ayer? ¿Estudiar los fundamentos del derecho? Detesto contradecirte, pero no me parece a mí que lo «gracioso» influya mucho en los jueces. Aunque –añadió Claire, esbozando una sonrisa sibilina– se me ocurre que si tú te confesases culpable, a mí eso sí me parecería la mar de gracioso.

–¿Qué?

–Eres menor de edad, así que no podrían encerrarte en la cárcel. Seguramente se limitarían a embargarte la paga los próximos veinte o treinta años. Harías eso por mí, ¿verdad?

Gwen soltó un bufido.

–Lamento discrepar.

Claire asió el pomo de la puerta principal de la Marciana y tiró de él, pero éste no se movió. La puerta estaba cerrada con llave, tal como descubrió al cabo de un breve forcejeo adicional. Por primera vez, Claire se fijó en una placa dorada que había en la pared junto a la puerta con una lista grabada del horario de la biblioteca: los sábados no abría hasta las once. Claire reprimió un intenso deseo de ponerse a bramar en latín y griego allí mismo.

–Vamos a tener que volver más tarde –dijo.

–Pero ¡mi diario! –protestó Gwen.

–No va a leerlo nadie –le aseguró Claire–. Ni siquiera va a tocarlo nadie. Pero no podemos esperar aquí a que abra la biblioteca o nos perderemos la charla entera.

El salón principal de Ca'Foscari estaba lleno a rebosar; para cuando llegaron Claire y Gwen, todos los asientos estaban ya ocupados y había gente de pie por todo el perímetro de la sala. Encontraron sitio cerca de la fila delantera, a la derecha de la tarima. No muy lejos de allí se encontraban Mauricio, Gabriella y Andrew Kent, formando un corrillo y hablando en voz baja. Él había mirado a Claire una sola vez, cuando ésta se acercó a la parte delantera de la sala y se apoyó en la pared, pero no le había sonreído ni saludado. Seguramente era mejor así, se dijo Claire, estando Gabriella allí delante. Se preguntó si habría tenido tiempo de ordenar sus notas y escribir su ponencia, o tal vez tenía la suficiente seguridad en sí mismo para improvisar. ¿Utilizaría lo que habían averiguado el día anterior o se limitaría estrictamente a su investigación previa? Advirtió que estaba un poco nerviosa, que sufría por él: había muchísima gente allí. Además, el hecho de que la ponencia empezase con retraso sólo hacía que crear aún más expectativas entre el público.

Claire se entretuvo buscando a Giancarlo entre los asistentes. Habían hablado por teléfono la noche antes, después de que ella y Gwen regresaran al hotel. En cuanto se marcharon de casa de los Baldassari, supo que no tenía energía para salir otra noche. Por suerte, Giancarlo había entendido perfectamente que sólo le apeteciese una cena rápida, un baño relajante y una larga noche de sueño reparador. Habían acordado encontrarse allí, en Ca'Foscari. Ella y Gwen no tenían que salir para el aeropuerto hasta las cinco, así que aún disponían de mucho tiempo para almorzar juntos y hacer alguna visita turística. Se preguntaba cómo iba a explicarle a Giancarlo la necesidad de ir hasta la Marciana cuando Maurizio Baldessari subió a la tarima.

–Me gustaría dar la bienvenida a todos a la segunda charla de Andrew Kent sobre la conjuración española contra Venecia –anunció– o, después de la ponencia del martes, sobre la que a partir de ahora podría pasar a ser conocida como la conjuración veneciana contra España. –Un coro de risas surgió de entre el público–. Me dice que tiene bastantes cosas que decir y me ha pedido que, en aras de la brevedad, prescinda de la presentación formal, así que, sin más preámbulos: Andrew Kent.

Andrew subió a la tribuna del orador y dio gracias por los aplausos.

–El martes terminé mi discurso con una cita de Shaw: «La historia, señor, contará mentiras, como de costumbre» –empezó–. Pero por supuesto, no es la historia per se la que cuenta mentiras, sino las personas. Cuando intentamos reconstruir la verdad de un acontecimiento como la conjuración española después de cuatrocientos años, resulta útil recordar que la pátina del tiempo no hace la palabra escrita mucho más fiable. Más aún que de costumbre, no debemos creer a pies juntillas todo lo que leamos.

»Leer entre líneas, hallar las motivaciones y las razones que hay detrás de un texto impreso que nosotros mismos, los seres humanos, nos hemos legado a través de los siglos requiere unas competencias que no solemos considerar competencias investigadoras, precisamente, a pesar de que las utilizamos de forma constante en mayor o menor medida: corazonadas, intuición e incluso la imaginación.

»La investigación de la conjuración española ha puesto a prueba dichas competencias, pero no ha sido hasta esta semana pasada cuando han obtenido recompensa. Los últimos hallazgos en esta materia van a echar por tierra las teorías de más de uno, entre los cuales me incluyo. ¿Fue una conspiración española o veneciana? La respuesta a esa pregunta es más compleja de lo que yo creía, pero resulta que yo no soy la persona más cualificada para exponerla.

Andrew se apartó del micrófono y miró a Claire. Al igual que el resto del público, la historiadora aguardaba a que Andrew siguiera hablando, pero en lugar de eso el británico le hizo una seña para que subiera con él a la tribuna de oradores.

Claire negó enérgicamente con la cabeza. Andrew la miró con extrañeza y volvió a hacerle gestos para que subiera. Los miembros del público, curiosos e inquietos, murmuraban y estiraban el cuello para tratar de mirar en dirección a Claire. Todo el mundo empezaba a darse cuenta de que pasaba algo raro. ¿No se suponía que era Andrew Kent quien iba a dar aquella conferencia?

–Un momento, por favor –dijo Andrew, que echó a andar por la tarima, bajó los escalones y se dirigió a Claire.

Para cuando llegó hasta ella, un murmullo generalizado se había propagado por toda la sala. Gabriella los miraba con expresión de sorpresa y un odio apenas disimulado.

–Sube conmigo a la tribuna, por favor –le pidió con calma–. Te presentaré y luego podrás dar tú la charla, ¿de acuerdo?

–No estoy segura de ser capaz de hacerlo.

–Creía que querías ser profesora. Vas a dar charlas todo el tiempo.

–Puede que sí, pero lo cierto es que la primera vez que hablé en público, me desmayé.

–No lo dices en serio.

–Completamente. Me caí redonda al suelo.

–Así que tienes un poco de miedo, ¿no? Bueno, pues eso no puede ser. Estoy seguro de que habrás oído hablar de lo de volver a subirse al caballo y todo eso.

–Sí, pero...

–No hay pero que valga. Lo único que tienes que hacer es contar la historia tal como me la contaste ayer a mí. Te prometo que no vas a desmayarte.

–¿Cómo lo sabes?

–Tendrás que fiarte de mi palabra. Si se te olvida algo, mírame y yo te haré de apuntador.

La contemplaba con expresión sosegada y alentadora.

Si era capaz de hablar delante de tanta gente, pensó Claire, entonces enfrentarse a Hilliard sería pan comido. Asintió con la cabeza y le pasó su bolsa a Gwen. Siguió a Andrew a través de la sala, con las palmas húmedas y la boca de pronto tan seca como si acabase de tragar arena.

Cuando ambos se subieron al entarimado, el murmullo de la sala aumentó de volumen y pareció mezclarse con el zumbido que Claire tenía en la cabeza. Vio cómo Andrew regresaba a la tribuna y la presentaba ante el público, pero no entendió ni una sola palabra hasta que se volvió hacia ella, sonriendo, y luego percibió el sonido de los aplausos como si vinieran desde muy lejos. Era como si todo sucediese a cámara lenta y en un sueño, la clase de sueño del que te despiertas con el corazón palpitando a toda velocidad y casi sin resuello.

Claire subió a la tribuna y vio al público como un enjambre borroso ante ella. Se agarró a los bordes de la plataforma para no perder el equilibrio y luego miró a la derecha de la tarima: Giancarlo estaba allí, de pie junto a Maurizio, Andrew y Gwen. Le dedicó una cálida sonrisa cuando sus ojos se encontraron, pero Claire no lo miró mucho rato, pues sólo hacía que se pusiera aún más nerviosa. Gabriella, de pie junto a él, ya no se veía enfadada, sino que parecía haber recuperado su ufanía habitual, con los brazos cruzados sobre el pecho y una expresión plácida y hasta satisfecha en el rostro. «Está segura de que voy a hacer el ridículo –pensó Claire–. Parece que hasta lo da por hecho. Bueno, pues no pienso darle esa satisfacción», decidió.

Claire se volvió hacia el público que tenía delante. Un centenar de rostros le devolvieron la mirada, en silencio, expectantes. Acercó la boca al micrófono y percibió la extraña sensación del roce de sus labios con su superficie perforada y olió su acentuado aroma metálico.

–La carta Rossetti –empezó, y su voz resonó por toda la sala, sobresaltándola con el volumen. La cabeza se le fue hacia atrás un momento, pero luego recobró la compostura y volvió a empezar–. La carta Rossetti se halla en el centro de la conjuración española; todo gira en torno a ella –dijo–. Durante cuatrocientos años se la ha considerado la prueba fundamental de todas las acusaciones contra los españoles en la conspiración de 1618. Sin embargo, en tiempos recientes –miró en dirección a Andrew– esta consideración se ha puesto en tela de juicio. ¿Alessandra Rossetti la escribió para denunciar la conjuración española o más bien para crearla, para «fabricar» una conjuración española? Mis palabras deberían dar respuesta a esa pregunta.

## El Demonio

*3 de marzo de 1618*

Alessandra se alejó del ahorcado y se deslizó al interior del patio del palacio Ducal. Rodeó despacio todo el perímetro, sin apartarse de las sombras que se derramaban sobre las paredes. A medida que se alejaba de la plaza, la luz de las antorchas que iluminaban el patio se volvía cada vez más tenue y los sonidos del carnaval se amortecían hasta convertirse en un murmullo impreciso pero continuo que retumbaba débilmente en el interior del cuadrángulo de piedra.

Incrustada en la pared de la esquina del fondo del patio, a la altura del hombro, la placa de bronce de la *bocca di leone* emitía un brillo mortecino bajo las ráfagas de luz menguante. En su relieve aparecía no un león sino la cara crispada de un hombre que esbozaba una mueca grotesca, los ojos desorbitados de dolor, la boca un abismo negro. La cortesana recorrió con los dedos las palabras grabadas y leyó la inscripción: «Denuncias secretas contra aquellos que oculten favores y servicios o que en colusión con otros oculten los beneficios obtenidos de éstos».

Buscó en su bolsa para extraer la carta. ¿Adónde iría la misiva, se preguntó, una vez la introdujera en aquel voraz orificio? Allí abajo, en las entrañas del palacio, ¿habría acaso un hombre sentado en una gélida celda aguardando a que cayeran en sus manos comunicados como aquél? Era más probable que su carta cayese en una caja cerrada y que nadie la recogiese hasta la mañana siguiente.

Miró el dorso de la carta y pasó el pulgar por el relieve del sello de lacre. Sabía que no le quedaba más elección que arrojarla al interior de la boca de león; si no lo hacía, nunca llevarían ante la justicia al asesino de La Celestia; además, las posibles consecuencias para Venecia eran demasiado funestas: el saqueo y el pillaje de la ciudad, centenares de muertos, la República bajo el mando del rey español... La mitad de la población de Venecia sería considerada hereje y ella se encontraría entre ellos: una hoguera sería su lecho de muerte.

Y pese a todo ello, seguía indecisa. ¿Qué le pasaría al vizconde? La temible profecía del ahorcado aún resonaba en sus oídos: «Si entregáis esa carta, hete aquí el sino de otro hombre». Pero sin duda, a él no podía perjudicarle su denuncia, pues ni siquiera estaba segura de que Antonio estuviese implicado en la intriga de Bedmar. Y sin embargo, nada podía hacer por sofocar la angustiosa sensación de que, si arrojaba la carta a la boca de león, estaría sellando el destino de Antonio así como el suyo propio. Las consecuencias de su carta, de un modo u otro, acabarían por separarlos para siempre.

De repente sintió cómo le arrancaban la carta de los dedos, y la mano de un hombre le cubrió la boca. Todo sucedió tan deprisa que no tuvo tiempo ni de lanzar un grito ahogado. Su agresor le retorció con fuerza los brazos para inmovilizárselos a la espalda, al tiempo que le sujetaba con firmeza las muñecas con una poderosa mano. A continuación le apartó la mano de la boca, pero el alivio que sintió Alessandra fue sólo fugaz, pues al instante notó la punta de una daga hincada en sus costillas.

–Te estoy apuntando al corazón –dijo el hombre–. Si gritas, estarás muerta en segundos.

Se desplazaron lejos del centro de la ciudad, serpenteando por los laberínticos canales de Cannaregio, adentrándose en los vecindarios más sórdidos y recónditos de Venecia, donde la oscuridad era cada vez más negra y cada canal más sucio y siniestro que el anterior. Un lugar al que ni siquiera los grupos de ciudadanos armados que recorrían las calles de Venecia para mantener el orden durante el carnaval se atrevían a ir, y en el que las cuadrillas de malhechores y salteadores de caminos se ocultaban bajo los puentes. Las sombras amenazantes se cernían sobre ellos mientras avanzaban con cautela por los canales de aguas turbias.

El hombre le había atado las muñecas con una cuerda en cuanto la sentó en la góndola. Él se acomodó junto a ella en el banco tapizado y le pasó el brazo por detrás en un gesto relajado, pero sin dejar de sujetar la afilada daga con la que la había amenazado. Llevaba la cara cubierta, como ella, con una máscara de carnaval. Por supuesto, ella sabía quién era, lo había sabido desde el momento en que había oído su voz hablándole al oído. Su segunda impresión había sido igual de certera: «Va a matarme».

Él no había pronunciado una sola palabra en todo el trayecto, ni Alessandra tampoco. Hacía todo lo posible por conservar la calma y tratar de evaluar la situación, y se volvió para mirar al gondolero que tenía de pie a su espalda. Era uno de los mercenarios del marqués, por supuesto, hosco, recio y calvo, con una espeluznante cicatriz en el rostro en el lugar donde debería haber estado su ojo izquierdo. La cortesana calculó que debía de ser más bajo que ella, pero parecía cincelado en piedra. Con cada palada en el agua, el tamaño de sus brazos parecía aumentar el doble de su tamaño normal. Un antiguo prisionero de galeras, dedujo Alessandra. No tenía ninguna posibilidad de defenderse frente a cualquiera de aquellos hombres, mucho menos frente a los dos. Tampoco podía arrojarse por la borda, no mientras siguiera con las muñecas atadas y con aquel pesado vestido, pues moriría ahogada antes de alcanzar tierra firme. Miró las aguas negras y viscosas del canal cubierto de escoria. Si su destino era perecer ahogada, al menos que fuese en la laguna y no allí, pensó.

No sabía si era la estulticia o el orgullo lo que le impedía implorar por su vida; puede que fueran ambas cosas. Una parte de su cerebro se aferraba con estupidez al convencimiento de que su captor no tenía intención de hacerle ningún mal, que tenía que haber por fuerza algún otro propósito detrás de todo aquello. La otra parte, en cambio, su parte racional, sabía que era capaz de asesinar a sangre fría. Pero ¿sería capaz de matarla a ella? Si eso era verdad, entonces no podía, no le daría la satisfacción de verla suplicar por su vida. Antes prefería la muerte.

–Por ahí –dijo él al fin, señalando un arco de entrada en ruinas.

Se deslizaron a través del portal y se adentraron en la planta baja de una casucha pequeña y semiderruida. Él extrajo un farol de debajo del asiento de la góndola, lo encendió con una mecha del farol de proa y luego zarandeó a Alessandra para levantarla.

La sacó a empellones de la barca y la obligó a atravesar el suelo de piedra y a subir por un tramo de escaleras. Al llegar a lo alto se encontraron frente a una puerta muy desvencijada y alabeada, y la abrió de una violenta patada. Sujetando a la cortesana del brazo con una mano y sosteniendo el farol con la otra, la guió a través de un estrecho pasadizo hasta que llegaron a lo que parecía la sala principal, a pesar de lo mugriento y oscuro del espacio.

Las escasas piezas de mobiliario estaban cubiertas de polvo y los pesados cortinajes que tapaban las ventanas se habían apolillado y enmohecido. Era evidente que allí no vivía nadie, seguramente hacía años que ni siquiera entraba nadie. Si dejaba su cadáver allí, pensó Alessandra, lo más probable era que, para cuando la encontraran, no quedasen más que los huesos.

Su captor dejó el farol en el suelo y se quitó la máscara. Acto seguido, levantó la mano, retiró la máscara de Alessandra y se la quitó por encima de la cabeza. Siguió sin decir nada durante unos minutos, limitándose a apoyarse en la mesa con actitud relajada y a hacer girar la máscara entre sus manos. Ella fue consciente de inmediato de su poderosa fortaleza, de su capacidad de maniobra y de su seguridad en sí mismo. Se mostraba despreocupado a pesar de que no lo estaba en absoluto y de que si ella hacía un movimiento en dirección a él, o si alguien irrumpía por aquella puerta, se abalanzaría sobre ese alguien espada en mano antes de darle tiempo a pestañear siquiera. Cuando volvió a mirarla, Alessandra percibió en toda su magnitud la penetrante intensidad de sus ojos negros.

–Me envían para matarte –dijo Antonio–, pero creo que a estas alturas ya debes de saberlo.

–Sí. –Le sostuvo la mirada, desafiante, decidida a no mostrarle su miedo–. ¿Te envía Bedmar?

–Sí.

–¿Mataste a La Celestia o lo hizo el marqués con sus propias manos?

–Yo no sé nada de eso. ¿Quién es esa Celestia?

–Una amiga mía, otra cortesana. La encontré degollada hace apenas unas horas.

–Me temo que no puedo ayudarte con eso. Sólo sé que el marqués te quiere muerta.

–¿Y no tiene arrestos para hacerlo él mismo?

–Por lo visto piensa que tu asesinato podría incriminarlo. Son demasiados quienes están al corriente de que eres su amante. Se ha marchado de la ciudad con el único fin de poner tierra de por medio entre él y tu desaparición.

–¿Así que tú te ofreciste voluntario para el trabajo?

–No exactamente, pero mis habilidades para los asuntos de esta índole son harto conocidas.

–¿Y cómo tienes planeado hacerlo?

–¿Matarte? –Antonio pareció asombrado ante su franqueza y luego confuso–. ¿No preferirías implorar por tu vida en vez de preguntar eso?

–No pienso darte esa satisfacción.

–He conocido a hombres el doble de corpulentos que tú que no tenían ni la mitad de tu coraje –dijo, esbozando una sonrisa.

–Pues tú deberías contarte entre ellos, puesto que te aprovechas de aquellos más débiles que tú.

La sonrisa se desvaneció de su rostro. Se colocó detrás de ella y empezó a aflojarle las ataduras.

–Disponemos de muy poco tiempo –dijo–. Tienes que despojarte de la ropa.

–¿Acaso no tienes bastante con matarme? ¿Pretendes humillarme también?

Antonio alzó el farol en el aire.

–Tenemos muy poco tiempo –repitió, con más urgencia en la voz.

Se adentró unos pocos pasos más en la habitación e hizo oscilar el farol. Alessandra dio un grito ahogado al ver lo que acababa de iluminar: tumbada encima de un diván, había una mujer vestida únicamente con la ropa interior. Antes incluso de observar los cardenales que le rodeaban el cuello, Alessandra supo que estaba muerta. Salvo por la saliva seca que se le descamaba en las comisuras de los labios, la mujer parecía una muñeca de tamaño natural, con largos tirabuzones de cabello rubio y unos inmensos ojos azules, la mirada fija en un punto impreciso para el resto de la eternidad. Su tez clara mostraba restos de afeites diversos, las mejillas anormalmente rosadas y los labios pintados de una prostituta. Llevaba el vestido enrollado a los pies.

–Quítate la ropa, ponte ese vestido y luego ayúdame a vestirla con el tuyo. Ya se ha puesto más rígida que un palo.

–¿La has matado? –preguntó Alessandra.

–La he comprado en la morgue. –Hablaba en voz baja pero con ira contenida–. Si el resto del mundo, incluido ese cretino de ahí abajo, quiere creerme capaz de asesinar a una mujer indefensa, que así sea, pero no voy a permitir que tú lo creas.

–Pero la han asesinado.

–No yo. La encontraron muerta en algún portal no lejos de aquí, creo. No te escandalices tanto, es más frecuente de lo que crees. Hay diez mil meretrices en Venecia, y estoy seguro de que te habrás dado cuenta de que no todas viven tan bien como tú. –La miró con gesto impaciente–. Debes darte prisa.

Alessandra se despojó de sus ropas y se puso el vestido. Estaba sucio y andrajoso, pero le sentaba bien si se lo ajustaba con fuerza. Alessandra le tendió a Antonio su propio vestido, pero éste no lo tomó, sino que incorporó a la muerta sujetándola por los hombros e hizo una seña a la cortesana para que se lo pusiera por la cabeza. Entre ambos le pasaron los brazos por las mangas y luego la colocaron de costado para tirar del vestido hacia abajo y por detrás del cuerpo. Alessandra cubrió la cara de la muerta con su máscara.

–¿Se supone que ésa soy yo? ¿No crees que alguien se dará cuenta de que no es así cuando le quiten la máscara?

–Al único que debemos convencer es al gondolero, y él no te ha visto la cara.

–¿Y no va a preguntar por qué me has traído hasta aquí, por qué no me degollaste allí mismo, en la laguna?

–Le he dicho que tú me gustabas mucho.

–¿Para qué tomarse tantas molestias sólo por él?

–Porque será él quien informe a Bedmar, por eso. Lo que me recuerda... tus joyas. Me temo que también deberás desprenderte de ellas. –Alessandra se quitó los pendientes de perlas–. ¿Crees que el marqués los reconocerá? –preguntó Antonio.

–Es posible.

–Bien. Me aseguraré de que le lleguen –dijo mientras los prendía de las orejas de la muerta.

–Si no tenías intención de matarme, ¿por qué me has clavado una daga en las costillas y me has hecho pasar un miedo de muerte?

–Necesitaba que vinieses conmigo sin armar escándalo. Podía haber testigos en la plaza.

–Podrías habérmelo dicho.

–No había tiempo para explicaciones. Ni ahora tampoco. Voy a llevarla a la góndola. Espera al menos cinco minutos antes de marcharte. –Echó mano del tahalí donde llevaba la daga–. No es gran cosa como protección, pero llévate mi puñal. He dispuesto todo para que un mozo te indique el camino hasta una posada cercana. Te aguarda en el *campo*.

–¿A una posada?

–No creo que sea seguro para ti volver a casa.

–No llevo dinero conmigo.

–Todo está pagado. Debes abandonar la ciudad en cuanto puedas. No te demores; el marqués estará en su villa en *terraferma* los próximos días, pero no debes encontrarte aquí para cuando él vuelva. ¿Tienes algún lugar adonde ir?

–Sí. –Alessandra miró a la prostituta muerta–. ¿Qué vas a hacer con ella?

–Dejarla en la laguna.

No añadió nada más, pero tampoco hacía falta, pues Alessandra ya conocía el resto: le ataría unas bolsas con piedras a las manos y los pies, y nadie volvería a saber nunca de aquella mujer.

–¿Por qué haces esto? Me refiero a salvarme la vida.

La miró fijamente un momento y luego apartó la mirada.

–Tú salvaste la mía una vez –respondió en tono lacónico.

Así pues, sólo se sentía en deuda con ella, eso era todo. Alessandra no sabía si reír o llorar, y por un instante sintió como si fuese a hacer las dos cosas a la vez. Con el cadáver de aquella mujer en sus manos, Antonio se volvió y salió por la puerta. Alessandra sintió un dolor punzante y abrasador en el pecho, como si le hubiese hincado la daga de todos modos.

Con las paredes revestidas de paneles de madera y sus piezas de bronce, el cuarto de Alessandra en la posada de Cannaregio le recordaba el camarote del capitán del barco naufragado de su padre. No era una alcoba elegante, pero estaba limpia y era acogedora, con un fuego que se mantenía llameante y un juego de mobiliario sencillo: una cama con dosel empotrada en un recoveco de la pared y una pequeña mesa de comedor junto a la chimenea. Sentada ante el escritorio, miró a su alrededor antes de contemplar, a través de la ventana, las aguas del canal, tres plantas más abajo.

> Estoy bien –escribió Alessandra en una nota para Nico y Bianca–, pero debemos marcharnos de Venecia cuanto antes. Preparad un arcón con mis útiles de viaje y otro para vosotros dos. Enviadlos aquí, a la posada, tan pronto como podáis. Llevad las llaves a la casa de Giovanna en San Polo, donde permaneceremos hasta que dispongamos el modo de salir de la ciudad.

Sopló el papel y lo lacró, y a continuación se levantó para llamar al sirviente. Cuando atravesó la habitación se dio cuenta de que se sentía muy débil por el cansancio. ¿Cuánto tiempo llevaba sin dormir? En cuanto el mozo se hubo llevado su misiva, se desplomó sobre la cama y cerró los ojos, pero las imágenes que se agolpaban en su cerebro la mantuvieron en vilo. La mueca burlona de la *bocca di leone*, la aterradora visión del cuerpo salvajemente asesinado de La Celestia, el marqués como lo había visto por última vez: un gigante dormido que se despertaría para clamar venganza. ¿Estaría a salvo de él ahora? ¿Surtiría efecto el engaño de Antonio o sólo era cuestión de horas el que Bedmar diese con ella?

Su pensamiento regresaba una y otra vez a Antonio, a su comportamiento extraño e indiferente, a la naturaleza contradictoria de sus actos. Le había salvado la vida, al menos de momento, y pese a todo parecía lamentar haberlo hecho. Recordó su actitud hosca de antes y volvió a sentir aquel dolor desconocido en el interior del pecho.

Unos persistentes golpes en la puerta la despertaron de su agitado sueño. Alessandra entreabrió la puerta. En el pasillo, una sirvienta ladeó la cabeza e hizo una reverencia.

–Tenéis visita, señora.

El semblante pálido de Antonio se materializó en las sombras tras la figura de la sirvienta. Alessandra abrió la puerta del todo para dejarlo pasar.

–Pareces sorprendida de verme –observó él al entrar en el cuarto.

Ella cerró la puerta tras él y se detuvo un instante antes de mirarlo a la cara, temerosa de que sus ojos dejasen traslucir la emoción que sentía. Había ansiado tanto volver a verlo... hasta el punto de que ni siquiera se había permitido a sí misma albergar ninguna esperanza al respecto. Y sin embargo, ahora que lo tenía allí delante, sintió algo distinto a la felicidad que esperaba sentir, algo más complejo y menos nítido.

–Creía que te marcharías en cuanto hubieses cumplido con tu desagradable misión –dijo ella.

–He venido a recuperar mi daga y a darte esto. –Le mostró la carta que le había arrebatado ante la *bocca di leone*, y en ese momento reparó en los útiles de escritura que tenía en la mesa–. Pero veo que ya estás preparada para escribir otra.

Antonio bullía con energía impaciente. Era como si cumpliera con un cometido que le resultase sumamente desagradable, casi como si estuviera allí en contra de su voluntad.

No era ésa su intención, pero la actitud brusca y resuelta de Antonio consiguió irritarla. La frialdad de su voz era como una bofetada, y se dirigió vociferante a él con la voz impregnada de ira.

–Estoy preparada para hacer lo que sea necesario para proteger Venecia –exclamó Alessandra.

–¿Aunque eso signifique que con ello vayas a correr un peligro aún mayor?

–¿Acaso es eso posible? Ya me has dicho que no es seguro regresar a mi casa, que debo marcharme de la ciudad.

–Sí, sí que es posible. No te das cuenta del daño que haces con esto.

–¿La has leído, entonces?

–No me hace falta leerla para saber lo que dice en ella. «El embajador y el duque de Osuna conspiran contra Venecia, el vizconde de Utrillo-Navarra es el mensajero de sus planes secretos...»

–Entonces, ¿admites que es cierto?

–No admito nada, pero veo que tú lo crees. Sería mejor que te marchases de Venecia y olvidases todo eso por completo.

–¿Intentas protegerte?

–No sólo a mí.

–¿También a tus compañeros de conspiración?

–Después de nuestra escapada de antes, he dejado todo eso atrás, y por encima de todo a mis compañeros de conspiración, tal como tú los llamas. –Antonio atravesó la habitación en dos zancadas y se asomó a mirar por la ventana–. No tengo a donde ir salvo lejos de Venecia, y eso no es fácil cuando me buscan los hombres de Bedmar.

–¿Y por qué iban a buscarte cuando lo sirves a él?

–Bedmar me creía el instrumento de un asesinato perfecto. Su plan era que yo te matara... y que luego, yo, el asesino, no volviese a aparecer nunca más.

Antonio arrojó la carta encima del escritorio.

–¿Quería matarte a ti también?

La ira de Alessandra dio paso a una poderosa angustia. ¿Qué haría ella si le sucedía algo malo a él? Era una idea demasiado insoportable para pensarla siquiera, pero hizo lo posible para conservar su apariencia de serenidad. ¿Por qué iba a revelar ternura a un hombre que actuaba con tanta frialdad con ella?

–El marqués tiene grandes ambiciones –explicó Antonio–. No va a permitir que nadie se interponga en su carrera política. Tanto si tiene éxito como si fracasa en esta su última empresa, no quiere testigos de su traición.

–Razón de más para que lleve esa carta al Gran Consejo. Me niego a pasar el resto de mi vida con miedo.

–¿Y te das cuenta de que, si entregas esa carta, yo también quedaré marcado para siempre?

–No te menciono en ella.

–Dudo que eso cambie en algo las cosas.

–¿Por qué tratas de disuadirme cuando sabes que la República corre peligro? ¿Crees acaso que tu vida tiene más valor que las de toda la gente inocente de Venecia?

–Por lo que tengo entendido, toda la gente inocente de Venecia cabría fácilmente en una sola góndola. –Esbozó una sonrisa irónica, a la que Alessandra no correspondió–. Aunque creo que será mejor que tranquilice tu conciencia: es más que probable que eso que tanto temes no llegue a suceder. Ahora mismo hay tantos mercenarios en Venecia que hasta el más torpe de vuestros senadores debe de haberse dado cuenta ya de que se está tramando algo. Osuna presiona de forma temeraria y Bedmar se conduce con insensata confianza en sí mismo. Hay espías por todas partes. El plan de Osuna será descubierto mucho antes de que zarpen sus barcos. Quedará frustrado y el castigo será ejemplar.

–¿Y tú? ¿Qué harás tú?

–¿Percibo cierta preocupación por mi persona, al fin y al cabo?

–Admito sentir cierta curiosidad, nada más.

–Si Osuna es derrotado, mi destino irá ligado al suyo. Tendré sin duda que abandonar Nápoles y buscar nuevo empleo. O tal vez vuelva a casa, a Navarra, recoja las míseras rentas que pueda reunir, me case con una viuda rica y me establezca allí –dijo, arqueando una ceja.

El hecho de que pudiese hablar con tanta ligereza de unir su vida a la de otra mujer hacía que su sola presencia allí le resultase a Alessandra insoportablemente dolorosa. La cortesana trató de mantener su voz tan jovial como le permitían sus fuerzas.

–Tienes tantas aptitudes para la vida de terrateniente que me sorprende que no se te haya ocurrido esa idea hasta ahora.

A juzgar por su expresión ofendida, el dardo que acababa de arrojarle había dado en el blanco.

–¿Y qué vas a hacer tú cuando esto termine y regreses a Venecia? –preguntó Antonio–. ¿Volver a ese oficio tuyo al que tan gustosa has elegido dedicarte?

«No necesita espada, puede matarme con sus palabras.»

–¿El oficio al que he elegido dedicarme? ¿Crees acaso que ésta es la vida que habría escogido de haber tenido elección?

–Podrías haberte casado.

Hablaba en voz baja y tono acusador.

–¿Casado? No tenía dote ni dinero. Sólo tenía mi casa, y corría el peligro de perderla por los impuestos que debía por ella. Nadie se casa con la hija de un mercader en la ruina.

–¿Y el convento?

–Querrás decir la prisión.

–Al menos habría sido una salida honorable.

–¿Tan honorable como la tuya, que ejecutas las órdenes de un loco?

–Me parece más honorable cumplir con mi deber que ser una de las cortesanas más populares de Venecia, ¡alguien cuyo nombre aparece en la lista de un libro con un precio fijado a su lado! –exclamó Antonio, paseándose arriba y abajo e incapaz de contener su rabia.

Alessandra sintió el mismo dolor agudo en el pecho que había sentido antes. Habló con un hilo de voz.

–¿Por qué me odias tanto?

Él se detuvo y la miró fijamente.

–¿Crees que es odio? –Se acercó tanto a ella que habría podido tocarlo si quisiera. Él apartó la mirada y habló con dureza, como si no hablase con ella sino consigo mismo–: No es odio, es un tormento. –Volvió a mirarla–. No puedo... –Se interrumpió y por un momento pareció que no iba a poder seguir hablando–. No puedo soportar pensar en ti con todos... con todos esos hombres. Con ningún hombre.

En su gesto desconsolado, Alessandra vio lo que Antonio no estaba dispuesto a decir con palabras.

–¿Es ésa una declaración de amor? Si lo es, es mezquina y cruel. No declaras tus sentimientos pero sí me dices que sientes celos y me atormentas.

–¿Atormentarte? ¿Cómo?

–Hablándome de tus planes de contraer matrimonio con otra mujer.

–Hay pocas posibilidades, a mi entender, de que abandones Venecia y te conviertas en la esposa de un pobre vizconde, de que te vengas a vivir a mis escuálidas tierras. ¿O acaso creías que me quedaría aquí a vivir de tu munificencia?

–No lo sé. No había pensado...

–Yo sí lo he hecho, y no hay nada que hacer. –Hablaba con voz áspera, la mirada empañada por el dolor–. ¿Cómo puedo declararte mis sentimientos cuando no tengo nada que ofrecerte?

–No me debes de tener una gran consideración si crees que lo único que me importa es el dinero.

–Una criatura realmente excepcional: una cortesana a quien no le importa el dinero.

–¿No me crees?

–Creo que es fácil decir que no te importa el dinero ahora, cuando no tiene importancia. Pero más adelante, cuando tus ropas no sean más que harapos y todas tus joyas hayan desaparecido...

–He vivido la mayor parte de mi vida sin ropa fina y sin joyas.

–Pero no has vivido en el campo en España, donde el vecino más cercano se halla a varias tierras de distancia y apenas hay una mísera aldea que visitar los domingos. ¿Y los fastos sociales, esa ciudad llena de diversiones y cosas hermosas que comprar? –Alessandra no pudo responder–. ¿Lo ves? Yo sí he pensado en todo eso.

–Entonces, ¿eso es todo? ¿Un abismo insalvable? –A pesar de que estaban de pie frente a frente, Alessandra se sentía como si los separase un mundo–. Pintas nuestro futuro de un color tan oscuro que no puede existir.

–Tal vez... tal vez si las cosas fuesen distintas de como son ahora podrían haberse superado esos obstáculos, pero ahora... ¿no lo entiendes? ¿Qué futuro pueden tener un prófugo y una mujer que no tardará en convertirse también en fugitiva?

–¿Ése es el único futuro que imaginas?

No respondió, se limitó a mirarla fijamente, con sus ojos negros muy abiertos. De pronto, ella lo comprendió todo.

–No esperas vivir...

–No creo probable que abandone Venecia.

–¿Vas a rendirte con tanta facilidad?

–Sólo digo lo que creo que va a suceder.

–No puede ser cierto. Me niego a creerlo. Podemos huir juntos. Tengo dinero ahorrado... tiene que haber un modo...

–Estás llorando... –exclamó él, maravillado.

Se acercó a ella, salvando la distancia entre ambos, y la estrechó entre sus brazos.

Ella se enjugó las lágrimas y lo miró.

–¿Por qué dice la gente que el amor nos hace felices? Es el sentimiento más terrible que he experimentado en toda mi vida.

El fuego había perdido vigor, pero aun así, y muy a su pesar, Alessandra veía aún los recordatorios de aquello que habría preferido olvidar: la carta encima del escritorio, sin abrir; la espada de Antonio, un tenue haz de luz, apoyada en la silla en la que había colgado sus ropas. La noche no tardaría en dar paso a los albores de la mañana; ¿qué nuevos horrores traería consigo el día?

«Sólo nos quedan unas pocas horas», se dijo Alessandra al tiempo que se arrimaba al cuerpo de Antonio, tumbado junto a ella en la cama, y percibía el calor de su piel desnuda en contacto con la suya. El español era todo poderoso músculo, pero sus manos la acariciaban con una suavidad exquisita al recorrer los recovecos de su cuerpo. Alessandra se estremeció cuando la miró a los ojos.

–¿Es posible que estés nerviosa? –le preguntó él con una sonrisa solemne–. Nunca habría imaginado...

Era verdad que le temblaban las piernas, que sentía ansiedad incluso. Nunca se había sentido tan vulnerable.

–No es que esté nerviosa, pero... ¿cómo es que no puedo ocultarte nada de lo que siento? Es como si pudieras bucear en mi alma y ver todo lo que soy.

–Tal vez porque contigo yo también me quito la máscara.

Antonio rozó con sus dedos los labios de ella y luego acercó sus labios a los de ella hasta fundirlos en un profundo beso, estrechándola con más fuerza aún. A continuación, permanecieron sin decir nada durante largo rato, comunicándose únicamente por el tacto de las manos y la unión de las piernas entrelazadas con el cuerpo del otro.

–No dices nada –dijo Antonio al fin.

Alessandra le acarició la cara con ternura.

–Temo no volver a verte después de esto.

–Ahora no es momento de pensar en eso.

–¿Te irás por la mañana, entonces?

–Me quedaré el tiempo suficiente para ayudarte a salir de Venecia.

–¿Y después?

–No lo sé. Temo que con mi presencia sólo consiga ponerte en peligro.

–No me lo creo.

–Los hombres de Bedmar podrían seguirnos. ¿Y si no logro salvarte?

–Entonces yo te salvaré a ti. Debes venir conmigo a Padua.

–Ya veremos –dijo él, y la silenció con un beso.

Alessandra no había entendido hasta entonces cuán poderoso podía llegar a ser el sexo, el verdadero significado de entregar, no sólo el cuerpo, sino también el alma y el corazón a otra persona. Por primera vez en su vida comprendió hasta qué punto se había mantenido a distancia de sus amantes, cómo había conseguido ocultar sus verdaderos sentimientos. No fue hasta ese momento, incapaz de ocultar nada, cuando se dio cuenta de que nunca hasta entonces ningún hombre le había tocado el alma.

Bajó la cabeza para mirar a Antonio desde encima. El rostro de él parecía más joven en la penumbra, sus ojos grandes y oscuros hablaban a voces. Quiso decirle que con él era distinto, distinto que con cualquiera de los otros, pero las palabras quedaban ya fuera de su alcance, entregada como estaba a un mundo de sensaciones.

Las manos de Antonio la sujetaron con fuerza de las caderas, hincándose en su carne. A pesar de estar debajo de ella, la movía a su antojo, exactamente como quería, como querían ambos, dirigiéndola a un ritmo implacable que la llevaba cada vez más cerca del abandono absoluto. Alessandra emitió un gemido suave y atormentado. Tenía los pezones duros y enhiestos, y de pronto sintió la imperiosa necesidad de frotarlos contra su pecho masculino. Se inclinó hacia delante para notar el roce de sus cuerpos, para enterrar la cabeza en su cuello.

–No. –Él volvió a empujarla hacia atrás con delicadeza–. Quiero verte. Quiero ver cómo te embarga el momento.

Le acarició los pechos y luego le frotó los pezones con un movimiento brusco y experto, como si supiera que ansiaba el roce de sus dedos justo ahí y en ese momento. Alessandra sintió una violenta punzada de placer en las entrañas. Él desplazó la mano hacia abajo, le acarició el vientre y luego los muslos, y acto seguido presionó con el pulgar el despunte de la hendidura que había entre sus piernas.

Alessandra emitió un grito cuando el primero de los estremecedores y prolongados espasmos se apoderó de su cuerpo, traspasándola con tanta intensidad que creyó que se iba a partir en dos. Las palabras brotaban a trompicones de sus labios. Se oyó a sí misma gemir y cerró los ojos.

–Mírame –la conminó Antonio con voz áspera y ronca.

Alessandra abrió los ojos y sostuvo la intensidad de su mirada sin dejar de temblar, fuera de control. Una sombra atravesó su rostro y a Antonio se le aceleró la respiración y empezó a jadear con fuerza, casi sin resuello. La atrajo hacia sí con tanta ferocidad que se hundió en ella aún más adentro, y más adentró aún. Alessandra vio cómo su cuerpo respondía con un ímpetu creciente y demoledor que se desataría otra vez con renovada fuerza.

Antonio levantó la cabeza de la cama y su cuerpo se curvó hacia arriba, como movido por un resorte invisible. Un gemido atronador, arrancado de las entrañas de su alma, escapó de sus labios. Hincó sus caderas con tanta fuerza en las de ella que la dejó sin aliento, y en ese preciso instante Alessandra sintió el pálpito de él en su interior, seguido por su cálido alivio. Antonio lanzó un grito entrecortado y cayó hacia atrás, desplomándose debajo de ella y hundiéndose cada vez más adentro hasta que ella alcanzó la cima de nuevo, en medio de intensos y abrumadores estremecimientos.

Alessandra cayó encima de él y sintió cómo la envolvía con sus brazos, fundido el aliento de ambos, sendos corazones latiendo desbocados. Antonio le acarició el pelo.

–Amor mío –murmuró–. Amor mío...

Al otro lado de la habitación, los leños de la chimenea crepitaban hasta quedar reducidos a ascuas y cenizas, y las sombras se transformaban y se hacían más profundas. Esas sombras no tardarían en desaparecer y dar paso a las primeras luces del alba. Alessandra se aferró con fuerza a Antonio y resolvió consignar cada detalle en la memoria: el olor de su piel, el tacto de sus manos, el roce de su áspera mejilla en su cara, la cálida presión de sus labios... Aun entonces, en la placidez que seguía al frenesí, Alessandra percibía la espera de la boca de león que los aguardaba con sus fauces negras, el abismo inmenso y cavernoso dispuesto a engullirlos a ambos.

# Las Estrellas

*4 de marzo de 1618*

Sentada junto a ella en la góndola, Alessandra notaba el cuerpo tembloroso de Bianca mientras avanzaban despacio por el canal amortajado en niebla. El tiempo se había vuelto tan desapacible y turbulento que ya habían encendido los *ancone*, aunque eran pocos y estaban impregnados de humedad. Unas formas imprecisas, extrañas e irreales, se movían a lo lejos, en las tinieblas, y luego se materializaban poco a poco en formas sólidas al acercarse: un amarre de madera nudosa, la proa curvada de una barca, una gárgola grotesca, un puente de piedra... Incluso Paolo, a escasos palmos detrás de Alessandra, en la popa, tenía un aire espectral e inquietante, con las facciones desdibujadas, y el sonido con que su remo horadaba cadenciosamente el agua era mortecino.

–Hay demasiado silencio –susurró Bianca–. Todavía quedan varios días para que termine el carnaval. ¿Por qué no lo celebran en las calles?

–Es la niebla –explicó Alessandra, pero a ella también se le antojaba extraño, y por alguna razón había respondido a su sirvienta también con un susurro.

Nico y Antonio se habían adelantado un poco para llevar el mayor de los dos arcones a la casa vacía de su prima en San Polo. Allí podrían permanecer escondidos hasta alquilar una barcaza que los llevase a Marghera.

Había redactado una carta para Giovanna esa mañana que Nico llevaría al correo en cuanto hubiesen subido los arcones. Con un poco de suerte, Giovanna estaría allí para reunirse con ellos en Marghera a la noche siguiente. No sería bueno que se retrasase. Pese a lo ansiosos que estaban por marcharse de Venecia, no les serviría de nada quedarse mucho tiempo en una localidad de *terraferma*, pues podían ser aún más vulnerables allí.

La otra carta, la que había escrito al Gran Consejo, la había destruido. La noche anterior, ya muy tarde, Alessandra se había despertado aterida de frío. Se volvió en la cama y advirtió que estaba sola: Antonio se había marchado.

La luz de la luna brillaba a través de las ventanas y dejaba rombos de luz en el suelo. Toda la habitación parecía transformarse en extrañas combinaciones de brillos metálicos e insondables sombras. Se preguntó por un momento si no estaría soñando, si el propio Antonio no habría sido sólo un sueño.

Y entonces lo vio. Estaba sentado en un taburete frente a la chimenea, con el cuerpo desnudo bañado por el resplandor rojizo de las ascuas. Pensó en llamarlo, pero luego vio lo que estaba haciendo. Observó en silencio cómo abría la carta que Alessandra había escrito al consejo y la leía. Cuando hubo terminado, sostuvo la esquina superior del papel entre sus dedos y lo acercó a las ascuas hasta que se prendió fuego. La luz de la súbita llamarada le iluminó la cara, su enigmática expresión. Con la carta sujeta entre el índice y el pulgar, dejó que el fuego la devorara hasta que no pudo sujetarla por más tiempo y arrojó la última pavesa encendida al interior de la chimenea.

Luego había llegado el amanecer y con él Nico, Bianca y Paolo, y no habían tenido tiempo de hablar de ella, pero ¿por qué había quemado Antonio la carta? ¿A quién estaba protegiendo? ¿Era posible que siguiese aún al servicio de Bedmar y el duque? Alessandra decidió interrogarlo al respecto en cuanto llegasen a casa de Giovanna.

Se adentraron en aguas del Rio dei Frari. A través de la espesura de la bruma Alessandra vislumbró la figura oscura de una puerta fortificada abierta al canal. Se volvió para mirar a Paolo y luego señaló hacia delante.

–Es esa casa de ahí.

Paolo maniobró la barca para atravesar el arco. La góndola en la que habían llegado Nico y Antonio cabeceaba en el agua junto a la losa de piedra de los almacenes de la planta baja. El arcón de madera de Alessandra seguía allí.

¿Por qué habían subido Nico y Antonio y dejado allí el arcón? Alessandra sintió una súbita irritación.

–¡Nico! –gritó Bianca, levantándose y haciendo que la góndola se zarandease con violencia.

Mientras se levantaba a toda prisa de la nave, Alessandra vio lo que había provocado el arrebato de su fiel sirvienta y salió corriendo tras ella: Nico yacía desplomado boca abajo en las escaleras que conducían a la planta superior de la casa. Ambas se precipitaron hacia allí y se arrodillaron junto a él. Alessandra vio la hendidura sanguinolenta en su espalda y le dio la vuelta. Bianca se echó a llorar desconsolada cuando vieron la sangre que le manaba del pecho y la herida por donde había entrado la espada que le había traspasado el cuerpo. El reguero de rojo que le resbalaba por la comisura de la boca estaba húmedo aún, pero el rostro de Nico permanecía contraído en una agonía inmóvil y silenciosa. Habían llegado demasiado tarde para salvarlo.

–¡No! –Bianca sollozó y se arrojó encima de él–. ¡No, no! ¡Mi Nico no!

Desconcertada y perpleja, Alessandra trató de reconfortar a Bianca. Dio un respingo cuando una mano poderosa la sujetó del hombro y otra la asió del brazo para levantarla del suelo. Paolo la obligó a apartarse de su desconsolada sirvienta y señaló al otro lado de la sala.

–Virgen santísima... –exclamó Alessandra al ver al mercenario muerto en el suelo junto a unos viejos toneles de vino.

Paolo volvió a señalar y Alessandra vio a un segundo hombre que flotaba boca abajo en el agua. El gondolero la sujetó del brazo e hizo señas hacia la barca.

–No es s-s-seguro.

–Bianca, tenemos que irnos –ordenó Alessandra.

Unas lágrimas resbalaron por las mejillas de Bianca mientras se dirigía a su señora.

–¡Mi señora! ¿Qué ha ocurrido?

–No lo sé, pero temo una emboscada. Debemos marcharnos cuanto antes.

Se subieron a la góndola y Paolo las transportó afuera, a las aguas del canal.

–Signorina Rossetti. –De entre la niebla surgió una voz de hombre. Una góndola impedía el paso por el canal, y a través de la bruma Alessandra vio que a bordo iban los esbirros de librea roja y azul del *missier grande*, el jefe de la guardia del Consejo de los Diez–. Signorina Rossetti –volvió a decir la voz–, debéis acompañarnos.

Su atuendo lo señalaba como veneciano, pero no se parecía a ningún veneciano que Antonio hubiese visto jamás. El hombre que tenía frente a él en el callejón le recordaba a los esclavos mongoles que había visto en Sicilia, salvo por los ojos azules que asomaban a su rostro ancho y anguloso con una intensidad capaz de helar el alma del español. Saltaba a la vista que aquel hombre no era ningún gañán de baja estofa, sino un maestro espadachín aproximadamente de su misma edad que avanzaba hacia Antonio con un estoque largo y reluciente que le apuntaba directo al corazón.

Al principio Antonio creyó que los cinco hombres que les habían tendido la trampa en casa de Giovanna eran ladrones atraídos por el suntuoso arcón que transportaban a bordo de la góndola. Había matado a dos de ellos, pero una vez que Nico cayó muerto, optó por huir en lugar de enfrentarse a los otros tres él solo. Había supuesto que los ladrones se quedarían allí, recogiendo el botín, y esperaba poder encontrar y prevenir a Alessandra antes de que llegara a la casa, por lo que cuál no sería su sorpresa al ver que salían en su persecución.

Había despachado a uno con rapidez y luego le había dado la puntilla a otro, pero aquella criatura de ojos claros le había seguido el rastro por todas las callejuelas de San Polo. En el preciso instante en que Antonio estaba seguro de haberlo despistado al fin, el rufián se plantó de un salto justo delante de él, con la destreza de un acróbata y la actitud amenazadora de una serpiente.

–Antonio Pérez –dijo con un leve acento extranjero que confería a su voz un deje siniestro–. Hacía tiempo que deseaba conoceros en persona.

–¿Y quién sois vos?

Antonio enarboló su espada.

–Batù Vratsa. Os llevaré a los calabozos del dogo.

–Antes tendréis que matarme.

–Si insistís...

Antonio retrocedió unos pasos al tiempo que Batù avanzaba y trató de buscar un lugar que le proporcionase más espacio para maniobrar, pero sin lograr hallar ninguno en el angosto pasaje. Su oponente empuñaba el hierro con mano experta y segura, y el aire emitía silbidos cada vez que lo rasgaba, hacia delante y hacia atrás, en un movimiento amenazador y de apertura a la vez. Se miraron fijamente y Antonio descubrió la intención en los ojos de Batù una fracción de segundo antes de que diese un salto hacia delante, y se anticipó a su ataque esquivándolo con rapidez. El sonido metálico del batir de aceros retumbaba en las paredes de piedra. Antonio arremetió hacia delante, apuntando al pecho de Batù. Su adversario eludió el estoque con facilidad, con un giro brusco y un salto a la siniestra con el que llevó la punta de su espada aún más cerca de Antonio.

Lo que éste había visto hacer ya a su rival en su primer ataque en la casa de Giovanna había sido impresionante, pero fue en ese momento cuando empezó a comprender cuál era la verdadera catadura de ese hombre. Batù se movía con una destreza y una agilidad extraordinarias, sin parangón con cualquier otro espadachín que hubiese conocido a lo largo de su dilatada carrera como mercenario. Antonio lo superaba en tamaño, pero presentía que aquello iba a servirle de bien poco. No se trataba de ningún matarife pendenciero y fanfarrón: aquél era un hombre capaz de hundir la espada en el costado de su enemigo con tal rapidez que caería muerto sin haber visto la hoja de la espada siquiera.

Esta vez fue Batù quien realizó el primer ataque. Antonio advirtió lo cerca que había estado de encajar el golpe, y se protegió en el último momento con el filo de la espada. Don Gaspar le había enseñado a mirar siempre a los ojos de su oponente, pero ante aquél se sorprendía siguiendo también el acero mortal en su recorrido por el aire, a su alrededor. Cuando su propio estoque chocó con el otro, fue como si repeliese el ataque de dos rivales en lugar de uno.

Lucharon a lo largo de todo el callejón. Antonio se lanzó a la ofensiva, arremetió con la espada en alto y entró a fondo trazando una curva descendente. Su espada topó con el hombro izquierdo de su adversario, donde le rasgó la manga y le dejó un profundo surco. Era una herida lo bastante seria para hacer gritar a un hombre y obligarlo a batirse en retirada, pero Batù no pareció acusarla siquiera. En lugar de eso, una sonrisa afloró a su boca y respondió al golpe con una arremetida tan brutal que puso a Antonio entre la espada y la pared.

No podía sacarle ninguna ventaja desde donde estaba, de modo que se deslizó raudo hacia un lado y el acero de Batù se estrelló contra la piedra en lugar de contra la carne. El contratiempo desorientó a su rival apenas un segundo, pero bastó para que Antonio se repusiese y se abalanzara con un poderoso estoque que Batù sólo logró eludir por un escaso margen de apenas un par de pulgadas.

–Veo que hacéis honor a vuestra reputación, vizconde –comentó Batù–, pero la mía será mayor aún cuando se sepa que yo fui el hombre que consiguió poneros de rodillas.

–Habláis a tontas y a locas. ¿No veis acaso que os precipitáis? Aún sigo de pie.

Batù volvió a cargar contra él con furia, repelió el siguiente ataque de Antonio y trazó con su delgado estoque un movimiento en forma de ocho que, de forma inopinada y asombrosa, dejó en la mejilla del español un tajo rojo y horizontal. Al instante empezó a sentir una quemazón en los ojos, y la cara le ardía como si la tuviese envuelta en llamas. Sintió el discurrir de la sangre por su mejilla, como si le hubiesen desollado la piel igual que se despoja una mano de un guante. Apretó con fuerza la mandíbula y resistió la tentación de tocarse la cara, pues sospechaba que la herida parecía más grave de lo que era en realidad y cualquier cosa que distrajese su atención de la tarea que tenía ante sí lo llevaría a una muerte segura. Para vencer a aquel monstruo, iba a requerir toda su destreza y todas las facultades que poseía.

Ambos respiraban ya con dificultad, el pecho palpitante y el resuello desprendiéndose en columnas de vapor que se mezclaban con la bruma del aire. Empezaron a trazar círculos alrededor del otro, intentando colocarse en situación de ventaja. El acero de Batù volvió a relucir, una cuchilla enfurecida y rabiosa. Antonio rechazó sus embates y sus estocadas, pero no podía negar el hecho de que su adversario parecía a punto de derrotarlo.

«No puedo morir –se dijo Antonio con pesadumbre, decidido a plantar cara a su adversario–. Si muero, ¿quién protegerá a Alessandra?»

Batù atacó una vez más, empujando a Antonio hacia atrás por todo el callejón. Entonces, tras coger impulso, Batù emprendió una carrera hacia delante, sacó su daga del tahalí en pleno movimiento y dio un salto hacia Antonio con un arma en cada mano.

La primera intención de Antonio fue retroceder, pero una súbita corazonada le hizo pensar que eso lo colocaría justo al alcance de su enemigo, donde los aceros darían de lleno en su objetivo. De modo que en su lugar decidió dar un paso hacia delante y estrelló su hombro izquierdo contra el pecho de Batù. La daga de su enemigo desgarró el aire hacia abajo en un movimiento que rasguñó la totalidad de la espalda de Antonio, pero el movimiento había surtido el efecto deseado al librarlo de la estocada mortal, y la fuerza con la que chocó contra Batù hizo que éste se tambalease y cayese de espaldas en el suelo. Sin embargo, ni siquiera aquel revés logró arredrar a su oponente pues, sin perder un solo instante, desde el suelo, Batù arrojó la daga directamente al pecho de Antonio. Con un movimiento de la espada, el español interceptó el cuchillo en el aire; con un movimiento idéntico en el lado izquierdo, capturó el estoque de Batù y desarmó al espadachín del suelo. Con una maniobra ágil y definitiva, Antonio clavó su espada en la vulnerable hendidura de la base del cuello de Batù y le traspasó la garganta hasta que sintió que la punta del acero chocaba con la piedra fría.

Permaneció allí el tiempo suficiente para ver el cuerpo de su adversario estremecerse con los últimos estertores que preceden a la muerte, para ver aquellos extraños ojos azules abiertos como platos con una expresión de terror y luego, lentamente, cómo la luz que había en ellos se desvanecía hasta apagarse por completo.

Antonio miró a uno y otro lado del callejón. ¿Por dónde había venido? «Malditos sean estos venecianos y sus malditos callejones», pensó al tiempo que se ponía en marcha para encontrar el camino de regreso a casa de Giovanna y a Alessandra.

# La Torre

*5 de marzo de 1618*

Era un contratiempo, sin duda, pero tal vez conseguiría dar con la forma de hacer que aquello jugase a su favor, pensó Girolamo Silvia mientras ascendía los peldaños de la escalera de los Gigantes que nacían en el patio del palacio Ducal. El asesinato de La Celestia implicaba que todos sus planes, tan cuidadosamente urdidos, no iban a servir de nada, aunque no podía estar seguro de eso hasta que averiguase el paradero del libro de códigos de Bedmar. Quizá la muchacha hubiese recuperado el libro antes de que La Celestia encontrara su trágico final. Si lo había devuelto a los aposentos del embajador, entonces tal vez aún podría descifrar la correspondencia de Bedmar, siempre y cuando éste no hubiese descubierto el engaño. Si el marqués estaba al corriente, la copia que había hecho de aquel ejemplar no le serviría de nada, por supuesto, ya que el embajador nunca volvería a utilizar el original.

Pero ¿quién había asesinado a La Celestia? Silvia temía ya que nunca llegase a saberse a ciencia cierta. La cortesana se había granjeado demasiados enemigos: amantes celosos de la pérdida de su afecto, cortesanas con el ansia de librarse de su mayor rival... Naturalmente, Silvia sospechaba de Bedmar –¿acaso no le había confiado La Celestia su temor ante las represalias del marqués?–, pero sus pesquisas revelaron que éste había estado en su villa de *terraferma* los dos días anteriores. Sin duda ese maldito español sabía cómo no ensuciarse nunca las manos, marchándose de la ciudad de ese modo. Eso, unido al hecho de que el embajador gozaba de inmunidad diplomática, significaba que Silvia tenía pocas posibilidades de implicarlo en el crimen. Sabía sin sombra de duda que si el marqués era el responsable habría enviado a uno de sus asesinos a sueldo a hacer el trabajo, pero Bedmar no era idiota: a esas alturas el sicario ya se hallaría fuera de la ciudad, o puede incluso que también muerto.

Silvia miró al otro lado del patio y observó a los senadores que se reunían en torno a los dos manantiales de bronce del centro, las atareadas figuras de los magistrados, los abogados, los secretarios y los escribas. Batù ya tendría que estar allí, pensó, y su presa, encerrada.

La noche anterior, Batù se había presentado en el *palazzo* de Silvia con la noticia de que habían visto a Antonio Pérez por las inmediaciones del Cannaregio. El senador le había dicho a su discípulo que la captura del vizconde era de vital importancia: el vizconde de Utrillo-Navarra tenía fama de ser el espadachín más letal al servicio de Osuna y se había reunido con Bedmar en la embajada española hacía sólo un mes. Su captura proporcionaría el vínculo necesario entre el duque y el marqués. «Ya ha escapado de nuestras garras en otras ocasiones», había dicho Silvia, y Batù le prometió traerlo. Pero ¿dónde estaba?

Silvia miró a su izquierda y vio a Ottavio, su secretario personal, correteando entre la columnata para acudir a su encuentro. La sola imagen de aquel joven pálido y mofletudo le provocó irritación, como de costumbre. «Los pequeños favores necesarios para obtener beneficios políticos suelen ser más fastidiosos que los grandes», reflexionó Silvia.

–Buenos días, senador.

–¿Dónde está la puta? –le espetó.

–¿Cuál de ellas, señor?

Silvia lanzó un suspiro. «Tiene cara de nabo y un cerebro acorde», se dijo. Si no fuese porque Ottavio era el hijo de su primo, le habría dado una azotaina hacía años.

–La cortesana Rossetti.

–Está en el *pozzi*. En el número ocho.

–Que la lleven a la sala dei Tre Capi –ordenó–. Yo iré dentro de un rato.

Esperaba que la mujerzuela pudiese facilitarle algunas respuestas. Pero aunque no lo hiciese, a Silvia ya se le había ocurrido un modo para que le resultase muy útil.

Silvia se detuvo frente a la puerta de la sala dei Tre Capi y miró por un orificio. La cortesana estaba sentada en una silla en el centro de la habitación. Solían reservar aquella sala para las reuniones de los Tres, no para los interrogatorios, pero a Silvia no le gustaba ir a los calabozos de abajo pues padecía demasiado por culpa del frío y la humedad.

Alessandra Rossetti era una mujer bella: pelo dorado y espeso, y una figura y un rostro hermosos. Era más joven de lo que había imaginado, pero veía en su cara la sombra de la angustia y la preocupación. No había dormido, por supuesto. Nadie dormía en la prisión del palacio Ducal. A los pocos días de estar allí encerrados, los prisioneros se encontraban tan débiles por los nervios y el miedo que se les podía arrancar con facilidad cualquier confesión. Sin embargo, la cortesana llevaba allí una sola noche. Por desgracia, Silvia no podía permitirse el lujo de esperar más.

Entró, se dirigió al estrado del fondo de la sala, donde había tres sillas sobre una tarima, y tomó asiento en la de en medio. La cortesana lo miró con gesto receloso. «No es tonta –pensó él–. Ya habrá deducido que esta habitación pertenece a los Tres.» Su inteligencia podía ir a favor de Silvia: utilizaría su miedo para obtener su sumisión.

–Signorina Rossetti, soy el senador Silvia. Seré la única persona que hable con vos en el día de hoy.

Alessandra se tranquilizó un poco.

–¿Por qué estoy aquí?

–Yo hago las preguntas. Vos las respondéis. –La cortesana parecía ofendida, pero no amedrentada, al menos no de momento–. ¿Dónde está el libro?

–¿Qué libro?

–El libro que robasteis de los aposentos del embajador español.

Por un momento, se quedó muda de asombro.

–¿Erais vos quien estaba detrás de ese asunto?

–Limitaos a responder a la pregunta.

–No sé dónde está.

–¿No lo devolvisteis a la habitación del embajador?

–No.

–¿Y por qué no, cuando recibisteis instrucciones muy precisas al respecto?

La joven enmudeció. Silvia vio reflejada la confusión en su rostro.

–Respondedme.

–No pude devolverlo porque... porque La Celestia no lo tenía.

Silvia se levantó de la silla y se acercó a la joven.

–La Celestia fue encontrada ayer en un estado deplorable: le habían asestado un corte tan profundo en la garganta que su cabeza estaba prácticamente separada del cuerpo. Pero veo que la noticia no os sorprende. ¿La matasteis vos?

–No, por supuesto que no. Era mi amiga.

–¿Y cuándo la visteis por última vez? –La cortesana no respondió–. ¿Cuando ya estaba muerta?

De mala gana, Alessandra asintió levemente.

–Iba a reunirme con ella para recuperar el libro. Cuando llegué, ya estaba muerta. El libro no se encontraba allí.

–¿Lo buscasteis?

–Sí.

«Por la Santísima Virgen... –Silvia se detuvo un momento a reflexionar sobre aquello–. Bedmar debía de haberlo descubierto todo», concluyó. ¿Quién si no habría robado el libro, una vez muerta? Maldito español, maldito y mil veces maldito. Silvia sabía que no podía implicar al marqués en el asesinato de La Celestia, pero sí podía idear una nueva forma de conducir a la ruina al embajador, y aquella joven cortesana le ayudaría a conseguirlo.

Se dirigió de nuevo a ella.

–De modo que vuestra amiga, tal como la llamáis, fue brutalmente asesinada y, pese a ello, vos no hicisteis nada, no buscasteis ayuda ni alertasteis a las autoridades. ¿A qué se debe eso?

–Tenía miedo.

–¿De qué?

–De que quienquiera que la hubiese matado a ella me matase a mí también, por supuesto.

–Al menos podríais haber escrito una carta para la *bocca di leone*...

–¿De veras creéis que eso me protegería?

Silvia estudió la posición de su boca, el modo en que se le crispaban los hombros por la tensión. Sabía que le ocultaba algo.

–¿Alguien os ha dicho alguna vez que mentís muy mal? Puede que logréis engañar a algún pobre infeliz, pero yo no voy a tolerar otra cosa que no sea la verdad. Creedme si os digo que dispongo de medios para obtenerla que no os gustarían nada en absoluto. Decidme, ¿por qué no le hablasteis a nadie del asesinato de La Celestia?

–Ya os lo he dicho, porque tenía miedo.

No, definitivamente no sabía mentir.

–No juguéis conmigo. Me parece que protegéis a alguien. –La joven apartó la mirada de su rostro–. Sí, me parece que es eso. El embajador español ha comprado vuestra lealtad, ¿no es cierto? Del mismo modo que su oro español ha comprado a la mitad de los tercios venecianos.

–Eso es ridículo.

–Pero es la verdad, estoy seguro. Bedmar planea derrocar al gobierno de la República y creo que vos estáis tan implicada en sus intrigas como los capitanes mercenarios cuyos servicios ha comprado. Os ahorcarán junto a ellos una vez se descubra vuestra traición...

–¡No! –Se levantó, con los ojos desorbitados y las mejillas enardecidas. Silvia esbozó una leve sonrisa al ver cómo el pánico se apoderaba de ella–. ¿Cómo podéis acusarme de algo semejante? Soy una leal ciudadana veneciana, la hija de un ciudadano. Yo nunca...

–Sentaos –le ordenó–. Otro arrebato como éste y los guardias os llevarán de vuelta a vuestra celda... o a algún sitio peor.

Se sentó. Silvia vio que el pánico había dado paso al miedo. «Bien. Muy bien.» Ahora tal vez conseguiría llegar a alguna parte.

–¿Conocéis cuál es el castigo por traición? –preguntó Silvia–. Como probablemente ya sabéis, a los traidores se les cuelga en la *piazzetta* por los pies, pero ése es el menor de sus sufrimientos. Para cuando eso sucede, ya están muertos. Lo que ocurre antes de eso es lento y atroz. De hecho, vos, sin ir más lejos, sin duda enloqueceríais de dolor mucho antes de morir.

Se incorporó y se aproximó a ella. Advirtió cómo se le aceleraba el pulso en la base de la garganta. Notaba su angustia, olía su miedo.

–Veo que empezáis a comprender la situación en la que os halláis –dijo–. Aunque tenéis más suerte que la mayoría: voy a ofreceros una salida.

Alessandra no habló, sino que se limitó a mirarlo con los ojos muy abiertos.

–Lo único que tenéis que hacer –continuó él– es escribir una carta denunciando los planes del embajador.

–Ya os he dicho que yo no sé nada de esos planes salvo lo que me contó La Celestia.

«Miente de nuevo –pensó Silvia–. ¿Por qué?»

–Eso no importa mucho. Mi información procede de otras fuentes. Yo os diré lo que debéis escribir.

–Si ya disponéis de otras fuentes, ¿para qué necesitáis mi ayuda?

–En primer lugar, porque todo el mundo sabe que Bedmar es vuestro amante. Y porque, tal como decís, sois una ciudadana, y la hija de un ciudadano. Una cortesana, sí, pero famosa por su piedad, su caridad y su discreción. He oído que sois culta, si es que eso es posible en una mujer. Una carta vuestra será mucho más persuasiva que una de cualquiera de los pobres diablos que ha revelado la conspiración entre sus compatriotas. De hecho, puesto que todos son analfabetos, no creo que le otorgasen ninguna credibilidad. Ni siquiera saben escribir su propio nombre, mucho menos los nombres de los hombres que aparecerán identificados en esa carta.

Alessandra palideció.

–¿Me pide que involucre a hombres que podrían ser inocentes?

–¿Inocentes? Todos ellos sin excepción son unos canallas, unos bellacos y cosas mucho peores.

Su rostro palideció más aún.

–Pero no podéis condenar a ningún hombre hasta estar seguro de que ha cometido un delito.

–A mí me parece que a una ciudadana leal como vos debería preocuparle más la seguridad de la República que la suerte de unos pocos franceses y españoles.

–Y así es. Así es, pero me estáis pidiendo que sea partícipe en la muerte de unos hombres de los que nada sé.

–Decidme, ¿acaso protegéis a vuestro amante español? ¿Tan bueno es que no podéis renunciar a él?

El corazón le dio un vuelco y por un momento sintió que estaba a punto de desmayarse, pero luego se recobró.

–Os referís a Bedmar.

–Claro.

–No estoy enamorada de él, si es eso lo que creéis.

–Entonces os sugiero que escribáis esa carta. Os salvará el pellejo... literalmente.

Alessandra se puso a temblar y se agarró a los brazos de la silla.

–No lo haré.

–Puedo obligaros.

Tomó una de sus manos y luego le retorció la muñeca hasta que la joven aulló de dolor.

Se zafó de la mano del senador.

–Si me rompéis las manos no podré escribir, ¿no os parece?

–Hay otras partes de vuestro cuerpo igual de vulnerables.

Alessandra volvió a sentir un escalofrío y se aferró con fuerza a la silla para tratar de dominar el temblor de su cuerpo. A continuación, se puso de pie y lo miró a los ojos.

–No lo haré.

«Eso lo veremos –se dijo Silvia–. Eso lo veremos.»

Encaramada en lo alto del banco que había en el centro de su celda, Alessandra se llevó las rodillas al pecho y las rodeó con sus brazos. El charco de agua que se había formado en el extremo de la celda contiguo al Rio del Palazzo había crecido hasta cubrir la totalidad del suelo y estaba subiendo con la marea. A pesar de que la cárcel no era muy antigua, pues la habían acabado de construir alrededor de su fecha de nacimiento, ya la habían apodado como los *pozzi* o los pozos, ya que los suelos de las celdas estaban más tiempo bajo el agua que secos. Alessandra sabía que la marea bajaría al cabo de pocas horas, pero el efecto resultaba inquietante: era como estar en el interior de la bodega oscura y húmeda de un barco que se hundiera lentamente.

Su celda estaba inundada por la penumbra y carecía de ventanas. Sí había un ventanuco en el pasillo, pero no podía verlo a menos que se acercase a la puerta de rejas de hierro, y la luz del día que se filtraba a través de él era difusa y gris. Había una pequeña antorcha colgada en la pared de piedra frente a su celda, pero su tenue luz apenas bastaba para iluminar el pasadizo. Allí dentro siempre sería de noche. Ya había perdido la noción del tiempo que llevaba encerrada. Desde su llegada, el único atisbo de luz solar que había visto fue al atravesar el puente de los Suspiros en dirección al palacio y la sala dei Tre Capi.

Oyó el ruido de unos pasos ligeros y presurosos que se acercaban. No eran del guardia, eso seguro, porque el esbirro del *missier grande* que había apostado al final del pasadizo era lo bastante voluminoso para ocupar todo el espacio de la puerta. Su curiosidad se vio satisfecha cuando apareció la figura de Bianca.

–Os he traído algunas viandas, mi señora –dijo ésta, y le pasó el paquete de comida envuelto en una servilleta a través de las rejas.

–No tengo hambre.

–Debéis comer de todos modos.

Bianca hablaba con voz transida de dolor, y Alessandra sintió una gran pesadumbre al verla tan demacrada y ojerosa.

–¿Estarás bien, Bianca?

–No os preocupéis por mí. Hemos traído a Nico a casa. Estoy preparándolo para darle sepultura.

Se le escaparon unas lágrimas, que le rodaron por las mejillas. Alessandra estiró el brazo a través de la reja y le tomó la mano.

–Lo siento mucho. No entiendo qué sucedió.

–No fue culpa vuestra, mi señora.

–Siempre creeré que sí lo fue.

–Nico no querría que os culpaseis de lo ocurrido. –Bianca suspiró y se enjugó los ojos–. Y ahora, debéis comer.

Alessandra se forzó a sí misma a probar un bocado del pescado frito y la tarta de cereales que Bianca le había traído. Su sirvienta miró al guardia que había al fondo del pasadizo para asegurarse de que no la oía.

–En estos momentos circulan muchos rumores por la ciudad –anunció en voz baja.

–Cuéntame lo que hayas oído.

–Se está produciendo un éxodo masivo. Las tabernas y los burdeles están desiertos, y los mercenarios se marchan en tropel. El *messier grande* está apresando a los forasteros y a cualquiera relacionado con el marqués. Hay quien dice que el canal de los Huérfanos está teñido de rojo sangre... que se está llenando con los cadáveres de los ajusticiados.

–¿Y el vizconde?

–No hay noticias.

–Bianca, ya sé que aprecias a Paolo, pero ¿crees que podría habernos vendido al marqués? ¿Cómo si no se explica lo que ha sucedido en la casa de Giovanna? Temo que debe su lealtad a Bedmar.

–¿Paolo? –exclamó Bianca, incrédula–. Paolo nunca haría algo semejante, es un veneciano leal. Nunca volverá a trabajar para el embajador. –Una expresión de agravio, seguida por otra de comprensión, ensombreció su rostro suave y redondo–. Mi señora, ¿acaso no os habéis dado cuenta? Paolo os ama con locura. Preferiría morir antes que traicionaros. Y ahora también estaría en esta prisión, si no lo hubiese obligado a venirse conmigo recordándole que precisaréis sus servicios ahora que Nico ya no está.

El guardia se acercó hasta ellas y, cerniéndose sobre Bianca, dijo que había llegado la hora de que se marchara. Bianca le deslizó una moneda en la palma de la mano.

–¿Cinco minutos más? –El guardia asintió y permaneció de pie a su lado–. En privado –añadió ella.

El hombre volvió a su puesto de vigilancia al fondo del pasillo.

–Debes hablar con el senador Valier y con el obispo –le pidió Alessandra–. Diles dónde estoy y que el senador Silvia me amenaza con... –Interrumpió sus palabras, pues si le decía algo más a Bianca sólo conseguiría inquietarla–. Diles sólo que Silvia está amenazándome. Pídeles que intercedan por mí. ¿Podrás hacerlo?

–Por supuesto, mi señora. Iré en cuanto salga de aquí.

–Cuando llegues a casa, ve a mi cuarto. Detrás del arcón pintado encontrarás un lugar secreto donde guardo algunas monedas. Toma cuanto necesites para asegurarte de que Nico recibe el entierro que se merece.

Bianca se echó a llorar de nuevo.

–Chsss... tranquila... No te aflijas más –dijo Alessandra–. Todo va a ir bien.

El guardia regresó para llevarse a Bianca. Alessandra esperó junto a la puerta de su celda hasta que dejó de oír sus pasos alejándose. Esperaba que sus palabras hubiesen reconfortado a Bianca, porque a sus propios oídos habían sonado huecas, sin convicción.

–He sido un estúpido.

Girolamo Silvia se encontraba bajo la tenue luz de la antorcha en la puerta de su celda. Por un momento, Alessandra creyó que iba a admitir que había cometido un error al encerrarla allí, que trataba de disculparse ante ella, incluso, pero cuando se levantó y se aproximó a la puerta, vio que sus esperanzas eran vanas. Los ojos de pobladas pestañas del senador estaban inyectados en ira y despecho. Alessandra experimentó la misma repugnancia que había sentido en su primer encuentro. Era un hombre profundamente desagradable, y el aroma a incienso que lo impregnaba no conseguía disimular su olor a podredumbre, su aliento fétido.

Silvia hizo una seña al guardia.

–Llévatela.

«¿Llevarme? ¿Adónde? –se preguntó–. ¿Al tribunal de la Cámara de la Cuerda?»

El guardia abrió la puerta de su celda y la sacó a empellones al pasadizo. La hizo recorrer una sucesión de pasillos flanqueados por celdas oscuras, donde los reos gemían y se retorcían entre las sombras. Doblaron en una esquina y el guardia la empujó hacia una celda que había al fondo. Abrió la cerradura de la puerta de hierro, le dio un empujón para obligarla a entrar y cerró la reja tras ella.

En el interior, todo estaba a oscuras. Una forma de grandes dimensiones se movió en el rincón. Alessandra corrió a buscar refugio junto a la puerta. Cuando la figura volvió a moverse, ella logró apaciguar un poco su corazón: vio que sólo era una persona, un hombre tendido en el angosto banco, de cara a la pared. Entonces, lanzando un quejido, el hombre se volvió y Alessandra vio que era Antonio.

–Santo Dios... –murmuró ella, horrorizada. Tenía la cara destrozada, el ojo izquierdo hinchado, el labio inferior cubierto de sangre seca y un corte profundo le atravesaba la mejilla de un extremo a otro. Corrió hacia él–. ¿Qué te han hecho?

Tardó un momento en responder.

–No estoy seguro exactamente. –Parecía dolerle al hablar–. Perdí la cuenta.

–¿Puedes incorporarte?

–Si tú me ayudas...

Al apoyarse en la pared, con la ayuda de Alessandra, se estremeció de dolor.

–Creo que tengo varias costillas rotas.

–¿Algo más?

–La muñeca. –Tenía la frente empapada en sudor–. ¿Puedes traerme un poco de agua?

Alessandra sumergió las manos en el balde próximo a la puerta y las acercó a la boca de Antonio.

–¿Qué sucedió en casa de Giovanna? –preguntó ella.

–Unos hombres nos tendieron una emboscada. Al parecer

nos habían seguido desde la posada y luego intentaron atraparnos en el interior de la casa de tu prima. Mataron a Nico.

–Lo sé, lo hallamos muerto. ¿Eran hombres de Bedmar?

–No, eran venecianos. El marqués hizo bien al abandonar la ciudad en su momento. Creo que su etapa en Venecia está llegando a su fin mucho antes de lo que esperaba. Eso podría presagiar un buen futuro para ti... aunque el hecho de que estés aquí no es buena señal. ¿Qué ocurrió?

–Me apresaron en casa de Giovanna.

–¿Estás bien? ¿No te han hecho daño?

Ladeó un poco la cabeza para examinarle el rostro con el ojo sano.

–Estoy bien.

–Siento lo de Nico. Luchó con gran arrojo; estoy seguro de que yo no seguiría vivo si él no hubiera estado allí para ayudarme. Logré escapar, pero tuve que enfrentarme a uno de los hombres de nuevo. Después de eso, regresé a casa de tu prima. Esperé algún tiempo y luego fui al Rialto, pensando que tal vez habrías ido allí a alquilar un barco. Ahí fue donde me encontraron los hombres del *messier grande*, aunque hicieron falta tres para darme caza.

Esbozó una sonrisa débil y luego se estremeció de dolor.

–Dime, Antonio –empezó a decir Alessandra–. Anoche, ¿por qué quemaste la carta?

–Para protegerte, por supuesto. Bedmar ya te quiere muerta. ¿Qué crees que ocurrirá si descubre que lo has traicionado desvelando sus planes a las autoridades venecianas? Temo que no descanse hasta cobrarse su venganza.

Ambos guardaron silencio al oír que se aproximaban unos pasos.

–No dejes que sospechen que yo te importo –le susurró Antonio rápidamente–. Será peor para ti.

Los pasos se detuvieron delante de la puerta y el olor a incienso se coló a través de las rejas.

–Vuestro amante español –dijo Silvia–. Debería haberme dado cuenta de inmediato de a quién protegías. –Hizo señas a Alessandra para que se acercara–. Tengamos unas palabras, *si-*

*gnorina* –dijo–. Y no quiero oír una sola de vos –añadió, dirigiéndose a Antonio–. De lo contrario, haré que os lleven al tribunal de la Cámara de la Cuerda de inmediato.

Alessandra se acercó a la puerta.

–Ya habéis visto la clase de cosas que pueden suceder en esta prisión –declaró Silvia en voz baja pero clara–. ¿Estáis lista ahora para escribir esa carta?

–No oséis amenazarme con la tortura –repuso ella–. El senador Valier nunca lo permitiría.

Alessandra se preguntó si Bianca habría podido transmitirle su mensaje; si no lo había hecho, su insinuación le resultaría inútil.

–No me refiero a vos, mi preciosa *signorina* –dijo Silvia. Señaló con la barbilla al fondo de la celda–. Sino a él.

Alessandra palideció. «Virgen santa, ayúdame...», clamó para su fuero interno.

–Cuanto más tiempo os sigáis negando –continuó Silvia–, más sufrirá él.

–No –contestó ella con la voz quebrada.

–De acuerdo, entonces –dijo Silvia, y chasqueó los dedos–. ¡Guardia!

–No. –Alessandra se aferró a la reja de la puerta y se dirigió al guardia que blandía las llaves en la mano–. Deteneos, por favor.

Silvia indicó con la cabeza al guardia que se retirara.

–¿Y bien? –preguntó a Alessandra.

–No ha cometido ningún delito –protestó ella.

–Conspirar para derrocar al gobierno de la República es el mayor delito que puede existir.

–Pero es imposible que dispongáis de pruebas que demuestren su culpabilidad.

–No necesito pruebas, basta con mis sospechas. Sois una muchacha ignorante que nada sabe de los entresijos de la política ni de las múltiples amenazas a las que se enfrenta nuestra República. Haré todo cuanto sea necesario para fortalecer nuestro Estado... y eso incluye obligaros a escribir esa carta. –Volvió a mirar a Antonio–. Ese español de ahí no significa nada para mí. Me da lo mismo torturarlo que no hacerlo. Puede que opte por hacerlo sufrir más al principio, antes de que pierda el conocimiento...

–No... –Alessandra sintió que le temblaba todo el cuerpo–. No, no lo hagáis, os lo suplico. Haré lo que me pedís. Pero... no lo nombraré a él en la carta, y debéis llevároslo de aquí. Me aseguraré de que hacéis eso primero.

Silvia la miró fijamente. Ya había un brillo triunfal en sus ojos.

–Tendréis que implicar a otros.

«Otros.» Otros que sufrirían aún más de lo que había sufrido Antonio. Era un dilema imposible, pero Alessandra sabía que enloquecería si le hacían daño a él. Miró al senador, que aguardaba su respuesta con aire de suficiencia.

–¿Me vais a convertir en asesina, entonces?

–Y en su salvadora –sentenció Silvia, señalando a Antonio.

–Alessandra, no –dijo Antonio–. No lo hagas.

Arrastraba las palabras. Se le había abierto el corte del labio y la sangre le resbalaba por el mentón, pero él no parecía darse cuenta.

–No te dejaré morir aquí dentro –respondió ella.

No tenía sentido fingir que no iba a sellar aquel pacto indigno con Silvia, quien había sabido que ella accedería desde el primer momento, antes incluso de saberlo ella misma, que lo sacrificaría todo, a quien fuese, con tal de salvar a su amante. Para su propio corazón Alessandra era ya una asesina, y lo supo sin ninguna sombra de duda cuando miró al senador a la cara. «Si tuviera un arma lo mataría ahora mismo, sin remordimientos.»

Pero sólo había una forma de sacar a Antonio de allí.

–Lo haré.

Alessandra tenía la cara húmeda. Se tocó la mejilla. Estaba llorando.

El rostro del senador se contrajo en una mueca espeluznante. Alessandra supuso que era una sonrisa.

En el interior de la celda no se hacía de día, el tiempo no existía. Alessandra se despertaba y volvía a quedarse dormida. En un determinado momento, creyó que Silvia estaba al otro lado de su puerta, pero luego decidió que debía de haber sido un sueño. Una vez se despertó y se encontró a escasos palmos de su cara con un ratón pardusco que roía las últimas migajas de su tarta de cereales. Pero nada de aquello la inquietaba; ahora podía descansar.

Él había salido de allí.

Le habían permitido a Alessandra observar desde una sala del palacio cómo se llevaban a Antonio a una góndola y cómo ésta se alejaba remando laguna adentro. Lo llevarían a Malamocco, desde donde zarparía a bordo de un bajel con rumbo a España. El galeno del barco se ocuparía de sus heridas. Estaría a salvo.

Estaría a salvo y ella no volvería a verlo nunca más.

Luego la habían llevado de nuevo a la sala dei Tre Capi, donde Silvia la aguardaba junto a una mesa dispuesta con los útiles de escritura que eran menester: plumas de afilada punta, tinta y varias hojas de pergamino. Alessandra creía que estaría exultante de alegría por su victoria, pero en lugar de eso parecía víctima de un cansancio extremo o de una profunda tristeza. Un esbirro del *messier grande* no se separaba de su lado ni un solo momento. Alessandra se preguntó si habría visto en sus ojos su mirada asesina de antes, si habría intuido cuán grande era su deseo de matarlo allí mismo. Era extraño, pero ya no le importaba. Ya no le importaba nada ni sentía nada, ni miedo, ni esperanza, ni siquiera repugnancia por lo que estaba haciendo. Silvia dictó sus palabras y ella las escribió como si él fuese su tutor y ella aún asistiese a clases.

No le tembló el pulso ni por un momento, ni siquiera cuando tuvo que escribir los nombres de los hombres, los aventureros franceses y españoles, tal como los llamó Silvia, a pesar de que Alessandra sabía que estaba redactando su sentencia de muerte. No podía decir con toda certeza que alguno de aquellos hombres fuese culpable de ningún crimen.

Y cuando acabó, la llevaron allí. No le habían dicho una

sola palabra ni dado ninguna indicación acerca del tiempo que debía permanecer recluida allí. Puede que para siempre. El senador le había dado instrucciones de que no dijese nunca a nadie lo que le había obligado a hacer. Tal vez aquél fuese el modo de asegurarse de que no lo hacía: encerrarla allí dentro para el resto de su vida, en la oscuridad y la humedad, contando los días por las veces que presenciaba la bajamar y la pleamar.

Oyó unos susurros procedentes del fondo del pasillo y luego el guardia apareció ante su puerta con las llaves en la mano.

–Fuera –dijo.

–¿Adónde me lleváis? –quiso saber cuando aquel hombre descomunal la asió del brazo y la guió por el pasillo.

Él no le respondió, se limitó a ordenarle que siguiera caminando mientras tiraba de ella con la misma facilidad con que un hombre adulto arrastraría a un chiquillo. Recorrieron los corredores de la prisión, subieron un tramo breve de escaleras y luego volvieron a bajar. Alessandra dedujo que se alejaban del puente de los Suspiros y del palacio.

Pero ¿adónde iban?

Llegaron al fin a una puerta enorme y blindada, con centinelas apostados a cada lado. El guardia hizo entrega de un pliego de papel a uno de los centinelas, que lo examinó y, acto seguido, hizo una seña al otro. Descorrieron el cerrojo de la puerta y la abrieron. El guardia hizo salir a Alessandra al otro lado, a la Riva degli Schiavoni y bajo el cielo gris solemne de la mañana encapotada.

Bianca la aguardaba allí.

–Gracias al cielo que estáis sana y salva –exclamó al tiempo que la abrazaba.

–¿Qué ha ocurrido? –preguntó Alessandra, que retrocedió unos pasos.

–El obispo ha enviado un mensaje diciendo que seríais liberada hoy sin tardanza. Hemos venido a llevaros a casa.

Al pie del Ponte della Paglia, Paolo las estaba esperando en la góndola.

Bianca ofreció su brazo a Alessandra, pero ésta no lo aceptó. En su lugar dirigió la mirada más allá del Ponte della Paglia hacia la *piazzetta* y las columnas gemelas que señalaban la entrada a Venecia, y a continuación emprendió el ascenso de los peldaños del puente.

Bianca trató de detenerla.

–No, mi señora. No debéis ir ahí.

Alessandra se zafó de ella. Siguió andando, despacio pero con paso decidido, y bajó los peldaños del otro lado para dejar atrás el palacio Ducal. Bianca y Paolo la observaban con el semblante ofuscado por la preocupación. El cielo preñado de nubes se cernía sobre ellos con amenazadora determinación. Tanto la *piazzetta* como la plaza estaban desiertas, con ese peculiar aire de abandono que se apoderaba indefectiblemente de Venecia la mañana que terminaba el carnaval. Plumas de colores y retales de disfraces yacían esparcidos por el suelo y formaban remolinos por efecto del aire, como pedazos de confeti brillante. La plaza estaba vacía, salvo por los tres hombres muertos que colgaban de la horca entre las columnas.

Los habían colgado por los pies, el castigo habitual por actos de traición. Como Silvia había vaticinado, ya estaban muertos para cuando los colgaron allí, pero la gravedad les había distorsionado el rostro, dándoles una apariencia espeluznante y exacerbando las marcas de la tortura que se había infligido a sus cuerpos. A cada lado, estaba segura, colgaban los dos hombres que ella había nombrado en su carta, a pesar de que nunca los había visto hasta entonces: uno era un mercenario español con un arete plateado en la oreja y el otro un corsario francés, con la insignia de capitán prendida en su jubón de cuero.

Y, colgado en medio de ambos, estaba Antonio.

A Alessandra le fallaron las rodillas y se desplomó sobre la fría losa de piedra de la *piazzetta*, mientras su falda formaba un círculo henchido de aire a su alrededor. Estaba demasiado consternada para llorar o gritar. Una gaviota planeó sobre ella y fue como si su chillido lastimero retumbase en su interior, como si las mismísimas entrañas de su alma se hubiesen roto en mil pedazos.

Años más tarde, lo recordaría exactamente así: los tres

hombres colgados, ella misma hincada de rodillas en el suelo, Bianca de pie en el puente, sollozando en silencio, Paolo aguardando lealmente en la góndola, la *piazzetta* vacía. Como si lo hubiese presenciado desde lo alto, una única escena inmutable e inmóvil, un retablo eterno.

# XXVII

–Sabemos por los archivos de Venecia que Antonio Pérez fue uno de los hombres colgados ese día –le explicó Andrew a Maurizio y a Gabriella al término de la conferencia de Claire.

Los cuatro permanecían junto a la tarima mientras el público desfilaba por las puertas.

–Pero su nombre no aparece mencionado en la carta Rossetti –añadió Claire–. De hecho, Utrillo-Navarra era el único conspirador conocido que no aparecía en ella, un descuido que ningún historiador hasta la fecha ha podido explicar. Cuando descubrimos que Alessandra y Antonio se conocían y que posiblemente mantenían relaciones íntimas, la omisión nos pareció aún más extraña. Llegamos a la conclusión de que Alessandra trataba de protegerlo.

Claire miró a su alrededor con satisfacción. No se había desmayado, ni siquiera había tartamudeado una vez metida ya en faena. Luego había recibido todos aquellos aplausos al final, y no era una de esas ovaciones de compromiso que se dedican por educación, además. Eso de dar charlas podía resultar divertido después de todo.

–Lo que suscitó la pregunta: si Alessandra trataba de proteger a Pérez, ¿por qué llegó a escribir esa carta? –dijo Andrew–. Eso, sumado al lapso de dos meses y al tono general de la carta, nos llevó a la convicción de que alguien se la había dictado. La última pieza encajó en su sitio cuando Claire recordó que había más de una *bocca di leone* en el palacio Ducal, y que una no estaba fuera, en el patio, sino dentro, en la sala della Bussola, justo al lado de la sala dei Tre Capi. Cuando Alessandra escribió la carta estaba *dentro* del palacio y no fuera, probablemente prisionera en sus mazmorras. Gracias a estos hallazgos, todo parece apuntar a que la carta Rossetti se redactó bajo coacción, aunque también es evidente que Bedmar y Osuna tramaban algo; sin embargo, puede que nunca lleguemos a saber lo que era.

–Así que a pesar de que no podemos decir con toda seguridad que hubo una conspiración española –dijo Claire–, también hubo, tal como defendía Andrew, una conspiración veneciana para crear una conspiración española. Girolamo Silvia sabía que Bedmar y Osuna estaban urdiendo un complot contra Venecia, pero no tenía pruebas suficientes para demostrarlo, de modo que fabricó lo que necesitaba. Al mismo tiempo, empañó la reputación de su rival político, Dario Contarini, por lo que toda la maniobra en sí le sirvió de enorme impulso para su carrera política. Está claro que Alessandra Rossetti fue el peón de Silvia –añadió Claire mirando a Andrew–. En contra de su voluntad, tal vez, pero un peón al fin y al cabo.

–Es casi seguro que ambos bandos fueron culpables de los sucesos de ese año –señaló Andrew–, pero creo que a Claire le corresponde gran parte del mérito de estas conclusiones.

–No puedes hablar en serio –intervino Gabriella. Su voz, por lo general grave y sensual, había adquirido un tono irritante–. Llevas meses trabajando en esto y ahora aparece ella y después de un par de días trabajando juntos ¿estás dispuesto a compartir con ella tus fuentes y atribuirle el mérito de tus conclusiones? Por no mencionar que has dejado que ella dé tu charla... ¿Qué va a decir la gente de eso?

–Francamente, no me importa lo que pueda decir la gente –repuso Andrew.

Gabriella respondió dejando a Claire al margen de la conversación, dándole la espalda y dirigiéndose directamente a Maurizio.

–Creo que Andrew está siendo demasiado caritativo, ¿no te parece?

Al no obtener respuesta por parte de italiano, se volvió hacia Andrew y por un momento pareció que fuese a exigirle explicaciones por su generosidad.

–Me limité a hacer lo que me parecía correcto –explicó Andrew.

–¿Y qué fue con exactitud lo que le hiciste para que se muestre tan generoso contigo? –preguntó ella al tiempo que le lanzaba una mirada asesina a Claire–. Espero que puedas demostrar que tu tesis está basada única y exclusivamente en tus propias investigaciones. No creo que las comisiones de doctorado vean con buenos ojos a los candidatos que toman «prestados» los resultados de otros historiadores. Estoy segura de que al director de tu departamento le resultará muy interesante saber que los dos estabais trabajando en la Marciana al mismo tiempo.

Claire sentía tanto estupor que se había quedado sin palabras, al igual que Maurizio y Andrew. La insinuación de Gabriella era evidente: que Claire había seducido a Andrew para que le atribuyese más mérito del que merecía. Maurizio miró a Claire y luego a Andrew como si tratara de dilucidar si había algo de verdad en la acusación de Gabriella. Lo cierto es que no podía culparlo; a fin de cuentas, los había visto aparecer a ambos en su casa bastante tarde la noche antes, y luego había presenciado cómo Andrew le cedía el turno y la palabra en la tribuna de oradores... algo no demasiado frecuente, estaba segura. Andrew pareció paralizado por la perplejidad un momento y luego reaccionó.

–Estás yendo demasiado lejos, Gabriella, de verdad –dijo–. No ha sido así en absoluto.

–¿Por qué no me cuentas cómo ha sido, entonces?

–Estábamos trabajando juntos, en colaboración.

–¿Trabajando? ¿Ahora se llama así?

Claire ya había tenido suficiente.

–Es curioso que pienses que Andrew es tan maleable como para dejarse manipular de ese modo –dijo–. Sólo estábamos trabajando juntos, nada más. Si eres incapaz de aceptarlo, lo siento por ti. Y por cierto –Claire sabía que no debía hacer aquello, pero no pudo resistir la tentación–, también siento mucho lo de la cancelación de tu programa.

Antes de volverse para marcharse, Claire vio a Andrew lanzar una mirada de absoluta sorpresa a Gabriella. De modo que no lo sabía. Los dejó allí y salió de la sala.

Claire se detuvo en el descansillo en lo alto de la escalera. Su enfrentamiento con Gabriella la había dejado al borde de las lágrimas, pero no sabía si era por rabia o por miedo. Saltaba a la vista que, para Gabriella, la necesidad de que Andrew triunfase era inmensa. Habría sido triste, incluso patético, de no ser por el hecho de que Gabriella era capaz de hacerle mucho daño a ella. La sola sospecha de un comportamiento poco ético podía resultar perjudicial. La competencia por obtener una plaza de estudiante de doctorado, y la presión posterior para presentar una tesis doctoral espectacular, era tan feroz que había quienes hacían auténticas locuras: había oído el caso de una candidata cuya tesis estaba basada casi en exclusiva en fuentes que resultaron ser de su propia invención, y de otro que robaba documentos del archivo y los vendía luego por internet para sufragarse los estudios. Las comisiones de doctorado ya lo habían visto todo, y Claire sospechaba que tendían a creer lo peor. Lo único que tenía que hacer Gabriella era llamar por teléfono o enviar una carta.

Tomó aire y sintió cómo su ansiedad cedía un poco. No era muy probable que Gabriella hiciese algo tan mezquino, ¿o sí? En cualquier caso, desde luego no era algo por lo que Claire quisiese preocuparse ese día. De hecho, tenía mucho que celebrar: había finalizado su investigación, había dado una conferencia con éxito y ahora, decidió con firmeza, iba a olvidarse de ello y a divertirse. Había pensado en un almuerzo tranquilo y, como sorpresa para Gwen, un paseo en góndola. Lo único que tenía que hacer era pasar a recogerla y encontrar a Giancarlo y luego podrían irse de allí.

Vio a Gwen cruzar el vestíbulo y salir a la calle, con la bolsa de Claire por encima del hombro además de con su propia mochila. Qué raro, pensó mientras bajaba las escaleras, que Giancarlo se hubiese marchado antes de que ella terminase de hablar. Lo había visto al comienzo de la conferencia y luego lo había mirado unas cuantas veces mientras hablaba, pero luego, de pronto, había desaparecido. Tal vez estuviese fuera en el patio, donde se encontraba ahora Gwen.

Claire salió al exterior. Se habían formado unos cuantos corros de gente que charlaba, pero ninguno de sus compañeros se hallaba entre ellos. Dobló hacia la calle Foscari, la vía que rodeaba el edificio de la universidad, y estuvo a punto de darse de bruces con un hombre abrazado a una mujer alta y hermosa de larga melena negra.

Tardó unos segundos en darse cuenta de que el hombre era Giancarlo. Una vez superada la sensación de confusión, su primer impulso fue dar media vuelta y marcharse. Luego la pareja advirtió su presencia y se separaron el uno del otro.

Giancarlo se volvió para mirarla de frente.

–Claire, lo siento, esto no es lo que...

La mujer dijo algo en italiano, tan rápido que Claire no pudo captarlo, aunque era evidente que estaba furiosa. Y acto seguido, para sorpresa de Claire, salió corriendo.

–Ay, Dios mío... –exclamó Giancarlo–. Esto no es... Natalie no es... Bueno, es que es muy... –Miró hacia el cabo de la calle–. Lo siento.

Y echó a correr él también.

En fin. El día estaba resultando asombrosamente diferente de lo que había imaginado, y ahora, el hombre con quien se suponía que iba a pasar la tarde la había dejado plantada para irse con su ex prometida. Claire se volvió y regresó al patio. Gwen estaba al otro lado, y al ver a Claire se puso a hacerle señas frenéticamente.

–¡Claire! –gritó–. ¡No vayas allí! ¡No vayas!

«Demasiado tarde», pensó Claire, y echó a andar hacia ella. Gwen atravesó corriendo el patio justo cuando Maurizio, Andrew y Gabriella salían por la puerta. Claire no pudo ver si Gwen se había caído o había tropezado con ellos, pero sí vio lo que sucedió a continuación: las bolsas de Gwen salieron volando por los aires y todo su contenido quedó desparramado por el suelo –los cuadernos, los bolígrafos y las guías de Claire, la gomina para el pelo, el maquillaje y los caramelos de Gwen–

y la adolescente acabó en el suelo, ilesa pero profundamente avergonzada. Claire la ayudó a levantarse mientras Maurizio y Andrew recuperaban los objetos distribuidos por el suelo. El diario de Alessandra había aterrizado a los pies de Gabriella, quien lo miró con curiosidad un momento y luego se agachó a recogerlo. Abrió la cubierta y se puso a hojear las páginas, y su expresión fue transformándose en un gesto de indignación por momentos.

–¿Qué estás haciendo con esto? –le preguntó a Gwen.

–Estaba en mi bolsa, no en la suya –dijo Claire.

–Esto es propiedad de la Marciana. –Los ojos de Gabriella miraron a Andrew con un brillo triunfal–. Ya te dije que no se podía confiar en ella.

Sorprendido y confuso, Andrew se volvió hacia Claire para pedirle explicaciones.

–Fue un accidente –aclaró ella–; lo confundimos con el diario de Gwen. No pretendíamos sacarlo de la biblioteca, por supuesto.

Mientras Claire intentaba explicar exactamente cómo había sucedido, Gabriella se deslizó en el interior de una pequeña comisaría de *carabinieri* que había justo al otro lado de la calle Foscari.

Todos pusieron cara de sorpresa cuando regresó con un joven agente de policía.

–Gabriella, me parece que te has precipitado –opinó Andrew.

–¿Vas a negar la evidencia que tienes delante de tus propios ojos? Algo así no acaba en el interior de un bolso por accidente. Yo digo que cuente su versión delante de un juez.

Gabriella se dirigió al *carabiniere* y empezó a hablar en italiano. Claire logró entenderlo casi todo: pieza histórica italiana de valor incalculable, la reciente oleada de robos en bibliotecas italianas perpetrados por extranjeros... El policía, que no debía de tener más de veintidós años, asintió solemne y lacónicamente con la cabeza. Parecía tan acostumbrado a aceptar órdenes que la obedeció sin rechistar, como si una mujer le pidiese que detuviese a otra todos los días.

Se dirigió a Claire.

–Tendrá que acompañarme –le dijo, y le indicó la dirección de la comisaría de *carabinieri*.

Gwen no dijo una sola palabra, pero Claire vio que abría los ojos como platos. Acto seguido, salió disparada del patio.

–¡Gwen!

Claire echó a correr tras ella, pero el agente la retuvo.

Andrew se inclinó para hablarle al oído.

–Quédate aquí y habla con la policía, yo iré tras ella.

Y echó a correr él también.

## XXVIII

Claire miraba inútilmente por las ventanas mugrientas de la minúscula comisaría: fuera, la calle Foscari estaba desierta. Había supuesto que Andrew y Gwen aparecerían al cabo de pocos minutos, pero habían pasado por lo menos veinte y seguía sin haber rastro de ellos. Venció el impulso de pasearse arriba y abajo por la habitación y tomó asiento junto a una de las mesas de los policías, sin dejar de darle vueltas a la cabeza. ¿Por qué había salido corriendo Gwen? ¿Y por qué no la había traído Andrew consigo todavía?

Trató de tranquilizarse. Gwen llevaba consigo una guía y una tarjeta de visita del hotel; sabía que si se perdía debía pedir ayuda para regresar al hotel. Pero ¿por qué había echado a correr? ¿Porque tenía miedo? ¿Creería acaso que Claire hablaba en serio cuando dijo que fuese Gwen quien cargase con la culpa? No, seguro que no. Tal vez había ido a llamar a su padre. Claire se preguntó si podría ponerse en contacto con él; ese día estaba de viaje de Niza a París. Además, la idea de implicarlo en todo aquello no acababa de resultarle cómoda. Era verdad que un hombre rico como Edward Fry podía resultar muy útil en esa clase de situaciones, pero a ella la mortificaría que se enterara. Claire ni siquiera estaba segura de cómo referirse a aquello: ¿detención?, ¿arresto?, ¿encarcelamiento? Se llamara como se llamase, Claire pensó que tendría suerte si lograba salir de la comisaría a tiempo de coger el vuelo que las alejaría de Venecia; el engranaje de la justicia funcionaba muy despacio allí en Italia. No quería ni pensar en lo que sucedería si ella y Gwen no aparecían en el aeropuerto de París para reunirse con el padre de ésta y su flamante esposa.

Al menos Andrew llevaba un teléfono encima. Claire decidió llamarlo en cuanto Maurizio y Gabriella interrumpiesen su conversación el tiempo suficiente para darle su número. Ambos llevaban pegados al móvil desde que habían entrado por la puerta. Claire no tenía ni idea de con quién hablaban, pero captó fragmentos sueltos de la conversación de Gabriella: «... nuestro patrimonio... un conflicto internacional... cumplir la ley... Roma, también...».

La comisaría de policía era tan sencilla que de no ser por la celda de rejas de hierro de aire más bien medieval del fondo, nadie habría sospechado que fuese otra cosa más que un vulgar despacho desangelado, un lugar que contenía unos pocos escritorios gris metálico y una fila de archivadores destartalados. Un par de desvencijados ventiladores de pie daban vueltas trabajosamente y chirriaban sin contribuir demasiado a reciclar el aire estancado. Los dos jóvenes policías permanecían sentados a sus mesas, sin decir nada.

Maurizio colgó y se acercó para sentarse encima de la mesa más próxima a Claire.

–Acabo de hablar con el director de la Marciana –dijo en voz baja–. Me ha dicho que llevarse un libro de la biblioteca se castiga automáticamente con una multa.

–¿De cuánto?

–Dos mil euros.

–Santo cielo... –No estaba segura de disponer de tanto dinero en su cuenta bancaria y tenía la sensación de que el fondo de Edward Fry para gastos diversos no iba a cubrir aquello. Puede que al fin y al cabo sí necesitase la ayuda de Meredith–. Si la pago, ¿me soltarán?

–El director dice que no puede tomar la decisión sobre si debe presentar o no una acusación formal.

«¿Una acusación formal?»

–Pero no creerás que me llevé el diario a propósito, ¿no? Fue una estupidez, sí, pero yo no lo robé.

–Me temo que lo que yo crea o deje de creer es irrelevante. Si no fuese por esa oleada de robos no habría ningún problema, pero tal como están las cosas...

–Pero yo no tengo nada que ver con todo eso. Puedo demostrarlo.

–¿Puedes demostrarlo durante la siguiente hora o dos?

–Seguramente no, pero nadie puede demostrar que sí estoy implicada.

–Los trámites de enjuiciamiento criminal italianos son muy distintos de los estadounidenses. Aquí no necesitamos pruebas de un delito para encerrar a alguien, a veces basta con tener una sospecha, y luego el caso se investiga una vez que el sospechoso está...

Interrumpió la frase, sin querer añadir el resto de palabras.

–¿Entre rejas?

Por primera vez, Claire sintió miedo. Puede que Gwen hubiese hecho lo correcto al huir de allí.

Gabriella se acercó a ellos.

–Llegará de un momento a otro –anunció.

–¿Quién? –quiso saber Claire.

–El juez instructor –contestó Maurizio–. Hablará contigo y decidirá si hay razones para emitir una orden de arresto.

–Ah.

Su voz tenía un tono agudo muy poco natural.

–Creo que sería mejor que no avisases todavía a tus colegas de la prensa, Gabriella –señaló Maurizio. Ella levantó la vista de la pantalla con la agenda de teléfonos de su móvil–. Al menos hasta después de la decisión del juez. Puede que no ocurra lo que tú crees que va a ocurrir.

Hablaba en tono sosegado pero como si la advirtiera, y Claire tuvo la impresión de que le recordaba a Gabriella algún error pasado. Fuera como fuese, lo cierto es que funcionó: la italiana cerró el teléfono de golpe y arrugó la frente con aire ofendido.

Claire le pidió a Maurizio el número de teléfono de Andrew. Sabía que Gabriella lo tenía, pero se resistía a pedirle nada. De no ser por ella no estaría en la comisaría, de eso estaba segura. Puede que Andrew y Maurizio se hubiesen sorprendido, escandalizado incluso, al enterarse de que se había llevado el diario de Alessandra de la Marciana, pero estaba segura, bueno, casi segura, de que habrían creído sus explicaciones y luego le habrían dejado devolverlo con discreción. A pesar de que no había dicho una sola palabra en su defensa y que se mostraba a todas luces neutral, Claire sospechaba que Maurizio seguía allí para asegurarse de que Gabriella no empeoraba aún más las cosas... llamando a los responsables del noticiario de las seis, por ejemplo, con una noticia de última hora sobre una banda de ladrones internacionales y, por supuesto, la heroica narración, con todo lujo de detalles, sobre cómo ella había logrado detener a una de las ladronas.

–¿Gabriella? –dijo Maurizio.

Ella le pasó el teléfono servicialmente, con el número de Andrew ya en la pantalla. Claire apretó un botón y el número se marcó de forma automática.

–¿Sí?

La voz de Andrew era casi inaudible debido al ruido de las interferencias y al zumbido de un motor cercano.

–Soy Claire. ¿Dónde está Gwen?

–Aquí conmigo. Enseguida volvemos.

–¿Volvéis de dónde?

–Estaremos ahí dentro de...

Sus últimas palabras se perdieron en un mar de confusión e interferencias.

–El que más me gusta es el almuerzo de los sábados –comentó Armando Corregio, el juez instructor del caso, con la voz impregnada de lastimera resignación–. Los domingos, la signora Corregio insiste en cocinar rosbif, y su rosbif es como la suela de un zapato. El que más me gusta es el almuerzo de los sábados.

A decir verdad, se dijo Claire, el signor Corregio tenía pinta de no haber comido nunca un almuerzo que no le gustara. No era tanto que estuviese obeso como formidablemente sólido en torno a la cintura. Los tirantes que le sujetaban los pantalones de verano estaban tensados al máximo y Claire imaginó que cuando se los quitase, saldrían disparados al otro extremo de la habitación como una goma elástica gigante. El magistrado tenía la cara redonda y lisa, con una gruesa papada bajo el mentón, como un mamífero oceánico. Llevaba el pelo oscuro peinado con gomina hacia atrás y exhibía el refinado mostacho de un dandi de la era victoriana.

–Lamentamos mucho haber interrumpido su almuerzo –empezó a decir Maurizio.

–Mi almuerzo del sábado...

–Sí, su almuerzo del sábado, pero si nos concediera unos minutos de su tiempo y escuchara la versión de la señorita Donovan, estoy seguro de que –y en ese momento sus ojos se desplazaron hacia Gabriella– no hallará razones para dictar una orden de arresto.

–¡Signor magistrado! –lo interrumpió Gabriella–. Esa mujer fue descubierta con este libro en su poder, una pieza histórica de valor incalculable para los italianos.

Esgrimió el diario como si se tratara de la Biblia y estuviera a punto de proclamar un sermón evangélico.

–Sí, pero parece haber sido un error accidental, sin mala fe –arguyó Maurizio.

–Silencio, por favor. –Corregio lanzó un suspiro y se removió con aire incómodo en su asiento, que ni siquiera tenía la mitad de la anchura necesaria para dar cabida a su cuerpo. Señaló a Claire–. ¿Podría resumirlo, por favor? Si vuelvo antes de un cuarto de hora, no me perderé la sopa.

Claire escrutó su rostro sin saber muy bien por dónde empezar. Corregio no parecía un hombre con sentido del humor. Sospechaba que no le costaría decirles a los agentes que se la llevasen si con eso lograba acelerar su regreso a casa.

–Bueno, verá, la verdad es que todo fue un accidente. Estaba trabajando con el diario en la Marciana y...

Justo en ese momento, Andrew, Gwen y Francesca asomaron por la puerta, casi sin resuello, como si hubiesen llegado corriendo. Andrew se hizo cargo de la escena que tenía ante sí con rapidez: los dos policías, Claire en una silla frente al magistrado, Maurizio y Gabriella mirándolos.

–Antes de dar comienzo al interrogatorio, debería saber usted que ha habido una terrible confusión –anunció Andrew.

–Todo ha sido culpa mía –intervino Francesca–. He cometido una terrible confusión.

–Una terrible confusión –repitió Gwen.

Gabriella, Maurizio y Claire se quedaron mirando perplejos a los tres. Maurizio fue el primero en reponerse.

–Éste es el signor Corregio, el juez instructor –le presentó–. Tal vez deberían explicarse. Usted podría empezar –se dirigió a Francesca– diciéndonos quién es.

–Sí, por supuesto. –Sonrió–. Soy Francesca Luponi, bibliotecaria jefe de la biblioteca Marciana –le dijo a Corregio–. Verán, Gwen me estaba enseñando su diario...

Ansiosa por ayudar, Gwen sacó su diario de la mochila.

–¿Lo ven? Se parece mucho a ese tan viejo porque una vez derramé Coca-Cola sobre la tapa y se me ha caído un par de veces al suelo, y además, otro día un chico con una bici le pasó por encima...

Andrew lanzó a Gwen una mirada de advertencia y ésta se calló al instante.

–Gwen me estaba enseñando su diario –continuó Francesca– y luego Claire me trajo los libros y los documentos a la mesa y no sé cómo, mientras los guardaba en su sitio, debí de confundir los diarios y le di el otro.

–Pero ella dice que fueron esa chica y ella misma quienes los confundieron. –Gabriella señaló a Claire al tiempo que se dirigía al magistrado–. ¡Ya ha admitido que se lo llevó! –Se dirigió a Andrew–. ¿De verdad crees lo que dice? –preguntó, señalando a Francesca.

–Al parecer, ha habido un... un terrible error –explicó él–. Cuando logré dar alcance a Gwendolyn me contó lo que había sucedido en realidad, pero me dijo que Claire había contado una versión distinta porque no quería crearle problemas a Francesca. Pensé que lo mejor sería ir a la Marciana a informar a Francesca de lo ocurrido, y con la amabilidad que la caracteriza insistió en venir aquí a aclarar las cosas. Así que, por lo visto, todo ha sido un...

–Terrible error –dijeron Gwen y Francesca al unísono.

Dios santo. Gwen y Francesca se habían inventado aquella

ridícula historia y, de algún modo, habían conseguido convencer a Andrew Kent de que se prestara al engaño. Los rostros de tres de ellos, Andrew, Gwen y Francesca, reflejaban una tímida esperanza, mientras que por la expresión de los dos restantes, Gabriella y el signor Corregio, parecía que todavía no habían acabado de comprender la confesión de Francesca, y las preguntas que pretendían formular seguían sin tomar forma. Maurizio parecía sonreír, de forma harto enigmática, para sí mismo. Claire mantenía su rostro lo más inexpresivo posible para que nadie se diera cuenta de que el terrible error era en realidad una terrible mentira.

Corregio miró primero a Francesca y luego a Maurizio.

–¿Lo sabe el director de la Marciana?

–Sí, yo misma hablé con el director hace unos minutos –aseguró Francesca–. En cuanto se enteró de que yo era la única culpable me pidió que hiciese extensivas sus disculpas a la señorita Donovan y dijo que lamentaría enormemente que una ciudadana estadounidense resultase detenida o perjudicada de algún modo por culpa de un error cometido por una empleada de la Marciana, ya que podría convertirse en un incidente internacional y proyectar una mala imagen de todos nosotros en general.

Dedicó una sonrisa radiante al signor Corregio.

–Sí –masculló el juez instructor–. Sí, tiene razón. Eso daría muy mala imagen de nosotros. –Se levantó, consultó su reloj y se frotó la oronda barriga–. Bueno, bueno, bueno. Me parece que hemos zanjado el asunto. Un terrible error. Si me marcho ahora mismo puede que llegue a casa a tiempo para la pasta. *Arrivederci.*

Deslizó su monumental figura por la puerta principal y echó a andar calle abajo.

Gabriella se dirigió a Andrew, boquiabierta de indignación.

–¿Cómo has podido? ¡Sabes a la perfección que mienten!

–Gabriella, ¿qué más da? El diario va a volver a la biblioteca. Fue un error. No hay razón para insistir más en este asunto.

–¿Cómo te sentirías tú si robasen unos documentos ingleses de valor histórico incalculable? ¿Si alguien se llevase vuestra preciosa Carta Magna del museo Británico?

–Eso no tiene nada que ver con esto. Y no fue un robo, fue un accidente. ¿Por qué no nos olvidamos sin más?

Gabriella lanzó a su alrededor una mirada desafiante.

–Eso ya lo veremos.

Y se fue de la comisaría haciendo grandes aspavientos.

Andrew y Maurizio se miraron.

–Yo me encargo –dijo Andrew, y salió tras ella.

En cuanto se fueron, el ambiente de la sala se relajó de manera considerable. Claire miró a Gwen y a Francesca con asombro y ellas le respondieron con una enorme sonrisa.

–No sé cómo agradecéroslo –dijo Claire–. Pero Francesca, no quiero que te metas en ningún lío por mi culpa. A lo mejor debería hablar en persona con el director.

–No hace falta –contestó ella.

–Pero tú has cargado con la responsabilidad de todo lo ocurrido, y no ha sido culpa tuya.

–No tienes de qué preocuparte –intervino Maurizio con una sonrisa–. No creo que el signor Luponi despida a su propia hija por una pequeña confusión como ésa, ¿no crees? –preguntó a Francesca.

–No creo, no.

–¿Qué quieres decir con eso de su hija? –preguntó Claire, confusa.

–Mi padre es el director de la biblioteca Marciana –confirmó Francesca–, al igual que lo fue mi abuelo antes que él. Mi situación laboral es completamente estable, aunque detestaría que algo así volviese a suceder.

Sonrió, pero su mirada era seria.

–Nunca volverá a suceder –le prometió Claire.

–Creo que será mejor que nos vayamos de aquí cuanto antes –observó Maurizio–. Os acompañaré de vuelta al hotel y luego iré con Francesca a devolver el diario a la biblioteca.

Todos se marcharon de la comisaría de *carabinieri* en busca de la parada más próxima del *traghetto*. Mientras caminaban por la calle Foscari, Claire vio a Andrew y a Gabriella a lo lejos, y hablando. No oía lo que decían, pero Andrew parecía ejercer un efecto tranquilizador sobre Gabriella. Ella seguía hablando enérgicamente, pero con menos vehemencia que antes. Andrew apoyaba la mano con delicadeza en su brazo mientras la miraba a los ojos y la escuchaba con atención. Maurizio advirtió que Claire observaba a la pareja y se acercó a ella.

–Por favor, perdona a nuestra condesa. Ya sé que no se ha portado bien, pero no lo hace con mala intención. Esto no es asunto mío, lo sé, pero permíteme un consejo: tal vez sería aconsejable que no pasaras más tiempo a solas con Andrew. Gabriella no es una novia comprensiva y es muy poderosa dentro de determinados círculos aquí, en Italia. Puede crear un montón de problemas si se lo propone.

–No es que tenga previsto pasar más tiempo con él, pero te agradezco el consejo de todas formas. Y gracias por ponerte de mi parte. No sé lo que habría hecho si no hubieses estado ahí para ayudarme.

–No hay de qué. A fin de cuentas, tengo un interés personal en todo este asunto, porque preferiría que estuvieses libre para hablar en el congreso otra vez el año que viene en lugar de estar encerrada en prisión. ¿Qué te parece?

–¿Volver aquí? Me encantaría, por supuesto.

Llegaron a la parada del *traghetto*. Maurizio bajó al barco y extendió la mano para ayudarlas a embarcar. Claire dejó que las otras dos fueran delante y seguía aún en el muelle de piedra cuando oyó unos pasos a sus espaldas.

–Claire.

Se volvió. Andrew estaba a apenas un metro de distancia.

–No he tenido ocasión de decirte lo mucho que me ha gustado tu charla –dijo.

–Gracias.

–Lamento de veras todo esto. Gabriella puede ser un poco exagerada a veces.

«¿Un poco?», pensó Claire, pero se mordió la lengua.

–No pasa nada –respondió, deseando poder ser completamente sincera.

En lugar de ello, estaba pensando que debía de estar muy bien eso de tener a dos hombres dispuestos a excusar tu comportamiento de aquella manera. En fin. También se habían portado muy bien al defenderla a ella, así que más le valía encajar todo aquello con deportividad. Además, había otra cosa que le rondaba la cabeza y puede que ésa fuese su última oportunidad para averiguarlo.

–Ahora que has terminado la parte de la investigación, ¿cuánto tardarás en escribir tu libro? –quiso saber.

–Mmm... Ésa es una buena pregunta. –Entrelazó las manos a la espalda y se quedó mirando el suelo un momento. Cuando levantó la vista, su expresión era solemne–. No veo cómo podría terminarlo hasta mucho después de que tú hayas escrito tu tesis. Después de todo, tendré que citar algunas partes de ella... bastantes, imagino.

Claire sonrió, aliviada y agradecida. Podría completar su tesis sin preocuparse por la competencia o la redundancia, y luego él la citaría en su libro.

–Eso es... es... genial –tartamudeó, satisfecha.

–Me la enviarás pronto, espero.

–¿A Cambridge?

–Al Trinity College, sí. Encontrarás mi dirección de correo electrónico en la página web de la universidad. –Hizo una pausa–. Todavía no sabemos qué le ocurrió a Alessandra cuando terminó la conspiración.

–Es verdad. Ojalá hubiésemos podido averiguarlo –admitió Claire.

–Tengo un amigo en la Universidad de Padua. Tal vez lo llame a ver qué puede averiguar. –Andrew hurgó en su bolsillo en busca de lápiz y papel–. Dame tu dirección de correo electrónico y si descubre algo importante, haré que te lo envíe.

Claire anotó la información para Andrew y luego se sumó a los demás a bordo del *traghetto*.

–¿Qué ha sido todo eso? –quiso saber Gwen.

–Cosas de trabajo.

Mientras el barco se adentraba en aguas del canal, Claire se dio cuenta de que no le había dado las gracias a Andrew, ni por su ayuda ni por la conferencia ni por nada. Se volvió para llamarlo, pero él ya había desaparecido.

## XXIX

Gwen se recostó hacia atrás en la góndola y volvió su rostro hacia el sol con una sonrisa de satisfacción.

–Esto es increíble –suspiró mientras los edificios de colores del Rio di San Giuseppe se deslizaban despacio por su lado.

Claire convino en que era una excursión muy bonita y compensaba de sobra los dramáticos acontecimientos del día. Una vez que hubieron pagado la factura del hotel y dejado el equipaje en recepción, sorprendió a Gwen llevándola hasta el grupo de góndolas más cercano y pidiéndole que escogiese a un gondolero. Fue idea de Gwen hacer un recorrido por los lugares que Claire había mencionado en su conferencia. Menos mal que había elegido a un gondolero joven y aparentemente incansable para un trayecto tan largo...

Claire se arrepintió de no haberse desplazado más veces en góndola durante el tiempo que había pasado en Venecia. Naturalmente, ése era el modo en que se suponía que había que ver la ciudad, pero la verdad más evidente fue como una revelación para ella. Las arterias que eran los canales inundaban la ciudad de vida y de luz, y era como si Venecia se abriese ante ellas como una flor, revelando su verdadera belleza y sus secretos ocultos. El movimiento constante –los reflejos ondulantes del agua, su avance a través de las luces y las sombras al pasar momentáneamente debajo de un viejo puente de piedra y emerger de nuevo al otro lado, la profusión de barcos en los canales más transitados o la ropa lavada que, tendida varios metros por encima de los canales más pequeños, ondeaba al viento– se intercalaba con ráfagas caleidoscópicas de fachadas de piedra bañadas por el sol, begonias rojas que caían en cascada de las macetas azules colgadas en las ventanas, gatos anaranjados y orondos que se tostaban perezosamente al sol en los peldaños de piedra, e iba acompañado por los maravillosos aromas de los guisos de las cocinas y los sonidos de la conversación y la música que bajaban flotando de las ventanas ojivales.

El gondolero dejó de remar cuando llegaron al final del canal, cerca de la laguna, y la barca se deslizó con suavidad hasta detenerse por completo.

–¿Ésa es la casa de Alessandra? –preguntó Gwen.

–Sí –le confirmó Claire mientras sacaba la cámara de su funda.

–Me encantaría poder entrar.

–Sí, a mí también.

Claire tomó unas fotos de la casa y sus alrededores.

–Y ahora, ¿adónde vamos?

–Al Rio del Palazzo y al puente de los Suspiros.

–Es ahí donde está la prisión, ¿verdad?

–Sí.

–Y luego a la *piazzetta*, donde colgaron a Antonio, y luego al canal de los Huérfanos, donde ahogaron a todos esos hombres.

Claire agradecía el interés que mostraba Gwen por la conjuración española y optó por pasar por alto su fascinación morbosa por los lugares donde habían tenido lugar los episodios más truculentos.

–Sí, y luego al Campo Barnaba –decidió Claire.

–Esto es increíblemente genial.

–Es lo menos que podía hacer para compensarte por haberme salvado el pellejo. Dime –añadió mientras el gondolero empezaba a remar en dirección a la laguna–, ¿cómo has convencido a Andrew Kent para que os siguiese la corriente con esa historia que te has inventado?

–No me la he inventado yo.

–¿Ah, no? Y entonces, ¿quién ha sido?

–No lo sé. Cuando vi que el policía te llevaba detenida decidí llamar a Francesca. Sabía que entendería que yo nunca me dejaría mi diario en ningún sitio a propósito. Luego Andrew me alcanzó y cuando le expliqué lo que quería hacer, decidió que debíamos ir a hablar con ella, así que nos subimos en una lancha motora rumbo a la Marciana y luego Francesca llamó a su padre y él se puso a hablarle en italiano... quiero decir que Andrew se puso a hablarle en italiano, y luego él y Francesca hablaron y ella me dijo lo que debía contar.

–Pues ha sido increíblemente generoso por su parte arriesgarse así, de esa manera, por mí, aunque el director sea su padre.

Gwen se encogió de hombros.

–No creo que ella fuese la única en convencer a su padre para que no presentara cargos. Después me contó que Andrew le había prometido que donaría dinero al fondo de restauración de la Marciana.

–¿Que haría qué?

–Que donaría dinero. Les ha prometido que les llevaría un cheque esta misma tarde.

–¿Cuánto va a donarles?

–Tres mil euros.

–¿Tres mil euros?

–¿Por qué gritas?

–¡Tres mil euros!

–No sé a qué viene tanto jaleo. Es un donativo benéfico, se puede desgravar en la declaración de la renta.

Claire lanzó un gemido y se llevó las manos a la cabeza. ¿Tres mil euros? Andrew Kent había sido el principal responsable de que el signor Luponi diese su consentimiento para escenificar aquella farsa, consentimiento sin el cual ella aún seguiría en la comisaría de *carabinieri* o algo peor. Y ella ni siquiera le había dado las gracias.

Avanzaban arrastrando las maletas por la *riva* en dirección a la parada del *vaporetto* de San Zaccaria y al final de la cola que esperaba para el barco que habría de llevarlas al aeropuerto. Claire se volvió para contemplar la plaza de San Marcos por última vez. Aquélla era la hora de mayor trasiego del día, y las multitudes abarrotaban la *riva* e invadían las mesas de la *piazzetta*. Una mano masculina se alzó por encima de las masas en constante movimiento y saludó en su dirección. Al cabo de un momento, el dueño de la mano se materializó ante ellas: era Giancarlo, que se abría paso entre la muchedumbre. Lo acompañaba un hombre joven de tez bronceada y pelo oscuro cuyo atractivo rivalizaba con el de su compañero. Claire sabía que iban juntos porque vio a Giancarlo darle un capirote en la cabeza, como metiéndole prisa, y lo que era aún más increíble: ambos llevaban ramos de flores envueltos en papel de celofán.

Gwen siguió la mirada anonadada de Claire hasta el meollo de la multitud y dio un respingo.

–¡Nicolo! –gritó. Se volvió hacia Claire–. Ay, madre... ¿Qué voy a hacer? ¿Qué voy a decir?

Claire acababa de hacerse más o menos las mismas preguntas.

–Limítate a sonreír y dile: «Gracias por las flores».

Hablaba con dominio de sí misma pese a la sensación de tener mariposas en el estómago.

Al cabo de apenas un instante, Giancarlo y Nicolo aparecieron y se plantaron a su lado.

–*Ciao* –saludó Nicolo a Gwen.

Parecía tener dificultades serias para despegar la vista del suelo.

–Hola –contestó Gwen, ruborizándose hasta la punta de las orejas.

–Esperaba haber podido pillarte antes, en el hotel –le dijo Giancarlo a Claire–, pero Nicolo quería venir, así que... –Le tocó el brazo y sacudió la cabeza hacia un lado. Se apartaron unos metros de los enmudecidos adolescentes–. Detesto haber pasado tanto tiempo disculpándome ante ti, pero lo de esta mañana no era lo que parecía. Natalie y yo no hemos vuelto. Es verdad que ahora mismo no está muy feliz y no sé qué hacer respecto a eso, pero me encantaría volver a verte, de verdad.

–Pero es que yo me voy ahora mismo. Tengo que llevar a Gwen a París con su padre.

–¿Y después?

–Me vuelvo a casa.

–¿Tienes que hacerlo?
–¿Qué quieres decir?
–Si nadie te espera allí, ¿por qué no regresas aquí?
–Es una idea sensacional, pero económicamente no puedo permitirme quedarme en Venecia más tiempo.
–Podrías quedarte en mi casa. Mi apartamento no es tan bonito como la casa de mis padres, pero hay espacio suficiente para dos.
Claire miró a Giancarlo y recordó la magia y el entusiasmo que había sentido la primera vez que lo vio. Era innegable que se trataba de uno de los hombres más guapos que había conocido en toda su vida, y tal vez de los que le quedaban por conocer.
–Es una idea increíble –respondió al fin–. Bueno, quiero decir que suena estupendo, pero no sé si... bueno, que no lo sé.
–¿Te lo pensarás al menos? –preguntó él.
–Por supuesto.
–Llámame desde el aeropuerto de París y dime qué has decidido. –Le dio las flores–. Para que no te olvides.
Miraron a la joven pareja que tenían a su lado: Gwen y Nicolo estaban hablando, era evidente que habían superado la timidez inicial. Dios, qué chico tan guapo era también Nico, pensó Claire. Menudos genes debían de tener los Baldessari, nunca había visto una familia con miembros tan guapos.
Claire hizo señas a Gwen para hablar con ella a solas un momento.
–Estoy segura de que en tu clase no hay ninguna chica que pueda decir que tiene un novio italiano.
–Nicolo no es mi novio –repuso Gwen, mirando a su alrededor para ver si el chico las había oído–. Sólo nos vimos una vez y no salió demasiado bien.
–Pero no hace falta que les cuentes todos los detalles –contestó Claire–. Sólo digo que cuando vuelvas a clase en septiembre, estoy segura de que una historia sobre un italiano... ¿cómo lo describirías?
–Que está como un tren.
–Una historia sobre un italiano que está como un tren al

que conociste en Italia hará que todos se olviden de lo que pasó con Tyler.

Gwen pareció esperanzada durante un instante, pero luego volvió a la realidad.

–Sí, claro, sólo que no me va a creer nadie. Vamos, míralo. Nadie va a creerse que a un chico tan guapo podría gustarle alguien como yo.

–Pero tú sabes que a Nicolo le gustas, ¿verdad?

–No sé –dijo, encogiéndose de hombros.

–Bueno, ¡pues deberías saberlo! Si no le gustases, no habría venido a despedirse.

Gwen se animó a ojos vistas, aunque sólo fue un momento.

–Pero –continuó– aunque yo sepa que le gusto y tú también sepas que le gusto, eso no significa que todos los demás vayan a creérselo.

–Huy, ya verás como sí te creerán –dijo Claire sacando su cámara una vez más–. Porque voy a haceros unas fotos a ti y a Nicolo y luego tú encargarás una ampliación de la mejor y la colgarás de la pared de tu habitación en la residencia de estudiantes para que todos tus amigos la vean, incluido Tyler.

Gwen abrió los ojos con entusiasmo ante el astuto plan de Claire.

–¡Eres flipante!

–Y eso es bueno, ¿verdad? –preguntó Claire.

–Es genial.

Claire se dirigió a Giancarlo.

–¿Te importa que nos comportemos como turistas un momento?

–Adelante –aceptó él, complaciente.

Le dio un codazo a Gwen.

–Anda, ponte ahí al lado de Nicolo, con el palacio detrás –pidió Claire.

Mientras los enfocaba con la cámara, Nicolo pasó el brazo con torpeza y timidez por la cintura de Gwen, que exhibía una sonrisa radiante.

–No pretendía matarlo –explicó Gwen.

Acababan de sobrevolar los Alpes en su ruta noroeste hacia París. Claire apartó la vista de la ventanilla y de los prados arrugados de color verde de abajo.

–¿Cómo dices?

–Mi madre. Todo el mundo cree que intentó matar a mi padre, pero no es verdad.

–¿Sólo quería... hacerle daño?

–Él acababa de comprarse un carrito de golf carísimo. A eso era a lo que apuntaba ella.

–Pero le dio en el pie.

–Bueno, ¡es que no tiene buena puntería! Es mi madre, ¿sabes? No una francotiradora ni una pistolera. Perdona. No estoy enfadada contigo. Es sólo que todos los demás dijeron que estaba enfadada porque mi padre iba a casarse otra vez.

–¿Y ella qué dijo?

–Ella dijo que lo de la boda no había tenido nada que ver. Dijo que él había destruido su fe en el amor, así que ella decidió destruir su fe en el golf. –Gwen se encogió de hombros–. Pero no sé...

–¿Crees que hay algo más?

–Mis padres se divorciaron hace mucho tiempo... vamos, que ni siquiera me acuerdo de cuando mi padre vivía con nosotras. Pero mi madre no ha tenido ningún novio desde entonces, a pesar de que es muy guapa, y divertida, y viste superbien. Mi padre tuvo cuatro o cinco novias antes que Helen, pero mi madre... Es como si mi padre fuese el único hombre que ha habido y habrá en su vida. Y lo más extraño es que, cuando están juntos, lo único que hacen es pelearse. No entiendo por qué se casaron para empezar, son tan distintos...

–A algunas personas les cuesta más pasar página –manifestó Claire–. Un divorcio puede ser demoledor, por mucho que parezca que es lo correcto.

–Sí, ya, pero es que han pasado nueve años.

–Ah, pues sí que es mucho tiempo, la verdad. La próxima vez que veas a tu madre, ¿por qué no le dices lo mismo que me has dicho a mí?

–¿El qué? ¿Que debería superar lo de mi padre?

–Puede que no con esas palabras exactamente, pero podrías decirle que a ti no te importa que tenga una vida propia o que salga con hombres. Tal vez le preocupa que eso no te haga mucha gracia.

–Pero es que no me imagino con quién podría salir. Tendrían que ser hombres fuera de serie, y mamá dice que en Boston no quedan hombres que valgan la pena.

–Sí, bueno, está ese pequeño inconveniente, sí.

–Ojalá encontrase a alguien como Nicolo. Nos hemos intercambiado las direcciones de correo electrónico –le confió Gwen–. Me ha prometido que me escribiría.

–Eso es estupendo –se alegró Claire al tiempo que se encendía la luz del cinturón de seguridad y el comandante anunciaba el inicio del descenso–. Aunque –añadió abrochándose el cinturón–, ¿quién sabe lo que nos deparará París? ¿Otro breve encuentro, tal vez?

Gwen soltó un resoplido.

–Si mi padre anda cerca, será muy breve, no lo dudes. –Se abrochó su cinturón–. ¿Tú sabes algo de París?

–¿Como qué?

–Como sitios chachis a los que ir.

–¿Qué quieres decir con eso de chachis?

–Sitios históricos donde se cargaban a la gente y esas cosas. ¿Hay sitios así en París?

–Pues estás de suerte –contestó Claire–. Verás, aquí en París hubo una cosa que se llamó la Revolución francesa...

## XXX

Edward y Helen Fry esperaban en el extremo de la sala de Alitalia del aeropuerto Charles de Gaulle de París, justo al otro lado de la aglomeración de gente que salía de las puertas de embarque en dirección a la terminal principal.

Gwen fue la primera en verlos.

–¡Papá! –gritó, y por un segundo Claire temió que su precipitada carrera acabase como el sprint a través del patio de Ca'Foscari de esa mañana; sin embargo, la chica logró abrirse paso entre el gentío sin incidencias y abrazó a Edward Fry con tanta fuerza que el hombre se tambaleó y recuperó el equilibrio apoyando con firmeza el bastón en el suelo.

Los recién casados estaban bronceados y parecían relajados. Con su atuendo informal y elegante a la vez, parecían dos bostonianos de pies a cabeza, recién salidos de un almuerzo dominical o de un paseo en barca por el Charles. Helen poseía un atractivo natural y para nada sofisticado que, después de las historias de Gwen sobre su madre y sus trajes de diseñador, cogió a Claire por sorpresa. Víctima de sus propios prejuicios, había creído que un hombre tan rico como Ed Fry se habría casado con una mujer objeto, pero Helen le pareció una mujer normal y corriente. Ambos rezumaban una serena felicidad.

Gwen ya estaba hablando por los codos para cuando Claire llegó hasta ellos y se presentó a Helen.

–Dimos un paseo en góndola por toda Venecia y pasamos por la casa de la cortesana y la prisión y el sitio donde colgaban a la gente y un canal increíble que estaba lleno de cadáveres y huesos y esas cosas –seguía relatándoles Gwen a toda velocidad.

–Me alegro mucho de que lo hayas pasado tan bien, cariño

–contestó Ed, y le dio unas palmaditas en el hombro–. Entonces, ¿todo ha ido bien? –le preguntó a Claire.

–Muy bien. –Claire asintió de manera enérgica–. Todo perfecto.

Vio la expresión de alivio en la cara de Gwen. Helen adoptó fugazmente una leve expresión de asombro, una expresión que borró al instante y con deferencia de su rostro.

–Papá, Claire me ha hablado de unos cuantos sitios alucinantes para ir aquí en París. Estaba pensando que a lo mejor mañana...

Ed y Helen intercambiaron una mirada.

–Mañana a las diez tengo reservada una salida a un campo de golf que se llama San Quintín o algo así –dijo Ed Fry.

–Yvesline –lo corrigió Helen.

–Dicen que es uno de los mejores campos de golf de Francia –explicó él.

–Papá...

–Sólo por esta vez. No volveré a jugar al golf mientras estemos aquí, te lo prometo. Era la única hora que tenían disponible.

–¿Jugaba al golf todos los días cuando estabais en Niza? –le preguntó Gwen a Helen.

–Sólo dos veces –dijo Helen–. Me debes diez dólares.

–Vaya... –protestó Gwen, pero no parecía haberse llevado un disgusto.

–Es que teníamos una apuesta –le explicó Helen a Claire–. Gwen creía que iría al campo de golf todos los días. Además –dijo, dirigiéndose a Gwen–, guárdate los diez dólares para mañana. Parece que vamos a estar solas tú y yo, al menos durante el día. ¿Qué quieres hacer? Ir de compras, supongo...

Claire tuvo la impresión de que Helen prefería mil veces someterse a cirugía bucodental que salir de compras.

–Bueno, pues... la verdad es que... Claire me ha hablado de algunos sitios, de la revolución o algo así –empezó Gwen, mirando a Claire para asegurarse de que no se equivocaba.

–¿Ah, sí?

Helen parecía sorprendida pero intrigada a la vez.

–Sí, como donde tenían la guillotina... ¿cómo se llama ese sitio?

–La plaza de la Concordia –dijo Claire.

–Y también está esa prisión donde encerraban a la gente antes de cortarle la cabeza.

–Es la Conciergerie, en la Île de la Cité –informó Claire.

–Y luego está ese sitio bajo tierra, por favor, por favor, necesito ir ahí.

–Las catacumbas. –Claire sacó una hoja de papel de su bolso y se la dio a Helen–. Lo he apuntado todo aquí. Estoy segura de que encontraréis todos los detalles en cualquier guía.

–Qué interesante –dijo Helen con sinceridad, sonriendo mientras examinaba la lista–. Una especie de visita turística del «reino del terror». Y desde luego, mucho más divertido que rebuscar entre los percheros de la sección de ropa juvenil de las galerías Lafayette. –Miró a Claire–. Gracias.

Claire sacó algo más de su bolsa.

–Aquí tienes unas cuantas cosas que te dejaste en la habitación del hotel –dijo al tiempo que le tendía una pequeña bolsa a Gwen–. Y unas postales que compraste, el pintalabios que me dejaste y un pequeño obsequio.

–Es muy bonito –dijo Gwen, desenrollando el pañuelo de terciopelo que Claire le había comprado en una tienda de la Merceria–. Pero yo no te he comprado nada a ti.

–No tenías por qué hacerlo. Bueno... –De pronto se sintió un poco incómoda. ¿Por qué eran tan raras las despedidas?–. Debería ir a facturar para mi próximo vuelo.

Estrechó la mano de Edward Fry, pronunció un sincero «encantada de conocerte» a Helen y sonrió a Gwen por última vez antes de volver en la dirección por la que habían venido.

–¡Claire! –Gwen salió corriendo tras ella. Claire se detuvo y se volvió. Gwen le arrojó los brazos al cuello y la abrazó con fuerza–. Gracias. –Gwen la soltó pero se quedó allí, callada y pensativa, un momento más–. No vuelvas a casa –le pidió.

–¿Te refieres a volver a mi aburrida vida?

–A Giancarlo le gustas de verdad. Sé que es así, Stefania me lo dijo. Vas a llamarlo, ¿verdad?

–Sí.

–Cuando vuelvas, tendrás que contarme lo que ha pasado.

–Sí, claro –dijo Claire, sonriendo.

–Y no te olvides de enviarme esas fotos. No puedo esperar hasta septiembre. Bueno... *Ciao!*

–*Ciao* –le contestó Claire.

En lugar de la sensación de alivio que esperaba experimentar una vez que le hubiese devuelto a Gwen a su padre, experimentó una punzada de tristeza, de envidia incluso, al verlos alejarse a los tres y perderse entre la multitud. De pronto, se le vino encima todo el peso de lo que había perdido cuando Michael la dejó.

Claire se volvió y echó a andar hacia la sala de Alitalia. No sabía demasiadas cosas de Helen, pero le echaba una edad más próxima a la de Ed Fry que a la suya, treinta y largos, cuarenta tal vez. Lo más probable era que estuviera divorciada, pero evidentemente, ella no se había dado por vencida; ahí estaba, recién casada, pasando página y mirando hacia delante, volviéndolo a intentar. ¿Cuál era el consejo que le había dado a Gwen? ¿Que viviera la vida y conociese a más gente? Un consejo que ella misma no había seguido. No, se había retirado de todo, se había convertido en... esa descripción seguía incordiándola... «una persona reservada y taciturna, más solitaria que una ostra».

Claire se detuvo en seco cuando recordó dónde había leído esa frase: en *Cuento de Navidad*. No hacía referencia a ninguna heroína perdida en el páramo ni nada tan remotamente poético: era una descripción de Ebenezer Scrooge, descubrió para su consternación, y luego se echó a reír a carcajadas. Debería haber sabido que compararse con una ostra no era nada bueno. Gwen tenía razón, Meredith tenía razón: había llegado el momento de salir del caparazón que era su casa y seguir adelante con su vida, pero ¿dónde exactamente? ¿Y con quién?

En el centro de la sala, dos hileras de asientos flanqueaban un banco de teléfonos. Al otro lado de los teléfonos, unos ventanales que iban del suelo al techo daban a la pista y a una fila de aviones aparcados en las puertas. Claire se sentó en uno de los asientos y sopesó sus opciones mientras observaba cómo un Boeing 727 de Alitalia maniobraba hasta detenerse.

«No te vuelvas a casa», le había dicho Gwen. «Allí nadie te espera», le había recordado Giancarlo. No sería tan difícil cambiar su billete y volver a Venecia, ¿no? Claire nunca había hecho algo tan impulsivo en toda su vida, y a pesar de que estaba medianamente convencida de que ya era hora de empezar, no le resultaba nada fácil. Deseaba con toda su alma ser una de esas personas que nunca tienen dudas, o si las tienen las solventan en un abrir y cerrar de ojos, pero nunca lo había sido y sospechaba que nunca lo sería.

La preocupaban demasiadas cosas: no podría acabar su tesis estando en Venecia, no sin su ordenador y sin las notas, los archivos y los libros que tenía en su casa. Llevaba demasiado tiempo trabajando en ella, y estaba demasiado cerca de terminarla al fin. Era absurdo dejarse distraer y desviarse de su objetivo, aunque sólo fuese por una semana o dos, sobre todo por alguien con tantas virtudes para distraerla como Giancarlo. Pero ése no era el único motivo que la frenaba. Sospechaba que, a pesar de sus afirmaciones en sentido contrario, la relación de Giancarlo con Natalie todavía seguía viva, y estaba segura de que Renata no iba a recibirla con los brazos abiertos precisamente.

Nada de todo aquello le habría importado demasiado si hubiese estado enamorada de Giancarlo, pero no lo estaba, aunque admitirlo le resultaba triste: Giancarlo era un hombre inteligente, guapo, rico, se dedicaba a una profesión que parecía apasionarle y todo indicaba que era sincero y buena persona. Si no podía enamorarse de Giancarlo Baldessari, ¿qué esperanza había para ella? Al igual que le había pasado a Deirdre Fry, ¿acaso su fe en el amor había quedado destruida hasta el punto de que no podría volver a enamorarse? Si no quería a Giancarlo, ¿qué era lo que quería?

Sabía que tenía que llamar a Giancarlo y decirle que no iba a volver, pero ¿qué le contaría exactamente? Supuso que podría utilizar como excusa las exigencias de su trabajo. Si bien era cierto, también lo era que podía retrasarlo una o dos semanas sin demasiadas consecuencias. Se le ocurrió una nueva idea: ¿y si era sincera con él y le decía que pensaba que les iría mejor como amigos que como amantes? ¿Es que una relación entre un hombre y una mujer tenía que ser de todo o nada? ¿No sería maravilloso regresar a Venecia al año siguiente y que volvieran a verse como amigos?

Se acercó al teléfono, extrajo una tarjeta de crédito de su billetero y luego, con creciente dificultad, se dispuso a seguir las instrucciones del aparato. Numerosos minutos más tarde por fin consiguió sujetar la tarjeta de visita de Giancarlo con una mano y marcar con la otra, cuando vio una cara familiar entre la multitud. Parpadeó unas cuantas veces: seguro que su imaginación le estaba jugando una mala pasada. Sin embargo, a medida que él se acercaba vio que se trataba de él. Sin lugar a dudas, era él. Colgó el teléfono despacio y esperó. Él no la reconoció hasta que estuvo a apenas un metro de distancia. Seguía sin llevar las gafas, advirtió Claire.

Él dejó de andar en cuanto la vio y en su cara se produjo una asombrosa sucesión de expresiones: una sorpresa absoluta seguida de estupefacción y luego una discreta alegría.

–Hola –saludó Andrew.

–Hola –contestó Claire.

–Hola –repitió él.

–¿Es lo único que vas a decir?

–Pensaba que no te gustaba que no dijera «hola».

–Y es verdad, pero la mayoría de la gente dice algo más después de eso.

–Es que me he llevado una enorme sorpresa al verte. Es muy curioso: justo estaba pensando en ti.

Su confesión le produjo a Claire una extraña palpitación en el pecho. ¿Andrew Kent pensando en ella? Esperó con curiosidad a que le desvelara cuáles eran esos pensamientos.

–Así que... ¿Gwendolyn ha vuelto con sus padres? –preguntó Andrew, pasándose la cartera de una mano a la otra–. ¿Todo bien? ¿Sin incidencias?

No eran exactamente la clase de preguntas que había esperado oír.

–Sí.

–¿Y tú? No te quedas en París, ¿no?

Por Dios... ¿Iban a charlar de trivialidades hasta que llegara la hora de embarcar en su avión? Era extraño, porque ese mismo día había pensado que era importante volver a verlo por alguna razón, pero ahora que lo tenía delante no se acordaba de cuál era.

–No, mi vuelo a Boston sale dentro de un rato.

–Creía que ibas a volver a Venecia.

–No.

–Ah.

¿Eran imaginaciones suyas o parecía sentirse aliviado? Habría jurado que al decir eso de «volver a Venecia» había cierto retintín, celos incluso, en su voz.

–Verás, es que pensaba... –empezó Andrew con vacilación–, bueno, la verdad es que me preguntaba...

«Venga, adelante, acaba la frase –pensó Claire con impaciencia–. Si vas a pedirme algo, pídemelo de una vez...»

–Estoy seguro de que recibirás multitud de otras ofertas, pero me preguntaba... verás, el curso que viene nos quedará vacante una plaza de profesor invitado y me preguntaba si estarías dispuesta a considerar la oferta.

Tardó unos momentos en asimilar sus palabras. Había dirigido sus pensamientos por derroteros completamente distintos.

–¿Me estás ofreciendo un puesto de profesor? ¿En Cambridge? –preguntó, incrédula.

–El sueldo no es nada del otro mundo y sólo es por un año, pero...

–Me estás ofreciendo un trabajo.

–¿He dicho algo que no has comprendido bien?

–¿Me estás ofreciendo un trabajo?

–Te estoy hablando en tu idioma, ¿verdad?

–¿Y puedes hacer eso así, sin más?

–Tendrás que obtener la conformidad de la comisión de departamento, pero puesto que yo soy el director de la comisión y sólo somos tres, creo que puedo encargarme de esa aprobación. –Andrew siguió esperando su respuesta, pero Claire se había quedado sin habla–. Estoy seguro de que querrás disponer de algo de tiempo para pensártelo...

–No. Quiero decir, sí.

–¿Cómo?

–No, no necesito pensármelo, y sí, claro que me encantaría dar clases en Cambridge. –Lo decidió con tanta rapidez que se sorprendió hasta a sí misma, pero era lo que había estado esperando toda su vida, y mucho más–. Entonces, ¿me recomendarías para el puesto?

–Con toda tranquilidad.

Claire se preguntó si las razones de Andrew para ofrecerle un trabajo eran estrictamente profesionales. No sabía decirlo, no con aquella reserva tan propia del carácter británico. Cuando le dio su tarjeta y le explicó que debía ponerse en contacto con él al cabo de unas semanas, hablaba sólo como un profesional. Y luego Claire se acordó de por qué quería verlo otra vez: para darle las gracias por haberse tomado tantas molestias para sacarla de su atolladero y para peguntarle por qué lo había hecho. ¿Tenía por costumbre sacarse de la chistera varios miles de dólares para salvar a damiselas en apuros o había hecho un esfuerzo especial por ella?

–Esta tarde –empezó a decir Claire– Gwen me ha contado lo que pasó mientras yo estaba en la comisaría y me ha dicho...

–Cariño... –Gabriella se acercó ronroneando a Andrew y le pasó el brazo por el suyo. Llevaba en la mano una bolsa de la tienda *duty-free* de Chanel–. Vaya –dijo, dedicando una sonrisa fría a Claire–, debería haber sabido que volveríamos a tropezarnos contigo. Andrew, empiezo a pensar que te persiguen.

–Gabriella... –le advirtió él.

–¿Te vas a quedar en París? –preguntó Gabriella a Claire, haciendo caso omiso de Andrew.

–No.

–Entonces no hace falta alertar a las autoridades francesas.

–¿Por qué no te reúnes conmigo en la recogida de equipajes? –le dijo Andrew a Gabriella–. Iré dentro de un minuto.

–No tenemos tiempo –protestó Gabriella–. Ya llegamos tarde a nuestra cena con Bertrand.

–Lo siento, parece que tengo que irme –se disculpó Andrew ante Claire–. Pero ¿te pondrás en contacto conmigo, entonces?

–Por supuesto –respondió Claire. No fue hasta que empezaron a alejarse cuando se acordó de lo que quería decirle–. ¡Gracias! –gritó, pero no estaba del todo segura de que él la hubiese oído.

# XXXI

Claire acababa de salir de la cocina con una taza de té en la mano cuando vio a Meredith llegar al porche de su casa y llamar a la puerta.

–Sólo tengo unos minutos antes de irme a trabajar –explicó Meredith al entrar–, pero quiero saber cómo te ha ido el viaje.

–La verdad es que ha sido genial.

Meredith la miró extrañada.

–¿Es que te vas a algún sitio? –preguntó.

–No, de hecho voy a trabajar sin parar todo este mes que viene y luego me reuniré con Hilliard para entregarle mi tesis. Lo único que me queda es la defensa y después me darán mi título. ¿No te parece increíble?

–Es estupendo, pero ¿cómo es que te has vestido así?

–¿Así cómo?

–No llevas el pijama.

–Ah. –Claire se echó a reír–. Los he tirado a la basura.

–Pues ya iba siendo hora. ¿De dónde has sacado esa blusa verde? Es muy bonita.

–Es un souvenir de Gwen. Debe de haberlo metido dentro de mi maleta antes de irnos, sin que yo me diera cuenta.

–Bueno, ¿y cómo fue? Con Gwendolyn, quiero decir.

–Pues al principio fue... –Claire se contuvo. No había razones para entrar en detalles, ¿no?–. Fue genial. La verdad es que lo pasamos muy bien juntas.

–¿Qué pasó con esa profesora? ¿La conociste? ¿Averiguaste algo del libro?

–En primer lugar resultó que era un hombre, no una mujer, y en segundo lugar me ha ofrecido un trabajo.

–¿Quieres decir un trabajo de verdad? ¿Un puesto de profesora?

–Sí.

–¿Dónde?

–En Cambridge, como profesora invitada para este año. Empiezo en septiembre.

Meredith la miró con los ojos abiertos como platos.

–Dios... ¡Eso es fabuloso! –Esbozó una sonrisa maliciosa–. Michael se va a morir de envidia.

–Lo sé.

Claire le devolvió la sonrisa.

–Entonces, ¿vas a estar fuera un año entero?

–Volveré el verano que viene.

–¿Y qué voy a hacer tanto tiempo sin ti? Una semana ya ha sido bastante duro. No tenía a nadie con quien salir a correr y encima quedé para cenar con un médico y la cita fue espantosa.

–¿Con un médico?

–Sí, pensé que estaría bien para variar un poco de esos artistas con los que suelo salir, pero no estuvo nada bien. Lo primero que me dijo al sentarnos fue: «Para ser una mujer tan alta, tienes unos dedos muy cortitos y regordetes». Tuve que hacer un esfuerzo para contenerme y no contestarle: «Pues para ser un hombre tan joven tú estás muy calvo». Y a partir de ahí la cosa fue empeorando. ¿Es que de verdad se creen que insultándonos participan en alguna clase de cortejo ritual?

–Sólo los psicóticos.

–Bueno, el caso es que fue fatal y yo no tenía a quién contárselo.

–La escuela de verano sólo dura seis semanas, ¿verdad?

–Sí.

–A lo mejor deberías reservarte unas vacaciones después de las clases e irte a Venecia. Al fin y al cabo, en Venecia hay italianos.

–No me digas.

–Centenares de ellos, todos guapísimos. –Claire hizo una pausa y sonrió–. Aunque hay uno en particular que creo que te gustaría mucho.

Al cabo de una semana, Claire recibió un correo electrónico de Federico Donato, profesor de historia en la Universidad de Padua.

> Andrew Kent me ha pedido que me ponga en contacto con usted en relación con la información que pueda conseguir acerca de la figura de Alessandra Rossetti. En Padua no disponemos de información relevante al respecto, pero en 1988 un estudiante de doctorado escribió un artículo sobre una mujer llamada Alessandra Calieri, residente en Padua a principios del siglo XVII, de quien se pensaba que había nacido en Venecia por la misma época que Alessandra Rossetti. El autor del artículo ponía de manifiesto en distintas ocasiones su convicción de que ambas eran la misma persona. Una idea interesante, aunque nunca se ha podido demostrar de manera fehaciente. Al parecer, Alessandra Calieri y su marido eran célebres ilustradores de su época, especializados en dibujos sobre botánica y otras áreas. Sólo quedan unos pocos ejemplos de su trabajo, pero puedo enviarle copias de ellos por correo electrónico o fax, como prefiera.

Naturalmente, le contestaría y le pediría que se las enviase. También le gustaría leer el artículo de ese estudiante. Tal vez el artículo, sumado a las cartas en clave que Alessandra le había escrito a su prima, bastaría para demostrar que se había ido a Padua una vez frustrada la conspiración. La resolución del misterio de la desaparición de la cortesana sería un buen final para el libro de Andrew Kent. Le reenvió el correo a éste, con una nota en la que le decía que no tardaría en ponerse en contacto con él.

Y luego volvió a ponerse manos a la obra con su tesis. Si quería tenerla terminada para el mes siguiente no había tiempo que perder, y Claire estaba decidida a cumplir el plazo.

A fin de cuentas, tenía mucho que hacer antes de marcharse a Inglaterra.

## El Mundo

*12 de septiembre de 1621*

El *Aurora*, un galeón francés de seiscientas toneladas en el tramo final de su travesía, surcaba el mar abierto deslizándose a lomos del suave oleaje. Alessandra se hallaba de pie en el costado de estribor del alcázar del navío, disfrutando del vigorizante frescor de la brisa marina. Aquel espacio de la cubierta superior, justo encima de su camarote, había sido su lugar favorito desde el principio de su travesía rumbo sur por el Adriático, a través del estrecho de Otranto y luego en aguas del mar Jónico para, en esos instantes, surcar el Mediterráneo en dirección sureste. Desde ahí podía contemplar la mayor parte del navío de ciento cuarenta codos que se extendía ante ella y observar la actividad y el bullicio de la cubierta sin entorpecer a nadie.

Vio cómo varios grumetes se encaramaban a los flechastes para desplegar la vela mayor, que habían arriado la noche anterior ante la amenaza de tormenta por el este. Sin embargo, la mañana había amanecido soleada y apacible, con un viento suave, la mar sosegada y el cielo de un azul vibrante. La tripulación iba de acá para allá con la certeza de saber adónde debían dirigir sus movimientos. Alessandra no había decidido todavía si eran los marineros quienes cuidaban del galeón o todo lo contrario: a veces aquellos hombres le parecían parásitos diminutos agarrados a la piel curtida y morena de una gigantesca bestia marina que gemía y chirriaba en su avance por el proceloso mar. Por las noches, los hombres se mecían en las hamacas de lona hasta quedarse dormidos dentro del vientre formidable de la bestia, como un centenar de jonases en el interior de la ballena.

Ahora entendía que su padre y su hermano se hubiesen sentido atraídos por la senda del mar. Con sólo un golpe de timón podían poner rumbo a cualquier parte: Grecia, Turquía, Siria, Jerusalén, Túnez, Sicilia, España o en dirección oeste a través del estrecho de Gibraltar hacia Portugal y a través del Atlántico al Nuevo Mundo. Se sentía exultante, más viva y libre que nunca, más viva de lo que esperaba volver a sentirse jamás después de los acontecimientos de hacía tres años.

Una vez que hubieron enterrado a Nico en la iglesia de San Giuseppe, Bianca, Paolo y ella partieron hacia Padua. No podía quedarse en Venecia, pues sus recuerdos de Antonio eran demasiado dolorosos y aún tenía motivos para temer las represalias de Bedmar y Osuna. Sin embargo, poco después de la calurosa acogida que les dispensaron Giovanna y su marido Lorenzo recibió las nuevas sobre la suerte de los conspiradores.

El embajador español fue llamado a declarar ante el Gran Consejo en una airada confrontación en la que lo acusaron de «ignominiosos engaños». Bedmar juró ante el dogo y en presencia del Senado, «como el noble que soy y por lo más sagrado», que no sabía nada de los asuntos de los que se le acusaba, pero se había marchado de Venecia de manera precipitada justo después de eso y nadie esperaba su regreso. Lo último que había sabido Alessandra era que al marqués lo habían nombrado cardenal y estaba destinado en Flandes.

Poco después de que se descubriese la intriga, una turba enfurecida tomó el palacio del duque de Osuna en Nápoles y prendieron fuego a su monigote. Osuna cayó en desgracia en la corte de Madrid y fue encerrado en la cárcel donde, a lo largo de los dos años siguientes, hasta la fecha de su muerte, siguió defendiendo su inocencia en la trama de Venecia.

Jacques Pierre fue apresado a bordo del *Camerata* y ejecutado por su almirante veneciano. Arturo Sánchez y Nicolas Renault habían muerto colgados junto a Antonio. Ignoraba el destino que habían seguido los demás hombres que aparecían mencionados en su carta. Puede que hubiesen hallado la muerte en el canal de los Huérfanos, como tantos otros, o que hubiesen huido de la ciudad.

Girolamo Silvia adoptó a las hijas de La Celestia quienes, como herederas de las fortunas de su madre y de Silvia, se convirtieron en las candidatas a esposas más codiciadas por la aristocracia veneciana, a pesar del hecho de que aún les quedaban varios años antes de alcanzar la edad para contraer matrimonio. La carrera de Silvia prosperó después de la revelación de la conspiración y el final de ésta. Su ascenso en el ámbito político fue vertiginoso hasta el invierno de 1620, cuando una súbita enfermedad puso fin a su vida. Circularon rumores de que había contraído unas fiebres de la sangre contaminada de un espía turco al que había torturado, mientras que otros decían que el veneno era el responsable de su prematura muerte. El duelo por el senador fue breve y más bien rutinario.

Durante las semanas que siguieron a la huida de Venecia de la propia Alessandra, la cortesana no quería más compañía que la de Bianca, su prima y Paolo, quien se quedó con ellos en Padua. Aun después de que los tres se trasladaran a una casa propia, una pequeña villa rodeada de jardines, Alessandra siguió recluyéndose voluntariamente, pasando los días en silencio, sin pronunciar palabra y sin hallar consuelo en sus quehaceres cotidianos. Paolo era su compañero habitual. Con su habilidosa pluma, esbozaba para ella distintas vistas de Padua. Todos los días le insistía para que dibujara ella también y le traía la cajita dorada con útiles como tintas, carboncillos y papel, hasta que una mañana ella le propuso un trato: ella dibujaría si él le leía en voz alta una hora al día.

Durante ese largo verano compartieron el discurrir de las horas diurnas juntos en el jardín, dibujando las plantas y las flores y retratándose el uno al otro, ella familiarizándose con el lenguaje mudo de él y él fortaleciendo su voz. Una velada, Giovanna y su marido fueron de visita; Lorenzo se quedó extasiado con sus dibujos e insistió en llevarse algunos para mostrárselos a su amigo, un editor de libros que se utilizaban en la universidad. No tardaron en recibir el encargo de crear unas ilustraciones para una serie de volúmenes sobre la flora local.

Tardaron casi un año en terminarlas todas, y en ese tiempo, Alessandra descubrió la satisfacción del trabajo en su esencia más verdadera. Era un placer contribuir a la formación y a la ampliación de conocimientos del mundo en general, dibujar con otro propósito más allá del propio divertimento personal, ganarse la vida con su cabeza, su talento y su arte. Aquella satisfacción llegó acompañada por la certeza de que nunca volvería a su forma de vida anterior.

Paolo también renació. Ahora era un hombre de veinticuatro años, con mucho aplomo y seguridad en sí mismo, amén de un trabajador incansable. Una vez publicados los libros de botánica, recibieron numerosas ofertas; el estilo preciso de Paolo se puso de moda y era muy solicitado. A veces Alessandra trabajaba con él y otras veces sus encargos llevaban a Paolo a lugares más remotos como Verona, Florencia e incluso, en una ocasión, a Roma.

Poco a poco, Alessandra se fue dando cuenta de que estaba enamorada de él, puede que no con la misma intensidad y pasión que había sentido por Antonio, pero sí con un amor apacible y sereno que se acrecentaba con el tiempo y que adquiría fuerza del placer que hallaban en sus tareas conjuntas y de la ternura con que Paolo la trataba siempre. Poco después de casarse, les propusieron un encargo extraordinario: un viaje a Egipto para documentar las maravillas del valle del Nilo, de las que muchos habían oído hablar pero que muy pocos habían visto. Alessandra recordó las historias de su padre acerca de aquellas tierras mágicas y aceptaron el encargo de inmediato.

Alessandra apoyó las manos en la gruesa baranda de madera del navío y contempló el mar con profundo entusiasmo y satisfacción. ¡Lo que iban a ver sus ojos allí! ¡Cuántas maravillas y cuántos tesoros contemplarían Paolo y ella! La palmera datilera y el camello, los seguidores de Mahoma con sus túnicas blancas, los minaretes y las mezquitas, las pirámides colosales que se alzaban en medio de un océano de arena. Despertó de su ensueño al ver aparecer a Paolo en cubierta, encaminándose hacia ella. Se había convertido en un hombre muy apuesto, casi irreconocible si pensaba en el descarnado joven al que había visto por primera vez al frente de los remos de la góndola de Bedmar. A veces, como en ese momento, sentía que era como si lo viese por primera vez, y el corazón le latía más deprisa.

Paolo se acercó y le ofreció su capa. Ella negó con la cabeza.

–Pero el aire corre frío, amor mío.

–No me importa, así me refresca.

–El capitán Fournier asegura no recordar a ninguna mujer capaz de adaptarse a la vida de a bordo tan bien como tú. Creo que siente admiración por ti.

–También admite que ha sido una travesía inusitadamente apacible. Ayer mencionó que nunca había visto un tiempo tan clemente en esta época del año.

–Acaba de decirme que si todo sigue igual, deberíamos avistar tierra dentro de un par de días.

–¿Ha dicho dónde?

–Si mantenemos el rumbo, deberíamos avistarla allí, justo a la diestra del bauprés.

Señaló hacia delante y ella miró a donde le indicaba, recorriendo la trayectoria del agua hasta el lugar donde el cielo se encontraba con el borde de la tierra y ambos se fundían en una línea fina y plateada. La imagen la llenaba de asombro ante la inmensidad del mundo y el futuro desconocido e inconmensurable. No hacía tanto, su vida había terminado... y había descubierto que una vida podía terminar y aun así continuar, y aun así ser profundamente sorprendente e impredecible, entrañando todavía capacidad para el asombro, la felicidad y el amor. Había descubierto que un corazón, una vez roto, podía recomponerse.

Sintió que los brazos de Paolo le rodeaban el cuerpo y al punto acogió su entrañable calidez con serena alegría. Él iba a ser su leal compañero en aquel viaje, a pesar de que ella sabía que, a veces, Paolo añoraba el mundo de caudales de agua de la Serenísima, sus canales laberínticos y su delicada luz ondulante... tanto como ella.

Algún día volverían a Venecia; algún día, cuando los viejos recuerdos quedasen reemplazados por recuerdos nuevos y todos los fantasmas del pasado hallasen eterno descanso. Pero por ahora su futuro se extendía ante ellos, y Alessandra mantuvo la mirada fija en el lugar donde iba a aparecer: ahí, justo ahí, en el horizonte resplandeciente.

# Nota de la autora

Aunque *La carta Rossetti* es una obra de ficción, la conjuración española contra Venecia es un hecho histórico verídico. Se ha escrito sobre ella y ha sido ampliamente debatida por los historiadores y otros especialistas desde que Paolo Sarpi, autor de la *Historia del Concilio di Trento* e historiógrafo oficial de Venecia, resumiera sus ideas sobre la conspiración en una comunicación al Estado a principios del siglo XVII.

Las distintas versiones de la conjuración española siguen un esquema narrativo muy similar, aunque los detalles a menudo difieren. En mayo de 1618, el duque de Osuna y el marqués de Bedmar fueron acusados de planear un ataque contra Venecia «desde dentro y desde fuera»: Osuna con su armada y Bedmar con una tropa de mercenarios a los que había conseguido reunir en la ciudad. Se puso fin al complot de forma precipitada cuando uno de los mercenarios se lo reveló todo al Senado veneciano. Tres de los mercenarios fueron colgados en San Marcos, colgados del pie, el castigo por traición. El gobierno veneciano no dio razones para las ejecuciones, pero el espectáculo de los hombres colgados no tardó en vaciar las posadas y los albergues de la ciudad de mercenarios, asesinos a sueldo, soldados y marineros, cuyo número en Venecia había aumentado de forma espectacular. Según algunas versiones, trescientos de estos soldados de fortuna franceses y españoles fueron sometidos a la justicia veneciana y acabaron ahogados en el canal de los Huérfanos, aunque otras crónicas difieren y mencionan que sólo tres hallaron tan aciago final.

Bedmar fue llamado a declarar por el Senado, quien lo acusó de haber perpetrado «ignominiosos engaños»; a pesar de que defendió su inocencia, no tardó en abandonar Venecia, ciudad a la que nunca regresó. La hegemonía de Osuna en Nápoles también tuvo un desagradable final. Reclamaron su vuelta desde España, acusado de tratar de erigirse en «rey de Nápoles», y murió en la cárcel dos años después.

A pesar de que la complicidad de Bedmar y Osuna nunca ha quedado establecida más allá de toda duda –la creencia en su culpabilidad se basa sobre todo en la versión de los hechos a favor de Venecia por parte de Sarpi–, parece claro que no eran en modo alguno inocentes de querer orquestar un golpe contra Venecia. Los sucesos que rodean la conjuración española han sido motivo de discusión a lo largo de mucho tiempo y es posible que nunca llegue a saberse con exactitud la verdad de lo que ocurrió. He tratado de realizar un retrato preciso de la llamada conjuración española en la medida en que se conocen dichos sucesos. Sin embargo, y en aras de la ficción, he cambiado la fecha de las muertes de los tres conspiradores adelantando al mes de marzo de 1618 lo que en realidad ocurrió en mayo de ese mismo año.

Pero con la ausencia de pruebas definitivas, la conjuración española sigue planteando un misterio sin resolver que ha permitido grandes dosis de invención por mi parte. Con la excepción de Osuna y Bedmar (y otros personajes menores como Jacques Pierre y Nicolas Renault, ambos mercenarios franceses que aparecen con cierta frecuencia en la bibliografía sobre la conspiración), todo el resto de personajes de la novela –incluidos Alessandra Rossetti, Antonio Pérez, La Celestia y Girolamo Silvia– son ficticios, al igual que las situaciones en las que aparecen. Sin embargo, las vidas, las inquietudes y el entorno de los personajes se basan en una labor de investigación sobre ese período. Al recrear el mundo de la Venecia del siglo XVII son numerosas las fuentes que me sirvieron de inestimable ayuda.

En relación con la conjuración española, debo mi enorme gratitud al profesor Richard Mackenney por su inteligente y fascinante artículo «A Plot Discover'd?: Myth, Legend and the "Spanish" Conspiracy against Venice in 1618», incluido en *Venice Reconsidered: The History and Civilization of an Italian*

*City-State 1297-1797* (Johns Hopkins University Press, 2000), que postula por primera vez la intrigante idea de que la conspiración «española» fue en realidad una maniobra de contraespionaje orquestada por el maestro de la propaganda veneciana Paolo Sarpi. Se pueden hallar otras versiones de la conspiración española en *Venice; an historical sketch of the Republic* (Putnam, 1893) y *The Venetian Republic* (J. M. Dent, 1902) de Horatio F. Brown; *Venice and the Defense of Republican Liberty: Renaissance Values in the Age of the Counter Reformation*, de William J. Bouwsma (University of California Press, 1968); *New Cambridge Modern History*, volumen IV (Cambridge University Press); y *A History of the Italian Republics*, de J. C. L. Sismondi (Anchor Books, 1966). También aparece una breve mención en *The Story of Civilisation*, parte VII (Simon & Schuster, 1961), de Will y Ariel Durant.

Para la historia de Venecia en general, las siguientes obras clásicas de obligada consulta fueron las que me resultaron más útiles: *Venice – A Maritime Republic*, de Frederic C. Lane (Johns Hopkins University Press, 1973), y *A History of Venice*, de John Julius Norwich (Knopf, 1982). El *Diary of John Evelyn* (Oxford University Press, 1959) y el *Diario de viaje a Italia, por Suiza y Alemania*, de Michel de Montaigne, me proporcionaron unos reveladores relatos en primera persona de los viajeros que visitaban Venecia en los siglos XVI y XVII. *The Grand Tour*, de Tim Moore (St. Martin's Press, 2001), contrastaba el desternillante peregrinaje a Venecia del autor en el siglo XX con el del viajero del siglo XVII Thomas Coryate. También encontré inspiración en el incomparable libro *Venecia*, de Jan Morris (RBA, 2008), una evocadora exploración del pasado y el presente de la ciudad en sus múltiples facetas.

También *Lives of the Courtesans: Portraits of the Renaissance*, de Lynne Lawner (Rizzoli International, 1991); *Private Lives in Renaissance Venice*, de Patricia Fortini Brown (Yale University Press, 2004), y *The Honest Courtesan: Veronica Franco*, de Margaret Rosenthal y Catherine Stimpson (University of Chicago Press, 1993), fueron valiosísimas fuentes de información sobre las cortesanas venecianas. Además, *Las corte-*

*sanas*, de Susan Griffin (Ediciones B, 2007), y *Elegant Wits and Grand Horizontals*, de Cornelia Otis Skinner (Houghton Mifflin, 1962), están repletos de anécdotas y detalles sobre el oficio más viejo del mundo. En el terreno opuesto, *Virgins of Venice*, de Mary Laven (Viking Press, 2002), realiza un estudio en profundidad sobre las monjas y los conventos de Venecia.

# Agradecimientos

Mi más sincero agradecimiento a todos aquellos que tan amablemente aceptaron leer y hacer comentarios sobre este trabajo: Briana Baillie, Marianne Betterly-Kohn, Claudia Michelle Betty, Bruce Cobbold, Lauren Cuthbert, Karen Hronek, Amanda Jones, Danielle Machotka, Kate McClain, Megan McLaughlin, Cynthia Phillips, Chelsea Tiffany y Alison Wright. También estoy en deuda con el profesor Richard Mackenney por su ayuda y sus consejos con respecto a la conjuración española, la historia de Venecia y a la investigación y documentación históricas. Todos los errores, imprecisiones y hechos ficticios improbables son responsabilidad única y exclusivamente mía. Vaya toda mi gratitud a mis padres, Don y Laurie Phillips, por su apoyo y su amor incondicional a lo largo de todos estos años. Debo dar las gracias también a Mary Evans, agente *par excellence*, y a Maggie Crawford, quienes vieron desde el principio el potencial del libro y lo mejoraron con habilidad y diplomacia. Mi amor eterno y mi agradecimiento a Brian Beverly, por su apoyo, sus ánimos y su fe en mí. Un agradecimiento muy especial para Diana Cobbold y Linda Watanabe McFerrin, por la camaradería, la compasión y, por supuesto, el chocolate.

# Índice

Título de la edición original: *The Rossetti Letter*
Traducción del inglés: Ana Alcaina Pérez
Diseño: Winfried Bährle
Ilustraciones de la sobrecubierta: Detalle de *Venus* de Tiziano,
foto: © Album/akg-images/Cameraphoto y Shutterstock
Foto de solapa: © Lone Morch

Círculo de Lectores, S. A. (Sociedad Unipersonal)
Travessera de Gràcia, 47-49, 08021 Barcelona
www.circulo.es
1 3 5 7 9 0 1 0 2 8 6 4 2

Licencia editorial para Círculo de Lectores
por cortesía de Pocket Books, una división de Simon & Schuster, Inc.


Este libro ha sido impreso en papel Supersnowbright
suministrado por Hellefoss AS, de Noruega

Depósito legal: B. 1654-2010
Fotocomposición: Fotoletra, S. A., Barcelona
Impresión y encuadernación: Printer industria gráfica
N. II, Cuatro caminos s/n, 08620 Sant Vicenç dels Horts
Barcelona, 2010. Impreso en España
ISBN 978-84-672-3881-5
N.° 26971